辽宁省社科规划基金"《燕行录》与清代前期辽宁地域文化研究（1637—1736）"（编号：LITCZW006）

教育部人文社会科学研究青年基金"清代前期中朝诗歌交流编年史（1636-1736）——以《燕行录》为中心"（编号：18YJC751015）

| 光明社科文库 |

崇德至顺治年间中朝诗歌交流系年

（1636-1661年）

谷小溪　田　红◎著

光明日报出版社

图书在版编目（CIP）数据

崇德至顺治年间中朝诗歌交流系年：1636—1661 年 /
谷小溪，田红著 . -- 北京：光明日报出版社，2019.4
（光明社科文库）
ISBN 978－7－5194－5282－7

Ⅰ.①崇… Ⅱ.①谷… ②田… Ⅲ.①古典诗歌—文
化交流—研究—中国、朝鲜—1636－1661 Ⅳ.①I207.22
②I312.072

中国版本图书馆 CIP 数据核字（2019）第 081691 号

崇德至顺治年间中朝诗歌交流系年：1636—1661 年
CHONGDE ZHI SHUNZHI NIANJIAN ZHONGCHAO SHIGE JIAOLIU XINIAN：
1636—1661 NIAN

著　　者：谷小溪　田　红

责任编辑：曹美娜　朱　然　　　　　责任校对：赵鸣鸣
封面设计：中联学林　　　　　　　　责任印制：曹　净

出版发行：光明日报出版社
地　　址：北京市西城区永安路 106 号，100050
电　　话：010－63131930（邮购）
传　　真：010－63131930
网　　址：http：//book. gmw. cn
E－mail：caomeina@ gmw. cn
法律顾问：北京德恒律师事务所龚柳方律师

印　　刷：三河市华东印刷有限公司
装　　订：三河市华东印刷有限公司
本书如有破损、缺页、装订错误，请与本社联系调换，电话：010－67019571

开　　本：170mm×240mm
字　　数：366 千字　　　　　　　　印　　张：21
版　　次：2019 年 9 月第 1 版　　　印　　次：2019 年 9 月第 1 次印刷
书　　号：ISBN 978－7－5194－5282－7
定　　价：98. 00 元

序　言

明清时期，中国与朝鲜王朝保持着典型的宗藩关系。作为藩邦外交的直接参与者，两国使臣的纪行作品构成中朝文化交流的主体。特别是朝鲜使臣及随员创作的大量《燕行录》，以诗歌、日记、杂录等体裁记载使行途中的见闻随感，从自然景观、人文古迹、民俗风貌、思想文化等方面翔实再现明清中国社会全景，堪称域外汉文学的经典文本。本书时间范围以清崇德元年（1636）为上限，顺治十八年（1661）为下限，结合中韩史料、日记杂录、年谱碑传等资料对清崇德至顺治时期的朝鲜燕行诗文和作品本事等进行整理、考证与系年，以期通过对以使臣为媒介的中朝诗歌交流实况的系统考察透视清初中朝文化交流风貌，为相关领域的研究提供文献佐证。

第一章是崇德时期（1636—1643）中朝诗歌交流系年。崇德二年（1637）"永定规则"的签订，标志着清鲜宗藩关系的正式确立。此时期的两国关系表现得较为复杂。一方面，清朝通过丁卯、丙子两次战争迫使朝鲜放弃对明朝的藩属国地位，朝鲜慑于清朝的军事压力，派遣使臣赴沈阳朝贡。另一方面，朝鲜王朝笃信程朱理学，将明朝视为华夏之正统，军事惨败、质子入沈的屈辱经历强化了朝鲜君臣对清政权的抵触心态，对清采取消极应对策略，具体表现为保留明朝年号、有意违误师期、遣僧私通明朝等。此时期的汉诗作品包括金尚宪《雪窖集》、申濡《沈馆录》、崔鸣吉《北扉酬唱录》、金南重《野塘燕行录》等，传达出感时忧国、忍辱含恨的复杂情怀。

第二章是顺治时期（1644—1661）中朝诗歌交流系年。出于笼络藩邦的政治需求，清朝建立之初颁布了一系列对朝怀柔政策。满人定鼎中原后，德治政策得以陆续实施，具体表现为减轻贡额、归还质子、释放斥和大臣等，然而清朝为改善宗藩关系做出的努力并未取得朝鲜君臣的感激和认同。在朝鲜士人的思想意识中，明清鼎革正是清政权以夷乱夏，颠覆传统华夷秩序的忤逆行径。孝宗即位后接受了宋时烈的"北伐论"，朝野上下主张北伐中原恢复大明江山的呼声鹊起。在这种历史背景和主流意识形态下，此时期的朝鲜燕行作品多流露出恸悼皇明覆亡、渴望北伐雪耻的悲愤情感和鄙夷清朝文化、自诩中华正统的夷夏观念，代表作品如麟坪大君李㴭《燕行诗》、李景奭《燕行录》、申濡《燕台录》等。

　　附录包括四部分内容："洪大容《湛轩燕记·路程》"选取具有代表性的使清路程记并详列全文，供驿站里程之参考；"清崇德至顺治时期朝鲜燕行使臣年表"以《使行录》为基础，结合《朝鲜王朝实录》《承政院日记》等史料文献，对崇德至顺治年间朝鲜燕行使团的使行时间、名目、任务、人员等进行梳理与考证；"清崇德至顺治时期《燕行录》一览表"依据《燕行录全集》《燕行录丛刊》《韩国文集丛刊》等对清代前期朝鲜使清人员的燕行作品进行整理与勘正；"征引书目"罗列作者考证、系年过程中引用的主要参考文献。

凡 例

一、本书时间范围以清崇德元年（1636）为上限，清顺治十八年（1661）为下限，历时 25 年，共收录 66 位诗人的诗歌作品，以崇德至顺治时期中朝诗歌交流本事及创作时间为重点考察内容，通过对以使臣为媒介的中朝诗歌交流实况的系统考察透视清初中朝文化交流风貌，为相关领域的研究提供文献支持。

二、本书所指"朝鲜"，为朝鲜半岛上自 1392 年由太祖李成桂建立，至 1896 年高宗李熙宣布独立这一段历史时期，史称"朝鲜王朝"，与古朝鲜、整个朝鲜时期及当今朝鲜国家相区别。

三、本书所录朝鲜文士的诗歌、日记等皆为汉诗、汉文作品，非汉语创作（如以朝鲜谚文撰写的歌辞、时调等）的作品不在本书收录范围。

四、本书诗歌作者，以朝鲜燕行使团核心成员——"三使"为主（即由朝鲜官方派遣，赴沈阳、北京实施外交活动的正使、副使、书状官）。反映丙子战争、沈馆质留、赠别酬唱等历史文化事件的诗歌，其作者亦录入。

五、本书所录诗人，皆附其小传，概述生卒、字号、籍贯、科第、仕履、亲友、师承、封谥之情形。

六、本书著录诗歌，以朝鲜"三使"及部分随行人员的燕行诗为主（即由汉城至沈阳或北京往返途中所撰诗歌）。与中朝关系发展相关重大历史事件下的汉诗创作（如以丙子战争、沈馆宗藩外交为背景的诗歌），清使赴朝期间朝鲜伴送使的汉诗创作，使团成员亲友的照行、笺寄之诗及中国文士的酬酢篇章亦录入，以资线索。

七、本书著录诗歌，以林基中主编《燕行录全集》《燕行录丛刊》、韩国民族文化推进会编《影印标点韩国文集丛刊》等为基本依据，兼及《朝鲜王朝实录》《承政院日记》等史料中的少量篇目。

八、本书对诗歌创作时间的考证，遵循"以诗系日，以日系月，以月系年，以年系代"之原则，以外围文献为辅证，包括：（一）诗歌作者或同行人员撰写的燕行日记、见闻录、别单等；（二）与朝鲜使清活动直接或间接相关的中朝史料记载；（三）诗歌作者的碑志、行状、年谱、传记等；（四）记载使行路线、驿站里程的地志文献。

九、本书内容依次为：目录、序言、凡例、正文、附录。

十、正文以年为基本单位，首列中国纪年，后附小括号，以阿拉伯数字和汉字标注时间及干支，用"/"间隔，如"顺治元年（1644 年/甲申）"；次列月份；次列日期，其后括注干支，如"初一日（乙亥）"；后列诗文、出处、小传、考证。

十一、本书著录诗歌，依次为作者、诗题、诗文、文献来源。引自诗人别集者，于集后标明卷次，如"洪翼汉《花浦遗稿》卷一"；引自独立成篇者，仅依原文录其出处，如"姜栢年《燕京录》"。

十二、首次提及诗歌作者，诗后以中括号括注小传，如【按《国朝人物志》卷三：赵任道（1585－1664），字德勇，号涧松，咸安人。……】，再次提及则不赘述。

十三、有燕行日记相印证者，于日期下列日记、出处，次列诗歌。如有中朝史料亦相证者，则首列史料及出处、次列日记、诗歌。史料、日记等以提供时地线索为旨归，限于篇幅，仅取可资考证之内容，间以"……"略之。史料、日记需注释处，以中括号标注，如"朝鲜国王李倧遣陪臣景良弼【按："景良弼"当为"郑良弼"之讹】等表贺元旦"；史料、日记含燕行诗者，则尽录诗文；无史料、日记相印证者，但录其诗，以诗中线索、碑传、地志等为证。

十四、涉及宗藩关系发展重要事件及历届朝鲜使清人员、时间、任务的史料亦录入，以还原历史背景，增益考证之严整。

十五、考证诗歌创作时间，则于诗后以中括号注之，如【考证：诗题曰"元日"，诗云"千官环列贺新年""胪传蟻陛呼嵩祝"，当作于正月初一日。】限于篇幅，诗歌有日记相印证，且二者有明确时地线索相匹配者，仅于日记关键词处以下划线标注，不另行考证。

十六、本书所录朝鲜诗人作品底稿皆为影印稿本，包含大量异体字和通假字。故为保证系年的严谨性，最大限度地还原作品形貌，本书的编撰采用繁简相兼的格式：引自《燕行录全集》续集、《影印标点韩国文集丛刊》等文献的诗歌、日记、杂录等，以繁体字撰写；引自《清史稿》《朝鲜王朝实录》《承政院日记》等中朝史籍文献的内容，亦以繁体字撰写；全文涉及的标题、年月、干支、注释、考证、小传、附录等内容，以简体字撰写。底本脱字或漫漶不清难以辨识者，以"□"标识。

十七、本书附录四种：（一）洪大容《湛轩燕记·路程》；（二）清崇德至顺治时期朝鲜燕行使臣年表；（三）清崇德至顺治时期《燕行录》一览表；（四）征引书目。

目 录
CONTENTS

第一章　崇德时期中朝诗歌交流系年
（1636—1643 年）

崇德元年（1636 年，丙子）

四月

十一日（乙酉）。

祭告天地，行受尊號禮，定有天下之號曰大清，改元崇德，群臣上尊號曰寬溫仁聖皇帝，受朝賀。始定祀天太牢用熟薦。遣官以建太廟，追尊列祖，祭告山陵。《清史稿卷三·本紀三·太宗二》

十五日（己丑）。

朝鮮使臣歸國。初，上受尊號，朝鮮使臣羅德憲、李廓獨不拜。上曰："彼國王將構怨，欲朕殺其使臣以為詞耳，其釋之。"至是遣歸，以書諭朝鮮國王責之，命送子弟為質。《清史稿卷三·本紀三·太宗二》

二十七日（辛丑）。

朝鮮使臣置我書於通遠堡，不以歸。《清史稿卷三·本紀三·太宗二》

十二月

十九日（己丑）。

多鐸等進圍朝鮮國都。朝鮮國王李倧遁南漢山城。多鐸等復圍之，並敗其諸道援兵。《清史稿卷三·本紀三·太宗二》

金應祖《大駕入南漢，奔問到忠原過歲》："野老吞聲哭，胡塵暗九垓。江都海浪阔，漢郭陣雲頹。元帥來何日，褊師去不廻。休言是新歲，不忍把深杯。"金應祖《鶴沙集》卷一【按《鶴沙先生年谱》："九年丙子十二月，北狄来侵，驾幸南汉。先生同仲氏忘窝公赴难。"李光庭《鶴沙金先生行状》：金应祖（1587－1667），字孝征，号鶴沙翁，万历丁亥生于荣川。十六岁丁父忧，庐于墓次，执丧如成人礼。既服阕，益励志为学，为文词，侪流皆自以不及。癸亥仁庙改纪，中谒圣丙科，释褐，权知承文院副正字。甲子迺正字，为承政院注书。乙丑升授兵曹佐郎。乙亥拜司宪府持平。丙子冬有北寇，同仲兄忘窝公奔问。明年春有城下之盟，先生耻之，谢归，即杜门，凡有日用文字，不书北号，颁历必截去首板而后寓目焉。丁未拜汉城府右尹，复上疏辞，言治莫要于文教。显宗丁未终于正寝，寿八十一。】

趙任道《聞南漢受圍，慨然有作二首，丙子冬》："腐儒平昔不談兵，臨亂如今但骨驚。月暈孤城消息斷，北辰回首涕空橫。""天地無光日晦冥，山河帶憤鬼神驚。可憐禮義文明域，變作氈裘辮髮氓。"趙任道《澗松集》卷二【按《国朝人物志》卷三：赵任道（1585－1664），字德勇，号涧松，咸安人。幼莹秀不凡，从旅轩张显光学，四十年潜心洛建之业，自治甚严。所居有江湖楼台之胜，有时从扁舟泝洄吟弄。光海时，郑仁弘遥执朝权，攻斥退陶。任道引逢蒙、庚公之斯，距之甚确，为其所恶。避地漆原江上，躬渔以养亲。仁祖改纪，旅轩首膺拔擢，任道上书曰："守正之士孰不欲砥砺名行，而及到名场，鲜不失步。"官至工曹佐郎。著有《涧松集》。】

李健《山中夢覺丙子冬避亂于襄陽山中》："天涯西望淚潺湲，一片歸雲萬里山。叔姪存亡戎馬際，兄弟死生戰場間。千林古峽風霜急，三匝孤城鼓角殘。尚有槐南夢魂在，枕邊時看舊容顏。叔父仁興君，舍弟海寧君在山城。公與舍兄海安君奉慈親入山中，故云。"李建《葵窓遺稿》卷五【按赵泰亿《宗室海原君谥状》：李健（1614－1662），字子强，号葵窓，光海君甲寅生，宣祖昭敬大王之孙。丙子之难，时上在南汉，贼围日急。公系念宗国，题诗岩石曰："有梦趋丹陛，无谋解白登"，以写其忠愤。诗主草堂，而书与画亦皆精妙，世称三绝。时与诸宗修楔，酒赋歌呼，风彩溢发。酷爱山水，闻有佳境，或携壶独往，徜徉忘返。所著诗文七卷藏于家。显宗壬寅卒，年四十九。】

張維《扈駕南漢城次金右尹得之韻》："閃閃旌旗遶碧峯，森森劍戟簇霜鋒。層城億丈真形勝，戎服千官總景從。萬竈炊煙籠曉月，五更寒栃雜風松。何時一掃胡塵靜，不見軍容見國容。"張維《谿谷集》卷三一【按《朝野辑要》卷一：张维（1587－1638），字持国，号溪谷，西村云翼子，金仙源婿，沙溪门人，靖社，勋超参议、右相，典文衡，新丰府院君，谥文忠。母朴夫人梦日入怀而生。光海癸丑，以检阅坐罪，奉母屏处海边十二年而靖社矣。辛未追崇时，公以大宪劾其非，撰进《典礼问答》，不报。丁丑崩驾，丁母忧，起复拜相，不就。戊寅疾革，手书连句数十句，皆规讽意也。翌朝，长虹亘屋上，临终唯呼"沈阳"而已。有集十六卷。】

洪瑞鳳《赴虜陣望江華》："君臣寄命一城中，輕重誰分孝與忠。時向長圍西極目，羨他歸翼下遙空。"洪瑞鳳《鶴谷集》卷二【按《国朝人物志》卷二：洪瑞凤（1572－1645），字辉世，号鹤谷，南阳人，都承旨天民子。宣祖庚寅进士，甲午文科，戊申重试，选入湖堂。父天民、祖春卿皆参是选，世称"三世湖堂"。仁祖癸亥，录靖社，功三等勋。宁社，功二等勋。封益宁府院君，拜大提学。丙子拜右相，至领议政，入耆社。乙酉卒，年七十四，谥文靖。】

李安訥《圍城中次洪相鶴谷韻，口占示同寓諸君》："縱使孤城墮虜中，君臣無愧守精忠。三韓自此名千古，白日昭昭照碧空。先生經年沈痾，不復吟詠，既異載崩駕，疾遂困殆，見鶴相示韻，有此和作，此則絕筆也。"李安訥《拾遺錄》【按：《国朝人物志》卷三：李安讷（1571－1637），字子敏，号东岳，德水人。幼有俊才，称神童。及试，泮官先进皆敛手曰："是总角不可当。"宣祖手书其名于御座，时人荣之。宣祖己亥文科、副提学，礼曹判书。甲子，李适反，朝廷以安讷与适相善，遂就对配庆源。有近臣讼冤，二年而量移洪州。丁卯，上幸江都，以安讷在江华时清白有绩，赦之。追赴行在，复授留守，秩满仍任。壬申，奉使如燕京，超阶正宪，谥文惠。著有《东岳集》。】

李植《次韻》："平生心迹簡篇中，爲子爲臣負孝忠。願作睢陽兵死鬼，神鋒終掃虜巢空。"李安訥《拾遺錄》【考证：《清史稿》言丙子年（1636）十二月己丑（十九日），"多铎等进围朝鲜国者，朝鲜国王李倧遁南汉山城。"丁丑年（1637）月庚午（三十日），"朝鲜国王李倧率其子及群臣朝服出降于汉江东岸三田渡，献明所给敕印……"《仁祖实录》言丁丑年正月庚午（三十日），"龙、马两胡来城外，趣上出城。"故以上诸诗约做于 1636 年 12 月 19 日至 1637 年 1 月 30 日间。李端夏《成均进士李公墓志铭》：李植（1619－1682），字汝固，号泽堂，德水人，万历己未生。年十二，始受学于进士文倔。庚戌中生员试。是冬，别试登第。官至吏曹判书兼大提学。丁亥卒，年六十四。一生所著诗稿总四千余首，文稿总六百余首，别稿、自志、叙后、杂录、遗诫、家诫、祭式一册，杂著一册，《启山志》《泽风志》《杵城志》《沂川书院志》一册，《德水李氏世系列传》一册，《字训》一册，《政院日记》一册，《经筵日记》《西行日记》《分朝日记》《围城日记》一册，《修史纲领》《实录修正凡例》《实录考抄》一册，《科诗科表书疑经义》一册。有《泽堂集》。】

二十日（庚寅）。

至比安，聞大駕播遷南漢，東宮入江都，聞來五內震驚。申楫《丙子錄》

申楫《丙子十二月行到比安，聞大駕播遷入南漢山城，東宮入江都，北望隕涕，集杜句成二絕》："亂離心不展，仰看天色改。至尊尙蒙塵，揮涕戀行在。""四海干戈裏，三營鼓角聲。書生肝膽激，雄劍匣中鳴。"申楫《河陰集》卷三【按郑宗鲁《司仆寺正河阴申公行状》：申楫（1580－1639），字汝涉，丙午捷文科。壬子升博士，冬授典籍。及永昌狱起，挂冠南归。侨寓咸宁之栗里，与一时名胜酬觞赋诗，若将终身。己未寻河之役，闻姜金两帅投降，愤愧有吟曰："深憎卫李偷生辈，不学常山太守颜。"又闻李尔瞻主和，则曰："东膅邪论慨重还，蹈海书生命苟顽。"随事寓言，便成一部诗史。丙寅夏，除刑曹员外郎，秋拜江原都事。八月除密阳府使，未及赴任，以省觐还乡，忽疾作，未几终于第，享年六十。平生嗜书史，而偏好朱子书，又旁通于医药、卜筮、阴阳、地理之文，往往其言多占验，而亦不屑为也。】

二十五日（乙未）。

陳賀，余等亦往參，皇上免朝。舘夫一人來言曰："頃見搪報，韃兵大舉東搶云。"一行聞之，不勝驚慮。使譯官問於提督，答曰："是何言也？貴國平安，毋以道路浪傳爲信，安心勿慮云。"厥後，舘夫等屢以我國被兵之奇潛來言之，而提督牢諱不言，蓋邊情漏洩，其罪極重，故無知舘夫。初旣傳說之後，恐我人發說言根，以聞見東事詳細來傳，爲深結防口之計。一日，以印本搪報一丈來示，卽初九日成貼寧遠軍門方一藻奏本也："本月初九日，偵探軍回稱：'韃于初七日大舉東搶，情形無疑云。'初十日到北京奏聞也。東搶消息日漸危急。或云韃自瀋作行，八日直入京城，城中之人盡被殺掠，老弱顚仆街巷，凍死相枕，士大夫家皆陷鋒刃云。一行員役驚慟疑惑，號泣度日，慘不忍見。或醉飲狂歌，歌竟痛哭，哭止復歌。夜無寢息者，晝則互相慰諭，而淚眼皆浮，言語哽塞，人間情事之慘惻，豈有如此時者乎！李晚榮《崇禎丙子朝天錄》【按：丙子六月，冬至圣节千秋陈贺正使金堉与书状官李晚荣赴明朝贡，故有是文。】

李晚榮《聞韃自冷口關撤去，所掠男女財貨彌滿百餘里》："來不爲防去不追，皇家勝筭孰能窺。任他驅掠千車貨，直待兵貪自滅時。"李晚榮《雪海遺稿》卷二【按：李晚荣（1604－1672），字春长，号雪海，官至礼曹参判，有《雪海遗稿》。】

三十日（庚子）。

是日，固山额真谭泰、阿代、拜尹图、吴赖、杜雷、恩格图、叶臣、古睦、篇土阿格、巴特玛等以卯刻率兵竖梯，登朝鲜王京城，城上兵不敢拒，悉奔窜，尽收其财物牲畜。《清太宗实录》卷三二

金得臣《守岁丙子避乱时》："守岁仍不寐，残灯照土床。狞风喧大壑，冻雪积高冈。恋主心常赤，伤时鬓欲苍。豺狼方塞路，焉得返吾乡。"金得臣《柏谷集》卷三【按《国朝人物志》卷三：金得臣，字子公，号柏谷，又号龟石山人，安东人。显宗壬寅，以参奉擢文科，升嘉善阶，袭封安丰君。年八十后遇火贼，因伤而卒。《湖行绝句》曰："潮西踏尽向秦关，长路行行不暂闲。驴背睡余开眼见，暮云残雪是何山。"语韵极佳，一字千炼，必欲工绝，如"落日下平沙，宿禽投远树。归人晚骑驴，更怯前山雨"，"夕照转江沙，秋声生远树。牧童叱犊归，衣湿前山雨"等作，不让于唐。素鲁钝，所读倍他人。马史韩柳之文，抄读至万余遍，而最喜《伯夷传》，读至一亿一万三千周，遂名小窝曰"亿万斋"。】

崇德二年（1637 年，丁丑）

正月

初一日（辛丑）。

申翊全《丁丑元日避兵江都，次堂兄春帖體韻》："驛使來從南漢山，傳呼玉輦已回鑾。天威迅掃眼中賊，王化將朝海外蠻。周烈定騰三捷頌，堯文曾舞兩階干。小臣未效涓埃補，唯喜含香侍聖顏。"申翊全《東江遺集》卷六【按《国朝人物志》卷三：申翊全（1605－1660），字汝万，号东江，平山人。丙子文科，为右尹。适公主家奴犯罪逃匿，翊全发卒捕之，有引形迹为言者。翊全奋然曰："我为法官，知守三尺，奚论其他！"竟论徙边。翊全为光州牧时，金相自点为孙驸马求婚需，翊全只贻以梳具，闻者难之。喜读《易》，曰："世间实事惟为己之学，余皆幻境也。"为文章典雅简重，兼工书法，一时金石多归之。】

初五日（乙巳）。

全羅兵使金俊龍領兵入援軍光教山京圻水原、龍仁之間，馳啓戰勝前進之狀。時南漢被圍已久，內外隔絕。至是援兵聲息繼至，城中恃以爲固。《朝鮮仁祖實錄》

卷三四

洪翼漢《聞王師連捷，倚閭東望，因搆一律》："蒼雲已解七重圍，殘寇游魂盡怛威。左次屢聞崩厥角，右賢方竪乞降旂。兵聲震疊寧容息，號令風飛立決機。遙想卽今歌皷競，何人鞍掛月支歸。"洪翼漢《花浦遺稿》卷一【按李縡《花浦洪忠正公墓志》：洪翼汉（1586 - 1637），字伯升，号花浦，初名雪，南阳人，受业于月沙李廷龟。乙卯生员，辛酉文科，历司书，至掌令。丙子以斥和缚送清国，拘囚虏馆。清主问："何为斥和？"翼汉供曰："臣子分义当尽忠孝，上有君亲，俱不得扶护而安全之，今世子、大君皆为俘虏，老母存殁亦不得知，良由一疏之浪陈，以致国家之狼狈，揆诸忠孝之道，扫地蔑蔑矣。虽万被诛戮，实所甘心，血以衅鼓，魂去飞天，归游故国，快哉！惟愿速死！"丁丑江都陷时，夫人许氏及子晔元、子妇李氏皆死，系后子应元忠臣旌间，谥忠贞，有《花浦遗稿》。】

十九日（己未）。

朝鮮國王李倧遣其閣臣洪某、尚書崔某、侍郎尤某齎書至營請誠。《清太宗實錄》卷三三【按：《仁祖实录》卷三四言正月十九日，"虏人来到西门外，趣遣使臣。左相洪瑞凤辞以病，遣右相李弘胄、崔鸣吉、尹晖如虏营。"】

洪翼漢《聞賊兵逼近曉坐得一律》："戍角烏烏曉月斜，浮天魂夢半江華。星離骨肉渾何處，飄泊妻兒定靡家。經國豈無參聖術，用兵還愧下穰苴。輪囷一氣撐腎臆，挑盡殘燈撫劍花。"洪翼漢《花浦遺稿》卷一

二十八日（戊辰）。

吏曹參判鄭蘊口號一絶曰："砲聲四發如雷震，衝破孤城士氣悄。唯有老臣談笑聽，擬將茅舍號從容。"又曰："外絶勤王帥，朝多賣國兇。老臣何所事，腰下佩霜鋒。"又作衣帶誓辭曰："主辱已極，臣死何遲。舍魚取熊，此正其時。陪輦投降，余實恥之。一劍得仁，視之如歸。"因拔所佩刀，自刺其腹，殊而不絶。禮曹判書金尚憲亦累日絶食，至是自縊，爲子所救解，得不死，聞者莫不驚歎。《朝鮮仁祖實錄》卷三四【按許穆《桐溪先生行状》：郑蕴（1569 - 1641），字辉远，号桐溪，草溪人。宣祖丙午进士。丙子扈驾入南汉，崔鸣吉约明日车驾下城，蕴怒曰："宁亡国，以君降虏，吾耻之！"拔佩刀自劀，刃没腹中。城中皆大惊，莫不悲其义。上令御医视之，命自官供给救之。异至乡里，叹曰："主辱矣，臣死已迟，更以何心与凡人齿供赋税，食妻子之养乎！"乃入金猿山中，披草为屋，名曰"鸠巢"。耕山种秣以自给。辛巳六月卒，谥文简，著有《桐溪集》。】

押領二人【按：1637 年，朝鲜在丙子之役中战败，与清朝筑坛盟誓，奉清
朝正朔，出送质子，朝鲜主战最坚决的洪翼汉、尹集、吴达济被押赴沈阳就义，
史称"三学士"此处"二人"指吴达济、尹集】獻之虜營。賊問於二人曰：
"何爲斥和也？若其斥和，則我師出來之時，爾何不擊却耶？"二人答曰："吾等
別無春初斥和之議，只言秋後小譯之不當送已而。"賊遂拘留營中，賞鳴吉貂裘
一，饋之酒肉。鳴吉三拜九叩頭而還。二人之將行，滿朝士大夫無不涕泣，而
二人談笑自若，末路處身，雖未知如何，所見亦壯哉。二人臨別拜辭闕下。上
引見，問其年紀，父母妻子有無。吳達濟對曰："臣有七十老母，避兵湖南，不
知存歿。時無子女，只有腹中孩耳。"上爲之失聲痛哭曰："予實未知汝有老母
也。爾等所爲亦豈有他哉，不過引君於盡善之地。而今就死地，爾等子孫吾當
訪問，終身存恤也。"尹集曰："殿下出城之日，城中軍民或有紛擾自潰之患。
願留世子監國，使無潰亂之患。"上曰："爾方就死地，而念及國事，爾之忠誠
極可嘉也。"一人遂拜辭而出。其景像亦甚慘矣。俞棨《南漢日記丙子》

三十日（庚午）。

龍、馬兩胡來城外，趣上出城。上着藍染衣，乘白馬，盡去儀仗，率侍從
五十餘人，由西門出城，王世子從焉。百官落後者立於西門內，搥胸哭踊。上
下山班荊而坐。俄而清兵被甲者數百騎馳來，上曰："此何爲者耶？"都承旨李
景稷對曰："此似我國之所謂迎逢者也。"良久龍胡等至。上離坐迎之，行再揖
禮，分東西而坐。龍胡等致慰，上答曰："今日之事，專恃皇帝之言，與兩大人
之宣力矣。"龍胡曰："今而後兩國爲一家，有何憂哉！日已晚矣，請速去！"
《朝鮮仁祖實錄》卷三四

二月

初二日（壬申）。

上自朝鮮班師，命和碩睿親王多爾袞、多羅安平貝勒杜度率滿洲、蒙古、
漢人大軍攜所俘獲在後行。《清太宗實錄》卷三四

十二日（壬午）。

丁丑年二月十二日夜，因有旨内事意，都事田闥令甑山縣令邊大中械繫我
【按：指"三学士"之洪翼汉】于平壤豆里島，送諸金汗營聽命，上年春斥和
事也。是日猶不食，申告此意乞解縛，大中不聽。俄有殷山縣監李舜民從外來，
慰藉甚至。余曰："國事至此，螻蟻殘命不足論也。但我雖無狀，豈畏一死。況
有君命，逃將焉往。乞緩我縛，使食登途。"舜民因勉諭釋繫。食訖，夜將二

更，渡江而西。窮晨疾行，馬困不進，遂休秣于一處。洪翼漢《花浦先生北行錄·遺筆》

邊大中《押送虜營束縛困辱，使不得飲食，洪翼漢哀乞解縛，不聽》："陽坡細草坼新胎，孤島野籠意轉哀。荊俗踏青心外事，錦城浮白夢中來。風翻夜石陰山動，雪入春漸月屈開。饑渴僅能聊縷命，百年今日淚添腮。"李大樹《瀋陽日記抄》【考证：边大中生平不详。宋时烈《掌令洪公墓志铭》云："丁丑二月十二日，道臣以谕旨系公（洪翼汉）送虏营。时公犹未食，监押官边大中不肯解缚令食。适殷山县监李舜民来见慰谕，且请于大中。公亦曰：'我非畏死逃命者。'公才食即发。至义州，则府尹林庆业迎谓曰：'生扶大义，死光竹帛，真男子事也。'资送甚备。"】

二十五日（乙未）。

朝鮮國王李倧遣官解左祖明人之臺諫官<u>洪翼漢</u>至盛京。《清太宗實錄》卷三三

申楫《丁丑二月初八日始聞大駕出南漢還都。自聞慶方伯陣中，作奔問之行，與權靜甫、曹以正、姜學顏、朴无悔諸人同赴。十八日入城，十九日呈疏闕下。二十一日南歸，與朴无悔、曹汝善、張經叔應一、權季明以亮、曹德立挺華為伴。二十五日歇馬陽山嶺上呼韻共賦》："湖嶺重關地勢高，古今經歷幾英豪。茫茫禹甸工神斧，肅肅甄功壯豹韜。絕險已能安四海，狂風誰遣捲重茅。登臨此日孤臣淚，灑向燕雲鬢二毛。"申楫《河陰集》卷三【考证：诗题曰"二十五日，歇马阳山岭上，呼韵共赋"，故此诗作于二月二十五日。】

吳達濟《思君詩》："孤臣意重心無怍，聖主恩深死亦輕。最是此生無限意，業堂虛負倚閭情。"《憶母親韻用進退體丁丑正月日被執北去，行到信川地，留十餘日，作此詩》："風塵南北各浮萍，誰謂相分有此行。別日兩兒同拜母，來時一子獨趨庭。絕裾已負三遷教，泣線空悲寸草情。關塞道脩西景暮，此生何路更歸寧。""孤臣義正心無怍，聖主恩深死亦輕。最是此生無限慟，北堂虛負倚門情。"《寄伯氏》："南漢當時就死身，楚囚猶作未歸臣。西來幾洒思兄淚，東望遙憐憶弟人。魂逐塞鴻悲隻影，夢驚池草惜殘春。想當彩服趨庭日，忍作何辭慰老親。"《寄內》："琴瑟恩情重，相逢未二朞。今成萬里別，虛負百年期。地闊書難寄，山長夢亦遲。吾生未卜卜，須護腹中兒。"吳達濟《忠烈公遺稿》【考证：据宋时烈《吴学士传》，吴达济于正月二十八日押往沈阳，"到信川，虏留十余日。吴公裁家书藏诸怀袖。行至大同江边，宿一村家，遂潜以付家主老翁，又书绝句于壁上。虏人邀汉人来见，谓无他语，遂去。其老翁待虏去，以其书封呈于平安监司。监司送于政院，以传于家。有一简二首诗，乃上母夫人者也。又有简与诗

各二，寄兄及妻者也。其壁上诗则竟不传。"可知以上作于二三月吴达济被押赴沈阳滞留信川时。《国朝人物志》卷三：吴达济（1609－1637），字季辉，号秋潭，海州人。丁卯进士，甲戌文科，正字，校理。乙亥上疏请伐清国曰："若假臣精兵数万，许臣便宜讨贼，则臣将磨隙月于白头之石，饮桃花于头流之波，履胡肠，涉胡血，扫腥尘于紫塞，献月捷奏奇勋矣。"丙子扈驾南汉，与尹集同被执送虏营，抗言不屈。达济与洪翼汉、尹集同为不屈遇害，时年二十九，世称三学士，谥忠烈。】

三月

初三日（壬寅）。

初三日無聲息，悄悄孤坐得一律曰【按：作诗者即洪翼汉】："陽坡細草拆新胎，孤鳥樊籠意轉哀。荊俗踏靑心外事，錦城浮白夢中來。風飜夜石陰山動，雪入春澌月窟開。飢渴僅能聊縷命，百年今日淚盈腮。"洪翼漢《花浦先生北行錄》

四月

初十日（己卯）。

睿親王多爾袞以朝鮮質子李澄、李淏及朝鮮諸大臣子至盛京。《清史稿卷三·本紀三·太宗二》

十五日（甲申）。

到瀋陽，虜置二公【按：指吴达济、尹集】於其所謂禮部衙門一小屋，鎖直甚嚴。宋時烈《吳學士傳》

十九日（戊子）。

龍骨大招宰臣及講院長官，致兩人於座前，問於宰臣等曰："此人倡義絶和，使二國成釁，其罪極重。而皇帝重惜人命，貸渠之死，許率妻子入居于此。"而尹則曰："妻子散於兵亂，不知死生，從當聞見而處之。"吳則曰："吾之濡忍到此者，萬一生還，復見吾君與老母。若不得復歸故國，不如速死之爲愈云"。此則皇帝欲生之，而渠乃促死，勢不得不殺。宰臣等曰："此乃年少不察之言，願貸其死。"懇乞不已。骨大曰："此則宰臣不識事體也。"宰臣朴德雨潸顧謂季輝曰："君獨不聞徐庶事乎？使君老親聞君之生存，雖在異域，不猶愈於殞命乎？"季輝終始不應，只低頭出涕而已。胡人等即縛出拿向西門外，不知所處。雷卿等使譯官懇乞收屍，胡人竟不許，慘極慘極。生而敢諫，死而成仁，在長逝者何所憾。每念其老親妻孥，若刃割心，久不能忍，時運若此，作俘虜

9

庭，早晚一死。若不如此友之彰明得所，則安知後死者反爲先死者所閔哉？只增吞聲，抆血不成書。其後鄭公在瀋陽，密議誅鄭命壽及龍馬兩胡，而事泄被禍。嗚呼！孰謂後死先死之言，反成後日之讖哉！鄭公臨死有詩曰："三良昔死遼河濱，關塞浮遊夢有隣。今招阿震添新伴，共訪令威作主人。"三良則三臣。鄭公字震伯，故曰阿震。三復是詩，即前書先死後死之意。且其辭氣從容，視死如歸，眞可謂季輝之友也。南一星《忠烈公遺事》【考证：《清太宗实录》卷三四云，三月初五日甲辰"斩朝鲜国台谏官洪翼汉、校理尹集、修撰吴达济以徇，以其倡议祖明败盟构兵故也。"据宋时烈《掌令洪公墓碣铭》等可知洪翼汉死于三月初五日，而南一星《忠烈公遗事》、吴熙常《赠领议政秋潭吴忠烈公衣履葬志铭》、宋时烈《吴学士传》等皆言吴达济、尹集被清人押至沈阳和罹祸时间分别为四月十五日和十九日，且无与洪翼汉同时被祸之说，与《清太宗实录》记载有出入。郑命寿，朝鲜平山人，少年时被清人所掳，改称满名"古尔马浑"，朝鲜仁祖、孝宗时期以通事往来于清鲜两国，为朝鲜君臣所怨恨。《仁祖实录》卷三四云："命寿，平安道殷山贱隶也，少为奴贼所掳，性本狡鲒，阴输本国事情，汗信爱之。"郑命寿及相关史事详见杨海英《朝鲜通事古尔马浑（郑命寿）考》。《纪年便考》卷二十四：郑雷卿（1608－1639），字震伯，号云溪，宣祖戊申生。仁祖庚午，庭对复雠策，居魁。丙子，矞论和议非义，扈驾入南汉。丁丑，世子、大君就质沈馆，雷卿以弼善自请从行，见嫉于虏，非一日谋诛郑命寿。己卯事发，雷卿具冠服辞世子。世子执手泣曰："下城时君独从我，积劳三年，今乃不能救，何颜可对乎！"赐酒饮之。命寿促出，雷卿东向四拜以辞君，又再拜辞其母，颜色如平素。出城西，并姜孝元绞杀之，年三十二。及刑也，朴争曰："我法学士虽有死罪，不以刃，而以绞。"清人从之。既死，赂清人，收尸归东，世子以衣招魂而送之。赠吏判。英祖朝，加赠左赞成。谥忠贞。正祖辛亥，命旌间不祧。】

八月

二十四日（己未）。

崔相鳴吉送人問行李。時崔鳴吉為上使，金南重為副使，李時楳為書狀官。金宗一《瀋陽日乘》

九月

二十日（乙酉）。

金南重《碧蹄站示書狀案下》：“啣命辭丹闕，駈驂出碧蹄。時危王事急，天遠道途迷。相業蕭曹並，詩名李杜齊。還慙二公後，樗散辱提携。”金南重《野塘燕行錄》【按：碧蹄馆位于高阳，为燕行使臣启程后第一站，燕行里程与馆驿名称、位置参见附录一。《国朝人物志》卷三：金南重（1596－1663），字自珍，号野塘。光海戊午文科，补检阅。尝与驸马选，宣祖视之曰：“他日必贵矣。”以假注书入侍，光海见而悦，闻其丧偶，迫令以宠姬妹为副室，南重终不应。仁祖丙子，扈从南汉，为大司谏。请诛江都守将，勿罪斥和诸臣。为大司宪，入对直斥麟坪大君营私敛怨，语甚切直。赵絅疏救尹善道，上特罢之，两司请审，南重以为“疏固可恶，求言之日不宜重谴”，遂引递祔礼太庙。南重为礼曹判书，导上行事，雍容中礼。首相郑太和曰：“此可见前辈风度。”性嗜书，手抄史书曰：“历代大鉴藏于家。”袭封庆川君，谥贞孝。】

李時楳《次韻》：“北闕辭螭首，西郊散馬蹄。川原秋色晚，山館夕陽迷。使節台星動，聲名泰岳齊。談詩推四宰，隨處錦囊携。”金南重《野塘燕行錄》【按《纪年便考》卷二十四：李时楳（1603－1667），宣祖癸卯生，字子和，号六隐堂，又藏六堂。仁祖己巳，登庭试，历翰林副学、两馆提学，官止吏参。丙子扈驾南汉。丁丑陪孝宗入沈阳，与金尚宪友善。显宗丁未卒，年六十五。】

崔鳴吉《次野塘韻》奉命西行時：“萬里銜縚客，乾坤入馬蹄。時危心轉壯，家遠夢猶迷。斷壑寒泉凍，荒村古木齊。諸公幸不捨，長路費提携。”崔鳴吉《遲川集》卷一【考证：据《使行录》，谢恩陈奏兼圣节冬至正使崔鸣吉、副使金南重、书状官李时楳于九月二十日辞朝。碧蹄馆位于高阳地界，为燕行途中第一站，依例于辞朝当晚宿此，如李宜《燕途纪行》云：“薄暮到高阳郡，馆于碧蹄馆。”又李时楳、崔鸣吉诗为金南重《碧蹄站示书状案下》之次韵，有“川原秋色晚，山馆夕阳迷”语，故此诗当作于九月二十日自汉阳发往高阳途中。《国朝人物志》卷二：崔鸣吉（1586－1647），字子谦，号迟川，全州人。宣庙乙巳，增广别试生员状元。同年文科，历三司。仁祖癸亥反正，录靖社，勋一等，封完城府院君，拜大提学。元宗追崇议起，鸣吉与李贵、朴知诫力主之。丙子扈驾南汉，力主和议。丁丑要盟，世子西行时，谓“国无所恃，则不可无崔完城。”丁亥卒，谥文忠。】

二十一日（丙戌）。

金南重《次書狀韻》：“男兒四方志，此日有茲行。分義忘夷險，愚忠任死生。山河綿萬里，星夜促嚴程。處處頻酬唱，書懷豈要名。”“征驂催發趁朝暉，霜重風高皁盖飛。行役非關歲將暮，感懷偏覺淚頻揮。北來長路連遼界，西望中原隔帝畿。怊悵亂餘人事變，秖看山色帶烟霏。"《坡舘即事》："危時銜命指遼陽，西北關山道路長。何地敢忘臣分義，此行元係國存亡。風高落木催寒急，雨濕征衣策馬忙。更向坡軒聊憇息，主人多意勸深觴。"金南重《野塘燕行錄》【考证：高阳至坡州四十里约一日程，且诗有"征驂催发趁朝晖"语，故当作于九月二十一日晓自高阳发往坡州时。】

金南重《渡臨津有感二首》："江雨霏霏江水寒，扁舟徐引渡長灘。從今北望君親隔，獨立烟波意萬端。""江頭爭渡衆人喧，風色蕭蕭雨氣昏。十里烟波愁裡望，暮年衣袖淚餘痕。途中詩思憐同病，舟上閑情對小樽。莫歎時危俱異域，驛亭隨處捻君恩。"《長湍客舍》："獨坐官齋百慮侵，與君何事更悲吟。窮秋落木蕭蕭雨，永夜殘燈耿耿心。未報涓埃身已老，欲論經濟力難任。明朝又向松都去，舊恨新愁共不禁。"《道中望松都有感》："長阪漫漫駈騎催，雨餘風急鴈流哀。中天積翠看松岳，故國荒墟認月臺。亂後驚心元易感，客邊愁緒更難裁。興亡自古多遺恨，莫說當時且把盃。"《松都》："統合興王地，昇平五百年。繁華今已矣，城郭尚依然。舊俗民藏富，遺風市用錢。橋名善竹在，忠節慕先賢。"《留守經歷持酒相送，醉後口占》："滿月臺猶在，荒凉秋草衰。繁華渾一夢，宮殿只遺基。不獨興亡恨，還兼喪亂悲。慇懃地主意，揮淚勸深巵。"《青石洞》："誰憐萬里客，有愧百年心。悵望愁雲遠，遲回恨水深。馬蹄穿峽路，蛩語斷霜林。幸賴君詩好，聊同醉後吟。"《金郊舘》："路入金郊驛，時當玉露秋。霜林凋已盡，荒野穫初收。未報瘡痍起，還驚舘舍凋。皇華非舊事，悲慨看吳鉤。"《猪灘二首》："覓路緣危磴，尋灘涉大川。風烟百濟界，時序九秋天。落鴈迷荒野，斜陽下近巓。前途猶萬里，何日更言旋。""聞道清人至，何時見太平。更修灰裡舘，重困亂餘甿。處處聽悲語，家家有哭聲。醫民違宿計，慙却負吾生。"金南重《野塘燕行錄》【考证：据下诗"十月又惊雷"一句，以上诸诗约作于九月二十一日至十月间。】

十月

金南重《聞冬雷有感》："國破民仍病，時危事可哀。皇天未悔禍，十月又驚雷。認是非虛應，何由更弭灾。從知修省日，燮理在塩梅。"金南重《野塘燕行錄》【考证：诗云"十月又惊雷"，故约作于十月间。】

金南重《蒽秀山》："爲眼停鞭蒽秀山，翠屏渾擬畫圖看。天教夜雨添懸瀑，地噴朝雲暗絕巒。半日閑情若遺世，百年清賞更憑欄。今來却恨秋光盡，歸路應愁積雪寒。"《次書狀》："愛君詩法奪天工，能使新篇畫衆峯。多小烟霞入牙頻，分明物色在陶鎔。懸崖削鐵松皆倒，飛瀑成潭水自舂。眞境怳然移到此，晚陰濃翠想重重。”《瑞興客舍》：“秋盡長程木葉稀，病餘行色尚戎衣。風驅朔氣寒聲緊，雲傍關山夕照微。奉使不堪辭令重，出疆唯仗相公威。悄然孤舘愁無語，憂國傷時淚獨揮。”《咏瑞興山城》：“山勢紆餘粉堞周，喜看天險冠西州。安得雄才守此地，百年無使至尊憂。”《釖水道中二首》：“馬上嬰詞筆，新篇到處成。非關陶物色，豈爲要詩名。寓興忘長路，排愁慰客情。歸來作卷軸，多是不平鳴。”“日日凌晨發，驅馳客意忙。路從關樹遠，愁與塞雲長。霜重初含凍，風高欲裂裳。加餐各努力，完事要身强。”《道中》：“孤舘依山麓，登臨晚眺賒。歲寒雲欲雪，秋盡野無花。去路燕都隔，歸心鴈影斜。忿忿催僕馭，千里指龍沙。”金南重《野塘燕行錄》

崔鳴吉《鳳山路中》：“長坂逶迤摠赤泥，古城遙指夕陽西。羊公往迹無因問，碑面蒼苔字已迷。郡有玉城碑，故及之。”崔鳴吉《遲川集》卷一

金南重《鳳山舘》：“催鞭纔到舘，依枕復沉吟。短景低山暮，寒雲接塞陰。弊裘愁病骨，新句見憂心。願得盈樽酒，憑君細細斟。”《洞仙舘》：“遠客無眠倚洞仙，夜深燒燭檢詩篇。篇中歷歷山川態，千里風烟在眼前。”《奉呈上使相國》：“相府聲名清國傳，富公辭令宋朝賢。忠誠貫日身都膽，識見超人計萬全。却奉綸音當大事，更看筋力政中年。山河跋涉寧嫌遠，遼塞應陪鶴駕旋。”《奉呈上使》：“身佩安危心力殫，向來勳業濟艱難。啣綸密勿機關重，奉使雍容禮數寬。雲接薊門邊月苦，雪飛遼路朔天寒。中宵無恨憂時念，强把新篇洒淚看。”金南重《野塘燕行錄》

崔鳴吉《次韻》：“長年菽粟愧空殫，世屬艱虞進退難。筋力敢辭官路永，詩篇强遣客憂寬。夢回京口千山阻，心折遼西十月寒。他日歸朝將吉語，眉間黃色好相看。”金南重《野塘燕行錄》

李時楳《次韻》：“亂後民窮財亦殫，兩西酬應覺尤難。相公詩句憂時發，病客羈愁得酒寬。關路雪飛秋水凍，戍樓霜重角聲寒。書生老去心猶壯，千里燕雲倚釖看。”金南重《野塘燕行錄》

崔鳴吉《次蒽秀山韻》：“削立溪邊萬仞山，爲當官道要人看。千年玉乳懸蒼壁，四面螺鬟簇翠巒。疇昔皇華停使節，幾篇佳什映雕欄。可怜勝事今難再，衰草荒墟夕照寒。”《途中偶感》：“客夢迢迢官路遙，飄蕭華髮鬢邊饒。燒殘舘舍茅仍覆，秋落關河葉盡凋。未許煙霞尋舊隱，難將塵露報明朝。十年廊廟今如此，更遣何人爲解嘲。”崔鳴吉《遲川集》卷一

金南重《次呈正使》：“驛程行李政迢遙，山水空憐物色饒。千里傷心時序

改，百年多病鬢毛凋。皇華儐接非前日，玉帛梯航異舊朝。從古安危大臣在，請公無使後人嘲。"《望正方山城有感》："元戎本意築山城，準擬防胡衛兩京。豈謂一宵千騎過，更看長路大軍行。疾如風雨嗟難過，虛擁貔貅望亦驚。可惜至今餘粉堞，十年民力竟何成。"《黃州館即事》："暮到齊安館，天寒病客情。人烟經亂少，山日漏雲明。可惜雄藩地，空餘廢堞城。詩成還自詠，誰識不平鳴。"《次正使韻》："原隰綿千里，行駒馬騑寒。天凋凋草木，斜日淡烟霏。事急嚴程促，時危宿計違。山河知近塞，風色捲征衣。"《奉呈上使》："天上台星作使星，雙旌遙指漠南庭。停車處處詢民瘼，拈筆時時賦物形。今日艱虞推事業，向來顛沛見精靈。鰒生忝副無長策，欲扣洪鍾愧寸筳。"《中和舘次上使韻》："爲國愁無寐，新詩用意勤。嚴程歲已暮，官燭夜將分。杳杳龍沙磧，悠悠鴨水紋。歸時陪鶴駕，珍重慰吾君。"《中和舘》："此路朝天二百年，一時冠盖捴詩仙。由來彩筆多酬唱，到處華筵咽管絃。喪亂即今悲世事，山川依舊帶風烟。平生酒賦全無興，回首燕京涕泗漣。"《萬里橋》："萬里橋前萬里人，北風吹面污征塵。茫茫曠野何時盡，欲向長江又問津。"《大同江》："大同江上練光亭，丹檻依然映水明。扁舟欲渡風生浪，隔岸先聞畫角聲。"《平壤即事》："江浪參差打彩舟，逆風還作暫時遊。依俙天際攢雲岫，縹渺城頭聳畫樓。千里客程連玉塞，百年浮世等萍流。波間浩蕩無南北，塵迹何由似白鷗。""滿目江山好，千年勝事繁。西關一都會，東國最名藩。閭舍今來少，樓臺亂後存。凄涼悲物色，無復醉深罇。""城下漁村沙渚邊，寒風吹浪夕陽天。巍然畫閣臨江水，只欠紅裙倚彩舡。"《大同江次書狀韻》："西來千里戒嚴程，無限江山處處呈。此地繁華留好事，舊都形勝擅佳名。周遭粉堞雲間出，多少樓臺水底明。怊悵客愁仍獨立，暮天烟樹捴詩情。"金南重《野塘燕行錄》

崔鳴吉《平壤次副使金侍郎南重韻》："移時喚渡立沙邊，九月風高浪拍天。鷗鳥不知人事改，夕陽無數傍漁船。""征鞍日日戒嚴程，不管西州物色呈。只把寸忱酬眷遇，敢將衰鬢占詩名。關河極目秋天迴，臺榭連空落照明。想見至尊仍旰食，長安回首重含情。"《有懷》："憶昔昇平日，茲邦勝事繁。樓臺臨媚景，幢節控名藩。井落渾依舊，風流略不存。故人仍遠謫，誰與共清罇。"《用前韻竹枝詞三疊》："輕舟伊軋白雲邊，櫓搖碎却鏡中天。欲識篙師手捷疾，後船漸遠失前船。""妾家本住瀼西邊，燕子樓高三月天。綠楊絲脆易斷絕，莫遣漁郎來繫船。""雙蛾顰向鏡臺邊，不恨郎君只恨大。未識巴西路近遠，含情樓畔問商船。"崔鳴吉《遲川集》卷一

金南重《箕子廟》："白馬朝周日，青丘立國辰。斯民賴八教，夫子許三仁。

地舊神都壯，雲開廟貌新。悲涼麥秀曲，千載淚沾巾。"金南重《野塘燕行錄》

崔鳴吉《箕子廟次金侍郎韻》："道啓陳疇日，心驚達丑辰。殷墟空洒涕，鮮域竟歸仁。香火祠堂舊，丹青畫像新。明夷看苦意，千載重沾巾。"《箕子廟》："聖遠三千載，空山墓刻留。瓊宮曾諫紂，玉馬竟朝周。古井存殷制，陳編敍禹疇。居夷知有道，餘教被青丘。"崔鳴吉《遲川集》卷一

金南重《箕子墓》："千古珠丘壯，遺塋玉殿虛。松杉森若舊，羊馬宛仍初。惻怛仁之發，佯狂聖自如。茲行冀冥祐，香祝暫停車。"《檀君祠》："肅肅檀君廟，靈風萬古存。松聲滿虛閣，水色遶空垣。冠蓋來頻謁，春秋祀亦尊。題詩愈起敬，幽佩雜蘭蓀。"金南重《野塘燕行錄》

崔鳴吉《次金侍郎檀君廟韻》："甲子開基遠，神人異迹存。餘風看舊俗，祠屋帀重垣。亦有東明配，遙瞻象設尊。興亡千古恨，一酹奠芳蓀。"《次李書狀時楳韻》："十月邊風勁，平郊霽色澄。薄雲初墜日，陰澗欲成水。畫角寒仍迥，霜蹄暮更騰。看君多妙句，老朽怯先登。"崔鳴吉《遲川集》卷一

金南重《順安道中次書狀韻》："日沉遙峀暗，星動近川澄。歲暮衣偏冷，天寒硯欲水。謀身知拙薄，作句愧飛騰。君詩光萬丈，騷壘敢先登。"《肅川道中口占十二韻》："萬里去何之，天長紫塞陲。行裝看匣釖，心迹愧囊錐。歲暮窮陰積，時危兩鬢衰。山川猶杳杳，征邁敢遲遲。相府金鏞質，霜臺玉樹姿。經綸推妙筭，才格仰清規。白雪叼酬唱，丹忠任險夷。沾衣關雨冷，吹面朔風悲。郡邑煩供給，民生最怨思。強秦方虎視，中國尚鴻私。使事如無忝，吾東庶有辭。終須各努力，幸報聖明知。"《又》："自愧多年疾，誰憐萬里行。天寒雲氣薄，山晚雨絲明。浮世窮途恨，關河歲暮情。蒼茫孤舘裡，默坐筭歸程。"《菡萏亭遺意》："菡萏亭依舊，重來倚曲欄。溪塘初潤盡，霜藕已凋殘。華燭琴偏促，羅幃夜欲闌。追思還一夢，寥落洞房寒。"《再用前韻》："孤舘愁無寐，青燈傍畫欄。關心驛路遠，經亂邑居殘。感慨身將老，蒼茫歲已闌。西行幾時了，風雪弊裘寒。"《肅川舘書示書狀》："一別都門出塞垣，向來心事獨憑君。長程却喜征驂並，永夜還嫌舘舍分。欲破窮愁頻把酒，更將幽思細論文。他時共謝名韁絆，歸卧林泉伴白雲。"《次書狀》："征斾超超指漠南，廟堂臺閣儼相參。言忠自足行乎貊，覺爽寧嫌酌彼貪。霜重薊門凋草木，月寒遼界潤溪潭。邊鴻已向胡雲度，官馬何曾塞路諳。附驥未容聞大計，揚眉無復吐高談。誰言絕域心多苦，猶勝圍城食不甘。從古大臣專委任，即今王事獨當擔。文章儒雅家傳業，冰蘗清操室罄甔。却笑癯形同病鶴，更憐衰意似眠蚕。才疎奉命身無補，食飽官厨面有慙。位絕青雲攀莫及，音高白雪和難堪。包胥七日秦庭哭，

太史千年禹穴探。萬里行裝憑一釼，朝天風雨策羸驂。吟邊物色經秋序，望裡峯巒帶夕嵐。夢遶燕山頭欲白，魂傷鴨水綺沉藍。消愁不要深尊醉，寓興非緣好景耽。對燭蒼茫孤墳激，題詩多少苦情含。踈慵自是宜丘壑，樗散由來愧杞楠。異地敢辭行役遠，此生難報聖恩覃。高樓獨坐看牛斗，河漢依依碧落涵。"《安興舘》："地作西藩重，名爲上將營。江關開玉帳，天險壯金城。物衆因形勝，人和見政平。從今自強策，只願永休兵。"<small>金南重《野塘燕行錄》</small>

　崔鳴吉《次副使韻》："都護關防地，何年闢柳營。西風聞畫角，曉日見層城。水落清川細，天低迥野平。相逢但一醉，取次莫論兵。"<small>崔鳴吉《遲川集》卷一</small>

　金南重《百祥樓》："江上逶迤萬雉城，城頭高絕畫樓明。開窗歷歷羣峯小，倚檻茫茫大野平。千古風烟供彩筆，百年登眺駐嚴程。安興節度偏多意，爲泊歸舟勸酒舩。"<small>金南重《野塘燕行錄》</small>

　崔鳴吉《渡清川望百祥樓，見副使書狀聯騎下來》："朝來催駕發安興，欲上高樓病未能。香嶽雲消青黛出，清川潮退綠脂凝。十年兵革身全老，千尺欄干夢獨憑。遙望雙旌過絕岸，錦囊新句幾篇增。"<small>崔鳴吉《遲川集》卷一</small>

　金南重《清川江次正使韻》："寒江風急水波興，黃帽移舟捩柂能。樓壓女墻丹檻聳，日高香嶽紫烟凝。悲歌激烈三盃醉，斗膽輪囷一釼憑。可笑此生成底事，世逢多難氣猶增。"<small>金南重《野塘燕行錄》</small>

　崔鳴吉《書懷》："去家日以遠，馬首猶向西。回頭望長安，白雲歸路迷。謀國乏長策，召戎空噬臍。上爲宗社念，下復悶烝黎。周旋殫心膂，猶恐事易暌。此行不憚遠，文字有所齎。獨自抱苦心，撫枕中夜啼。天運固如此，誰論牛與雞。平生黃卷裏，擊節慕夷齊。張儀雖有舌，豈足誇小妻。磨涅道益光，譬如珠在泥。千秋甯武子，孔聖見提携。報國倘云了，歸去事耕犁。早知列鼎食，不及啖蔥薤。書此獨怊悵，官齋山日低。"<small>崔鳴吉《遲川集》卷一</small>

　金南重《嘉山道中次正使韻》："我行忽已北，帝鄉却在西。登萊杳何許，幽薊道途迷。冬醪吹蟻浮，官飯劈鱉臍。艱危懃奉命，凋瘵悲羣黎。憂時計已非，報主事乃暌。山河綿萬里，行李奏咨賷。窮陰霜雪繁，白屋亂離啼。靡靡踰壠坂，秣馬趁晨鷄。天末衆峯亂，雲邊遠樹齊。志壯撫孤釼，家貧愧瘦妻。羈遊舊病侵，無復醉如泥。空將歲暮恨，隨處筆翰携。吟風羌女笛，冒雪壤童犂。翠竹想幽居，山蔬憶寒薤。長歌出塞曲，回首暮天低。"《納清亭即事》："孤舘荒凉倚澗濱，滿天飛雪濕蒲茵。詩情悄悄愁填臆，病骨稜稜冷逼身。萬里駈馳緣奉命，十年辛苦爲交隣。窮林日暮寒聲急，羸馬頻顛路似銀。"<small>金南重《野塘燕行錄》</small>【按：据《大东地志》，纳清亭位于定州地界。】

金南重《定州道中》："雪後風號野，寒威欲折綿。窮林烏自墮，危磴馬頻顛。薄酒誠難醉，沉疴未易痊。應知鴨綠水，今夜已冰堅。"《凌漢山城》："凌漢蟠山頂，連雲粉堞雄。關防因絕險，控扼據要衝。泉井或成澗，蒭粮積作峯。胡來不敢近，直走漢陽宮。"金南重《野塘燕行錄》【按：凌汉山城位于郭山地界，《万机要览·军政篇四·关防》："郭山：凌汉山城，周三千九百七步。"】

金南重《林畔道中宣川》："慷慨憂時日，蒼茫出塞辰。卽須無戰伐，古亦有和親。地白風如刃，心丹鬢似銀。今宵宿良策，誰是好謀人。"金南重《野塘燕行錄》

崔鳴吉《宿林畔館有感》："傍人應笑我非夫，白首含綸到塞隅。館宇新經兵亂後，江山政屬雪霜初。百年天地書生老，千里關河旅夢孤。辛苦築城終底用，長敎志士淚盈裾。"崔鳴吉《遲川集》卷一

金南重《次正使》："宇宙之間一病夫，數千里外出邊隅。山河慘淡風塵後，草木蕭條雨雪初。日短脩程羸馬倦，夜寒虛舘凍吟孤。翻思瓦谷茅簷下，坐對朝暄攬弊裾。"金南重《野塘燕行錄》

崔鳴吉《車輦館》："征車日日侵晨發，千里嚴程尙恐遲。邊雪朔風俱見逼，弱男稚婦兩相隨。時危父子還輕別，義重君臣敢顧私。惆悵皇華賦詩處，館松依舊偃虯枝。"崔鳴吉《遲川集》卷一

金南重《車輦次正使韻》："千里嚴程節序移，北風行役敢遲遲。離京恨我君親隔，出塞看公子婦隨。徇國自當先分義，撫躬何獨感恩私。暫留孤舘還催發，門外寒松雪滿枝。"《良策道中龍川》："古塞人烟斷，蕭蕭風色寒。窮林積雪凍，空谷夕陽殘。漸覺家鄉遠，偏愁道路難。明朝又鴨水，何處整憂端。"金南重《野塘燕行錄》【考证：据下文，《沈阳日乘》言金南重一行于初八日至义州，故以上诸诗当作于十月初一日至初八日间。】

初八日（壬寅）。

是夕，謝恩上使崔相鳴吉、副使金護軍南重、書狀李佐郎時楳入城，先問余之所館，請與相見。余卽就見崔相，昏往副使處，與巡相書狀鼎坐，夜與副使聯枕團話。金宗一《瀋陽日乘》【按《魯庵先生年谱》："十月，上使崔鳴吉、副使金南重、书状官李时楳至义州，留三日，与之偕行入沈。公在沈时，虽虏人犷悍，见公必加敬畏，而每陪世子赴宴，必称金某来参，相顾失色。"】

金南重《龍灣卽事三首》："地到龍灣盡，天連玉塞長。城池經戰伐，旌節困風霜。突兀看松鶻，逶迤望鳳城。前途更千里，何日過遼陽。""一別終南後，家書杳不來。無眠那得夢，多病未傾盃。塞日寒光薄，邊風暮響哀。臨江候小

譯，行色暫徘徊。”“我行忽到此，今日塞途窮。地自重江限，人猶兩國通。邊風掀古壘，雪月滿寒空。悄悄官齋夜，愁聞畫角聲。”《登統軍亭三首》：“不喜登樓敞，還傷去國賒。層氷連大陸，積雪際平沙。舉目西方遠，憑欄北斗斜。霜毛逢歲暮，孤釰愧兵家。”“城上孤亭在，登臨向北風。江山夷夏變，雪月古今同。把酒心多感，題詩句未工。夜深扶醉下，雙燭引紗籠。”“龍灣形勝冠吾東，復有高樓聳碧空。從古使華登眺處，至今風景畫圖中。百年勳業身將老，千里行裝歲又窮。悵望山河一灑淚，獨憑雄釰氣如虹。”金南重《野塘燕行錄》【考证：据《沈阳日乘》可知使团于十月十二日渡鸭绿江，以上诸诗当作于十月初八日至十二日间。】

十二日（丙午）。

副使與書狀設酒酌請余，終宵團討。自此之後，或處同房，隨事相議，危險之地，宗誼可感，仍與之偕發。時積雪丈深，不辨原隰道路，渡鴨綠後連宿雪上。金宗一《瀋陽日乘》

金南重《卽事》：“平明伐皷啓重城，樓觀參差水上營。三夜病吟孤客意，却望通遠更催行。”《渡鴨綠江》：“更欲之何處，依然別此城。風雲霾大漠，氷雪擁長程。未禁思親淚，難堪憶子情。只緣王事急，晨夜復催行。”《雪馬》：“雪馬交馳急，長氷接岸邊。輕雷轉鮫室，平地走青天。暫快窮途轡，還成半日仙。沙頭玉節駐，回首更依然。”金南重《野塘燕行錄》

十三日（丁未）。

金南重《九連城曉發》：“月落征車發，山寒曉色籠。凍雲陰欲雪，孤角逈吟風。昔作樓臺地，今爲草莽空。丁寧戒徒旅，畏道莫怱怱。”《金石山》：“露宿偏知病骨寒，一宵愁態已凋顏。野無烟火非人境，山帶陰雲似鬼關。萬里客懷逢歲暮，百年身事際時艱。蓬蒿滿目悲風急，獨立蒼茫淚自潸。”金南重《野塘燕行錄》【考证：据洪大容《湛轩燕记·路程》可知鸭绿江至九连城二十里约一日程，九连城至金石山三十五里约一日程，且诗有“九连城晓发”“露宿偏知病骨寒，一宵愁态已凋颜”语，故二诗作于十月十三日自九连城发往金石山途中。】

金南重《曉行》：“路入窮荒樹接天，北風氷雪塞寒川。蒼茫曉色如深夜，繞度前山馬幾顛。”《柳田道中》：“村虛寥落古墻存，雲雪霾山日色昏。怊悵百年佳麗地，秖今惟見暮鴉喧。”《湯站堡》：“孤城臨古道，金榜尚分明。酒肆當年興，荒墟此日情。山寒雪欲落，灘急水偏鳴。萬里三韓客，吟鞭暫駐行。”《龍山夜》：“晝恨道途難，夜愁帷幬寒。雲山渾不管，雪月好誰看。報主心徒切，哀時淚未乾。親庭杳萬里，憂念更千端。"《鳳凰城》："鳳凰山畔鳳凰城，風慘雲愁似有情。從古幾供騷客詠，至今空送遠人行。層崖自作危陴立，疊障還圍廣野平。可惜地形天下險，不知何日復經營。"《松站二首》："征鞍無日息，行路幾時窮。地遠山河異，天長雪月同。耐寒從久病，唧命伏孤忠。不寐牽愁緒，終宵聽北風。""今宵松站月，偏向旅人明。未作思鄉夢，還傷去國情。老親應倚枕，稚子亦憑欒。幾日休行役，安居送此生。"《松站曉發》："西嶺月初落，東天曉色開。昭昭銀漢徹，耿耿玉繩回。風澀鬚冰冷，霜添鬢雪皚。孤吟何太苦，愁裡句新裁。"《卽事正使以病留義州，故先行至通遠堡見阻》："獨發龍灣舘，羸驂日夜征。已看通遠堡，却望鳳凰城。不有嚴程急，何先相國行。關門還見阻，寒野駐風旌。"《通遠堡》："遼陽形勝控燕京，千里山河一望平。割據卽今爲異地，風烟依舊帶孤城。軍門令急雖知法，譯舌音殊未解情。張膽欲論天下事，可憐樊噲願精兵。"《書狀有寒疾書示》："自是霜臺彥，仍添雪幕寒。頭風宜未免，鼻涕豈曾乾。去國身千里，思家意萬端。同行有同病，聊和越吟酸。"《卽事次書狀韻》："三日關門阻，何時使事完。遡風排冷帳，披雪駐吟鞍。漸覺頭催白，還驚月破團。茲行救民意，不獨爲兵單。"《夜坐》："衝雪伐山木，通宵燃帳前。身寒宜炙凍，眼病却妨烟。曉色風送急，天陰月尚懸。憶曾瓦谷舍，穩睡酒缸邊。"《次書狀書懷韻》："絕域誰憐行役勞，暮天風雪撲綈袍。羈心欝抑身將老，詩思凄涼句未豪。城裡却愁胡滿眼，匣中空有釖吹毛。憑君欲和陽春曲，強費孤吟凍筆操。"《絕塞》："絕塞天將暮，淹留一病形。野雲含雪意，山木撼風聲。底處烟生堗，誰家酒滿瓶。無人慰凄冷，塊坐暗傷情。"《次書狀遣懷》："塞天留滯淚潛潛，雲雪蒼茫歲月淹。憂國只知勞寸赤，濟時還愧救黎黔。路從遼界千山遠，詩得窮愁一病添。誰識平生慷慨志，笑開塵匣釖芒銛。"《夢罷》："晝思爲夜夢，欹枕便終南。堂上雙親並，床前小子三。覺來身尚遠，孤坐恨難堪。曉氣添寒疾，塡胸吐冷痰。"《次正使書示韻》："幾日淹城外，今朝別寨邊。屯雲籠古木，積雪擁長川。取醉尊無渌，排寒草有烟。清人久不報，征路漫停鞭。"金南重《野塘燕行錄》

崔鳴吉《元韻》："客行何處託，斜日古城邊。掃雪新移帳，敲氷晚汲川。山寒看獵騎，野迥匝炊烟。賴有同心友，朝朝並馬鞭。"金南重《野塘燕行錄》

金南重《通遠堡發行》："奉使殊方志氣摧，雪中三夜宿城隈。一人條爾從西去，五將飄然自北來。却向軍門相見罷，更尋遼路並駈催。應知王事終完吉，天遣吾行幾日迴。"《夜宿旅人家聞歌》："月黑窮林積雪平，何人此夜送歌聲。憐渠凍餒應愁苦，認是思家無限情。"《清將護行》："躍馬持弓箭，相呼先後隨。殊音迷咫尺，長路任駈馳。匝地腥風起，籠山苦霧遲。今宵宿嶺底，猶得及前期。"《次書狀贈申員外易于韻》："苦恨艱難不復陳，此行端爲重天倫。行裝千里黃金乏，家業平生白屋貧。頭角依依在吾目，存亡杳杳問誰人。贏驂數倒飢童倦，獨向西風淚滿巾。"《連山舘道中》："向夕陰風起，漫空密雲飛。山寒林靄暝，水急澗冰微。歲暮孤身遠，時危萬事非。沉吟多憾慨，吾道竟何依。"《獵夫》："碧眼黃鬚六七夫，馬鞍懸肉血糢糊。明朝又有陰山獵，夜半磨刀氣甚麤。"《連山站曉發》："烟幕難堪擁鼻腥，雪程乘月獨先行。林間曉色濛濛霧，嶺上寒芒耿耿星。半世循名違宿計，異邦爲客愧平生。天明更望遼河界，始信乾坤水上萍。"《會嶺卽事》："凍雪和朝霧，山光粉繪中。千林珠點綴，萬樹玉玲瓏。西嶺崖添翠，東峯日射紅。君能覓句否，模寫最難工。"《甜水站》："由來冠盖地，甜水亦名關。古舘孤城外，平川兩峽間。使行修舊好，吾道屬時艱。處處塡街哭，誰非望曠還。"《靑石嶺》："兩峽參天石逶蟠，千人魚貫下雲間。枯松絕壁渾如畫，行色疑從蜀道還。"《三流河二首》："三流河水學龍蟠，曲曲相連十里間。却似愁腸九回了，寒波嗚咽助潺潺。""自笑終南客，胡爲漠北來。人人帶弓箭，處處設烟臺。異俗吁何怪，羈俘見可哀。天寒行役苦，懷抱欝難開。"《遼東》："縱目窮遼野，傷心望古城。風烟暝色遠，臺觀舊基平。全盛當年事，荒凉此日情。唯餘華表月，夜夜自虧盈。"《新城》："大野連天際，孤城蠢水濱。新開兵禮部，相雜漢淸人。到舘衣冠整，臨程拜叩頻。何心啖酒肉，有淚暗沾巾。"《白塔》："古塔巍然鶴野邊，千年玉色照青天。當時佛寺金銀煥，此日荒墟瓦礫塡。興廢可堪人世變，山河空惱客愁牽。深溝高壘終無賴，只見城頭夜月懸。"《次書狀韻》："大漢無中策，關防事卽非。閭閻殊俗換，頹廢舊城微。世亂身空老，天寒客未歸。皇威終震疊，不必淚沾衣。"金南重《野塘燕行錄》

崔鳴吉《次副使韻》："控扼要衝百雉城，關防新設護神京。曾知元帥推多算，竟使儲君作遠行。戰苦洞仙功未就，事危南漢夢猶驚。可怜粉堞連雲勢，盡是當年築怨成。"《次書狀韻》："憶曾留滯客周南，身似禪僧夜獨參。經史百年眞足樂，功名一夢更誰貪。猥逢聖代收耕野，亦使疏蹤輟釣潭。恩絕在朝翻自懼，計深謀國詎能諳。不思陰雨須先備，空遣詩書入坐談。蜀棧蒼黃仍事急，秦庭拜跪亦心甘。臺評往日多譏謗，鼎坐今年重荷擔。身上弊裘纔掩骼，庫中餘粟不盈甔。驚弦餘魄同羈鳥，望哺民情似餓饕。傳食一旬徒自苦，奉書千里轉多慙。羨君詩律家聲素，扛鼎騷壇筆力堪。御史霜威驄馬去，關西物色錦囊探。風流副使同吟眺，煙雨脩途竝駈驂。急雪有時催妙句，清飇作意捲層嵐。

香山人望纔分髻，鴨水經秋欲染藍。釀熟何妨吏部飲，詩成偏覺少陵耽。龍泉寶劍愁頻撫，雞舌新香夢每含。托契向來同趣味，論材終是愧梗枏。國恩可報身何愛，仁政如施澤自覃。摠爲前星隔天末，一年雙眼淚長涵。"《次副使韻》："驅車信所之，漸已近邊陲。疊嶂森如戟，驚風利似錐。功名君未老，顏鬢我全衰。拱北心徒切，圖南路未遲。瓊琚看咳唾，玉雪仰容姿。楚奏終懷舊，新亭浪作悲。路長猶未了，人遠苦相思。幸際風雲會，偏蒙雨露私。涓埃如可報，糜粉更何辭。感激平生意，丁寧謝舊知。"崔鳴吉《遲川集》卷一【考证：据下文，《昭显沈阳日记》言十月二十四日"谢恩使崔鸣吉、副使金南重、书状官李时楳、司书金宗一……工曹判书李时白质子悦入来"，以上诸诗当作于十月十三日至二十四日抵达沈阳前。】

二十四日（戊午）。

謝恩使崔鳴吉、副使金南重、書狀官李時楳、司書<u>金宗一</u>、中使吳以恭、東宮內官俞好善、左議政崔鳴吉質子後亮、兵曹判書具宬質子仁垕、戶曹判書質子沈悅質子廷男、工曹判書李時白質子悅入來，質子皆挈眷，而崔後亮妻渡鴨江後以病還去云。《昭顯瀋陽日記》

金宗一《次李白洲明漢瀋陽韻此下五首皆丁丑入瀋時作》："爲泊漏船小海傍，臨流無賴一曹郎。分明汔濟梢工手，恃此經來九曲腸。""克復經綸是丈夫，金陵幸見管夷吾。安能掃却連城窟，挾鳥歸來漢水都。"金宗一《魯庵集》卷一【按《国朝人物志》卷三：金宗一（1597－1675），字贯之，号鲁庵，庆州人。受学承旨申之悌，聪明奇伟，文词行谊不待教而成之，悌甚奇重。仁祖甲子生员进士，乙丑文科状元。庚午为晋州牧使。乙亥以正言召。丙子虏警，为巡察使从事官，勤王前进于双岭。丁丑二月，闻大驾出城，入京奔问，拜直讲，除持平。与正言梁曼容共劾尹昉，诣台则梁不至，宗一启曰："自点受西门重任，以敌遗君父，罪不容诛，而后乃置身净地。前领府事尹昉受宗社之寄，忍使庙社神主污蔑散失，而逃命苟活。吕尔征以肺腑之臣，视宗社蒙尘为何事，而独幸一身之全，罔念人臣之节。夫正月晦日以前款首贼阵者，皆忘君卖国之人，臣以为不诛昉、自点，则无以慰神人之愤。不罪尔征，则无以明君臣之分。"仍言曼容负约不来事，又请自劾乞免，朝廷肃然敬惮之。十月，以司书入沈阳，与郑雷卿发郑命寿阴事，雷卿被死，宗一挈还，削职，谪盈德。癸未放还。辛卯为修撰。丁酉为蔚山府使，与眉叟许穆连疏论礼，出配平海。庚子放还。年七十九卒。】

金宗一《贈金參判南重》："天錫公衷百鍊金，東朝簪笏北宸心。材堪柱石能支廈，世病瘡痍莫試鍼。萬里榆關身共滯，一春花樹誼偏深。入瀋一行宗誼尤密，故及之。手持漢節歸何日，魂纖長程渡淇潯。《次閔輔德應協》："職輔東儲萬里邊，寒風冷雪夢三年。誦詩早歲推專對，從事危場見獨賢。玉珮緋衣崇品秩，薊門遼塞舊山川。孤松特栢霜中立，識得人間雅操堅。"金宗一《魯庵集》卷一【考证：以上诸诗无显著时间线索，据其在诗集中与其它诗前后位置，约作于十月二十四日使臣抵达沈阳后。】

　　二十五日（己未）。

　　午後，世子、大君赴清主誕日，賀班因納寶劍一、偃月刀二、金屏四、琉璃瓶二、琉璃盃三、瑪瑙盃一、白蠟燭百、綵絲帶六，大君亦進各樣物件，清人并大朝所納方物排列庭中，諸王分班坐良久，別無行禮之事，蓋清主忌痘疫不敢出臨云。《昭顯瀋陽日記》

　　金南重《十月二十五日記見》："氊幕分庭擁賀班，貂裘成列匝諸蠻。堪歎萬事眞難料，東國衣冠在此間。"金南重《野塘燕行錄》

　　金南重《東館》："萬里投孤舘，天寒伴病僚。一羊供五日，斗酒度三宵。門鎖夜叉守，街塡畫鬼囂。可憐墙外哭，多少苦顏憔。東舘土床冷，愁人夢未成。誰能分夜刻，時聽扣銅鉦。"金南重《野塘燕行錄》【考证：据下文，《昭显沈阳日记》言二十八日"清人许赎我民，开市于南门之内"，金南重等监其事，又诗有"万里投孤馆，天寒伴病僚"语，故此诗作于十月二十五日至二十八日间。】

　　二十六日（庚申）。

　　遣英俄爾岱、馬福塔、達雲齋敕冊封李倧為朝鮮國王。《清史稿卷三·本紀三·太宗二》

　　二十八日（壬戌）。

　　清人許贖我民，開市於南門之内，副使金南重、宰臣朴魯監其事。是夜，世子引朴魯問贖還事情。《昭顯瀋陽日記》

　　金南重《哀被虜人》："殊方不禁淚漣漣，子女悲號擁馬前。安得萬金分贖盡，一時歸放鴨江邊。"《夜坐》："客裡偏驚節序催，天心已迫一陽迴。殊方雲物添新恨，孤舘詩篇減舊才。殘燭有情雙下淚，五更無睡獨書灰。應知萬里終南麓，簷外寒香吐早梅。"《次書狀口號韻》："花落殘燈覺夜遲，飛灰六管感天時。神光我惜龍鳴匣，瘦骨君憐馬齕箕。半世行藏還自愧，百年懷抱更誰知。明朝竣事回旌斾，歸及三江月滿期。"《次書狀見寄韻》："忝副台星使，仍隨吏部郎。心雄看釖匣，穎脫愧錐囊。節候窮險盡，天涯塞路長。春宮須好奉，歸去答吾王。"《次朴魯直韻》："愁緒茫茫似亂絲，殘燈明翳夜何遲。新經世變心灰冷，欲濟時艱鬢雪垂。唧命敢辭千里遠，臨機未吐一言奇。天寒絶域仍多病，耿耿孤忠只自知。"金南重《野塘燕行錄》【考证：下诗题曰"初度日有感"，即作于金南重生辰，故以上诸诗当作于十月二十八日至十一月初四日间。】

十一月

初四日（戊辰）。

金南重《初度日有感》："旅舘逢初度，天涯見客情。行藏何太薄，愁緒苦難平。遠隔高堂舞，誰憐異地醒。詩成轉凄冷，新月入窓明。"金南重《野塘燕行錄》【考证：金寿恒《礼曹判书金公墓表》云："妣贞敬夫人昌宁成氏，生员状元恂之女，以万历丙申十一月丙申生公"，可知金南重生于万历二十四年十一月初四日。诗题曰"初度日有感"，当作于十一月初四日。】

初六日（庚午）。

祀天於圜丘。朝鮮國王李倧遣使來貢，復表請歸其世子，並陳國中災變困窮狀。上不許，敕諭賜賚之。《清史稿卷三·本紀三·太宗二》

金南重《至日》："已覺生辰過，還驚至日來。風雲殊氣候，歌舞負罇罍。欝欝腸堪斷，凄涼事可哀。遙知洛陽裡，梅柳暗相催。"《次書狀韻》："艱虞不堪歎賢勞，詞賦空憐近楚騷。地盡異方淹日月，天寒孤舘駐旌旄。贐人徒旅金傾橐，逐獸羌兒雪滿韝。心折病添悲萬事，此生難報聖明遭。"《次書狀至日韻》："點檢西征錄，沉吟意更長。山川論萬里，雲物記他鄉。永夜空燒燭，寒床獨攬裳。天涯音信斷，不寐念高堂。"《次書狀即事韻》："早朝思北闕，閒卧憶西郊。二事身俱負，孤吟釘幾敲。天寒風痺苦，衣濕淚痕交。夢到城南宅，新梅雪裡梢。"《至日東宮賜送豆粥有感》："鶴駕終年滯異方，即逢佳節事堪傷。銀盤豆粥隨恩澤，孤舘羈臣淚萬行。"金南重《野塘燕行錄》【考证：以上诸诗均以"至日"为题，约作于十一月初六日，即是年冬至日。】

金南重《虛舘》："虛舘圍寒帳，炊烟擁土床。褊裨分酒肉，驛卒受柴粮。已覺天時改，誰憐客意忙。相看轉愁寂，何日理行裝。"《哀贐還人》："千金散盡幾人還，短褐羸形不忍看。長路風霜須善護，爲分衣食救飢寒。"《對坐》："對坐愁無語，斜暉返小窓。傷心同病苦，聒耳異音哤。短律添詩卷，殘醅倒酒缸。何當並馬轡，歸去渡三江。"《夜坐偶閱簡齋詩仍次集中韻》："北庭爲客歲將闌，東舘殘燈夜氣寒。捲地陰風元厭聽，中天苦月更愁看。書懷已覺詩成卷，對食難堪腥滿盤。身在險艱還有命，世間憂樂固多端。"《次書狀夜坐韻》："王事駈馳爲保邦，客愁休道壯心降。高歌激烈頻看釘，笑舞揮旋更拓窓。歲暮不須悲白髮，夜分何苦詠寒釭。歸時雪馬龍灣上，醉踏層冰月滿江。"《遣意》："一出關河歲月移，龍灣回首更堪思。堂中狎客傳杯夜，座上佳人剪燭時。旅態袛今愁似醉，苦吟終日坐如癡。虛簹悄悄誰相問，風打寒窗雪入帷。"《次書狀韻》："世變無窮生有涯，此身何事困風沙。陰山日落啼青兕，古戍雲迷噪白鴉。努力百年須報國，奉綸千里敢思家。天寒地遠仍多病，危鬢成霜眼翳花。"金南重《野塘燕行錄》【考证：据下文，以上诸诗当作于十一月初六日至初十日间。】

初十日（甲戌）。

陰，是夕雪。《昭顯瀋陽日記》

金南重《夜雪》："密雪蕭蕭下，頑雲漠漠寒。已欺新月暗，偏洒小燈殘。坐久吟詩苦，愁多覓酒難。細題今夜景，明日與君看。"金南重《野塘燕行錄》【考证：《昭显沈阳日记》言初十日"是夕雪"，诗题曰"夜雪"，又有"细题今夜景，明日与君看"语，故此诗当作于初十日。】

金南重《有懷》："回首幷州幾日歸，燭前低唱夢依依。天涯此夜偏愁寂，攲枕寒床不解衣。"《記懷》："玲㼈知旅態，懶慢不搔頭。魯酒難成醉，夷歌只起愁。地寒飛鳥絕，天遠亂雲浮。夜夜家鄉夢，朝來占吉不。心似窺籠鳥，身如觸網黿。羈愁偏爵爵，使事苦遲遲。積雪霾沙磧，寒雲擁塞陲。何當生羽翰，飛過鴨江湄。"《次書狀書懷韻》："喪亂餘生志氣凋，客中詩興轉寥寥。思親淚眼穿雲塞，戀闕丹心立月宵。多病不堪杯到手，危時無復釰橫腰。多年謝世同歸去，與子耕田且擔樵。"《不寐》："呼兒煑蕪葉，求汗擁毛衣。隔幔燈光翳，窺窗月影微。窮愁元少睡，多病久忘機。舒膝君方臥，應知夢已歸。"《遣意》："杳杳來時路，茫茫夢裏身。人間更何世，關外本無春。望月丹心苦，看雲白髮新。詩篇聊慰意，休恠唱酬頻。"《次書狀韻》："天寒霜雪繁，地濶風雲動。蒼茫遠客情，迢遞關河夢。一陽添短景，窮陰霾夕霧。殊方異節候，舊病增呻痛。羈游淹毳幕，晚計違茅棟。寒香憶訪梅，臘味思傾瓮。窮途對豺虎，何處聞鸞鳳。茲行愧宿昔，玉帛輸歲貢。盈床堆大肉，滿椀濃腥湩。縱觀可汗居，金屋彌深洞。塡街車馬喧，擁路謳吟弄。哀彼被擄人，日暮哭聲慟。偏驚膽欲烈，未暇詩寓諷。何當竣事歸，遼左並縱鞚。沉吟了短篇，孤坐愁忍凍。"《次書狀記懷韻》："獨臥寒床聽曉鍾，殊方幾夜度玄冬。愁邊只覺詩情懶，病裡難敎睡味濃。默筭故程迷故國，偏傷積雪擁群峯。新篇忽報休徵在，鶴駕應須返九重。"《次書狀志感》："屯雲積雪晝恒風，百尺高城大野中。白馬健夫常帶釰，紅巾女兒亦彎弓。銜綸此日身仍病，勒石他時計已空。浮世可憐成底事，人生易老恨難終。"金南重《野塘燕行錄》【考证：据下文，《昭显沈阳日记》言十八日

金南重一行东还，详诗意，以上当作于十一月初十日至十八日留沈期间。】

十七日（辛巳）。

遣朝鮮國陪臣崔鳴吉等歸國。《清太宗實錄》卷三九

十八日（壬午）。

世子在瀋陽館所引見正使崔鳴吉、副使金南重、書狀官李時楳、司書金宗一入侍。午後，<u>正使崔鳴吉、副使金南重、書狀李時楳還</u>。《昭顯瀋陽日記》

金南重《臨行柬朴德雨》：“傷心經亂日，慘目贖人時。愧我黃金乏，憐渠赤子遺。風霜那忍凍，糖粥幾啼飢。虎穴終須脫，憑君待後期。”《發瀋陽，書狀兄弟臨歧作別，故書此》：“幾日愁淹館，今朝喜發行。疲人能健步，羸馬亦驕鳴。卽取遼陽路，仍過通遠城。還憐常棣別，不耐去留情。”金南重《野塘燕行錄》【考证：以上二诗作于十一月十八日自沈阳离发时。】

十九日（癸未）。

正使崔鳴吉過混江病重，還入東館。《昭顯瀋陽日記》

二十一日（乙酉）。

<u>正使崔鳴吉還</u>，醫官柳達承令陪徃。《昭顯瀋陽日記》

金南重《爛泥舖道中》：“星駕言旋日，天寒一病身。長途穿積雪，孤唱發陽春。奉命縗完事，休兵可保民。從今謝塵世，故臥寂寥濱。”《遼陽次書狀韻》：“爛泥知舊堡，白塔認遼城。亘野長途坦，連雲積雪明。塵沙迷遠近，朝夕異陰晴。行役何時了，傷心說丙丁。”《遼野》：“慘淡雲低日，微茫野拍天。所過無樹木，何處覓山川。烽櫓亭長短，芻粮車接連。行行塵滿面，有愧鶴翩翩。”《感昔》：“早折蟾宮桂，鳴珂紫陌春。風雲叼盛際，雨露及微身。玉署優遊慣，蓮堂醉宿頻。那知今夜月，氈幕獨沾巾。”《卽事》：“王事匪躬日，賢勞吾與君。未堪長作客，奚暇細論文。嶺岌愁青石，心懸望白雲。故途猶局促，奈爾護行軍。”《三流河》：“逝水三流處，浮生去又來。不堪風雪厄，那免亂離哀。到嶺千人立，穿雲一逕開。河梁留泣別，回首意難裁。”《青石嶺下有盲者皷栗唱歌，盖漢人也》：“嵇琴嗚咽漢歌悲，燕市由來慕漸離。知爾業專心獨苦，數聲令我淚雙垂。”《次書狀三流河韻》：“日落行人愁積雪，天寒羸馬怯層氷。烟臺並峀遙相望，鳥道連雲不可登。誇大未曾聞說釰，學空還欲看傳燈。應知今夜燕山館，與子吟詩待月昇。”《次書狀青石嶺韻》：“並馬遼陽雪正深，逈然村店逐烟尋。非關絕域勞持節，却喜長程得盍簪。曉色漸知藏月魄，朝暾旋見吐雲岑。新詩陶寫君應巧，倘許愁中一朗吟。”《次虎嶺韻》：“去國經三月，于今返故鄉。有詩供客路，無酒沃愁腸。地理通西塞，天時動一陽。仍憐贖還輩，

徒步泣空囊。"《次早發麂洞韻》："不寐催行役，三吹發夜中。風霜侵病骨，雪月照丹衷。珠實懸琪樹，銀盃逐玉驄。蒼茫看曉色，更待日生東。"《次書狀韻》："殊方幸免越人彎，敢謂風霜多苦顏。策馬已能踰峻嶺，抽身纔得出函關。天寒積雪霾空谷，日暮層冰擁淺灣。遙想鴨江迎候處，使君持酒慰吾還。"《得洛信仍次書狀韻》："道中忽得萬金書，始認親家返舊居。豈有詩書留四壁，亦無盃酒慰同閭。心懸夜月敀鞭促，路入雲山古塞虛。歷盡層崖猶未曉，不知霜露滿衣裾。"《瓮北河曉發》："抱病凌晨發，迢迢客路長。星河動寒影，雪月送清光。空谷留人響，低枝裂我裳。愁中還覓句，淒斷不成章。"《次書狀曉行韻》："曙星初上攬衣興，危磴羸驂嶺月乘。林外雪霜寒皎皎，病餘肌骨冷稜稜。窮途事業羞持節，半世功名笑鏤冰。惟有壯心留一釰，白頭時復擬飛騰。"《柳田曉行》："馬上吟寒疾，風霜透弊衣。深潭冰作路，窮谷月無輝。忍性堪完事，灰心已息機。君能同惠好，尋我故山扉。"《次湯站韻》："江路長冰合，無路更問津。海天雲似墨，沙岸雪堆銀。塞外敀孤客，城頭候遠人。窮愁今日破，梅柳又回新。"《望統軍亭》："依微江上城，縹緲雲邊亭。引領揩青眼，揮鞭促雪程。幾愁留絕漠，今喜到門庭。府伯應多意，深樽待我行。"《次書狀還到龍灣韻二首》："萬里初敀客，孤城伏枕辰。冬衣偏冷落，官飯只酸辛。自訝盤盂面，誰憐土木身。空將無恨意，聊奏越吟頻。""並馬三江冰塞汀，城頭縹緲有高亭。天邊朔氣饒風雪，塞上寒光動月星。歎我沉疴淹客舘，愛君新律泣山靈。佳肴美酒還孤負，愁對殘燈照短屏。"《書懷》："歲暮關河遠，天寒病客孤。面浮三日劇，身癢幾時蘇。只有支供弊，渾無藥餌扶。憐君隨我滯，敀路阻雲衢。"《清人載柿到義州》："萬里輪紅柿，中宵到義州。喧呼點夫馬，叱咤立門樓。府尹束空手，判官搔白頭。清人莫相迫，此路無時休。"《孤懷》："孤懷齰齰有誰知，別舘寥寥夜政遲。萬里言旋仍作客，百年多病更吟詩。城高最覺風霜急，門閉愁聞鼓角悲。明日便從良策路，請君無負定州期。"《獨夜》："獨夜愁誰語，殘燈睡未濃。小童敲病脚，老妓進茶鍾。寂寞風流事，摧頹土木容。霜臺年正少，應有粉粧從。"《所串道中》："輿疾徐行落日斜，滿衢冰雪驛程賖。東南雲氣浮荒野，西北風聲走白沙。屈指已驚時月改，衰顏偏覺鬢毛華。天書更待安興舘，明發應須過定嘉。"《次前韻》："客里霜侵鬢髮斜，病餘愁殺道途賖。山邊宿霧籠寒樹，溪上朝暉煖凍沙。官酒蟻浮知臘味，野壙梅發憶年華。相期正使何時到，留待淸川月色嘉。"《到龍川追憶楊都督鎬有感_{都督贈我鐵如意至今猶在，故篇中及之}》："憶曾來此地，事在癸年秋。都督楊公至，樓舡海上留。深樽優異禮，雄辯破窮愁。如意肝膓照，相思歲月流。魂驚南漢變，心折北方憂。

奉使寒侵骨，故途雪滿頭。茲行非爲趙，大義實尊周。感舊身將老，傷今淚未收。悲風吹島壘，殘日下山樓。赤鳥何時返，黃龍底處遊。纔經遼塞遠，已壓楚人咻。回首登萊界，連空紫氣浮。"《車輦道中》："信馬從長路，愁邊得句頻。野橋梅破臈，溪岸柳懷春。世事身將老，天時物自新。那堪大同上，明月又成輪。"金南重《野塘燕行錄》【考证：下诗题曰"腊日"，据以上诸诗时地线索、驿站行次及其在诗集中位置，约作于十一月二十一日至十二月初八日间。】

十二月

初八日（壬寅）。

金南重《臈日》："冬至纔過已臈日，立春將迫又正朝。可憐客子何時返，千里音書更寂寥。"金南重《野塘燕行錄》【考证：试题曰"腊日"，当作于十二月初八日。】

金南重《路中示書狀》："雪里蒼松映畫簷，夜寒虛閣北風嚴。銀壺酒凍瓊盃冷，金鴨香殘獸炭炎。欹枕此時親藥裹，倚窓何日啓書籤。飜思思敏華燈下，臥聽瑤琴玉手纖。思敏，堂號。"《雲興關》："誰創雲興關，披荊丹腠新。不須修舊站，重自困生民。廟筭增金穴，天憂振玉宸。何能填壑慾，東土本來貧。"《流水》："流水鳴瑤瑟，晴峯聳玉簪。山川亦可愛，稍慰旅人心。"《戲示書狀》："虗齋冷落坐如僧，欲醉官醪病未能。却想仙郎偏好事，洞房歌舞夜張燈。"《發新安館，書狀因病不得同發》："三吹臨發更依然，遠樹蒼茫欲雪天。病後風流愧全減，不堪故路獨揮鞭。"《安興館夜坐》："病肺憑高枕，幽愁托七絃。夜雲低曲檻，寒月照清川。強耐詩情苦，重憐燭淚偏。應知李吏部，沉醉粉粧前。"《病中甚厭官飯，聞書狀得喫銀魚醬、乾菜羹，書示》："孤城病滯愁官飯，虛閣幽吟對藥爐。魚醬菜羹兼美酒，羨君風味獨懸殊。"《病伏書懷》："千種羇愁鬢似銀，擁爐虛閣闃無人。他鄉臥病淹爲客，長路關心近立春。池塢已知梅眼白，野蹊初見柳眉勻。殷勤地主應憐我，美味還嫌酒入唇。"《示書狀》："客裡誰憐病後容，夜寒孤詠歲將終。同行御史風流最，却向詩篇和答慵。"《惜別戲題》："處處離亭白髮生，褊裨迭進苦催行。佳人錦瑟偏多意，主倅芳樽別有情。短景每愁氷路迥，弊裘常怯雪風鳴。金爐繡幕宜寒疾，角罷三聲強把觥。"金南重《野塘燕行錄》【考证：以上诸诗当作于十二月初八日后。】

十九日（癸丑）。

朝鮮國陪臣韓亨吉、書狀官李侯陽來貢元旦禮物，於東京迎宴之。《清太宗實錄》卷三九【按："李侯阳"当为"李后阳"之讹，据《使行录》，正朝正使韓亨吉、书状官李后阳于是年十二月辞陛赴沈。】

崇德三年（**1638 年，戊寅**）

正月

初三日（丁卯）。

賜朝鮮國王李倧雕鞍馬匹、貂皮、銀兩等物。來朝議政府右參政韓亨吉、書狀官李侯陽、大通官二員、管理貢物官十八員及其從役人等各賜鞍馬、貂皮、銀兩有差，仍命禮部宴之【按：參見崇德二年十二月十九日条】。《清太宗實錄》卷四〇

十八日（壬午）。

遣謝恩使申景禛、李行遠等如瀋陽。先是，遣崔鳴吉請寢徵兵而還世子，徵兵一事得請而來，遂遣景禛謝恩。《朝鮮仁祖實錄》卷三六【按：正使申景禛、副使李行远、书状官李禂。】

崔鳴吉《途中次汾西韻寄白軒白軒，李相景奭號〇戊寅》："霜落前峯積靄收，一條寒玉瀉新愁。黃花赤葉屏間畫，翠壁丹崖鏡裏秋。汲井暫須蘇渴肺，臨杯忽復憶詩流。夕陽催路恩恩發，無限靑山送客輈。"崔鳴吉《遲川集》卷一

李景奭《次韻》："紫氣關頭細雨收，驛亭寒菊倍離愁。百年忠信孤槎客，萬里山河落木秋。白雪郢歌元妙曲，彩雲蕭史亦風流。懸知專對東歸日，滿路祥飆挾兩輈。"崔鳴吉《遲川集》卷一【按《国朝人物志》卷三：李景奭（1595－1671），字尚辅，号白轩，全州人。癸丑进士。仁祖癸亥文科。丙寅重试状元，历湖堂、文衡。丁丑，清人立碑三田，征碑文，张维、赵希逸文，不满彼意，咆喝日甚。上面命景奭曰："勾践不耻臣妾以图自强，今日唯适彼意，无或层激。"景奭承命，贻书其兄曰："悔学文字。"壬午，清人拘囚景奭于凤凰城。乙酉，拜右相，至领议政。庚寅，清使至，以卢协、李曼事集公卿庭诘，辄归责于上，景奭曰："过在臣，上不知也。"清使厉声曰："谁为奏？"景奭曰："为此者我。"是日，皆谓祸在呼吸，惴惴无人色，景奭独安闲应对如响，观者无不竦然。清人亦言曰："东国唯李相国一人。"上闻之曰："领相为国忘身。"明日驾临使馆，反复力为之解。清使以姑荐棘白马山城为言，上赐手札于景奭曰："相见有日，宜自爱。"辛卯，景奭自白马始许归田里，入耆社。显宗戊申，赐几杖。庚戌回卺。辛亥卒，谥文忠。】

崔鳴吉《歸路次徐督郵挺然韻》："報國慙長算，逢時忝上台。憂虞何日定，懷抱向君開。鶴駕瞻仍遠，螭墀夢獨廻。明朝曉星路，雪巘正崔嵬。曉星，嶺名。"《次韻》："旅窓纔破睡，塞角已催行。山郭依依遠，關雲片片輕。敢言長洗甲，行且免簽丁。珍重新詩意，終須托半生。""迹遍西關遠，心懸北極高。艱危今若是，行役敢言勞。兵氣連河朔，藩封等莒曹。朝來有京信，臺府足風濤。""孔門羞伯佐，麟史記王春。功或存當世，心寧似古人。欲追三代美，須着一番新。怊悵已頭白，徘徊街路塵。"《嘉山道中用進退格示徐督郵》："關塞連年此行役，老夫筋力倦驅車。仁侯到後有佳政，快馬騎來無險途。官廚冷落酒肴薄，石棧嶙峋霜霰餘。逢着峽民多菜色，欲將何術慰亡逋。"《次徐督郵韻》："堤柳當冬亦自斜，佳人新髻學棲鴉。箕城也是風流地，那惜青錢問酒家。"《次謁箕子墓韻》："齋心祈聖墓，否運悶吾東。香火依虛殿，松杉響夕風。丹衷今可質，青史後應公。千載龜書祕，何人爲發蒙。"《用前韻贈鮮于參奉》："範疇傳洛數，禮俗化灣東。古井留殷制，遺歌邁國風。三仁心迹竝，百代議論公。好學玄孫在，吾將問啓蒙。"《次韻》："當冬風日轉晴和，長路垂鞭信所過。凤駕但聞催鼓角，清樽無復聽絃歌。愁邊物色關雲黑，病裏光陰旅鬢皤。怊悵無因投笏去，夢魂空逐白鷗波。"《次李學官韻兼示鄭督郵》："旅館相逢何處翁，形容憔悴髮如蓬。關河淹泊流光暮，翰墨交遊好事空。東嶽已歸重壞下，澤堂今在萬山中。百年等是悠悠裏，身命休論塞與通。"《瑞興途中寄兒後亮時質瀋中》："爲學不須多着說，自心眞妄自心知。待他到得澄明後，流水閑雲意自遲。"《次謝白軒》："人生有命且安之，寧着戚欣來去時。只爲天顔隔多日，羸驂未免戴星馳。""玉貌分明眼見之，西郊長記送行時。多情小札將新句，不覺歸心一倍馳。"崔鳴吉《遲川集》卷一【考证：《仁祖实录》卷三六言崔鳴吉于二月初十日回自沈阳，故以上诸诗作于正月至二月初十日间。】

二月

初十日（甲辰）。

左議政崔鳴吉回自瀋陽。《朝鮮仁祖實錄》卷三六

四月

十七日（庚戌）。

以朝鮮國王李倧遣陪臣議政府右議政申景禎【按："申景禎"当为"申景禛"之讹】、漢城府判尹李行遠來貢方物謝恩，賜李倧貂皮一百二十、銀百；賞

景禎、行遠各鞍馬一、貂皮十、銀五十；書狀官李球【按："李球"当为"李裯"之讹】、大通官三員、掌理貢物官二十五員及隨從二十九人，各賜貂皮銀兩有差。《清太宗實錄》卷四〇

五月

初五日（丁卯）。

李敏求《端午日南春城從瀋陽回，迂路見枉》："扶病炎程就索居，夢中相對淚霑裾。行人始出西河館，游子長懷下澤車。正恨干戈塵滃浡，俱悲鬢髮雪飄疏。醹醳衆醉堪從俗，角黍招魂不受渠。"李敏求《鐵城錄》【按：南以雄，字春城。赵絅《左议政春城府院君市北南公神道碑铭》云："丁丑，昭显世子赴沈，公以右宾客从，处沈二载，谨陪卫如一日。……戊寅，特命公还。"《东州先生前集序》：李敏求（1589－1670），号东州山人，又号观海道人。万历己丑生，己酉魁进士试，壬子由三魁擢第。丙寅在银台，越职言事，左授林川守，以时寇逼，兼拜倡义使。入为副提学者五，大司成者四，吏曹参议者三，大司谏承旨者七，而三为都承旨，参判礼、兵者各一。而吏曹参判、大司宪各三拜，兼同知经筵、成均馆事、世子右副宾客、备边司提调。少好著述，白首不改业，著有《东州集》。】

八月

二十八日（戊午）。

李敏求《戊寅歲八月廿八日，聞柳兵使琳領兵五千發安州西赴，憶丙子余儐黃監軍，同琳迎勑於此紀感》："半萬殷民昔渡遼，人人義烈動青霄。孰知兵氣浮關迥，空送河流入海遙。渤澥星槎秋斷絕，薊門煙樹燕臺八景之一日蕭條。年前玉節將迎地，鐃吹笳吟轉不驕。"李敏求《鐵城錄》

九月

十七日（丙子）。

下直，冬至兼聖節使朴潢。《承政院日記》

朴潢《奉使瀋陽，辭朝出西郭外，留別君奭諸益》："許載安榴返，何如繫瓠年。人非晉魏絳，官似漢張騫。家世寧容諱，文章或任傳。手緣持節重，心到飲冰堅。舊色瞻關月，新聲聽隴泉。酬恩惟此日，誰贈繞朝鞭。"朴潢《汾西集》卷二【考证：据《使行录》，谢恩陈奏兼圣节冬至正使朴弥、书状官柳淰于九月

十七日辞朝，又朴弥下诗题曰"戊寅八月始受使沈之命。至九月十七日，辞朝。"故系此。李德寿《河阳县监李公墓碣铭》：朴弥（1592－1645），字仲渊，号汾西，又号睡翁，潘南人。尚贞安翁主，授顺义大夫、锦阳尉。丙子袭封锦阳君。仁祖戊寅奉使赴沈。仁祖乙酉卒，年五十四。为文章出入秦汉唐宋，最好庄、杜，皇明则甚喜沧溟、弇州，殆欲与之併驾齐驰，故其词翰奇奥赡博，匠心师古，以勒成一家言。】

十八日（丁丑）。

朴漪《戊寅八月始受使瀋之命。至九月十七日，辭朝。翌日君奭追別彌勒川邊，醉書》："別思不可寫，離觴空復吞。休翻出塞曲，直是感君恩。一片丹心在，千莖白鬢渾。秋光已晼晚，忍向玉關論。"朴漪《汾西集》卷二【考证：诗题曰"至九月十七日，辞朝。翌日君奭追别弥勒川边，醉书"，故当作于九月十八日。】

朴漪《發坡州寄遲川相奉使瀋陽時》："石田霜落始微收，原野蒼茫一望愁。王事豈曾私七尺，男兒要不媿千秋。溪隨岸勢回偏急，雲與嵐光濕未流。三十歲前同社友，忽驚今又共行轊。"朴漪《汾西集》卷二

崔鳴吉《次韻遲川》："霜落前峯積靄收，一條寒玉瀉新愁。黃花赤葉屏間畫，翠壁丹崖鏡裏秋。汲井暫須蘇渴肺，臨盃忽復憶詩流。夕陽催路忽忽發，無限青山送客轊。"朴漪《汾西集》卷二

朴漪《昔在甲午乙未年間，外王父牛川閔公出守瑞興，不佞亦以小孫從行。今到此地，徧問當時史卒，無一存者，慨然口號》："夕到龍泉舘，籌燈坐小軒。寒溪斜抱邑，高樹暗藏村。黍地蒿萊長，公庭鳥雀喧。無人問往事，回首嘿銷魂。"《平山曉起示柳行臺淰》："東方報出啓明星，半壁殘燈耿耿青。孤夢不知身已遠，幽懷無賴酒初醒。乾坤坱莽嗟難問，歲月飛騰苦未停。舉目村閭蕭瑟甚，籬前一犬忍堪聽。"《黃州城下感述表叔柳節度始築此城，親操版鍤，編於卒伍，竟以勞瘁卒于軍。今移節度鎮於正方城，此爲廢城》："道是韓公舊築城，廿年人事儘堪驚。從看萬里輸幽幣，誰絕當時拔漢旌。驍騎營長風雨急，蛟龍匣冷雪霜明。傷心嘔血酸辛意，唯有遺氓淚濕纓。"《贈大同徐督郵秀夫挺然》："傾蓋雖今日，神交已廿年。德惟愚不及，家實遜由縣。使徐稺徐偃王事。窗外風霜重，燈前笑語妍。無端憂國淚，相視各潸然。"《到平壤同觀察閔士尚聖徽登浮碧樓》："高樓已搥碎，楹桷倏穹崇。乙密孤城角，綾羅二水中。烟霞世外老，原野檻前通。恠殺清人骨，泠然滿袖風。"《過平壤法首橋感作奉使瀋陽時》："法首橋頭水，嗚嗚咽復吞。十年寒棣萼，淚濕舊啼痕。指再從兄燁。"《過浿江感舊》："憶我離玆

十六纜，如今冊七白鬚來。漢池乍掘灰新出，遼郭猶存鶴始回。欲問飛雲無舊舫，_{飛雲仙舫是蘭堨朱太史顏津舡者。}遙瞻乙密有高臺。江山處處堪垂淚，應被傍人拍手哈。"《發順安》："舊未經行地，川原縱目初。野平天更濶，山短日先舒。草草無長策，茫茫信小車。從來出入塞，處處盡黃蘆。"《先叔父吉州公以萬曆乙卯朝天，卒于安州公館，今過其下，雪涕有作》："呼臯旅館廿年強，欲問當時淚萬行。赴壑有蛇流景促，歸家無鶴劫灰忙。儀形半夜驚殘夢，恩誼平生結寸腸。新息戒書今已矣，不堪重佩紫羅囊。"朴瀰《汾西集》卷二【按：吉州公指朴弥叔父朴东望，字子真，以吉州牧使卒。朴弥《叔父吉州牧使朴公行狀》云："乙卯以圣节使朝天，遘疾未十日，道卒于安州公廨。"】

朴瀰《控江亭古址_{在大定江岸}》："大江無日夜，浮世有來今。亭廢雀偏噪，泓幽龍自吟。空持屬國節，誰慰仲宣襟。惆悵邊聲起，黃蘆處處深。"《早發良策舘》："謝罷龍川酒，催看車輦_{鐵山舘名松}。歸心爭日月，客路半秋冬。水暖天光淨，風微樹影重。東飛雙鳥翼，安得與相從。"《統軍亭》："統軍亭子國西關，夷夏封疆指顧間。隔岸鵑山圍鶴野，分流鴨水控龍灣。兵前草木乾坤老，眼底河湟堞壘閑。亦識遼城非昔日，不堪重待令威還。"《聚勝亭有感_{先大夫壬辰執靮之日，與白沙大父同處聚勝亭垂二載}》："梯飇孤影爲登臨，緬想當時涕滿襟。空有中書撫石感，却殊丞相閉堂心。眼邊夷夏江三派，脚底村閭樹十尋。欲向莒城徵舊蹟，後人應復吊知今。"《中江望統軍亭》："好在鴨綠水，新添白髮還。統軍亭入望，如見故人顏。"《過甜水站，忽遇崔相自瀋回，班荊小談，遂與同入城中宿。念不侫與遲川同日辭朝，而遲川單車疾馳，今已竣事言旋。不侫以所受命之日尚遠，今始到此，毋論去來異惊，離合係心，卽殊域旅店，秉燭夜談，宜有天數，口呼蕪語，仰博台粲》："甜水今相遇，春明昔共辭。羨公歸去早，憐我到來遲。契許如蘭久，身甘繫瓠宜。諸緣都妄幻，此會豈前期。欹枕遼河急，開窓漢月虧。須開東閣待，恐負故人厄。"《望白塔》："亭亭白石塔，無語立斜暉。爲報遼東鶴，于今城郭非。"《夕投十里堡，偶閱唐詩，用李君虞〈飲馬泉〉韻》："城外長川生晚烟，城邊兒女汲寒泉。遼山背指無多地，瀋野平看只有天。舊夢忽徵行役裡，新愁稍失喚醒前。路人莫問輀車使，白首餘生五十年。"《初到瀋陽，苦懇願詣東宮舘下而不可得。翌日，朴賓客魯直始與許司禦檍、李金化徽祚、崔生後亮、李生悅、李敏應、張譯禮忠來見，口號贈魯直》："浮世有今日，殊方逢故人。天寒古塞外，風急暮江濱。衰鬢驚相似，悲懷莫漫論。知君書牘好，應不愧春申。"《贈閔弼善應協、金司書宗一》："兩君標舉對雙清，梁楚由來得此聲。漢室曾傳七葉貴，孔門元擅四科名。南冠萬里相逢地，西塞經年太瘦生。看取一陽來復處，極知天道亦虛盈。"《瀋館寄贈魯直》："病醉緣君復一中，豈知殊域笑談同。輀車塞外逢長至，志士人間易老翁。萬事已拚心似木，百年贏得鬢成蓬。豫愁來日河梁別，不禁千行淚灑風。""浮世休論羿彀中，南冠情思古今同。張騫此去窮殊域，韓孺由來共禿翁。隴水凄涼流束楚，塞天寥沉暗飛蓬。平生不解登樓賦，何事開襟向北風。"《有懷鄭文學雷卿》："鄭公瑚璉器，郤詵壯元郎。亂世驚身遠，殊方覺夜長。羲經驗休復，鄒律報生陽。江水東流去，無緣寄淚行。"朴瀰《汾西集》卷二【考证：下诗为十月初三日朴弥一行离沈东还时作，则以上作于九月十八日至十月初三日间。】

十月

初三日（壬辰）。

朴瀰《復命時作》："弘化門前路，翩翩下馬輕。山河本神麗，日月轉光晶。始覺身猶在，追思夢亦驚。寸心翻倒極，持以報神明。"朴瀰《汾西集》卷二【考证：据下诗可知朴弥等于十月初三日离沈，此诗题曰"复命时作"，有"弘化门前路，翩翩下马轻"语，故此诗作于十月初三日。】

初四日（癸巳）。

朴瀰《十月初三日離瀋中，翌日投遼東，望舊遼東有感》："新遼東對舊遼東，粉堞頹垣苦不同。誰料滄桑邊如許，極知天地亦無功。文皇山上風烟老，太子河邊雪月籠。欲向傍人通廋語，誰教能解有芎藭。"朴瀰《汾西集》卷二【考证：诗题曰"十月初三日离沈中，翌日投辽东"，故作于十月初四日。】

朴瀰《魯直步余見懷之什，因急郵報謝，再疊却寄》："塞風千陣射眸酸，回首秦關夢亦寒。鄭重襟懷書遠到，龍鍾衫袖淚猶殘。病辭從事難投轄，老較中書欲免冠。春色故園深似海，幾時携手與同看。""一脚偏枯膝又酸，閉門虛巷忍孤寒。夢君頻夜情元苦，投我新詩氣未殘。中澤忍歌鴻鴈什，通班多戴鷫鸘冠。書生話舊傷懷抱，眼暗塵清未易看。"《宿狼子山曉發》："戴星行色五旬中，弊盡羊裘鶴野風。黃汗人衣眸欲眯，白連邊草望難窮。一身元似土間螘，萬里倏成泥上鴻。試問嵯峨青石嶺，古來能閱幾英雄。"《雨雪後滿月極明，大風不休，曉發嘉平舘有作》："雨後頑雲欝未收，曉來寒月霽光流。高籬雪似封函谷，曠野風疑觸不周。氷路何如泥路滑，歸人全勝去人愁。五更燈火催明發，欲上行輈更攬裘。"朴瀰《汾西集》卷二【考证：以上诸诗当作于十月初四日后。】

二十五日（甲寅）。

萬壽節，朝鮮國王李倧遣陪臣錦陽君朴瀰奉表慶賀，貢方物【按：参见是

年九月十七日条】。《清太宗實錄》卷四四

崇德四年（1639 年，己卯）

正月

初一日（己未）。

朝鮮國王子李澄率來朝陪臣金榮祖等上表箋行慶賀禮。《清太宗實錄》卷四五【按：据《使行录》，正朝正使金荣祖、书状官郑泰齐于崇德三年十一月二十日辞朝赴沈。】

二月

十六日（甲辰）。

朝鮮國王李倧請其繼室及長子封號，遣陪臣議政府右贊成尹暉、漢城府判尹吳竣等咨部代題，并獻方物。《清太宗實錄》卷四五【按：据《使行录》，奏请正使尹晖、副使吴竣、书状官郑致和于二月初三日辞朝赴沈。】

申濡《瀋館錄序》："己卯二月，以侍講院文學陪從瀋舘，前後留舘與往來計十六朔，所述詩篇名爲《瀋舘錄》。"申濡《瀋舘錄》【按：据申景浚《从曾祖礼曹参判竹堂申公神道碑铭》，"己卯春，公（申濡）拜侍讲院文学赴沈""庚辰四月还"，此序当为崇德五年四月申濡还朝复命后整理《沈馆录》时作，为提供线索系于此。申濡（1610－1665），字君泽，号竹堂，又号泥翁，高灵人。光海庚戌生，仁祖庚午进士，丙子文科。陪昭显世子入沈阳，还，奉使入日本。孝宗壬辰，以副使往燕京。官至参判。显宗乙巳卒，年五十六，诗集十卷行于世。诗家月朝以任恬轩之言为得之，曰其诗"格足以摄其才，辞足以实其境，古诗型范汉魏，不区区于肖拟。律体兼取宋材以为佐，而终不能夺吾步骤。要以唐声，而终始书法，世与白玉峰并之，而才致以公胜云"。有《竹堂集》。】

三月

申濡《鳳凰城》："結寨仍殘壘，耕田破舊墟。家家散羊馬，處處轉牛車。羌婦尋泉汲，胡兒帶雨鋤。時聞華語出，太半漢人居。"申濡《瀋館錄》【考证：凤凰城至通远堡一百里约三日程，下诗作于三月初三日前后，故此诗约作于二月

底或三月初。】

初三日（庚申）。

申濡《通遠堡》："春寒沙漠氣如秋，寒食清明雨乍收。古柳寄生青遍野，新城烟火暗藏樓。胡笳一拍堪垂淚，虜酒千鍾未敵愁。聞道遼人在前店，卸鞍還擬暫時休。"申濡《瀋館錄》【考证：诗云"寒食清明雨乍收"，故作于三月初三日前后。】

申濡《酒後呈朴賓客大瓠魯，申賓客玄圃得淵》："塞雨涔涔盡日來，寒城不見有花開。遙憐故國深春色，還喜殊方共酒杯。擊筑且酣燕市飲，操琴休作楚囚哀。就看賓客同黄綺，羽翼應陪鶴駕廻。"申濡《瀋館錄》【考证：申濡下诗题曰"三月三十日"，故此诗当作于三月初三日至三十日间。】

初九日（丙寅）。

多爾袞、杜度等疏報自北京至山西界，復至山東，攻濟南府破之，蹂躪數千里，明兵望風披靡，克府一州三縣五十七，總督宣大盧象升戰死，擒德王硃由樞、郡王硃慈潺、奉國將軍硃慈党、總督太監馮允升等，俘獲人口五十餘萬，他物稱是。是役也，<u>揚武大將軍貝勒岳託、輔國公瑪瞻卒於軍</u>。上聞震悼，輟飲食三日。《清史稿卷三·本紀三·太宗二》

趙絅《戊寅秋，金奴大舉入寇，或云席卷濟南，或云皇城被圍，我東君臣鯁涕北望而已。今年春，報自奴中至，則奴兵爲漢兵所擠，鐵騎十萬幾燼盡，要土兄弟皆死，汗亦僅以身免云。大明中興正當今日，欣抃之餘，謹擬老杜〈洗兵馬〉篇步其韻》："犬戎廿載猘遼東，自謂兵力金元同。彎弓目無青丘傍，牧馬意在黄圖中。天王潛喘氣不伸，戰士扼腕憝無功。虺毒一吹齊魯界，狼煙屢焰咸陽宮。周德那堪避獯鬻，涿征正自問崆峒。荆楚奇材劍吐虹，韓梁勁卒足追風。士雅大膽身還小，元直深謀年最少。千群火牛怒紛紛，十丈金城雲杳杳。狂胡折入囊底來，鳴鏑盡隨煙燼了。劉曜已醉無螢火，齊師其奔樂烏鳥。易水波淨愁容開，燕山色峩佳氣繞。露布飛颻箭鼓夕，簪紳合遝鯨魚曉。休言女眞莫能當，一卒可擒雙名王。姚襄何處騁智勇，頡利當年徒屈強。赤壁功歸火攻蓋，陳陶唾棄車戰房。築顯臺下鬼憐碧，封京觀前莓苔蒼。武帝憲宗中興會，廉頗李牧爲人良。攘夷曾聞高帝聖，紹烈即見神孫昌。雕題卉服蠙珠貢，肅慎窮荒楛矢送。可憐潢汚每竭朝，何異醢雞空守甕。向日勤勤葵藿腸，感時鬱鬱清廟頌。願言皇威終大振，限以陰山囚雜種。須求殷后巨川楫，莫作軒皇力牧夢。安如磐石萬萬歲，□□仁義爲兵用。"趙絅《龍洲集》卷五【考证："要土"即"岳托"。详诗意，当为岳托死后作。《清史稿》言三月初九日清人得知岳托阵亡消息，则岳托当卒于是日前。又诗有"今年春，报自奴中至"语，故此诗作于三月初。《国朝人物志》卷三：赵絅（1586－1669），字日章，号龙洲，汉阳人。光海壬子进士。李尔瞻欲深结，用事政乱，絅绝之。仁祖丙寅文科。丁丑南汉解围，庙堂以斥和者十臣议罪，絅亦在议中。都承旨李景奭白曰："此人善类，又罪此人，人心不服。"上曰："予亦以为不可，勿罪也。"癸未差日本通信副使，到国都，倭人享之，呈变幻淫巧奇怪百戏，絅不为一顾，倭人心惮之，不复敢炫技。辛丑上疏言尹善道无罪，盛斥焚疏之论。三司启请削黜，上只命罢职。官至大提学判中枢府事，入耆社，选入《清白吏案》。年八十四卒，谥文简。】

三十日（丁亥）。

申濡《三月三十日》："塞外鸿归尽，江边燕不来。那堪送春日，独上望乡台。岭树千章合，关河万里廻。弊裘还欲解，犹直一衔杯。"《三月晦日雨後书怀》："鴈塞音书断，龙沙岁月流。春随残雨去，客与片云留。故国鶯歌节，谁家燕舞楼。秖憐南麓下，花落小园幽。"申濡《瀋館录》【考证：诗题曰"三月晦日"，亦作于三月三十日。】

申濡《阻音義州搜驗時家書見阻》："玉关迢遞路三千，故国音书久寂然。尺素縱传双鲤腹，重江难过九龙渊。惊沙黯惨迷寒磧，落日苍茫下夕天。独有片云飞不去，思亲憶弟涙漣漣。"《鸚鵡》："鸚鵡愁离别，飘零翠羽残。能言殊北话，受縶似南冠。隨树思春暖，龙沙诉夜寒。何当放尔去，东洛报平安。"申濡《瀋館录》【考证：据下文，以上二诗作于三月三十日至四月十八日间。】

四月

十八日（乙巳）。

朝聞將殺鄭文學【按：即鄭雷卿】於西郊，顛倒馳赴，見震伯【按：郑雷卿，字震伯】已辭謝世子，方南向大朝四拜，又向其母再拜。將出門，朴魯執其手，震伯推却其手而出。余與之並轡，馬上相與執手。余曰："震伯無所言耶？"震伯曰："我尚何言？我有七歲兒，常以阿只呼之，因名岳字如何？"余曰："善。"震伯曰："此兒其必知父讎者，兄歸早晚見之，世事休矣，他更何言。"質子等亦來共隨而行。行未至西郊，鄭命守【按：即郑命寿】執杖咆哮，先擊質子等人馬而逐散之，又欲打擊余馬。余控轡不動曰："死生相別，人情也，何至如此！"命守猶舉杖橫立於馬前，使不得進。余復嗔罵，命守因退縮。余呼震伯曰："去矣！"吾不得往，震伯已遠，只一顧而去。人世間更有如此日景色耶？歸與質子等噓唏相弔不能言。及至西郊，將欲斬殺，應徵曰："我國自古無斬殺朝士之例，我以刑官何可見。"乃縊鄭雷卿及姜孝元，斬發告沈姓人。是夕，世子命內官買棺具衣衾，監斂於南門外，因以牛車載送。金宗一《瀋陽日乘》

金宗一《輓鄭友震伯雷卿》："一出西郊鄭公臨刑於此日月昏，從容就義不忘元。獠庭共值非常厄，聖代偏酬莫大恩。苦語丁寧留小岳鄭公被害時托名其子岳，故及之。印書印書即金銀梨柿文簿寂寞結幽冤。巧簧雜沓難明意，惟有英魂直叫閶。"金宗一《魯庵集》卷一【考证：《鲁庵集·年谱》云："（己卯）四月十八日，往诀郑文学雷卿于西郊。时公独与雷卿留馆，以本国所送银子三千两为宰臣朴鲁、清译郑命守私取费用，请核命守之罪，反为二人所构。雷卿被害，公有拿命。雷卿将刑，公策马往诀。命守举杖横立，咆哮以击公所乘，公控辔不动曰：'死生相别，人之情也，何至于此！'遂张眼骂之。命守慑伏，不敢遮路。"又诗有"一出西郊日月昏"语，故约作于四月十八日。】

申濡《哭鄭弼善震伯雷卿》："喪車戛戛渡渾江，風雨蕭蕭滿石矼。自古人生皆有死，如君冤枉實無雙。魂隨獨鶴歸華表，血化啼鵑訴舊邦。從此三良添一伴，彩雲何處覓仙幢。"申濡《瀋館錄》【考证：《仁祖实录》卷三八云："清国杀侍讲院弼善郑雷卿。宰臣朴鲁、申得渊等驰启曰："四月十八日，……郑译辈督出雷卿，雷卿换着新衣，拜辞于馆门外，世子引见馈酒。雷卿辞出大门内，东向本国四拜，且向其母，再拜而出，清人缢杀之，书吏姜孝元，亦一时被杀。"《沈阳日乘》《鲁庵先生年谱》亦有此言，故此诗约作于四月十八日。】

二十八日（乙卯）。

二十一日，與質子李徽祚偕行【按：徽祚即李显英次子，丙子役后质沈】，牛車常在前，行道路觀者無不悲之。行八日至義州，府尹黃一皓見余於所館，憤惋曰："朴魯、鄭命守殺吾震伯乎？"流涕不能言，言不知裁，其所帶下輩皆朴魯、崔得男之人也，余心知不免其螫毒。後一皓果死於命守。命守船渡鴨綠，墮水而溺，船人善泅者救而不死。黃公因他事猛杖其船人，命守聞而啣之，搆訴於其國，出來殺之於市。金宗一《瀋陽日乘》

金宗一《贈黃灣尹一皓○己卯歸時》："灣河孤月使人留，共拭青眸立暮洲。憐我龍鍾還負累，想君虎節獨懷憂。風塵有淚多時感，山海無心入夜酬。嗟晚明廷朝天路，幾年謾抱捍邊籌。"金宗一《瀋陽日乘》

申濡《次渾江韻》："西塞山前水急流，寒沙漾沫自成洲。廻波遶瀋城疑轉，遠勢通遼樹欲浮。落日橋頭群飲馬，微風渡口獨橫舟。千秋莫道河梁泣，不是離人已恨愁。"《觀獵》："驚沙如雪馬如雲，薄暮平原看不分。空外忽聞鳴鏑

37

響，一時齊射鴈飛群。"《烟臺》："防秋古關塞，五里一墩臺。斥候還無賴，驚塵久不開。烽烟通海曲，井絙上雲隈。處處吹羌笛，那堪月夜哀。"《病伏聞朴輔德、姜洗馬被酒，却呈大瓠》："有酒常呼我，醺醺到岸巾。卽今多病客，好事任他人。軟羨屠門嚼，香聞麴米春。男兒始三十，齒動意酸辛。方有左車痛，落句云。"申濡《瀋館錄》【考证：流头日为朝鲜民族传统节日，《高丽史节要》卷十三云，高丽明宗十五年六月，"有侍御史二人与宦官会广真寺，为流头饮。国俗以是月十五日，沐发于东流水，被除不祥，因会饮，号流头饮。"申濡下诗题曰"流头饮应令"，故以上诸诗当作于四月二十八日至六月十五日间。】

六月

十一日（丁酉）。

沈悦《己卯六月奉使瀋陽道上口號》："白頭銜命出都門，旌旆搖搖向塞垣。烈日張空如潑火，狂飆吹雨似翻盆。驅馳鞍馬身增病，觸冒炎歊眼益昏。王事卽今堪痛哭，老臣勤苦不須言。"沈悦《南坡集》卷一【考证：据《使行录》，进贺正使沈悦、副使林坦、书状官成楚客于六月十一日辞朝，且诗有"白头衔命出都门"语，故当作于六月十一日。《国朝人物志》卷三：沈悦（1569－1646），字学而，号南坡，青松人。宣祖癸巳，进士文科，选入史局，历三司。仁祖癸亥后为户曹判书，调度甚善。戊寅拜右相，至领议政。入耆社，丙戌卒，年七十八，谥忠靖。】

朴㴶《盤松餞席口占贈林載叔坦赴瀋》："使節六月發，遼河水正深。風塵一千里，灌莽萬重林。本畏南山雨，也愍東海心。年前出關志，不欲爲君吟。"
朴㴶《汾西集》卷三

沈悦《蕙莠山次副使韻》："山帶晴嵐柳帶煙，一川光景晚來鮮。關河客路三千里，棠芰曾遊四十年。玉溜清泉猶宛爾，皇華陳跡尚依然。同行賴有知音在，陶寫眞情寄數篇。"沈悦《南坡集》卷一【考证：沈悦下诗《练光亭次副使韵》云"七日驱驰不暂留"，故此诗当作于六月十一日至十七日间。】

十五日（辛丑）。

申濡《流頭飲應令世子命韻》："宮壺瀲灩勝醍醐，再拜逡巡奉百觚。節屆流頭傳舊俗，身叨濡首仄華毹。微誠自擬巢南鳥，喜氣先占在戶蛛。願把光陰如禹惜，欲將歌頌繼周於。"申濡《瀋館錄》【考证：诗题曰"流头饮应令"，诗云"节届流头传旧俗，身叨濡首仄华毹"，当作于六月十五日。】

申濡《渾江漲》："大浸凌空磧，洪流渺際天。怒聲通渤碣，驚浪坼幽燕。

遠樹平如薺，孤城隱似船。故鄉千里外，重隔幾山川。"《望晴次韻》："岧嶢粉堞俯江頭，雨洗江郊氣似秋。日暮牛羊歸野店，天晴鷗鷺浴汀洲。樽前共是他鄉客，笛裡偏生故國愁。賦罷七哀詩興盡，更堪明月照高樓。"《草蟲》："喞喞復喞喞，草蟲鳴砌石。客子下空庭，衣裳清露滴。"申濡《瀋館錄》【考证：申濡下诗题曰"七夕感怀应令"，故以上诸诗约作于六月十五日至七月初七日间。】

十七日（癸卯）。

沈悅《練光亭次副使韻》："七日驅馳不暫留，十年多難此登樓。嚴程潦暑逢三伏，絕塞歸期在仲秋。箕子舊墟雲漠漠，天孫遺跡水悠悠。繁華盛事今寥落，誰把官醪爲子酬。"沈悅《南坡集》卷一【考证：诗云"七日驱驰不暂留"，故约作于十七日前后。】

沈悅《復次前韻》："倦客登臨暫滯留，渚清沙白水明樓。陰雲忽送千峯雨，爽氣翻疑八月秋。山接海門煙漠漠，地連遼左路悠悠。蹲池不遂歸田計，只爲君恩尚未酬。"《百祥樓次副使韻》："樓下清江襟帶長，樓前平楚遠微茫。千年形勝城池壯，一座衣冠笑語香。地接華夷嚴鎖鑰，水分南北限封彊。西來歷覽湖山遍，絕世奇觀在百祥。"《瀋陽偶成一律》："自慙孤拙蔑猷爲，伴食黃扉乞退遲。六月殊非行役日，稀年豈是遠征時。遼河水闊無舟楫，鶴野雲迷失路岐。堪笑此來成底事，強扶衰病謾驅馳。"沈悅《南坡集》卷一【考证：诗云"六月殊非行役日"，故以上诸诗当作于六月十七日至三十日间。】

七月

初七日（壬戌）。

申濡《七夕感懷應令》："丁東環佩隔雲飄，縹緲旛幢渡漢遙。天上定迎雙鳳駕，人間難假兩龍橋。乘槎取石渾虛事，把線穿針亦費宵。蠛虻小臣何所乞，願廻銅輦聽仙簫。"申濡《瀋館錄》【考证：诗题曰"七夕感怀应令"，当作于七月初七日。】

申濡《新秋次朴輔德韻》："層陰起古塞，秋望轉悠然。落日一雙鳥，晴林無數蟬。水枯江動石，雲盡樹浮天。羇恨兼身病，蕭騷祇自憐。"《次鄭司書知和和送別使行韻》："河梁長送使車還，極目蒼茫海上山。爲鵠遠飛安得翼，看羊獨坐只愁顏。風吹笛裡黃金柳，月照刀頭白玉環。怊悵此時心折盡，淚乾雙袖不重斑。"《和玄圃城隅別使沈右相悅爲賀使入來時有圖回輶之意》："嘹唳清笳滿去程，邊人解道相公行。秋風鞍馬關山遠，草色郊原落照平。旌節謾勞通絕塞，衣冠猶自滯孤城。羇愁別恨俱垂淚，不必臨河已濯纓。"《秋漲》："絕塞浮雲外，孤城積水中。蛟龍秋改窟，鴻鴈暮啼空。北使行猶阻，東華信不通。時危任羈泊，未擬濟川功。"申濡《瀋館錄》【考证：申濡下诗题曰"七月三十日"，故以上诸诗当作于七月初七日至三十日间。】

十九日（甲戌）。

朝鮮國王李倧以征明克捷，遣陪臣沈悅等齎表慶賀，并貢方物。如例宴賞，遣還【按：参见是年六月十一日条】。《清太宗實錄》卷四七

三十日（乙酉）。

申濡《七月三十日》："一月常苦雨，繁陰猶未消。水侵江草冷，風振塞桑凋。旅食彈長鋏，行裝攬弊貂。明朝降白露，孤鶴警雲霄。"申濡《瀋館錄》【考证：据诗题，此诗作于七月三十日。】

申濡《感懷四首》："露冷秋草白，蟋蟀鳴前庭。哀音出天機，感激人所聽。惻此遠遊子，中夜撼戶扃。出門獨彷徨，淚下如雨零。""河流白漫漫，野色青離離。嚴霜一夕降，百草捐芳菲。不惜時序晚，所悲客行遲。思還故鄉里，路遠安可期。""銀河既南流，玉繩復西指。凄風起天末，朔氣中夜至。歲暮衣裳單，游子寒如此。身寒何足道，恐負縫線意。""黃雲起西北，白日照高樓。上有佳麗人，容色世無儔。褰裳遠從之，携手同夷猶。勖此松栢心，永保百千秋。"《次大瓠秋思韻》："邊聲起四面，蕭瑟易悲傷。日落三年舘，秋回百戰塲。海氛隨靄盡，關雨逐風涼。獨奏思鄉曲，誰憐鬢似霜。"《次詠燈韻》："旅舘燈殘夜，邊城鍾定初。影流寒簟滑，光透雨簾虛。病倚虫吟壁，愁題鴈足書。夢魂頻魘絕，欹枕淚漣如。"《贈別玄翊贊述先歸寧》："承恩此去拜庭闈，正值秋風動彩衣。天畔望雲吾最遠，河梁携手子先歸。遼東古道寒烟滿，安市孤城白草稀。千里封書無限淚，數行臨別更堪揮。"《暮秋次大瓠韻》："絕域秋將盡，孤城老此身。悲笳在樓上，別燕起江濱。馬出玉關道，槎通銀漢津。封書附驛使，還待北來鱗。"《次大瓠詠歸燕韻》："絕塞看歸燕，偏令遊子悲。春來同作伴，秋去獨知時。雲外孤飛疾，樑間舊壘危。明年逢汝日，何處更相期。"《夜懷》："殘星斷鴈落雲邊，鍾皷鼕鼕欲曙天。身在異方憂怛怛，夢回孤枕淚漣漣。羈臣漂泊三千里，慈母沉綿五六年。未報國恩歸未得，古來忠孝少雙全。"《瀋中雜詩四首》："萬古遼陽塞，清秋朔漠庭。天文西見斗，地理北通溟。水帶城陰黑，烽連野戍青。傳聞選車騎，氊幕遍郊坰。""雜種來沙漠，氊車宿塞城。霜寒狐貉凍，風急橐駝鳴。劍氣奔星落，弓聲過鴈驚。夜深羌笛奏，誰不淚沾纓。""雜虜兼千帳，孤城比一都。康莊開井地，樓閣湧浮屠。戶服蟠龍繡，人騎汗血駒。誰知深殿裡，歌舞待單于。""羌婦含愁思，胡兵半渡遼。哭夫雲鬟

剪，送葬紙錢燒。漢將久無敵，單于猶自驕。連年未解甲，殺氣滿層霄。"申濡《瀋館錄》【考证：申濡下诗题曰"重阳后日书怀"，故以上诸诗当作于七月三十日至九月初十日间。】

九月

初十日（甲子）。

申濡《重陽後日書懷》："舉目江山非故鄉，天涯風景自凄涼。日寒遼塞夕流急，霜落薊門秋樹黃。鴻鴈空傳數行札，菊花誰作兩重陽。遙憐舊舍終南下，三逕蕭蕭已就荒。"申濡《瀋館錄》【考证：诗题曰"重阳后日书怀"，故作于九月初十日。】

申濡《瀋陽館留別諸公以問安官承令還朝》："塞樹清霜重，秋天一鴈遙。異方同戀闕，今日獨還朝。羽翼瞻賓客，周旋仗友僚。回轅應不遠，歸及渡江鑣。"申濡《瀋館錄》【考证：申景浚《竹堂申公神道碑銘》云："秋以问安官还朝"，则此诗作于是年秋。】

申濡《金郊驛夜懷以下再入瀋陽時作》："孤舘人聲絕，羈愁無柰何。雪雲依薄幔，風葉下高柯。報國一身遠，思親雙淚多。他鄉知己少，誰復問沉痾。"申濡《瀋館錄》【考证：申景浚《竹堂申公神道碑銘》云"冬复之沈"，则此诗作于是年冬。】

申濡《生陽舘奉別朴賓客以病還朝》："傷心不獨憐同病，儘爲離亭去路分。公已竭誠酬聖代，我將何力報明君。商顏羽翼還霄漢，楚奏南冠出塞雲。遙想旅窓風雨夜，挑燈誰與細論文。"申濡《瀋館錄》【按：朴宾客即朴鲁，任相元《兵曹参判朴公神道碑铭》云""昭显世子北行，谓公素谙故情，欲得公归。公不暇问家室，以为宾客而从。……公留馆三载，患吐血，不瘳。世子深忧，令之湾上，以便药饵，朝廷始许递归。"】

申濡《箕城留別嚴都事重叔鼎耉》："鬚白歸來萬死身，玉門重出意多辛。京華臥病誰相問，關塞逢人半是親。匹馬短裘衝雨雪，離筵別酒起江津。看君猶有朝天鳥，莫歎青衫困幕賓。"《次制勝堂韻》："節度新營臨水開，蛟龍旗尾動江隈。雲邊雪色燕山出，海外潮聲碣石來。沙塞不聞人戰伐，轅門唯見鳥飛廻。西隅近日還無事，幕府文書莫浪催。"《雲興舘》："日暮雲興舘，天寒凌漢城。草隨一作兼川雪白，烽與嶺星明。古木群鷗噪，孤村一杵鳴。客愁無夢寐，高枕撥鄉情。"《林畔舘》："去去關河遠，悠悠行路難。孤雲出塞盡，落日滿山寒。廢郭人烟少，空林野燒殘。羈心同老馬，每憶歇征鞍。"《車輦舘》："高舘寒松落，虛簷宿霧晴。野潮侵岸濶，山郭接雲平。古戍烏鳶集，空村虎豹行。邊人喜射獸，獵火曉猶明。<small>宣鐵之間有虎患，兵使送兵打圍。</small>”《發良策》：“古樹棲鴉亂，風聲向曉寒。雲歸龍骨盡，雪入馬蹄殘。拗柳還垂策，須人更據鞍。嚴程貪計日，未可暫時寬。”《擬張衡四愁詩》：“我所思兮在幽關，欲往從之遼路艱。願飛無翼卧牀間，引領西望涕潺湲。贈我香爐金博山，報君寶刀玉連環。路遠莫致行且班，君何淹留獨不還，懷君煩憂多苦顏。”《贈別鄭禮卿<small>知和</small>》：“我出離渾水，君還別愛州。遊方同作客，抱疾並貽憂。地道通關險，天時逼歲周。趨庭喜可想，重爲淚橫流。”<small>申濡《瀋館錄》</small>【考证：申濡下诗题曰“龙湾守岁”，以上诸诗当作于九月初十日至十二月三十日间。】

十七日（辛未）。

朝鮮國王李倧遣陪臣齎表二通，貢方物，謝恩。《清太宗實錄》卷四八【按：据《使行录》，谢恩（谢册封王妃世子）正使申景禛、副使许启、书状官赵锡胤于八月十七日辞朝赴沈。】

十月

二十五日（戊申）。

萬壽節，上御崇政殿。○朝鮮國王李倧遣陪臣權大任等進萬壽並冬至、元旦貢物。《清太宗實錄》卷四九【按：据《使行录》，圣节冬至兼年贡正使权大任、副使郑之羽、书状官李元镇于九月十三辞朝赴沈。】

十一月

二十五日（戊寅）。

申翊全《己卯冬奉命入瀋，少憩弘濟橋敍別》：“草草西郊別，悠悠去國情。斜陽立鞍馬，愁聽小溪聲。”《次上使韻》：“游蹤追憶十年前，欲說悽然更惘然。當日使車投瀋去，燕京消息尚云全。<small>己卯冬以書狀赴瀋，故云。</small>”申翊全《東江遺集》卷八

尹順之《送別申汝萬<small>翊全</small>瀋行》：“燈前書咄咄，酒後歌烏烏。迢迢萬里路，吾友今疾驅。吾友濁水中，乃是摩尼珠。當門種蘭茝，異香充堂隅。遇事無不敢，味道顏敷腴。掉臂當世務，蹞跂回唐虞。果然鳳麟姿，適足夸單于。吁嗟志可尚，未解天爲徒。珠樹擢糞壤，不若成枯株。芙蕖出淤泥，皎皎還易污。犧樽與溝木，殘破曾無殊。珍奇固招尤，今古難免夫。行邁且爾身，猶可戒前途。無寧等薰蕕，亦須畫葫蘆。多言必數窮，步仞難潛軀。我師古之人，其惟

吾師乎。隨世一逶迤，有道猶如愚。持此代祝規，吾道堪嗚呼。"《送汝思令公瀋行李公景憲》："白麥枯荒野，玄霜滿使輶。烏頭猶未變，馬足敢辭遙。蕭瑟江關賦，蒙茸季子貂。羞看東有海，空憶北之朝。"尹順之《涬溟齋詩集》卷二【考证：《使行录》言谢恩正使崔鸣吉、副使李景宪、书状官申翊全于十一月二十五日辞朝，故以上诸诗作于二十五日。朴世采《题涬溟斋诗卷后》：尹顺之（1591－1666），字乐天，号涬溟斋，海平人。宣祖辛卯生，历参判、大司谏，官至右参赞。显宗丙午卒，年七十六。】

十二月

申翊全《駒峴遇雪》："向晚度駒峴，漫空飄雪花。行人休笑我，叱馭等回車。"申翊全《東江遺集》卷八【考证：据《大东地志》，驹岘位于中和境内。金锡胄《西行日录》云："日已昏黑，到驹岘。医官金益精以家大人命自平壤来迎，遂偕入中和。"金泽荣有诗《中和驹岘望平壤城》。据洪大容《湛轩燕记·路程》，高阳至中和四百五十五里约五至八日程，故此诗作于十一月底或十二月初。】

申翊全《次上使詠事韻二首》："金鞭橫拂繡韉紅，寶馬驕嘶玉塞風。贏得賢王稱善御，何如閨裏線針工。""處處荒墟只短垣，行人說是舊朱門。遙看虜騎追飛兔，繞過平原更上原。"申翊全《東江遺集》卷八【考证：据下文，《仁祖实录》卷三九言二十三日申翊全等"渡江入沈"，且与上使崔鸣吉分行，故此诗作于十二月初至二十三日间。】

二十三日（乙巳）。

謝恩使崔鳴吉病留灣上，副使李景憲與書狀官申翊全渡江入瀋。《朝鮮仁祖實錄》卷三九

三十日（壬子）。

申濡《龍灣守歲四首》："臘盡春將至，天涯客未歸。塞星雲際少，村火雨中稀。臥病稜巾角，循形緩帶圍。那堪明鏡裏，寥落損容輝。""牧羝餐雪日，馳傳飲冰時。歲月臨邊盡，鬚眉未老衰。當杯豪興少，撫劍壯心悲。羌笛吹殘夜，先春發柳枝。""不分龍灣上，新年荏苒來。君恩淹伏枕，鄉思賴登臺。城雪吹燈亂，江風入皷催。遙瞻孤舘曉，僚屬問安回。""南郡趨庭久，東軒守歲頻。酒香傳栢燠，花氣上梅新。暮出仍千里，朝來又一春。啼痕與燭淚，點滴滿衣巾。"申濡《瀋館錄》

申翊全《瀋館逢除夜》："歲盡愁難盡，春還客未還。如何夜夜夢，合眼便

龍灣。"申翊全《東江遺集》卷八【考证：以上二诗题曰"守岁""除夜"，皆作于十二月三十日。】

崇德五年（1640 年，庚辰）

正月

初一日（癸丑）。

朝鮮國王世子李澂率來朝陪臣崔鳴吉上表，行慶賀禮。《清太宗實錄》卷五〇

申濡《元日夜坐，主人勸酒有作》："昨夜非關守歲坐，今夜夜坐亦三更。自然多病睡味少，況乃佳辰悲意生。江雲歸峽水光黑，野火入林山色明。怊悵停盃不能飲，主人莫問遊子情。"申濡《瀋館錄》【考证：诗题曰"元日夜坐"，有"昨夜非关守岁坐，今夜夜坐亦三更"语，故作于正月初一日。】

申濡《龍灣即事》："城頭蝙蝠暗飛稀，朔吹蕭蕭散夕霏。樓上戍人寒不寐，夜深沽酒點燈歸。"《龍灣五絕》〈古津江〉："平湖一半帶明州，斷岸崩沙古渡頭。日暮行人過欲盡，滿川風浪打虛舟。"〈白馬城〉："雲際孤城百雉齊，海山殘日照樓低。天寒木柝無人擊，只有棲烏夜夜啼。"〈統軍亭〉："孤亭一望渺無倪，絕塞沙塵漸欲迷。向夜角聲寒弄月，春風吹入海雲西。"〈九龍淵〉："雲霓明滅水沿洄，日射潭心萬丈開。試借須臾龍伯便，星槎暫上玉京廻。"〈鴨綠江〉："淇水西連渤海潮，層冰千尺截江腰。遙看白馬臨流飲，金石山前正射鵰。"《病後理髮，髮墮殆盡，感而書之》："臥病三冬足，今晨始櫛頭。眼明真可喜，髮短更堪羞。巾岸無相礙，簪欹欲自抽。身閑散亦好，未白掉扁舟。"《通遠堡》："古柳千株碧，寒溪一道明。黃沙埋舊壘，粉堞繚新城。雪水菖蒲動，陽坡苜蓿生。羌童驅馬去，嗚咽暮笳聲。"《發連山舘》："月色在東嶺，烟光漫白灘。人喧孤舘曉，客起一燈殘。車入凍川裂，馬行寒石彈。嗟哉此征役，日日路逾艱。"《石東寺》："水閣雲窗迥絕塵，香厨茶竈暖生春。老僧猶作中華語，自道南冠避世人。"《宿太子河》："遼水風如劒，春寒砭骨深。擁爐頻撥火，沽酒不論金。萬死出關客，平生報國心。那堪坐長夜，愁病苦相侵。"《沙河鋪》："河畔風沙日色沉，滿空飛霰下春陰。居人慣見高麗客，爲索茶瓶手自斟。"申濡《瀋館錄》【考证：据申濡下诗，以上作于正月初一日至十六日间。】

初六日（戊午）。

朝鮮國王李倧遣陪臣齎表二函。○賜朝鮮國王李倧及其陪臣崔鳴吉等雕鞍、馬匹、白金、貂皮等物有差。《清太宗實錄》卷五○

初八日（庚申）。

遣朝鮮國陪臣崔鳴吉等歸國，賜宴於館舍。《清太宗實錄》卷五○

十二日（甲子）。

命朝鮮質子李澄歸省父疾，仍令遣別子及澄子來質。《清史稿卷三·本紀三·太宗二》

十六日（戊辰）。

申濡《敬呈大君_{申賓客、權弼善被酒大君西軒，濡適抱病不得參}》："昨夜西庭月色籠，滿堂賓客醉春風。金壺玉露知多少，不及相如病渴中。"申濡《瀋館錄》【考证：诗云"昨夜西庭月色笼，满堂宾客醉春风"，似为上元夜，故此诗约作于正月十六日。】

申濡《權弼善新喪愛妾，纏斂而入瀋，爲賦二律以寓哀傷之意，仍要諸公之和》："花樹春闌結子遲，花飛子落但空枝。可憐蜀鏡埋山日，不見南冠出塞時。舊殘紅淚邊衣濕，新掩黃泉露草滋。魂魄倘知關外路，嶺雲江雨捻堪疑。""新年草色掩佳城，酒肆人間惱怨情。別日已分生與死，還家誰復笑相迎。香殘舊篋蛛絲暗，簾捲空樓燕舞輕。鴛枕夜寒無夢寐，可堪風雨落花聲。"申濡《瀋館錄》【按：申濡下诗题曰"二月十三日回辕祇送后瞻望有作"，以上诸诗当作于正月十六日至二月十三日间。】

二月

十三日（甲子）。

申濡《奉次院中有懷韻》："暫別寄書數，相逢賒酒頻。羈遊成白首，絕域又青春。報主慚無力，還家任後人。遙憐陪駕日，花柳正芳辰。"《疊前韻_{時世子回輳，諸僚陪駕，濡承令守館}》："故國音書濶，他鄉恨別頻。落鴻江渚雨，歸馬磧沙春。謾說還家夢，誰悲失路人。風花寒食近，寂寞對佳辰。""絕塞開門早，鷄聲戒曉頻。秦關新雨粟，燕谷再回春。縹緲廻仙仗，喧呼滿路人。烟花繞紫禁，冠冕會昌辰。""鶴仗圍清曉，龍樓禮數頻。宮花一萬樹，聖壽八千春。玉醴隨中使，金盤降內人。從容賜宴日，僚屬醉佳辰。""鞍馬六千里，連年征役頻。海殘蘇武雪，樓報仲宣春。痛哭論時事，狂歌託酒人。空餘匣中劍，夜夜氣衝辰。""解佩欲相贈，離筵攬帶頻。聽梅笛裡月，折柳馬前春。每作臨河別，猶爲陟屺人。歸朝後期在，把臂更何辰。"申濡《瀋館錄》《再疊呈玄圃》："皓首同園綺，离筵異禮頻。還歌紫芝曲，却別小楡春。誠節終循國，勳名豈讓人。預聞旋駕日，步履上星辰。"申濡《瀋館錄》【按：申得渊，字玄圃。】

申濡《二月十三日回轅祗送後瞻望有作》："朝來紫氣滿遼關，塞路塵清羽衛閑。天意久思旋鶴駕，人情方切候龍灣。旌旗漸見雲間出，劒佩遙聞日下還。羈靮小臣河畔望。淚隨流水送潺湲。"申濡《瀋館錄》【考证：以上诸诗作于二月十三日。】

申濡《春夜憶行宮》："春陰生磧水揚波，馬上驚沙撲面多。行殿夜寒何處住，月明箛鼓在遼河。"申濡《瀋館錄》【考证：《仁祖实录》卷四〇云："宾客申得渊驰启曰：'沈中闻二大君入来，质可王、九王等请世子于其家行伐宴，一大君及从臣等并参。及二大君入去，龙骨大等出迎于混河。十二日朝传言曰：「世子可于明日发行。」午后，皇帝邀世子行伐宴，一大君亦参。龙骨大引入世子于庭中，先授鞍马，次出衣服，以大红蟒龙衣衣之。世子以为，此乃国王章服，据礼力辞，龙胡告于汗而从之，遂行宴于其寝处之所，仍将银貂分给从臣。十三日发程，胡将梧木道护来云。'"故以上诗系于二月十三日。】

十四日（乙丑）。

申濡《寒食》："飢烏攫攫啄春田，白骨黃沙草色連。北俗豈知寒食節，南冠空對落花天。家傳羊酪充餳粥，地遍狼烽替蠟烟。介子當年功不報，綿山逃隱至今憐。"申濡《瀋館錄》【考证：诗题曰"寒食"，有"北俗岂知寒食节，南冠空对落花天"语，当作于是年寒食日即二月十四日前后。】

申濡《瀋中六詠》〈橐駞〉："奇畜來西域，能行健紫騮。肉鞍元覆背，金絡却垂頭。羌婦牽登隴，胡兒跨渡流。力饒還服重，呼□不曾休。"〈驢〉："長耳生中國，廬山舊錫名。自從邊地牧，常傍磧沙行。欹側薪車重，廻旋麵磨輕。誰憐技止此，日夕但悲鳴。"〈羊〉："陸地宜千足，由來塞上繁。風吹亂入草，日暮各歸村。北海空持節，南冠類觸藩。穿廬近骨幹，羗胕候朝昏。"〈鵝〉："素情愛江海，群戲在階庭。雨浴沉雲白，春飢啄草青。幸無湯鼎厄，猶惜羽毛零。千載山陰後，誰人爲寫經。"〈鴨〉："唼喋鳴還啄，離褷色可憐。不嫌行濁滓，猶憶浴清川。草軟將雛入，沙暄傍毋眠。須防挾彈過，莫喜闘欄邊。"〈鴈〉："背雪飛寒磧，嘶雲下暖沙。胡然有南北，自是順陽和。陣散驚弦鏃，聲悲怯網羅。繫書還孟浪，高舉竟無何。"申濡《瀋館錄》【考证：申濡下诗题曰"三月三日对酒"，故以上诸诗作于二月十四日至三月初三日间。】

十五日（丙寅）。

朝鮮國王第三子李㴭及其妻、從官來至盛京。《清太宗實錄》卷五一【按金堉

《麟坪大君墓志铭》："庚辰，仁祖违豫，清人许昭显归宁，使公（麟坪大君李㴭）来替，公与夫人偕行。是年冬与夫人还。"】

三月

初三日（甲申）。

申濡《三月三日對酒》："江鴈雙雙下晚汀，江頭烟雨濕冥冥。他鄉有酒堪浮白，古磧無春可踏青。隴水斷腸非曲水，新亭擧目異蘭亭。寬心只是杯中物，莫遣南冠作楚醒。"申濡《瀋館錄》

十五日（丙申）。

申濡《三月十五夜月》："關月盈三五，邊愁此夜深。旅人元有淚，圓魄本無心。皓影嗟誰見，清輝惜自沉。姮娥亦何事，孤睡桂花陰。"申濡《瀋館錄》【考证：诗题曰"三月十五日夜月"，有"关月盈三五，边愁此夜深"语，当作于三月十五日。】

申濡《太子河》："驅馬涉遼水，水深沒車轍。風悲雲日黑，雨脚乍明滅。奔雷響暗谷，山石應聲裂。朽骨委沙原，下有激湍齧。哀哉東征卒，盡爲螻蟻穴。惻此不能去，歎息中自結。"《狼子山》："連山亘曠野，山斷遼塞迥。草木雲際平，烽烟雨中冷。胡馬白如練，羌童牧其頂。崎嶇行役子，終朝在泥濘。"《高嶺》："晨登高嶺上，宿霧在中峯。四望無人烟，群山圍百重。緣崖一微逕，傍見豺虎蹤。楸樹千章碧，風羅覆石淙。昔過犯霜雪，今來過丰茸。感此時物華，聊以慰吾悰。"《松店》："行盡入渡水，復踰雙嶺艱。馬蹄既已脫，人力亦已殘。日暮入廢城，村烟生樹間。風吹山雨過，青壠麥浪寒。僕夫採香芹，勸我加夕餐。投箸不能御，對案空三歎。"申濡《瀋館錄》【考证：《竹堂申公神道碑铭》言申濡于"庚辰四月还"，故以上诸诗作于三月十五日至四月间。】

四月

十九日（庚午）。

朝鮮國王李倧以遣其世子李溰歸省，遣陪臣李聖求等上表謝恩，兼貢方物。《清太宗實錄》卷五一【按：据《使行录》，谢恩兼陈奏正使李圣求、副使郑广敬、书状官李梀于三月二十二日辞朝赴沈。】

九月

二十五日（癸卯）。

朝鮮國王李倧聞上幸溫泉，遣尚書尹順之獻豹皮、獺皮等物。賜尹順之等鞍馬、貂皮、銀兩，宴而遣之。《清太宗實錄》卷五二【考证：《清太宗实录》言九月二十五日尹顺之至沈阳问安，据《使行录》，问安正使尹顺之于是年二月辞朝赴沈，疑有误。《承政院日记》言八月十八日"尹顺之启曰：'司言启曰：「曾闻皇帝以病出浴于温井，尚今未还云」，自我当有问安之举。承旨中年少可堪疾驰者差遣，带同二三员役，数日内发送，何如？'传曰：'允。'"故可推知尹顺之辞朝时间当在八月十八日稍后。】

十月

二十五日（壬申）。

賜朝鮮國王李倧及陪臣李德仁等雕鞍馬匹、白金、貂皮有差，仍賜宴於禮部，以其朝貢萬壽及冬至，併進歲貢故也。《清太宗實錄》卷五三【按：据《使行录》，谢恩兼圣节冬至年贡正使怀恩君德仁、副使安应亨、书状官尹得悦于九月十六日辞朝赴沈。】

十二月

金尚憲《雪窖酬唱集序》："天道有始終，人道有吉凶，鬼神有屈伸。日月盈虛，草木彫榮，禽獸變化，循環反覆，其理無窮，福未始不爲禍，辱未始不爲榮，樂未始不爲哀，憂未始不爲喜。惟君子乃能樂天知命，富貴貧賤患難之來，莫不素位而行，無往而不自得焉。歲庚辰冬，余與昌寧曹君守而竝被朝命，來投北庭，因于別館。經歲歷月，虎口之肉，其危已甚，仕止先後，始相遼遠，而遂遭無妄，同陷不測，豈非有定命也。雖然，命不可得以移，守可勉而至。處困愈久，勵志彌堅，相與朝嘻夕噱，隨事理遣，若未嘗有憂患者。彼雖困我，而亦不能奪我之守。間有楚奏越吟，以宣其抑塞無聊之意。曹君輒錄爲一帙，俾余名其卷而弁其首，仍題曰《雪窖酬唱集》，蓋亦興起於子卿之風云。嗚呼！余老矣，其於禍福榮辱哀樂憂喜之事，固已付之忘懷，而益加自脩以盡其天命者，深有望於曹君，遂因其請而爲之序。"金尚憲《雪窖集》【按《国朝人物志》卷三：金尚宪（1670－1652），字叔度，号清阴，又号石室山人，安东人。宣祖庚寅进士，丙申文科，戊申重试，选入湖堂。仁祖朝大提学，为礼曹判书。丙子扈驾南汉，和议方定，诸宰会于宾厅商议，尚宪手裂国书痛哭。崔鸣吉曰："此义士也！"扶而去之，下城后入太白山中不返。清人以斥和拘留沈阳，三年而还。丙戌拜右相，至左议政。尝受业于月汀尹根寿门，学业文章为世儒宗。其在被拘于沈阳，名闻天下，选录《清白吏案》，入耆社。年八十三卒，谥文正，配食孝宗庙廷。著有《清阴集》。】

初八日（甲寅）。

金尚宪自安东至京。上遣中使慰谕之，赐貂裘一襲，白金五百兩，他物稱是。曹漢英、蔡以恒亦將北行，命賜漢英白金三百兩，以恒一百五十兩，他物亦有差。《朝鮮仁祖實錄》卷四一

仁祖李倧《御札庚辰十二月初八日》："卿以先朝舊臣從予遊者亦且多年，義雖君臣，情猶父子也。是以頃年退去，猶極缺然。意外禍生，竟至於此。良由寡昧不賢之致，言念悲懇，不覺淚下也。予切欲相見，而難便未果，願卿善爲開陳，以解其怒。"金尚憲《雪窖集》【按《纪年便考》卷三：仁祖开天肇运正纪宣德宪文烈武明肃纯孝大王讳倧（1595 - 1649），字和伯，号松窓，［潜邸时所称］万历二十三年乙未［宣朝二十八年］十一月七日诞降。丁未封绫阳都正，寻封君。天启三年癸亥即位。己丑五月八日升退。在位二十七年，春秋五十五。】

初九日（乙卯）。

金尚宪《謝賜御札貂裘疏初九日》："伏以臣言無少補，身有遠行，行過國門，跡阻陛辭，中心耿耿，感慕徒增。不意淵衷曲體微忱，内使臨存，天語惻怛，珍裘接手，煖氣回春，若登螭頭，再覯龍顏，雖死之日，猶生之年。臣無任瞻天望闕泣血馳情之至，謹昧死以聞。"金尚憲《雪窖集》

金鎏《清陰入瀋陽》："胡天萬里去無難，射目酸風日色寒。會向白溝河上見，往來多少漢衣冠。"金鎏《北渚集》卷一【按李景奭《領议政升平府院君金公諡状》：金鎏（1571 - 1648），字冠玉，号北渚，顺天人。隆庆辛未生。丙申文科，选补槐院。辛丑选检阅，兼春秋馆记事官，世子侍讲院说书。壬寅移注书。甲辰拜礼曹佐郎，兼带春秋馆记事官，知制教，出全州判官。戊申转户曹正郎。丙辰以圣节使如明。丙子拜领议政。庚辰冬，清阴金相公尚宪为清国所指斥，被催甚急。公与原任诸老联名陈箚，请送一介行李，备陈前后曲折，另差一官称以护行，俾无驱迫之患，上嘉纳焉。甲申复拜领议政。戊子卒，年七十八。诗主少陵，兼取西昆，间以长公之豪逸辅之，韵格清健，精炼无罅，七言近体脍炙于世者尤多。其文沉浸乎史迁，润色之以昌黎氏，为古文辞气力雄浑，法度森然。墓道之刻，笔亦取骨而不取肉，其法出于二王，往往辉映于碑版屏障

者。所著诗文千余首尽逸于兵燹，得之于余烬者若干卷。著有《北渚集》。】

李明漢《送淸陰入瀋》："一死人誰免，孤誠上帝知。公身公自辦，不敢問前期。"李明漢《白洲集》卷一【按《纪年便考》卷二十一：李明汉（1595－1645），宣祖乙未生，字天章，号白洲，郑晔门人。三岁遭丁酉乱，与母权氏避寇渡江，中流舟淹，惟母子得免。十岁，李恒福以"宫声弄秋思"为题使之赋，赋曰："月皎皎兮山窗，动石楼之秋思。植藜杖而长啸，人有影于柴扉。"恒福甚赞之，名益彰。光海庚戌进士。丙辰登增广，参下弘录，以校理疏论尔瞻，请绝岛围篱。仁祖朝选湖堂，历铨郎、舍人、副学。甲子适乱，总督金瑬、体察使韩浚谦一时辟为从事，往来两府，兼管事务。及扈驾公州，上命与李植于御前制八道教书。丙子在江都，贼追甚急，有相识者舣船江口，明汉望见赴之，其人不顾而去。后有问其姓名者，明汉曰："吾已忘之。"终不言。已经吏议，仍许湖堂赐暇，典文衡，官止吏判，以贰师从世子沈馆。文章英发，李敏求评其诗曰："如银桥升月明汉，风骨奇迈，气度坦易。"申翊圣常称"非尘世间人"。壬午，有奸人诬引明汉于虏遣使，拘执而去，迫诘无所不至。明汉不慑不屈，理直辞顺，虏亦无以为罪也。诗思迥出意表，或拟之空中楼阁，且善笔法，所著逸于江都乱。乙酉卒，年五十一，谥文靖。】

十九日（乙丑）。

金尙憲至義州，龍骨大會領相以下諸宰及謝恩使一行於館中，使之招入。尙憲以布衣草鞋扶杖以行，不爲拜揖，欹臥於李顯英之右。淸差三人相議良久，而後問之曰："俺等已有所聞，其盡言之。"尙憲答曰："若有所問之語，則吾當答之。今不發端使之言，吾不知所言也。"龍胡曰："丁丑之難，國王出城，而獨以爲淸國不可事，又不肯從君出城，是何意也？"尙憲曰："吾豈不欲從吾君，但老病不能耳。"又問曰："丁丑以後，屢有除拜而不受官職，還納告身，抑何意也？"尙憲曰："國家以爲老病，不曾除職，未知拜何官而不受云耶。如此誕妄之說，聞於何處耶？"又問："舟師徵發之日，何以沮撓耶？"答曰："吾守吾志，吾告吾君，而國家不用忠言。此事何與於他國，而必欲聞之乎？"龍胡遽曰："何以謂之他國？"曰："彼此兩國，各有境界，安可不謂之他國乎？"三胡相顧無言，即使出去。既出，梧木道曰："朝鮮之人言語婉婀，而此人應答甚快，難當之人也。"群胡擁觀，嘖嘖稱歎。龍胡曰："金判書、申承旨當入瀋陽，令差使員押來。賓客輔德當與俺等明日渡江云。"《朝鮮仁祖實錄》卷四一

李敏求《金淸陰以上疏斥和押赴瀋庭》："千古綱常白日懸，肯令冠屨染腥羶。萇弘謾有藏餘血，蘇武應無齧後旃。烈士心肝隨漢月，行人涕淚洒胡天。

時危不盡平生恨，滄海東偏憶魯連。"李敏求《鐵城錄》

二十日（丙寅）。

曹漢英、蔡以恒亦至灣上，龍胡使申得淵對辨。得淵曰："曾在瀋陽時聞此兩人投疏，未知主意如何，而蒼黃間以此兩人之名率爾書給矣。"漢英曰："自上玉候未寧，久未引接臣僚。請於臥內延訪大臣侍從，疏意如斯而已。其時舟師已發，豈宜追論於事過之後乎？"以恒曰："身居鄉曲，目見民役煩重，以蠲弊之意，封疏以進。遠方疎蹤，何敢言舟師之利害乎！"龍胡曰："非吾所擅斷。"竝令入瀋。龍胡等遂發行，群胡盡取鋪陳及釜鼎等物以去，灣館蕭然一空。《朝鮮仁祖實錄》卷四一

金尚憲《次望統軍亭韻》："鴨水西流作天塹，名區自昔稱龍灣。大風表出海東域，秀色擁來江北山。聖祖回旗赫王業，孤臣去國悲鄉關。歸時登眺正難料，豺虎滿前行路艱。"金尚憲《雪窖集》

金尚憲《渡江日留別鶴谷洪相公、雙山李太宰庚辰十二月二十日，雙山名顯英》："少日男兒志，縱橫萬里行。今朝此爲別，深覺負平生。"金尚憲《雪窖集》【考证：以上二诗作于十二月二十日。】

金尚憲《過鳳凰山》："佳名千載鳳凰山，舜日周朝幾往還。五采九苞今不見，雪中愁色獨來看。"金尚憲《雪窖集》

曹漢英《鳳凰山》："鳳凰城外鳳凰山，漢使曾從此路還。今日經過無限恨，亂峯皆作割腸看。"曹漢英《雪窖錄》【按《国朝人物志》卷三：曹汉英（1608－1670），字守而，号晦谷，昌宁人。丁卯生员。丁丑文科状元，历三司、春坊。戊寅，我有助清人西犯之兵，而王世子自沈阳归，觐清人，以元孙替去。汉英以持平上万言疏，请亟断大计，不报。会清人召致，我宰执及都承旨申得渊，胁问曰："闻尔国犹有为明朝守节者，其人为谁？"得渊以金尚宪及汉英为对。清人设兵威问之，答曰："我论我国事，何以问为怀，以死无辞！"清人相顾曰："此人爽尔，爽尔。"遂囚汉英等于沈中，而狱中四壁霜厚尺余。汉英日与尚宪唱酬，积成巨帙，尚宪题曰《雪窖集》。居三载，移拘湾上。又岁余，始得释。汉英五岁通《诗经》，十二岁能述作，学古文于泽堂李植，习礼于沙溪金长生。官至吏曹参判。谥文忠，封夏兴君。】

金尚憲《夜坐》："異鄉千里客，孤燭五更心。燭淚斷不斷，客愁深復深。"金尚憲《雪窖集》

曹漢英《夜坐》："孤燭照無寐，分明對寸心。惟存數行淚，萬慮坐更深。"曹漢英《雪窖錄》

金尚憲《客夜夢歸》："客路迢迢誰與期，夜來胡蝶獨依依。草堂深閉圖書靜，夢裏還疑夢裏歸。"金尚憲《雪窖集》

曹漢英《夢歸》："人生到此亦前期，絶域南冠影獨依。孤夢不知關塞隔，夜來猶向故園歸。"曹漢英《雪窖錄》

金尚憲《次曹侍御守而韻名漢英》："萬事悠悠七十年，向人曾不作中邊。松篁滿逕從吾在，軒冕如雲任自然。至樂每憂兒輩覺，虛名誰與異方傳。陰山雪窖青春近，蓬島鸞驂夢裏鞭。"金尚憲《雪窖集》【考证：金尚宪下诗题曰"守岁"，则以上诸诗作于十二月二十日至三十日间。】

三十日（丙子）。

金尚憲《守歲二首》："羈懷悄悄夢難成，鍾漏遲遲欲五更。遙想故園今夜會，幾人相對憶吾行。""天涯守歲坐深更，絶域無人問死生。惟有一燈如舊識，曉窓相對盡情明。"金尚憲《雪窖集》【考证：诗题曰"守岁"，又有"遥想故园今夜会""天涯守岁坐深更"语，故作于十二月三十日。】

崇德六年（1641 年，辛巳）

正月

初一日（丁丑）。

寅刻，上率和碩親王以下、梅勒章京以上、朝鮮世子及外藩諸王大臣詣堂子行禮。《清太宗實錄》卷五四

金鎏《新歲感懷》："辛巳正元日，初吾望八年。愆尤那補往，憂樂已無前。歲月龍蛇怯，山河犬豕膻。徒將華封祝，白首戴堯天。"金鎏《北渚集》卷二【考证：诗云"辛巳正元日"，故作于正月初一日。】

金鎏《見清國頒曆復用前韻》："不見青臺曆，猶行僭僞年。如何一死後，却在此生前。物性葵傾日，人情蟻慕膻。那聞賀正使，又入犬羊天。"金鎏《北渚集》卷二

金尚憲《書懷》："久辭簪紱寄柴荊，投老那知有此行。耿耿百年浮世事，摠爲波浪去難平。"金尚憲《雪窖集》

曹漢英《奉和書懷》："一溪松竹映柴荊，把釣閑吟自在行。底事經年滯異域，儒冠却悔誤生平。"曹漢英《雪窖錄》

金尚憲《曉坐》："鍾聲撼室夢先驚，落月蒼茫曉霧平。無限旅懷消不得，更燃殘燭到天明。"金尚憲《雪窖集》

曹漢英《奉和曉坐》："殊方作客幾心驚，故國風波尚未平。坐筭半生多少事，曉窗孤燭翳還明。"曹漢英《雪窖錄》【考证：曹汉英下诗《东宫诞日有感》作于正月初四日昭显世子生辰，则以上诸诗作于正月初一日至初四日间。】

初四日（庚辰）。

曹漢英《東宮誕日有感》："鶴駕何多日，龍沙五見春。今辰值慶節，呪尺泣孤臣。"曹漢英《雪窖錄》【考证：李植《昭显世子墓志》云"臣谨按世子讳某，万历壬子正月四日己亥诞生于会贤坊之潜宫"，故此诗作于初四日。】

初七日（癸未）。

曹漢英《奉和人日書懷》："人日年年長作客，殊方忽忽又逢春。鄉關梅柳韶華動，故國風雲氣象新。空戴南冠悲楚奏，未傾東海洗胡塵。中興只願回天運，歲德從今屬在辛。"曹漢英《雪窖錄》

金尚憲《原韻》："今年異域逢人日，去歲鄉園憶立春。筋力較量隨日減，憂端澒洞逐時新。空吟開府江南賦，未掃嫖姚塞北塵。欲借微醺遣愁寂，壺乾酒盡益酸辛。"曹漢英《雪窖錄》

曹漢英《伏蒙春宮賜酒饌，感涕之餘，聊述下懷奉呈》："異域逢佳節，青宮有賜壺。霑衣感淚进，浹骨聖恩殊。雪窖春還滿，冰天草不枯。相携成一醉，忘却楚臣孤。"曹漢英《雪窖錄》

金尚憲《次曹侍御感東宮賜酒饌韻》："需澤青陽邸，斜封白玉壺。天廚味自別，內釀法應殊。詩筆先歸潤，愁腸一洗枯。金華舊賓客，慙愧盛恩孤。"金尚憲《雪窖集》【考证：以上诸诗有"人日年年长作客""今年异域逢人日""异域逢佳节"语，详诗题与诗意，皆言感戴人日世子赐酒饌事，又互为次韵，故皆作于初七日。】

金尚憲《卽事》："形如枯木臥寒雲，愁似蠶絲繞病身。窗外日斜簷影轉，悄然虛館夢中人。"金尚憲《雪窖集》

曹漢英《奉和》："悠悠世事總如雲，隨處萍蓬任此身。却恨人生元是夢，夢中猶作未歸人。"曹漢英《雪窖錄》【考证：据下文，《仁祖实录》言金、曹等人于二十日至沈阳，以上作于初七日至二十日间。】

二十日（丙申）。

前判書金尚憲、前持平曹漢英、學生蔡以恒等至瀋陽，頸加鐵鎖，縛其兩手，致于刑部門外。《朝鮮仁祖實錄》卷四二金尚憲《聞正朝使還國，阻門不得寄書》："聞道今朝漢使歸，一書終阻報親知。家人問我無消息，幾度含悲幾度疑。"金尚憲《雪窖集》

金尚憲《瀋陽獄中無聊，以"青春作伴好還鄉"分韻作五言絕句，錄奉曹侍御、蔡秀才，兼寓頌祝儆戒之意》："野雪初銷白，庭柯已變青。好音華表鶴，佳氣統軍亭。""楊柳關山曲，梅花故國春。愁聞笛裏月，想見漢濱人。""憂患廢哦詩，今朝有新作。看羊北海人，泣馬西州客。""茲行是何行，此伴非他伴。同出復同歸，平生不可諼。""聞君名已佳，識君意逾好。擺落閑是非，幽期百年保。""驥子候君至，園桃待我還。東風吹漫漫，喜氣滿長安。""永嘉古名府，千秋君子鄉。歸歟茅屋下，不復事封章。"金尚憲《雪窖集》

曹漢英《瀋獄八景》："天涯霜雪五更晴，一曲胡笳動曉城。吹作斷腸聲轉苦，故園千里未歸情。城頭曉笳""寒鐘敲罷正黃昏，客枕頻欹暗斷魂。二十八聲長樂月，去年西省幾聞。樓上昏鐘""圓扃一鎖人蹤，經歲惟留凍雪封。安得鄒生吹暖律，坐令寒谷發春風。圓扉凍雪""枕邊燈影暗幢幢。獨對無眠淚眼雙。却憶驪湖草堂夜。短檠閑伴讀書窗。破釭殘燈""家家鐘鼓樂新元，猶有中原舊俗存。婦女如花車上語，轔轔知入九王門。墻外聞車""陰房聞寂與誰隣，長夜漫漫不可晨。暫向窗間看明月，依然還似有情人。隙中見月""唇焦口燥費千呼，試向墻頭過轆轤。猶勝當時蘇屬國，十年餐雪在匈奴。隔門呼汲""土室當炊坐甑中，濕烟和淚目曚曚。空思去歲蓬萊頂，獨立披襟碧海風。當炊避烟"曹漢英《雪窖錄》

金尚憲《瀋獄八景次曹侍御韻》："月滿陰山曉雪晴，胡兒調拍倚高城。文姬故譜今猶在，此日偏傷漢客情。城頭曉笳""樓壓黃沙日又昏，鐘聲一撾一傷魂。單于城裏燈前聽，不似寒山夜半聞。黃沙，獄名。樓上昏鐘""經年隔斷往來蹤，金鎖橫門盡日封。臘白逢春消不得，曉天疑是落梅風。圓扉凍雪""心旌撩亂似風幢，瘦影伶俜作一雙。却愛暗燈還吐焰，夜闌金粟弔寒窗。破釭殘燈""香車趁節去朝元，隱隱餘聲耳畔存。還似古時蘧伯玉，夜深趨過衛宮門。墻外聞車""重壁高墻隔四隣，暗聞雞犬認昏晨。中宵試向容光處，月色多情不負人。隙中見月""聲如啄木扣門呼，日午縆聞轉轆轤。愁殺玉蟾乾欲倒，硯池無計浴尖奴。隔門呼汲""濕瞀寒灰小屋中，炊煙滿目苦曚曚。彷徨四壁逃無處，狂叫排門向北風。當炊避煙"金尚憲《雪窖集》

金尚憲《曹侍御新具白幕，戲作一絕》："琴樽行樂地，幾憶醉時歌。夜半微風動，還疑捲白波。"《復用前韻遣意》："壯志同燕客，哀吟類楚歌。黃眉空有暈，白眼不回波。"金尚憲《雪窖集》

曹漢英《奉和遣意》："邊愁生客枕，清淚落羌歌。玉帳今無術，空思漢伏

波。”《又得遣意一首奉呈》：“漸離醉擊筑，荊卿和以歌。無人知此意，易水自寒波。”曹漢英《雪窖錄》

金尚憲《復答曹侍御二首》：“故國幾千里，歸來長鋏歌。春風洛江水，無限白鷗波。”“餘生悲短景，世事付長歌。安得西江水，年年不起波。”金尚憲《雪窖集》

曹漢英《復疊前韻二首》：“塞外琵琶語，天涯黃鵠歌。長安一回首，清淚自成波。”“羌女車中語，胡兒馬上歌。懷歸此時恨，耿耿對金波。”曹漢英《雪窖錄》

金尚憲《雜詠十首答曹侍御》：“感君重斯和，愧余非善歌。遺風猶可溯，洙泗有餘波。”“我愛榮期予，行行獨自歌。一心如古井，風起不生波。”“武侯出師表，文山正氣歌。英雄千古恨，長使淚傾波。”“玉笛雞林事，雷翁舊有歌。何人吹一曲，坐息北溟波。”“夜長不着睡，苦吟如怨歌。應知挈壺手，添注混河波。河在瀋陽城外”“夢爲海鷗鳥，閑聞漁父歌。從來鏡湖水，絕勝鳳池波。”“仙人不返鶴，壯士只留歌。惟有遼城下，年年水自波。”“今朝蒿里客，昨日畫堂歌。浮世盡如此，何人駐逝波。”“好作洛生詠，休飜金谷歌。沈舟不在險，弱水本無波。”“慣作西州客，頻聞南浦歌。任嘲離席淚，一點不添波。”《雜詠七首復答曹侍御》：“鳳舞簫韶日，薰風解慍歌。誰知南狩後，瑤瑟泣湘波。”“賈誼留鵩賦，屈原遺九歌。詞源洗箱篋，千古激頹波。”“賦詩何必多，須看五子歌。河梁尙古意，江左漫流波。”“拾遺夔州作，翰林豳谷歌。何如老阮籍，渌水揚洪波。”“韓子文瀾富，詩篇亦可歌。猶嫌胸次小，更涉洞庭波。”“清秋赤壁夜，蘇子扣舷歌。作賦誰堪似，江流萬古波。”“可憐石洲客，奇禍坐詩歌。今日黃泉下，誰瀾誰爲波。”《排悶二首答曹侍御》：“誰見明河水，空聞織女歌。張騫墮虜日，無路泛銀波。”“不爲飛梭至，翛然廢嘯歌。無心靑瑣裏，腸斷送秋波。”金尚憲《雪窖集》

曹漢英《奉和烏夜啼》：“棲烏問何事，夜夜窗前啼。遠客不眠對爾泣，燕山薊樹何處不可棲。棲烏答，何處不可棲？我非半夜之荒雞，又非日斜之鵬鳥，我爲丹鵲報以禔。好趁春風歸故國，關頭驛路飛霜蹄。烏亦好芳何須猜，更期長安烟柳堤。”《奉和用申承旨韻》：“陰磧茫茫塞日微，急風吹雪打人衣。關河道路今何許，千里羈愁正憶歸。”曹漢英《雪窖錄》

金尚憲《次同行韻》：“經年鄉信隔金微，節近春分未換衣。欲向市簾尋卜肆，天涯滯客幾時歸。”金尚憲《雪窖集》

曹漢英《奉和又用前韻》：“虛舘寒多酒氣微，試開行橐襲綿衣。可憐同病惟君在，每向燈前苦說歸。夜坐”“夜來孤夢覺還微，猶記龍鍾淚染衣。密密身邊慈母線，天涯遊子幾時歸。思親”“風塵已覺宦情微，夢裏長尋舊薜衣。小徑臨江苔竹靜，草堂安得賦春歸。憶江居”曹漢英《雪窖錄》

金尚憲《復次前韻四首》：“七十衰翁氣力微，支頤強坐不勝衣。流年忽忽身多病，惆悵餘生歸未歸。夜坐”“異域羈囚萬念微，寒宵只憶舊牛衣。何人送我花山路，夕鳥孤雲共爾歸。思歸”“夜夢尋春上翠微，濕雲初捲露沾衣。提壺勸酒山花笑，落日狂歌猶未歸。記夢”“倦僕羸驂行色微，山風吹雪擁征衣。關梁一閉無消息，幾處回頭望我歸。戀兒”金尚憲《雪窖集》

曹漢英《感懷六絕奉呈求教》：“天涯丹禁夢中遙，猶有殘香在賜貂。萬死風霜心不改，孤臣此夜鬢全凋。”“異方生死孰傳書，鶴髮經年久倚閭。鴉返塞城寒日下，不堪回首淚盈裾。”“看雲無日不傷情，塞北江南萬里程。夢裏相逢猶未穩，可憐池草爲誰生。”“絕塞新春隔故園，萬金書斷幾銷魂。可憐今夜鄜州月，只有清光照淚痕。”“驥子前年別我時，牽衣道上問歸期。最憐渠少仍多亂，五載于今對汝稀。”“末路交期幸有神，平生肝肺見君眞。誰知經歲風霜裏，戀戀綈袍是故人。”曹漢英《雪窖錄》

金尚憲《次曹侍御感懷》：“非關談說入秦遙，異城經年弊黑貂。寸赤自憐心上在，衰朱不惜鏡中凋。”“龍灣江上去留時，爾問歸期未有期。人世誰無父子別，只今如汝與吾稀。”“昔聞交道有稱神，歷盡艱難見僞眞。頭白世間還獨立，暮年心事屬何人。”金尚憲《雪窖集》

曹漢英《奉和用申承旨韻》：“遼陽形勢據東游，百二函秦較孰優。雪色遠連陰磧外，河流猶入古關頭。匈奴去歲新經戰，中國何人善伐謀。千里腐儒還作縶，悔將班筆未曾投。”“誤落名塲作宦游，小儒非是學而優。羈囚雪窖誰靑眼，勳業雲臺盡黑頭。明主尙寬蘇軾案，大臣多短賈生謀。東還定遂江湖志，不向公車尺疏投。”曹漢英《雪窖錄》

金尚憲《次同行韻》：“遯迹南荒異倦遊，自憐迂拙愧秦優。孤誠未效心如血，短髮先摧雪滿頭。已判姓名添鬼簿，豈知憂患出人謀。倘非明主垂恩澤，那免終身有北投。聞有遣使陳救之命，故云。”《次前韻贈曹守而八首》：“鄉里追隨馬少游，暮年身計此爲優。杯觴到手先開口，議論驚心只掉頭。幽興每憑詩句遣，生涯長任婦兒謀。不知何事幹裘地，却作樊籠野鶴投。”“志士堂堂恥貴游，紛紛世俗孰知優。龍泉砥鍔疑傷手，駿骨論金惜買頭。賈誼漢時空有策，繞朝秦日豈無謀。可怜今古長如此，明月從來戒暗投。”“處世無營是樂遊，達人觀化自優優。揮金疏廣方知足，握算王戎僅賣頭。莫信恩權山海轉，須看成敗鬼神謀。諸天福地多閑館，永謝塵區急往投。”“世間誰辦采眞遊，避辱趨榮竟未優。

借問少游隨款段，何如新息困壺頭。靑山綠水誰爲主，明月淸風不待謀。他日狂言如記取，嶺雲千里遠相投。"　"疇昔曾爲壙埌遊，人間至樂未應優。消除議論無煩耳，斷送憂哀不別頭。行止自然隨意適，經營那復與人謀。靑山四面饒空宅，親故年年箇箇投。"　"輦轂山林摠可遊，古人於此計難優。功名有忌多銷骨，貧賤無爭少碎頭。豈是去留無上策，只緣時命不同謀。如余久脫風波地，乃老何爲水火投。"　"今日朝廷戒惰游，思深慮遠拙倡優。圖治擬出三王首，進步尤加百尺頭。駿骨酬金郭隗策，干旄適野神諶謀。山東父老應聽詔，扶往枯藜莫早投。"　"南岳先生方外遊，才何短拙志何優。潢污滿道嫌濡迹，蘭沐薰香好洗頭。論士未饒當世合，秉心長擬古人謀。雲中黃鵠瑤臺鶴，可惜終爲網裏投。"金尚憲《雪窖集》【考证：详诗意，以上诸诗皆作于初到沈馆时期，又金尚宪下诗作于二月初一日穆陵忌辰，故以上作于正月二十日至二月初一日间。】

二十九日（乙巳）。

宴朝鮮國元旦來朝陪臣申景禎【按：当为"申景禛"】等六十人於禮部。仍賜朝鮮國王李倧、陪臣申景禎等貂皮、銀兩、雕鞍馬匹等物有差。《淸太宗實錄》卷五四【按：据《使行录》，陈奏谢恩兼正朝正使申景禛、副使韩会一、书状官李庆相于崇德五年十一月二十二日辞朝赴沈。】

昭顯世子李澄《無題》："身爲異域未歸人，家在長安漢水濱。月白庭心花露泣，風淸池面柳絲新。黃鶯喚起遼西夢，玄鳥飛傳塞上春。昔日樓臺歌舞地，不堪回首淚沾襟。"李大樹《瀋陽日記抄》【按李植《昭显世子墓志》：世子讳某（澄）（1612－1645），万历壬子正月四日己亥诞生于会贤坊之潜宫。乙丑正月，礼加元服，策命为王世子。丁卯之变，车驾将幸江都，先命世子分朝镇抚南服。是年十月行入学礼。十二月，聘参议姜硕期女。乙亥冬，仁烈王后升遐，秉礼宅忧，猝值丙子之变，从幸山城。丁丑，西行入沈。明年，请归国行大祥祭而不得。庚辰春，始得请归觐。甲申春，复归觐，皆不得久留。是秋转入燕京，清国已定河北，即促世子辍还，嫔御及诸公卿质子大归。世子久留异域，数从军旅。东猎朔荒，西穿燕塞。跋履山川，备经危险。虽神气自若，而内受劳伤。还宫以后，连有寒热之感，医方错误，竟至不禄，寿三十四。】

鳳林大君李淏《無題》："怨尤何敢及天人，自愧無謀到死濱。此日那堪燕質泣，何時復覩漢儀新。心懸鳳闕頻驚夢，齒切龍庭厭見春。爲此廟堂樞密地，昔時髯婦尚冠巾。"　"我願長驅十萬兵，秋風雄陣九連城。橫行蹴踏天驕子，歌舞故來白玉京。"李大樹《瀋陽日記抄》【按：凤林大君即朝鲜孝宗李淏（1619—1659），字静渊，号竹梧，生平见"顺治六年/朝鲜仁祖二十七年，五月初八日"。】

金尚憲《奉承》："痛隨鶴駕作囚人，故路逍遙洱水濱。蘇武有旄吞雪久，慶卿無釖裹圖新。殘燈孤枕街鐘曉，落日蘮城野草春。未得涓埃酬聖主，死前祇是濕衣巾。"李大樹《瀋陽日記抄》

李大樹《奉承御製韻》："此日胡為海國人，可憐相對寂寥濱。扶婁執王山河異，鐘子操音歲月新。沒鶻望窮空落照，故鴻聞斷已殘春。折衝禦侮俱無策，自笑冠巾是幗巾。"李大樹《瀋陽日記抄》【考证：李大樹生平不详，据《南汉日记》可知丙子之役时李大树为宣传官，有战功。《燕行日记抄》记载其职为"翊卫司司御"，扈从昭显世子等往沈阳。以上诸诗见于李大树《燕行日记抄》，序文云"东宫两大君沈阳潜邸时与僚属修禊作帖"，详诗意，当为昭显世子、凤林大君等质留沈阳期间作。又后有金尚宪次韵，诗云"痛随鹤驾作囚人"，据《仁祖实录》可知金尚宪于辛巳正月二十日抵达沈阳，昭显世子等于甲申四月离沈赴北京，则以上诸诗大抵作于是年正月二十日至顺治元年四月间，故系于此。】

二月

初一日（丙午）。

金尚憲《瀋陽獄中遇穆陵忌辰有感》："曾事先王四十年，穆陵松柏已參天。當時侍從今誰在，頭白孤臣獨愴然。"金尚憲《雪窖集》【考证：穆陵乃朝鲜宣祖李昖陵寝，《光海君日记》卷一有一六〇八年二月戊午，"俄而哭声自内达外，上薨"语，可知宣祖卒于一六〇八年二月初一日，诗题云"沈阳狱中遇穆陵忌辰"，当作于二月初一日。】

金尚憲《次同行韻卽事》："重雲漠漠掩孤城，瘦日銜山暝色生。知是射雕回騎至，腥風吹捲獵旗聲。"金尚憲《雪窖集》

曹漢英《復疊城字求教》："百戰山河古瀋城，南冠千里一書生。經年故國無消息，夜夜誰憐楚奏聲。""誰將一箭取聊城，天下男兒不復生。遼左只今猶殺氣，令人千古仰英聲。""梅花初發洱江城，水岸春泥百草生。催蕩蘭舟鏡裡過，東風吹送棹謳聲。""五雲深處是重城，宮扇初開瑞日生。千里楚囚驚歲換，鵷行劍佩夢中聲。"曹漢英《雪窖錄》

金尚憲《聞曹侍御夜分哦詩不寐》："陰風切切動寒城，簥鐸泠泠月欲生。四壁寂寥燈火暗，隔門唯聽苦吟聲。"金尚憲《雪窖集》【考证：以上诸诗当作于二月初一日至初十日间。】

初九日（甲寅）。

宴朝鮮國進貢陪臣李德仁等九十人於禮部。仍賜朝鮮國王李倧、陪臣李德仁等貂皮、銀兩等物有差。《清太宗實錄》卷五四【按：据《使行录》，陈奏正使怀恩君德仁、书状官李以存于崇德五年十二月二十日辞朝赴沈。】

初十日（乙卯）。

曹漢英《奉和用申承旨韻》："漠漠愁雲接厚坤，能令白晝作黃昏。春風無力銷兵氣，沙磧長留殺伐痕。"《奉和用申承旨韻》："春分又見客邊來，江上田園布穀催。安得束歸趁此節，晴泥好把一犁開。""鄉關不見一書來，春事無端客裏催。昨夜分明有歸夢，江花好傍草堂開。"曹漢英《雪窖錄》【考证：诗云"春分又见客边来"，诗题亦"奉和用申承旨韵"，故以上二诗约作于是年春分日即二月初十日前后。】

金尚憲《次春分日感懷韻》："節序悠悠燕子來，故園歸興暗相催。清明寒食江南路，萬樹桃花待我開。"《感懷復次前韻二首》："南州去歲雨頻來，花事園林次第催。丹杏碧桃零落盡，紫薇紅藥石榴開。""今歲遼陽雨不來，無花無草更誰催。尋紅問紫渾閑事，惆悵重門閉不開。"金尚憲《雪窖集》

曹漢英《奉和復用前韻》："胡兒驅我自東來，觸雪侵星苦被催。歸路不妨閑興趣，樓臺幾處好花開。""淇岸雪消春水來，浴鳧飛鷺興相催。如何久滯不歸去，落盡江花千樹開。"《奉和排悶前韻》："天運循環往必來，人生禍福互相催。愁隨朔雪消除盡，興入烟花爛熳開。"曹漢英《雪窖錄》

金尚憲《記夢》："嬌女分明入夢來，挽鬚牽臂苦相催。側身轉輾忽無處，月落雞鳴門未開。"《排悶》："去國捐生異域來，歸期杳杳只心催。關門幾處雞鳴早，不爲行人夜半開。"《怨婦》："空床月色入帷來，四壁蟲聲滿耳催。君意似珠隨處轉，妾心如襞不曾開。"金尚憲《雪窖集》【考证：以上诸诗皆为《奉和用申承旨韵》之次韵，又有"次春分日感怀韵"等语，故当作于二月初十日或其后。】

曹漢英《獨坐書懷錄呈求教》："聖主恩猶重，孤臣數獨奇。無書寄白鴈，有夢上丹墀。塞日低沙暗，邊春帶雪遲。南冠空楚奏，一詠一回悲。"《奉和春雪》："二月寒威未解驕，邊雲釀雪下蕭蕭。關山昨夜吹羌笛，疑是梅花片片飄。"曹漢英《雪窖錄》

金尚憲《哀童男女充汲者》："鮮兒漢女共零丁，來入胡家託死生。辛苦萬端無處訴，不知天地亦何情。"金尚憲《雪窖集》

曹漢英《奉和詠鵲》："曾近天孫織錦機，班班文彩剪爲衣。年年銀漢橋成處，每遣仙郎一渡歸。""靈禽擇木本知機，肯向胡沙污羽衣。却憶故國窗外樹，

雙棲雙語去還歸。"曹漢英《雪窖錄》

金尚憲《次詠鵲韻二首，胡中無鵲》："相風占歲識天機，文采翩翩半臂衣。塞北嚴霜如劍戟，安巢却向海東歸。""北俗紛紛好殺機，調弓淬劍血黮衣。佳人寶鏡將軍印，相逐高飛樂處歸。"金尚憲《雪窖集》

曹漢英《奉和聞鴈》："花發還辭漲海湄，秋南春北候先知。來時定過秦川月，絕塞緘書問有誰。""遼河冰泮水生湄，塞北烟沙爾自知。好趁春風還舊土，哀多更欲訴伊誰。"曹漢英《雪窖錄》

金尚憲《次聞雁韻二首》："孤響流哀落水湄，悠悠楚客夢先知。上林迢遞關山隔，尺素頻裁欲寄誰。""荻芽蘆筍滿江湄，春雁思歸聖得知。惆悵人生不如鳥，北來南去定依誰。"《聞笛》："遼河直北古邊城，二月春寒草未生。何處吹殘落梅曲，關山千里斷腸聲。"金尚憲《雪窖集》【考证：曹汉英下诗题曰"奉和寒食"，以上诸诗当作于二月初十日至二十五日间。】

二十五日（庚午）。

曹漢英《奉和寒食》："一春寒食屬良辰，千里黃沙滯遠人。却憶去年江郭路，落花飛絮襯紗巾。"曹漢英《雪窖錄》

金尚憲《原韻》："客中三度度佳辰，此日孤懷倍感人。千里故山歸路隔，東風吹淚滿衣巾。"《寒食感懷》："天涯今日逢寒食，客裏他鄉思故國。故國可思不可見，佳節堪悲亦堪戀。丘原寂寞子姓罕，松柏淒涼香火晚。精靈幾感人事變，夢魂不隔平生面。分明夢魂向誰說，歎息精靈慰何日。哀辭自廢蓼莪篇，血淚已盡肝腸煎。"金尚憲《雪窖集》

曹漢英《謹次寒食感懷》："殊方遠客悲寒食，舉目風烟異舊國。終南渭水幾時見，御柳城花亦可戀。關河千里鴈來罕，遼西錦字春將晚。人生有情節序變，世事空凋鏡中面。男兒遠游何足說，寸心只愛西山日。排愁本欲憑詩篇，吟罷徒增膓肚煎。"曹漢英《雪窖錄》【考证：以上诸诗皆以"寒食"为题，又有"一春寒食属良辰""此日孤怀倍感人""天涯今日逢寒食"语，故作于是年寒食二月二十五日。】

曹漢英《復用前韻演爲十二句錄呈求教》："疾風吹塵暗西北，君子干行嗟不食。南冠千里楚囚孤，歸夢迢迢隔鄉國。幽愁無賴節序轉，春色蕭條不忍見。河水初泮塞雪消，南鴈廻翔故土戀。舉頭見日空腸斷，欲問長安使者罕。遙知冠冕隨青春，紫禁正惱烟花晚。平生未試經綸展，異域空驚齒髮變。蘇卿此日持漢節，賈生當時輕白面。人生憂患何足恤，世事翻覆難具說。從當拂衣脫塵網，瀟灑江湖閑送日。江湖生理亦隨緣，高臥不復賦詩篇。綠陰滿地午睡足，

窗外唯聞茶鼎煎。"曹漢英《雪窖錄》

金尚憲《次曹侍御演前篇作十二句韻》："我家住在長安北，半生無田破硯食。愧無文史足三冬，豈有才名傾一國。拙官隨牒任流轉，懶性耽閑寡聞見。素餐詩人良可刺，黃粱夢境何須戀。山濤部中啓事斷，翟公門外輪蹄罕。丘壑風流能幾時，桑榆日月嗟苦晚。千憂百慮心難展，地覆天翻事易變。一簣障河竟無功，萬箭攢心血洗面。竄身南國類銜恤，飛書北闕申耆說。鍾儀遠繫子卿留，異代那知有今日。周廷賦詩更無緣，已矣當年虛誦三百篇。安得銀河萬斛瀉我腸，不受日夜心中膏火煎。"金尚憲《雪窖集》

曹漢英《夢歸驪庄有感，仍用前韻奉酬辱示》："昨夢巖花照釣磯，小堂依舊浦東湄。沙禽暖戲臨江徑，砌竹晴抽滴露枝。酒熟山家聞好語，草青池岸有新詩。蘧然蝴蝶身千里，落月關城曉角悲。"曹漢英《雪窖錄》

金尚憲《讀曹侍御〈夢歸驪莊〉詩深有所感，復用前韻》："平生幽興在漁磯，擬卜驪丘近水湄。蓬蓽經營足一欹，鷦鷯棲息豈多枝，流年荏苒仍遭亂，鳳計蹉跎漫入詩。今日共爲千里客，夢遊心想秖成悲。"金尚憲《雪窖集》【考证：金尚宪下诗题曰"请明日怀旧有感"，以上诸诗当作于二十五日至二十七日间。】

二十七日（壬申）。

金尚憲《清明日懷舊有感》："長安三月清明節，脩禊家家曲水湄。野草細侵遊客履，山花先發向陽枝。關中舊俗鞦韆戲，洧外佳人芍藥詩。勝事十年成一夢，白頭千里楚囚悲。"金尚憲《雪窖集》

曹漢英《清明詞》："人生看得幾清明，昨日開花已滿庭。莫惜典衣沽一醉，古來惟有飲留名。""人生看得幾清明，萬事爭如一杯滿。富貴榮華俱等閑，此身不用浮名絆。""人生看得幾清明，千里殊方此日情。臘雪纔消草猶澁，春風元不到邊城。""人生看得幾清明，胡地無花又無草。春色傷心何處求，楚音奏苦令人老。""人生看得幾清明，故國春風應澹蕩。蘭亭修禊曲江遊，物色依然入夢想。""人生看得幾清明，今日清明那忍說。秖願明年逢此辰，一尊醉臥東欄雪。""一尊醉臥東欄雪，只恐花飛尊易傾。流轉風光真可惜，人生看得幾清明。"曹漢英《雪窖錄》

金尚憲《次曹侍御清明韻》："遼塞茫茫地一邊，客懷春日轉悽然。明妃怨恨黃沙外，蘇武歸心白雁前。短鬢尚留殘臘雪，寒灰誰換舊鑪煙。吟魂化帶啼鵑血，去入鄉山萬樹穿。"金尚憲《雪窖集》

金尚憲《和曹侍御清明詞十首》："十篇皆以'人生看得幾清明'爲起，散用諸韻。至末篇復以起句倒結，若玉環體。余甚愛其感慨橫逸，自顧老塞，如螯蛙之躍飛電，不能盡效其妙，遂自作一體只和其意，辭雖拙而情則切矣。人生看得幾清明，十日花開一日晴。風雨過來春又去，人生看得幾清明。”“人生看得幾清明，花落春歸綠滿城。西去伯勞東去燕，人生看得幾清明。”“人生看得幾清明，九十春光太薄情。歌舞滿堂留不住，人生看得幾清明。”“人生看得幾清明，花欲開時月欲盈。月滿易虧花易落，人生看得幾清明。”“人生看得幾清明，石火飛光逝水驚。世上神仙不可見，人生看得幾清明。”“人生看得幾清明，銀箭金壺漏水傾。羊胛未燒天已曙，人生看得幾清明。”“人生看得幾清明，無酒當沽有酒傾。昨日醉歌今日哭，人生看得幾清明。”“人生看得幾清明，四美二難誰可并。行樂但須無事日，人生看得幾清明。”“人生看得幾清明，山上唯聞松柏聲。昔日羅衣今化盡，人生看得幾清明。”“人生看得幾清明，投老飜爲異域行。閉門不知佳節過，人生看得幾清明。看如不看，所以爲悲也。”金尚憲《雪窖集》【考证：以上诸诗皆以“清明”为题，又有“长安三月清明节”“今日清明那忍说”等语，故当作于是年清明日，即二月二十六日。】

金尚憲《次床字韻》：“身如蟲臂委空床，志似龍泉掃戰場。夢裏化爲回道士，玉樓春雨費都梁。”《有懷南鄉春事，復次前韻》：“風捲茅茨雨打床，野鷄山鳥自專場。廢田江上春無主，誰趁清明種黍粱。”《次曹侍御滿月臺懷古韻》：“愁雲漠漠日西欹，故國傷心客路遲。山郭摧殘龍氣歇，御溝塡擁水聲悲。玄陵謬策無訧厥，圃老高風有仰之。喪亂十年重到此，不堪惆悵古今思。”《思歸》：“浿江西畔是箕城，歸路分明眼底生。法獸橋邊驄馬客，梨園坊裏艷歌聲。”《懷舊二首》：“安市山前月滿城，宣沙浦口夜潮生。十三年外朝天客，夢裏依依風水聲。”“蓬萊楓岳衆香城，碧海東臨波浪生。回首舊遊如夢裏，至今笙鶴耳邊聲。”《悲憤三首》：“漢家曾築受降城，驕虜奔亡半死生。到得成哀猶有賴，塞門刁斗不聞聲。”“洪武增修萬里城，不教邊塞虜塵生。如何漢道猶全盛，一榻容留鼾睡聲。”“兩宮當日下山城，萬死羞同此虜生。白首如今送燕獄，仰瞻銅輦泣無聲。”金尚憲《雪窖集》

曹漢英《奉和遊仙詞韻》：“瑞霧曈曨濕曉城，金鷄唱徹火輪生。朝元殿上羣仙會，風外玲瓏玉佩聲。”“銀河斜浸鵲橋城，月殿秋清夜氣生。惱殺天孫離思重，錦機閑却玉梭聲。”“鸞驂催過五重城，九萬冷風兩腋生。星斗滿空清露重，銀河流月去無聲。”曹漢英《雪窖錄》

金尚憲《次遊仙詞韻十首》：“紅雲樓閣紫金城，琪樹瓊花玉蕊生。朝罷群仙各歸去，天風吹送鳳簫聲。”“朝隨王母拜曾城，暮入蟾宮看月生。寒色滿空涼露重，桂花零落濕無聲。”“十二朱欄對碧城，左携方朔右期生。明朝擬赴蟠桃宴，青鳥先來報一聲。""丹梯歷盡更登城，腳底雲煙步步生。紫府玉扉猶未啓，天鷄叫罷第三聲。""明月宮中不夜城，攀援桂樹學長生。姮娥伴宿無情在，玉枕閑聞擣藥聲。""久住芙蓉第一城，紅顏綠髮羽翰生。新恩許主蓬萊島，玉殿清晨贊拜聲。""曾同柱史出秦城，共占關門紫氣生。千載歸來不知處，碧空時聽步虛聲。""遠疑雲氣近疑城，倒影滄溟滅復生。化入蕊珠如夢醒，黃庭一案轉經聲。""知是曾城是化城，有生如夢若無生。傍人不覺樵柯爛，玉局猶聞落子聲。""銀漢遙連白玉城，仙家多在此中生。秋風又近中元節，紫極門前萬歲聲。"金尚憲《雪窖集》

曹漢英《奉和宮詞仍得四時四首》："樓上紅雲覆苑城，香飄合殿晚風生。春深紫禁移仙仗，花外時聞笑語聲。春""遲遲晝漏報重城，睡起粧樓粉汗生。香夢關心猶倚檻，懶將瑤瑟理新聲。夏""宴罷西樓月隱城，繡帷香夢綵雲生。願將千斛明河水，添滴金壺夜漏聲。秋""宮線初添日轉城，梅心已向雪中生。詞臣新進迎祥帖，閭闔爭傳萬歲聲。冬"曹漢英《雪窖錄》

金尚憲《次宮詞十五首》："古今宮詞，全述宮中行樂之事，多有淫辭褻語，非大雅君子所樂道者。故特起一例，歷敍前代帝王后妃美惡得失，以寓懲創感發之義云。成周當日宅王城，壺治先防逸欲生。宮女夜來移玉几，月明椒掖誦詩聲。周宮""庭燎煌煌列火城，東方未啓月光生。君王尙戀蟲飛夢，環佩先聞下殿聲。齊宮""西施初見閭闔城，笑態嚬姿百媚生。齊向吳王候顏色，一時宮掖盡歡聲。吳宮""楚王宮殿枕方城，夢裏巫山誤一生。瘦盡細腰君不見，暮天長怨雨來聲。楚宮""洮河去歲築長城，內院今年少子生。趙瑟楚歌俱望幸，却來前殿試秦聲。秦宮""齋宮夜靜月臨城，御席前虛引賈生。天子正論神鬼事，後庭休奏樂歌聲。漢宮""二更眉月下樓城，仙掌高秋玉露生。看罷魚龍宮漏盡，禁門先唱放衙聲。""瓊奩寶篋出中城，彤史光輝映日生。女士滿宮俱動色，當熊辭輦摠賢聲。""深宮無事閉重城，鬭草藏鉤度半生。一自大家迎入後，玉窓秋夜讀書聲。""漳水悠悠繞鄴城，春芳先向樹頭生。夜來飛上凌雲殿，一曲歌停衆樂聲。夜來，妓名。魏宮""席捲鍾陵掃錦城，外寧誰戒內憂生。西宮南掖巡遊遍，慣聽羔兒觝竹聲。晉宮""南朝妙麗集臺城，新作金蓮逐步生。醉裏不知風雨惡，嬌羞猶愛枕邊聲。蕭齊宮""錦帆龍舸下蕪城，堤柳青青汴水生。共說憨娘亦恩幸，六宮無復怨嗟聲。隋宮""車駕東征安市城，千官無語暗愁生。清晨玉殿新封事，認聽賢妃進讀聲。唐宮""十月驪山雪壓城，華清水滑暖波生。朝來禁苑花爭笑，知有前宵羯鼓聲。"金尚憲《雪窖集》

曹漢英《又疊城字得出塞曲錄呈》："邊鴻昨夜入高城，玉帳秋風嫋嫋生。

霜鬢爲緣兵革苦，幾時歸奏凱歌聲。”“沙磧遙連青海城，去年征戰幾人生。秋風更渡遼河水，落日惟聞鬼哭聲。”“漢月千秋一片城，笛中楊柳幾時生。春風不到龍堆外，愁聽關山夜夜聲。”“天寒飲馬古長城，雪暗沙黃草不生。白骨可憐交戰地，河流猶作斷腸聲。”曹漢英《雪窖錄》

金尚憲《次出塞曲韻九首》：“修我戈矛築我城，守邊猶足保民生。如何萬里長征戰，歲歲家家聞哭聲。”“羽林千騎發京城，貂錦恩光滿路生。朝辭紫極星芒動，夜渡黃河冰裂聲。”“摐金伐鼓下龍城，風擺黃旗紫焰生。夜深月出沙場靜，南北蕭蕭聞馬聲。”“王庭自古本無城，萬里黃沙白草生。令下五更探騎發，磧中何處候雞聲。”“昨日伏兵遮虜城，朝來候吏報擒生。單于遠向陰山遁，百里寥寥鳴鏑聲。”“夜宿河邊五里城，磧門遙見白煙生。聞道載金酬急賞，月中搖過馬鑾聲。”“南兵日暮到新城，火未燃時月未生。應有家鄉書信至，暗中尋覓故人聲。”“隴頭明月隴邊城，隴水潺湲隴底生。月明夜夜長垂淚，水流年年無盡聲。”“將軍躍馬破堅城，戰士揮鋒赤電生。一捷功成報明主，歸來麟閣振英聲。”金尚憲《雪窖集》

金尚憲《次前人韻》：“紛紛蠻觸幾存亡，遼左山河百戰場。千古英雄埋恨處，夕陽殘雪野橋傍。”金尚憲《雪窖集》【考证：以上诸诗大抵作于是年二三月间。】

三月

金尚憲《聞懷恩之行到館有日，不得通問》：“漢使東來到館初，日邊消息問何如。重門咫尺山河隔，何況長安萬里餘。”金尚憲《雪窖集》

曹漢英《奉和》：“好是東風三月初，水村烟景畫圖如。槎頭縮頸應堪釣，虛負春光穀雨餘。”曹漢英《雪窖錄》【考证：曹诗为金诗次韵，又曹诗有“好是东风三月初”语，下诗作于踏青日，故以上二诗作于三月初一日至初三日间。】

初三日（戊寅）。

曹漢英《奉和踏青日有懷南鄉》：“芳草萋萋野渡南，踏青佳節屬重三。含泥乳燕雙雙過，把酒遊人欵欵談。”“天涯歸路隔京華，客裡佳辰倍憶家。安得紗巾與竹杖，落花芳草澗邊沙。”曹漢英《雪窖錄》【考证：诗题曰“奉和踏青日”，又有“踏青佳节属重三”“客里佳辰倍忆家”语，故当作于三月初三日。】

曹漢英《奉和復疊前韻》：“豈有才名動濟南，窮愁本自類陳三。早知經濟非吾事，風月江湖只可談。”“半生行役倦東南，絕域還看月轂三。虛館閉門春欲盡，覊懷悄悄共誰談。”《有感復用前韻奉呈求教》：“一掃王庭震漠南，漢皇

功烈可登三。除兇雪恥光千古，黷武窮兵儘妄談。"曹漢英《雪窖錄》

金尚憲《次踏青日思歸韻》："異域羈囚度歲華，思家長是說還家。何時却向豐山路，閑踏江邊弄晚沙。"金尚憲《雪窖集》

曹漢英《奉和復用華字韻》："愁病愔愔鬢已華，夜來魂夢獨歸家。草堂依舊臨江徑，一面疎籬竹暎沙。"曹漢英《雪窖錄》

金尚憲《復次前韻四首皆無聊中雜詠》："長年鉛槧費精華，浪得文章號滿家。誰爲魏收藏拙去，流傳不用遍恒沙。""由來素性厭紛華，門巷蕭然野老家。自笑少年湖海志，夢中長占白鷗沙。""東湖亭榭競豪華，花映朱門柳拂家。喪亂十年人事變，秖今唯見浪淘沙。""清平寶殿掩蓮華，洞裏仙人第一家。安得滿天明月夜，更携禪老臥金沙。清平寺卽高麗李資玄故宅。"金尚憲《雪窖集》

曹漢英《踏青日感懷錄呈求教》："故國經年別，閑花幾處開。佳辰吟病苦，小雨踏青催。世事愁無奈，春遊夢一廻。望鄉猶未得，何地可登臺。""二年猶異域，萬里幾佳辰。物色當三日，羈囚恰四人。塞雲還帶雪，邊草不生春。排悶憑詩句，詩成恨轉新。""故園春事好誰禁，花色爭如柳色深。病起佳辰歸思切，異方啼鳥秖驚心。"曹漢英《雪窖錄》

金尚憲《次踏青日感懷韻》："佳節驚頻過，黃沙閉不開。雨聲聞乍急，花意想全催。故國身難到，他鄉首獨回。遙知踏青罷，幾處醉歌臺。"金尚憲《雪窖集》【考证：据以上诸诗题目与内容，可知皆为《奉和踏青日有怀南乡》之次韵，故亦作于三月初三日。】

曹漢英《得家書有感》："故國千金信，關河萬里還。熊兒尙無恙，鶴髮幸平安。到手心初畏，開封淚自潸。何時得歸去，一室共團欒。"曹漢英《雪窖錄》

金尚憲《暮春月夜感懷》："故園春物正芳菲，塞外行人尙未歸。鴻雁無情難繫帛，山河擧目秖霑衣。天時不恨堂堂去，世事偏傷箇箇非。最愛分明東海月，清光流影照金微。"金尚憲《雪窖集》

曹漢英《奉和暮春月夜感懷》："邊城都未有芳菲，每到佳辰倍憶歸。家遠誰傳春後信，地偏猶着臘前衣。羈愁似醉尋常睡，宿計多魔八九非。落盡春花江上宅，楚囚孤夢獨依微。"曹漢英《雪窖錄》

金尚憲《曉坐書懷》："事業偶成空有跡，文章虛富只勞心。留名世上終何用，歸臥白雲深復深。"《睡起遣懷》："睡殘孤枕正銷魂，空館寥寥日又昏。遙想故園春雨後，梨花落盡掩重門。"《憶豐山草堂》："斷橋欹岸小溪西，草沒苔侵路欲迷。一夜雨聲花盡落，月明空院子規啼。"金尚憲《雪窖集》

曹漢英《奉和憶豐山草堂韻用懷驪鄉舊居》："羈愁如醉惱詩魂，絕塞殘春自欲昏。虛送江南好風景，花時寂寞鎖圓門。""故國空歸夢裡魂，客愁消了幾朝昏。驪湖一雨春應晚，落盡江花獨掩門。""坐向東風暗斷魂，小愡啼鳥又黃昏。可憐一片東溟月，不隔清光照塞門。""家住黃驪江水西，竹梢藤蔓使人迷。閑携濁酒林中醉，愛聽提壺恰恰啼。"曹漢英《雪窖錄》

金尚憲《復用前韻酬曹侍御見和之作二首》："直北關山故國西，塞天無際塞雲迷。千年不見遼東鶴，半夜空悲蜀魄啼。""銷愁無賴玉東西，耿耿孤懷醉不迷。何處出遊堪散釋，綠楊沙岸水禽啼。"《次送春韻二首》："問春何事不留情，收拾繁華去若驚。花落絮飛都寂寂，曉窗愁絕子規聲。""春答人休怨薄情，四時相代不須驚。綠陰庭院微涼好，高枕還宜聽雨聲。"金尚憲《雪窖集》

曹漢英《燕子來有感》："天涯感物幾沾衣，三月初看燕子飛。却恨人生不如鳥，春風好傍舊巢歸。"曹漢英《雪窖錄》

金尚憲《次曹侍御燕子來有感韻》："金陵巷口舊烏衣，畫閣雕梁幾度飛。今日相看俱是客，蜀禽何獨不如歸。"金尚憲《雪窖集》

曹漢英《夜聞琵琶有感》："誰人此夜弄琵琶，新月依依塞外斜。曲裡分明千古恨，天涯楚客淚偏多。"曹漢英《雪窖錄》

金尚憲《次懦翁韻朴侍郎潢自號》："雨色終南山，晴光漢江水。三春故國思，一曲南柯子。"金尚憲《雪窖集》【考证：金尚宪下诗题曰"灯夕感怀"，故以上诸诗作于三月初三日至四月初八日间。】

二十四日（己亥）。

命朝鮮國總兵柳琳、副將刁何良、丁天機、米塔尼、任大尼率兵千人，廝卒五百人，馬一千五百五十五匹徃錦州，助和碩鄭親王濟爾哈朗軍。《清太宗實錄》卷五五

姜瑜《聞舟師已發，將犯錦州，被脅於虜，有此師非朝廷之本意，痛哭》："二百年餘拱北京，如何今日忽無情。時危事去忠臣泣，地覆天翻壯士驚。渤海旌旗悲慘色，關山鼓角亂離聲。田居尚有輪囷膽，漫把青萍愧一生。"姜瑜《商谷集》卷一【按《纪年便考》卷二十三：姜瑜（1597－1668），宣祖丁酉生，字公献，号商谷，从李明汉、张维游。光海壬子生员。时值政乱，废举十年。仁祖甲子，登增广。丁卯，以礼宾直长，随上入江都，首陈斥和疏曰："天朝不可负，雠房不可和！"丙子，以固城县监勤王，至鸟岭，闻讲和，雪涕而归。孝宗朝，庙堂荐以文武全才。历成川（义州）江界南北兵使、畿水三道统御使。与宋时烈赞北伐之谋，官止嘉善判决事。显宗丁未卒，年七十二。】

四月

初八日（癸丑）。

金尚憲《燈夕感懷》："四月八日瀋陽城，五人環坐雙燈明。天涯懷抱摠無賴，客裏佳辰那可廢。風光不與去年似，親愛相思隔千里。長安今夜誰家會，豪俠繁華何處最。十二街頭少年場，三三五五逐隊行。紗籠銀燭爭星月，翠袖紅粧艷羅穀。一談一笑復一杯，三更五更猶不廻。縱然不及昇平樂，絕勝他鄉未歸客。"金尚憲《雪窖集》

曹漢英《謹次燈夕感懷》："去年八日長安城，千枝萬枝燈爭明。昇平盛事猶有賴，舊俗相傳今不廢。玉蟲金粟炫相似，携壺逐隊傾鄰里。異俗寧知作此會，天涯此日傷心最。却憶年年行樂塲，不禁回首淚成行。清和已見改時月，暑服誰將試紗穀。強點殘燈對舉杯，爲惜佳辰去不廻。佳辰可悲不可樂，楚歌聊和同懷客。"曹漢英《雪窖錄》【考证：以上诸诗皆以"灯夕感怀"为题，又有"四月八日沈阳城""天涯此日伤心最"等语，故当作于四月初八日浴佛佳节。】

金尚憲《偶吟》："人生本如寄，天地亦無心。去去來來者，悠悠成古今。"《曹侍御帷齋成，戲呈一絕》："看君意匠奪天工，巧闢書帷架半窓。安得竹枝添小檻，月明閑倚夢驪江。"《再用前韻遣懷》："由來涉世最難工，誰見胸襟洞八窓。人事漸艱時已晚，不如歸去釣清江。"《復疊前韻遣懷》："當年宿願在農工，長與妻孥對小窓。自歎爲儒逢世難，到來平陸摠成江。"《贈曹侍御》："君詩俊麗筆兼工，趙女新粧倚繡窓。應笑拙翁寒到骨，屈原枯槁在湘江。""胡蘆學士未全工，夜捧詞頭漫斲窓。文苑只今多盛譽，何人筆力倒潘江。"金尚憲《雪窖集》

曹漢英《奉和窓字韻用酬辱示之意》："棘刺爲猴謾費工，半生辛苦讀書愡。悔余未作千夫長，一洗金戈鴨綠江。"曹漢英《雪窖錄》

金尚憲《游仙三首》："雲斤月斧鬼神工，銀闕金樓白玉窓。星斗滿天爲上苑，明河回轉作前江。""清寧頌朔賀群工，王母窺從玉女窓。方朔忽宣滄水使，寶書新出洛陽江。""仙家葩藻不期工，自吐奇芬動璧窓。散着月中秋桂子，天風吹落浙濤江。"《日日風二首》："千里胡沙日日風，乾坤都入晦冥中。吾家自有清泠地，不受游塵一點紅。""閉門終日避狂風，不似清和四月中。惆悵故園時景晚，山茶零落滿林紅。"《復用前韻三首》："高簷急鐸夜鳴風，四野驚沙一院中。塵滿硯池眉子暗，不教孤客夢春紅。""桃花春水棟花風，半世光陰老此中。今日異鄉懷節物，杳無消息石榴紅。""悲歌不寐五更風，身世眞同雪窖中。

斷送一春都寂寞，今宵喜見燭花紅。"《憶故山復用前韻二首》："少年傾慕洛陽風，手植名花徧院中。一自故園離亂後，可怜虛負滿階紅。""金臺川上釣絲風，石室山前書屋中。想見舊時來往處，蒼苔滿地夕陽紅。"《懷古有感復用前韻二首》："五柳先生自晉風，高情寄在素琴中。可怜金紫顏光祿，幾度回頭面發紅。""亂世傷心溯古風，夢魂長是在壺中。平生最愛逃秦客，管領桃花萬樹紅。"金尚憲《雪窖集》

　　曹漢英《復用前韻奉酬》："烏紗鶴氅試東風，幾度春游醉興中。遙想弊廬西郭外，桃花獨傍小墻紅。憶城西弊廬""疎籬不碍半江風，滿壁圖書草室中。却把漁竿下晚逕，數峯殘雨夕霞紅。憶驪湖草堂""青山微雨綠溪風，一壑新居愜靜中。乘興扶藜時獨往，緣蹊躑躅幾曾紅。憶西川新築"曹漢英《雪窖錄》

　　金尚憲《聞鄭輔德致和東還，書懷寄別》："白首人間萬事悲，天涯此別更霑衣。故鄉親愛如相問，爲報殘生歸未歸。"《遣懷》："身在爲吾患，身亡便卽休。浮生七十二，萬事不須憂。"金尚憲《雪窖集》

　　金尚憲《近家十詠遠別思歸，情見于詞》："木覓山上朝雲濃，木覓山前夕日紅。朝雲夕日含萬態，此中正對蓬萊宮。蓬萊宮門爭立馬，日日喜報平安火。吾家南軒亦見此，何日歸來高枕臥。木覓山○南山""拱極員峯應天台，高雲不度飛鳥廻。誰其仰止配佳名，雲岡學士天下才。龍興時出慶會池，千巖萬壑爭效奇。吾家住在此山下，願言思之何日歸。拱極山○北岳""漢都諸山祖三角，一支蜿蜒作右弼。洞壑分開水石清，岡巒互走龍蛇活。山頭常見五色雲，佳氣蔥蔥向金闕。吾家對此如對案，安得歸歟看終日。弼雲山○仁王""清風溪上太古亭，吾家伯氏此經營。林壑依然水墨圖，巖崖自成蒼玉屏。父子兄弟一堂席，風月琴樽四時樂。勝事如今不可追，此時此情何人識。清風溪""弼雲之北拱極西，小洞一面通幽蹊。山人已去草堂空，白雲無主山鳥啼。憶昔尋春雨中來，落花滿地溪水哀。吾家相望翠微中，少年舊遊如夢回。白雲洞""一疊回巖擁翠壁，清湍激石鳴哀玉。洞天寥寥人跡稀，松陰落影蒼苔色。酒興詩情遇佳境，孤雲夕鳥同還往。吾家分住水東西，何日歸來更相訪。大隱巖""城陰白沙平如削，妥帖方壇自古昔。有國由來卽有事，事過無人空寂寞。月白風清良友至，散步逍遙樂未已。吾家住在一牛鳴，何日歸來試杖履。會盟壇""西麓蒼蒼萬松陰，松間石臺清人心。芳筵美酒娛賓客，復侑琴歌相對斟。園林寂寞喪亂後，明月依然照今古。吾家三世與同里，何日歸來指某樹。洗心臺""三清之洞窈而寬，青莎白石清溪灣。雲冠霞佩雖寂寞，詞人酒客長盤桓。長盤桓不知去，云是長安最佳處。吾家住在山一邊，歸思滔滔不可禦。三清洞""佛巖川石稱第一，川似琉

璃石潤滑。幾向遊人費蠟屐，更引書流試橡筆。醉折山花歌一曲，山風蕭蕭山
月白。吾家住近往來熟，何日歸歟尋舊跡。_{佛巖}金尚憲《雪窖集》

曹漢英《奉和十詠韻錄呈，乞賜一粲，仍加郢正》："靑天畫出脩眉濃，瑞
雲高覆晨曦紅。龍飛鳳舞萃漢都，佳氣靄靄朝紫宮。江水東來走其下，闆閭北
望盛烟火。憶在長安少年時，醉上蚕頭落帽臥。_{木覓}""白嶽山擁城北來，龍盤
虎踞相周廻。釀出中州清淑氣，洛陽自古多英才。先生一窩占南陂，參天勁骨
相對奇。平生景仰仰彌高，嗟我舍此誰與歸。_{拱極}""華岳尊居當北極，彌雲西
峙爲輔弼。天晴雲散峯角出，濃綠新開畫圖活。洞壑透迤連禁苑，翠壁丹崖對
雙闕。秖今佳氣欝葱葱，歸去重瞻定何日。_{彌雲山}""清溪一派帶小亭，相國他
年此地營。桃花春水別有天，錦繡秋崖環作屏。佳辰杖屨已寂寞，洛陽名園餘
獨樂。傷心往事夢一回，秖有清風明月識。_{清風溪}""數疊靑山禁城西，紅塵不
到蒼苔蹊。洞門深鎖草堂靜，山鳥山花開又啼。白雲悠悠自去來，山人一去溪
壑哀。空留醉睡仙家句，付與騷翁詠一回。_{白雲洞}""大隱巖在北山麓，巖下清
泉瀨寒玉。佳名尙記把翠題，一壑渾帶烟霞色。松陰鳥語動清爽，酒人詞客頻
來往。新詩吟罷割窮愁，怳然送我巖間訪。_{大隱巖}""松陰欝欝壇壿蕭，帶礪同
盟粤自昔。一代勳業盡豪英，三邊刀斗久寂寞。中興諸將已老矣，至今喪亂還
未已。何時却掃妖氛靜，壇上重看會劍履。_{會盟壇}""蒼松落落翠竹陰，溪上有
臺名洗心。主人好事客滿座，琴清歌緩酒復斟。洛陽盛衰治亂候，名園興廢今
非古。惟有春風自年年，花開花落山杏樹。_{洗心臺}""水木清幽洞府寬，秋花錦
石暎回灣。昔我移家住此中，日夕巾屨常盤桓。游人散盡宿鳥去，孤興悠然獨
往處。秖今魂夢夜夜歸，馭風無由學列禦。_{三清洞}""春臺南畔佛巖嵌，石色川
光瑩且滑。長安佳麗漾陂遊，子美昔曾千綵筆。山花暎席管絃促，羽觴隨波爭
舉白。天涯吟望苦低垂，舊遊傷心已陳跡。_{佛巖}曹漢英《雪窖錄》

金尚憲《八音體》："金錢舊會憶長安，白頭楚囚哀瀋陽。石腸鐵肝試今日，
男兒何用太悲傷。絲繞蠶身抽不斷，心隨江水去逾長。竹牀藤枕竟何處，銀鐺
墨索徒在傍，匏繫憂深宣父歎。明夷事異箕子狂。土偶遭漂猶反原，仙禽化身
亦歸鄉。革去污習自清靜。洗盡塵心師退藏，木葉四合綠陰密。誰能奪我松柏
堂。松柏堂在石室弊廬。"_{金尚憲《雪窖集》}

曹漢英《奉和八音體》："金緘未學涉世態，少年痛哭同洛陽。石塡東海竟
何益，身幽雪窖徒自傷。絲毫無補聖恩重，余髮苦短心則長。竹月松風靜散地，
安得送汝江湖傍。匏尊共對鄰叟飲，醉語任笑狂夫狂。土風由來各有習，岱馬
越鳥皆思鄉。革裹徒爲丈夫誇，肥遯秖合龍蛇藏。木生不願爲犧尊，莫把衡門

换廟堂。"曹漢英《雪窖錄》【考证：金尚宪下诗题曰"端午有感"，以上诸诗当作于四月初八日至五月初五日间。】

五月

初五日（己卯）。

金尚憲《端午有感三首》："朱明滯客自玄冬，半歲光陰異域中。從此苦辛還幾日，莫教歸馬後秋鴻。""憶曾端午被恩榮，宮扇含風法酒清。今日異鄉逢令節，白頭相對泣氊城。""花時寂寞已悽傷，節到天中更感情。惟記去年豐岳里，綠陰庭院聽鶯聲。"金尚憲《雪窖集》【考证：诗题曰"端午有感"，又有"今日异乡逢令节"语，故当作于五月初五日。】

七月

初一日（乙亥）。

光海君以是月初一日乙亥卒於濟州圍內，年六十七。訃聞，上輟朝三日。時李時昉爲濟州牧使，卽掊鎖開門，斂殯以禮，朝議皆以爲非，而識者是之。光海之自喬桐遷濟州也，有詩曰："風吹飛雨過城頭，瘴氣薰陰百尺樓。滄海怒濤來薄暮，碧山愁色帶清秋。歸心厭見王孫草，客夢頻驚帝子洲。故國存亡消息斷，烟波江上臥孤舟。"聞者悲之。《朝鮮仁祖實錄》卷四二【按：废主光海君（1575－1641），名琿，宣祖第一子，母恭嬪金氏。壬辰封世子。及嗣位，废母杀弟，失德暴虐。癸亥仁祖反正，废降封君，放于江华。又徙济州而卒。在位十五年。】

曹漢英《秋夜思歸》："塞雨蕭蕭催早寒，秋虫切切近床間。遼河滯客愁無寐，一夜思歸鬂盡班。"曹漢英《雪窖錄》

金尚憲《次曹侍御秋夜思歸韻》："飛螢露草夜生寒，嶺外吾廬入夢間。畦稻漸黃村酒熟，歸期不待菊花斑。"《聞金二師東還名藎國》："歸路迢迢浿水頭，白雲黃葉故園秋。誰知海上看羊客，獨向飛鴻送遠眸。"金尚憲《雪窖集》

曹漢英《奉和聞金貳師東還》："政爾思歸欲白頭，送君先去及清秋。孤鴻落木關河道，回首天涯淚迸眸。"曹漢英《雪窖錄》

金尚憲《遣意》："萬事有前定，一心誰怨嗟。艱難與辛苦，命也可如何。"金尚憲《雪窖集》

洪瑞鳳《次淸陰金公尚憲在瀋獄見寄韻》："高懸天上月，照得幾人嗟。雁札猶無阻，原情奈爾何。"洪瑞鳳《鶴谷集》卷一【考证：是年立秋在七月初一日前

后，以上诸诗皆述秋景，约作于七八月间。】

八月

初三日（丙午）。

金尚憲《次舍弟韻二首》："一別天涯隔歲時，夢中相見覺生悲。書來問我歸何日，塞路茫茫不可期。""滿目淒涼白露時，異鄉秋景不勝悲。人生一日猶難遣，枉作平生百歲期。"金尚憲《雪窖集》【考证：诗云"滿目淒涼白露时"，故约作于八月初三日前后。】

曹漢英《奉和次舍弟韻》："夜涼虛館坐移時，城上胡笳向月悲。遙想故園秋正好，不知何日是歸期。"曹漢英《雪窖錄》

金尚憲《聞擣衣》："誰家歷歷擣衣聲，露冷風淒欲五更。遙想長安月明裏，青砧素手玉關情。"金尚憲《雪窖集》

曹漢英《奉和秋夜聞擣衣》："霜月淒淒擣練聲，空庭獨立夜三更。孤城幾處調寒杵，更起思歸遠客情。"曹漢英《雪窖錄》【考证：以上诸诗作于八月初三日至十五日间。】

十五日（戊午）。

金尚憲《秋夕遇社日，憶陶山有感》："西風淅淅洒衣裳，落日歸心燕子忙。寒草上階松露泣，故山秋色益淒涼。"金尚憲《雪窖集》

曹漢英《奉和秋夕遇社日有感》："天涯秋色秖沾裳，客裡頻驚節序忙。燕子已歸人未返，不堪心事轉悲涼。"曹漢英《雪窖錄》

金尚憲《八月十五夜》："漠漠輕雲捲復舒，夜深雲散月輪孤。三龜亭上登臨處，萬里陰晴得似無。"金尚憲《雪窖集》【考证：立秋后第五个戊日为社日，以上诸诗当作于八月十五日。】

金尚憲《北海高秋》："北海高秋鴻雁少，黃沙落日寒白草。楚國歌辭宋玉悲，漢使節旄蘇卿老。朝朝空望玉門關，夜夜只思長安道。長安玉關三千里，夢魂遙遙那得到。聞道王師解錦圍，天文曉見旄頭微。北風嚴霜助肅殺，高文健筆捷書飛。麒麟閣上將軍畫，雁門塞外行人歸。此時此情誰與道，喜氣先成一篇詩。"金尚憲《雪窖集》

曹漢英《奉和北海高秋》："遼河城北行人少，嚴風吹霜凋塞草。烏頭未白白鴈遲，萬里孤臣北舘老。空作鍾儀楚奏悲，悵望班超玉關道。秦京洛水寒悠悠，故國經年書不到。陰山處處獵火圍，黃沙颯颯寒日微。胡為久留豺虎窟，夢魂每逐南禽飛。聞道天威震北陬，長驅可禽名王歸。餘生倘見漢道昌，專對

復誦周庭詩。"曹漢英《雪窖錄》【考证：曹汉英下诗为重阳前后作，则以上二诗作于八月十五至九月初九日间。】

二十八日（辛未）。

八月，以守貳師入瀋陽。《白軒先生年譜》（上）

李明漢《別李尚輔景奭貳師之行》："同庚三甲會，異域貳師行。況當寥落日，何限別離情。李判書景曾亦以同庚來會故云。"李明漢《白洲集》卷一【考证：《白轩集·年谱》仅言李景奭八月赴沈，无具体日期。据下诗可知李景奭于二十九日抵坡山，高阳至坡山四十里约一日程，则当于二十八日启程，此诗作于二十八日或其后。】

二十九日（壬申）。

李景奭《八月廿九日琴隱柳公允昌到坡山相別，雨中口號》："落日吾何去，西風君獨歸。坡山八月雨，濕盡別時衣。"李景奭《西出錄》（上）

三十日（癸酉）。

李景奭《到臨湍次主倅白石許春容韻》："暮雨西州淚，非關出塞行。回頭望清渭，何處是秦城。白露凋官樹，黃花照驛程。今朝與君別，更惱客中情。"李景奭《西出錄》（上）【考证：临湍馆位于长湍，据洪大容《湛轩燕记·路程》，坡州至长湍三十里约一日程，又诗云"暮雨西州泪"，诗题曰"到临湍"，当为三十日发坡山至临湍时作。】

九月

初一日（甲戌）。

李景奭《松都記感》："松都卽幷州故鄉也，先考與亡兄俱莅此府，悲感之懷，自不能堪。今又舍于留後舊第，曾在丁卯省兄於此，庭序林木宛然如昨，終夜不寐，和淚書懷云爾。政是悲秋日，還爲感舊時。雲從太嶽斷，草向謝池衰。白酒吾無分，黃花知爲誰，時病甚停飲。終宵不成夢，呼燭強題詩。"李景奭《西出錄》（上）【考证：长湍至松都四十里约一日程，故此诗约作于九月初一日。】

金尚憲《次李貳師松都感舊韻》："疇昔歡娛地，交遊上下時。君方稱最少，吾亦未全衰。撫跡今如許，傾懷欲向誰。天涯更愁絕，滴淚和新詩。頷聯一作'芝蘭君竝秀，蒲柳我先衰'云。"金尚憲《雪窖集》【考证：此诗乃金尚宪次李景奭途中韵，当作于李景奭至沈阳后。】

李景奭《過楓橋》："松岳新秋色，楓橋舊水聲。傷心立馬久，寒雨濕荒城。"《瑞興夜懷》："摵摵鳴風葉，蕭蕭學雨聲。本來悲宋玉，何況別秦京。蟋蝉還多事，星河轉益明。寒花照客眼，佳節更關情。"《黃州》："形勝皇華卷裏收，即今彫弊最西州。山河尚帶風塵色，宇宙還無廣遠樓。粉堞虛從井方峻，秋雲迥傍棘城愁。當年歌酒成陳迹，前度劉郎雪滿頭。"《中和贈李叔成憲》："白首吾宗老，黃昏客舍秋。幾年空悵望，今日又離憂。詩律誰能敵，生涯不自謀。佳期在來歲，莫負浿江舟。"《黃州審藥隨到中和，書扇以贈》："縱有俞和術，難醫遠別愁。如何出塞日，又是菊花秋。"《次李叔韻》："異鄉相對喜兼悲，青眼依然白髮垂。無復詩流能唱和，只應田叟共追隨。新秋物色愁邊改，舊國音書別後遲。欲識明年東返日，請看霜雁向南時。"《練光亭》："練光亭上欲斜暉，獨倚危欄有所思。萬古興亡孤鳥外，一江風物九秋時。樓臺不復繁華事，客子空題感慨詩。悵望秦京何處是，煙波暝色自生悲。"《題南主簿斗樞扇》："秋風九月練光亭，眼爲逢君也暫青。安得大同江作酒，夕陽臨別醉無醒。"《謁箕子墓有感》："不敢私疇範，東來啓我民。佯狂終見義，先聖竝稱仁。周自三千士，殷猶半萬人。西行想白馬，弔古倍傷神。"李景奭《西出錄》（上）【按：李景奭下诗题曰"登楼，九日也"，以上诸诗当作于九月初一日至初九日间。】

初七日（庚辰）。

金尚憲《九月七日遇雨，用"滿城風雨近重陽"之句足成五首，以抒無聊之意》："滿城風雨近重陽，無限愁心憶故鄉。山下草堂人寂寂，可憐寒菊爲誰香。""滿城風雨近重陽，佳節驚心滯異鄉。目斷故園人不到，寒衣只帶去年香。""滿城風雨近重陽，燕地悲秋似楚鄉。誰把茱萸看仔細，獨留蘭佩嗅殘香。""滿城風雨近重陽，何處登高欲望鄉。楓葉菊花應自好，酒杯茶盌不聞香。""滿城風雨近重陽，塞水邊雲暗北鄉。一枕百憂無可晤，五更孤燭獨焚香。"金尚憲《雪窖集》

曹漢英《奉和"滿城風雨近重陽"足成韻》："滿城風雨近重陽，每到茲辰滯遠鄉。去歲嶺南今塞北，黃花孤負故園香。""滿城風雨近重陽，舉目山河異帝鄉。難得茱萸一枝賜，誰憐粉署舊含香。""滿城風雨近重陽，千里雲山隔兩鄉。人斷塞門霜落木，故國楓菊夢中香。"曹漢英《雪窖錄》【考证：此诗当作于九月初七日至初九日间。】

初九日（壬午）。

曹漢英《重陽日有感》："一年佳節屬重陽，此日思親倍斷腸。孤舘寂寥金鎖合，白雲猶阻嶺頭望。""一年佳節屬重陽，千里殊方祇自傷。南北東西苦飄泊，不知來歲在何鄉。""一年佳節屬重陽，江海思歸路杳茫。前歲東籬初種菊，

可憐今日幾枝香。"曹漢英《雪窖錄》

　　李景奭《登樓九日也》："偶有登樓作，非關落帽辰。政逢多難日，還作獨醒人。白水猶依舊，黃花也自新。何心酬令節，鶴駕在兵塵。"《寄觀海》："西風獨倚百祥樓，鐵甕秋雲滿目愁。咫尺相思不相見，煙波懶棹夕陽舟。""鬢髮愁邊改，光陰客裏催。天涯落帽節，日暮望鄉臺。野館黃花發，江城白雁來。悄然無與語，離思轉難裁。"《口號》："白日中原隔，前星百戰場。憂虞一人軫，飛輓萬夫忙。寒雨亦何事，秋花空自香。羨他諸上客，高會作重陽。"李景奭《西出錄》(上)【考证：以上诸诗当作于九月初九日。】

　　李景奭《大定江別安司果成龍》："處處臨岐恨，依依遠客心。秋風大定水，不及別愁深。"《林畔感舊》："二十年前向此行，白頭秋日倍傷情。逢人盡是新顏面，惟有寒溪送舊聲。"《夜與宣川李使君呼韻聯句》："古驛霜凋樹，孤城月壓煙。李客間新節序，愁裏舊山川。燭淚如傷別，秋聲更帶邊。吾分張在明發，今夜不須眠。李"《用前韻示主倅》："塞月寒無色，秋陰夜似煙。詩篇逢謝朓，書信隔秦川。南菊離愁外，西州客淚邊。相親有燈火，挑盡不成眠。"《早發向良策》："旅館千峯裏，天寒一夜間。冰凝西去路，雪滿北來山。作客多新句，逢人少舊顏。行行地欲盡，明日到龍灣。"《川上》："夜宿秋江冷，風餐野水喧。雲煙愁慘惔，蘆荻亂飄翻。石擁餘殘壘，墙頹認古村。怪禽無意緒，鳴噪傍荒原。"《通遠堡逢雨》："莫怪天連雨，應緣地積陰。吾行有底事，造物亦傷心。煙鎖千行樹，雲迷萬疊岑。此間多少語，渾是異方音。"《連山途中口號》："通遠連山事已休，秪殘亭障寄層丘。荒墟破壁人何去，南畝西疇歲自秋。襟帶分明天地意，風塵都是大夫羞。須聽流水聲嗚咽，似訴年來無限愁。"《踰會寧嶺》："曉騎穿重嶺，朝炊傍小溪。不因看日月，應未辨東西。壁壘多新築，村墟失舊蹊。丁寧數聲鵲，猶似故園啼。"《遼野》："茫茫大野鎖秋陰，天際逶迤繞疊岑。華表鶴歸城亦變，長橋虹臥水空深。樓臺總作蕃王宅，歌舞惟餘野鳥吟。借問亂來誰避世，管寧千載使人欽。"李景奭《西出錄》(上)

　　金尚憲《奉酬白軒李二師次韻見寄之作二首》："兩世交情到白頭，悲歡離合幾經秋。松都燕語銀臺會，回首當時淚迸眸。""弘濟橋邊溪水頭，深冬一別到深秋。那知避迸甂城裏，重把瓊琚照病眸。"金尚憲《雪窖集》

　　李景奭《次石室韻》："歸期不待變烏頭，白雁新飛漢苑秋。早晚也應瞻玉貌，莫嗟今日阻靑眸。"李景奭《西出錄》(上)【考证：李景奭下诗题曰"十月十五日夜"，以上诸诗当作于九月初九日至十月十五日间。】

　　十一日（甲申）。

金尚憲《重陽後二日大風雨雪，又以"滿城風雪過重陽"續成五首》："滿城風雪過重陽，牢落孤懷託睡鄉。誰護菊枝三逕艷，只疑蒼菖萬林香。""滿城風雪過重陽，寒氣先催此一鄉。却怪化工忘節物，梨花倒壓菊花香。""滿城風雪過重陽，蕭瑟寒聲接水鄉。藍澗玉峯成悵望，東籬何處掇幽香。""滿城風雪過重陽，身世眞同屛貉鄉。天外白衣停望絕，閑門空費一鑪香。""滿城風雪過重陽，歸夢迢迢嶺外鄉。衰菊敗蘭誰復惜，貞心自抱舊時香。"金尚憲《雪窖集》

曹漢英《奉和》："滿城風雪過重陽，澤畔孤醒憶醉鄉。欲就離騷更愁絕，夕餐猶乏落英香。"曹漢英《雪窖錄》【考证：金诗题曰"重阳后二日"，曹诗为其步韵，故作于十一日。】

金尚憲《詠朴侍郎德雨所蓄古瓦硯鑑賞家或稱銅雀舊物》："霸業雄圖百變移，古臺無處認遺基。誰知一片千年物，來入君家作硯池。"金尚憲《雪窖集》

曹漢英《以"士窮見節義"分韻得古風五首，錄呈一粲之後乞賜郢》："邯鄲朝暮降，西帝復誰恥。一言凜生風，秦軍却十里。齊有魯仲連，吾知天下士。""患難自外至，素位備我躬。絃歌陳蔡間，演易羑里中。小人斯濫矣，君子惟固窮。""青青嶺上松，衆木共葱蒨。風霜歲苦晚，枝葉獨不變。清士豈自殊，濁世方可見。""天地有正氣，惟士得之烈。時窮然後見，萬古常凜洌。朗詠文山歌，晴簷重擊節。""死生如夜晝，誰能達此理。世人一何惑，貪生又惡死。生亦有不用，君子惟視義。"曹漢英《雪窖錄》

金尚憲《次曹侍御"士窮見節義"分韻之作五首》："富貴世所趨，貧賤衆所恥。揚揚少年子，裘馬耀閭里。余心誰與期，首陽有高士。""漢代徐孺子，衣食自其躬。清節一世上，高名青史中。疇能學夫人，視達猶在窮。""鬱彼西園中，叢翠何蒨蒨。秋風一夕至，萬木盡凋變。蒼蒼松與柏，獨秀人始見。""北巷席門裏，寒氣正栗烈。宵吟凍髭折，朝漱冰泉洌。南隣聚歌舞，爛熳無時節。""生亦徇天理，死亦徇天理。理存道常存，旣死猶不死。奈何今之人，求利不求義。"金尚憲《雪窖集》

曹漢英《秋夜獨坐次歐詩韻》："秋月照中庭，夜深星斗回。獨坐看雄劍，繡澁生綠苔。哀歌不可極，壯懷誰與開。故國長在眼，魂兮招不來。"曹漢英《雪窖錄》

金尚憲《次曹侍御秋夜思歸韻》："家住素山隈，登山日幾回。杖頭分碧靄，屐齒破青苔。天晴日月近，目豁江湖開。歎息今不見，何時歸去來。"《送秋日感懷》："忽忽殊方斷送秋，一年光景水爭流。連天敗草西風急，羃磧寒雲落日愁。蘇武幾時終返國，仲宣何處可登樓。騷人烈士無窮恨，地下傷心亦白頭。"

金尚憲《雪窖集》

曹漢英《復用前韻》：“莫把離懷惱九秋，百年世事付東流。英雄過去空遺跡，天地由來未寄愁。殘雨殢雲歸絕漠，夕陽留景在高樓。南冠久負仙洲約，夢落三山碧海頭。”《奉和送秋日感懷》：“羈懷悄悄度殘秋，異域那堪節序流。戀闕思親雙鬂髮，天機人事萬端愁。頑雲漠漠常兼雨，瘦日淒淒已隱樓。故國此時徒極目，黃沙萬里獨搔頭。”“天涯一病又高秋，舉目蕭然涕自流。孤舘雨聲侵短夢，五更燈火伴深愁。胷中壯志魔爲障，世上浮榮蜃作樓。誰記漢庭蘇屬國，節旄零落海西頭。”曹漢英《雪窖錄》

金尚憲《遣懷》：“不喜太子河，不喜華表柱。迎我遼陽道，送我氈城住。燕丹好義氣，今日徒寂寞。願化令威鳥，高翔入寥廓。”金尚憲《雪窖集》

曹漢英《奉和遣懷》：“志士不忘墼，烈女猶抱柱。一死貴立名，百年曾不住。榮華儘一時，過眼皆寂寞。撫劍歌慷慨，秋風動寥廓。”曹漢英《雪窖錄》

金尚憲《懷西路舊遊》：“我登練光亭，亦登浮碧樓。披襟統軍夜，盪胸百祥秋。漱口玉溜泉，濯足廻瀾石。平生遊賞處，一一長在目。欲去不得去，坐歎成楚越。”金尚憲《雪窖集》

曹漢英《憶關東舊遊奉和示韻》：“鏡浦有高臺，竹西有高樓。梨花洛山雨，海色清澗秋。玉樓訪遺礎，丹書問古石。世網忽纏身，眞遊鳥過目。天涯白頭囚，悵望不可越。”曹漢英《雪窖錄》　【考证：以上诸诗当作于九月十一日至十月间。】

十月

十五日（丁巳）。

李景奭《十月十五日夜，雪後大風，時世子從獵于北野，對燈無寐，耿耿達曙》：“陰山一夜雪漫天，獵騎衝寒也未旋。鶴駕今宵何以過，百憂雙淚夢難圓。”李景奭《西出錄》（上）【考证：诗题曰“十月十五日夜”，又有“鶴駕今宵何以过”语，故作于十月十五日。】

十七日（己未）。

李景奭《十月十七八日乃先考妣生朝也，不勝悲愴，泣而書懷》：“十月年年樂事多，雙親無恙一家和。孫扶子侍醒還醉，弟後兄先舞且歌。浮世光陰如掣電，故山松檟已成科。吾今又作殊方客，東望鄉關淚瀉河。”李景奭《西出錄》（上）【考证：诗题曰“十月十七八日乃先考妣生朝也”，故此诗作于十七日前后。】

李景奭《鳳林大君陪鶴駕於獵所，無恙奉還，志喜示僚益兼東安師傅_{應昌}》：
"諫獵誠吾職，茲行不自由。尚欣無疾病，初豈事遨遊。花萼相輝映，天人孰等
侔。應憐老賓客，時展鷫鸘裘。"《次石室見贈韻》："起句乃十年前銀臺修禊時拙稿頸
聯中句也，先生記而寓感，仍踵而和之。燈照春窓伴直心，宮梅欲綻柳初陰。追思舊迹
渾如夢，蓺燭何時更說今。"李景奭《西出錄》（上）

金尚憲《懷舊有感寄李二師_{尚輔}》："燈照春窓伴直心，銀臺脩禊老光陰。
人間俯仰成陳迹，何況他時隔古今。'燈照春窓'即尚輔《銀臺禊帖》中詩句也。"《贈趙
司書_{全素}東還》："沙磧茫茫雪路分，去留懷抱共銷魂。應知文度歸寧日，細把辛
艱膝上論。"金尚憲《雪窖集》

李景奭《次趙司書子玄_{全素}韻》："猛氣何曾再鼓衰，黑貂宛馬事驅馳。天
山大獵如臨敵，雪磧陰風競趁期。海內兵戈猶未定，草間狐兔亦應悲。時危身
老慙無補，髮自衝冠劍拄頤。"《奉呈石室》："共向天涯滯，猶頻夢裏看。雪何
傷茂麥，風却動幽蘭。得御從年幼，相期在歲寒。應知來復日，悲亦轉成歡。"
《和曹守而_{漢英}》："四首佳什，當一面譚，不挫之志亦足起余，但芒色太露，似少過宋底意，尾
續之餘，仍將山鞠窮用替文無之贈，倘有補於座右否。志豈曹蜍敵，詩將子建看。家聲推
玉樹，世契托金蘭。句愛堪消夜，杯嗟阻暖寒。會成文字飲，休羨舊時歡。"
"驢曾浩然跨，羊忽子卿看。早已聞懷橘，今猶詠采蘭。那堪金殿遠，剩覺玉樓
寒。想得江鄉趣，爭拚社酒歡。"李景奭《西出錄》（上）【考证：以上诸诗当作于十
月十七日至二十八日间。】

二十八日（庚午）。

李景奭《衍成長律寄守而》："洛城西畔昔居閑，一日寧辭百遍看。始信疾
風知勁草，却從空谷歎猗蘭。仙郎謾奏陽春曲，壯士休歌易水寒。安得大裘兼
廣廈，雪天渾使萬人歡。""十數年前，鎖直玉堂，汝固爲伴。政當長至，臨昏賜以霞醞玉饌，
與汝固對酌醉恩。今十月二十八日夜，東宮令司鑰暖送銀壺，依俙如玉堂時，而殊方感懷，宜復如何，
遂成口號。曾荷黃封降九天，雪中春色玉堂前。誰知此夜寒燈下，忽見銀壺似昔
年。"李景奭《西出錄》（上）【考证：诗注曰"今十月二十八日夜"，又有"谁知此
夜寒灯下"语，故当作于二十八日。】

曹漢英《奉和白軒韻寄呈》："山斗當朝望，雲霄拭目看。登門容御李，入
室屢聞蘭。却寄陽春什，能排雪窖寒。城西一尊酒，幾日更清歡。""妖祲何年
豁，旄頭獨夜看。即今無介子，安得斬樓蘭。漢闕氈裘襯，遼天鶴馭寒。烟花
紫禁裡，倘見太平歡。"曹漢英《雪窖錄》

李景奭《復用前韻誚曹守而》："暮途疏懶合投閑，篋裏陰符亦不看。餐雪

誰知曾授簡，煎茶空憶舊蘇蘭。張志和使樵青竹裏煎茶，薪桂蘇蘭。雲霄半夜龍光射，華表千年鶴影寒。款段何時歸故里，濁醪麤飯足供歡。""壯志蹉跎寶劍閑，鬢衰人作禿翁看。塵冠未挂三珠樹，香佩猶添九畹蘭。鄉國心隨黃鵠遠，江湖夢伴白鷗寒。長懷元亮歸田興，僮僕相迎亦自歡。"李景奭《西出錄》（上）

　　金尚憲《復用詠茶韻謝崔賓客送酒名惠吉》："李白詩中詠鬱金，蘭陵美味幾傾心。多情喜有崔賓客，分餉黃沙雪夜斟。"《寄趙輔德子長名啓遠》："咫尺河山隔萬重，清秋悵望到玄冬。圓扉不鎖羈魂住，昨夜分明對舊容。"《夜坐》："終歲思歸苦未歸，無窮歸思亂如絲。夜來更就燈前坐，欲說情懷誰得知。"金尚憲《雪窖集》【考证：以上诸诗作于十月二十八至十一月初七日间。】

十一月

初七日（己卯）。

李景奭《冬十一月初七日乃聖誕日也，行望殿禮，禮罷口號》："絶域風霜阻紫霄，紅雲東望路迢迢。鍾聲乍似龍樓曉，玉色猶違鳳殿朝。彩線長思衣補舜，丹誠遙祝壽齊堯。何時鶴駕歸雙闕，舞蹈重瞻日月昭。"李景奭《西出錄》（上）【按：据《国朝人物志》，仁祖李倧于"万历二十三年乙未"十一月七日诞降"。】

　　金尚憲《次白軒夢見韻》："白髮誰相念，青銅漫自看。人方思下石，君獨保如蘭。急雪沾衣凍，獰風入骨寒。祇教神會處，夜夜卜新歡。"金尚憲《雪窖集》

　　李景奭《敬和石室復用夢見韻》："人之寄世，本一夢也，而夢又夢之夢也，均是夢也，則夢與夢之夢，何分焉？詡詡然追逐者，晝之夢也。蓬蓬然變化者，宵之夢也。過了俱空，則晝之夢未始不爲宵之夢，宵之夢未始不爲晝之夢矣，宵晝又何分焉？今吾與老先生來滯於此，此又一夢也。雖未得夢晝之夢，而宵之夢則乃頻夢焉。前宵又夢之矣，玉貌和風，瞭然在目，怳乎不自覺其宵之非晝而夢之爲夢也，是亦足以慰矣。但晝而夜，夜而晝，往來循環，乃理之常也。則不但夢宵之夢，而夢晝之夢也必有日矣。欲一天問而天高高矣，謹靜以俟之云爾。此心長耿耿，前夜又相看。初覺疑非夢，餘魂認襲蘭認襲一作當握。銀鉤傳柳骨，玉律洗郊寒。試閱篇三百，悠然任戚歡。公云曾與曹君戲言，詩滿三百一篇則止，今足其數，詩止於此云。"李景奭《西出錄》（上）

　　金尚憲《復次白軒夢見韻》："玉樹臨風望，瓊篇盥露看。雅情嘉伐木，騷怨惜滋蘭。旄節蘇卿老，形容范叔寒。相思不相見，一雯夢中歡。"金尚憲《雪窖集》

　　李景奭《夢石室懦翁後聞夜烏啞啞口號》："佳期宛在洛城西，覺後還聞烏夜啼。無限心中悲喜事，臥看窗影月初低。烏夜啼乃古人遇赦之□也。"《雪夜司鑰來致東宫賜醽感激口號》："獰飆捲地雪連天，霞醽頻從鶴禁傳。忽憶往年叨夜對，講餘霑醉五雲邊。"李景奭《西出錄》（上）【考证：下诗为李景奭生辰日作，以上诸诗当作于十一月初七日至十八日间。】

十八日（庚寅）。

李景奭《賤降日愴然終夕述懷錄示崔賓客惠吉》："返照啼烏閃片金，蓼莪吟罷倍傷心。孤生瞻仰惟祠屋，此日單杯亦莫斟。"李景奭《西出錄》（上）【考证：《白轩先生年谱》云"大明神宗显皇帝万历二十三年乙未十一月十八日丙戌，公生于议政公堤川县任所"，诗题"贱降日"，当作于十一月十八日。】

李景奭《雪朝起看，館中人皆未興，庭序闃寂如山村然，乃片時靜境也》："夜雪連朝政杳冥，草庵人靜掩柴扃。依然寫出袁安巷，秪欠芭蕉著小庭。"《聞崔大容長逝，不勝驚悼》："驚號淚向寢門零，還羨飄然返紫冥。上界不知塵世事，碧桃花下是先庭。楊浦有'碧桃花下無人見'之句。"李景奭《西出錄》（上）【考证：崔有海，字大容。宋时烈《承旨崔公墓碣铭》云："辛巳瓜递，入为同副承旨，公年五十四，而卒于其年之十月十八日。"可知崔有海卒于是年十月十八日，此诗约作于十八日或其后。又下诗题曰"至日"，故以上约作于十八日至二十日间。】

二十日（壬辰）。

李景奭《至日次崔賓客子迪見寄》："客向天邊滯，陽從子半生。窮愁愁不盡，鑷鬢鬢還明。添線知長至，書雲看太清。朝來嘗豆粥，更動故園情。"李景奭《西出錄》（上）【考证：诗题云"至日"，又有"朝来尝豆粥"语，当作于是年冬至即十一月二十日。】

李景奭《詶趙春坊子玄》："不剝何能復，一作'既剝寧無復'將消却有生。雷聲子夜動，日影午窓明。舊國梅花早，誰家竹葉清。客邊雲物異，時序更傷情。""雪霜千丈積，天地一陽生。旅鬢憐吾白，吟眸爲子明。名同中允久，瘦似沈郎清。來詩有'年來太瘦生'之句。身上衣將弊，那堪寸草情。"《疊前韻口占》："歲暮仍羈旅，心親有友生。只思乘下澤，非敢厭承明。閉戶群書靜，燒香一縷清。未能抛口業，時寫遠離情。""世事空雙淚，儒冠誤半生。長悲漢諸葛，遠愧晉淵明。關塞風雲慘，山河氷雪清。慇懃桃竹杖，隨處最多情。"李景奭《西出錄》（上）【按：以上诸诗当作于十一月二十至二十五日间。】

二十五日（丁酉）。

下直，正朝使崔來吉。《承政院日記》

李景奭《至月二十五日夕，世子俯聞賤降日過，令中官兪好善特賜酒饌，與諸寮霑醉，醉後口號》："中官傳說德音溫，催賜香醪滿一樽。醉後不知身作客，夜歸疑向舊柴門。"李景奭《西出錄》（上）【考证：诗题曰"至月二十五日夕"，又有"夜归疑向旧柴门"语，故当作于二十五日或其后。】

　　李景奭《和鄭醫之問》："金丹不受俗人衰，白戰還從藝苑馳。谷口向來成久別，天涯此會本無期。遼東城郭今猶變，燕市歌聲古亦悲。但願沈冥遺萬事，何須服食到期頤。"《憶孫》："已是爲人祖，何須鑷鬢絲。蒼茫建子月，迢遞憶孫時。孩笑璋初弄，跟蹡竹亦騎。何當置兩膝，癡坐但含飴。"《用前韻》："病貌如枯木，愁心若亂絲。天寒季冬月，雪落五更時。敢較驊騮騁，惟思款段騎。貧家濁醪在，無謝玉爲飴。龍洞玉飴，仙家之饌。"《醉時歌走筆》："鳳林東辭鳳殿裏，西出西關數千里。鴨江已隔鶻山遙，舉目但見黃雲起。遼塞蒼茫遼野闊，路入太子河水淺。華表千年白鶴歸，城郭人民摠非是。日暮來投旅館閉，庭柵嬲擾羊與豕。城中笳鼓雜秋聲，天畔臙脂凝夜紫。琵琶哀怨易泫目，黃鵠遺音更悽耳。傍人莫奏出塞曲，丈夫肯效兒女子。中宵長嘯氣吐虹，一劍時向青天倚。西風忽隨鐵馬群，錦城松城連壁壘。陰雲慘慘殺氣昏，數萬漢軍同日死。魂驚心悸未曾定，大獵又看爭射麂。天山九月十月時，積雪層氷迷遠邇。獰飆號怒捲大漠，野宿貔貅日亦累。飛騰蹴踏漲塵沙，馬首錯落流星矢。雙眸閱盡千萬態，兩眥眵昏花欲被。乃知玉皇別有意，故令暫輟須臾視。西北煙塵渾不見，燕寢凝香聊隱几。醫師謾騁岐伯術，刺家兼試華陀技。歡伯將軍拍手笑，胡爲辛苦空如此。君能從我往遊否，壺裏乾坤吾所止。雲安麴米洞庭春，瀲灩金樽多且旨。玄霜絳雪不足比，吸來和風散入髓。青州從事最解事，伯雅仲雅皆國士。從容折衝樽俎間，意氣安閑軍令美。俄頃掃却萬愁城，強似三家盡披靡。終南千丈一割斷，利奪秋蓮三尺水。兀然開眼視八極，俗物茫茫人似蟻。胸中磊魄復何有，世間富貴都脫屣。大兒太公何事戰，小兒魯連何事恥。且須高歌向明月，一問三皇五帝氏。"《敬次竹屋安贊成贊晦軒先生眞韻》："一生誠敬有餘風，賢聖同歸繪畫中。看取當年能衛道，至今扶植是誰功。孔聖及七十子畫像公實持歸，後公亦圖形于文廟，竹屋詩有'上命圖形文廟中'之句。"《贈別安師傅》："不羨君歸去，惟悲我滯留。丹心如可寄，遙掛紫雲樓。"李景奭《西出錄》（上）【考证：据下文，《白轩先生年谱》云"十二月，（李景奭）与清阴金公、朴公潢、曹公汉英出住湾上"，故以上作于十一月二十五日至十二月间。】

十二月

十二月，與清陰金公、朴公潢、曹公漢英出住灣上。時諸公久被幽辱，禍殆不測，人皆惴惴，無以爲計。公入瀋三日卽以百計善圖，必令生還之意密陳於春宮。答曰："吾亦有意而不知所出，貳師之言及此，當爲之盡力。"仍勑密密相議，雖同館勿令知之。自是舌官徐尙賢承言兪好善，往復于胡將用事者數人間，以珍貨遺之，其去來輒謀於公，而多在晨夜，館中諸公莫知所以。一日虜主招世子曰："聞金某病甚，何以處之？"世子善辭應之，卽許放還，而令貳師領出，蓋諸公之卒得無他，皆公之力，而他日未嘗一語及此，故人無知者。《白軒先生年譜》（上）

李景奭《踰靑石嶺時口號，錄奉淸陰兼示同行諸君》："容姿不減舊精英，病起猶能跨馬行。勁草本來同勁節，高峯似欲比高名。嚴冬變作陽春暖，靑石翻成白玉平。去時嶺路崎嶇，今日積雪平鋪。莫怪暫時灣上駐，也知天遣化邊甿。時淸陰諸公放還，而彼令貳師押出，拘鎖于灣上，故公作此行，翼年春還入。"李景奭《西出錄》（上）

金尙憲《次白軒靑石嶺遇雪韻》："歸袂飄飄點玉英，天敎縢六殿吾行。從來世事何須說，此去餘生不用名。寶劍斸塵氛未盡，冤禽塡海恨難平。令威若解神仙術，願往從遊作逸甿。"金尙憲《雪窖集》【考证：根据《白轩先生年谱》，以上二诗约作于十二月。】

二十九日（庚午）。

李景奭《鳳凰城外歲除日錄奉淸陰及諸君》："異域羈危久，同行夢寐如。看來惟灑涕，著處共聯裾。故國明朝返，今年此夜除。休言旅懷苦，爛醉是吾廬。"李景奭《西出錄》（上）【考证：是年十二月二十九日为除夕。诗题曰"岁除日"，又有"今年此夜除"语，当作于二十九日。】

崇德七年（1642 年，壬午）

正月

初一日（辛未）。

朝鮮國王李倧遣陪臣崔來吉等表賀元旦，兼貢方物。宴賚如例。《淸太宗實錄》卷五九【按：据《使行录》，正朝正使崔来吉、书状官李皙于崇德六年十一月二十五日辞朝赴沈。】

初五日（乙亥）。

李景奭《灣上立春日題主人壁壬午》："春到龍灣日，天敎鶴駕廻。東方千載慶，北闕萬年杯。柝靜龍關月，氛銷鶴塞天。新春好消息，重見太平年。"李景奭《西出錄》（上）

金尚憲《次白軒春日韻》："鴨塞文星動，龍沙漢使還。氣回春惻惻，喜入鳥關關。望峻心逾下，官高鬢未斑。偏憐老蘇監，曾着弟兄間。"《再酬白軒》："經年塞外客，一夕夢中還。賀札交人事，驚魂脫鬼關。酒擎鸚鵡碧，香爇鷓鴣斑。擬作元宵會，長安卽此間。"金尚憲《雪窖集》

李景奭《奉呈清陰兼示同行諸君》："共向氷江渡，初從雪窖還。天連白登道，人入玉門關。夢覺鄉廬隔，詩成旅鬢斑。遙憐洛陽陌，新柳畫圖間。"《立春日題清陰老先生寓所》："東風吹弄柳條輕，紫氣關頭瑞彩橫。南國歸裝春作伴，文星政帶老星明。"李景奭《西出錄》（上）【考证：以上诸诗以"立春日"为题，是年立春日为正月初五日，故以上当作于初五日前后。】

十五日（乙酉）。

李景奭《上元日與朴侍郎、曹郎中上統軍亭望新月》："亂後亭猶在，春來我輩登。直邀東嶺月，替作上元燈。天地山河壯，風塵感慨增。江流接溟渤，變化想鯤鵬。"李景奭《西出錄》（上）【考证：诗题曰"上元日"，又有"直邀东岭月，替作上元灯"语，当作于正月十五日。】

李景奭《東來》："東來一倍戀東華，東望雲山萬點遮。宣室敢論趨夜半，春明始信隔天涯。孤忠耿耿心懸闕，客枕依依夢到家。時復長吟搔短髮，五更窓畔落燈花。"《贈巡使鄭囿春太和》："天涯忍負故人杯，喜氣排寒柳亦催。相對莫論前日事，此行猶趁早春廻。艱危更覺儒冠誤，懷抱還憑玉節開。口業秖今抛未得，拙詩時向客間裁。"《良策旅懷》："龍灣東畔是龍川，東望京華政杳然。出塞經年仍作客，白頭歸夢五雲邊。"《車輦望舍兄碑，悲愴終宵不寐，是夜大風達曙》："荒碑無語暮雲深，往迹惟憑邑子尋。風色亦知孤客恨，夜吹山木作悲吟。"《豚兒來迎，且欲隨到灣上，臨江之別不如自此還歸，書示小絶》："忍敎兒送我，寧我送兒還。天涯地盡處，莫更到龍灣。"李景奭《西出錄》（上）【考证：李景奭下诗题曰"二月望日晓龙湾馆行望殿礼"，故以上诸诗作于正月二十日至二月十五日间。】

尹順之《喜聞清陰先生得還灣上二首》："隔年燕塞夢刁頭，歸臥龍灣古驛樓。未及故鄉應一笑，眼中江漢學東流。""宇內兵塵苦未開，衣冠顚倒走龍堆。堂堂萬世尊周義，今喜先生辦得來。"尹順之《涬溟齋詩集》卷四【按：金尚宪等于是年正月初抵达龙湾，诗题曰"喜闻清阴先生得还湾上"，故系于此。】

二月

十五日（乙卯）。

李景奭《二月望日曉，龍灣館行望殿禮》："城頭落月掛金盆，五夜焚香禮至尊。天上威顏瞻咫尺，此身疑入九重門。"李景奭《西出錄》（上）【考证：诗题曰"二月望日"，故当作于二月十五日。】

李景奭《雨》："旅館終宵雨，連朝枕上聞。溪流應決決，簷滴政紛紛。野已消殘雪，山猶帶宿雲。遙思洛中味，南澗長新芹。"《寄宣川倅》："萬里春生日，三韓地盡頭。自憐新白髮，猶對舊靑眸。人世誰非客，吾生此更浮。雲山望不極，莫上仲宣樓。"李景奭《西出錄》（上）

李景奭《龍灣行》："昔我年纔十八時，出遊偶作龍灣客。龍灣繁雄最關西，樓觀連甍耀丹碧。城臨漠北千疊峯，門泊江南萬里舶。人煙撲地隘街衢，武騎成群森棨戟。朝天冠蓋集如霧，竟日歌鐘喧似雷。蓮花隨步饒艷色，彩筆落珠多奇才。我時隨兄聚勝亭，棣萼無恙圍金屏。投壺散帙錦席高，一傾椒醑空千瓶。浮雲聚散三十年，風雨重經兵氣纏。白首老革罷通天，太平民物歸腥羶。回思舊遊一夢中，秖今城郭猶依然。吾兄已歿惠未亡，落日淚墮荒碑前。萬事傷心何忍說，一憑譙樓非爲遊。山河形勝入感慨，跨馬且復臨龍湫。鐵壁千尋插江灣，乃是九龍之所寰。鴨水爲池龍衛護，胡令域中罹辛艱。彷徨俯仰恨不平，薄言弭節沙場間。府中大尹小隊出，前驅蹴踏層冰裂。爭誇趫捷供破顏，旋效搴旗藝殊絕。提壺遠慰風色寒，細傾爲許班荊乍。同行俱是洛中舊，舉目相看足悲咤。半酣直欲喚神龍，飛上九天披丹衷。大呼飛廉驅霹靂，須臾一掃煙塵空。翩然歸臥統軍亭，笑邀天山山上月。春風滿酌白玉卮，放歌聲振蛟龍窟。"李景奭《西出錄》（上）【考证：李景奭下诗题曰"踏青日不见草色"，则以上诸诗作于二月十五日至三月初三日间。】

三月

初三日（壬申）。

李景奭《踏靑日不見草色》："天涯節序踏靑日，客裏形容垂白時。春色亦知相別苦，不敎芳草碧離離。時余且朝暮渡江。"李景奭《西出錄》（上）【考证：诗题曰"踏青日"，当作于三月初三日。】

李景奭《別後次曹守而追寄韻》："棲禽飛盡暮煙沈，古渡偏沾別後襟。白草連天邊月苦，滄波滿地塞雲深。寒潮此夕猶依舊，尊酒何時更說今。鄕路杳然春又晚，異方無處不傷心。前秋初渡江時拙詩有云：'古渡誰相送，寒潮政欲平。'守而用此意，故第五句及之。《途中寄贄翁》："鴨水煙波一夢間，回頭已隔萬重山。春光不到殊方草，老色偏侵遠客顏。東去未成朝鳳闕，西來還作戀龍灣。重經向日同歸路，處處思君鬢更斑。"李景奭《西出錄》（上）【考证：下诗题曰"灯夕感怀"，以上诸诗当作于三月初三日至四月初八日间。】

四月

初八日（丁未）。

李景奭《燈夕書懷》："長安舊俗重觀燈，不于上元于四月。四月之冀葉初八，躑躅梨花相間發。陌上家家彩燈張，新蟾交映爭輝光。平安火後金爐繁，暝色不許生千門。珠樓高捲水晶簾，玉杯爛醉黃金樽。纖歌橫笛雜羽商，白雲不動青天長。寧知塞上鼙鼓振，但恨人間鐘漏忙。國家邇來失太平，每逢佳節徒傷情。前星況復滯沙磧，萬里塵霧迷秦京。小臣揮淚望北辰，歷歷白榆依舊明。何時却陪鶴駕返，重見薰風樂民生。"李景奭《西出錄》（上）【考证：诗题曰"灯夕感怀"，又有"四月之冀叶初八"语，故当作于四月初八日。】

李景奭《鳳林大君下示一絕，謹次其韻》："客夢時時渡鴨江，消愁無賴酒盈缸。多情猶有關山月，照得孤臣血一腔。"《示崔賓客子迪惠吉》："書棊不合近銅樓，象戲那堪浣勝流。待取歸休茅屋下，好消長日任優游。"李景奭《西出錄》（上）【考证：《仁祖实录》卷四三言五月十七日"贰师李景奭自沈阳还"，以上诸诗当作于四月十八日至五月十七日间。】

五月

十七日（乙酉）。

<u>貳師李景奭自瀋陽還</u>，上召見而勞之，仍問曰："中朝請和之說信然乎？"對曰："以其形勢言之，祖大受以關外大將力屈而降，數萬之兵，一朝被殺，土賊滋蔓，宦寺秉權，請和之說雖未能的知，而中朝之運亦已衰矣。"《朝鮮仁祖實錄》卷四三

李景奭《入京後酬翠屏洪公柱元見寄》："歸來自怪病骸存，更喜秦樓酒滿尊。青眼敢辭今日會，明朝又出國西門。"李景奭《西出錄》（上）【考证：诗题曰"入京后"，又有"归来自怪病骸存"，此诗当作于五月十七日自沈阳还汉城后。】

二十日（戊子）。

陳賀使麟坪大君入瀋。《承政院日記》【按：金堉《麟坪大君墓志铭》："壬午夏，（麟坪大君）以進賀赴沈。清將使先詣世子館，公辭曰：'未行公礼，先見私亲，非敬大国之道。'清將心是之。"】

六月

二十五日（癸亥）。

朝鮮國王李倧以錦州之役，上整旅親征，擊敗明援兵十三萬，錦州、松山相繼歸降。又用紅衣礮攻克杏山、塔山等處，遣其第三子林坪大君李𤄒、漢城府判尹潘三進等獻豹皮、水獺皮及各色苧布、綿紬等物，上表稱賀，並䝹表疏一函。《清太宗實錄》卷六一【按："潘三進"当为"卞三近"之讹，据《使行录》，进贺兼陈奏正使麟坪大君李𤄒、副使卞三近、书状官洪处亮于五月二十二日辞朝赴沈。《承政院日记》言辞朝时间为五月二十日，此处依《日记》。】

七月

李景奭《天章、汝省李公景曾字、子善李公基祚字諸友出餞洪濟橋邊，天章口號二十八字，遂卽和之》："我輩同庚今幸有，宮師此別古應無。偏憐袞袞西流水，一片丹心亦與俱。"李景奭《西出錄》（下）【考证：《白轩先生年谱》云"七月复入"，此诗当为是年七月李景奭于洪济院送别僚友时作。】

李景奭《松都留後睦令丈梅谿初建蓮閣，揭詩壁間，要留拙句，遂用其韻》："故國居留寄，雲煙領一邦。公餘理荷沼，涼處當風江。臨水初開閣，看山不設窓。太常椒醑在，無事合傾缸。"《走次李叔成憲韻》："依依謝親戚，悄悄辭京國。此行向何之，愧我猶肉食。君莫歎沈淪，賢士多窮乏。四海尚兵塵，戰闘何時息。吾今五度遼，面帶狼煙黑。嗟哉何足言，唯有悲塡臆。恩恩就長途，不敢論筋力。"《到中和戲贈李叔》："好會猶從亂後頻，行裝又踏塞西塵。生陽館畔傷離處，不爲佳人爲老人。"《在龍灣，伯兄再朞且迫，獨夜書懷示曹守而》："孤生淚盡鶺鴒枝，一瞥光陰已再朞。殘燭夜床眠不得，塞天風雨五更時。"李景奭《西出錄》（下）

金尚憲《用北渚相公韻贈別白軒貳師》："歷徧人寰道路難，餘年已迫死生關。都將寵辱歸身外，那把恩讎在頰間。煙艇雨蓑鄉夢惱，素書丹字病眸艱。天涯又作臨江別，淚入秋衫點點斑。"《再用前韻錄奉白軒兼示曹守而》："白首危途事事難，歸心空自憶鄉關。平生宿志江湖上，晚歲虛名筆研間。天意定知容我輩，英雄終見濟時艱。流年荏苒行將暮，紅葉青山幾處斑。"金尚憲《雪窖集》

李景奭《清陰老先生用北渚金公墅韻見贈，效顰求正》："天涯更覺解携難，行色三穿紫氣關。臘雪曾迷遼塞外，秋波又漲鴨江間。時危自愧謀猷乏，王事寧論道路艱。莫怪鬢毛都已白，半緣離恨半詩斑。""從知白雪和皆難，更有春風動玉關。正氣不消陰磧裏，文星迴照塞雲間。兵戈自古無窮恨，宇宙如今此路艱。臨別征衣渾欲濕，淚痕添却兩痕斑。""千頃汪汪撓亦難，幼年何幸托清關。盈箱札翰羈危際，滿袖瓊琚逆旅間。浮世閱來俱是客，此心亨處不知艱。天教暫住龍灣上，雲物增輝彩筆斑。""欲和清篇下語難，管窺那得透玄關。真仙本在煙霞裏，小築猶居縹緲間。客意頻驚窮塞別，詩情偏慰此行艱。臨分淚濕江潭草，定似瀟湘苦竹斑。"李景奭《西出錄》（下）

金墅《原韻》："從古賓師職最難，況茲人事屬機關。遼山鴨水干戈裏，朔雪炎風道路間。喘息任他那免役，驅馳是許敢辭艱。亨屯濟難惟君在，雙鬢如今幸未斑。"李景奭《西出錄》（下）

李景奭《途中用前韻奉寄清陰老先生》："不是山河跋涉難，最難堪處出陽關。終南一髮層霄外，鴨水孤舟落照間。故國樓臺離思苦，異方風俗旅情艱。遼陽未到饒凉意，錦石秋花滿目斑。"李景奭《西出錄》（下）

金尚憲《憶石室閑居有感，復用前韻遣懷》："孤拙從來着世難，幽居晚築碧松關。棲遲讓水廉泉內，歌詠陽春白雪間。當日生涯徒寂寞，祇今時事益辛艱。百年進退君臣義，誰把丹青畫一斑。"《雜詠五首復用前韻》："官不易解官難，敗馬羸車獨出關。舊蓄賜書姚姒下，近依京輔廣楊間。乾坤遂物寧忘惠，蔬糲隨緣不厭艱。記得年年寒食節，石壇紅杏雨斑斑。恩譴歸石室""秉銓元是秉公難，退食翛然晝掩關。蹤跡雜賓無座上，姓名佳士在屏間。自知汲黯疏狂甚，誰道長卿際會艱。歸去雀羅門巷靜，獸鑪閑爇鷦鳩斑。上書論事特免吏部""推轂論材自古難，坐看胡騎入秦關。百年社稷風塵裏，一代衣冠劍戟間。精衛未聞填海闊，侏儒終見用心艱。只今回首勤王地，猶有忠臣戰血斑。丙丁闉幃諸臣""人生善道此爲難，達士分明識透關。節義綱常扶植際，熊魚取舍重輕間。鍾儀碪室琴聲怨，蘇武天山祇乳艱。一片素心如可表，汗青何慕衮華斑。述志""長安歸路上天難，三載初回浿水關。千古地形夷夏界，一方民俗海山間。技專弧矢儒風熄，貨重銀絲市道艱。鬢髮向來無可白，旅愁休怕更添斑。龍灣記事"《曹守而寓舍草堂成，求題拙句二首》："龍灣表裏帶山河，幾處官亭擅物華。邂逅客來成小築，只今佳景屬君家。""老病銷憂倦倚樓，就君新構愛清幽。荊州亦是中原土，王粲何妨且少留。"《灣上新秋，有懷親故之在遠者》："滿地江湖滿目愁，一番風雨一番秋。三更砧杵五更雁，幾處相思明月樓。"《次坡集東亭韻》：

"三載思歸未得歸，客中光景隙駒馳。南山我屋幾回首，一笑他鄉聊解頤。流水桃花青蒻笠，檜林籠竹白茅茨。何時江海重逢地，舊抱新篇次第披。"《次復次東亭韻排悶》："乾坤浩蕩欲誰歸，行路摧車不可馳。志氣未更曾折臂，髭鬚那復始生頤。此身已信浮江木，餘事寧謀庇屋茨，長夜冥冥苦難曉。旅懷何處向人披。"《趙參議持世年七十六，尚能勤職，上念之，特拜工曹參判北渚、鶴谷二相公以詩賀之。參判又遠徵拙句，余憂患之餘，廢棄筆研，久別思戀，情不可已，次韻錄奉，用代面目》："白首勤勞聖主知，命通方信物無違。青雲動色同朝喜，赤紱垂光滿路輝。共說恩榮今日少，豈惟年壽古來稀。想應拜手彤墀下，感淚紛紛一濕衣。""少年豪俊挾詩顛，歷落風塵不受憐。氣壓見多前輩重，聲名聽慣後生傳。高談老去猶揮塵，阿堵貧來尙廢錢。今日天涯傷遠別，白頭人世感桑田。"《書懷二首，復用前韻併寄素翁素翁，參判號》："我有愚心子素知，老來逾覺與時違。山林正繫庖廚命，螢爝叨增日月輝。絕域三年歸夢遠，故人千里寄書稀。邊沙又見秋風起，落木清霜滿客衣。""舉世揶揄笑我顛，一行投北竟誰憐。南音切切心空斷，白雁冥冥信不傳。天意全歸和氏璧，橐裝留補水衡錢。餘生倘見長安日，終擬求仙不問田。水衡錢有事實。"《次曹守而夜坐見螢火有感韻》："久客他鄉感歲時，又逢秋夜見螢飛。書廚畫障分明近，露草風林滅沒稀。白雁已傳雲外響，青砧更擣月中衣。天機衮衮兼人事，催送年光底處歸。"金尙憲《雪窖集》【考证：以上诸诗作于七月初一日至初七日间。】

　　初七日（乙亥）。

　　金尙憲《龍灣秋夕感懷二首》："祭罷相邀上古原，夕陽扶醉散歸村。三年千里思鄉客，一望松楸幾斷魂。""客裏佳辰獨閉門，異鄉風俗自相親。南州見月應思我，空向天涯憶故人。"金尙憲《雪窖集》

　　李景奭《寄灣尹》："夢裏三江一葉舟，故鄉東望路悠悠。西風落日連山雨，別作愁人枕上秋。"《寄蔡生以亨》："解纜沙頭浪接天，夕陽相望兩依然。秋江不是桃花水，却似汪倫送謫仙。"《次李獻納咸卿─相韻》："回車未敢學王陽，絕域危途隔故鄉。政憶彩衣曾侍坐，忝將斑鬢共稱觴。洛中舊會猶如昨，遼左新秋又作涼。前夜夢尋東路去，短長亭堠杳難詳。""征驂未識華山陽，白首驅馳又越鄉。下澤尙違平日計，殊方猶把故人觴。燈前客夢和愁亂，磧裏秋陰挾雨涼。無限中情難說盡，家書宜略不宜詳。"《和李獻納咸卿》："雙闕連天是漢陽，歸心非獨戀家鄉。秦關遠隔三千里，虜酒時傾累十觴。鴻雁欲征秋夜永，羝羊未乳塞雲涼。胸中自有無窮恨，句裏那能記得詳。"《和朴尙之遾》："龍光鬱鬱射星辰，駒隙駸駸足苦辛。歲去仍爲天末客，秋來未見日邊人。狼煙不是平安火，鶴塞猶飛戰伐塵。白首追思行樂日，黃花爛醉洞庭春。"《次李咸卿》："詩奚日日報平安，玉樹頻看意未闌。萬里乾坤遼海闊，五更金鼓朔風寒。雲迷陰磧添愁易，月照秋窗作夢難。待得明年東返日，壽尊開處共清歡。"《酬朴尚之》："推敲漫自費吟安，漸覺詩場興易闌。黃鵠尚傳遺曲咽，白鷗應笑舊盟寒。人謀已失秦關險，客路休嗟蜀道難。塞日荒涼邊月苦，秋來何處可拚歡。"《次咸卿》："何處箚吟細柳營，向來金甲事堪驚。秦關尚照當時月，遼塞還非舊日城。一寸心隨清渭遠，萬重愁與白雲生。中宵獨立看牛斗，玉宇迢迢雁字橫。"李景奭《西出錄》（下）【考证：以上诸诗当作于七月初七日至八月间。】

八月

金尚憲《八月》："八月關山草木黃，關山遠客苦思鄉。北來鴻雁西江水，爲問何心日夜忙。"金尚憲《雪窖集》【考证：下诗题曰"次曹守而九日韵"，此诗当作于八月初一日至初九日间。】

初九日（丙午）。

金尚憲《次曹守而九日韻二首》："霜楓落照晚林紅，楚客悲秋恨未窮。萬里羈蹤歸海上，一年愁鬢滯灣中。自回青眼看新月，誰把黃花醉夕風。惟有昨宵鄉國夢，與君高會駱山東。""門巷蕭條車馬稀，草堂高掩靜新暉。病中顏貌朝朝改，客裏經營事事非。節序不留同水逝，世情難得欲誰歸。天涯故舊無多在，目斷江州送白衣。"金尚憲《雪窖集》

李景奭《八月且踰旬，而炎熱殊苦，用老杜七月苦熱韻示朴李諸益兼柬司書》："陰山八月猶炎赫，縱作秋菰避豈能。舊說此時飛白雪，誰知今日足蒼蠅。從來萬事多翻覆，無乃三庚亦荐仍。却憶與君相對坐，清襟正映玉壺冰。"《和尚之書懷用前韻》："自笑胡爲來在此，平生拙性百無能。常愁道途亂豺虎，況復几案饒蚊蠅。夏日凄凄暴風作，秋炎赫赫纖絺仍。寒溫變易不須說，晝夜憂心如履冰。"《酬尚之》："少日狂圖擬斫營，秖今寥落壯心驚。鬢凋政似風飄雪，愁匝真同月暈城。遊說却慙蘇季子，詩書空誤魯諸生。龍泉掛壁貂裘弊，中夜無眠涕泗橫。"《和尚之用以自嘲》："不曾心上費經營，得失悠悠未足驚。此日偏懷典屬國，當年虛築受降城。千鍾却是黃龍府，孤直元非白馬生。旅館坐看秋夜月，碧天如掃數星橫。"《和咸卿》："白雪詞高和更遲，強拈枯筆染烏絲。今朝却有三秋恨，尺地還如萬里思。共飲休言魯酒薄，相看莫作楚囚悲。佳辰且喜佳期在，頗似長安會合時。""秋日正凄凄，旅窗愁轉迷。酒應逢我醉，詩是爲君題。暝色棲鴉集，邊聲牧馬嘶。良宵端正月，願與玉人攜。"李景奭《西

出錄》（下）【考证：下诗题曰"八月十五日陪世子行望殿礼后"，以上诸诗当作于八月初九日至十五日间。】

十五日（壬子）。

李景奭《八月十五日陪世子行望殿禮後奉和朴尙之用前韻寓感》："呼兒數問寢何安，落月當窓夜已闌。是處金風行欲晚，遙知玉宇不勝寒。心因瞻望懸逾切，淚到佳辰制更難。陪駕幾時東返國，奉卮齊賀兩宮歡。"《酬朴尙之復疊前韻》："搖搖心緒若爲安，盡日商飆不暫闌。暝色偏供鄉思苦，雨聲催作客窓寒。狼居山近飛霜早，天柱峯遙翫月難。却憶舊時秋社會，持螯直到夜深歡。"《走次咸卿韻》："今夕知何夕，新醅勝舊醅。中秋十五日，大醉三百杯。又有羲之出，飄然白也才。比來衰轉甚，談笑爲君開。""試聽葛巾漉，細如春雨聲。無論聖賢酒，看取淺深情。月欲當樓滿，杯須挿羽行。吾今有此客，爛醉是平生。"《和尙之》："歸心長憶洛西涯，又是蕭條歲晏時。接地風雲寒氣早，滿天星斗曙光遲。殊方旅館同成蟄，故國荒園久未窺。宋玉秋懷元自苦，更堪頻賦別離詩。"《次尙之》："不料窮荒客，猶携我輩人。杯盤非舊日，時序自良辰。萬事空搔首，孤忠早許身。平生歲寒志，相勖向朋親。""四海多艱日，三韓季葉人。早蒙傾雨露，曾忝上星辰。未識安危體，猶全寵辱身。南冠秋又晚，雄劍獨相親。""黃鶯曾送我，玄鳥已辭人。獨立看西日，長吟望北辰。一秋愁裏鬢，千里夢中身。漸覺寒宵永，誰教綠酒親。"李景奭《西出錄》（下）【考证：以上诸诗当作于八月十五日。】

李景奭《和玄溪朴尙之述懷之作》："蒼顏自怪此身頑，閱盡悲憂尙得安。昔日吾廬鄉黨羨，弟兄同奉兩親歡。""草土餘生萬事悲，此心良苦有誰知。今朝更爲君詩泣，八月同吾十月時。先考妣初辰俱在十月。"《和尙之傷悼述懷》："蒿里秋花幾度新，二年霜露未歸人。餘生忍踏城西路，古木蕭條不復春。""異域逢秋恨轉新，爲誰重作陟岡人。回頭弟勸兄酬地，只有荊花半樹春。"《和咸卿》："風色凄凄玉露新，候蟲聲學苦吟人。孤燈一夜頭如雪，不待蘇卿十九春。""癸亥年中日月新，衣冠身作太平人。何時復與金錢會，爛醉煙花紫陌春。"《酬咸卿》："歲月孤城裏，山河百戰餘。朔風喧鼓角，關路隔車書。雲海心俱遠，霜林鬢共疏。眼中青尙在，相對却驪如。"《和尙之述懷》："高堂一罷戲萊衣，空對妻兒說舊時。千里白雲難更望，淚痕偏濕采蘭詩。""情同姜被義摳衣，不道生看永訣時。墓草三回秋月白，夜床和淚獨題詩。"李景奭《西出錄》（下）【考证：以上诸诗当作于八月十五日至二十八日间。】

二十八日（乙丑）。

　　李景奭《八月二十八日辭青闈東出，以漢船見捉行查事，彼令大官出去，世子遣公到安州，以朝命還入》："告別蒼黃意轉迷，素秋風色政凄凄。西來每向東華望，今日東歸又望西。"李景奭《西出錄》（下）【考证：《白轩先生年谱》云"八月，（李景奭）以查事东出"，诗题曰"八月二十八日辞青闱东出"，"以朝命还入"，又有"今日东归又望西"语，当作于二十八日。】

　　李景奭《途中奉和清陰老先生疊前韻見寄》："世亂行藏兩覺難，客邊偏憶舊柴關。黃沙白草秋陰裏，玉宇瓊樓夢寐間。愁思也知滄海淺，險途休說太行艱。歸來却喜吟眸豁，細菊殷樝處處斑。""絶域曾吟蜀道難，行裝何幸脫秦關。如今一節風塵際，疇昔三台步武間。髭髮未容危處變，胸襟不受客中艱。文章還助江山美，錦繡新添五色斑。"《渡鴨江口號》："擬將爲御返神京，不謂恩恩獨此行。歸渡鴨江秋色晚，櫓聲還作斷腸聲。"李景奭《西出錄》（下）

　　金尚憲《次韻贈白軒還入瀋陽二首》："山容慘澹野容迷，水氣蒼茫露氣凄。惆悵一年三度別，可憐俱在鴨江西。""天上迢迢白玉京，孤槎長記昔年行。如今送子渡江去，淚洒秋風羌笛聲。"金尚憲《雪窖後集》

　　李景奭《酬曹郎中用難字韻遠寄》："拜別青闈步出難，政當兵甲滿榆關。人歸落日龍灣上，淚灑秋風鶴野間。事往但看流水在，時危偏覺暮途艱。東來尚記西行日，草色萋萋柳影斑。"李景奭《西出錄》（下）【按：以上诸诗当作于八月二十八日至九月二十一日间。】

九月

二十一日（戊子）。

　　金尚憲《贈南春城奉使瀋陽北報敗興，不果贈，春城名以雄》："龍灣江水日朝宗，離別偏傷此路中。曾是玉京同伴客，却尋沙漠入遼東。"金尚憲《雪窖後集》【考证：据《使行录》，圣节冬至兼年贡正使南以雄于九月二十一日辞朝，故此诗当作于九月二十一日前后。】

　　李景奭《次庚辰冬龍湫贈別韻寄林使君□花山寓居》："南嶠雲煙暗，西關冰雪深。白頭千里客，明月故鄉心。"李景奭《西出錄》（下）

　　九月，還入瀋中。先是，有漢船來泊宣川，方伯鄭公太和便宜解送。至是，清人覺之，使本國查問于道臣及沿邊守令，而必令大官出告于國王。公承世子令東出，而廟堂勿令入京，留以同查。公不敢東。馳聞實狀，廟堂猶疑其規避，執不許。公還到宣川，令兵使及宣、鐵兩守對簿事未完。備局只罷監司沈演及兵使金應海，促令公還報。文移累下，公不得已還入。清人怒，復欲廣致邊將邊守於瀋中。公極力辨明，事得已，只令宣川府使入。又謂公欲自擔當，中途徑返。胡將龍骨大、皮牌博等數與講院之官來詰，公恐辱及朝廷，眞若擅自徑返者然。虜主乃謂：“不傳朕命，不見國王而還，其罪當死。”鎖之東館，薪水不通。《白軒先生年譜》（上）

李景奭《九月與問安使安君獻徵同入瀋中，途次口號》：“落日千回路，秋風八渡河。頻成晝跋涉，又作夜經過。急峽安流少，荒墟古木多。僕夫相戒語，豺虎滿山阿。”“幸共重攀桂，誰知迆使軺。蒼顔吾已老，玄鬢子應凋。星戴荒山夜，風餐亂水朝。他時記此日，黃葉政蕭蕭。”《東館次安同年令公韻》公入瀋後，彼怒以爲中道徑返，欲自擔當，鎖之東館，薪水不通，事將不測，累日始許出送》：“久客還多病，悲懷苦鮮歡。非關憶吾土，自未洗儒酸。沙漠雲初凍，遼山雪欲漫。憂時兼戀主，雙袖不曾乾。”“豈乏杯中物，難教強一歡。臥同龜縮凍，吟似雁嘶酸。鶴野悲風起，狼山落葉漫。此心君莫問，脣舌亦焦乾。”“經年淹絕域，無處可交歡。爲問千鍾酒，何如五斗酸。朔雲愁裏度，鄉路夢中漫。洛社相尋日，銀壺莫遣乾。”李景奭《西出錄》（下）

累日出送鳳凰城，令與諸人一處拘幽。時世子以查事已與清將出住鳳城也，公追到欲謁，則使不得通，危辱詬喝無所不至，公處之晏如。時大臣諸宰及三司之官被拘者甚多，事機日危各有所捐，以圖緩禍。同席爲公危之，肘而言曰：“公亦宜循例。”公曰：“雖被詬喝，必不至死。況宮師用金自我開路，決不可爲。冷山北海，固所甘心。”言者曰：“公誠確矣，後必有患。”後仍出灣上，諸公盡還，而公獨被拘最久。《白軒先生年譜》（上）

李景奭《脫東館首東路，次安令公韻》：“幾度驅馳廣莫風，即今行色更愗愗。君看八渡河流去，也是無情亦自東。”“少海旌旗帶朔風，鳳城行過莫愗愗。前星尚向殊方滯，愧殺今朝一影東。時世子爲查事出留鳳凰城，故云。”《灣上錄奉澤堂兼東同行僉位公旣脫瀋館，又被拘灣上》：“文星偏向鴨江明，天象應敎太史驚。健筆早凌鸚鵡賦，危途晚閱鳳凰城。雞鳴共出秦關曉，裘弊仍爲楚奏聲。何日上章歸故壑，藥爐書架寄殘生。”李景奭《西出錄》（下）

金尚憲《三門外耆老諸公，每於時節相邀讌集，子弟隨之，吾先子亦時時往赴，若今之都憲、貳師兩公家，尤爲時所艷稱，至今思之，有淚盈襟，仍賦短律以寓感懷，錄奉施伯尚輔求和》：“憶昔城南會，當時盛事傳。風流一代盡，世誼幾人全。滿目兵塵後，餘生涕淚前。天涯無限意，寂寞寄詩篇。一作‘萬死兵戈後’”《感懷》：“七十三年夢一場，紛紛世事幾炎涼。西來此日傷心處，海上蓬萊不可望。蓬萊閣在登州海岸余所曾見者。”金尚憲《雪窖集》

李景奭《清陰老先生惠以感懷之作，序昔日之盛事，悼俯仰之陳迹，情見于詩，一字一涕，讀未半而嗚咽，殆不能成聲。噫！其眷眷於存沒之誼，亦非後輩之所可企及。欽歎之餘，謹拜手而和之，蓋將以就正焉，非曰能之》："至樂吾家有，諸公秀句傳。追思惟血淚，孤影尚生全。古木悲風裏，流光逝水前。來詩不忍讀，還似蓼莪篇。"李景奭《西出錄》（下）

金尚憲《感舊一絶贈徐都憲施伯》："藥山東畔是君家，疇昔歡遊幾歲華。今日天涯成邂逅，白頭人事只傷嗟。"《書懷二首復用前韻》："占住城中第一家，憑高日日望京華。玉樓金闕無消息，千里相思百歎嗟。一作'千種愁心'""流水桃花隱士家，白雲長是採芝華。何當獨閉千峯裏，遁世無人識子嗟。"《題劉松年觀蓮圖》："垂柳陰陰水滿塘，曲欄虛閣送微涼。新篁古木皆詩景，獨賞芙蕖萬柄香。"金尚憲《雪窖集》【考证：以上诸诗作于九月二十一日至十月间。】

十月

初六日（癸卯）。

閣臣崔鳴吉并前拘禁之金聲黑尼【按：指金尚憲】皆繫獄。《清太宗實錄》卷六三

十三日（庚戌）。

領議政崔鳴吉、吏曹判書李顯英、禮曹參判李植、行護軍李景曾、大司憲徐景雨、大司諫李厚源西行。《朝鮮仁祖實錄》卷四三

崔鳴吉《北扉酬唱錄序》："壬午冬，公以送僧中朝之故被拘瀋中，與金清陰尚憲同幽北館。翌年夏，公及清陰皆移出南館。未幾，李白江敬輿亦有西河之厄，公與唱酬詩篇凡數百千首，其在北館時所著爲《北扉酬唱錄》，移南館後所著爲續稿云。"崔鳴吉《北扉酬唱錄》【按：此序见于《北扉酬唱录》前，当为《迟川集》编者按，为提供线索系于此。】

崔鳴吉《北館書懷》："已覺微陽動，行看塞月團。手中餘漢節，頭上有南冠。久客貂裘敝，悲歌蠟燭殘。百年關造化，只合勉加餐。""寂寂棘垣合，悠悠新月生。鄉園思萬里，鍾鼓到三更。夢近爐香煖，斟憐臘味清。男兒性命在，徒隸莫相輕。"《聞亮兒東還》："咫尺未堪音信阻，況今聞汝已東行。拘幽不隔鄉園夢，患難偏知父子情。雪裏慎登青石嶺，雲邊莫認鳳凰城。龍灣諸老如相問，燕獄艱辛各飽更。"崔鳴吉《北扉酬唱錄》【考证：《北扉酬唱录序》云"壬午冬，公以送僧中朝之故被拘沈中，与金清阴尚宪同幽北馆"，《仁祖实录》卷四三言壬午十月庚戌，崔鸣吉等西行，故以上二诗当作于是年十月十三日至十二

月间。】

李景奭《用清陰韻奉呈晚陰徐都憲》："清陰老先生追思昔日三門外耆老之會，惠以詩篇，而尤致意於吾兩家，辭約於歡逝之賦，而情篤於山陽之作，遂扢血而和之矣。又用其韻錄奉求教。忍說當年事，惟餘繪畫傳。羨公同氣盛，憐我一身全。天地玄陰裏，關河白髮前。朝來添客淚，清老有新篇。"李景奭《西出錄》（下）【按："徐都宪""晚阴"指徐景雨。】

李景奭《錄呈晚陰令丈》："萬里江山雪政漫，統軍亭在夕陽間。傍人錯道邊風冷，御史霜威本自寒。"《次成使君夏宗日游亭十景澤堂韻》："余知成使君晚，而素多其廉白，故傾蓋而若舊焉。今者自遼陽出淹灣上，澤堂詞伯示余以一冊子，因要續和，乃爲使君別業賦十景者也。披翫吟誦，所謂日游亭之景物，眞一勝境，始知使君廉於財利而不廉於景物也。噫！余犇走風塵，一歲而度遼者凡七度，佳山美水，回首邈然，雖欲薄游而不可得，況能日游乎哉。悵然艶羡，繼之以悲慨，抑有所自慰者，邊城風雪，閉戶索莫，忽得是冊而覽之，欣然心往。怳如親見高亭十景森列眼底，又何必携筇步屧，身涉其境，然後快於心乎。況使君之游，以身游者也，不佞之游，以心游者也。身游者在於外，心游者在於內，在外者有時而睽阻焉，在內者無時而不然。以此言之，所謂日游者，在使君乎？在我乎？遂一大笑而和之。使君歷任都轄，今守南陽，有倦休之志云爾。雨後回看屋後峯，碧空初日照芙蓉。清光爽氣如能挹，一洗風塵芥滯胸。莎峯霽色""春野耕犁著處稠，雨餘村興在西疇。誰知十里漪漪水，行作黃雲滿目秋。斗郊春耕""回雁峯前幾度回，渚清沙白畫新開。江南半夜霜如雪，總爲蕭蕭一陣來。汀沙落雁""石林斜迤政殘暉，到寺應知月映扉。休怪裂裳寒氣逼，暮山行惹白雲飛。石迤歸僧""周遭餘堞寄層巖，往迹猶聞父老傳。萬古興亡只如此，斷雲孤鳥夕陽邊。蘇文古城""蘭若寥寥隱翠岑，清晨鐘響度西林。須臾鳴盡千山靜，政似高僧入定心。彌勒曉鍾""似近還遙散更多，夜和星斗蘸清波。斜風乍覺螢光亂，細雨霏霏半濕蓑。浮瀜漁火""柴關草屋政相連，一面江灘一面田。欲識耕漁無限樂，須看是處足人煙。金灘炊煙""江國迢迢眼界通，窓前颯颯亂帆風。更深獨坐無人識，款乃聲遙月上東。前江風帆""一髮岩嶤自不群，雪中蒼翠逗寒雲。分明解奏仙人樂，月下笙竽枕上聞。獨山雪松"李景奭《西出錄》（下）

金尚憲《紀事奉呈重卿、施伯二老兄》："吾三人俱老，俱離憂患，俱寄一村，豈偶然哉。遂以壽星名村，庶幾後人因名思憶，然未知果能使之思憶也。天涯邂逅接柴門，歡會依然似故園。他日龍灣輿地志，定知編入壽星村。"《書懷復呈》："雨散星離未易親，關山萍水豈前因。明年各自東南去，更說幷州憶故人。"金尚憲《雪窖集》

李景奭《清陰金尚書、蒼谷李尚書顯英、晚陰徐都憲同寓灣上，門逕相連，清陰爲賦二絕，敬用其韻》："孤城旅舍卽連門，一逕斜通數畝園。天象亦隨人事變，老星移照塞西村。""百年膠漆宿心親，千里逢迎別有因。誰識蕭條關外地，忽看眞率會中人。"李景奭《西出錄》（下）【考证：李景奭下诗为悼罗梦赍之作，故以上诸诗作于十月十三日至闰十一月初十日间。】

二十五日（壬戌）。

朝鮮國王李倧遣陪臣南一雄等表賀萬壽，進方物，兼貢冬至、元旦禮物。宴賚如例。《清太宗實錄》卷六三【按："南一雄"当为"南以雄"之讹。据《使行录》，圣节冬至兼年贡正使南以雄、副金著国、书状官郑昌胄于九月二十一日辞朝赴沈。】

閏十一月

初十日（丙午）。

金尚憲《哭羅同知夢賚》："聞道羅君逝，流傳豈是眞。風神無復見，氣槩更誰親。世事元難說，天心亦不仁。百年情與誼，淚盡鴨江濱。"金尚憲《雪窖集》

李景奭《聞羅夢賚之訃，不勝驚悼，口占呈西磵清陰一號》："交情不啻巨卿親，千里含悲恨未伸。忠信一生常自勉，九原還作抱冤人。"李景奭《西出錄》（下）

金尚憲《次白軒韻二首》："南鄉淪謫少情親，壯氣摧殘志未伸。一別可憐終永隔，世間無復快心人。和悼羅夢賚""蔡倫遺法剗青苔，後世溪藤雪樣裁。把贈一函還有意，知君詩興在寒梅。和謝梅花牋"金尚憲《雪窖集》【考证：罗万甲，字夢賚。金尚宪《刑曹参议罗公神道碑铭》言罗万甲"壬午闰十一月丙午卒于荣川寓舍"，即是年闰十一月初十日，故以上诸诗当作于闰十一月初十日后。】

李景奭《奉別蒼谷、晚陰及李大諫厚源後，別懷甚惡，口號錄奉西磵》："驛騎翩翩別路遙，荒郊積雪送征軺。歸來尚喜瞻喬嶽，塞上江山不寂寥。"李景奭《西出錄》

金尚憲《送諸公還京後白軒寄詩次韻》："荒郊白雪古津遙，黯黯離魂逐使軺。山下草堂人不見，日斜窓外轉寥寥。"《次白軒上統軍亭韻》："佳句傳從覽勝回，高談恨未座中陪。江山引興樽前起，酒面凌寒雪後來。病客藥鑪依几席，謫仙詩墨洒樓臺。天饒一月寬遊衍，莫怕窮陰歲事催。是冬有閏月"《灣上賦別四首》："我年七十三，君年亦稀壽。死生咫尺間，離合復何有。邊風曉威重，冰雪砭肌骨。去去脊所宜，毋爲兒女別。贈重卿""天道本蕩蕩，人情自邀邀。行何爲而喜，止何爲而戚。吾聞君子誼，去留皆有贈。一言照千古，無論十二乘。贈施伯""君行先我入脩門，雪裏春廻五畝園。從此魯家山下路，夢魂長繞水東村。贈汝固次韻""一壁殘燈旅夢驚，城頭曉角咽寒聲。西河館裏霑衣別，認取行

人去住情。贈士深"金尚憲《雪窖集》【考证：以上作于闰十一月初十日至二十四日间。】

二十四日（庚申）。

李景奭《庚申日口號却寄李汝省令公，時閏十一月也》："明時聯步上星辰，此日誰知飽苦辛。客裏形容同甲子，天涯節序又庚申。歸期復與黃楊退，衰鬢還隨白雪新。王事賢勞何敢憚，北堂無恙大夫人。"李景奭《西出錄》（下）【考证：闰十一月庚申即二十四日，故系于此。】

十二月

李景奭《夜踰惠陰嶺口占示同行閔士尙聖徽令公》："同歸政值北風涼，積雪連天道路長。他日莫忘今日事，夜深踰嶺宿高陽。"李景奭《西出錄》（下）【考证：《白軒先生年谱》云"十二月，（李景奭）蒙放东还"，诗题曰"夜踰惠阴岭口占示同行闵士尙圣徽令公"，又有"夜深踰岭宿高阳"语，当作于十二月自龙湾东还时。】

二十六日（辛卯）。

<u>前吏曹判書李顯英卒</u>。顯英爲人端重，處身謙愼，在昏朝，不易素守，臨事不擇夷險。及反正，爲士論所推重，致位冢宰，以事見忤於淸人，被拘於鳳城，還到平壤而卒，上命沿路給喪。《朝鮮仁祖實錄》卷四三

金尚憲《次白軒寄贈韻》："夢賚云亡蒼谷逝，近來尤覺死生忙。榮州山下箕城外，欲挽靈車道阻長。蒼谷，李判書重卿別號。"金尚憲《雪窖集》【按：申翊圣《吏曹判书李公神道碑铭》："壬午十月，清使龙骨大挟世子驻凤凰城，招宰执，公亦在遣中，入凤凰城置对，留义州者一月得释还，而积顿撼，到安州始示倦，易簀于平壤旅舍，实是年十二月十二日也，春秋七十。"】

崇德八年（1643 年，癸未）

正月

初一日（丙申）。

朝鮮國王李倧遣陪臣殷律之等上表慶賀，貢方物。《清太宗實錄》卷六四【按："殷律之"当为"尹履之"之讹。据《使行录》，正朝正使尹履之、书状官南溟

翼于崇德七年闰十二月二十日辞朝赴沈。】

十四日（己酉）。

義州府尹洪瑑馳啓曰："鄭譯【按：指郑命寿】自路上直到金尙憲所寓處，急招臣，臣卽馳往，則以小索縛金尙憲之兩袖，置之房中，收其書冊悉燒之，衣服器用則還給其奴。仍以鐵鎖鎖其項，令臣軍官二人監候，以待押送使云。"《朝鮮仁祖實錄》卷四四

金尙憲《龍灣留贈守而癸未春再作瀋行時作》："二年沙漠二年灣，歷盡千辛與萬艱。今日又成江上別，世間人事幾時閑。"金尙憲《雪窖集》【考证：《仁祖实录》卷四四言正月十四日义州府尹洪瑑驰启，陈金尚宪以待押送之状，则金尚宪自龙湾再作沈行当在十四日或稍前，诗云"今日又成江上别"，故系于此。】

十五日（庚戌）。

金尙憲《鳳凰城途中次東淮上元感懷韻二首》："悲歡百變一身殘，世事驚心骨欲寒。惟有遼山今夜月，清光猶似昔年看。""形容憔悴鬢毛殘，故國回頭望眼寒。今夜長安月明裏，碧紗紅燭幾人看。"金尙憲《雪窖後集》【考证：诗题曰"上元感怀"，又有"惟有辽山今夜月""今夜长安月明里"，当作于正月十五日。】

金尙憲《前篇落句誤押看字，覺後追補二首》："盈虛相代剩留殘，又見圓光滿鏡寒。人世可憐多缺陷，歸心一破不曾團。""元宵勝會夢闌殘，詩話聊溫雪窖寒。韓老幾時歸馬處，園桃依舊月團團。"金尙憲《雪窖後集》【考证：据诗题，可知此诗为《凤凰城途中次东淮上元感怀韵》之次韵，又有"又见圆光满镜寒""元宵胜会梦阑残"语，当作于十五日或其后。】

二十日（乙卯）。

世子遣中使賜酒於金尙憲等五人，尙憲起相跪飲一盞，涕泣作詩曰："經歲遼河故國思，一心猶幸近靑闈。明朝獨渡遼河去，回首靑闈淚滿衣。"李大樹《瀋陽日記抄》

二月

十一日（乙亥）。

前政丞李敬輿、東陽尉申翊聖、前判書李明漢、前參判許啓、前正言申翊全等到瀋陽，清人加鎖縛手而拘于東館。……李敬輿、李明漢、許啓、金尙憲仍拘於東館；崔鳴吉、沈天民、李之龍拘於北館。《朝鮮仁祖實錄》卷四四

金尙憲《瀋陽東館贈李四宰直夫、李判書天章小引》："吾三人者不相見六七年，

哀戚患難，幸而不死，而又各在數千里外，無由一邂逅也。窀寐思想，薪天之使或相遇於林壑江湖之間，少慰此餘生，雖不能成其至願，亦詎意飽之以陰山大窖嚙雪飡氈之味也，天之意亦異矣。噫！明夷聖人所不免，於吾等何哉！但當自盡其道，庶不負君子素位之訓，聊述短章用寓鄙意。直夫，李相敬輿字。人生期百祀，一半憂與喜。況當艱虞際，所遇皆逆理。愁端結腸肚，危辱迫朝暮。平生慕仁義，仁義豈相誤。屈子亦有言，莫好脩之故。問天天不語，問人人不悟。嘗聞聖人訓，素位有至論。顧我同志士，作詩重勸勉。"金尚憲《雪窖後集》【考证：《仁祖实录》卷四四言二月十一日李敬舆、李明汉等到沈阳，与金尚宪拘于东馆，故此诗当作于十一日。】

　　金尚憲《感懷》："死者遭慘酷，生者受困辱。身辱不足說，國恥何由雪。緬懷千古上，其人不可望。余生生苦晚，俯仰徒傷惋。"《瀋陽東館愴別口號直夫、天東先出返國》："寂寥孤館日斜暉，病客無聊獨掩扉。千里同來不同去，天涯芳草益沾衣。"《用前韻再賦別懷》："浿城樓觀映春暉，處處青楊護赤扉。遙想歸程一千里，落花香絮繞征衣。"《瀋陽東館贈別東陽尉東還，天命四章，一章章六句，三章章四句》："有鳥有鳥，一投之籠中。一鳥先鳴，雲宵之沖。云何吁矣，天命不同。鴻雁聯行，不先不後。于飛而歸，網羅何有。先公顯顯，樹德惟惇。保佑後人，無有大艱。洌水湯湯，有舟有檝。公子歸來，萬人歡逆。"金尚憲《雪窖後集》【考证：《仁祖实录》卷四四言二月十九日"司书柳庆昌驰启曰：'龙骨大等以帝意来谕世子曰：「金尚宪则移置北馆，李敬舆、李明汉、许启三人则以应死照律，而皇帝不忍杀之，并削职放送。李敬舆、李明汉则各赎银千两，许启则六百两，使之各自其家备纳。」且招三臣跪于庭中，传谕帝命，即解锁纽，令西向四拜而出。'"故李敬舆、李明汉当于十九日前自沈阳返国，以上作于十一日至十九日间。】

　　崔鳴吉《春夜書懷奉呈石室清陰一號○癸未》："旅館身猶滯，家鄉夢獨還。殘更仍四鼓，愁緒幾千般。朔馬思燕草，南禽戀越山。遙知渭橋柳，金嫩正堪攀。""夙心偏所仰，餘債竟須還。妙句臻三昧，羈懷覺一般。戰塵昏赤縣，獵火照陰山。欲寄鄉書去，孤鴻杳莫攀。""天下兵猶滿，春來客未還。此心元一致，世議苦多般。節序驚寒食，歸魂遠舊山。公詩若雲月，仰望未能攀。"崔鳴吉《北扉酬唱錄》

　　金尚憲《次遲川春夜書懷韻崔相鳴吉號》："鶴野龍灣路，三年再往還。人生一泡幻，世事幾名般。禽力難填海，蚊心悔負山。誰憐塞外客，庭樹夢中攀。""暮景傷難駐，良時惜未還。一原唯識路，萬品孰知般。俠士須磨劍，幽人好買山。漢庭槐里令，宮檻不容攀。"金尚憲《雪窖後集》

崔鳴吉《春雪有感》："絶域逢春未覺春，朝來驚見雪花新。莫將外物爲欣感，春意分明在此身。"《見黃雀有感此處鳥雀亦稀見》："黃雀飛飛遶棘林，雄雌相趁有和音。故園只是尋常見，今日偏能感客心。"《憶山中舊莊奉呈石翁，知翁同此懷也》："異域經春尚未還，舊居寥落掩松關。江魚暖愛雲溪水，野鶴晴盤石室山。蘿徑會容通客到，桂花留待老仙攀。分明天地盈虛理，素月雲端缺又彎。""夢遇仙官召我還，翩然騎鶴造天關。俯看滄海一泓水，回指齊州千點山。瓊籍姓名叨記錄，玉樓欄檻遍躋攀。嫦娥自是真緣重，不爲當年羿縠彎。""狐裘未許孟嘗還，函谷難開半夜關。楚奏二年添白髮，秦京千里隔青山。南來鴻雁漸應少，北極星辰那可攀。取舍熊魚吾已了，却須談笑越人彎。"崔鳴吉《北扉酬唱錄》

金尚憲《次憶山中舊莊韻》："曾訪清平暫往還，偶從樵逕叩荊關。依林傍塢兩三屋，隔水連峯千疊山。便欲卜隣分洞壑，尚牽幽夢費登攀。春深正漲桃花水，一曲雲溪幾處彎。""歸心日日鳥俱還，夢著陽關與玉關。喚渡不知何處水，隔雲時認故鄉山。回文機畔那容住，奇樹庭中暫許攀。看似古宮愁怨女，舞衫渾忘學弓彎。""塞水交流去不還，黃雲白雪漢時關。古銘誰讀燕然石，異跡空傳射虎山。博望靈槎疑欲問，蘇卿高節邈難攀。天文夜看攙搶小，北落威弧正可彎。"金尚憲《雪窖後集》

崔鳴吉《呈石室》："故國風光在眼前，若爲收取到吟邊。聞笳落日腸先斷，步月中宵影自憐。庭靜有時喧啄雀，天空何處覓盤鳶。勤酤蘆酒拚春酌，莫使金尊墙下眠。""掉臂名韁未擬前，幽棲買斷白雲邊。一區煙月身將老，萬里羈囚世所憐。行斷塞天驚旅雁，影翻村樹羨投鳶。詩篇遣悶渾無賴，只是昏昏醉後眠。"崔鳴吉《北扉酬唱錄》

金尚憲《次中夜有感韻》："憶曾京洛十年前，三月春遊曲水邊。千里安期皆勝彦，雪兒桃葉摠嬌憐。興來密席傾深爵，醉後歸鞍趁暮鳶。惆悵幾時追舊事，白頭行樂只酣眠。""故國風光在眼前，寄懷何必近身邊。西郊芳草如堪藉，南苑殘花正可憐。野叟削瓟時作象，街童翦紙巧爲鳶。兩家最是難忘處，兄弟看雲白日眠。""丹鳳城西白麓前，清心堂北小溪邊。松風滿壑聲偏愛，山月隨人影獨憐。竹樹桐陰分鶯鷰，鼠肝蟲臂付烏鳶。天涯此日空回首，却似邯鄲枕上眠。"金尚憲《雪窖後集》

崔鳴吉《呈石室》："白首詞壇老，緣何再至斯。名高造物忌，行獨衆人疑。荏苒三春晚，蒼黃萬事危。未能拋口業，頻許和新詩。"崔鳴吉《北扉酬唱錄》

金尚憲《次遲川韻》："天步艱難甚，憂端億萬斯。吾人元自信，世路漫相

疑。蛇影能消病，羊腸可轉危。他鄉春欲半，一笑且吟詩。"金尚憲《雪窖後集》

崔鳴吉《疊前韻》："曾點能言志，顏淵請事斯。高車久已駕，此路竟多疑。得處終難穩，操來轉覺危。幸逢春日暖，相對且論詩。""百年懷仰地，傾倒在今斯。市裏寧三虎，胸中謾九疑。向來多悔吝，何以辦艱危。萬事且休說，春風要賦詩。"崔鳴吉《北扉酬唱錄》

金尚憲《復次》："佳句看逾妙，回腸正在斯。從尋兩世好，頓釋百年疑。道勝終歸直，神扶自脫危。還須謝經濟，重對舊書詩。"金尚憲《雪窖後集》【考证：以上作于二月十一日至十七日间。】

十七日（辛巳）。

崔鳴吉《呈石室》："老作秦囚歲月深，苦心猶未改南音。此身不及春飛雁，隨意翩翩遠上林。"崔鳴吉《北扉酬唱錄》

金尚憲《次遲川韻》："關梁一閉隔深深，千里無人寄好音。腸斷故山寒食月，慈烏啼血滿前林。"金尚憲《雪窖後集》

崔鳴吉《再呈石室》："不嫌門鑰鎖人深，日日佳篇惠好音。珍重一言心所眖，此生終擬老山林。""山莊遙隔白雲深，倦客懷歸多苦音。庭畔四松皆自種，想看柯葉已成林。"崔鳴吉《北扉酬唱錄》

金尚憲《復次》："人喧漸息夜將深，簷鐸泠泠有古音。忽憶昔年三角下，月明禪榻在香林。""松柏連雲翠色深，風來竽籟自成音。故山一別歸無路，夢作飛禽遶萬林。"金尚憲《雪窖後集》【考证：金尚宪《次迟川韵》有"肠断故山寒食月"语，且《次迟川韵》《再呈石室》《复次》三诗皆为崔鸣吉《呈石室》之次韵，故以上诸诗作于二月十七日前后。】

金堉《寒食日有感呈石室》："爲客黃龍府，淹留已仲春。那堪逢熟食，獨自過佳辰。石室高山下，金村大水濱。松楸杳香火，南望各霑巾。"金堉《潛谷遺稿》卷二【考证：金堉诗题曰"寒食日有感呈石室"，亦作于十七日。】

崔鳴吉《有懷六絕》："鴨水遼山重復重，西郊遠送記前冬。終然後至還先去，梁月依依見玉容。東淮""細字三行意萬重，圓扉喜氣欲排冬。常時每苦偏相厄，今日方知獨見容。白江""桃李門前耀幾重，後凋心事見嚴冬。魏其不顧當途怒，周勃寧期聖度容。洛洲""相業文衡齒兩酸，北扉東館鬢全斑。春風先我揮鞭日，應念龍踵久未還。白洲""書傳隙戶慰辛酸，京報因茲得一斑。爲問江都近無恙，應知日夜望吾還。許侍郎""鶯已成雛杏子酸，相思千里淚痕斑。箕祠香火關何事，終使傳臣困往還。申學士"崔鳴吉《北扉酬唱錄》

金尚憲《次韻》："秦樓深處彩雲重，冰簟金鑪了夏冬。造物故知多戲劇，暂教危境試從容。”“雲山環擁水重重，幽夢驚回去歲冬。世事自忙心自逸，知君不作楚臣容。”“堆案文書掃百重，一言溫諭變三冬。應知庇下無寒士，螢火寧論廨宇容。”“把酒論詩不厭酸，閉門深院落花斑。春明石室無多路，藜杖何時得往還。”“坐想東歸世味酸，閑居獨蘐鸝鴣斑。南隣北里多耆老，已夕扶携相與還。”“交情兩世共鹹酸，早歲曾知霧豹斑。東館一從分散後，夢隨征旆逐君還。”金尚憲《雪窖後集》

崔鳴吉《謹呈石室台案》：“閉門孤館度三春，日日顛風吹倒人。舊國鶯花渾欲晚，殊方謠俗故相親。東槎已報歸諸彥，北聘仍聞命老臣。疆事至今勞聖念，可堪中夜血沾巾。”崔鳴吉《北扉酬唱錄》

金尚憲《次韻》：“天涯孤絕自傷春，每讀佳篇更起人。韋曲園廬抛世業，劍南懷抱隔情親。不愁囹圄驚心事，惟喜朝廷得藎臣。終始遭逢應見少，頎昂今古涕盈巾。”金尚憲《雪窖後集》

崔鳴吉《復用前韻》：“郭東花絮已殘春，應有啼鶯待主人。憶弟思兄心獨苦，種松移柳手曾親。空將一札憑燕雁，誰識南冠是楚臣。何日復尋西硼路，竹輿隨意岸烏巾。”崔鳴吉《北扉酬唱錄》【考证：据以上诸诗在诗集中位置，约作于十七日至十九日间。】

十九日（癸未）。

金尚憲《次韻》：“生年七十四廻春，迹半朝流半野人。鍾鼎軒裳非始願，江湖魚鳥自相親。終知琴瑟達中道，每羨巢由作外臣。世事只今驚百變，撫心中夜幾沾巾。”“氷天月窟徧回春，憔悴南冠獨楚人。塞上黃羊元易飫，雲中白鶴故難親。魚腸未斷思鄉戀，雁帛誰憐去國臣。空憶秋千綠楊院，娃娃戲落紫綸巾。正屬秋千節，故云。古人三月踏青時爲此戲。”金尚憲《雪窖後集》【考证：诗注云“正属秋千节”，刘若愚《酌中志·饮食好尚纪略》云：“三月初四日，宫眷内臣换穿罗衣。清明节则秋千节也。”是年清明为二月十九日，故系于此。】

崔鳴吉《清明日有感謹呈清陰案下》：“寒食昨已過，清明今又逢。可憐好時節，奈此病形容。故國三千里，羈愁一萬重。名園倚東郭，花意漸應濃。”“幾年勞遠憶，今日喜相逢。自顧駑頑極，還爲雅度容。談珠穿箇箇，心膜退重重。不待醇醪飲，眞成道氣濃。”“鄙夫百無用，昭代忝遭逢。末路動多謗，聖恩偏見容。愚忠懷耿耿，禍罟墮重重。只有三更夢，天香滿袂濃。”崔鳴吉《北扉酬唱錄》【考证：题曰“清明日有感”，有“寒食昨已过，清明今又逢”语，作于十七日。】

金尚憲《次遲川清明日書懷韻》：“故國天涯隔，佳辰客裏逢。鳥啼應有恨，花發爲誰容。流水去逾去，浮雲重復重。何人待芳草，詩酒興全濃。”“世事元多忤，人生會有逢。何須較得失，只可作從容。酒竭金錢乏，寒輕氈幕重。新詩遞相和，病眼墨花濃。”“慘淡孤城別，艱危異域逢。可憐經歲客。非復舊時容，旅恨縈千緒。鄉愁壓幾重，還思浣花客，猶自賦春濃。”金尚憲《雪窖後集》【考证：此诗为崔鸣吉《清明日有感，谨呈清阴案下》之步韵，又有“佳辰客里逢”语，亦作于十七日。】

金尚憲《清明感懷》：“梨花風暖簡齋詩，今日清明異昔時。節物豈隨事變，自驚身世在天涯。”金尚憲《雪窖後集》【考证：诗题云“清明感怀”，又有“今日清明异昔时”语，亦作于十七日。】

李昭漢《松京九杯亭次韻》：“隙地開新沼，神崇鎮舊邦。亭名成九酌，筆力倒三江。灝氣來虛檻，晴光入晚窗。太常春酒熟，留客醉深缸。”李昭漢《瀋館錄》【按：《纪年便考》卷二十一：李昭汉（1598－1645），宣祖戊戌生，字道章，号玄洲。光海壬子进士。辛酉登庭试，历翰林。仁祖朝选湖堂。甲子从难于南，大臣辟为从事。丙寅以修撰登重试，上有私丧，欲伸三年，箚论其不可。丁卯扈驾，为都体察使从事，论和议之非。章陵追崇时争执，大臣三司被谴在喉院，皆覆逆，由是忤旨。升秩为世子右副宾客，保护世子于质馆，官止刑参。乙酉卒，年四十八，赠领相。】

李昭漢《嘉山館逢淮翁，云向觀海謫所，書一律付其壻》：“宛是東遊屐，難回北去轅。湘潭長在念，驛路倍消魂。來往身如寄，驅馳病獨存。新詩憑玉潤，醉藝不成言。”《一相看花東門外，寄一絕次韻却寄》：“陌上看花信馬歸，懷人對酒想依依。窗前月色偏添恨，來照河邊拭淚衣。時纔別舍兄於混河。”《混河橋上別一相題其扇面》：“羈懷脈脈俯長流，此地那堪此別愁。最是館門還掩後，望君無處可登樓。”《野坂題一相扇野坂在渾河時，一相以質子留瀋中》：“漠漠王孫草，悠悠太子河。孤臣獨歸路，春色爲誰多。”《敬次大君韻時孝廟以大君質瀋》：“王子佳賓罷酒廻，月明惟與鶴徘徊。尊前白戰知誰健，病臥羈棲媿退才。”李昭漢《瀋館錄》【考证：李昭汉下诗题曰“伯氏生辰寄示一相”，则以上诸诗当作于二月至三月十六日间。】

三月

初三日（丙申）。

敕朝鮮臣民毋與明通。《清史稿·本紀三·太宗二》

崔鳴吉《謹呈石室》：“終朝不語坐觀心，萬慮無端又見侵。佳節一年逢上巳，勝遊千載憶山陰。貂裘敝盡春猶着，雁信來遲病獨吟。何處隣家弄長笛，夕陽凄斷不成音。”“危途可見古人心，定性寧容外物侵。際會風雲如夢寐，琢磨詩句了光陰。花開底處供春賞，日暖今朝穩晝吟。試把瑤琴奏流水，客中何幸遇知音。”“殊方氣候足驚心，何況衰年病易侵。寒磧多風春亦雪，亂雲韜日晝常陰。無魚獨撫馮驩鋏，懷土誰憐莊舄吟。欲回南人問家信，板扉深鎖斷跫音。”崔鳴吉《北扉酬唱錄》

　　金尚憲《次遲川韻》：“燕山漢節獨傷心，零落狐裘雨雪侵。千里風雲連朔漠，一春天氣半晴陰。邊鴻塞雁回殘夢，缺月疏星動苦吟。楚奏南冠今古恨，世間誰復識遺音。”“耽閑樂靜少年心，失路翻爲世故侵。憂患飽更輕去就，恩榮絆住老光陰。重興大業詞人頌，高遁幽情桂樹吟。一事未成身異域，楚聲空自怨哀音。”“高管繁絃蕩客心，靑鞋碧草細相侵。歌終金縷綺席散，酒盡玉壺山日陰。北海看羊漢使節，西河守館越人吟。世間苦樂無窮事，誰染詩牋費翰音。”金尚憲《雪窖後集》【考证：崔诗有“佳节一年逢上巳”语，金诗为崔诗之次韵，以上作于三月初三日。】

　　金尚憲《次韻寄堂姪_{晦而}》：“五年沙漠未歸人，千種羈愁百病身。路隔久迷中夜夢，書來遙帶故園春。桃林嫩蕚連紅樹，渭水新梢長綠筠。三月風光應爛熳，更憑消息慰孤臣。”金尚憲《雪窖後集》

　　崔鳴吉《詠月》：“配日含章水魄精，天街萬里信脩程。輕盈乍被微雲掩，活脫俄看大地明。圓缺幾廻人事變，炎涼遞謝歲功成。莫教仙斧摧丹桂，任放秋看滿太淸。”“日月元來離坎精，四時行度各殊程。二三五八分盈缺，朝暮東西迭晦明。夜夜娥愁眠不穩，年年兔搗藥應成。何人借術林靈素，飛步虹橋躡紫淸。”“飛出雲端玉鏡精，來時仍躡去時程。影淪渭水逾看潔，色到中秋定更明。何處戍樓腸欲絶，幾家閨思夢難成。憑將短笛吹邊恨，風露三更徹骨淸。”《詠史_{五絶}》：“一戰禽吳未是功，五湖歸棹詎非忠。舟中不載西施去，麋鹿還應到越宮。_{范蠡}”“完璧微功何足稱，負荊高義是難能。丈夫心事如春水，肯許中間着點氷。_{廉藺}”“玉貌邯鄲困戰塵，空言爭救帝強秦。至今東海連天碧，淸節猶能起後人。_{魯連}”“信陵元是魏公子，德色邯鄲奈魏何。趣駕迷途一言力，始知高義出人多。_{信陵}”“易水寒歌恨有餘，秦宮環柱事歸虛。竟令六膝朝函谷，只坐從前釖術疏。_{荊軻}”崔鳴吉《北扉酬唱錄》

　　金尚憲《次詠史三絶》：“廉藺遺風古史稱，一時功伐各爭能。後私先國差堪許，那似初心玉映氷。”“月暈孤城晝暗塵，邯鄲朝暮且降秦。當時不有先生議，羞殺子秋萬古人。”“一諾千金不顧他，誰論義理果如何。背公死黨難逃責，

若是尊周豈翅多。”金尚憲《雪窖後集》

崔鳴吉《石室見和詠史三絶，辭意俱到，不敢續貂，以近體爲謝》：“掩卷無言對夕暉，尋思今古事多違。匹夫有守終難奪，淺學言權適見譏。客裏光陰春寂寂，街頭楊柳夢依依。新詞吟罷空三歎，白雪從知和者稀。”“滿眼風沙日寡暉，危途苦覺夙心違。捐軀本擬酬知遇，夫路終甘受罵譏。籠翮望雲難自擧，涸鱗濡沫暫相依。下流從古憎多口，敢恨親朋音信稀。”“旅窓愁寂對斜暉，回視平生百計違。魚目欲干和璧美，雲鵬爭受學鳩譏。煙江有夢尋鷗約，月樹無枝可鵲依。默語或殊心自合，從今不恨賞音稀。”“春禽相喚弄晴暉，覽物傷時意轉違。李耳獨爲關尹識，仲尼還被接輿譏。心如白日應無怍，身似孤雲未有依。北極朝廷長在念，可堪京信近來稀。”“長向雲端恨落暉，暮年憂國寸心違。新詩幸被詞宗許，久客那嫌僕隷譏。黃霸尚書良獨苦，蘇卿漢節且相依。關山迢遞家鄉遠，況復春殘雁到稀。”《呈石室》：“忽忽光陰愁裏過，踏靑佳節負歸期。一城鶴禁猶難近，千里龍墀豈可思。門鎖不曾遮月色。屋深那復見花枝。年年春至偏乘興，今歲逢春淚獨垂。”“一春已過六旬六，君問歸期那有期。落絮飛花眞可惜，清風明月苦相思。身留北海待羝乳，夢入小山攀桂枝。萬事如今已自料，齒牙半脫鬢絲垂。”“天上光陰那可追，人間離合本難期。黃雲紫塞迷歸路，滑水秦川遠夢思。紅杏雨殘先結子，綠楊風暖故低枝。此身正似籠中鳥，悵望煙霄羽翮垂。”《感春五絶呈石室》：“羈禽一入樊籠裏，千里歸期日日差。遙想故園春漸老，杏花開盡又桃花。”“花發故園歸太遲，分明記取夢中詩。卽知萬事皆前定，只是人情浪作悲。”“燕語呢喃鶯語滑，竹根抽笋柳絲低。南隣詩友應多興，幾度携樽過北溪。”“作客殊方春又深，東村花柳最關心。鶺原別後無消息，佇立斜陽淚不禁。”“南冠千里泣孤臣，未答恩私鬢髮新。再近龍顏更無路，一年腸斷塞垣春。”崔鳴吉《北扉酬唱錄》

金尚憲《次感春五絶》：“落落人情隨日變，紛紛世事逐年差。天時到此還多誤，節過清明雪再花。”“三月長安麗景遲，年年醉賦落花詩。如今獨在天涯裏，白草黃沙無限悲。”“夢裏尋幽不記處，村南村北路高低。東風一夜山中雨，流送桃花出小溪。”“燕子不知春已深，鶯兒渾忘趁花心。如何白首西河客，日日思歸獨未禁。”“異域經年老病臣，東風未見歲華新。羌兒似解愁人意，吹落梅花笛裏春。”金尚憲《雪窖後集》

崔鳴吉《用前韻》：“瀋陽三月連日雪，節候暄寒亦自差。客子不知風土異，錯疑庭樹落梨花。”“殘年稼圃慕樊遲，斷送平生只在詩。世事從來多錯誤，白頭燕獄使人悲。”“風因送雪吹偏急，雁爲傳書飛故低。自是少陵能好事，裁詩

問竹向南溪。""艱危須仗老成臣，佇見黃堂鼎鼎新。自顧本非廊廟具，異鄉留滯過三春。"崔鳴吉《北扉酬唱錄》

金尚憲《次韻》："商顏金馬身逾健，洛水秦京路不差。好趁清和佳節去，暖風遲日醉梨花。""故園歸計莫嫌遲，日日須成千首詩。天地邊廬身是客，去來何喜又何悲。""浮光荏苒身全老，行路艱難氣益低。惟有少年山水興，夢尋雲衲到青溪。""春草萋萋春水深，王孫千里未歸心。樊南到此應腸斷，制淚雖工亦不禁。""曾讀離騷弔楚臣，悲懷慘慄到秋新。屈原已去今千載，誰識悲秋更感春。"金尚憲《雪窖後集》

崔鳴吉《用前韻》："寸心憂國不知他，一落殊方萬計差。縱使得歸終底用，雪渾雙鬢眼昏花。""片雲天末故遲遲，似欲催題寄遠詩。摠為主人歸未得，一園花鳥共含悲。""畫池曾聞議不入，談天末覺氣全低。他時蓮社尋前約，一笑還須過虎溪。""梅山小築占幽深，翠壁蒼藤愜賞心。世事多端仍暮齒，落花時節恨難禁。""看方了了認君臣，檢藥時時辨舊新。眠食一床無外事，不知時物已殘春。"崔鳴吉《北扉酬唱錄》

金尚憲《次第三疊感懷雜詠》："去速留遲一任他，羈愁易解病難差。前宵偶得還家夢，寂寞柴門掩落花。""羨君才敏我慙遲，的的清文藹藹詩。時見十分情到處，幾回悽惻助余悲。""城北名區分洞壑，彌雲高擁白蓮低。懸流峭壁多奇絕，最號清楓第一溪。""孤影蕭蕭坐夜深，不眠不語獨持心。忽然思想十年事，風起浪翻誰復禁。""白髮先朝侍從臣，眼看人事幾番新。四年燕獄風霜苦，不及喬山草木春。"金尚憲《雪窖後集》

崔鳴吉《呈石室》："雲溪釣客顏好事，石室山翁能賦詩。天教各捉囚一處，物有不平鳴四時。妙意通玄鬼神泣，新篇落筆煙雲隨。惜無花鳥助心賞，春去春來渾未知。""奚筒莫厭頻來往，陶寫襟靈只在詩。漢節十年傳後史，秦庭七日濟當時。公心匪石終難轉，我道如環信所隨。相馬要求形色外，九方皋死更誰知。""靜裏看書頗自得，興來揮筆亦成詩。浮生苦樂同歸幻，萬物榮枯各有時。白晝下簾心更寂，清宵步月影相隨。居然身在諸天界，此味非君誰復知。"崔鳴吉《北扉酬唱錄》

金尚憲《次韻》："漢史賢良推政論，唐朝宰相數敦詩。向來蹤迹違中路，此地萍蓬偶一時。浮世是非都兩忘，窮途行止動相隨。椒辛茶苦千般味，日日平分與子知。""君才敏贍筆如飛，未和前篇見後詩。憂世戀恩元切切，停雲夢草亦時時。淋漓漸覺波瀾起，變化應看風雨隨。年少登壇誰敢堅，只今方許老夫知。僭率下恕為幸。"金尚憲《雪窖後集》

崔鳴吉《再和》：“百感中來自不平，經年燕獄寄殘生。故園花柳佳期阻，異地風沙客意驚。時閱卦文占夢兆，強從徒隸作人情。諸公次第尋歸路，未許衰翁竝轡行。”“數步沙庭掌樣平，逢春未見草芽生。遼西物候看來別，滿住方音聽却驚。幸遇詩仙同旅榻，款承良晤契深情。百年緣果應前定，歸日還須作伴行。”崔鳴吉《北扉酬唱錄》

金尚憲《次遲川韻二首》：“憶在先朝際太平，農桑四境樂民生。靈臺一夕妖星動，溟海千重駭浪驚。再造三韓蒙帝力，東回百折仰宸情。誰知未死孤臣在，萬里連年出塞行。”“人間有路幾時平，世外還思判此生。蓬海褰裳聊可戲，桃源遇客不須驚。雲煙舒卷從吾樂，魚鳥浮沈任物情。寄語芙蓉老城主，上清朝駕莫先行。”金尚憲《雪窖後集》

崔鳴吉《石老和詩有蓬海桃源之想，蓋出紫陽感興之意，僕亦道情不淺，爲賦此篇以破客中愁寂云》：“鼇背風煙滄海外，仙家鷄犬白雲中。桃花爛漫隨流水，絳節蹁躚朝紫宮。九轉煮成開寶鼎，千廻讀遍悟參同。從公乞取飛霞佩，騎二茅龍踔碧空。”“朧仙本在煙霞外，何乃見羈羅網中。偶然誤讀黃庭字，聊爾暫辭玉帝宮。清貧裝橐山僧似，孤瘦形容海鶴同。相對默然成一笑，世間萬事摠雲空。”“前宵夢化仙禽去，碧海三山在眼中。羽客皆乘赤虯駕，玉皇常在水晶宮。始知天上官曹別，不與人間禮數同。會待內丹胎結後，翩然輕舉踏瑤空。”崔鳴吉《北扉酬唱錄》

金尚憲《次韻效吳體二首》：“九州徒聞四海外，一生易過百年中。凌雲愛誦大人賦，躡景欲超王母宮。朱顏綠髮朝朝改，芝草琅玕歲歲同。世路艱難仙路遠，可憐此計墮虛空。效吳體”“仙人招我登山去，斜瞰蓮花古郭中。連案寶書丹篆字，揷雲高閣白銀宮。倒廻日月雙輪比，傾挽天河勺水同。夢化幾時重問道，波翻電掃百憂空。”金尚憲《雪窖後集》

崔鳴吉《呈石室》：“羈旅身仍病，家鄉夢獨歸。雀猶尋舊穴，人未換新衣。寂寂一春盡，悠悠萬計違。諸公各努力，自可轉危機。”崔鳴吉《北扉酬唱錄》

金尚憲《次韻》：“衮衮龍灣路，群公次第歸。只留雙白髮，共敝一春衣。天意高難問，人情近亦違。憑君莫輕訝，萬事有神機。”金尚憲《雪窖後集》

崔鳴吉《用前韻講經權》：“靜處觀群動，眞成爛漫歸。湯水俱是水，裘葛莫非衣。事或隨時別，心寧與道違。君能悟斯理，語默各天機。”崔鳴吉《北扉酬唱錄》

金尚憲《次講經權有感韻》：“成敗關天運，須看義與歸。雖然反凰莫，未可倒裳衣。權或賢猶誤，經應衆莫違。寄言明理士，造次愼衡機。”金尚憲《雪窖

後集》

崔鳴吉《又用前韻》："人情如宿鳥，向暮各知歸。獨有經春客，猶穿過臘衣。愛君心尚在，謀國事多違。倚伏元天道，誰能幹此機。""春草日已綠，王孫猶未歸。霜添憂國鬢，淚滿戀君衣。浮世眞難料，佳期苦易違。曾參稱至孝，慈母亦拋機。"《敬呈石室》："絕域年華改，孤臣涕淚頻。可憐今夜月，應照故園春。天外聞歸雁，雲端隔美人。平生報國計，耿耿爲誰陳。""旅況誰相問，鄉書苦不頻。鳥啼愁遠別，花落怨殘春。社稷今如此，朝廷果有人。意中多少事，一一向君陳。""旅館無聊極，新篇屬和頻。公詩如造化，妙意欲留春。落日憐歸鳥，窮途憶古人。分明昨夜夢，仙仗遶句陳。"崔鳴吉《北扉酬唱錄》

金尚憲《次韻》："遠客思鄉切，殘宵歸夢頻。只留三箇月，似過十年春。塞水猶朝海，燈花獨向人。漢臣羝乳地，遺跡已成陳。""孤燭照瘦影，相憐淚滴頻。沈沈四壁夜，寂寂一年春。避色愻前聖，扶顚憶古人。仙居不可到，何處問朱陳。""歷歷英雄事，由來見未頻。能成第一業，更待後千春。圯上傳書客，隆中抱膝人。賢多自韜晦，誰向九重陳。"金尚憲《雪窖後集》

崔鳴吉《寄亮兒》："正月發書三月見，啼痕滿紙未全乾。山長水遠人何處，花落鶯啼節已闌。他日會看靑眼喜，沈憂莫使綵衣寬。一言轉向箕城報，高義如君占亦難。""聞汝西行已逾月，灣江浿水定何方。關梁路阻知難見，父子情深尚有望。早信天心堪倚賴，邇來形勢轉蒼黃。書中不盡丁寧意，他日相逢話政長。"《石翁見示龍灣別子詩不覺感涕追步其韻》："龍灣別路夢依依，父子相逢倘有期。莫遣新詞翻別曲，得禁雙淚定知稀。""衰年父子政相依，亂世萍蓬豈可期。此日苦心唯我共，平生直道似公稀。""一庭煙雨細依依，坐負今宵明月期。政是花時歸未得，滿枝梨雪日應稀。"崔鳴吉《北扉酬唱錄》

金尚憲《原韻》："龍灣江上語依依，爾問歸期未有期。人世誰無父子別，秖今如爾與吾稀。""故園東望思依依，幾向黃昏恨失期。最是無情華表鶴，去家千載往來稀。""紅桃碧柳兩相依，紫燕黃鸝各有期。惆悵一年春已盡，故人千里寄書稀。"崔鳴吉《北扉酬唱錄》

崔鳴吉《大風》："遼東遼西氣候同，昨日今日皆北風。吹翻渤海撼坤軸，驅使玄冥鞭祝融。客子閉門不敢出，雨師縮手難施功。欲訴上帝戢其怒，閶闔九門誰能通。"《遼陽歌》："遼陽沃野亘千里，昔時繁華誰與比。北隣靺鞨東朝鮮，女能騎馬兒控弦。公孫割據雄一域，幼安避地此爲客。邇來太平三百載，李家父子氣磊磊。煮鹽鑄鐵通陸海，權門白日輪貨賄。歌鍾沸天士馬怠，不悟一朝人事改。新城粉堞高崔嵬，舊城頹毀生草萊。戰場白骨如丘山，遺民憔悴孤與鯤。廢興翻覆自古然，皆係人事寧由天。君不見海上一片華表柱，黃鶴飛來是汝主。"《次思庵韻》："一棹尋源不自疑，桃花千樹暮春時。此翁却有神仙骨，只是凡人未易知。"《次石室韻》："懸崖斗起挿層空，東接滄溟地勢窮。武帝筑臺曾有待，始皇鞭石竟難通。陰陽舒慘鵬雲外，日月吐吞鯨雪中。吏部休誇洞庭作，一泓眞與井觀同。"崔鳴吉《北扉酬唱錄》【考证：据"正月发书三月见""只留三个月"等语，以上诸诗大抵作于三月间。】

十六日（己酉）。

李昭漢《伯氏生辰寄示一相，兼示李生碩揆》："去歲茲辰醉草亭，壽筵卿月耀臺星。行塵今與湘潭遠，聚散眞同水上萍。"《又用前韻》："中宵默算短長亭，臥見參商萬里星。想到故園春已晚，一塘微雨漲新萍。"《一相質館小飲偶吟伯氏生辰日也》："已分音塵斷，其如道路脩。況兼今日恨，叵耐異鄉愁。對酒誰家席，題詩幾處樓。阿咸能解事，高唱屬吾酬。"李昭漢《瀋館錄》【考证：金尚宪《吏曹判书白洲李公神道碑铭》言李明汉生于万历乙未三月十六日，故以上作于三月十六日。】

二十日（癸丑）。

崔鳴吉《立夏日有感》："異鄉憔悴一孤臣，坐覺流光似轉輪。蓂曆尙看餘十日，天時暗已改三春。飛花落絮應無處，軟綠淸陰政可人。惆悵未因尋節物，只憑窓影認曛晨。""時危謬許匡躬臣，擬向天衢捧日輪。豈有微禽塡巨海，難將寸草報三春。迷途竊喜從先進，逆境尤須慕古人。墙外任他車馬閙，獨披黃卷坐淸晨。"崔鳴吉《北扉酬唱錄》

金尚憲《次立夏日有感韻》："炎帝其君火正臣，繡幢絳節御朱輪。葭灰一點先吹律，梅雨三更斷送春。世路已忘天外客，韶華又負鏡中人。愁邊只喜宵籌促，坐聽隣鷄早報晨。"金尚憲《雪窖後集》【考证：诗题皆云"立夏日有感"，是年三月二十日为立夏日，故系于此。】

二十一日（甲寅）。

金尚憲《次韻立夏翌日》："病起三更白髮臣，樓頭缺月半成輪。何家買醉他鄉酒，幾處追思昨日春。長抱百年無限恨，獨憐千里未歸人。豐城紫氣干牛斗，誰遣雷生候及晨。"金尚憲《雪窖後集》【考证：诗题注曰"立夏翌日"，故当作于二十一日。】

二十六日（己未）。

前參判李敬輿、前判書李明漢、前同知許啓還自瀋陽。《朝鮮仁祖實錄》卷四四

三十日（癸亥）。

崔鳴吉《三月晦日雨下》：“三月只今日，東君已告歸。更無花照眼，空有雨沾衣。世事愁難撥，天時信不違。傍人莫猜訝，吾意久忘機。”崔鳴吉《北扉酬唱錄》【考证：诗题曰“三月晦日”，故当作于三十日。】

崔鳴吉《謹呈石室》：“鍾閣峥嶸帶夕陰，隔墻時見鬭棲禽。怪來此地無花草，縱有新詩何處吟。”“滿庭花影與松陰，睡覺南窗聽曉禽。好事只今如夢裏，異鄉春色入孤吟。”“風流詞伯老清陰，鸞鶴由來是瑞禽。羈縶四年真可惜，爲君聊奏玉壺吟。”崔鳴吉《北扉酬唱錄》

金尚憲《次遲川韻》：“君詩雅麗似何陰，我志浮遊擬尙禽。天遣此來應有意，百年梁甫續遺吟。”“北海軒前改砌陰，東坡江上夢仙禽。詩家古事真凡隔，雪窖三春只苦吟。”“松柏堂前松柏陰，山居來往只山禽。蒲團蕙帳今無主，秋鶴春猿自在吟。”《奉謝遲川》：“湖翁蘇老一時雄，晚歲詩壇尙廢功。自顧江淹才已退，敢將餘力鬭無窮。仆旗息鼓，可見廉頗老怯。”金尚憲《雪窖後集》

崔鳴吉《敬次呈清陰》：“廉頗曾是將壇雄，趙國爭推百戰功。只爲黃金能造謗，非關才力老來窮。”“老向詩壇獨擅雄，還須一戰樹奇功。仆旗息鼓聊相戲，三峽詞源豈有窮。”“早年場屋獨誇雄，晚節詩書粗有功。頭白祗今何所得，異鄉空泣暮途窮。”《感懷》：“流年逐水去難廻，恨緒如麻撥不開。春色已從今夜盡，更鍾偏向旅窗催。關雲極目迷歸路，蘆管多情送落梅。千里浿江長在眼，幾時重把故人杯。”《次石室韻》：“人間萬事吾何與，冬夏冰湯各順時。不用區區較得失，從須冷煖自心知。”崔鳴吉《北扉酬唱錄》

金尚憲《原韻》：“冰盌蜜香餐雪地，金爐獸炭吸煙時。兩家風味誰能識，却問靈臺笑不知。”崔鳴吉《北扉酬唱錄》

崔鳴吉《感懷》：“北獄身纔脫，南宮跡未安。故人多在此，相見不成歡。歸計春先謝，邊愁月又團。危樓臨浿水，容我一憑欄。思景輝”“賦歸晉徵士，流涕漢袁安。曠代須相感，同時幸作歡。塞雲無限闊，漢月幾回團。早晚關西路，題詩遍玉欄。奉石翁”“翔鵬滄海窄，棲鵲一枝安。物性雖云別，身謀各所歡。浮名齒已冷，幽築夢頻團。待我尋山店，煩渠事藥欄。憶家豚”“道直神須旺，心清體自安。莫思身外事，且辦面前歡。得句裁雲片，烹茶破月團。茅簷松作架，足以當朱欄。憶山莊”崔鳴吉《北扉酬唱錄續稿》

金尚憲《次遲川韻》：“三春留絕域，萬里憶長安。對酒無多酌，題詩亦鮮歡。碧憐香縷散，紅愛燭花團。何處登樓客，相思獨倚欄。”金尚憲《雪窖後集》【考证：金尚宪下诗题曰“次四月八日蒙春官賜酒饌感怀韵”，则以上诸诗作于三月三十日至四月初八日间。】

四月

初八日（辛未）。

崔鳴吉《燈夕，春宮宣賜酒肴，感而有作敬呈石翁案下》："泣盡燕囚五月霜，今來何幸近春坊。珍羞頻輟仙廚饌，美味叨分內醞香。可惜觀燈逢令節，寧容主器久殊鄉。聖功正在殷憂日，願效忠言答寵光。""南冠二載鬢渾霜，歸夢長尋郭外坊。邊酎苦嫌蘆酒薄，賜恩空憶橘包香。攀依少海還今日，瞻仰宸居隔異鄉。一醉良宵真不分，此生重得覩三光。""跡阻參商幾閱霜，巷居南北舊分坊。從知萍泛元無定，已覺蘭言自有香。頭白秖今看苦節，眼青他日訪仙鄉。詩成咳唾須矜重，恐被傍人怒夜光。"崔鳴吉《北扉酬唱錄續稿》

金尚憲《次四月八日蒙春宮賜酒饌感懷韻》："燈宵勝事幾星霜，選妓徵歌第一坊。百道綵繩連火樹，九門宮燎盡沈香。自從文物隨流水，忍說衣冠滯異鄉。今日需恩拜青邸，白頭啼血望清光。"金尚憲《雪窖後集》【考证：上诗以"灯夕""四月八日"为题，有"可惜观灯逢令节""灯宵胜事几星霜"语，当作于四月初八日。】

崔鳴吉《即事》："雙燕翩翩掠地飛，小庭疏雨捲霏微。移居南館還愁寂，只喜牆低見落暉。""四面屯雲結不飛，掃除風力尚嫌微。陰晴也自關天意，旭日明朝騰赤暉。""盛年勳業際龍飛，晚節憂勞愧力微。短髮詎堪趨北闕，長繩猶欲絆西暉。"崔鳴吉《北扉酬唱錄續稿》

金尚憲《次即事三首》："沙磧茫茫鳥不飛，白煙甌脫望中微。眼穿東路來人少，獨立西風背夕暉。""華表柱頭孤鶴飛，鳳凰城外人煙微。惟見大江流日夜，此時愁絕謝玄暉。""光陰相代疾如飛，老病交加氣力微。旅榻借留書數卷，睡魔相伴對殘暉。"金尚憲《雪窖後集》

崔鳴吉《自詠》："老子尋常愛晝眠，一迴眠過一醒然。世間得失拋身外，客裏光陰入鬢邊。藥餌豈能留暮景，詩篇聊可送餘年。馮驩當日歌長鋏，壯志纔拚代舍遷。""旅枕昏昏着晝眠，暫舒支體在家然。功名一夢邯鄲下，心事平生水石邊。歸思可堪催日日，方耕聊欲度年年。文章自足垂千古，圄圉何曾辱史遷。""捲簾舒嘯下簾眠，四月清風爲颯然。稍喜神融黃卷裏，忽驚身在朔雲邊。艱貞箕子當衰季，癏寐同公憶盛年。從古聖賢多處困，殊方敢恨歲時遷。"

《遣悶》："遼土由來舊戰場，經年爲客恨偏長。重江未渡皆殊域，兩館相依似故鄉。身省日三常惕惕，運逢陽九獨遑遑。自慚廿載叨榮祿，未效涓埃鬢已霜。"崔鳴吉《北扉酬唱錄續稿》【考证：崔鳴吉下诗题曰"五月五日春宮賜送蒲酒及肴

馔"，以上诸诗当作于四月初八日至五月初五日间。】

十三日（丙子）。

李昭漢《四月十三日夜深後，春宮令小豎宣酒肴而教曰"無憀中可一飲云"，卽起飲數大卮，感激口占》："內豎來宣酒，中宵起攬衣。溫言慰岑寂，異數借光輝。羽翼慙無補，威顏喜不違。何時陪鶴駕，回首舊銅闈。"李昭漢《瀋館錄》【考证：诗题曰"四月十三日夜深后"，又有"中宵起揽衣"语，当作于十三日。】

李昭漢《混河別柳善伯慶昌》："一年三到此江湄，更覺浮生足別離。孤館客懷無處遣，送行前後幾篇詩。"《又用前韻別金同知》："愁腸斷盡混河湄，此地逢迎此別離。歸見長公須致意，異鄉唯待鶴鴒詩。"《敬次大君韻》："羈棲寂寂無人問，病廢杯觴懶廢詩。尙記魯叨珠履客，氷漿碧椀醉瑤池。""連宵一雨未全收，咫尺還同萬里愁。河上何時廻紫氣，更敎關令認靑牛。"《翌日又用前韻奉呈大君》："甘霖初霽濕雲收，恰慰農家釋未愁。試向前郊看喜色，牧童吹笛倒騎牛。""推案詩篇懶不收，羈懷悄悄抱牢愁。鄉書已付蘇卿雁，醉興聊歌甯戚牛。"《次一相途中韻》："強把臨岐酒，難澆悒別腸。公齋還獨臥，客日覺偏長。未有回天力，唯思縮地方。遼河連鴨水，煙樹望微茫。"《次一相送二杯韻》："美器雙成訝許同，阿咸飲政幾時窮。縱敎右手長持此，其奈羈棲酒屢空。""萬里朝天舊路同，如何今到此間窮。沿途左右驚心處，多少樓臺盡已空。"《敬次大君韻大君送酒與蒸豚》："欲使愁顏借酒紅，更分珍味與人同。無端急雨添詩興，佇見新題滿浙東。"李昭漢《瀋館錄》【考证：以上诸诗当作于四月十三日后。】

五月

初五日（丁酉）。

崔鳴吉《五月五日春宮賜送蒲酒及肴饌》："涸陰無望覩陽春，恩意偏隆記舊臣。異地初嘗五日酒，浮名已誤百年身。群流分派皆歸海，衆宿殊躔必拱辰。羽翼商顏乖宿計，白頭空有淚盈巾。"崔鳴吉《北扉酬唱錄續稿》【考证：诗题曰"五月五日春官赐送蒲酒及肴馔"，又有"异地初尝五日酒"语，当作于是年端午即五月初五日。】

崔鳴吉《書懷》："故鄉俗節鞦韆近，勝事分明心獨知。新麥未成先摘穗，老蠶初熟欲團絲。煙空杳杳鳥飛沒，驛路迢迢書到遲。弱子嬌孫見何日，病吟天末滯歸期。"崔鳴吉《北扉酬唱錄續稿》【考证：诗有"故乡俗节秋千近"语，当

作于五月初五日前后。】

崔鳴吉《前韻》："六十禿翁千里客，孤懷耿耿有誰知。仙方聊欲試丹鼎，小技不須誇色絲。俗眼相看多落落，君恩未報故遲遲。寄聲預向沙鷗報，白石滄江與尒期。"《朴頤來致家書，聞聖候新愈，且客使入京，自上有憐救兩臣之語，都民亦齊訴西郊云》："一對家信大醫將，見說如今玉候康。臣罪固應甘斧鉞，聖恩終始出尋常。自然感激垂鮫淚，那復從容近御床。郊外祝還煩父老，愧無功德及黔蒼。"《呈石室》："百年塵世閱窮通，未覺三生口業空。華表題詩憐獨鶴，灣江歸棹拂晴虹。栽松敢擬看成棟，養竹還須待及筒。環洛東西一江水，會分佳處屬漁翁。"《主家有一花鴨，羈孤可矜，余託主婢善護，且諭以放生之意，婢言待翮長放遣云，感而賦之》："花鴨翩翩是野禽，珍毛終入罻羅擒。泥中拍拍無完翮，月下時時有怨音。不復雲飛兼水宿，猶餘翠領映丹衿。那能致汝滄江上，隨意煙波失所尋。""憐渠自是一微禽，何事虞羅亦見擒。味薄不堪供割薦，勢孤誰與吐和音。污溝忍使投丹趾，清水終須濯絳衿。待得雙翎長新羽，任教輕舉杳難尋。""覺性曾知在麼禽，□身不密竟成擒。貓兒工伺須勤護，主婢多情有好音。頻與井清霑暑渴，莫教溝濁污鮮衿。煙波無限開籠日，未許虞人更見尋。"崔鳴吉《北扉酬唱錄續稿》

金尚憲《次韻》："憐渠自在伴沙禽，何事翻爲網裏擒。摧短翅翎凋彩色，紛紜鳴噪雜哀音。思歸公主歌新曲，戀別文姬泣故衿。見此羈懷增感歎，定知愁恨日相尋。"崔鳴吉《北扉酬唱錄續稿》

崔鳴吉《罵蠅》："晝眠苦被蒼蠅惱，驅去還來信可憎。安得秋風吹几席，坐令渠輩失依憑。""點污琴書猶可恕，依投懷袖苦難禁。非無手裏驅渠扇，其奈眠時巧見侵。""坐時亦似知相憚，臥後爭來集鼻尖。汝自性情工作惱，睡魔於汝定無嫌。"《偶成》："老去偏知歲月忙，經年況復滯殊鄉。邊沙落日客懷惡，芳草連天歸夢長。玉美敢辭三足刖，主憂常擬一身當。驚禽久斂雲間翮，莫把虛絃相向張。""浮生役役有何忙，只合將身着醉鄉。丹鼎未成人已老，蓬山欲往路偏長。疑讒互織誰能直，力任相枰故不當。夢入雲溪三十里，一條寒玉錦屏張。"崔鳴吉《北扉酬唱錄續稿》【考证：崔鳴吉下诗《答石室病后见寄》作于六月初二日后，则以上诸诗作于五月初五日至六月初二日间。】

十五日（丁未）。

下直，謝恩拜表，上使沈器遠，副使金南重，書狀官丁彦璜。《承政院日記》

金南重《癸未五月北行示書狀》："故人同病又同行，猶得愁中却有情。較酒每憖先酩酊，論詩偏惋舊才名。山留古堞低雲氣，客坐孤軒聽雨聲。明日土

橋應未涉，恐敎征役滯長程。"金南重《野塘遺稿》卷三

李明漢《別金自珍南重入瀋陽》："歷歷纏行路，依依又送人。關河多雨水，遼塞政炎塵。此役同榮辱，當行各苦辛。如逢舍弟語，吾鬢已成銀。"李明漢《白洲集》卷六【考证：据《使行录》，谢恩正使沈器远、副使金南重、书状官丁彦璜于五月十五日辞朝，以上二诗约作于五月十五日或其后。】

金南重《阻水留瑞興》："雲雨連山暗，川渠可運船。何當渡鴨水，今復滯龍泉。去國千憂集，離親百感纏。孤吟□自遣，還覺日如年。"金南重《野塘遺稿》卷三

丁彦璜《元韻》："滯雨龍泉舘，故心在日邊。未駈王氏御，誰着祖生鞭。夢隔秦中月，形逃醉裡禪。仰看天色改，時復問長川。"金南重《野塘遺稿》卷三【按：《国朝人物志》卷三：丁彦璜（1597－1672），字渭叟，罗州人。为淮阳府使，峡俗田税作绵布上纳。彦璜使民猎虎豹皮物输于官府，尽蠲一年租税。为仁川倅，使民各自首所，垦田时自出按行，以验查民无隐匿，吏绝弄奸。为安东府使，府有妖祠，称新罗公主乌金簪，神多灵异，人甚敬信。彦璜大会儒士，焚其怪服，其妖遂息。官至监司。】

金南重《大路水漲，由峽行，口占示書狀》："半日緣山逕，身行水石間。漱泉澆病肺，看岳解愁顏。未覺茲遊遠，還忘此路艱。相期各努力，珍重過龍灣。"《復次書狀韻六首》："醉起中江行復行，雪消長路馬蹄輕。誰敎押使還留滯，知是灣姬惜別情。""關塞迢迢別恨新，驛亭殘雪又初春。湖山處處堪吟咏，却喜同行有故人。""握手江頭掩淚行，莫言人世別離輕。山川杳杳仍風雪，長短故程多少情。""萬里同行李，湖山興不孤。天寒雲出塞，風急雪盈弧。去去催郵騎，時時倒玉壺。平生離別處，最是鴨江渚。""踏盡關山雪，偏驚鬢絲銀。隔年猶遠客，長路又新春。岸柳青初嫩，江梅白欲匀。清歌最哀？，愁殺未故人。""西征作伴二千里，隨處相看鬢似銀。病裡襟懷仍絕塞，客邊時序又新春。草棄行色無前古，雪柵羈形有六臣。萬事堪傷皆目見，此生那復太平人。"《戲贈書狀》："洞房清夜對華燈，好事何緣辦得能。却恨病身無與語，凍吟虛閣仙山僧。""伐氷移艇浿江濱，正是春波濯錦新。莫問西來騷客恨，練光浮碧捴傷神。"《瑞興道中二首》："冒雪駈長路，征衣捲北風。山川迷近遠，雲樹失東西。久客憐同病，危時任固窮。誰知經喪亂，看釖氣猶雄。""終朝陟危磴，橋下澗流鳴。風急雲初散，天寒雪欲晴。新詩和郢曲，故路向秦京。借問山陰興，何如並馬行。"《葱秀山》："葱秀名仍勝，重尋古意多。秖今山似畫，依舊水如羅。極目還忘倦，融神欲散痾。皇華曾駐節，幾日復東過。"《平山道中次雲瑞

韻》："峽束山連北，泉鳴澗在西。奇岩霾雪隱，古木入雲齊。未暇尋梅逕，還催過柳堤。孤吟誰與和，幽鳥向人啼。"金南重《野塘遺稿》卷三【按：金霱，字云瑞。】

金霱《元韻》："平明催發軔，車嶺玉溜西。一路羊腸曲，同行馬首齊。風號山亞樹，溪漲雪消堤。最是騷人恨，多情春鳥啼。"金南重《野塘遺稿》卷三

金南重《復次》："征客何時盡，朝朝東復西。古城烏噪亂，春渚鴈飛齊。殘雪依陰壑，寒烟傍小堤。莫言行役苦，猶勝亂離啼。""去歲湖南客，如何復海西。世情常易變，人事固難齊。柳嫩依新岸，蒲茸繞古堤。春愁自不禁，山鳥百般啼。"《廻瀾石次雲瑞韻》："不有龍灣役，胡爲作此行。廻瀾雖勝地，設店奈疲氓。小岸春波綠，陰崖晚雪明。嚴程且難滯，故去更餘情。""萬古廻瀾石，千層削鐵岩。山光濃翠壁，雲影漾澄潭。形勝流名久，吾行駐馬三。移時坐不起，爽氣襲清談。"《靑石洞》："喜入松都路，偏憐水石奇。洞深春意早，沙暄日華遲。好事追陳迹，新篇續舊詩。風流主人在，今夕亦佳期。"金南重《野塘遺稿》卷三【考证：以上作于五月十五日至六月间。】

李昭漢《奉寄謝恩使》："坐守西河館，非窮阮籍途。庭留報客鶴，屋望好人鳥。不減三秋憶，那堪一夜徂。行裝難任意，何處是通衢。"《副使金自珍來示家兄便面韻，醉後卽次，時謝行臨發關雨》："邂逅卽成別，此懷良苦辛。莫愁甕北水，喜浥遼東塵。可制臨岐淚，同爲去國人。羈棲已半載，看取鬢邊銀。"《瀋館得小酒送李學士子修正英》："君叔來時吾姪陪，吾方在此見君來。兩家叔姪如相約，千里襟懷得好開。不惜他鄉先作別，從知去路卽成廻。偏憐閨裏迎還送，剩使離腸分外摧。"李昭漢《瀋館錄》【考证：李昭汉下诗为六月十三日悼姜硕期之作，故以上作于五月十五至六月十三日间。】

六月

初二日（甲子）。

金尚憲《上春宮書癸未六月》："伏以臣衰朽之質，久在幽縶，百沴所加，衆疾交發。數日之中，遂至危劇，合眼待瞑，幾不爲人。伏蒙邸下哀憐加惠，遣醫診視，賜之藥物，及時以治，俾獲再活，生全之德，與天同大，感激之心，如海益深。臣大勢雖減，餘症未蘇，綿綿延延，伏在薦席，不得趨詣館下，少伸微悃，不勝區區慕用之誠，謹惶恐具書以達。"答曰："今見來書，不任感戀，送醫問藥，出於常例，手書致謝，殊甚未安。病加於少愈，靜養自愛，俾速快痊，副余至望。"金尚憲《雪窖後集》

金尚宪《病時不知人事者二日，既蘇猶怳惚，不信其爲眞境，今日曉坐，若有所悟，書此記之，六月二日也》："一病精神減十分，向來人事杳如塵。五更夢斷雨聲絕，依舊前身是此身。"金尚憲《雪窖後集》【考证：诗题曰"今日曉坐，若有所悟，書此記之，六月二日也"，故系于此。】

崔鳴吉《答石室病後見寄》："夢中人境本非眞，一指彈來萬劫塵。誰識維摩示病後，依然還是法王身。"《雨後》："夕風吹雨洗炎烝，旅枕無眠夜獨興。却似山齋涼露後，手持黃卷近靑燈。""終日昏昏困暑烝，一番涼雨病初興。殊方氣候眞難料，更索冬衣夜喚燈。""病如深甔被炊烝，何況羈危跼寢興。今日又驚芒種至，一年歸思伴孤燈。"崔鳴吉《北扉酬唱錄續稿》

金尚憲《次韻》："沈痾無處避歊烝，掃榻清風爲一興。直到夜闌心骨醒，喜看簷月掛銀燈。""煙屋沈沈氣鬱烝，解衣槃礴自晨興。翛然一餉江湖夢，記得漁舟半夜燈。""身如方藥晒兼烝，志似枯苗待勃興。暑氣未銷歸騎動，故山清夜對秋燈。"崔鳴吉《北扉酬唱錄續稿》

崔鳴吉《再用前韻答石室》："竈煙炎毒苦相烝，忽見新篇病欲興。仍憶昔年湖上釣，一江煙雨夜懸燈。""溽暑廻腸併作烝，眼枯何日見中興。年來益厭塵寰隘，夢着袈裟點佛燈。"崔鳴吉《北扉酬唱錄續稿》

金尚憲《表弁廷俊昔年從我海上，見其敏而恭謹，屢稱於人。日，余再有虎穴之行，事迫急，多危怖，自內以外，平日相知識鮮有能問之者。伊獨棄家挺身，千里遠赴，倉猝艱難之際相守不去，經時歷月，不見倦色。同來諸公一口獎與，固已著在人耳目矣。伊嘗扞禦國難，功列首籍，死喪之威，不負舊恩。今其所爲又如此，此其天性嗜義，勇不顧身，所在必發，夫豈有所希冀而強爲之者哉？世常訾武人不識義理，若斯人者，其視讀書談道，言與事違者何如耶？故余特嘉賞於其歸，贈之以詩》："火色蒼黃到十分，平生結義摠非眞。危途賴爾扶持力，世上誰知有此人。"金尚憲《雪窖後集》

崔鳴吉《次壁上韻》："門外鑾輿漸遠，那堪鳳吹聲微。金魚鎖斷深殿，苦覺春燕來遲。長門怨""荷花掩映紅粧，蘭橈驚起鴛鴦。十里薰風吹度，滿船皆是荷香。蓮花""深閨不省秋至，疏螢暗度簾前。一別關山千里，相思明月孤懸。秋閨新月"崔鳴吉《北扉酬唱錄續稿》

金尚憲《和次壁上詩韻六言三首》："虛簷殘溜滴滴，深屋燭影微微。斜倚金屛不寐，今宵夜漏偏遲。長門怨""千柄萬柄紅藕，一雙兩雙鴛鴦。風動波搖飛去，擺落金粉飄香。蓮花""路斷燕支山下，秋生紅粉樓前。何事嫦娥半鏡，孤眠窗外來懸。秋閨新月"崔鳴吉《北扉酬唱錄續稿》

崔鳴吉《謝李上舍見訪》：“讀書不用強求通，浮世都須付幻空。鳥喚睡魔門有客，雨催詩興筆成虹。名家文彩傾流輩，得意篇章已滿筒。早晚南歸應見記，駱山東畔訪衰翁。”《有感》：“白塔連雲迥，遼河抱郭流。元戎昧長算，遺恨到千秋。”《盆池畜一病鴨》：“盆沼澄明映小籬，兩邊蒲葉漸離披。煙朝隱几看鳧浴，稍似南溪把釣時。”“水宜頻汲緣無本，蒲已新抽爲有根。始悟靈源在方寸，未須勤苦誦陳言。”“翅短未能翔數尺，意遙終是戀滄波。煩渠莫厭盆池小，離却盆池有網羅。”“身在莫愁涸迅翮，時來會見借高風。尋常護養非憐爾，爲是人今與爾同。”《用前韻謝孟措大見過永光卽漢人》：“孤館寥寥對小籬，異鄉襟抱向誰披。藥爐經卷無餘事，不覺流光變四時。”“夕陽人影在疏籬，靑眼相迎霧一披。妙畫慣聞含造化，會看盤礴解衣時。”崔鳴吉《北扉酬唱錄續稿》【考证：崔鳴吉下诗云“九月轟雷有怒声”，以上诸诗当作于六月初二日至九月间。】

二十一日（癸未）。

朝鮮國王李倧以赦其國之罪犯，遣陪臣沈啟元【按：“沈启元”当为“沈器远”之讹】等上表謝恩，並獻方物。宴賚如例【按：参见是年五月十五日条】。《清太宗實錄》卷六五

李昭漢《寄挽柳統制琳》：“頻行一訣奄重泉，萬里遙題薤露篇。每接家書期勿藥，誰知國士竟無年。匈音來到幾時後，哀淚洒霑何處邊。尚有平生臨別贈，忍看懸壁繞朝鞭。”李昭漢《瀋館錄》【考证：柳琳卒期不详。《朝鲜仁祖实录》卷四四言六月二十一日“宪府启曰：‘柳琳之家藏万金，人所共知，而及其死也，妾子之蔓与其母不有，其嫡专其家产，棺敛诸具，俱极无形。前主簿尹槭乃申景禋之军官也。敛袭纔毕，与申景禋之妾潜通，搬移财产，使其妾变着男服，踰墙逃走。伤风败俗一至于此，而之蔓、槭俱有职名，法府不能直囚，请移禁府，依律定罪。’上从之。”故此诗当作于六月二十一日前后。】

七月

十六日（丁未）。

李昭漢《次蔡生韻時余將先還》：“異域羈棲苦，唯君最自知。同來先獨去，此別倍相思。叵耐蘇卿恨，還兼宋玉悲。秋風出畫路，三宿莫言遲。”李昭漢《瀋館錄》【考证：下诗题曰“七月十六日离沈”，此诗题注“余将先还”，有“同来先独去，此别倍相思”语，作于十六日李昭汉离沈东归时或前几日。】

李昭漢《七月十六日離瀋宿沙河鋪，曉發口占寄講院諸公》：“快若出籠鳥，歡同得水魚。斜陽初歇馬，侵曉更驅車。草露從教濕，天星已覺疏。回頭行邸

遠，欲發且躊躇。"李昭漢《瀋館錄》【考证：据诗题及"斜阳""侵晓"等语，可知此诗作于七月十六日李昭汉早发归国时。】

八月

初三日（甲子）。

李昭漢《八月初三日越江，有懷洛中兄弟之會，口占一律寄建中是日洪兄初度》："遠客初旋駕，逢人卽寄詩。知君設酒日，是我渡江時。每憶春闈病，常愁伯氏羸。當筵應盡醉，飲量果誰衰。"李昭漢《瀋館錄》【考证：诗题曰"八月初三日越江"，当作于是日。】

李昭漢《贈韓振甫興一江原方伯之行》："賓客纔從瀋北還，侍郎新領嶺東山。蓬萊此去應無恙，蠻貊之行苦未閑。約我回車沙磧外，知君駐節水雲間。毋論勞逸俱王事，敢說驅馳道路艱。"李昭漢《瀋館錄》

李明漢《癸未八月昌陵途上迎道章戲占》："宿霧兼初雨，侵宵又犯晨。暗橋還有穴，遙寺更無隣。忽遇風狂客，終違火伴人。雖先半日面，幾誤百年身。時道章以賓客自瀋還京，余與兒輩前期出迎，路遇狂客狼狽故云。"李明漢《白洲集》卷六

李昭漢《宿碧蹄奉次伯氏寄示韻》："凤駕仍關雨，孤燈坐到晨。蛩音咽後砌，鷄唱認前隣。覓酒留佳客，馳書走吏人。神京知漸近，三角露全身。"李昭漢《瀋館錄》【考证：《仁祖实录》卷四四言八月十六日"宾客李昭汉还自沈阳"，以上诸诗当作于八月初三日至十六日间。】

初九日（庚午）。

庚午，上御崇政殿。是夕亥時，無疾崩，年五十有二，在位十七年。九月壬子，葬昭陵。冬十月丁卯，上尊謐曰應天興國弘德彰武寬溫仁聖睿孝文皇帝，廟號太宗，累上尊謐曰應天興國弘德彰武寬溫仁聖睿孝敬敏昭定隆道顯功文皇帝。《清史稿·本紀三·太宗二》

九月

崔鳴吉《聞雷》："雨脚隨風落小庭，夕陽天畔轉分明。殊方氣候眞堪怪，九月轟雷有怒聲。"崔鳴吉《北扉酬唱錄續稿》【考证：诗云"九月轰雷有怒声"，当做于九月。】

崔鳴吉《夜坐用前韻》："高秋作客滯龍庭，萬里歸心對月明。何處戍樓拈短篴，倚風吹送斷腸聲。"《次蔡別坐韻得沂》："自別雩潭勝，空知丙穴魚。祕

書藏石窟，羸馬逐氈車。磧外風霜苦，天邊音信疏。前星借光耀，聊此暫蹢躅。雲潭乃蔡生新卜之居。""縱橫抵掌哂儀秦，寂寞垂綸慕渭濱。天遣越人來活命，地留盤谷待藏身。潭蛟改穴山靈喜，甕蟻浮香麴味醇。松下茯苓春可掘，連根見寄養吾神。"《用前韻》："久作西河客，空歌代舍魚。江山少來使，父老待回車。海闊征鴻斷，天寒落木疏。平生報主意，歲晏獨蹢躅。""山河百二壯咸秦，樓觀參差照漢濱。鐵券勳名歸典冊，金犀寶帶壓腰身。告猷獨近天顏熟，與宴頻嘗法醞醇。二十年間一場夢，從來多少弄精神。""范叔羈游未說秦，劉郎憔悴滯漳濱。風流固合追前緒，方術偏能誤此身。桂樹山中秋欲老，桃花源裏俗仍醇。枕中別有燒金訣，雖未成丹亦有神。"崔鳴吉《北扉酬唱錄續稿》【考证：崔鳴吉下诗题曰"重阳日忆兄弟"，以上诸诗当作于九月初一日至初九日间。】

　　李昭漢《松京日哦堂次澤堂諸人韻》："日日虛堂閉戶遲，透簾山色競呈奇。公餘觴詠還多事，最是花開柳矗時。""佳辰清景在詩家，小尹官閑領物華。好是芳樽留客處，月明庭院有梨花。"《途中效算博士體簡寄朴尙之筵》："一宵公館喜連床，千里殊方更促裝。自笑三秋長在路，不知何處作重陽。"李昭漢《瀋館錄》【考证：据下诗，以上诸诗当作于九月初一日至初八日间。】

　　初八日（己亥）。

　　李昭漢《小重陽日在鳳山簡奉家伯氏》："孤負三秋節，驅馳半載強。前途亦千里，明日即重陽。未遍茱萸揷，難同竹葉嘗。非關數月別，只是杳殊方。"李昭漢《瀋館錄》【考证：诗题曰"小重阳日"，又有"明日即重阳"语，当作于初八日。】

　　李昭漢《觀德堂次伯氏韻贈邊節度》："勝境如相待，殊方又獨回。孤臣去國路，九月望鄉臺。把酒寬羈思，題詩媿退才。佳辰長作客，愁對菊花開。"李昭漢《瀋館錄》

　　李明漢《晴川舟上贈主人》："此豈他鄉會，吾從何處回。天涯見骨肉，江上有樓臺。自倚千金價，休論八斗才。還家餘興在，猶趁晚花開。端相自京來迎，故第三及之。"李明漢《白洲集》卷六

　　李昭漢《觀德堂次伯氏涼字韻》："驅馳驚節序，荏苒了炎涼。去路即來路，他鄉還故鄉。喜君新釀好，留客舊情長。已辦通宵飲，臨分更一觴。"李昭漢《瀋館錄》

　　李明漢《自瀋還至安州贈李節度》："澹月兼昏靄，輕颷且夕涼。人應歌入塞，馬亦喜還鄉。候帳樓船敞，轅門畫戟長。病身經萬死，今夜盡君觴。"李明漢《白洲集》卷六

李昭漢《大定江上簡寄觀海》：“清川西畔藥山南，王事經過一歲三。咫尺湘潭空入望，嚴程無計枉征驂。”《以隱語一絶簡寄西伯具景輝鳳瑞》：“何處重逢何處人，疑終爲信假成眞。風流方伯還多事，幾誤臨深履薄身。”《次李士致行遠贈淑娘韻仍贈之》：“醉客浮虛態，佳人窈窕姿。差遲兩夜會，終誤百年期。”李昭漢《瀋館錄》【考证：李昭汉下诗题曰“九月晦日宿龙山下”，以上诸诗当作于九月初八日至二十九日间。】

初九日（庚子）。

崔鳴吉《重陽日憶兄弟》：“今年九日阻銜杯，客裏那堪歲月催。想見茱萸紅滿樹，一枝誰寄異鄉來。”“忠原消息今安否，駱洞音書昨寄將。千里相思兩行淚，此身不及雁隨陽。是時柳下方宰忠原”崔鳴吉《北扉酬唱錄續稿》【考证：诗题曰“重阳日忆兄弟”，有“今年九日阻衔杯”语，作于初九日。】

初十日（辛丑）。

崔鳴吉《寄敦詩李相時白字》：“重陽已過朔風寒，開月今看十二團。欲寄新詩向南陌，塞鴻飛盡路漫漫。”《寄箕伯具景輝》：“流光滾滾若頹波，客裏重陽昨已過。千里一天明月色，故人應亦憶西河。”崔鳴吉《北扉酬唱錄續稿》【考证：崔诗云“重阳已过朔风寒”“客里重阳昨已过”，作于初十日。】

崔鳴吉《次亮兒韻》：“擬將強弩射驚潮，未肯乾坤祲沴消。烈耀四環依北極，群流百折要東朝。身遊沙漠携孤影，夢着冠裳拜九霄。無限朔風吹歲暮，十分霜雪鬢邊饒。”“記得西湖對晚潮，海門秋色片雲消。仙遊古刻深難滅，冠岳晴巒遠欲朝。勝賞分明如宿昔，舊京迢遞隔層霄。殊鄉旅食多辛苦，稍喜篇章篋裏饒。”“憐渠藻思似春潮，阿堵仍看點翳消。不恨敝裘凋塞磧，早須端笏立清朝。經秋別夢雲千嶂，此夜開襟月一霄。螢雪未嫌親旅榻，流光肯爲少年饒。”《次後尙韻》：“留滯西河歲又闌，黑貂裘敝不禁寒。何當去賞箕城月，鐵篴橫吹倚玉欄。”“東郊詩興未全闌，坐想松庭月影寒。傳語驥兒勤灑掃，莫敎苔色上華欄。”《偶題》：“年來脾病苦吞酸，厭見燈花照眼斑。覓句自知妨習靜，祇緣詩債未全還。”“戶外氈帷設數重，杯中酥酪備三冬。縱然隨俗供身計，自是常存氷雪容。”崔鳴吉《北扉酬唱錄續稿》

金尙憲《次韻》：“孤鶴曾棲太華頭，朔雲荒磧爲誰留。清宵向月伸圓吭，響徹琳霄十二樓。”“終南渭水夢悠悠，何事龍庭久滯留。半夜胡笳吹塞月，愁邊獨倚仲宣樓。”崔鳴吉《北扉酬唱錄續稿》

崔鳴吉《次蔡別坐韻》：“元龍豪氣老難消，三尺枯桐發興遙。靑眼逢君還異域，金樽對月卽良宵。天寒雪落客心動，馬走車馳胡語驕。廿載戰塵猶未息，山河誰識界燕遼。""燈花挑盡篆香消，千里歸心北極遙。飛雪送寒侵旅夢，落梅吹恨入邊宵。常慙易學工夫淺，最羨雩潭水石饒。當日幼安稱苦節，浮舟何事客東遼。"崔鳴吉《北扉酬唱錄續稿》【考证：崔鳴吉下诗有"十月关城冻雪霏"语，以上诸诗当作于九月初十日至十月间。】

十九日（庚戌）。

進香使麟坪大君㴭、副使韓仁及、書狀官沈東龜如瀋陽【按：参见是年八月初九日条】。《朝鮮仁祖實錄》卷四四

二十九日（庚申）。

李昭漢《九月晦日宿龍山下》："夜宿龍山下，晨從鴨水湄。如何落帽地，適是送秋時。宋玉悲無奈，參軍興莫追。支頤算身計，何事此途岐。"李昭漢《瀋館錄》【考证：诗题曰"九月晦日宿龙山下"，是年九月共二十九日。】

十月

崔鳴吉《呈石室》："一城煙翠夜霏霏，杖屨三更月滿衣。華表山川非昔日，令威何事去還歸。"《用前韻》："十月關城凍雪霏，客身猶着去年衣。千群蹴踏河冰裂，知是名王大獵歸。""詩情未共世情消，林下幽莊夢想遙。石室雲深從鎖晝，松明脂滑可燃宵。探囊覺有篇章富，納履誰爭貧賤驕。自笑葵丹虛向日，寧容豕白敢誇遼。"崔鳴吉《北扉酬唱錄續稿》【考证：诗云"十月关城冻雪霏"，为《呈石室》之次韵，故以上诸诗作于十月。】

崔鳴吉《自詠》："高車按路戒迂斜，道不遠人柯伐柯。試向靈臺問消息，一天澄闊見星河。"《忌日有感》："皓首天涯逢諱日，丙辰餘慟尙摧肝。劬勞生我恩何極，倉卒扶天事固難。素志兩全忠與孝，危機一墮暑兼寒。想看兄弟今宵淚，說到西河鼻更酸。"崔鳴吉《北扉酬唱錄續稿》【考证：崔鳴吉下诗题曰"冬至前一日"，以上诸诗当作于十月至十一月十一日间。】

李昭漢《宿莊頭枕上口占》："去路先愁來路苦，還時益覺去時艱。除非入站莊頭宿，蠻貊能行只等閑。"《過遼東有感》："向來天意欲何如，舉目全遼恨有餘。東海卽今誰更蹈，扁舟擬訪幼安居。""思量時事醉無如，古跡惟看廢郭餘。咫尺封彊夷夏別，此生何計覿皇居。"《次蔡生韻》："輪囷斗膽幾分消，虎穴棲遑歲月遙。叵耐羈懷當落日，偏憎歸夢覺中宵。陪從但有丹心在，功業難期白髮饒。安得健兒身手好，挽來東海滌全遼。"《蔡生以饒字代驕要復次戲答》："酒不醉人愁豈消，兒能騎馬路無遙。畏心常在親征日，病骨何堪大獵宵。竊據朔邊專地利，跳梁化外號天驕。吾儕差喜歸期近，作伴靑春好過遼。"李昭

漢《瀋館錄》【考证：以上诸诗作于是年十月。】

十一日（辛未）。

下直，冬至上使密山君濼，副使曹文秀，書狀官金泰基。《承政院日記》【考证：《使行录》言密山君李濼等于十一月初一日辞朝，疑有误，当为十月十一日，详见附录三。】

十一月

初一日（辛卯）。

世子離發館所，從諸王獵，行由北門而出，鳳林、麟坪兩大君亦隨行。《瀋陽日錄》

李昭漢《隨獵次蔡別坐韻》："躍馬爭追走，蠻弓更射飛。深山恣大索，廣漠入重圍。初日明金甲，嚴霜滿鐵衣。何如舞雩上，春浴詠而歸。"李昭漢《瀋館錄》【考证：《沈阳日录》言十一月初一日世子"从诸王猎"，此诗当作于初一日后。】

初七日（丁酉）。

遣右議政金自點、左尹吳竣等如瀋陽，賀其嗣位也。《朝鮮仁祖實錄》卷四四

李昭漢《登極副使吳汝完竣寄詩，即次以答》："鎖却雄關劇百牢，夜寒龜縮聽風饕。詩傳灞岸吟逾苦，酒在新豐價更高。浮世久知同夢幻，羈棲轉覺似禪逃。輪困斗膽消磨盡，無復平生意氣豪。"《汝完又送一律，即次以答》："擁爐孤館坐書灰，咫尺那堪斷往來。竟日未看佳客過，殊方誰與好懷開。風驅大漠氈車冷，雪壓重城畫角哀。却憶東村煖寒會，弟兄同把淺深杯。"李昭漢《瀋館錄》【考证：《仁祖实录》卷四四言十一月初七日吳竣"如沈阳"，以上作于十一月初七日后。】

十一日（辛丑）。

崔鳴吉《冬至前一日》："慘淡關雲凍色蒼，經簽短日少晶光。蘇卿漢節身全老，蔡女胡笳恨獨長。朔雪霾寒迷舊國，葭灰應律報新陽。故園梅意常先臘，應待幽人賞淡粧。""久將身世聽蒼蒼，櫝裏寧嫌閟夜光。殊俗多猜心易折，衰年少睡夢難長。分脂翠管違他域，煮豆隣家似洛陽。邊雪故應知客意，夜來庭樹點梅粧。"崔鳴吉《北扉酬唱錄續稿》【考证：诗题曰"冬至前一日"，是年十一月十二日为冬至日，故系于此。】

十二日（壬寅）。

朝鮮國王李倧遣陪臣米三俊等表賀冬至，貢方物，並進歲貢。宴賚如例。

《清世祖實錄》卷二【按："米三俊"当为"密山君"之讹。据《承政院日记》，冬至兼年贡正使密山君李澄、副使曹文秀、书状官金泰基于十月十一日辞朝赴沈。】

崔鳴吉《讀易有感至日》："森森眾木摠歸根，氷雪爭欺骨立身。誰識此間春意在，一番雷雨萬彙新。""一物無形是化根，看來元只在吾身。煩君着意加調護，應有靈光分外新。"崔鳴吉《北扉酬唱錄續稿》【考证：诗题注曰"至日"，故当作于十二日。】

崔鳴吉《次贈蔡生》："淡墨題詩字半斜，珊瑚碧樹政交柯。逃虛自倍聞螿喜，況復詞源快倒河。""數疊青山抱郭斜，月明疏影散庭柯。羈魂暗逐莊生蝶，飛渡三更太子河。"《冬夜有感》："遙夜漫漫不可晨，殊方又見雪花新。殘燈明滅如相慰，邊月虧盈定幾巡。天地無情人自老，江湖有約夢猶頻。他時逢着南歸雁，一札須傳上苑春。""久作西河客，仍逢去歲冬。燈前千里夢，月下四更鐘。雪暗埋荒磧，江寒蟄老龍。朝廷半親舊，誰肯記疏慵。""漸覺歸期誤，經春又涉冬。戍樓今夜箜，禁陌去年鐘。虛彈驚雲雁，寒門閉燭龍。沈憂常晏起，人謂老夫慵。""桂香宜白露，松老耐嚴冬。寶彩潛頑璞，希音閟鉅鍾。群雞能鬥鳳，斛水或藏龍。物理有如此，吾今久放慵。""邊風號怒夜沈沈，萬磧千山凍雪深。香爐落殘金鴨冷，隔窻燈影照孤吟。""脩門九鑰鬱沈沈，何況臣今老病深。已是天涯難制淚，琴心莫奏白頭吟。"《次贈吳侍郎竣》："再見西河動管灰，幾回冠蓋洛中來。丹心向日終誰察，青眼因君得暫開。世事千般多錯誤，胡笳十拍謾悲哀。東歸何處成相憶，灣館椒香入酒杯。"《贈趙書狀重卿重呂》："中宵不語坐書灰，枕上無端萬念來。雜遝始如雲霧集，掃除方見日星開。須知此道非黃白，秖是浮生有樂哀。說向故人成一笑，新從汝海誤蛇杯。"《書懷》："亂雪朝仍急，胡風夜轉狂。今年餘幾日，來歲定何方。老病元吾分，行藏信彼蒼。東家西澗叟，一節四經霜。"《用前韻》："休煩凍指撥鑪灰，春色行隨綵勝來。家信會逢南雁至，梅花應徧北枝開。龍蟠大澤神珠暖，虎吼空林雪壑哀。欲趁上元謀一醉，九華燈裏紫霞杯。"《詠雪》："頑雲慘淡屬殘年，飛雪飄颻照眼鮮。聚散因風疏復密，高低隨地後還先。連街縞帶車行處，逼骨詩魂玉碎邊。霽色更宜朝日上，燭龍光吐迴搖天。""須知大有在明年，六出飄花臘後鮮。握節自驚殊俗遠，聚星還讓古人先。飛遲似欲嘗風勢，洒急偏能到酒邊。眼亂忽然迷下上，却疑身在白雲天。""羈愁不用怨流年，眼見荊山剖璞鮮。郢路舊腔元寡和，兔園新賦獨居先。硯氷乍合詩成後，茶霧猶含客醉邊。還有十分奇絕處，四郊煙散月生天。""來犛報信趁殘年，簪萄無香色更鮮。微霰落稀初有待，晚風吹急却爭先。傳誇勝迹龍門後，耐凍詩肩驢背邊。知爲丈夫輸氣像，玉峯千尺倚靑天。"崔鳴吉《北扉酬唱錄續稿》【考证：以上诸诗当作于十一月十二日至十二月二十九日间。】

二十四日（甲寅）。

金尚憲《上春宮書_{癸未十一月}》："伏以臣本老病，僅延喘息，自日氣極寒之後，又添新症，頭如旋磨，背若負氷，不得運身出戶。伏聞羽獵還駕已踰數日，瞻望館門，屢起屢仆，終未得一詣問安之列，以伸微情，分義掃地，寧欲溘然無知。不勝慙惶悚縮之至，席藁質舍，謹昧罪上書以達。"金尚憲《雪窖後集》

二十八日（戊午）。

世子在瀋陽館所狀啟出送麟坪大君仍留故，帶來員役只若干人盡出送。《瀋陽日錄》

李窅《癸未冬奉使瀋陽，留質未還，悵別副使韓判書仁及、書狀官沈舍人東龜于河梁，悽然書贈_{癸未}》："共仗蘇卿節，獨憐鍾子冠。嗟嗟時世變，脉脉別離難。罷酒殘燈暗，臨歧片月寒。雲山故國遠，無計伴歸鞍。李窅《松溪集》卷二【考证：据《沈阳日录》可知十一月二十八日进香正使麟坪大君李窅留质沈阳，此诗为李窅送别副使、书状时作。《纪年便考》卷二十五：麟坪大君李窅（1622－1658），仁祖第三子，仁烈王后诞生，出为季父绫昌大君后，吴端婿。字用涵，号松溪。仁祖丁丑，与夫人入沈，是年还。壬午复入，是秋还。癸未复入，甲申还。前后凡九次赴燕，录昭武宁国一等功，有文集。孝宗戊戌卒，年三十七，谥忠懿，后改忠敬大皇帝。乙丑，追配孝宗庙庭。丁卯，以尊周大义使子孙参皇坛享班。】

十二月

初七日（丁卯）。

元孫、諸孫如瀋陽，麟坪大君夫人亦隨而行，侍從諸臣祗送于延喜門外。《朝鮮仁祖實錄》卷四四

十五日（乙亥）。

世子及嬪宮自瀋陽離發野板宿所。《瀋陽日錄》

李昭漢《瀋館辭清陰口占》："天道悠悠且莫論，離情脉脉欲無言。行人留守西河館，賓客陪回北瀋轅。素履平生惟信命，殊方此別倍銷魂。加餐更得神明助，佇待陽春發育恩。"李昭漢《瀋館錄》【考证：诗云"行人留守西河馆，宾客陪回北沈辕"，《沈阳日录》言十二月十五日"世子及嫔宫自沈阳离发野板宿

所"，可知为李昭汉随世子自沈阳离发，辞别金尚宪时作。】

二十九日（己丑）。

崔鸣吉《春帖》："三陽回泰斗杓東，萬物胚胎·氣中。但願王心元是體，直將淳化四時同。""青海西頭逢立春，盤中未見菜芽新。雪花故作梅花面，病裏還驚客裏身。何處瑣闈開寶帖，誰家柏酒醉華茵。老臣遙獻王正祝，聖體康寧百福臻。"崔鸣吉《北扉酬唱錄續稿》【考证：诗云"青海西头逢立春"，当作于十二月二十九日。】

崔鸣吉《次李靜叔韻》："二年猶作客，明日又逢春。但有還家夢，誰憐去國身。浮生元不定，殊俗且相親。悄悄殘燈夜，愁聽漏鼓頻。""白髮燈前影，寒梅笛裏春。光陰五字律，宇宙百年身。藥裏尋常近，裝囊點檢親。老兄千里外，書札寄來頻。""二三四更鼓，五十九廻春。丘壑從前計，風塵見在身。滯留驚歲月，報答愧君親。萬感中宵集，燈花落枕頻。"崔鸣吉《北扉酬唱錄續稿》【按：李泰淵，字静叔。】

崔鸣吉《除夕》："病枕他鄉遠，殘年此夜深。山河非宿昔，身世感如今。漏鼓隨春動，邊風帶雪侵。未能忘舊債，詩罷且長吟。""守歲非吾事，端憂到夜深。流年癸仍甲，浮世古猶今。內教丹砂誤，君恩白髮侵。瑤琴空在匣，寥落鳳凰吟。"崔鸣吉《北扉酬唱錄續稿》【考证：诗题曰"除夕"，又有"殘年此夜深""守歲非吾事"语，是年十二月二十九日为除夕，故系于此。】

第二章　顺治时期中朝诗歌交流系年
（1644—1661 年）

顺治元年（1644 年，甲申）

正月

初一日（庚寅）。

朝鲜國王李倧遣陪臣景良弼【按："景良弼"当为"郑良弼"之讹】等表贺元旦，貢方物，宴賚如例。《清世祖實錄》卷三【按：据《使行录》《承政院日记》，正朝正使郑良弼、书状官李明传于崇德八年十一月二十四日辞朝赴沈。】

金尚憲《甲申元日書懷》："學道平生慕聖賢，居然七十五經年。身多負謗名爲累，事未收功責在先。去國操音哀自動，銜冤塡海忿難鐲。三韓萬古無窮恥，留待忠臣後世渝。"金尚憲《雪窖別集》【考证：诗题曰"甲申元日书怀"，当作于正月初一日。】

十六日（乙巳）。

以右議政李敬興爲謝恩使，判決事洪茂績爲副使，司藝李汝翊爲書狀官，謝許送世子也。《朝鮮仁祖實錄》卷四五

金尚憲《昨聞館中諸雅作玩月會，病臥感懷錄奉遲川相公》："元宵月色興堪乘，處處招尋各有朋。惆悵閉門雙白髮，悄然終夜對孤燈。"金尚憲《雪窖別集》【考证：诗题云"昨闻馆中诸雅作玩月会，病卧感怀"，当作于上元日翌日，故系于此。】

崔鳴吉《次石室元宵韻》："梁園高價壓枚乘，落手清篇當十朋。政想帝城

124

今夜月，九街光爛萬家燈。"﹁鶴背泠風不可乘，故園千里阻親朋。多情只有清宵月，飛出雲端玉作燈。"﹁憶向金沙問大乘，孤雲野鶴自爲朋。夕陽殘磬飛山葉，秋雨空齋點佛燈。"﹁龍飛當日朔時乘，三接便蕃寵百朋。白首居然成濩落，五更歸夢伴殘燈。"﹁西湖小艓夢中乘，喚起眠鷗作友朋。月落潮平廻棹處，隔林明滅見漁燈。"崔鳴吉《北扉酬唱錄續稿》【考证：据诗题与韵脚，可知此诗为上诗之次韵，当作于十六日或稍后。】

二十日（己酉）。

世子入京都，中朝士及儒生、耆老、軍民等皆出迎，自梁鐵坪至弘化門，街路嗔咽，首尾相接，多有瞻拜而流涕者。《朝鮮仁祖實錄》卷四五

二十九日（戊午）。

正朝使鄭良弼還自瀋陽【按：参见是年正月初一日条】。清主送黑貂皮十張、紫貂皮百張、白金百兩，上命付戶曹，以補經費。《朝鮮仁祖實錄》卷四五

三十日（己未）。

萬壽節，朝鮮國王李倧遣陪臣表賀，貢方物。《清世祖實錄》卷三【按：据《使行录》，圣节正使徐景雨、书状官李后山于崇德八年十二月初二日辞朝赴沈。】

二月

十一日（庚午）。

謝恩使李敬輿、副使洪茂績、書狀官李汝翊如瀋陽。《朝鮮仁祖實錄》卷四五

朴㳞《送洪勉叔茂績使瀋陽》："纔辭御史大夫班，天外安榴許載還。培塿不妨青石嶺，韶華較早玉門關。相逢重譯憑佗舌，任把千鍾未醉顏。共說輔行聲籍甚，只嗟離索數旬間。"朴㳞《汾西集》卷六

十九日（戊寅）。

王世子及嬪還入瀋陽，命宦官金彥謙陪世子入瀋陽。彥謙曾侍世子于瀋館，世子如有過舉，則涕泣苦諫，雖遭捶楚，猶不少止，世子深加忌憚，故有是命。百官及都中耆老軍民等祇送世子于梁鐵坪，世子駐輦于道左，召昇平府院君金瑬、益寧府院君洪瑞鳳、靑原府院君沈器遠、漢原府院君趙昌遠，語之以不得侍藥之情，羈留異域之苦，左右莫不流涕。貳師李明漢、輔德徐祥履、文學李秾、司書任翰伯從焉。《朝鮮仁祖實錄》卷四五

二十四日（癸未）。

進賀使徐景雨等還自瀋陽【按：参见是年正月三十日条】。《朝鮮仁祖實錄》卷

四五

二十七日（丙戌）。

金尚憲《次金伯厚寒食感懷韻二首》："家住東林下，身留北海濱。年年寒食日，客淚滿衣巾。""臥聞鳥音變，忽憶園柳春。詩來說鄉思，猶足慰芳辰。"金尚憲《雪窖別集》【考证：诗题曰"次金伯厚寒食感怀韵"，又有"年年寒食日，客泪满衣巾"语，当作于寒食日二月二十七日前后。】

金尚憲《再次》："青山茅屋上，澗水衡門濱。有事西疇日，柴車悵莫巾。""我守西河館，君歸故國春。人生各有命，莫恨不逢辰。余留滯，伯厚先歸。"金尚憲《雪窖別集》【考证：此诗为上诗之次韵，亦作于二十七日前后。】

二十九日（戊子）。

金尚憲《清明感懷》："今朝獨坐倍傷神，異國清明又一春。關塞極天消息斷，不知何處問來人。"金尚憲《雪窖別集》【考证：诗题云"清明感怀"，又有"今朝独坐倍伤神，异国清明又一春"语，当作于是年清明即二月二十九日。】

三月

十六日（甲辰）。

兩宮卯時自義州離發，鴨綠江邊駐駕。渡中江三江，越邊九連城近處幕次宿所。《瀋陽日記》

李明漢《甲申又以貳師陪世子入瀋，三月十六日渡灣，夜宿狄江是日乃生朝也》："去年今日汎清川，把酒思家却悵然。何況狄江沙上宿，夜寒風露不成眠。"李明漢《白洲集》卷四【考证：金尚宪《吏曹判书白洲李公神道碑铭》云："母权夫人，礼曹判书克智之女，万历乙未三月十六日生公。"诗题曰"三月十六日渡湾，夜宿狄江"，又有"何况狄江沙上宿，夜寒风露不成眠"语，当作于十六日。】

十九日（丁未）。

昧爽，内城陷，帝【按：指明崇禎帝】崩於萬歲山，王承恩從死，禦書衣襟曰："朕涼德藐躬，上幹天咎，然皆諸臣誤朕。朕死無面目見祖宗，自去冠冕，以髮覆面。任賊分裂，無傷百姓一人。"自大學士范景文而下死者數十人。《明史卷二十四·莊烈帝二》

二十四日（壬子）。

世子自沙河堡發行，歷過屯所，直向混河以渡。龍將、鄭譯及諸衙譯預為來待於野坂。世子與龍將一時入城。鳳林大君、麟坪大君出迎於混河橋邊。《瀋

陽日記》

二十八日（丙辰）。

賊遷帝后梓宮於昌平，昌平人啟田貴妃墓以葬。明亡。《明史卷二十四·莊烈帝
二》

二十九日（丁巳）。

金尚憲《三月晦日聞杜鵑偶書記事》："正午城門哭杜鵑，聲聲哀怨倍淒然。
天津夜半聞猶怪，何況黃沙白日前。杜鵑身無羽毛，在深山中晝則以木葉蔽身，夜出以啼。
瀋陽四面百餘里無樹木，不知自何飛來也，豈非怪事也。"金尚憲《雪窖別集》【考证：是年三
月共二十九日，诗题曰"三月晦日"，当系于此。】

四月

初九日（丙寅）。

是日，攝政和碩睿親王多爾袞同多羅豫郡王多鐸、多羅武英郡王阿濟格、
恭順王孔有德、懷順王耿仲明、智順王尚可喜、多羅貝勒羅洛宏、固山貝子尼
堪、博洛、輔國公滿達海吞齊、喀博和托、和托、續順公沉志祥、朝鮮世子李
澄、暨八旗固山額真、梅勒章京詣堂子，奏樂，行禮，又陳列八纛，向天行禮
畢，統領滿洲蒙古兵三之二及漢軍恭、順等三王，續順公兵，聲炮起行。《清世祖
實錄》卷四

二十日（丁丑）。

崔鳴吉《二十日儲宮發瀋向燕，意欲拜送，力疾出西城，候于佛寺之側。
聞儲宮已由他路發行，缺然而還。是日移寓上館，感而有作，情見于詞》："催
鞭出西郭，秋色正蕭蕭。稍愛衹林近，難攀鶴馭遙。虛瞻夕陽路，未及永安橋。
雪涕還空館，重門鎖寂寥。"崔鳴吉《北扉酬唱錄續稿》【考证：诗题曰"二十日儲宮
发沈向燕""是日移寓上馆，感而有作，情见于词"，故当作于二十日或稍后。】

五月

初一日（戊子）。

以破流賊李自成捷音宣示朝鮮及外藩蒙古諸王貝勒。《清世祖實錄》卷五

初五日（壬辰）。

李敬輿《端午有感呈清陰》："去歲今年雨露思，清明端午兩參差。龍城亦
是中原地，謫客當時浪自悲。"李敬輿《白江集》卷二【按《紀年便考》卷二十一：
李敬輿（1585－1657），宣祖乙酉生，字直夫，号白江，又凤岩。辛丑进士。光

海己酉，登增广，历翰林，见忤于从姑夫李尔瞻，罢官。仁祖壬午，被李烓诬，拘囚沈阳。是年还，拜右相，至领议政，入耆社。甲申使沈阳。清国曰："前罪虽已赦遣，不可复用为相。"遂拘东馆狱，绝水火者十余日。再拘异域，危辱不挠。乙酉，清国以大迁于燕，遂赦还，以诗赠金尚宪、崔鸣吉曰："二老经权各为公，擎天大节济时功。如今烂熳同归地，俱是南冠白首翁。"丙戌，加罪远窜于珍岛，到配又荐棘。孝宗即位，始解围篱。金尚宪请召还，命移牙山，又因大臣言放还。尚宪于上前贺曰："扶持社稷人来矣。"与尚宪俱主名义，而尚宪不立于王朝，不拜于沈庭。敬舆仕于王朝，聘于沈庭，而其心皆忠于朱氏，岩穴好义之士皆宗焉。辛卯，清国复提拘沈时事，不宜在相职，遣使请锢，上为之流涕曰："领相又去，如失左右手。"丁酉卒，年七十三，谥文贞。】

金尚宪《端午次右相凤岩韵》："異鄉佳節故鄉思，鶯舌無聲燕羽差。遙想石村松柏路，十家歡笑一家悲。"金尚宪《雪窖别集》【考证：以上二诗皆以"端午"为题，当作于五月初五日。】

二十一日（戊申）。

洛興府院君金自點、禮曹參判李必榮、書狀官沈賄以謝恩進賀使發向瀋陽。

《朝鮮仁祖實錄》卷四五

七月

初一日（丙戌）。

李敬輿《七月初一日大雨有感仁宗大王昇遐之日》："年年此日雨翻空，遺澤猶能致歲豐。東土佇看三代化，南薰未散五絃風。誰知雲漢仁民意，便作甘霖潤物功。人到于今歌聖德，餘波更願洗嶮峒。"李敬輿《白江集》卷四【按：仁宗大王李岵（1515－1545），中宗大王长子，母妃章敬王后尹氏。生而岐嶷，三岁能解书义，六岁封为世子。性沉静寡欲，仁恭孝友，勤于学问，践履笃实，在东官二十五年，贤德著闻。及其嗣服，中外想望至治，而执丧过哀，遽至不讳，且无嗣子，惜哉！在位一年，寿三十一。仁宗元年七月初一日（辛酉朔）"卯时，上薨于清燕楼下小寝。"《哀册文》云："维嘉靖二十四年岁次乙巳七月朔日辛酉，仁宗献文懿武章肃钦孝大王薨于景福宫正寝。"】

崔鳴吉《次鳳巖七月一日韻仁宗大王昇遐之日》："龍髯已遠鼎湖空，七月甘霖歲屢豐。黃道一年瞻瑞日，青丘千里囿仁風。遺民尙被前王澤，神化同歸造物功。絶域可堪逢此夕，只將雙淚灑嶮峒。"崔鸣吉《北扉酬唱錄續稿》【考证：诗题曰"次凤岩七月一日韵"，诗云"绝域可堪逢此夕，只将双泪洒嶮峒"，亦作于七

月初一日。】

初七日（壬辰）。

崔鳴吉《次七夕韻》："玉箭尋常和粉流，香心寂寞小樓頭。璿梭札札不成匹，銀漢迢迢無限愁。月滿桂宮天更闊，露凝珠箔夜何悠。最恨一年三百日，佳期祇待鵲橋秋。""珠淚空添銀漢流，停梭懊惱在機頭。千年過盡長相憶，七夕除來摠是愁。河鼓有情應脉脉，玉皇無語謾悠悠。自憐不及姮娥寡，隨意閑眠桂殿秋。"崔鳴吉《北扉酬唱錄續稿》

李敬輿《七夕》："河西帝女向天津，烏鵲成橋雨浥塵。莫怨年年纔一渡，世間無限別離人。"李敬輿《白江集》卷二

崔鳴吉《次鳳巖七夕韻》："倐忽銀橋架玉津，霓車寶襪淨無塵。休嗟天上良宵短，何限長年怨別人。"崔鳴吉《北扉酬唱錄續稿》【考证：以上诸诗皆以"七夕"为题，当作于七月初七日。】

初八日（癸巳）。

李敬輿《七夕後一日雨》："烏鵲仙橋昨已成，應知別後轉關情。西風不盡千行淚，更向人間作雨聲。"李敬輿《白江集》卷二【考证：诗题曰"七夕后一日雨"，故当作于初八日。】

初九日（甲午）。

以李時白爲進賀使，崔繼勳爲書狀官，將以賀清人之遷都于北京也。《朝鮮仁祖實錄》卷四五

十二日（丁酉）。

朝鮮國王李倧遣陪臣表賀平定燕京，並謝停解瓦爾喀人民及復用李敬輿等免罪恩，附貢方物。宴賚如例【按：参见是年五月二十一日条】。《清世祖實錄》卷六

八月

初十日（乙丑）。

謝恩上使金自點、副使李必榮、書狀官沈賄還自瀋陽【按：参见是年五月二十一日条】。《朝鮮仁祖實錄》卷四五

十五日（庚午）。

崔鳴吉《詠月》："偶然扶杖出，明月在天心。玉杵應成餌，蟾宮似可尋。良宵傳自昔，遠客到如今。稍覺詩情動，渾忘露氣侵。""此夜團團月，無心似有心。應期曾不失，分影故相尋。隱見從晨暮，虧盈自古今。應憐異鄉客，衰

病怕年侵。"《詠月》："此月政堪翫，秋光霽後新。來從萬里海，滿却十分輪。暗淡纔分桂，蒼涼已襲人。清輝如可攬，吾欲寄西秦。"崔鳴吉《北扉酬唱錄續稿》

【考证：以上皆以"咏月"为题，又有"此夜团团月，无心似有心""此月政堪翫，秋光霽后新"语，当为崔鳴吉质留沈阳，中秋赏月时作。】

金尚憲《瀋陽館中次杜詩秋興韻》："銅輦西行輟羽林，舊時兵衛憶森森。寒蟾一鎖長收牡，病鶴孤鳴絕和陰。經雨敗甎難記迹，倒霜殘菊不開心。宮衣未送嚴風急，愁聽家家早晚砧。東宮留一鶴守館，折脛哀鳴，見者悲之。"畫堂東畔粉墻斜，月有清光露有華。乘興怳然迷雪棹，凌虛却似泛仙槎。霓裳待奏姮娥曲，胡拍還驚蔡女笳。強欲題詩慰孤賞，筆鋒摧折不成花。""重樓高閣帶斜暉，小院廻廊人語微。燕壘坼空經社去，烏棲隱映繞城飛。薊門消息三旬隔，灣上歸期八月違。忽憶故鄉秋興晚，鱸魚正美蟹螯肥。自夏屢騰八月東還之語，畢竟孟浪。"銷閑無賴鬪枯棋，一聽燕歌一日悲。逆境畏逢前度處，佳期倘有再來時。雁書高遠應難到，天道神明不恨遲。寄語青雲舊徒侶，窮途老病莫相思。""古柏寒松石室山，數椽茅屋寄中間。書殘古篋經年閉，葉擁寒扉盡日關。三畝平生元自足，百年何事苦摧顏。南冠合是儒冠誤，簪筆如今愧老班。""渼陰漁店住沙頭，白葦黃蘆滿目秋。落日清江無限興，輕風細浪不生愁。閑來自酌一尊酒，到處相隨萬里鷗。與我舊多同好者，此時重覺憶吾州。""少時通籍老無功，七十年間百病中。南海初看圓嶠日，北門重犯鐵關風。梳邊壯髮驚全白，鏡裏衰顏落舊紅。世事只今那更說，朔雲寒磧牧羝翁。""遼河截野極逶迤，浸潤蒲蓮泛澤陂。喪亂幾年遺戰骨，良辰何處對花枝。人生有恨心如結，天地無情歲自移。惆悵當年杜陵老，白頭猶是苦低垂。"金尚憲《雪窖別集》

二十五日（庚辰）。

崔鳴吉《初度日有感》："功名安用畫凌煙，白首流離衆目憐。絕域再逢初度日，餘生能復幾回年。九州擾擾爭蠻觸，一室區區守簡編。摠爲君親恩未報，獨將危涕洒秋天。""邊榆葉盡冷疏煙，遠客逢秋只自憐。蓬鬢千莖凋壯志，梅花三弄惜流年。夙心炳炳期完璧，晚學嘐嘐慕絕編。莫把離憂損眞性，世間何事不關天。""老眼昏花侶着煙，危途同病且相憐。虛傳美醞堪千日，實怕寒宵敵一年。新句喜看靑玉贈，舊棲空憶白茅編。向來榮辱悠悠事，不敢尤人更怨天。"崔鳴吉《北扉酬唱錄續稿》

李敬輿《次遲川初度韻二首》："鸞凰瑞彩照雲煙，快覩爭先萬目憐。鞠育恩深傷此日，門闌喜動想當年。蓼莪哀淚霑詩卷，鍾鼎勳名入簡編。霖雨卽今思舊佐，暫時窮厄任皇天。""藍田玉潤自生煙，價掩連城衆所憐。龍御乘時歸白水，麟臺動色最青年。名傳夷狄還招禍，學究羲文幾絕編。秖是吾心元有易，須將進退莫違天。"李敬輿《白江集》卷四【考证：李敏叙《領议政完城府院君崔公谥状》云"晚翁公娶全州柳氏观察使讳永立之女，以万历十四年丙戌八月丁亥生公"，可知崔鸣吉生辰为八月二十五。崔诗题曰"初度日有感"，李诗次韵，故作于八月二十五日。】

二十六日（辛巳）。

崔鳴吉《余初度之明日乃鳳巖先忌，鳳巖有詩，語甚悲苦，竊有所感，步其韻以答之》："昨夕君先諱，前宵我始生。可憐俱異域，無計薦微誠。孺子終天慕，當年愛日情。秖今雙白鬢，相視各吞聲。"崔鳴吉《北扉酬唱錄續稿》【考证：诗题曰"余初度之明日"，又有"昨夕君先讳，前宵我始生"语，当作于二十六日。李敬舆，号凤岩。以下"次凤岩韵"皆指李敬舆。】

九月

初四日（己丑）。

崔鳴吉《九月四日又雷》："朝來格格風威緊，向晚雷聲殷塞雲。病客未堪乖節候，異方那解察乾文。三韓本自分疆場，百里從知異聽聞。常似震來天所福，誰將此語獻吾君。"崔鳴吉《北扉酬唱錄續稿》

初九日（甲午）。

風日淒清，時菊爛開。東宮與兩大君同坐，喟然歎曰："風景不殊，舉目有山河異之悲。古詩云'每逢佳節倍思親'，正味今日也。"左右掩泣。余笑曰："臣亦聞古詩云'天地四方男子事'，此言亦好也，疚懷何益哉！"李大樹《瀋陽日記抄》

金尚憲《九日偶書》："函谷虛聞半夜鷄，上林幾待無情雁。餐旃齧雪老中郎，又負今年菊花盞。"金尚憲《雪窖別集》

崔鳴吉《九日次石室韻》："遠客不曾看曆日，雲間朝暮南飛雁。忽聞今日是重陽，強買村醪傾一盞。"崔鳴吉《北扉酬唱錄續稿》

李敬輿《九日次清陰韻》："白露初成北海霜，高秋已斷南飛雁。登高此日洛陽人，幾處黃花香滿盞。"李敬輿《白江集》卷二

崔鳴吉《九日》："生平不淺登高興，塞館那堪閉夕陰。萬里河山千古恨，百年天地此時心。東湖禊事黃花酒，雲谷秋光赤葉林。多少勝緣難再得，白頭飄泊到如今。"崔鳴吉《北扉酬唱錄續稿》【考证：以上诸诗皆以"九日"为题，又有"又负今年菊花盏""忽闻今日是重阳""登高此日洛阳人"语，当作于九月

初九日。】

金尚憲《鳳林館中有叢菊，重陽後花事尚遠，遲川、鳳巖二相公賦詩記之，次韻寓懷》：“節後纔能結小房，認看莖葉錦銀黃。貞姿不被嚴霜奪，誰識中心到死香。”金尚憲《雪窖別集》【考证：诗题曰“重阳后花事尚远”，又有“节后纔能结小房”语，故当作于初九日后。】

十六日（辛丑）。

冬至兼歲幣使崔惠吉、副使金守玄、書狀官李奎老等如北京。《朝鮮仁祖實錄》卷四五

十月

初一日（乙卯）。

上以定鼎燕京親詣南郊，告祭天地，即皇帝位。《清世祖實錄》卷九

十一月

二十四日（戊申）。

李敬輿《冬至日謾吟》：“歲暮邊愁鬢髮蒼，樽前看劍吐虹光。新年只隔三旬近，短景纔添一線長。紫塞風霜侵漢節，舊莊煙月掛昭陽。曉來飛雪還多態，故作林花媚素粧。”李敬輿《白江集》卷四

金尚憲《次崔相冬至韻》：“仙侶追趨韻水蒼，賀班遙憶謁明光。一年令節玄冬破，萬里孤臣白髮長。塵匣夜光衝劍氣，旅程歸夢踏春陽。何當共出靑門去，杏院桃籬看艷粧。”金尚憲《雪窖別集》【考证：以上二诗皆以“冬至”为题，又有“一年令节玄冬破”语，当作于冬至日即十一月二十四日前后。】

二十六日（庚戌）。

朝鮮國王李倧遣陪臣崔惠吉等表賀冬至、元旦、萬壽，並進歲貢禮物。宴賚如例【按：参见是年九月十六日条】。《清世祖實錄》卷一一

十二月

三十日（甲申）。

崔鳴吉《敬次竹所除夕韻》：“此地終年客，明朝去歲人。燈留今夜夢，鷄報故園春。蓬島迷歸路，桃源待後身。萍蹤逐流水，向海未通秦。”“旅館驚新歲，屠蘇解醉人。江山千里夢，天地一年春。自笑平生計，誰憐去國身。詞壇看白戰，筆力到先秦。”“一尊非守歲，長夜政愁人。塞月全沈魄，更籌暗報春。

殘年餘幾日，往事似前身。會待桃花發，扁舟問避秦。"崔鳴吉《北扉酬唱錄續稿》

【考证：诗题曰"敬次竹所除夕韵"，又有"明朝去岁人""一尊非守岁"语，故当作于十二月三十日。金光煜，号竹所，金寿兴《左参赞金公墓志铭》云："甲申左承旨，用鞫逆劳升嘉善，以世子宾客赴北，明年陪世子东还。"以下"次竹所韵"皆指金光煜。】

金光煜《除夕》："塞外三丫路，燈前萬里人。一年餘半夜，明日又新春。壯志悲長劍，頹光惜此身。回期知已卜，休道未歸秦。"金光煜《竹所集》卷二【按金寿兴《左参赞金公墓志铭》：金光煜（1580－1656），字晦而，号竹所，安东人。宣祖庚辰生，丙午中进士一等，仍擢大科，选隶槐院。未几，荐拜艺文馆检阅，例升待教、奉教，升兵曹佐郎。丁丑拜同副承旨，序升右副，除罗州牧使。丙戌参鞫湖西逆狱，升嘉义，拜都承旨。历兵刑工参判。己丑户曹参判，入耆老社。拜议政府右参赞，旋升左。孝宗丙申卒，年七十七。自少至老，读书不倦，对案正坐，日有课程，孝友之性出于天得。当昏朝，退处江舍，杜门敛迹，罕与人接，唯以典籍吟咏为事，时与村翁野老量阴晴、课农桑而已。】

顺治二年（1645 年，乙酉）

正月

初一日（乙酉）。

朝鮮國王李倧遣陪臣鄭太啟等表賀元旦並貢方物。宴賚如例。《清世祖實錄》卷一三【按："郑太启"当为"郑泰齐"之讹。据《使行录》，正朝正使郑泰齐、书状官吴□于顺治元年十月二十四日辞朝。】

李竱《乙酉春獨留瀋陽，仰和竹梧軒孝廟駐駕瀋陽時軒號燕舘便面韻付送中》："燕山萬里路，公子奈何遊。痛哭分離日，遲廻惜別秋。故園花政發，清漢水空流。聞道前期在時有永還之期，翹頭更上樓。"李竱《松溪集》卷一

李竱《春帖應製乙酉》："葭菅灰飛令節廻，氤氳春色滿宮梅。秦關已報烏頭白，遼塞爭傳鶴馭回。瑞日初陞丹鳳闕，祥雲迥繞栢梁臺。廷臣共賀昇平樂，無限歡聲動九垓。"李竱《松溪集》卷二【考证：李敏叙《领议政完城府院君崔公谥状》云："乙酉春，清人即定燕京，略有天下，遂送还世子大君及诸宰质子，于是公（崔鸣吉）与清阴（金尚宪）诸人俱还。"前诗题曰"乙酉春独留沈阳，

仰和竹梧轩燕馆便面韵付送中"，诗云"闻道前期在"，注云"时有永还之期"，可知李宧在沈阳收到凤林大君信笺，获悉世子大君诸臣自北京归国的消息。后诗云"秦关已报乌头白，辽塞争传鹤驭回"，可知昭显世子、凤林大君等已自北京启程东还，但于李宧尚未重逢，当在北京至沈阳途中。又《仁祖实录》卷四六言正月初九日"世子及嫔宫自燕京到沈阳"，故以上二诗作于正月初一日至初九日间。】

金光煜《東宮迎祥詩》："千里三韓喜氣新，貳宮回斾值青春。民心久屬吾君子，天意應歸大聖人。問寢龍樓催曉駕，論經書閣引寮臣。遙知漢闕鳴璜處，爭賀前星近北辰。"金光煜《竹所集》卷二【考证：金寿兴《左参赞金公墓志铭》言金光煜"陪世子东还"，诗云"贰宫回斾值青春""问寝龙楼催晓驾"，当作于是年正月诗人以宾客陪世子自北京离发时。又据下诗，金光煜《东宫诞日》作于正月初四日返程途中，可知启程时间不会晚于初四日，故此诗约作于正月初一日至初四日间。】

金光煜《臨行呈崔、李兩相》："倏然西又倏然東，離合都歸造化公。縱有他時一笑便，豈如今日四人同。青門石室鶯花裏，白馬金灘水月中。共到洛陽星散後，只應魂夢遠相通。"金光煜《竹所集》卷二【考证：此诗亦作于正月初一日至初四日间自北京启程东还时。崔、李两相指崔鸣吉、李敬舆。】

初四日（戊子）。

金光煜《東宮誕日》："春到西河淑景新，天回北馭渡三津。虹流此日無前慶，燕賀微誠不後人。少海晴波通漢水，前星瑞彩向楓宸。題詩欲效呼嵩祝，才退其如一老賓。"金光煜《竹所集》卷二【考证：李植《昭显世子墓志》云"臣谨按世子讳某，万历壬子正月四日己亥诞生于会贤坊之潜宫"可知东宫诞日即正月初四日。又诗云"天回北驭渡三津"，约作于自北京返程途中。】

初九日（癸巳）。

世子及嬪宮自燕京到瀋陽。《朝鲜仁祖實錄》卷四六

十五日（己亥）。

金光煜《儲宮離發瀋陽日偶吟呈兩閣老兼示諸僚》："邸帷初發瀋陽城，千里歸程寒雪晴。春入鴨江迎桂棹，雲開青石護儵旌。新暉頓變山河色，喜氣先占鼓角聲。爭道我封看漸近，便穿三路到秦京。"金光煜《竹所集》卷二

崔鳴吉《正月十五日陪世子發瀋陽，纔出秋門止宿，夜次竹所韻乙酉》："筬鼓今朝別此城，亂山殘雪遠含晴。暉暉麗日明孤塔，翦翦輕風颭畫旌。幸許老臣叨後載，已教西路佇先聲。吟君詩句知君喜，花正開時到玉京。""雞鳴合

傳出秦城，天爲行人借久晴。途雪向殘宜馬足，磧雲含喜送霓旌。禁園預想煙花色，戍壘猶聞鼓角聲。千里即知當步武，仲春應得抵王京。"崔鳴吉《遲川集》卷六【考证：崔诗题曰"正月十五日陪世子发沈阳"，金诗题曰"储宫离发沈阳日偶吟"，崔诗为李诗之次韵，有"笳鼓今朝别此城"语，故以上二诗作于正月十五日。】

崔鳴吉《靑石嶺》："夜投荒峽兩三家，靑石山高不可過。四野雪埋難辨路，一溪冰合未跳波。雲生斷壑岩屛濕，日轉疏林騎影顏。四海風塵倦行役，洗兵誰爲挽天河。"《次鳳巖韻》："王商十里是狼山，疇昔文皇駐蹕看。日落殺聲滄海湧，陣前兵氣紫霄干。至尊枉却千勻弩，小國纔同一彈丸。遼塞早寒安市險，六軍何事久盤桓。"《次柳下韻》："客行千里遠，天借一旬晴。雪逕連村白，冰泉照壑清。袖中嵐氣滿，鞭外夕陽明。未覺羊腸險，新詩適欲成。"《靑石山道中》："山深積雪若堆沙，曉色寒和凍霧遮。未省寒垣春尙早，誤疑歸騎踏梨花。""王商與靑石，前後相對起。羊腸信多憂，馬力猶可倚。"《道中次鳳巖韻》："連山遠遠南遮海，平野茫茫北接燕。東渡遼河地形別，石峯千尺倚靑天。"《靑石最宜硯，行忙未得採去》："山骨巉巉別有靈，最宜詩硯玉靑熒。欲收佳品隨行李，落日催人未暫停。"《甜水站有懷竹所》："病骨愁寒發每遲，嚴程戒曉有常期。鳳城柵外應相見，十日征鞍幾首詩。"崔鳴吉《遲川集》卷六【考证：《甜水站有怀竹所》有"十日征鞍几首诗"句，故以上诸诗约作于正月十五日至二十五日间。】

二十五日（己酉）。

崔鳴吉《檜嶺》："僕夫流汗馬虺隤，辛苦雙輪幸免摧。從此始尋平地去，故園應及早花開。"《廢寺》："不知何代寺，危構寄崖巓。塔古莓苔蝕，墙空薜荔懸。寶坊今已壞，金像更能全。只有前峯月，清光似舊圓。"崔鳴吉《遲川集》卷六

金光煜《到遼東有懷》："先後登途雖未遠，參差分隊奈難追。異行同路顏猶隔，一日三秋鬢已絲。早晚並歸龍鴨會，去來還勝燕鴻違。驛亭題句君知否，要使尋蹤慰所思。"金光煜《竹所集》卷二

崔鳴吉《次鳳巖韻》："旅燈同夜夜，聯騎又朝朝。十里君差後，孤眠耐寂寥。"《聞鳳林大君喜報》："一騎將書半夜過，呼燈起坐失沈痾。東宮卽返大君繼，喜氣偏知紫禁多。"《通遠堡》："四年身計寄穹廬，千里行裝仗僕夫。未渡三江猶別域，得踰兩嶺漸夷塗。客愁時向杯中失，詩課聊從馬上輸。回憶鳳城當日事，一絲危喘鬼神扶。"《有感》："洛洲爲政合生祠，死竟寥寥事可疑。不

用龜趺高數尺，謳謠一路自豐碑。"崔鳴吉《遲川集》卷六

金光煜《到龍灣呈兩閣老》："十日三逢逆旅中，天教我輩數相從。尊前共說征途苦，橐裏爭誇物色籠。遼海轉頭驚絶域，灣城入眼喜吾封。前程後會知何處，浿水殘梅落晚風。"金光煜《竹所集》卷二

崔鳴吉《次統軍亭韻》："雪盡楡關春晝晴，縱觀西極有茲亭。往來日月元分度，流峙山河自異形。多難十年傷白髮，壯心千古撫青萍。健兒半作沙場鬼，縱有遺孤不及丁。""突兀崇岡倚晚晴，盡收三境入孤亭。連雲萬嶺蟠龍勢，隔水一山翔鵲形。春色似煙還似霧，遠林如薺又如萍。十年來往終何事，皓首蘇卿昔是丁。"《寄鳳巖》："舉頭漸近長安日，信馬先收西塞春。雪在疏林野梅色，未堪折寄眼中人。"《宣城》："晚到宣城郭，蒼松挾路迎。江山猶雪色，鳥雀已春聲。北望煙塵黑，東歸日月明。丁寧謝父老，媿爾遠來情。宣鐵村民聚迎相賀，故落句及之。《雲興》："野館滄波外，山城白雪邊。民心頗淳朴，肴饌半蔬鮮。兵甲今纔定，征繇合少蠲。地偏王化遠，尤待使君賢。"《新安道中》："曉辭林畔館，夕及定城門。野燒群山黑，春陰古戍昏。妓坊猶粉面，漁戶半荒村。努力金巡察，丁寧布主恩。"《獺橋》："發自新安館，行經獺水橋。春寒頻下雪，海近早生潮。尙覺前星逼，恭瞻北極遙。青山應不盡，歷歷送歸軺。"《野橋》："略彴斜連細岸限，滿溪飛雪凍徘徊。一雙白鷺衝車起，千疊青山入眼來。身際聖明還落魄，心經憂患者寒灰。晴川渡後春應暖，好向城樓樽酒開。"《轉入山路》："春雪半成泥，濃雲滿峽低。僕夫愁繭足，征馬怕穿蹄。亂石如人立，妖狐學鬼啼。夕陽明遠嶺，歸路未全迷。"《次韻納清亭》："勝絶仍官路，何勞蠟屐尋。一溪流玉鏡，千嶂束瑤簪。立馬傷陳跡，無人覺苦心。微涼生夕霽，忽欲洗煩襟。"《嘉山》："縣郭依深峽，孤村帶夕煙。青山分曉嶺，碧海納晴川。晚飯香蔬軟，春杯雪鱠鮮。題詩記所歷，明日又征鞭。"《贈嘉妓謫仙》："四年今日此重過，夜聽仙娘唱踏歌。怊悵江南一千里，陽關春色奈愁何。嘉山郡有老妓名謫仙，家兄點馬時舊眄，爲余唱歌詞數闋，清婉可聽。余既久滯西河，兄又出宰南州，作別已四載，因之起感，不覺依依，呼韻亮兒，爲七絶一首以贈之，余又續而和之。"《前韻》："忽蒙佳句慰孤蹤，正屬前星慶耀濃。一日三韓傳好語，五雲雙闕動春容。微臣倍覺悲歡切，昭代曾經際會隆。回首岱宗滄海上，可憐千載絶登封。"《博川》："博川十室邑之小，魚稻田園差可稱。二水環流成島嶼，妙香分脉散岡陵。先人眺賞留餘債，白首經過擬暫登。永渡欲渐歸路急，促鞭斜日涕交膺。"《次制勝堂韻》："轅門吹角畫堂開，雉堞周遭江岸隈。置酒邀賓衆樂沸，揚兵習戰陣雲來。高樓日出郊原闊，碧海潮喧天地廻。擬賦一詩留粉壁，路長苦被僕

夫催。"《肅川次板上韻》："遠山殘雪在，落日孤雲閑。客中逢漢月，聊作一開
顔。邑妓漢月善談謔。""微微簾影墜，漠漠春光寒。且進眼前酒，莫歌行路
難。"《到此信宿，不與主人相遇，題一詩以寄恨》："肅州舊說芙蓉閣，太守新
開小雪堂。山近簾櫳嵐翠滴，夜深庭院月華涼。侍郎筆跡元超絶，觀察詩篇更
老蒼。客路恩恩題鳳去，主人他日恨應長。"《偶題》："二月春尚早，東風寒更
吹。白雲分片闊，紅日輾空遲。野雀爭銜毳，垂楊自罅絲。幸無官事惱，隨意
坐題詩。""晚節蛇添足，明時竽混吹。向來迷不諫，今日覺全遲。栗里松三逕，
嚴陵釣一絲。野花春自發，隨處可吾詩。"《和東溟詩》："箕都元在浿江西，千
古興亡落日淒。浮碧樓臨春水闊，牡丹峯與白雲齊。俗霑聖化猶知禮，民似驚
禽未定棲。暫近召棠看惠政，平明騎馬踏晴泥。""江樓回首白雲西，漠漠平林
生夕淒。雪盡亂峯青黛立，天晴孤鶩落霞齊。雙旌北至開新化，匹馬東還訪舊
樓。欲解吳鉤謝知己，從來切玉軟如泥。"《次韻寄題順受亭》："茅茨新葺架松
椽，偏稱幽人靜養專。殷井舊廛今未改，太師餘慶故多賢。力行仁禮知尊祖，
順受榮枯是樂天。安得從君結隣社，一江風月度年年。"《劍水站次洪使君韻》：
"平生寄興在林泉，身世眞同杖鉢禪。野館垂楊來繫馬，石橋斜日送流川。肩輿
自此思長往，胸次寧容受外牽。昨夜聞君遊寺作，十年煩惱一醒然。"《題蕙秀
站留示鳳巖》："氷溜猶蒼壁，春潭已碧波。題詩留古館，明日故人過。"崔鳴吉
《遲川集》卷六【考证：《仁祖实录》卷四六言二月二十三日"前领议政崔鸣吉、
领中枢府事李敬舆、前判书金尚宪还自沈阳"，以上诸诗约作于正月二十五日至
二月二十三日间。】

二十九日（癸丑）。

萬壽聖節，享太廟，遣戶部尚書英俄爾岱行禮，免諸王、貝勒、文武群臣
朝賀。朝鮮國王李倧遣陪臣表賀萬壽並貢禮物。宴賚如例。《清世祖實錄》卷一三
【按：据《使行录》，圣节正使金素、书状官洪瓚绪于顺治元年十一月十七日辞
朝赴燕。】

二月

十七日（庚午）。

李宧《坡城客舘候世子回駕，中夜述懷乙酉仲春，昭顯永還，余率外戚迎于坡州》：
"饘酪十年苦，山川千里餘。旋車有今日，歡意更何如。"李宧《松溪集》卷二【考
证：据诗题，可知为是年春昭显世子自北京归国还至坡州，李宧候驾时作。又
《仁祖实录》卷四六言二月十八日"世子还，清使偕入京"，依例，燕行使团于

辞朝次日晚宿坡州，可知汉城距坡州约一日程，故此诗约作于二月十七日。】

十八日（辛未）。

世子還，清使偕入京。《朝鮮仁祖實錄》卷四六

二十三日（丙子）。

前領議政崔鳴吉、領中樞府事李敬輿、前判書金尚憲還自瀋陽。尚憲與鳴吉同在瀋館，鳴吉以詩求和，尚憲次以示之曰："成敗關天運，須看義與歸。雖然反夙暮，詎可倒裳衣。權或賢猶誤，經應衆莫違。寄言名利子，造次愼衡機。"出來時漢人孟英光者乞詩，卽題其便面曰："六載南冠今始歸，丹心不改鬢如絲。他年爾到江南日，倘記河梁泣別時。"《朝鮮仁祖實錄》卷四六

三月

十五日（戊戌）。

李明漢《乙酉三月十七日，麟坪大君以謝恩使將赴燕。前二日，一洞人齊會，各進一杯以別，乃禊中故事也。酒半，大君令某賦詩，惶恐不敢辭，退而錄七言近體一首，謹再拜奉呈》："塡門車馬似前年，天屬如何又獨賢。禮屈梁園叨授簡，會當春社悵離筵。箕封驛路兵塵後，燕地山川夕照邊。到處登臨應有感，渾河西去倍依然。"李明漢《白洲集》卷九【考证：诗题曰"乙酉三月十七日，麟坪大君以谢恩使将赴燕。前二日……"可知为三月十五日麟坪大君饯宴上作。】

十七日（庚子）。

辭朝，查對於慕華館，細雨如絲。戶判鄭太和囿春，參判呂爾載子厚餞之，與甲兒相別於路左，羅原州緯素邀副使及余，送於松下。到弘濟院，參刑曹餞席，李佐郎幼泗泗源摻手勸酒，帶醉而別。到昌陵下，具兵判仁垕、洪南陽振道設祖席於溪邊，為送大君也。暮投碧蹄，京圻監司金南重子珍陪行，吳佐郎挺一、斗元兄弟亦來，郡守李瀼支待。成以性《燕行日記》

李明漢《別秋曹鄭尚書世規之燕京》："鳩省尚書貴，燕行貳价尊。君能盡臣節，天豈有私恩。關路煙花近，金臺夕照痕。感時無限淚，隨處駐征軒。"李明漢《白洲集》卷六【考证：据《使行录》，谢恩正使麟坪大君李㴭、副使郑世规、书状官成以性于三月十七日辞朝，故此诗作于十七日或其后。】

二十三日（丙午）。

遣朝鮮國王次子李淏歸國。上御武英殿，淏陛辭，賜宴，並賜貂裘、䌷、緞、鞍馬等物。《清世祖實錄》卷一五

二十六日（己酉）。

晴。大君發向成川，副使及余仍留。食後督運使邀與登舟，都事、庶尹、察訪亦參，列坐船檻，遡流而上。午後維舟登浮碧樓，眼界甚濶，澄波如練，花光柳影，照曜上下，景象萬千。上涵碧亭，帶醉而還。成以性《燕行日記》

李宧《赴燕登降仙樓和贈成川倅廬協》："巫峽春風起，清江暮靄收。客中多少興，長篴一聲樓。"李宧《松溪集》卷二【考证：诗题"赴燕登降仙楼和赠成川倅庐协"，《朝鲜世宗实录・成川都护府》云："山城在府西南屹骨山。……温泉在府西温水里。降仙楼在客舍西隅。俯临清川，西崖有奇峰，削立如屏。"可知降仙楼位于成川地界。成以性《燕行日记》言二十六日"大君发向成川"，故系此。】

四月

十八日（庚午）。

晴。卯時發程，踰石門嶺，中火于冷井村，井水湧出，味甚冷冽，村之得名盖以此也。有年少一人來立帳前，自言宗室桂陽令子，年十歲被虜，賣在漢人家，去年將逃出，被執受棍一百，今方欲走而未得隙云。大君軍官李俊漢乃其再從也，約以他日贖還，其人嗚咽不忍去。午過五美站，行出遼東之野，城郭人民，皆非其舊，華胥千年，亦無遺跡，而獨定邊廣祐寺白塔巋然特立，考見碑文，則永樂四年己巳，太監賀榮來鎮此城而重修之，進士黃繡撰文，金冕篆之，許莊書之而爲碑也。夕宿新城五里外太子河邊，狂風盡日，大雨終宵。余與副使入漢人劉承義家，主人設茶果，又開燈進小酌。其子文亮年十三，方讀《論語》，開卷試講讀無礙滯，贈之以筆墨。是日行五十里。成以性《燕行日記》

李宧《遼東太子河阻雨苦吟》："故國一爲別，他鄉老此生。十年沙塞夢，四度遼陽城。落日千行淚，春風萬里情。汀洲夜雨急，不寐聽江聲。是夜露宿。"李宧《松溪集》卷二

二十六日（戊寅）。

世子卒于昌慶宮歡慶堂。

五月

二十七日（戊申）。

遣工部尚書星納等往祭朝鮮故世子李澄【按：参见四月二十六日条】。《清世祖實錄》卷一六

八月

二十日（己亥）。

遣洛興府院君金自點、南陽君洪振道等如清國謝弔祭，仍請冊封世子。《朝鮮仁祖實錄》卷四六【考证：《使行录》言辞朝时间为八月二十四日，与《实录》有出入，此处依《实录》。】

九月

二十七日（乙亥）。

冊鳳林大君爲王世子，夫人張氏爲世子嬪，行禮於昌慶宮明政殿。《朝鮮仁祖實錄》卷四六

二十八日（丙子）。

遣副提學李基祚、兵曹參議南銑、書狀官李應蓍賀冬至、正朝、聖節。《朝鮮仁祖實錄》卷四六

顺治三年（1646 年，丙戌）

正月

初一日（己酉）。

朝鮮國王李倧遣陪臣李继祖【按："李继祖"当为"李基祚"之讹，参见顺治二年九月二十八日条】等表賀冬至、元旦、萬壽節，附貢方物及歲貢。宴賚如例。《清世祖實錄》卷二三

二月

二十六日（癸卯）。

右議政李景奭、護軍金堉、書狀官柳淰等如北京。《朝鮮仁祖實錄》卷四七【按：谢恩兼陈奏行】

曹文秀《送柳書狀澄甫赴北京》："清如寒玉直如絲，萬里行唯一劍持。知君再拜經過地，山下夷齊有古祠。"曹文秀《雪汀詩集》卷五【按赵显命《夏恩君曹公墓碣铭》：曹文秀（1590 – 1647），字子实，号雪汀，昌宁人。宣祖庚寅生，

140

历修撰、弼善、左承旨。为人谦和恬静，善楷书，颇工于诗，李植亟称之。反正后登第，历扬清显，至是出按江原道，卒于原州，年五十八。】

郑昌胄《次容伯韻别寄巽翁柳澄甫書狀之行》："不作箕京尹，那逢出塞行。馳驅知子倦，辛苦飽吾經。吊古悲燕市，傷春歷鳳城。歸期問何日，關柳正含情。"鄭昌胄《晚洲集》卷一【按：姜鋧《晚洲先生集序》：郑昌胄（？-？），字士兴，号晚洲。文辞富赡，语辄惊人。季未十岁，尝咏雪曰："不夜千峰月，非春万树花。乾坤一点黑，城上暮归鸦。"一时传诵焉。及长，华问采彰，擢双莲，占上第，登重科，晋涂大辟，而不能与世俯昂。在朝时少，居外日多。诚孝出常，衰季居忧，过于执礼，竟至捐馆。有《晚洲集》。】

金堉《嘉平館望南山寺》："客堂遙望南山，蘭若高懸巖岫。想有老宿跏趺，年年笑我奔走。"《過蔥秀山丙戌赴燕時》："秀氣蔥蔥繞石磯，暮春微雨細霏霏。川回碧玉圍爲帶，花點紅羅畫作衣。半日茅亭留恨去，一天佳景賞心違。歸時應值炎蒸苦，濯熱靈泉當浴沂。"《納清亭呈上使白軒李公》："長松綠柳澄潭，美景良辰樂事。只恨亭名不佳，富公曾爭此字。"金堉《潛谷遺稿》卷二【考证：《仁祖实录》卷四七言三月二十六日"右议政李景奭至义州上疏"，以上作于二月二十六日至三月二十六日间。】

四月

初二日（戊寅）。

李景奭《四月初二日昏，聞宣傳官齋咨馳到，驚憂達曙》："使者東來急，聞聲不見書。南邊有報否，洛下復何如。睡少元難着，憂深自未除。寸心懷北闕，無意憶吾廬。"李景奭《燕行錄》【按：《燕行录》题注曰："三月，公（李景奭）以右相膺谢恩正使，六月复命。○丙戌"】

李景奭《千山逢雨》："落日千山雨，殘春萬里行。明朝雙鬢雪，摠爲故園情。"《三河》："十里煙波摠是愁，烏檣何事集河洲。舟中倘有江南客，欲問金陵古帝州。"李景奭《燕行錄》

金堉《渡三叉河》："長河一帶兩城間，昭代曾於此設關。地坼平原三界水，天低大野四無山。烽臺布列殘星點，堤路逶迤缺月彎。盡日行行煙火絕，滿身風露小溪灣。"金堉《潛谷遺稿》卷二

李景奭《宿川上絕句》："曠野行人絕，長天落日低。蕭蕭蘆葦裏，獨宿古城西。"《望廣寧》："醫巫山下廣寧城，曾是將軍細柳營。西月狂風吹卷地，塞天寒日少光晶。"《望十三山》："河連遼水三叉合，峯似巫山一髻多。曾見使華

詩句裹，秖今雲物入干戈。"《大凌河堡過王校尉驥墓有感》："何狀王校尉，身埋道邊地。墳前一片石，尚帶皇明字。"《小凌河道上望錦州衛城口號_{乃祖摠兵所曾守也}》："南朝老將北朝臣，七尺長身白髮新。粉堞可憐經百戰，健兒曾喪幾千人。"李景奭《燕行錄》【考证：李景奭下诗题曰"灯夕宿宁远"，以上诸诗当作于四月初二日至初八日间。】

初八日（甲申）。

李景奭《燈夕宿寧遠_{發行前纔遭姊喪}》："戚戚孤生在，哀哀一姊亡。異方今作客，佳節倍增傷。縱使家鄉住，何心燈燭張。天邊新月色，添却鬢毛霜。"李景奭《燕行錄》【考证：诗题曰"灯夕宿宁远"，又有"佳节倍增伤"语，当作于四月初八日浴佛节夕。】

李景奭《過中前衛古壘望長城口號》："客程西望眼雙明，共指秦皇萬里城。天畔群山青繚繞，雲端粉堞白崢嶸。當年不得防胡變，後世何曾遏敵兵。遠憶唐堯修德日，土階能使四夷平。"《望夫石》："_{去山海關八里許有小鋪，鋪東有貞女祠碑云。婦名孟姜，姓許，陝西人。秦皇築長城時，尋厥夫於役所，夫已死矣，婦亦從而死。東南二十里許遼海中有貞女墳云，祠後有石突起，意者望夫之石也。}當年獨立望黃雲，千古貞魂寄海濆。天下寡妻今日痛，幾多還羨石無聞。"《山海關》："第一雄關此日過，塞雲蕭瑟暮煙和。長城直壓陰山勢，別浦橫通瀚海波。尚有秦時明月色，誰思漢代大風歌。行人謾說當年盛，鼓角喧天猛士多。"《對月》："愛向東窓坐，清宵著睡遲。多情故國月，萬里獨相隨。"《朝飯於范家莊，夕宿榆關驛_{射虎石在永平，此即永平屬縣}》："路入遼西地，天低右北平。榆林難問迹，李石謾傳名。落日盧龍塞，悲風驃騎營。平生一長劍，空在匣中鳴。"《謁夷齊廟》："四海煙塵裹，衣冠震蕩時。西山一片地，萬古清風吹。""凜凜餘風在，昭昭千古名。長河一帶水，亦學聖之清。"《野行》："野曠行無盡，天長未有涯。樹浮如細髮，沙亂似輕霞。過店時休馬，盈途半是車。何當首東路，身返夢中家。"李景奭《燕行錄》

金堉《玉田食瓜杏》："瓜子青青杏子黃，他鄉物色感愁腸。來時故國花纔發，見此方知道路長。"《薊門煙》："殺伐威加草木兵，薊門高樹盡丁丁。輕煙不被霜鋒斫，依舊村墟一抹橫。"《三河縣》："三河年少號豪雄，節使徵調制犬戎。時事變來形又變，非僧非俗已頭童。"金堉《潛谷遺稿》卷二【考证：据李景奭下诗，可知金堉一行于四月二十三日到通州，三河县在通州前，故以上诸诗作于四月初八日至二十三日间。】

二十三日（己亥）。

李景奭《四月二十三日到通州，書狀覓送櫻桃，途中連覩新產，觸目興感，此物乃是先庭所種，益切悲慕，恐或未及薦，不敢輒嘗，因成寓懷之作》："風木餘悲老轉深，四時何物不傷心。常年念舊腸頻斷，此日嘗新淚未禁。同氣向來零落盡，異方今復旅愁侵。應知朱實猶無恙，萬顆離離滿故林。"李景奭《燕行錄》

二十四日（庚子）。

李景奭《四月十六日白洲小祥，二十四日玄洲小祥也。來此天涯，益增嗟悼兩日，爲之食素，遂成小絶》："兄弟俱亡未浹旬，一尊相對憶前春。青山草色今經歲，萬里悲懷白髮新。"李景奭《燕行錄》【按：李明汉，号白洲，李敬輿《白洲李公墓志铭》："乙酉（1645）拜礼曹判书。公（李明汉）有微恙。强疾送死友丧城外，因致疾剧。四月十六日，考终于旧第之正寝，春秋五十一。"李昭汉，号玄洲。宋时烈《玄洲李公神道碑铭》："乙酉（1645）再宥。其四月，微示痾，适伯氏及季女丧逝。公（李昭汉）哀伤忒甚，竟以其二十三日卒于京第。"李殷相《先府君行状》："乙酉二月，命放还。四月，感寒疾弥留，遭季女夭没之惨，病转剧。冢宰公亦于是月捐馆，（李昭汉）闻讣恸绝，竟用哀伤，以二十三日易箦于城东寓第，享年四十八。"李诗题云"二十四日玄洲小祥也"，疑有误，当为二十三日。】

李景奭《玉河館書懷》："輪蹄塵暗九衢紅，門闕朝陽卽上東。太液晴波能似舊，未央前殿已成空。山河百二終何補，關塞三千只自雄。落日金臺一灑淚，烏蠻館裏白頭翁。"《燕京用副使韻》："壯年思見暮年來，滿地煙塵眼未開。御柳無情垂玉路，夕陽何事照金臺。文山忠節千秋凜，易水歌聲萬古哀。安得相逢慷慨士，令渠擊筑與銜杯。"李景奭《燕行錄》

金堉《次柳書狀渜連環體韻》："水陸舟車再度行，燕京還似舊遼京。微禽未必知吾面，喬木深懸出谷鶯。""喬木深懸出谷鶯，低頭一倍困炎程。前來只欲朝天速，今日翻嫌近此城。""今日翻嫌近此城，沿途隨事摠傷情。衣冠文物歸何處，唯聽悲笳牧馬聲。""唯聽悲笳牧馬聲，月宵那免客心驚。衰亡實自恬嬉始，三百年來不識兵。""三百年來不識兵，豈知綿祚止崇禎。吞聲孤憤疇吾若，水陸舟車再度行。"金堉《潛谷遺稿》卷二【考证：李景奭上诗题曰"四月二十三日到通州"，通州至北京四十里约一日程，故使团当于二十四日抵达北京入住玉河馆。以上诸诗皆述留北京事，又下诗作于二十八日，故系于四月二十四日至二十八日间。】

二十八日（甲辰）。

李景奭《父母兄妹無夜不夢，在前亦嘗如此，而近尤分明，豈萬里行色爲先靈所憂念者耶，遂抆血而識之云爾》："連宵夢裏侍高堂，宛似平生奉酒觴。在世常深憂疾念，九原今日未應忘。"《記夢》："四月二十七日夜，在玉河館，夢見尹都事兄及舍姊同處一室，宛如平昔。今廿六日卽亡姊葬日也，當合窆於新卜之阡，獨夜遙念，耿耿于中。幽明之間，有所相感而然耶。覺來鳴悒，遂書小絶。平生顏色夢分明，覺後如聞笑語聲。四十餘年琴瑟樂，新阡能記舊時情。"李景奭《燕行錄》【考证：据诗注可知李景奭于四月二十七日夜梦见家人，又诗云"觉后如闻笑语声"，故以上二诗约作于二十八日。】

　　李景奭《病懷》："伏枕烏蠻館，傷時白髮翁。向來憂足疾，今日又頭風。戀闕心懸北，思家夢繞東。何當成軟脚，衣袖洗塵空。"《靜坐》："市聲誰遣鬧庭間，抱布終朝夕未還。靜坐方知無限味，萬人忙處一身閑。"李景奭《燕行錄》

　　金堉《次上使白軒韻》："苦似三秋度寸陰，病身無處可開襟。悲歌燕市人難見，縱有芳樽誰與斟。""東方回望紫雲間，杳杳脩程幾日還。聖主應憐行役遠，陳章只欲乞投閑。""路上紛紛擁馬軍，驚風一陣雜黃雲。居庸關外先聲急，縞素南來羽檄聞。"金堉《潛谷遺稿》卷二

　　李景奭《亡聊疊前韻》："碧樹依依暝色間，薄雲飛盡鳥初還。須知著處工夫進，忙裏無忙始是閑。"李景奭《燕行錄》【考证：李景奭下诗题曰"天中日书怀"，以上诸诗当作于四月二十八日至五月初五日间。】

五月

初五日（庚戌）。

　　李景奭《天中日書懷》："朱門處處艾人隨，香火家家上冢時。客裏佳辰今又過，白頭添却寸心悲。憶先山""陌上鞦韆拂綠陰，禁中珍簞豁煩襟。家人定作菖蒲酒，說著吾行未忍斟。憶洛下"李景奭《燕行錄》【考证：天中日即端阳节，权文海《重午日嘉兴江舟中奉赠诸君》云："今节天中日，仓监远客情。"赵絅《己卯天中日》云："旧日端阳日，秋千乐少年。"诗题曰"天中日书怀"，兼有"艾人""菖蒲酒"等意象，当作于是年端午即五月初五日。】

　　李景奭《邦均店途中》："城壞人煙在，亭幽老木多。遺風尚淫祀，古廟走村婆。喝肺先尋井，炎程喜近河。忽聞蟬噪急，知是助吟哦。"李景奭《燕行錄》

　　金堉《謁夷齊廟》："砥柱亭前細磧堆，清風臺下水縈回。無顏更入夷齊廟，前度行人今又來。"《牛家莊次上使白軒韻》："自春徂夏未歸鄉，朝暮何堪行色忙。歇馬午風憂觸熱，驅車曉月喜乘涼。東來已樂龍灣近，西顧全忘薊路長。欲向奇章莊上宿，雨餘殘日白荒荒。"《牛莊途中》："憶過三河與玉田，舊家喬

木雜新阡。今朝遠望千山路，喜見巖排古樹圓。"《高平道中》："百里行行蘆葦田，西邊驛路接東阡。如今始識乾坤體，不獨天圓地亦圓。"《數詩體》："百水千山萬野中，三岐八達九衢通。四時二節一秋近，六歎五噫七十翁。"金堉《潛谷遺稿》卷二

李景奭《望鳳凰山口占》："鳳凰山似瞻三角，烏鵲聲如到故鄉。明日鴨江舟上望，薊門遼野夢微茫。"李景奭《燕行錄》

金堉《望鳳凰山》："鳳凰高出破吾顏，秀色依俙三角山。縱使非眞猶不遠，絕勝前日夢中還。"金堉《潛谷遺稿》卷二

李景奭《渡江》："鳳城朝出夕龍灣，粉堞譙樓暮靄間。未信鴨江爲絕塞，渡江眞似洛中還。"李景奭《燕行錄》

金堉《有感》："鴨綠江頭義順城，先王於此駐霓旌。中興大計三千士，上國雄威百萬兵。郛郭變遷分內外，墻垣頹圮繞榛荆。今逢地覆天翻日，痛哭關山淚濕纓。"金堉《潛谷遺稿》卷二

李景奭《朴觀察迎於順安，翌朝先行，中路見贈次韻》："玉節勤相迓，靑眸慰遠行。暫離猶苦憶，佳句卽深情。吏畏秋威肅，甿休夏稅征。看君布德意，摠是馨丹誠。"《到黃州，雨中發向鳳山》："山頭粉堞是黃州，却算曾遊歲幾周。簫鼓慣隨來往客，煙波長帶別離愁。途中剩得新霜髮，亂後空餘舊翠樓。暮雨又催旌旆去，擁襄扶上木蘭舟。"《鳳山次李學官成憲韻》："漸近秦京意更忙，雨中驅馬度重岡。三更塞月丹心苦，萬里關山白髮長。暫出不堪懷舊國，半生何以客他鄉。靑眸可喜還多恨，臨到分張輒倍傷。"《走次鳳山倅韻》："蚌胎不與月同虧，廿八明珠照目時。畫閣東頭相別恨，綠楊枝畔雨絲絲。"李景奭《燕行錄》【考证：《白轩先生年谱》言李景奭"六月复命"，故以上诸诗当作于五月初五日至六月间。】

九月

初三日（丙午）。

李植《送赴燕使三首》："驊騮談棗跼天閑，要試霜蹄歷險艱。直泛星槎超鴨水，橫穿朔雪到燕山。貂裘繡被寒都薄，爛醉高吟語豈酸。巷柳園桃應有待，東風好送節旄還。上使全昌君駙馬都尉柳公廷亮"龍灣西去接楡關，半萬長程兩歲間。許國有身須盡瘁，匡時無策敢辭艱。三叉古渡層冰矗，百戰荒城殺氣頑。同病故人猶踏跡，仙槎迢遞悵難攀。副使完南君李公士深"雪擁關城冰塞河，鄉山回首白雲多。氈車夜聽邊笳響，何似驪江款乃歌。'款乃'一作'叫樞'。書狀官朴寺正

吉應"李植《澤堂集》卷六【考证：据《使行录》，谢恩正使柳廷亮、副使李厚源、书状官朴吉应于九月初三日辞朝，故此诗作于初三日或其后。】

初八日（辛亥）。

金德承《送完南君李士深厚源赴燕重陽前一日》："欲說不能說，別懷那可摹。握手銷魂橋，忍聽歌驪駒。幽燕是絶國，霜雪又載途。行行且加餐，慎保千金軀。"金德承《少痊集》卷一【考证：题注曰"重阳前一日"，故当作于九月初八日。《国朝人物志》卷二十三：金德承（1595－1658），宣祖乙未生，字可久，号巢睫，又少痊。光海时，参癸丑疏。丁巳进士。己未登庭试，历两司、春坊、府使。仁祖甲子，以书状官航海朝天，善华语，所著《天槎大观》二帖，在玉堂。孝宗戊戌卒，年六十四，推恩赠左赞成。】

十月

十六日（戊子）。

赵又新《送郭子久弘祉赴燕》："老子曰：'富貴者送人以財，仁人者送人以言。'今吾既不爲富貴者，其於郭君之行，烏得無情。兹賦一聯，以替贈言，非以爲詩也。陣陣霜風殺氣隆，悠悠驅馬指遼東。清宵古月今天下，殘曉明星舊域中。駝立荊榛迎使節，鶴歸華表欺沙蟲。離亭送客殊前興，惟願行行慎匪躬。"赵又新《白潭遗集》卷一【考证：据《使行录》，冬至正使吕尔载、副使崔有渊、书状官郭弘祉于十月十六日辞朝，故此诗作于十六日或其后。李玄逸《通训大夫权知成均馆学谕汉阳赵公墓表》：赵又新（1583－1650），字汝缉，号白潭，汉阳人。宣祖癸未生。光海癸丑，入太学补上舍生。是时光海政乱，遂拂衣南归，杜门静处，不事科业。及仁祖改玉，始出应举。甲申以卿宰荐拜陵署郎。戊子转长兴库奉事。孝宗庚寅卒，年六十八。】

十一月

十六日（戊午）。

朝鮮國王李倧遣陪臣劉廷良【按："刘廷良"当为"柳廷亮"之讹】等奉表，謝免貢米及發回林慶業恩，附貢方物。宴賚如例【按：参见是年九月初三日条】。《清世祖實錄》卷二九

顺治四年（**1647** 年，丁亥）

正月

初一日（癸卯）。

朝鮮國王李倧遣陪臣尤贊成【按：当为"吕尔载"，"尤赞成"实为"右赞成"，吕尔载时任朝鲜右赞成，清人误以为其名】等表賀冬至、元旦、萬壽聖節，附貢方物及歲貢。宴賚如例【按：参见顺治三年十月十六日条】。《清世祖實錄》卷三〇

四月

十三日（甲申）。

李㴐《燕途紀行序》："丁亥孟夏，以頒赦進謝赴燕，季秋還朝，緣歲幣半革，深蒙殊恩。副价都憲朴遾，行臺應敎金振也。"李㴐《松溪集》卷五【按：此序见于《燕途纪行》正文前，概述麟坪大君于庚辰闰孟春、壬午仲夏、癸未季秋、乙酉暮春、丁亥孟夏等十余次燕行始末，笔者辑录《松溪集》中燕行诗，依时系年，并析出序文相应记载置于诗前，以资考索。】

仁祖李倧《御韻》："關河征馬載駸駸，驛路西連鴨水深。盾日炎炎如爍石，火龍爀爀似流金。渴來誰與氷漿冷，宿處難投樹木陰。況是此行沙塞外，暮雲千里若爲心。""清秋會面雖非遠，豈忍一時商與參。垂柳牽情鶯睍睆，離歌唱盡恨采深。今宵花月三杯酒，去路雲山萬里心。臨別贈言良有以，送君揮淚賦規箴。"李㴐《松溪集》卷一

李㴐《丁亥夏赴燕，春宮贈別二律，臨行仰和副价都憲朴遾，行臺卽應敎金振》："驛騎何事驟駸駸，落日離筵別恨深。三夏行旌輕萬里，一封鄉信直千金。燕山草樹當關暗，鴨水風煙接塞陰。莫道炎程行役苦，飲氷唯自秉丹心。""餞罷瓊琚携滿袖，西天旌斾欲橫參。清遊駱下雲俱散，離恨龍灣水共深。叱馭寧論征役苦，匪躬唯有歲寒心。丹忱更結螭庭下，欲去徊徨進六箴。"李㴐《松溪集》卷一【考证：据《使行录》，谢恩正使麟坪大君李㴐、副使朴遾、书状官金振于四月十三日辞朝，且诗题云"临行仰和"，故以上诸诗当作于十三日。】

李倧《御韻》："搖搖征斾今何處，別後心思倍黯然。莫遣折花驚蝶夢，鶯

聲依舊柳含煙。"李宧《松溪集》卷一

李宧《百祥樓仰和春宮戲贈》："故園東望幾千里，獨上高樓思悄然。寂寞鶯花春又晚，夕陽橫帶暮江煙。"《龍灣渡頭步李尚書行遠韻，別灣尹李時楳》："陰山又此行，何日更逢迎。臨別無窮意，孤舟萬斛情。"李宧《松溪集》卷一

李倧《御韻沿路吟詠春宮並賜追次》："奉使燕山萬里行，江頭幾日笑相迎。眼前須取深杯飲，莫話今朝遠別情。""征馬蕭蕭背日行，遼山矗矗望中迎。臨歧相送欲分手，夕照江波無限情。"李宧《松溪集》卷一

李宧《金石山戲次副价》："日日負清債，身心倍覺疲。不妨人或笑，更望寄新詩。"李宧《松溪集》卷一

李倧《御韻追次》："役役風塵裏，心形俱自疲。唯勝去來際，贏得百篇詩。""雅謔資長道，渾忘氣力疲。何當東駱宅，把酒共論詩。"李宧《松溪集》卷一

李宧《湯站書贈副价便面》："十年辛苦遼陽塞，銜命如今又出疆。不料異鄉同笑語，那知此日共班行。天連鶴野煙塵暗，地接龍堆道路長。多謝新詩頻有贈，聊將便面答輝光。"李宧《松溪集》卷一

李倧《御韻追次》："南接滄溟浩渺茫，北來山岳鎮邊疆。風吹夜帳陰雲黑，霜落塞天一鴈行。地近龍荒歸夢潤，音疎鳳闕旅愁長。凄涼背日陵高去，唯見殘墟夕照光。""昔聞掃盡腥羶穢，混一乾坤萬里疆。文物衣冠超百代，英標俊彥列千行。時移事變腸堪斷，地是人非恨獨長。秋草荒凉唯月白，慇懃酌酒慰清光。"李宧《松溪集》卷一

李宧《通遠堡次行臺謝借馬，仍譏故事》："鶴野茫茫路不窮，玄黃那得任追風。倘騎此馬東門外，寧怕崎嶇暮夜中。"李宧《松溪集》卷一

李倧《御韻追次》："關山千里路難窮，拂面時來廣漠風。音斷故園今幾許，夢魂長繞玉樓中。""何須阮籍哭途窮，鵬搏扶搖九萬風。磊落男兒事業志，取看仁義力行中。"李宧《松溪集》卷一【考证：以上诸诗作于四月十三日至五月十四日间。】

五月

十四日（甲寅）。

李宧《盤山驛次行臺》："難繼濁泉水，何望紫禁冰。古來行役苦，未有此炎蒸。"李宧《松溪集》卷一【考证：《承政院日记》言是年六月初三日"谢恩使麟坪大君行次，去月十四日无事到辽东，留一日，发向前进事。"可知李宧一行于五月十四日前后抵达辽东。又此诗题曰"盘山驿次行台"，盘山位于辽东至北京

途中，故此诗作于五月十四日后。】

李倧《御韻追次》："或涉火雲侵毒熱，時從雪塞踏層冰。君行快意無拘束，人馬何由氣似蒸。""觀海難爲水，夏蟲豈語冰。何如征戰苦，謾說熱薰蒸。頃在北漠，累從戎陣，備嘗炎霜之苦，故云。"李宷《松溪集》卷一

李宷《廣寧前野，偕清騎獵。副价先獲一鶺鵑，以詩誇之。余得二雉，步其韻戲答》："告功非獲雋，獵騎謾平林。野雀雖千數，何當一大禽。"李宷《松溪集》卷一

李倧《御韻追次》："孤村煙斂日沉夕，宿鳥依依投古林。驢背渾忘前路遠，原頭耽看弋輕禽。"李宷《松溪集》卷一

李宷《小凌河次行臺懷古》："荒城當道獨嵯峨，弔古行人感慨多。回首元戎歌舞地，夕陽空照舊山河。"李宷《松溪集》卷一

李倧《御韻追次》："城連白骨相羲羲，懷古傷心恨獨多。向夜月明人寂寂，灘聲咽咽滿長河。""古城殘堞尙嵬羲，指點行人惹恨多。謾說當年功業大，已將聲績擲流河。"李宷《松溪集》卷一

李宷《次副价錦州衛感懷》："客中愁思轉如麻，還羨城頭返暮鴉。近得故鄉書信否，枕邊歸夢到家多。"李宷《松溪集》卷一

李倧《御韻追次》："輕煙漠漠雨如麻，衰草城邊柳上鴉。客裏鄉心何處苦，淚痕偏向夢中多。"李宷《松溪集》卷一

李宷《寧遠衛戲答副价乞酒》："沃渴無如金椀茗，解愁元有滿腔春。莫效當時畢吏部，府中應指酒饞人。"李宷《松溪集》卷一

李倧《御韻追次》："多少客邊恨，能消一椀春。縱然已不得，莫作甕間人。"李宷《松溪集》卷一

李宷《次行臺望覺華島偶吟》："訪古尋新遵海濱，物非人異獨傷神。可憐昔日乘槎路，幾度吾東奉表臣。"李宷《松溪集》卷一

李倧《御韻追次》："海雲初斷覺華濱，宿霧沉昏倍愴神。積水盈盈涵地軸，月明何處泣孤臣。"李宷《松溪集》卷一

李宷《塔山所答副价雨中述懷》："滿天風雨濕征衣，客裏新添白髮微。爲問前期何日是，故鄉長在夢中歸。"李宷《松溪集》卷一

李倧《御韻追次》："催行四夜始求衣，曉月含山欲熹微。兩三火僕休言苦，爲促來程是易歸。"李宷《松溪集》卷一

李宷《中後所答副价謝送酒》："颯颯輕風細雨來，征人正好倒金罍。故將詩債論多少，送與香醪復一杯。"李宷《松溪集》卷一

李倧《御韻追次》："喜瞻送酒來，驚却半殘罍。饞作相如渴，難霑水一杯。"李㝡《松溪集》卷一

李㝡《登角山寺在萬里城頭》："孤高絶勝角山寺，粉堞崢嶸萬里餘。北斗低懸天勢盡，東丘騁望客心舒。燕山草樹圍平野，鯨海滄波接太虚。千載此遊眞不偶，羽衣珠履訪仙居。"李㝡《松溪集》卷一

李倧《御韻追次》："兩三和尚一山寺，曾是當年霈澤餘。嶽色千重連瀚海，煙雲萬里接荊舒。秦城奮起天邊入，漢業陸沉地半虚。寥落禪房無限恨，英雄安得奠皇居。""角山寺裏鐘聲動，萬木深陰帶雨餘。詩爲興催白戰急，愁從酒解朱顏舒。僧歸石室香燈暗，講罷禪堂俗念虚。千里驅馳勞客夢，天邊引領望宸居。"李㝡《松溪集》卷一

李㝡《撫寧縣次副价雨中書懷》："今年又作望鄉人，萬里那堪奉使頻。却喜前溪微雨過，應知明日路無塵。"李㝡《松溪集》卷一

李倧《御韻追次》："西來久作望鄉人，澤國江山入夢頻。與子何當歸洛日，鳴珂紫陌拂紅塵。"李㝡《松溪集》卷一【考证：《清世祖实录》卷三二言李㝡于六月初七日"来朝奉表谢罪"，以上皆述赴燕途中事，当作于五月十四日至六月初七日间。】

六月

初七日（丙子）。

先是，有詔責朝鮮貢獻怠玩。至是，國王李倧遣第三子㝡來朝奉表謝罪，並貢方物【按：参见是年四月十三日条】。賜宴於驛館。《清世祖實錄》卷三二

九月

李㝡《到龍灣別副价先往新安席上應呼》："塞上同回馬，秋風客路長。如何半途別，又是近重陽。"李㝡《松溪集》卷一

李倧《御韻追次》："把酒偏消恨，論詩引興長。君今先我去，揮淚對斜陽。""夜聞歸鴈起邊思，曉得燕山萬里書。知爾相逢雖不遠，願言日月速居諸。"李㝡《松溪集》卷一

李㝡《龍灣舘仰和春宫馳驛委贈》："征斾言旋萬里外，玉樓初下一封書。字字丁寧偏友愛，江干拜受更懷諸。"李㝡《松溪集》卷一【考证：《到龙湾别副价先往新安席上应呼》有"又是近重阳"语，下诗题曰"重阳令节到新安"，以上诸诗当作于九月初一日至初九日间。】

初九日（丙午）。

李愭《重陽令節到新安答副价述懷》："饑歲民生困，邊城畫角哀。堯時九載水，湯日七年灾。心逐南鴻逝，身從北塞來。黄花滿四野，恐負重陽杯。時值久旱，杯酒無心，故云。"李愭《松溪集》卷一【考证：题曰"重阳令节到新安"，诗云"黄花满四野，恐负重阳杯"，作于九月初九日。】

李倧《御韻追次》："三農已失望，萬姓誠哀哀。我獨偏何故，天胡降此灾。燕知社日去，客趁重陽來。仰副憂民意，丁寧戒酒杯。燕山則年豐，故第一聯云。"李愭《松溪集》卷一

李倧《蔥秀山石榻仰和春宫潛邸時韻贈副价潛邸還瀋時，朴遾爲海伯，詩酒奉别于此》："石榻依然枕碧流，黄花楓葉又三秋。誰知今古深杯酒，爲解長途萬斛愁。"李愭《松溪集》卷一

李倧《御韻追次》："碧山紅葉暎前流，畫出依然錦繡秋。緬憶當時詩酒興，野情如舊盡消愁。"李愭《松溪集》卷一

李倧《碧啼舘仰和春宫書贈》："使節初從萬里廻，忽擎仙什喜難裁。清秋驛騎追風疾，不待征鞭步步催。"李愭《松溪集》卷一

李倧《御韻》："萬里西行今始廻，愁然情悃可勝裁。與君會面應來日，載驅撲撲須臾催。"李愭《松溪集》卷一【考证：《仁祖实录》卷四八言十月初五日"特赐麟坪大君鞍具马一匹，加副使朴遾、书状官金振资，以减岁币也"，可知此时李愭已复命，以上作于九月初九日至十月初五日间。】

十一月

初一日（丁酉）。

下直，謝恩使永安尉洪柱元。《承政院日记》

鄭斗卿《送閔判尹聖徽之燕二首》："國有時夷險，臣安自去留。槎曾浮渤海，馬復向幽州。一望山河壯，何年戰伐休。加餐愼行役，雪下滿貂裘。""出餞盡公卿，西郊班馬鳴。三漢京兆尹，十月薊門行。地接無窮塞，天長絶脉城。登臨萬餘里，懷古可爲情。"《送李書狀時萬錫汝二首》："燕市送君去，燕歌歌贈君。長城東入海，碣石上參雲。漢武曾爲帝，朝臣盡出群。應經北平郡，爲弔李將軍。""燕塞有雄關，壯哉天地間。蒼茫黑雲外，突兀巫閭山。不覺秦城險，空餘漢月還。如逢懷土者，須爲示刀環。"鄭斗卿《東溟集》卷四【考证：据《使行录》，谢恩冬至正使洪柱元、副使闵圣徽、书状官李时万于十一月初一日辞朝，以上作于初一日或其后。《国朝人物志》卷三：郑斗卿（1597－1673），

字君平，号东溪，温阳人。生而有异质，喜读书。明行人姜曰广来，北渚金塗为傧相，拣一时能文人与偕斗。卿以白衣应辟为从事，国朝所罕有。溪谷张维赠诗曰："布衣华国世称难，之子文章锦作肝。"仁祖己巳文科状元，历三司、春坊。丙子朝廷方斥和，而清兵朝夕且至，国事无一可恃。斗卿疏陈十事，又论备御急务十条设为问答，名曰《御敌十难》，上之，皆不纳。是冬，北军大至，一如斗卿之言，自是无意于世。常采古帝王治乱之迹，仿韩婴《诗传》著《诗讽》二篇，上曰《法篇》，下曰《惩篇》，皆引诗以证之，以寓讽戒之意。孝宗即位，斗卿陈《二十七讽》，上大加褒奖，再三披阅，不觉夜深。赐虎皮，恩礼甚隆。幼时受学于白沙李相恒福，称赏不已，期以"他日大家手"。沧洲车云辂以为"司马长卿不能过也"。月沙李廷龟见其科表，题其尾曰："约束两汉，驰骋四杰。一洗科白，浇漓大振。作者门风独鸣场屋乃是余事，高文大策须待此手。"显宗吟其诗曰："域中王亦大，天下佛为尊。"官至礼曹参判，特赠大提学。】

初二日（戊戌）。

朝陰，夕晴。朝後發行，夕時到坡州止宿。李時萬《默全堂文集》卷一

洪柱元《坡山館贈李庇安用錫還京》："伯氏同行役，何憂萬里程。只憐兄弟別，偏惱去留情。謝草春先返，姜衾夢幾驚。歸期二月是，須佩一壺迎。"洪柱元《燕行錄》【按：坡山館即坡平馆，位于坡州。洪大容《湛轩燕记·路程》云："自京至义州一千五十里。高阳碧蹄馆四十里，坡州坡平馆四十里。"《纪年便考》卷二十四：洪柱元（1606－1672），字建中，号无何堂，丰山人。宣祖丙午生。仁祖癸亥，尚宣祖贞明公主，封永安尉。丙子扈驾入南汉。仁穆大妃升遐，后宫中有帛书多不道语，上疑贞明公主，以御札问于张维，维以"不可起狱"为对，既而。己卯，上寝疾，而宫中有巫蛊之变。上意疑公主也。鸣吉曰："先王骨肉只有贵主，今若起狱，当日反正之意安在？且巫蛊自古多晻昧难明，仍请移御别宫。"上大怒，特命越次赴沈。鸣吉到龙湾，又上疏极谏。时永安尉宫中多被栲死者，祸将不测，李植力持救解之议。自是，柱元杜门不出者五年，疏救赵锡胤、朴长远。上以仪宾不当，干预国政罢职。郑太和、金益熙为之伸救。名重士流，四使燕山，例赠皆散之僕率。显宗壬子卒，年六十七，谥文懿。】

洪柱元《贈舍弟國卿還京》："不死餘生在，扶持賴弟兄。何曾有遠別，忽復戒嚴程。欲起心先折，相看眼不晴。君歸好定省，晨夕慰慈情。"洪柱元《無何堂遺稿》卷七【按：洪柱国，字国卿，柱元弟。李殷相有《赠别内弟洪国卿柱国

北幕之行》。】

李時萬《坡山館別舍弟次正使韻》："五十衰年力，蒼顏弟及兄。睽離傷此日，行役問前程。野館霜威冷，山橋曉氣晴。那堪上馬後，脉脉兩含情。"李時萬《默全堂文集》卷一【按《国朝人物志》卷三：李时万（1601－1672），字锡汝，系出宗室，世宗别子，宁海君瑭七代孙。甲子进士。庚午文科，历翰林、舍人、三司，官至全罗监司。天资厚重有器度，外严内和，长于文词。以金洛兴自点门徒见废，屏处江郊。日耽书史，课儿孙。著有《默全堂文集》。】

李時萬《復用前韻呈正使》："年事差先後，交期即弟兄。開襟三十載，附驥七千程。節序當凝閉，行裝候雨晴。沙頭鶺鴒別，同我此時情。"李時萬《默全堂文集》卷一

初三日（己亥）。

晴。曉頭發行，早朝到長湍，因向松都止宿。李時萬《默全堂文集》卷一

李時萬《曉次臨津口號》："清晨飛傳到江干，畫角聲高水氣寒。說與津頭艤船吏，茲行何似督郵酸。曾以迎曙察訪適此津，故云。"李時萬《默全堂文集》卷一【按：臨津位于长湍地界，《高丽史节要》卷四云："长湍县管内临津、临江等县，民田多寡膏瘠不均。"】

李時萬《長湍途中望天摩山口號》："策馬西踰加察嶺，天摩列峀如芙蓉。別來顏面宛相見，無乃巫山十二峯。余曾遊天摩，其峯十二，故云。"李時萬《默全堂文集》卷一

初四日（庚子）。

朝發行，到金川站，仍向平山止宿。李時萬《默全堂文集》卷一

李時萬《金川館送長兒還京口占呈正使》："昨日弟別兄，今朝父別兒。骨肉已分攜，我行獨何之。嘿嘿中自傷，悠悠鞍馬馳。然念王事急，不暇言吾私。丈夫要遠遊，何須泣路歧。作詩告我友，此懷應復知。"李時萬《默全堂文集》卷一

洪柱元《平山路上見仲父遺愛碑感而有作》："片石官門左，含悽下馬時。仁明一歲化，父老百年思。姓名長留此，音容宛在茲。曾看碧蹄路，遺愛亦豐碑。"洪柱元《無何堂遺稿》卷七

李時萬《東陽路上有洪白川丈遺愛碑，感而賦之呈正使》："神君遺跡但荒碑，父老猶存去後思。冥漠風儀難再覿，路歧回首一悽其。"李時萬《默全堂文集》卷一【考证：以上诸诗作于十一月初四日自金川发往平山途中。】

李時萬《馬上遣懷》："霜滑溪橋馬跼蹄，山從人面互高低。如何客路無終極，已出西關更向西。"李時萬《默全堂文集》卷一【考证：此诗约作于十一月初四

日至初五日间。】

初五日（辛丑）。

朝發行，到蒽秀站，仍向瑞興止宿。李時萬《默全堂文集》卷一

李時萬《蒽秀山觀玉溜泉》：“客驂午憩蒽秀山，古館冷落臨溪灣。前峰屹立勢回環，鐵壁巉巖不可攀。靈泉發源石寶間，飛雨落地流潺湲。銀潢一脉天閬慳，冨媼戲劇令人覭。紫砂真液味一般，湔腸滌胃醒昏頑。皇華耽玩不曾閑，過客駐馬爭破顏。我行卒卒西出關，鬢上只覺添詩斑。更待明年好東還，醉看花月低烟鬟。”《次正使玉溜泉韻》：“天仙當日賞靈泉，賓館臨溪蘸畫椽。遺墨不隨兵燹改，至今名字播東偏。石面有朱之蕃‘玉溜泉’三字。”李時萬《默全堂文集》卷一

初六日（壬寅）。

早朝發行，到劍水站，仍向鳳山止宿。李時萬《默全堂文集》卷一

李時萬《洞仙館見雪漫吟》：“夕風吹雪暗平蕪，遠近山光水墨圖。卻笑長途驅傳客，灞橋詩興未全無。”《踰洞仙嶺》：“關嶺岩嶢號洞仙，皇華詩什尚流傳。山椒歇馬頻回首，何處笙簫下九天。”李時萬《默全堂文集》卷一【按：洞仙館、洞仙岭位于凤山。】

初七日（癸卯）。

早朝發行，到黃州止宿。李時萬《默全堂文集》卷一

李時萬《誕日行望闕禮次正使韻謹按：十一月七日即仁祖大王誕日》：“官佩無緣拜九霄，賀班遙想紫宸朝。葵誠倍祝南山壽，佇見三光亦屢洞。”李時萬《默全堂文集》卷一

洪柱元《次黃崗有懷柳節度韻》：“鎖鑰西門最，英豪亦一時。勤勞當日事，節制後人思。莽蒼今如此，綢繆孰念茲。空將過客淚，沾灑峴山碑。”洪柱元《無何堂遺稿》卷七

李時萬《黃岡感懷柳節度用正使韻》：“陰雨籌邊日，賢豪制閫時。金湯七里險，功業百年思。形勝終無賴，關防實在茲。重泉不可作，攬涕看遺碑。”李時萬《默全堂文集》卷一

初八日（甲辰）。

早朝發行，到中和止宿。李時萬《默全堂文集》卷一

李時萬《中和道中用正使韻》：“鐃笳當道引飛旌，十月橋梁看已成。雙闕五雲勞北望，亂山孤驛紀西行。危途叱馭燕京近，雄劍隨身雪鍔橫。莫恠維楊車滿橘，使華風采動江城。”《次正使中和館寫懷韻》：“牢落乾坤信客旌，倦眠

鄉夢苦難成。山河舉目殊前日，關塞唧綸愧此行。一夜羈懷頭皓白，百年時事
淚縱橫。星軺早發知何處，浮碧樓高倚古城。"李時萬《默全堂文集》卷一

初九日（乙巳）。

早朝發行，到平壤止宿。李時萬《默全堂文集》卷一

李時萬《箕城老妓嘆二絕呈正使妓即月沙相公遠接時所眷云》："綺筵曾侍老神
仙，一代東槎好事傳。可惜鈆華易銷歇，白頭垂淚說當年。""少日繁華過鳥音，
舞衫歌扇已難尋。分明孤燭東樓夜，尚有當時一片心。"《發箕城口號》："樓臺
多少浿江頭，是處風光豁客眸。特地未成登眺計，普通門外又行輈。"《禪娟洞
在箕城西北五里》："洞裏何多美女墳，香魂朝暮化為雲。年年春到荒原上，花似殘
粧草似裙。"李時萬《默全堂文集》卷一

初十日（丙午）。

早朝發行，到順安，仍向肅川止宿。李時萬《默全堂文集》卷一

李時萬《順安途中》："驅馳長路苦無閑，鬢髮蕭蕭日覺班。馬上支頤成小
睡，片時蝴蝶到鄉關。""水村山郭歷紆餘，促傳長隨使者車。髀肉欲洏筋力盡，
客間酸苦定何如。"李時萬《默全堂文集》卷一

十一日（丁未）。

早朝發行，到安州止宿。李時萬《默全堂文集》卷一

李時萬《次正使吊南節度韻》："草木孤城幾變衰，客來垂淚立多時。男兒
許國捐生地，嗚咽江流不盡悲。"《次正使作家書後有感韻》："晚投空館駐征
車，徒倚南窓一嘯舒。久客漸生家室念，撥忙封寄數行書。"《次正使百祥樓登
眺韻》："城池從古設雄關，快閣登臨盡日閑。撲地人家三百戶，插天螺髻萬千
山。長江屈曲樽罍外，眾樂高低粉黛間。銷卻向來為客恨，醉中邀月不知還。"
李時萬《默全堂文集》卷一【按：百祥楼位于安州。】

十三日（己酉）。

發行，到嘉山止宿。李時萬《默全堂文集》卷一

李時萬《渡大定江戲呈正使》："長江冰合瑩琉璃，蛟窟平臨步步疑。千古
快心惟雪馬，乘橋貴客不曾知。"《嘉陵道中望見雙峰有感》："天削雙峰一脉
連，屹然相對幾千年。人生莫作離家客，憶弟空勞白日眠。"《午憩納清亭臨發
口呼》："山嵐霏微晚作寒，曲灣冰合玉欄干。三聲畫角催行色，何日長亭卸馬
鞍。"李時萬《默全堂文集》卷一

十四日（庚戌）。

夜雪，早朝發行，到定州止宿。李時萬《默全堂文集》卷一

李時萬《朴尚之令公追寄別詩次韻遣懷》："千里身為客，中宵夢獨還。征人愁落日，羸馬怯深灘。此日新安館，明朝凌漢山。已知王事急，行役敢辭難。"李時萬《默全堂文集》卷一【按：朴遾，字尚之。新安馆位于定州。】

十五日（辛亥）。

朝雪，午後晴。早朝發行，到雲興站，仍向林畔止宿。李時萬《默全堂文集》卷一

李時萬《林畔館送人還京》："行人相別轉依依，羨爾今朝日下歸。回首燕京四千里，可堪風雪撲征衣。"李時萬《默全堂文集》卷一

十六日（壬子）。

日出發行，到車輦館，仍向良策止宿。李時萬《默全堂文集》卷一

李時萬《車輦館路左不見盤松有感而賦》："山館經過地，居然動客心。蒼髯不可見，古跡亦難尋。當日凌霜蓋，長年庇唱陰。皇華詩尚在，覽罷一長吟。"李時萬《默全堂文集》卷一

洪柱元《次車輦蟠松枯死韻》："車輦松何在，登臨倍愴心。蟠根亦無跡，華使可重尋。最惜凌霜節，還思蔽日陰。榮枯捴如此，感物一悲吟。"洪柱元《無何堂遺稿》卷七

十七日（癸丑）。

早朝發行，到所串站，仍向義州止宿。李時萬《默全堂文集》卷一

李時萬《龍灣館夜酌次正使韻呈府伯令公》："鐃笳聲咽鴨江頭，沙塞風埃惱病眸。卻喜故人為地主，頻令吾輩失鄉愁。清樽細話霏瓊屑，殘燭深更倚畫樓。情味宛然京洛會，客驂明發復遲留。"《龍灣館次正使韻》："詩社從來讓一頭，金箆何幸刮昏眸。同為絕域西行客，叵耐經年北望愁。垂老馬卿常渴肺，感時王粲強登樓。前途物色應添淚，莫恠龍灣更少留。"《復用前韻呈副使》："落日荒荒古渡頭，塞天雲物入吟眸。長江劈野分三派，快閣浮空豁四愁。形勝莫論箕子國，繁華不數降仙樓。嚴程卻恨催行李，孤負佳人一笑留。副使有調戲之詩，故第八句云云。"西州花事說從頭，平壤深嗟不入眸。到處徒為歡謔語，來時寧作別離愁。三宵獨宿龍灣館，一念全灰燕子樓。卻怕風流還落莫，笑將朝服倩人留。"余將渡江，所着紅衣換諸使喚人，使之留藏，副使有調戲之語，故余亦以戲之。"《次正使龍灣館寫懷韻》："欲渡三江路轉迷，朝風吹雪凍雲低。男兒許國平生志，今日臨歧色不悽。"李時萬《默全堂文集》卷一【考证：日记言使团于十七日抵达义州，二十一日"仍留"，二十二日"朝发，使臣一行乘冰渡鸭绿江"，以上诸诗皆述留龙湾馆事，又《复用前韵呈副使》有"落日荒荒古渡头"语，约作于十一月

十七日至二十一日间。】

二十二日（戊午）。

朝發，使臣一行乘冰渡鴨綠江，中江時未凍合，方物歲幣以舡載渡。日昏時到九連城，露宿川邊。李時萬《默全堂文集》卷一

李時萬《次正使渡灣江留別府伯韻》：“征軺將發駐江潯，出塞悲笳咽晚陰。歧路易生羈客恨，夕陽空羨返巢禽。”“急觴那得破深愁，留別偏傷地盡頭。怊悵行客何日返，塞天西北即中州。”《露宿三江曉起次正使韻》：“蒼茫塞土似臙脂，萬疊雲山互蔽虧。身渡鴨江仍絕域，夢還鑾掖獨多時。寒霜逼骨難宵夜，苦月隨人若有期。明發九連城下過，毀垣殘堞捻堪悲。”李時萬《默全堂文集》卷一

二十三日（己未）。

平明發行，夕時到湯站，露宿川邊。是日行七十里。李時萬《默全堂文集》卷一

李時萬《復用前韻述行役之苦》：“先導長程賴馬頭，每逢危險輒回眸。山橋水滑緣厓怯，野渡灘深控轡愁。饑渴自憐為遠客，繁華誰復戀青樓。今來行役艱難最，夜枕無眠晝不留。副使有調戲之語，故第六句云。”李時萬《默全堂文集》卷一

【考证：诗约作于十一月二十二至二十四日间。】

二十四日（庚申）。

大雪。平明發行，夕時鳳凰城柵門外五里披雪露宿。李時萬《默全堂文集》卷一

李時萬《柵外遇雪露宿遣懷》：“籠山急雪暗前頭，向夕酸風射客眸。馬上羈懷難自遣，溪邊露宿轉堪愁。橫斜密勢侵燈火，淅瀝寒聲凍玉樓。此地從來豺虎窟，一宵還似一年留。”李時萬《默全堂文集》卷一

二十五日（辛酉）。

晴。早朝入柵，守堡將出城設幕，使臣行見官禮。禮罷，使臣問皇帝起居，答以平安。堡將問國王安否如何，使臣以方在調攝之中，臣民憂悶之意措辭答之。罷出後，堡將送雞鴨豬酒，使臣以紙束、煙竹等物送給義州順歸人處，使臣對送狀啟一度。午後，護行將率軍兵導行出柵。日昏時到松站，一行人夫等跋涉冰雪，累渡險川，辛苦萬狀。是日行六十五里。李時萬《默全堂文集》卷一

李時萬《河水氷合，人馬利涉，喜而賦之》：“征車衝雪怯寒朝，急峽灘深石勢驕。天意似知人病涉，故教河水幻銀橋。”李時萬《默全堂文集》卷一

洪柱元《松站次冬至日曉起有感韻》：“奉使三千里，思親十二辰。可憐南至日，猶作北行人。令節看殊俗，歸期計仲春。休言陽動□，天地雪如□。”《又次至日韻》：“天地窮陰閉，陽生卽此辰。賀班思故國，羈抱說何人。嘿想三更夜，潛回萬物春。侵晨又催駕，山月半鉤銀。”洪柱元《無何堂遺稿》卷七【考证：

157

诗题云"至日"，故作于冬至即十一月二十五日前后。】

二十七日（癸亥）。

晴。平明發行，到通遠堡止宿莊頭家，是日行六十五里。李時萬《默全堂文集》卷一

李時萬《通遠堡店舍孤坐詠燭》："明從何去暗何來，夜夜愁眉為爾開。相對客窓無一語，寸心燒處淚成堆。"《店主攜其兒子，極有慈愛之意，漫成一絕》："華夷誰道異山川，慈愛從來本一天。帝利何時收赤子，家家謠誦太平年。"李時萬《默全堂文集》卷一

二十八日（甲子）。

平明發行，到連山關止宿莊頭家，是日行七十里。李時萬《默全堂文集》卷一

李時萬《復用前韻錄呈兩使》："晚來山日轉簷頭，睡起窗前不放眸。奉使驅馳寧說苦，作詩酬唱可寬愁。尚書地逼三魁象，公子才高五鳳樓。堪笑此身同附驥，帖中能得姓名留。使行舊存名帖分藏之例，故第八句及之。""田間投宿問莊頭，到底腥塵合閉眸。水咽冰灘還入恨，山高雪嶽捻關愁。人煙此日無多地，城郭當時幾處樓。前路漸艱筋力倦，不妨征斾薄言留。"李時萬《默全堂文集》卷一【考證：詩云"晚来山日转檐头，睡起窗前不放眸"，约作于二十八日通远堡晓起后发往连山关时。】

李時萬《連山店夢京洛親朋覺來有感》："雲樹離懷較即同，精魂應不隔西東。丁寧一夢連山店，談笑逢迎似洛中。"李時萬《默全堂文集》卷一

二十九日（乙丑）。

平明發行，到甛水站止宿莊頭家，是日行五十里。李時萬《默全堂文集》卷一

李時萬《連山店舍曉起泣書二絕十一月二十九日即余祖母忌日也》："恩同顧腹報無因，素鞶當年未死身。異域那堪逢忌日，兩行清血只沾巾。""窓間默坐到天明，永慕徒懷寸草誠。想得妻兒薦蘋藻，燈前應悉未歸情。"李時萬《默全堂文集》卷一【考證：日记言二十八日"到连山关止宿庄头家"，二十九日"平明发行"，此诗题曰"连山店舍晓起"，作于二十九日拂晓自连山店发行时。】

李時萬《踰會寧嶺一名高嶺》："高嶺崎嶇路百盤，馬衡冰雪黑貂寒。人間多少羊腸險，行役方知到處難。"李時萬《默全堂文集》卷一【考證：会宁岭位于连山店至甜水站间，此诗作于二十九日。】

李時萬《甛水站夜坐遣懷》："窮冬積雪遍千山，客夜難消二嶺間。病僕羸驂俱可念，明朝行路倍辛艱。"《追錄冬至日曉起有感之作呈兩使》："客裡逢南至，天涯望北辰。百官同賀日，孤燭異鄉人。豆粥思從俗，葭灰占發春。羈愁

添一線，須鬢盡成銀。""四時均一氣，南至最良辰。載節身為客，思家燈伴人。行裝依古店，歸計算新春。明日河橋畔，輕冰踏汞銀。"李時萬《默全堂文集》卷一【考证：据此诗在诗集中位置约作于二十九日至三十日间，系于此。】

三十日（丙寅）。

平明發行，到冷井止宿。煙臺傅氏二人、衙譯一人自瀋陽出來，以北京分付歲幣、木棉、染色綿紬等物今當持往瀋陽云。使臣以為無文書可撥，涉於虛疎，不即出給。是日行七十里。李時萬《默全堂文集》卷一

李時萬《踰青石嶺》："有客別東韓，遠遊遼塞西。關河殊險阻，去去前路迷。陟岡仍下隴，出陌還渡溪。早踰青石嶺，石齒互高低。我僕泣瘃足，我馬愁脫蹄。林深虎豹橫，谷邃熊兒啼。山日上杲杲，朔風吹淒淒。客意轉蕭瑟，亂緒無由齊。飄飄逐走蓬，夜眠如鷄棲。嗟我羈旅苦，紀行詩復題。"《途中漫吟以述辛苦之狀》："雪擁千重嶺，冰橫八渡河。驅馳猶不息，饑渴定如何。朔氣朝逾凜，鄉愁日轉多。前途有客店，策馬過山坡。"李時萬《默全堂文集》卷一

洪柱元《次青石嶺途中韻》："積雪平埋野，層冰亂塞河。亦知王事急，其奈客愁何。古堡人煙少，荒墟戰骨多。何時了行役，隨意坐陽坡。"洪柱元《無何堂遺稿》卷七【考证：青石岭位于甜水站与冷井之间，日记云"平明发行，到冷井止宿"，则以上作于三十日自甜水站发往冷井途中。】

洪柱元《又次河字韻》："曉起馳長長，朝炊傍小河。劇知愁錯莫，安得醉無何。為客黃金盡，思親白髮多。歸期屈指計，春日草生坡。"洪柱元《無何堂遺稿》卷七【考证：此诗为《途中漫吟以述辛苦之状》之次韵，兼有"晓起驱长长，朝炊傍小河"语，亦作于三十日。】

李時萬《用副使韻馬上口呼》："侵晨畫角報寒聲，前路塵清駟馬鳴。八渡三流今過眼，白巖青石舊聞名。鞱軒玉節佳公子，象笏金貂老上卿。附驥百年真自泰，登龍一日竟為榮。披襟不必論瓜葛，托契惟應視弟兄。塞外驅馳同逆旅，天涯魂夢幾春明。周郎舉目揮雙涕，楚國包茅愧此行。遣悶篇章時共和，寬愁諧謔間相呈。脂膏合作濡衣戎，夷險期殫報主誠。寄謝遼陽千歲鶴，魯連東海尚全生。"李時萬《默全堂文集》卷一【考证：诗曰"侵晨画角报寒声""白岩青石旧闻名"，亦作于三十日。】

李時萬《冷泉道上望遼野》："馬穿長峽度前山，白塔分明一望間。千里遼城今又到，不知何日薊門關。""逢山憂險水憂深，長路詩篇幾費吟。鶴野風沙應更苦，客行無地不關心。"李時萬《默全堂文集》卷一【考证：冷泉即冷井别称，柳尚运《冷井》："今到冷泉还一歇，醒心如解夜来醒。"故亦作于三十日。】

十二月

初二日（戊辰）。

平明發行，到耿家莊止宿閭家，是日行六十里。李時萬《默全堂文集》卷一

李時萬《早餐沙河店，用前韻呈兩使七言排律十韻》："茅店嘐嘐唱曉鷄，片時鄉夢小窗西。燒殘孤燭天將曙，箅卻長亭路轉迷。點檢行裝仍促食，招呼徒侶即沿溪。羈遊閱月心常惱，困睡憑鞍首屢低。涉險每憐人蕭足，貪程還惜馬穿蹄。荒原殺氣連山黑，古壘饑鴉向客蹄。絕漠回風朝冽冽，季冬飛雪晚淒淒。重關列戍思秦漢，隔海遙山望魯齊。鶼鶼不愁千里去，鶺鴒空戀一枝棲。陽春妙曲知難和，強把蕪詞率意題。"《遼東塔》："高高石塔聳層層，勢入雲宵不可登。百戰乾坤經浩劫，莫言興廢問無憑。"《次正使見白塔感懷韻》："飛鴻踏雪杳無蹤，千古銷沉即此中。孤塔不隨人代變，屹然終始拄皇穹。"《過遼東舊城感懷呈兩使》："金城千里是遼東，襟帶山河氣象雄。裘馬向時稱俠窟，銅鞮今日變華風。荒原白骨空壕外，古戍黃雲絕漠中。人代淒涼不可問，夕陽羌篴思無窮。"李時萬《默全堂文集》卷一

洪柱元《遼野》："又出遼陽路，茫如不系舟。天低境欲盡，野闊樹疑浮。城郭空留恨，山河尚帶羞。偏憐百戰地，白骨未全收。"洪柱元《無何堂遺稿》卷七

李時萬《次正使發遼東三里莊有感韻》："遼水冰初合，招招不待舟。地連青海遠，山入黑雲浮。宇宙無窮恨，男兒未死羞。荒城猶碧血，吊罷淚難收。"《遼陽途中》："遼鶴前身是令威，月明華表幾時歸。傷心不獨累累塚，城郭如今亦盡非。"《復用前韻呈兩使》："世故何多舛，天機又此辰。辭家同泛梗，抏玉愧行人。去日遼山雪，歸時鴨水春。惟須洗越橐，夜氣識金銀。""鞍馬長為客，遼陽幾渡河。自知餘力盡，其奈遠遊何。日色銜山薄，雲陰接塞多。傷心耕鑿地，孤店倚荒坡。""塞路殊艱險，重山又復河。人心有物感，鶺首奈天何。蕭瑟村閭少，蒼茫雨雪多。仍思皁帽客，當日住空坡。"李時萬《默全堂文集》卷一

初三日（己巳）。

夕，微雪。平明發行，到牛家莊，守堡將三人設幕列坐，使使臣西向行禮。禮罷設宴，酒三行罷，遇堡將送雉魚鵝酒，使臣以刀子、南草等物送給。歲幣方物皆依例文付於堡將，使之車運北京，仍為止宿莊頭家。是日行三十里。李時萬《默全堂文集》卷一

李時萬《牛莊道中望煙臺》："眼中星列是煙臺，大漠東西點點堆。恰似滄溟春水闊，片帆遙帶夕陽來。"《晚次三叉河用正使韻漫寫情境》："行廚踈糲案

前羅，風透車帷舉袖遮。久客漸無閑意思，冰河不復試魚叉。”“朝隨出日戒前
程，日馭西行客又行。鞍馬勞勞終底事，鬢毛唯覺雪添莖。”李時萬《默全堂文集》
卷一

初四日（庚午）。

因義州順歸人，使臣付送狀啟一度。平明發行，到沙嶺止宿店舍。是日行
七十里。李時萬《默全堂文集》卷一

李時萬《坐車甚苦，戲成一絕呈兩使》：“坐車誰道勝憑鞍，霹靂聲中轉不
安。堪羨屋橋高枕客，不知行役日艱難。”李時萬《默全堂文集》卷一【考证：此诗
无详细时地线索，据诗集中位置，约作于十二月初三日至初五日间。】

初五日（辛未）。

平明發行，到高平驛止宿閭家。是日行六十里。李時萬《默全堂文集》卷一

李時萬《高平途中為野火所圍困，車帷盡燒，詩以壓驚》：“火勢縱橫酷似
秦，一時天地暗灰塵。車帷炙盡驚心處，幾作焦頭爛額人。”“乘車纔免馬頻隕，
回祿如何又見猜。到底已嘗酸苦味，歸途身健定無災。”《敬次副使韻》：“陰風
欻吸振郊墟，回祿噓炎勢有餘。楚炬焚宮殘滅盡，齊牛燒尾怒奔如。篝間狡兔
迷三穴，路上行人失一車。不必壓驚仍把酒，脫冠燈下臥看書。”李時萬《默全堂文
集》卷一

初六日（壬申）。

平明發行，到盤山驛止宿閭家。是日行四十里。李時萬《默全堂文集》卷一

李時萬《高平店舍曉起有感錄奉兩使》：“高坪是誰地，倦客亦何人。轉覺
家鄉遠，難忘骨肉親。影孤燒燭夜，心折聽鷄晨。默算回旌日，那堪在仲春。”
“草次依荒店，淒涼伴夕禽。防身三尺劍，報國百年心。絕域同辛苦，羈愁孰淺
深。破窗仍不寐，坐待白河沉。”李時萬《默全堂文集》卷一

洪柱元《次高坪店舍韻》：“臘月將旬望，關河尙旅人。愁懷共誰語，形影
只相親。短燭明還暗，虛窗夜欲晨。寒梅故國路，遙想雪中春。”“薄晚投孤店，
踈林集暮禽。思親遊子恨，戀闕小臣心。天地黃塵暗，城池白草深。自然多感
慨，今古幾銷沉。”洪柱元《無何堂遺稿》卷七【考证：据日记可知使团于十二月初
五日“到高平驿止宿闾家”，初六日“平明发行，到盘山驿止宿闾家”。前诗题
曰“高坪店舍晓起”，后诗为其次韵，故约作于初六日。】

初七日（癸酉）。

平明發行，到閭陽止宿閭家。譯官朴得龍、軍官方敬逸還自瀋陽。是日行
七十里。李時萬《默全堂文集》卷一

李時萬《閭陽途中用正使韻》："腐儒疏糲素心甘，雲路騰驤揆分暫。斥鷃翻籬徒自笑，行人持節幸同參。天涯月魄重盈缺，關外山名又十三。堪詫吾儕不落莫，盡吟詩律夜闌談。""薊門行路幾時窮，回首三韓萬國東。身似孤蓬飄大陸，心隨獨鳥度長空。跳丸日月奔忙裡，戰地山河感慨中。銷遣客懷詩筆在，莫愁雕鏤未全工。"李時萬《默全堂文集》卷一

初八日（甲戌）。

早曉，中使李曄、譯官卞承澤回自北京，使臣付送狀啟一度。平明發行，到大淩河止宿店舍。是日行七十里。李時萬《默全堂文集》卷一

洪柱元《閭陽店送回還中使東還》："曉起閭陽店，中官自北還。長途四千里，今日十三山。縱得先歸興，應憐此路艱。逢人倘有問，為報鬢添斑。"洪柱元《無何堂遺稿》卷七【考证：李时万日记言初七日"到间阳止宿间家"，初八日"平明发行"，诗云"晓起间阳店""今日十三山"，十三山在间阳至大凌河间。又日记言"中使李晔、译官卞承泽回自北京"，诗题曰"间阳店送回还中使东还"，故作于初八日自间阳早发时。】

李時萬《次正使閭陽送中使東還韻》："使節殊方去，黃門故國還。欻分東北路，相望後前山。鳳駕行應促，羈棲夜轉艱。爐灰頻撥火，空炙鷾鴣斑。"李時萬《默全堂文集》卷一【考证：此为上诗之次韵，亦作于初八日。】

李時萬《大淩河道上遇被擄鄉奴，感懷口占》："當時尚有死生疑，此地相逢本不期。汝自戀吾吾戀汝，人情那忍訣於斯。""交河非汝土鄉乎，親屬鄰人記得無。異域難成狐首計，也應終作牧羊奴。"《次正使大淩河有感韻祖大壽出降之地》："虫沙冤結大河隅，破壘蕭條塞草枯。誰道隴西三代將，白頭終作虜庭俘。"李時萬《默全堂文集》卷一

初九日（乙亥）。

早朝發行，到松山堡止宿店舍。是日行五十里。李時萬《默全堂文集》卷一

李時萬《松山堡感懷作錦州衛被圍時，援兵十三萬據松山後嶺，敗沒無遺云》："昨日大淩河，今日松山堡。一過一回悲，淚灑荒原草。作客苦無歡，理遣恨不早。悲之竟何益，不悲還應好。孤嘯倚長劍，仰視蒼蒼昊。"李時萬《默全堂文集》卷一

初十日（丙子）。

平明發行，到塔山堡止宿店舍，是日行六十里○大淩河、松山、塔山三堡，城池一樣蕩滅，而塔山為尤甚，城址皆拓去無餘。使譯官問于漢人，則答以其時守城將備禦甚力，松山軍門洪承疇出降之後，自知事終不濟，招集諸將軍兵諭之曰："俺當與此城俱亡，爾等何必坐守死地。"諸將皆感憤，願與同死守城

持，乃分給火藥，使之遍置城內家舍，洞開四門，以俟敵兵。欄始入，令放火，舉城盡燒，敵亦多燒死，故憤其堅守不降，殘破城池至此云云。○守城將捴兵云，而未知其姓名，弔死節捴兵。李時萬《默全堂文集》卷一

李時萬《杏山途中偶吟唐詩有感而作杏山在松山西三十里》："漢武開邊日，何人出北平。雙旗號飛將，百戰振英聲。射虎誠通石，擎夜血洗兵。蕭條異代下，撫古一含情。"李時萬《默全堂文集》卷一

洪柱元《次杏山途中韻》："旅榻宵無寐，孤懷自不平。月猶千古色，鷄亦故鄉聲。外國方輸幣，中原未解兵。仍思漢飛將，異代不勝情。""使价眞知忝，驅馳豈敢論。行同漢博望，人異趙平原。道路煙塵色，山河戰代痕。興衰問無處，脉脉恨乾坤。"洪柱元《無何堂遺稿》卷七【考证：日记云初九日"到松山堡止宿店舍"，初十日"平明发行，到塔山堡止宿店舍，是日行六十里"，杏山位于松山堡至塔山堡之间，又诗注曰"杏山在松山西三十里"，故以上诸诗作于初十日自松山堡发往塔山堡途中。】

李時萬《店舍夜坐感懷作》："飲血重圍絕汲樵，北軍刀劒氣沖霄。忠臣不以孤城屈，壯士甘為烈火燒。五百同心神鬼感，死生全節日星昭。燈前欲敘中丞傳，說到當時膽自銷。""勝敗不須問，存亡且莫論。蒼生何罪酷，白骨棄丘原。破壘腥塵色，荒墟血雨痕。通宵自無寐，默默任乾坤。"李時萬《默全堂文集》卷一【考证：据诗题、诗意与诗集中位置，当为初十日夜宿塔山堡时作。】

十一日（丁丑）。

早朝發行，到寧遠衛城內，止宿祖大壽家。是日行七十里。○祖大壽家極其宏麗，約可四五百間左右，有樓金壁照耀，與敵對壘之將營第至此，其人可知。李時萬《默全堂文集》卷一

李時萬《寧遠城感懷》："擊折重門壯鐍扃，萬家雄鎮即東寧。金城莫道神京蔽，只有驚塵滿路腥。"《見寧遠城中聖廟荒廢，嘆慨而歸》："風磨殿壁雨頹牆，聖廟還為牧馬場。陰曀未應韜日月，會看天地更輝光。"《過祖大壽牌樓》："千金伐石建牌樓，一柱高門大道周。寵翰分明留四字，白頭俘虜使人羞。樓扁有崇禎皇帝'初錫無勳'四字之題。"《見祖大壽家舍慨然而作》："朱門列戟擅豪奢，金碧飛樓謾自誇。莫恠錦城終解甲，也應忘國不忘家。"李時萬《默全堂文集》卷一

十二日（戊寅）。

平明發行，到中右所止宿莊頭家，是日行八十里。李時萬《默全堂文集》卷一【按：中右所又名沙河所，据洪大容《湛轩燕记·路程》，赴燕途中自宁远卫始，先后经"沙河所三十三里""东关驿三十里""中后所一十八里"，共八十一里。

日记云"是日行八十里"，疑有误，当为"到中后所止宿庄头家"。】

李時萬《沙河途中望海口占》："遙山點點海門開，槎路曾從覺島回。千古祖宗惟泗水，使軺堪愧又西來。頃年赴燕使臣取路覺華島達于寧遠，故第二句及之。"《店舍夜坐無寐，東家有歡笑之聲，琵瑟聲又間出，使人覘之，主人設酒盤，盲人彈琵瑟相與為謔云》："東家小酌夜方深，燈下時聞笑語音。一曲琵琶何如客，也應盲目不盲心。"李時萬《默全堂文集》卷一【考证：此诗当作于十二日夜宿中后所间家时。】

十三日（己卯）。

曉頭發行，到前屯衛止宿店舍，是日行六十里。○前屯衛道上望見萬里長城，包絡千峯，繚繞極北，第一壯觀。李時萬《默全堂文集》卷一

李時萬《曉發前屯馬上口占》："五更騎馬踏寒霜，星月依微欲曙光。聞說使車行已遠，冥途跋涉意全忙。"李時萬《默全堂文集》卷一

十四日（庚辰）。

四更發行，到山海關止宿鋪子。是日行七十里。李時萬《默全堂文集》卷一

李時萬《望夫石詞吊姜女祠祠在山海關城東七里》："與君結髮兮為夫婦，百年信誓兮無別離。君何一出兮久不歸，妾在閨裡兮長相思。長相思兮不可見，日復日兮難為期。跂予望兮海之潛，瘁予心兮無已時。波濤怨咽兮日月晦，精誠上徹兮天為悲。忽遺世兮幻體形，化頑石兮欲無知。屹然獨立兮不回頭，五丁力挽兮不少移。號以望夫兮信不誣，千載歸來兮事蹟奇。余遠遊兮屢及此，慕節行兮尋遺祠。晬貞瑉兮成像，想仿髴兮芳姿。伊中心兮達外，尚有思兮我儀。淚不減兮斑竹枝，山不崩兮如九疑。薦丹荔兮嗟無緣，愴餘懷兮綴新詞。對長城兮劃一嘯，俯落日兮空躊躇。"《次正使山海關感懷韻》："重關遠勢似燒函，包絡乾坤萬象含。千古長城環塞磧，一邊滄海控西南。皇畿竟失金湯險，帝宅空思玉帛參。暇日鎖憂角山在，粗龍遺磧擬同探。"李時萬《默全堂文集》卷一

十五日（辛巳）。

歲幣方物所載車子未及准到，不得已仍留。李時萬《默全堂文集》卷一

李時萬《長城吟》："請君留傳車，聽我長城吟。長城舊秦築，譏議尚如林。我意異乎人，即事要知心。始皇真英雄，壯畧超古今。四海若括囊，六國如獵禽。號令迅雷電，鬼神莫敢禁。自念華與夷，盛衰同陽陰。周宣攘獵狁，尚有鎬方侵。不為萬世計，必致戎害深。發丁三十萬，築埤遼海潯。西絡流沙界，北截天山岑。一時雖毒痛，意在安黎黔。歷代昧自戒，亂政唯荒淫。不早備邊城，畢竟為虜擒。藉寇以天險，神州空陸沉。始皇不可作，欲語口還瘖。吟罷

復長嘯，白日驅駊駊。”李時萬《默全堂文集》卷一【考证：此诗当作于十四日至十五日留山海关时。】

洪柱元《臘月十五夜留山海關對月有感》：“山海重關險，舟車萬里通。蟾輪今夜滿，燕路幾時窮。言語他鄉異，杯盤故國同。所親驚我瘦，顏面已衰翁。”洪柱元《無何堂遺稿》卷七

李時萬《次正使山海關月夜有感韻》：“秦塞遠為客，鄉山信不通。月輪看又滿，歲律惜將窮。獨坐懷偏苦，羈棲跡自同。山河今古恨，一夜已成翁。”“星斗寥寥河漢明，轉簷寒月掛銅鉦。今宵客恨知多少，坐聽晨鷄第一聲。”李時萬《默全堂文集》卷一【考证：洪诗题“腊月十五夜留山海关”，李诗为其次韵，有“今宵客恨知多少，坐听晨鸡第一声”语，当作于十五日夕。】

李時萬《次正使謝主人餉酒韻》：“寒宵默坐筭歸程，歲暮誰知遠客情。卻喜中華遺俗在，主人呼酒勸深觥。”李時萬《默全堂文集》卷一【考证：李时万下诗为十六日自山海关发往深河途中作，此诗云“寒宵默坐算归程”，亦作于十五日夜宿山海关时。】

十六日（壬午）。

平明發行，到深河止宿驛舍。是日行六十里。李時萬《默全堂文集》卷一

李時萬《深河道中思正使韻》：“交道應如蔗味甘，百年心事兩無慚。雲龍上下還相逐，翰墨揄揚謬共參。禁臠才華推第一，駑蹄聲價荷增三。天涯見月思家地，幾度羈懷把臂談。”“倦客行行日力窮，厭聞驢鐸響丁東。靈槎敢道星河近，眾緝長悲帝座空。杜老吞聲離亂後，滄翁流涕醉歌中。知君感慨同心事，寫出新詩語轉工。”李時萬《默全堂文集》卷一

十七日（癸未）。

平明發行，到撫寧縣止宿店舍，是日行四十里。李時萬《默全堂文集》卷一

李時萬《撫寧縣東有廟宇，模像冥府，善惡皆有報應，殊形異狀不可一二計，客中亦一奇觀也，遂成謾詠呈兩使》：“世人誰信有冥司，物像看來怪且奇。地獄天堂分境界，仙童鬼卒別形姿。今生作惡千災祟，一日興仁萬福基。報應分明知不爽，我詩非獨戒蚩蚩。”李時萬《默全堂文集》卷一

十八日（甲申）。

曉頭發行，到永平府止宿店舍，是日行七十里。李時萬《默全堂文集》卷一

李時萬《午次盧縣安祿山舉兵之地》：“撫寧西去即盧龍，燕塞山河復幾重。當日胡雛同豢虎，至今遺恨說玄宗。”李時萬《默全堂文集》卷一【考证：卢县指卢龙古塞，即清之十八里铺。金正中《燕行录》云：“十八里铺，古之卢龙塞也。”

据洪大容《湛轩燕记·路程》可知抚宁县至十八里铺约五十里。诗云"抚宁西去即卢龙"，日记云"是日行七十里"，故作于十八日自抚宁发往永平府途中。】

李時萬《射虎石_{在永平府東五里許川上}》："北平曾是漢邊城，飛將猶傳射虎名。千古巍然一片石，幾教行客謾含情。"《永平府道中見乞人搥胸號訴之狀，急告同行俾施囊錢數文，惻然而賦》："鶉衣百結叫悲辛，長日饑寒切爾身。安得腰纏錢十萬，盡周關內翳桑人。"李時萬《默全堂文集》卷一

十九日（乙酉）。

曉頭發行，到沙河止宿驛舍，是日行七十里，○驛一名<u>七家嶺</u>。李時萬《默全堂文集》卷一

洪柱元《夷齊廟感懷》："地勝夷齊廟，天寒孤竹城。碑傳千古跡，門揭二難名。薇蕨青山在，乾坤白日明。精靈若不昧，應笑我曹行。"洪柱元《無何堂遺稿》卷七

李時萬《次正使夷齊廟感懷韻》："一水分雙泒，群山繞古城。遺墟仍地勝，情節即祠名。宇宙風聲遠，春秋祀事明。當時白馬客，何意獨西行。"《孤竹古城謁夷齊廟_{永平即孤竹國廟，在永平府西二十里有夷齊塑像，皇明朝揭額清節祠。祠復有清風臺閣，俯臨灤河，景致勝絕，河水分泒合流於臺下，河之北岸有孤竹君祠宇}》："千秋祠屋倚喬林，遺像瞻來整客襟。父命天倫輕重日，君綱臣節死生心。西山爽氣猶朝夕，灤水寒波自古今。人代居然多感慨，野禽何事又哀吟。""舊國山河在，夷齊某水丘。忠臣孝子行，千古大名流。落木寒禽怨，遺祠遠客愁。年年首陽土，薇蕨亦非周。"李時萬《默全堂文集》卷一

洪柱元《又次夷齊廟韻》："為拜夷齊廟，驅車經故丘。高標瞻嶽立，清節見江流。舊跡千年在，行人萬里愁。偏憐麥秀曲，當日忍朝周。"洪柱元《無何堂遺稿》卷七【考证：日记云"到沙河止宿驿舍，是日行七十里"，《孤竹古城谒夷齐庙》诗注曰"在永平府西二十里有夷齐塑像，皇明朝揭额清节祠"，可知夷齐庙位于永平府与沙河之间，以上诸诗当作于十九日。】

李時萬《七嶺驛舍孤坐次正使忌日感懷韻》："華髮緣愁似簡明，幾回孤枕度殘更。違離骨肉三韓客，跋涉冰霜萬里行。燕塞長程猶北去，臘天寒日又西傾。殊方轉切羹牆慕，一讀君詩愴我情。"李時萬《默全堂文集》卷一【考证：日记言沙河驿"一名七家岭"，诗题曰"七岭驿舍孤坐"，亦作于十九日。】

二十日（丙戌）。

平明發行，到豐潤城內止宿閭家，是日行九十里。李時萬《默全堂文集》卷一

李時萬《副使以疾留沙河，吾儕先行，情懷可勝》："衰年銜命一身輕，霜

露侵人疾易生。使節留時吾獨去，七家斜日倍關情。七家汐，河名。"天涯行役影相依，客榻那堪病臥時。只恨前頭王事急，路歧還有暫分離。"李時萬《默全堂文集》卷一

洪柱元《副使因病差後，路上不堪悵缺，口占一律》："萬里同行役，何曾有暫離。誰知公忽病，獨使我先馳。數日雖淹滯，千金且護持。相迎定不遠，步步故遲遲。"洪柱元《無何堂遺稿》卷七

李時萬《次正使留別副使路上感懷韻》："世事難如意，人生易作難。臥床愁獨滯，臨路失同馳。公體惟應健，餘心不自持。宵來竚消息，膏轄敢嫌遲。"李時萬《默全堂文集》卷一

洪柱元《流河驛行路上風沙甚苦，令人不可堪，錄記一律》："午憩流河驛，行行信馬蹄。塵沙暗遠近，天地失東西。洶湧身如泛，昏蒙眼亦迷。斜陽幸投店，故烏已爭棲。"洪柱元《無何堂遺稿》卷七

李時萬《道中風沙次副使韻》："天地流沙界，郊原沒馬蹄。回風來漠北，落景晦山西。便面知無賴，揩眸覺轉迷。艱難成旅泊，燈下一孤棲。"李時萬《默全堂文集》卷一

二十一日（丁亥）。

平明發行，到玉田縣城內止宿閭家，是日行七十里。李時萬《默全堂文集》卷一

李時萬《玉田店舍夜坐遣懷》："離家五十有餘日，行路三千二百強。何所聞來何見去，只憐鬢髮已滄浪。""統軍亭北皆遼左，山海關西即薊城。出塞冰輪看又缺，玉階蕢葉幾凋生。""燕山銜命敢言勞，日見腥塵染客袍。不是乘槎上霄漢，晚生天地愧吾曹。"李時萬《默全堂文集》卷一

二十二日（戊子）。

平明發行，到薊州城外止宿店舍，是日行八十里。○萬曆辛丑，盧龍令業世英有詩曰："人世傷心最路歧，山山何事各分離。應知逆旅經退者，不唱陽關思轉悲。"○薊州門樓盡撤，城堞毀破，使譯官問漢人，即答以向年要土戰死此城下，故如是為之云。李時萬《默全堂文集》卷一

李時萬《副使台丈平安報尚不來，不任傃慮，為賦一絕》："星軺消息漠無傳，漸覺離懷日抵年。行到薊州宜少駐，會看卿月向西偏。"李時萬《默全堂文集》卷一【考证：诗云"行到薊州宜少駐"，约作于二十二日自玉田发往薊州途中。】

李時萬《別山店路傍神廟，見板上詩，懷副使次韻書感店在薊州東三十里》："人間無處不分歧，異域偏傷一日離。山是別山山有店，客心孤絕轉生悲。"李時萬《默全堂文集》卷一【考证：诗注曰别山店"在薊州东三十里"，日记云"是日

行八十里"，故亦作于二十二日。】

李時萬《薊州獨樂寺見丈六佛漫成一絶》："金沙真界混腥塵，慧日猶臨丈六身。願借慈悲大士力，挽回滄海活窮麟。"李時萬《默全堂文集》卷一

二十三日（己丑）。

曉頭發行，到三河止宿驛舍，是日行七十里。李時萬《默全堂文集》卷一

李時萬《發薊州》："華譙歌盡只頹墉，煙樹殊非舊日容。全盛百年渾一夢，客來何處覓堯封。薊州煙樹詩人多詠，故第二句及之。"《帮均店道中與蒙人先後作行書感》："燕京誰說是中華，雜種如今作一家。堪愧三韓爭道客，兩眸終日瞇塵沙。"李時萬《默全堂文集》卷一【考证：据洪大容《湛轩燕记·路程》可知自蓟州至帮均店约三十里，日记云"是日行七十里"，故此诗作于二十三日自蓟州发往三河途中。】

李時萬《訪香花庵漫成一律明朝神宗皇帝願堂，云在薊州城西四十里白澗村》："五塔巍然白澗村，石門纔過又三門。重廊左右羅諸佛，層閣中間奉世尊。多福覬祈綿寶曆，十愆還不戒孱孫。西天法力知無賴，看取臺城血雨痕。"李時萬《默全堂文集》卷一【考证：诗注曰香花庵为"明朝神宗皇帝愿堂""在蓟州城西四十里白涧村"，故亦作于二十三日。】

二十四日（庚寅）。

未明發行，到通州城内止宿閭家，是日行七十里。○通州距北京四十里，東南咽喉之地，城池高深，人民廢鐵甲於關内。江邊舡檣簇立，無慮數百竿，江之廣比我國臨津江差狹。李時萬《默全堂文集》卷一

李時萬《與副使台丈作别已四日矣，為護行所拘，既不得馳人問訊，東來消息亦漠然無聞，彼此隔絶，心緒纏鬱，為賦一律，以申迎佇之意》："未得平安報，何能晷刻忘。山川漸遼闊，雲樹晚蒼茫。漫擬傳雙鯉，長思會一堂。人情有相感，應念此行忙。"李時萬《默全堂文集》卷一【考证：据日记可知十二月二十日，副使闵圣徽以疾留沙河，诗题曰"与副使台丈作别已四日矣"，故约作于二十四日。】

洪柱元《次夏店有懷副使韻》："王事驅人去，須臾豈敢忘。心懷自忽忽，消息漸茫茫。攝理誰醫藥，淹留奈店堂。同行六十日，今日有何忙。"洪柱元《無何堂遺稿》卷七【考证：据洪大容《湛轩燕记·路程》可知三河县至夏店约三十里，日记云"未明发行，到通州城内止宿间家，是日行七十里"，此诗当为二十四日自三河发往通州途中作。】

李時萬《通州店舍用前輩韻》："天下樞機地，層城迥逼霄。旗亭誇列肆，

氷渚咽寒潮。舟楫通湖淅，雲煙接薊遼。西河應咫尺，方覺此身遙。西河，用《哀江南》語。"《復用前韻》："雄鎮京師蔽，星辰近九霄。朱樓紛鼓吹，青雀引風潮。父老猶思漢，燕雲復入遼。誰知萬里客，獨夜怨偏遙。"李時萬《默全堂文集》卷一

洪柱元《次通州店舍用前人韻》："重鎮雄三輔，譙樓聳九霄。人煙織店肆，壕水應江潮。賈舶南通越，邊峰北接遼。王程苦無暇，不敢暫逍遙。"《通州記事》："列鎮連京左，繁華最此州。帆檣簇江口，車馬隘街頭。彩錦堆花肆，青簾颭酒樓。可憐兵革地，今日已忘愁。"洪柱元《無何堂遺稿》卷七

二十五日（辛卯）。

未明發行到四十里，午後由朝陽門到北京玉河館，鄭及衙譯韓甫龍、韓巨源、李蓂石等來到館門外，譯官李馨長等出接。馨長與鄭門答說，話評在使臣狀啟中，鄭言使臣持來表副本奏咨及方物歲幣物目單子，今日宜呈於衙門云，使譯官等呈進禮部。是夕，禮部依例送饌物、柴草於館中。李時萬《默全堂文集》卷一

李時萬《到館後追次正使通州有感韻》："冠蓋聯翩日，皇畿第一州。汴渠輸洛粟，京口鎮吳頭。錦肆千條路，珠簾百尺樓。繁華尚在否，着處漫生愁。"李時萬《默全堂文集》卷一【考证：诗题曰"到馆后追次正使通州有感韵"，此馆当指北京玉河館，故作于二十五日。】

洪柱元《臘月二十五日入玉河館》："長程六十日，今日入朝陽。已識非吾土，還如返故鄉。歸期亦可卜，客意一何忙。古館重門掩，寥寥對短牆。"洪柱元《無何堂遺稿》卷七

二十六日（壬辰）。

歲幣方物使譯官等領至戶部。李時萬《默全堂文集》卷一

李時萬《昨聞副使台丈前進之報喜而賦之》："不有分離恨，焉知會合歡。從今百無慮，高枕到更殘。"李時萬《默全堂文集》卷一

二十七日（癸巳）。

夕時，副使昇疾到館所，三更重，竟至不救。李時萬《默全堂文集》卷一【按：宋时烈《户曹判书闵公墓志》云："丁亥奉使出疆，到永平而病，从者力请毋行曰：'使事自有上价与书状矣。'公曰：'吾受国厚恩，思以死报，今或因我致诘是辱命。'遂行至玉河馆而卒，是十二月廿七日也。"】

顺治五年（1648 年，戊子）

正月

初一日（丁酉）。

朝鮮國王李倧遣陪臣洪柱遠【按："洪柱远"当为"洪柱元"之讹】等表賀冬至、元旦、萬壽聖節，附貢方物及歲貢。宴賚如例【按：见顺治四年十一月初一日条】。《清世祖實錄》卷三六

初五日（辛丑）。

朝鮮國入貢陪臣閔聖徽卒，予祭一次【按：见顺治四年十二月二十七日条】。《清世祖實錄》卷三六

李時萬《自哭副使心緒慘然無意筆硯，今始強賦以寓傷悼之懷》："重泉顏貌接無緣，燕路追陪已來年。古館寥寥孤燭夜，忍看囊篋舊時篇。""僧廊深處掩丹旌，孤襯何時返舊京。千里同來不同去，鴨江應咽暮濤聲。""新年客日已過人，節序居然又上春。泡幻閱來唯有淚，筆床詩囊任生塵。""孤懷悄悄坐寒宵，歷略歸程故國遙。一別泉臺消息斷，不堪今日是生朝。今日乃副使生日，第四句及之故。"李時萬《默全堂文集》卷一【考证：诗云"不堪今日是生朝"，注曰"今日乃副使生日"。闵圣徽生平详见宋时烈《杨州牧使闵公墓碣铭》《户曹判书闵公墓志》，然皆仅有病卒时间记载，生辰日期不可考。又诗云"新年客日已过人"，姑系于正月初七日后。】

十三日（己酉）。

夕，雪。巳時離玉河館，徃副使停柩之所，與喪行同時發程。申時，到通州城內止宿閭家。是日朝，使臣欲發送見來，鄭以為吾當有所言話為勿送云。李時萬《默全堂文集》卷一

洪柱元《發北京路中口占》："十八日燕館，今朝如脫圍。人方厭北苦，馬亦喜東歸。道里還如近，氛埃故不飛。誰將此消息，先我報慈闈。"洪柱元《無何堂遺稿》卷七

李時萬《發北京次正使韻》："古館唯空壁，牆高且四圍。每懷羈鳥恨，卻喜使星歸。縮地無奇術，橫天欲奮飛。何時白門路，走馬入彤闈。"《通州途中遇雪次正使》："寒盡燕山又見春，歸期元月趁中旬。行人遇雪差堪慰，一洗腥膻滿路塵。"李時萬《默全堂文集》卷一

十四日（庚戌）。

敕使十五日將發，令使行留待近地云，故仍留。李時萬《默全堂文集》卷一

洪柱元《十四日仍留通州》："遠客淹孤店，佳辰逼上元。笙歌九街路，燈火萬家門。遇境都無興，逢人豈解言。終宵自不寐，明日又何村。"洪柱元《無何堂遺稿》卷七

李時萬《留通州次正使韻》："文物猶思漢，山河已入元。行人留店舍，歸夢出關門。世亂無長策，時危戒斥言。前途儘蕭瑟，何處百家村。"李時萬《默全堂文集》卷一【考证：日记云十四日"仍留"，洪诗题曰"十四日仍留通州"，李诗为洪诗次韵，故皆作于十四日。】

十五日（辛亥）。

通州留在勢有難便，平明發行，夕時到三河縣止宿店舍。李時萬《默全堂文集》卷一

李時萬《次三河縣》："中宵月色混乾坤，令節觀燈是上元。惆悵遠人留道路，客間無意對清樽。""農家看月占豐徵，想像東人喜氣騰。歸去田園知有日，野冠村服興堪乘。"李時萬《默全堂文集》卷一【考证：诗题曰"次三河县"，诗云"令节观灯是上元"，当作于十五日。】

十七日（癸丑）。

平明發行，夕復到薊州，止宿城外店舍。李時萬《默全堂文集》卷一

李時萬《馬上口占》："五十衰翁書狀官，坐車常着弊毛冠。關中日暖初融雪，郭外山多迴盤巒。西去東還長偃側，客情詩思共酸寒。幾時行盡三千路，歸及春江把釣竿。"李時萬《默全堂文集》卷一【考证：据此诗在集中位置，约作于十五日至十七日间。】

李時萬《曉發薊州次正使韻》："催發征車趂曉鷄，平蕪殘隴路高低。星河沒盡東方白，尚見遙山點點迷。"《路上見雙翁仲口呼》："爾形雕琢本無情，官路還如管送迎。遠憶坡山雙石佛，幾時登嶺望秦京。"李時萬《默全堂文集》卷一【考证：据此诗诗集中位置，约作于十七日至十八日间。】

十八日（甲寅）。

未明發行，夕時到玉田縣，止宿城外閭家。李時萬《默全堂文集》卷一

李時萬《平郊曉煙》："萬幕誰教列白沙，吳紗楚練爛交加。須臾日出東山上，散作平原一抹霞。"李時萬《默全堂文集》卷一【考证：诗题曰"平郊晓烟"，兼有"须臾日出东山上"语，约作于十八日拂晓。】

李時萬《玉田主人家有黃白二朵花政開，為題壁上》："黃黃白白捻宜春，

嫩葉踈枝意態新。今夜客窓清不寐，一詩留贈愛花人。_{宜春，花名。}"《玉田次正
使韻》："綺窓朱戶爛生華，黃白交開第一花。春色滿堂兼菊酒，客間豪興也堪
誇。_{主人饋菊酒一榼，故第三句及之。}"李時萬《默全堂文集》卷一

十九日（乙卯）。

未明發行，夕時到豐潤縣，止宿城內間家。_{李時萬《默全堂文集》卷一}

李時萬《追述北京所覩記以寓傷感之懷》："控壓幽燕建帝都，祖宗基業壯
觀模。垂裳紫極三邊靜，執玉明庭萬國趨。虎逝龍亡仍寇盜，天翻地覆幾嗚呼。
行人敢道乘槎客，俯仰慙非烈丈夫。""萬里乾坤繞紫宮，十陵佳氣鬱蔥蔥。臺
城箭雨金甌缺，鴛井龍沉綺闕空。北極星辰長晦彩，西樓羊馬恣騰風。多慙惜
死馮丞相，指點東人裸浴同。""氈裘非復漢宮儀，皇極門前鐵馬馳。日色淒涼
鵁鶄觀，佩聲寥聞鳳凰池。誰知屈膝低顏地，盡是傷心慘目時。三百繁華渾一
夢，夕陽衰柳不勝悲。"李時萬《默全堂文集》卷一【考证：此诗无具体时间线索，
据诗集中位置，约作于十八日至二十日间。】

二十日（丙辰）。

未明發行，夕時到沙河驛，止宿店舍。_{李時萬《默全堂文集》卷一}

洪柱元《豐潤縣臨行走筆，謝王秀才貽清贈〈四書心訣〉》："遠客重經地，
依然似舊居。多君歆曲意，贈我聖賢書。別後憑顏面，閑中可卷舒。留詩謝嘉
貺，立馬更躊躇。"洪柱元《無何堂遺稿》卷七【考证：日记云十九日"夕时到丰润
县，止宿城内间家"，诗题曰"丰润县临行走笔"，当作于二十日自丰润离
发时。】

李時萬《沙河驛起舊感呈正使》："重到沙河日，同還故國時。輔行曾別處，
歧路最堪悲。落月丹旌去，孤魂素緋隨。人情胡忍此，默坐淚雙垂。"李時萬《默
全堂文集》卷一

洪柱元《次沙河追感副使韻》："燕路三千里，聯翩並駕時。艱辛當日事，
存沒即今悲。寂寞征軺返，淒涼旅櫬隨。更經淹病處，回首涕雙垂。"洪柱元《無
何堂遺稿》卷七

二十一日（丁巳）。

未明發行，夕時到永平府，止宿店舍。_{李時萬《默全堂文集》卷一}

李時萬《朝次野鷄陀》："衰鬢朝朝改，鄉愁夜夜添。儒冠身自誤，客路病
仍兼。野闊煙光薄，天高嶽勢尖。憑床一霎睡，晚景已烘簷。"李時萬《默全堂文
集》卷一【考证：野鸡陀即野鸡屯，据洪大容《湛轩燕记·路程》可知沙河驿至
野鸡屯八里。诗题曰"朝次野鸡陀"，当作于二十一日自沙河驿发往永平府

途中。】

洪柱元《永平道中次追憶夷齊廟韻》："追憶登臨處，遺祠枕故丘。山爭清節峻，水與大名流。境僻行人少，天寒遠客愁。仍思四海亂，恨未早觀周。"洪柱元《無何堂遺稿》卷七

李時萬《永平府途中望夷齊廟用前韻》："指點夷齊廟，蒼松自一邱。嶺雲春北去，河水暮東流。默想登臨處，空添眺望愁。永平殷日月，千載不知周。永平府即孤竹國，故末及之。"《灤河綠淨可愛》："灤河水泮綠粼粼，沙岸春回草色新。二子祠堂知近遠，晴波不遺點腥塵。"李時萬《默全堂文集》卷一【考证：夷齐庙位于滦河上流处，据洪大容《湛轩燕记·路程》可知野鸡屯至滦河约三十五里，故以上亦作于二十一日。】

二十二日（戊午）。

未明發行，夕時到撫寧縣，止宿城內間家。李時萬《默全堂文集》卷一

李時萬《曉發永平府》："侵曉羸驂發永平，客人何事又催行。疎星欲沒長河白，缺月初低曙霧橫。繞郭遙山難辨色，過橋流水只聞聲。寒霜踏盡郊原路，歇馬盧龍古塞城。"《盧龍途中》："土脉初膏日漸舒，田家春事急菑畬。仍思鷺渚居閒興，細雨西疇命小車。""釀雪陰雲匝四坰，晚來山嶽盡潛形。行人立馬河橋畔，猶辨華譙是撫寧。"李時萬《默全堂文集》卷一【考证：卢龙位于永平府与抚宁县之间，故此诗作于二十二日。】

李時萬《不聞家國消息近七十日矣，撫寧途中口占遣懷》："客程猶不盡，家信苦難聞。舉目山河異，傷心骨肉分。風餐依驛柳，星駕出關雲。卻羨高飛鵠，羞為惡鳥群。韃人與余一行相雜於路上，故末句云。"李時萬《默全堂文集》卷一

洪柱元《次撫寧道中韻》："行役殊方遠，光陰惱客懷。思親空有淚，報國亦無階。夢獨歸京洛，春應返禁街。何人會此意，御史百篇佳。""故國無消息，春來亦未聞。投棲日初落，欹枕夜將分。鬢作蕭蕭雪，心隨片片雲。何時鷺梁畔，魚鳥共為羣。"洪柱元《無何堂遺稿》卷七

二十三日（己未）。

夜雪。早曉發行，夕時到山海關，止宿城外店舍。馬牌來言副使喪柩□軍調給以關為限，此後自行中方便為之云，不得已私雇以來。李時萬《默全堂文集》卷一

洪柱元《謝撫寧王秀才贈〈論學〉二編》："一宿非無他，重來亦有緣。渾忘客子苦，幸賴主人賢。厚意分書卷，清談對酒筵。還慙一詩謝，臨別倍依然。"洪柱元《無何堂遺稿》卷七【考证：据日记可知使团于二十二日宿抚宁县，诗

云"还惭一诗谢，临别倍依然"，约为二十三日晓使团自抚宁离发时作。】

李時萬《山海關送先來書感》："星馳幾日到京華，一剗馮渠寄我家。東路祇應先後去，不堪秦塞望天涯。"《望角山寺》："億丈高城萬仞山，寺樓臨海出雲間。秦皇舊跡空回首，春日丹梯不暇攀。"《望海亭亭在關南十五里》："山海名區說此亭，怳然欄檻入重溟。皇家舊跡留城堞，岱嶽晴嵐接戶庭。千古幾看波上月，一身還似水中萍。瀛洲指點虛無裡，直欲凌風駕鶴翎。城與亭皆皇明所設。""秦塞長城枕海頭，迥臨空闊起層樓。東南積氣浮天地，河漢靈槎近斗牛。鼇背雲煙俄頃幻，鶴邊風月古今愁。奇觀不負平生計，欲出重門更少留。第四句借用奉使事。"李時萬《默全堂文集》卷一【考证：以上皆述留山海关事，当作于二十三日。】

二十四日（庚申）。

早朝，由城北出關門，守城將點數，一行人馬始許出送，問諸漢人，則自今年關法甚嚴，第一關門則只令王子及敕使出入，他余皆不聽許云。昏時到前屯衛，止宿城內閭家，軍官鄭繼立、譯官玄德宇以先來早朝出去，使臣書送狀啟一度。李時萬《默全堂文集》卷一

李時萬《出山海關》："燕塞初迴軫，秦關又出門。漸知無掛智，方覺豁乾坤。雪盡春生野，山高日沒原。疲駿猶卒卒，薄暮問前屯。"李時萬《默全堂文集》卷一

洪柱元《次出山海關韻》："經旬鎖蠻館，今日出關門。杳杳天連野，茫茫海拆坤。輪蹄簇道路，霜雪滿郊原。兵革何時已，邊城尚列屯。"洪柱元《無何堂遺稿》卷七

二十六日（壬戌）。

未明發行，到寧遠衛止宿城內閭家。李時萬《默全堂文集》卷一

李時萬《寧遠途中用杜詩"青春作伴好還鄉"一句為韻》："天機袞袞轉樞星，春色隨人到驛亭。遙想鴨江東渡日，陌頭楊柳送新青。""青臺一氣又回春，着處山光入眼新。野店村橋歸去路，暖風晴日趁行人。""異域經年猶是客，奚囊漫有書懷作。終南春物想依俙，二月還家樂莫樂。""遠客逢春相作伴，沿途日氣方回暖。皇華洞裡幾時歸，紅杏初肥綠樽滿。""早識家居貧亦好，西奔東走還催老。春風卻有戀戀情，鎮日相隨關塞道。""長途日覺損朱顏，天末尋巢鳥共還。想得黃梅時節近，春光先到漢陽山。""青春強半始還鄉，細草生階水滿塘。一家弟兄妻子樂，不知行役向來忙。"李時萬《默全堂文集》卷一

二十七日（癸亥）。

未明發行，夕時到杏山堡，止宿店舍。李時萬《默全堂文集》卷一

李時萬《杏山店舍次杜詩詠懷韻》："平生自號踈狂客，姓字空傳毀譽間。三品功名欺白髮，十年歸計負青山。西行奉節辭家遠，東路回車隔歲還。指點煙臺遼野闊，幾時行旆度重關。""聞道山東戰角悲，江南何處着王師。傷心齊器輸燕日，掩淚吳山立馬時。計失蒼桑從古恨，恩深箕壤至今思。不知鶉首天胡醉，此理茫茫重可疑。""人家沿路半填門，井落遺墟識舊村。土雨晚從春野過，陣雲遙接塞天昏。居民盡作囚籠鳥，戰地誰招暴骨魂。最是荒原日欲落，客心愁絕憂堪論。""匹馬重經寧遠衛，天機一轉紫微宮。愁山恨水孤吟裡，玉署金華片夢中。關路逢春長作伴，旅懷看鏡已成翁。何時骨肉還相對，花月城西把酒同。""宿霧收空紅日湧，亂山橫塞黑雲高。一年行役攜雙劍，千里歸心感二毛。幸有故人同管鮑，喜吟佳句似劉曹。男兒四海要遐矚，鞍馬東西不憚勞。"李時萬《默全堂文集》卷一

二十八日（甲子）。

平明發行，夕時到大淩河，止宿店舍。李時萬《默全堂文集》卷一

李時萬《過松山》："莫作遼西客，松山不忍過。三軍盡魚肉，白骨尚嵯峨。毀壘人煙少，荒原鬼哭多。停車復嗚咽，春色淚痕和。"李時萬《默全堂文集》卷一

洪柱元《次復過松山韻》："漠漠乾坤老，悠悠歲月過。宋宗悲海港，唐帝想岷峨。太廟烝嘗缺，中原戰伐多。何時回泰運，陰谷遍陽和。"洪柱元《無何堂遺稿》卷七【考证：据洪大容《湛轩燕记·路程》可知杏山堡至松山堡约二十里，至大凌河七十里，松山堡位于杏山堡与大凌河间，故以上二诗作于二十八日。】

二十九日（乙丑）。

大風。平明發行，夕時到閭陽驛，止宿閭家。李時萬《默全堂文集》卷一

李時萬《早渡大淩河口占》："歸程又出大淩河，雪水溶溶長綠波。拍馬深灘纔過岸，樹頭紅日已山阿。"李時萬《默全堂文集》卷一【考证：据日记可知使团于二十八日"夕时到大凌河，止宿店舍"，诗题曰"早渡大凌河口占"，诗云"拍马深滩纔过岸，树头红日已山阿"，当作于二十九日自大凌河早发时。】

李時萬《大淩河道中遙望十三山宛似覆鼎峰巒喜而賦之》："翠鬟重對十三峯，宛似情人別後逢。何日白雲臺下去，石門花雨訪仙蹤。"《閭陽道中遇大風，晚次驛舍》："塞天雲霧晚蕭蕭，風伯揚沙勢轉驕。急勢晝昏銅頟霧，轟聲雷屬浙江潮。羲和卻怕陽烏落，冨媼潛愁地軸搖。徹曉窓扉猶自語，驛亭羈思更漂翹。"李時萬《默全堂文集》卷一

二月

初一日（丙寅）。

平明發行，夕時到<u>盤山驛</u>，止宿城内閭家。李時萬《默全堂文集》卷一

李時萬《次盤山用杜詩白沙驛韻》："行盡閭陽路，盤山復驛亭。廢壕冰欲泮，燒岸草微青。霧樹低銜日，煙墩列若星。孤城環大陸，卻訝泛重溟。"李時萬《默全堂文集》卷一

洪柱元《追次用杜律韻》："重踏來時路，依然長短亭。渚沙如舊白，溪柳欲新青。店近行尋徑，窗虛臥見星。他時想此境，遼塞隔滄溟。"洪柱元《無何堂遺稿》卷七

李時萬《夜坐無聊，戲用俚語賦沿路所見》："富家開店賭錢財，稍解書名號秀才。啜茶要行賓主禮，尚文余習未全灰。關内""民心頑狠異關中，怙勢憑威到處同。勺水寸薪皆索價，客人情意苦難通。關外""犬豕雞鵝繞一坑，居民人面獸心腸。通宵不寐燒麻火，言語渾如鴃舌聲。遼左"李時萬《默全堂文集》卷一

【考证：此诗约作于二月初一日夜宿盘山驿间家时。】

初二日（丁卯）。

平明發行，夕時到<u>高平驛</u>，止宿城外閭家。李時萬《默全堂文集》卷一

李時萬《次正使高平道中韻》："三叉東望杳雲天，拍馬還嫌懶着鞭。忙裡逢人聞好語，河洲潮落尚冰堅。"李時萬《默全堂文集》卷一

初三日（戊辰）。

曉頭發行，夕時乘冰渡<u>三叉河</u>，止宿<u>河邊村</u>家。李時萬《默全堂文集》卷一

李時萬《三叉河冰薄，艱以得渡，馬上口占》："春暖何堪履薄憂，馬蹄登岸當憑樓。危途始覺安身計，勇退應須在急流。"《行中人饋以錦鱗魚，喜賦一絶呈正使》："行廚誰饋錦鱗魚，應識衰翁厭嚼蔬。秋露三杯兼雪膾，一場風味定何如。"《河上村夜坐次正使韻》："悠悠人代去來今，百感中宵惱客襟。五十光陰身老大，七千行役病侵尋。殊方不耐青春恨，妙曲難酬白雪吟。想得還家新酒熟，小軒晴日要同斟。"李時萬《默全堂文集》卷一

初四日（己巳）。

曉雪。平明發行，朝後到<u>牛家莊</u>，宿莊頭家。李時萬《默全堂文集》卷一

李時萬《河上村曉起》："茅店雞鳴曙色催，客窗生白夢初回。郵人覓火推門去，報道前籬雪已堆。"《雪後早發河村，口占用杜詩韻》："茫茫銀海混平沙，點點煙臺有幾家。雙轂馳風翻縞帶，萬林迎日眩瓊花。依稀驢背詩仍就，

想像湖莊酒可賒。舉目羣山皆冠玉，天邊一一辨歸鴉。"《牛莊途中望見使車催趲，口占三絕錄奉》："塞城前路近遼陽，遊子歸心一倍忙。千里白髮登眺處，可堪春色又他鄉。""高堂多慶賀新年，謝傳沉疴想亦蠲。兄弟交歡知不遠，莫教憂思惱華顛。""殘生子子命多奇，孤露長懷一念悲。暮出王孫歸去日，舊盧誰識涕潸垂。"李時萬《默全堂文集》卷一

初五日（庚午）。

平明發行，夕時到<u>張家墩</u>止宿。遇自京來賚咨宣傳官，始聞國家平安消息。李時萬《默全堂文集》卷一

李時萬《先來想於昨今已達京城，家書亦必傳致矣，漫成一絕》："家人新得來年書，始信蚍蜉卻不虛。遠客平安應已悉，不知兒少近何如。"李時萬《默全堂文集》卷一【考证：此诗约作于二月初四日至初五日间。】

李時萬《張家墩得家信喜題》："家室春猶隔，平安信始傳。從他生白髮，不翅覿青天。屈膝思文若，裁書荷惠連。遙知歸洛日，鴻鴈影聯翩。"李時萬《默全堂文集》卷一

初六日（辛未）。

平明發行，夕時到<u>舊遼東三里莊</u>，止宿閭家。李時萬《默全堂文集》卷一

李時萬《復過沙河堡》："馬識曾行路，人憐再渡橋。淡黃高柳細，微黑遠山燒。日色昏生暈，霜華冷作朝。自嗟筋力盡，猶未過全遼。"李時萬《默全堂文集》卷一

洪柱元《追次沙河堡韻》："倦客愁長路，羸驂怵斷橋。餘民幸不死，故店幾經燒。白塔猶今古，青山自暮朝。憑傳華表鶴，能記舊時遼。"洪柱元《無何堂遺稿》卷七

李時萬《次正使過鞍山韻》："鞍山猶似漢陽山，偏惱東西客往還。遠憶裳巖春已到，黃梅花發繞西灣。裳巖在弘濟橋下"《遼東途中望白塔》："遼陽春物望依俙，千里鄉關幽歲歸。白塔似是迎遠客，亭亭獨立倚斜暉。"《舊遼東三里莊夜坐》："重踏遼陽路，荒城愁殺人。山河猶舊域，節物又新春。錯莫高穹意，淒涼遠客身。今宵三里店，孤燭轉傷神。""客人愁緒亂如絲，獨夜雖眠亦不遲。誰知遼店傷心地，坐到參橫月落時。"李時萬《默全堂文集》卷一

洪柱元《次三里店韻》："萬里燕山路，相依賴故人。還慙倚玉樹，不敢和陽春。節序催雙鬢，羇棲笑一身。何時返京洛，高臥養心神。"《到三里店次得家書喜占韻》："遼野今朝過，家書昨日傳。前途近故國，余事任皇天。古店尋三里，荒城想九連。只愁存沒異，丹旐獨翩翩。"洪柱元《無何堂遺稿》卷七

初七日（壬申）。

平明發行，夕時到狼子山止宿。敕行先一日來到，衙譯李蓂石率來瀋陽被囚會寧、鐘城越境人二十二名，鄭推問捧招，詳在使臣狀啟。李時萬《默全堂文集》卷一

李時萬《登黃石嶺》："黃石崎嶇一遙通，高嶺歇馬倚春風。傍人莫恠東南望，為愛山川故國同。"《三流河水邊巖石奇勝》："長河今復渡三流，面面奇峰境界幽。最是行人停騎處，夕陽春色滿汀洲。"李時萬《默全堂文集》卷一【考证：据洪大容《湛轩燕记·路程》可知三流河至狼子山十五里，故作于初七日旧辽东发往狼子山途中。】

初八日（癸酉）。

平明發行，午後到甜水店，止宿城内莊頭家。李時萬《默全堂文集》卷一

洪柱元《過青石嶺》："嶺路巉岩甚，行艱近卻遙。馬愁經石角，人倦過山腰。古樹春猶早，陰崖雪未消。投棲日尚午，客意轉蕭條。"洪柱元《無何堂遺稿》卷七

李時萬《次正使過青石嶺韻》："破窄氷崖近，山回石蹬遙。高低看馬足，曲折度蜂腰。此路偏知險，危魂暗欲消。春寒花未較，詩思轉蕭條。"李時萬《默全堂文集》卷一【考证：狼子山至青石岭二十里，至甜水站四十里，以上二诗作于初八日自狼子山发往甜水店途中。】

李時萬《甜水站遣懷》："歸心日日度龍山，漢水終南入夢間。京洛異時親舊會，停杯應說此辛艱。龍山在鳳城柵外。"《甜水站錄沿路感懷》："關東雄鎮說遼陽，從古金城士馬強。布政衙門森畫戟，捻戎雲鳥截邊疆。桑麻樂業人煙盛，刁斗收聲塞日長。徃跡祇今唯白塔，怨看春色又淒涼。遼東""秦關設險控遼西，億丈城高日月低。南牧不憂千帳虜，東封只在一丸泥。神京運去龍無跡，中國塵昏獸雜蹄。指點山河增客恨，倚天長劍手頻提。山海關""灤河東注繞城壩，孤島分明落眼前。桑梓尚遺清節廟，日星長揭古今天。名區更覺因人勝，淨界真堪作畫傳。塵躅無緣一棲息，羨它鷗鷺宿沙邊。夷齊廟""蓬萊宮闕出雲端，太液池連萬歲山。文物彬彬周禮樂，威儀整整漢衣冠。西城風雨乾坤夜，東路腥膻百二關。馴象不知亡國恨，午門依舊馱金鞍。燕京""憑危身似鳥飛回，腳底滄溟萬里開。雷雨欲生龍窟宅，天風不散蜃樓臺。登萊雪色依微見，江浙潮聲次第來。千古奇遊長入夢，八窓何日重徘徊。望海亭"李時萬《默全堂文集》卷一

初九日（甲戌）。

平明發行，夕時到連山關，止宿煙臺。李時萬《默全堂文集》卷一

李時萬《會寧嶺口占》："嶺路如脩蟒，盤回最上巔。宿雲收絕壑，朝日滿長川。遼塞無多隔，終南何處邊。直思生羽翼，一瞥到東偏。"李時萬《默全堂文集》卷一【考证：甜水店至会宁岭二十五里，此诗作于初九日自甜水店发往连山关途中。】

李時萬《連山關》："天涯為客見春華，柳眼初舒草欲芽。箅了行人多少事，只應歡樂在還家。"李時萬《默全堂文集》卷一

初十日（乙亥）。

平明發行，夕時到通遠堡，止宿煙臺。李時萬《默全堂文集》卷一

李時萬《通遠堡途中》："危峰拔地石峻嶒，脩白遙看絕壑冰。卻憶天摩千丈瀑，玉龍鱗甲雪層層。"李時萬《默全堂文集》卷一

十一日（丙子）。

平明發行，夕時到松站，止宿煙臺。李時萬《默全堂文集》卷一

李時萬《松站途中》："鶻山雲外露高峰，遼塞關河尚幾重。今日又經松站路，客行辛苦記前冬。"李時萬《默全堂文集》卷一

二十七日（壬辰）。

謝恩使洪柱元回自北京。《朝鮮仁祖實錄》卷四九

四月

十六日（辛巳）。

右議政李行遠道卒。行遠美貌長髯，風儀散朗，而素無適用之才。爲都憲時，兩司方論姜氏不可徑殺，上震怒，行遠首停其論。上擢置東銓之長，月餘又大拜，物議鄙之。至是奉使北京，至關西遇疾而卒。《朝鮮仁祖實錄》卷四九

金益熙《李右相行遠輓二首○李公赴燕，到義州病卒》："妙年簪筆入西清，標舉翩翩冠衆英。杯酒忘懷千日飲，雲霄爛彩上台明。平居俗物都遺落，廣坐風儀自傑閎。六裵除三生不夭，裹尸歸國極哀榮。""再世交非傾蓋新，忘年忘位許相親。長慙盛德包容久，每接清談促膝頻。齪齪何嘗事嫵飾，休休自是任沖眞。傷心絕域招魂遠，無復沙堤望後塵。"金益熙《滄洲遺稿》卷五【考证：据《使行录》，谢恩正使李行远、副使林坛、书状官李惕然于闰三月二十五日辞朝，李行远卒于义州，此诗当作于四月十六日或其后。《朝鲜孝宗实录》卷一七：金益熙（1610－1656），字仲文，号沧州，又号止斋，光山人。光海庚戌生，历承旨、大司谏、大司成，官至吏曹判书。孝宗丙申卒，年四十七。为人聪锐，早负才望，善文词，尤长于疏章，操笔立成，每于奏对，动引经史，上宠任之。一岁

中超拜冢宰，兼典文衡。然持论过峻，性且猖狭，人以是短之。】

十九日（甲申）。

備局啓曰："上使李行遠旣卒於道【按：參見是年四月十六日条】，請令副使林㙫因卽前進，具陳上使到義州病歿之由，勿出其代。"上從之。《朝鮮仁祖實錄》卷四九

七月

十四日（丁丑）。

漢人孟姓者，善畫者也。前年從麟坪大君自北京來，上常置之禁中，日令繪畫。至是，願與持鷹中使偕還，上命賜毛衣及路費。《朝鮮仁祖實錄》卷四九

八月

初二日（甲午）。

以吳竣爲冬至兼正朝聖節使，金㳨爲副使，李培爲書狀官。《朝鮮仁祖實錄》卷四九

十月

二十三日（甲寅）。

宴朝鮮國進鷹使臣隋達禮【按："隋达礼"当为"崔大立"】等於禮部。《清世祖實錄》卷四〇

二十五日（丙辰）。

下直，冬至正使吳竣，副使金霱，書狀官李培。《承政院日記》

李景奭《贈冬至副使金雲瑞霱》："不有吾同閈，誰充使价行。恩恩頻作別，衮衮迭催程。雪壓千年柱，天低萬里城。青春好還日，樽酒共相迎。"李景奭《漫興錄》【考证：据《承政院日记》可知吴竣等于十月二十五日辞朝，此诗当作于二十五日或其后。《使行录》言辞朝时间为十一月二十五日，《仁祖实录》卷四九言十二月初九日"冬至使吴竣驰启曰：'行到牛家庄，得闻敕使四人出来云。'"若依《使行录》，则与里程时间不符，故疑《使行录》有误。】

顺治六年（**1649年，己丑**）

正月

初一日（庚申）。

朝鮮國王李倧遣陪臣吳俊【按：即吳竣】等表賀冬至、元旦、萬壽聖節及歲貢方物。宴賚如例【按：參见顺治五年十月二十五日条】《清世祖實錄》卷四二

初六日（乙丑）。

給朝鮮國病故使臣金霱棺，祭如例。《清世祖實錄》卷四二【按：《承政院日記》言是年二月初五日"冬至使先来，军官尹惩显等出来，言副使金霱正月初五日在北京身死云云事"。】

三月

二十日（己卯）。

遣右議政鄭太和、副使右尹金汝鈺、書狀官應教睦行善如清國謝恩。《朝鮮仁祖實錄》卷五〇

五月

初八日（丙寅）。

仁祖大王薨于昌德宮之正殿。越五日，世子卽位。王諱淏，仁祖大王之第二子也。《朝鮮孝宗實錄》卷一

十五日（癸酉）。

朝鮮國王李倧以太祖配天覃恩，遣陪臣鄭太和等表謝兼貢方物。宴賚如例【按：參见是年三月二十日条】。《清世祖實錄》卷四四

六月

十二日（庚子）。

告訃使洪柱元，副使金鍊，書狀官洪鎮出去【按：參见是年五月初八日条】。《承政院日記》

十月

十五日（庚子）。

以仁興君瑛宣祖大王子爲謝恩使，李時昉爲副使。初，以領議政李景奭差正使，清人必欲以宗室爲使，故以瑛代之。《朝鮮孝宗實錄》卷二

十一月

初一日（丙辰）。

謝恩使仁興君瑛、副使李時昉、書狀官姜與載赴北京。《朝鮮孝宗實錄》卷二

李健《送叔父仁興君奉使燕京》："平生自許經霜節，今日誰論疾病愁。別夢遙連燕塞闊，離情遠逐鴨江流。兩朝開濟忠信志，萬里間關奉使遊。行過長城莫回首，白雲猶似大明秋。"李健《葵窓遺稿》卷五

顺治七年（1650 年，庚寅）

正月

十一日（乙丑）。

朝鮮國王李淏遣陪臣李士芳表賀冬至、元旦、萬壽聖節，並謝襲封，附貢方物及歲貢。宴賚如例【按："李士芳"当为"李时昉"之讹，参见顺治六年十一月初一日条】。《清世祖實錄》卷四七

二十八日（壬午）。

攝政王遣官選女子於朝鮮國。《清世祖實錄》卷四七

三月

初九日（壬戌）。

以金堉爲陳慰進香正使，密山君溭爲副使，李尙逸爲書狀官。《朝鮮孝宗實錄》卷三

二十四日（丁丑）。

以李敬輿爲謝恩正使，呂爾徵爲副使，李弘淵爲書狀官，清使謂必用壯盛之人爲副使，以林墰代之。《朝鮮孝宗實錄》卷三

二十五日（戊寅）。

以錦林君愷胤女爲義順公主。加愷胤階嘉德，優賜綿布及米豆。《朝鮮孝宗實錄》卷三

二十六日（己卯）。

陳慰使金堉等辭朝，上引見而遣之。《朝鮮孝宗實錄》卷三【按：正使金堉，副使密山君李溰，书状官李尚逸。】

四月

二十日（癸卯）。

以嶺陽君儇爲義順公主護行使，儇辭以父病，以工曹判書元斗杓代之。《朝鮮孝宗實錄》卷三

二十二日（乙巳）。

上幸西郊，送義順公主之行。侍女十六人、女醫、乳媪等數人從之，都民觀者無不慘然。《朝鮮孝宗實錄》卷三

二十六日（己酉）。

申翊全《庚寅四月念四有赴燕之役，越三日己酉，過松都，抵平山，鼻祖壯節公鐵像在府山城，口占寓感》："迢遙關路接幽燕，十載重來思渺然。往代荒墟從古恨，宗臣遺像至今傳。風塵袞袞身難着，節物駸駸鬢易鮮。宇宙幾人超世網，危途偏覺鹿門賢。"申翊全《東江遺集》卷七【考证：《使行录》言义顺公主护行正使元斗杓、副使申翊全辞朝时间为"六月？日"，有误，详见附录三。诗题曰"庚寅四月念四有赴燕之役，越三日己酉，过松都，抵平山"，可知辞朝时间当为四月二十四日，此诗作于二十六日。】

申翊全《箕城宿間店二首》："浮碧樓空江水流，腥塵滿目幾時休。寂寥孤館燈爲伴，萬里行人自白頭。""浿江煙柳綠如絲，多少征人幾折枝。惆悵繁華問無處，練光亭廢草侵堦。"申翊全《東江遺集》卷九【考证：据洪大容《湛轩燕记·路程》，平山至平壤二百九十里约四至五日程，故此诗约作于四月底或五月初。】

五月

申翊全《早發嘉山登曉星嶺》："佳節天中近，羸驂星嶺高。游蹤元汎梗，客恨已斑毛。京國邊雲隔，郵亭野獸嗥。平生漁釣計，此日任勞勞。"申翊全《東江遺集》卷四【考证：诗云"佳节天中近"，约作于五月初一日至初五日间。】

申翊全《到良策逢雨》："天東路盡鴨江邊，此去燕臺更幾千。雨色微茫平楚外，川流回洑亂峯前。傷時可耐袁安淚，奉使還慙富弼賢。何日初衣歸舊隱，水雲深處伴鷗眠。"申翊全《東江遺集》卷七

申翊全《所串路追憶納清亭》："百頃澄潭鏡樣平，朱欄幾閱使車行。如今汩汩緣何事，赤日驅馳未納清。"《書事二首》："千載明妃玉塞行，覽來前史尚神驚。如今未見呼韓款，公主如何入北京。""驅傳駸駸日日行，簡中飛報摠堪驚。百夫甲騎留灣上，三使旌麾指漢京。"申翊全《東江遺集》卷九【考证：《清世祖实录》卷四九言五月二十一日"摄政王率诸王大臣亲迎朝鲜国送来福金于连山"，连山关位于辽东境内，诗云"百夫甲骑留湾上，三使旌麾指汉京"，当为五月二十一日前使团渡江抵达辽东前作。】

二十一日（癸酉）。

攝政王率諸王大臣親迎朝鮮國送來福金於連山，是日成婚。《清世祖實錄》卷四九

申翊全《登會寧嶺，時日氣如秋》："異地蒼茫去去迷，向來雲日更凄凄。煙臺十里人居斷，嶺路千重虎跡齊。公主魚軒催薊北，單于氈帳出遼西。燕京當昔陽生節，皇極門前集五圭。"申翊全《東江遺集》卷七【考证：据洪大容《湛轩燕记·路程》可知连山关至会宁岭十五里，诗有"公主鱼轩催蓟北，单于毡帐出辽西"语，约作于二十一日摄政王迎娶义顺公主前后。】

申翊全《次上使元公斗杓韻》："一識生平願，今同萬里程。忘年知契重，許國見身輕。嶺險人艱涉，風高馬易驚。行行仰朝旭，君我摠葵情。"申翊全《東江遺集》卷四

申翊全《次上使元公到大凌河望毉無閭韻》："芝綸當日下天東，文物欣瞻三五隆。關內人煙今有幾，邊頭烽櫓摠成空。悠悠往事孤吟裏，漠漠遺墟極目中。飛騎夕陽馳轉急，大凌河畔起腥風。"《深河道上記見》："遠遠青山坦坦途，始看南畝有耕夫。花冠舊制猶存漢，土屋新居半雜胡。客久漸知容鬢換，行多稍辨語音殊。歸期屈指知何日，怕見秋風落一梧。"申翊全《東江遺集》卷七

申翊全《高坪野凄風捲野》："此去終何極，逢人盡挾弓。凄風五月令，盛禮九王宮。野暗沙塵裏，城殘草棘中。經旬露宿處，桂魄又盈東。"申翊全《東江遺集》卷四

申翊全《次上使到長城韻》："暫休歸騎數前程，日覺山河近北京。鏡裏斑毛催老色，天涯畫角喚愁聲。誰知周競三千士，堪笑秦亡億丈城。吼匣龍泉光潑水，斜陽又逐毳廬行。"申翊全《東江遺集》卷七

申翊全《次上使韻》："游蹤追憶十年前，欲說悽然更惘然。當日使車投瀋去，燕京消息尙云全。己卯冬以書狀赴瀋，故云。"《次上使詠事韻二首》："金鞭橫拂繡韉紅，寶馬驕嘶玉塞風。贏得賢王稱善御，何如閨裏線針工。""處處荒墟只短垣，行人說是舊朱門。遙看虜騎追飛兔，纔過平原更上原。"《到永平不得少憩至灤河口占》："路指灤河口，行催右北平。雄關踞虎勢，飛將射鵰聲。興廢千年事，華夷此日泯。冠簪問無處，觸目暗傷情。"申翊全《東江遺集》卷四

申翊全《到豐潤縣》："薊門煙樹望蒼蒼，此去燕京尙渺茫。留館正當三伏熱，還家應迫九秋涼。游蹤算去眞萍梗，短髮梳來半雪霜。盡日勞歌猶未息，贏驂長傍夕禽忙。"申翊全《東江遺集》卷七

申翊全《次上使到豐潤韻二首》："行催那得暫停軺，新息元來羨少游。汨沒腥塵君與我，首陽薇蕨摠堪羞。""往事奔如路上輈，可堪冠蓋此來游。曾西未必能興霸，御者猶知詭遇羞。"《次上使口占韻二首》："樗散那需世，葵傾只愛君。樵漁堪送日，軒冕本如雲。路入氈裘域，時丁旱焰焚。何當解羈束，南畝伴耕耘。""倦僕遲晨發，胡歌到底聞。經來幾毳幕，驅去摠羊群。東作知無望，西郊奈密雲。乾坤空俛仰，愁緒渺難分。"《次上使卽事韻》："故國無來使，殊方對落暉。坐難消永日，歸定迫寒衣。倦僕呼遲應，贏驂秣不肥。悠悠書與劍，孤館壯心違。"《次上使久留詠懷韻》："歸夢滄浪闊，漁磯沒白鷗。覺來孤館鎖，心折異鄉留。節物將三伏，乾坤尙百憂。川原徒極目，長上仲宣樓。"《去夜無眠，且患河魚痛，早起上樓，仍思參讌之事，聊步登樓韻寓感》："燭燼宵無睡，蟲吟病客傷。彤庭成紫塞，白鬢負青陽。冠佩還憖影，賓筵若割腸。登樓空騁望，雲日轉蒼涼。"申翊全《東江遺集》卷四【考证：申翊全下诗云"佳辰又值流头日"，故以上诸诗作于五月二十一日至六月十五日间。】

六月

初九日（辛卯）。

謝恩使麟坪大君㴭、副使林墰、書狀官李弘淵辭朝，上召見而遣之。《朝鮮孝宗實錄》卷三

十五日（丁酉）。

申翊全《次上使燕京韻》："半世驅馳蓬逐風，悠悠宿計入書空。歸來栗里元憖亮，奉使莎車亦謝馮。異地可堪風土異，同行唯喜寸心同。佳辰又值流頭日，愁見黃昏月滿東。"申翊全《東江遺集》卷七【考证：诗云"佳辰又值流头日，愁见黄昏月满东"，当作于六月十五日。】

申翊全《次上使書懷韻》：“世事悠悠不可常，自憐頭白但疏狂。登龍豈羨從元禮，畫虎猶慙效季良。水過千灘終就下，金經百鍊始爲剛。多公雅志存辭滿，漢代留侯亦葆光。”《次上使詠事韻》：“夏曆重昌在一成，從知陰剝卽陽生。況聞洪武開基正，迅掃胡元積穢清。往事從來渾夢幻，舊臣誰復保身名。茲行未奮南飛翼，湖廣乾坤尚大明。”申翊全《東江遺集》卷七

申翊全《觀燕人幻戲效謝自然詩》：“紅衣木偶人，嘯作優人戲。跳身候上竿，回轉復下地。道士立旁呵，瞥然遽潛體。手運兩圓筒，無蓋亦無底。相襲頓之地，巾拂覆其上。瓜畫環四外，朱旐指天仰。仍持遶筒行，小錚和唸祝。俄頃鳩躍筒，振翼聲肅肅。揮刀斷頭頸，翅足俱異處。淋漓血瀉土，觀者慘無語。染指續其斷，還投筒裏置。巾開鳩戴頭，但無足與翅。取翅翅其翅，取足足其足。鳩鳴且能奮，離視難分續。盆盛黑埴墳，口噀盈勺水。安盆掩以筒，俯植一粒子。靑靑葉包實，絕勝東門種。將筒加足牀，正身有嘿誦。交手脫筒襲，揮翻示空無。畢竟復舊所，提出鑞爲壺。寶皿盛菜菓，小杯斟淸酤。菜新釀醋葅，菓美兼桃檎。何來秋露白，吸便醺人心。握石沈鉢水，五指紛摩撫。宛成活靑蛙，背振而頭頰。旋令還本質，小塊頑無轉。長繩恰數丈，六截繫錢扇。那料乍披拂，繩完錢扇落。黃袱結兩端，置掌三度拍。解散絕纖痕，亦足驚視矚。鐵針數十箇，箇箇百鍊銛。開口恣咀嚼，玩味如蔗甘。繼呑雪色絲，一一穿針吐。穿去各半寸，井井如懸脯。亡何指顧間，床上餘空筒。諸品泯無迹，尚復覓靑銅。靑銅七八文，撒掌藏牢堅。端倪叩無因，觀者成堵墻。鼓虛亂實際，蒙識皆顚僵。邈彼升雲人，猶云天地賊。矧伊偃師技，胡寧稱嘖嘖。我聞花潭翁，折伏娘幻虎。明哲哲物理，妖邪詎能蠱。嗟余坐童觀，尚復知非眞。仰憗勿視訓，韻文聊書紳。”申翊全《東江遺集》卷二【考证：下诗题“摄政王以六月二十二日入北京”，以上约作于六月十五至二十二日间。】

二十二日（甲辰）。

申翊全《攝政王以六月二十二日入北京三首》：“單于旌斾入燕京，寶馬翩翩公主行。却到崇陽換金輦，盆香舊俗倣皇明。”“高山候道首齊紅，魚戰駿乘騎鬪風。箇裏押班誰氏子，明朝閣老姓曾馮。”“旌麾耀日插龍渠，宮女如花擁殿廬。萬目同瞻可汗面，爭稱步步顧金輿。公主乘輦在後，故云。”《次上使夢歸韻二首》：“誰道幷州是故鄕，歸心日夜鳥飛忙。逢人箇箇皆馳突，長劍橫腰矢挿房。”“帝京那意作氈鄕，往事渾如一夢忙。落日飛塵盡胡騎，磬聲依舊落禪房。”申翊全《東江遺集》卷九【考证：申翊全下诗题曰“七月一日幷坐”，则此诗当作于六月二十二日至七月初一日间。】

二十六日（戊申）。

陳慰使金堉還朝【按：参见是年三月二十六日条】。《朝鮮孝宗實錄》卷四

七月

初一日（壬子）。

申翊全《每日夕陽時，上使必憩館宇簷下小甎上。七月一日竝坐，遇急雨故不避，各庇小傘以遣，蓋亦旅中無嫪一段事也，口占書事求和》："燕京急雨勢傾盆，持傘虛簷坐到昏。嘿算歸程腸欲斷，鴨江西畔幾川原。"申翊全《東江遺集》卷九【考证：诗题曰"七月一日并坐，遇急雨故不避，各庇小伞以遣"，诗云"燕京急雨势倾盆，持伞虚檐坐到昏"，当作于七月初一日。】

初七日（戊午）。

申翊全《次上使七夕詠懷韻》："斗柄西回大火流，殊方節物更添愁。雙星河上相迎夕，七月人間幾度秋。鬢髮蕭疏身易老，風塵勞碌計難周。明年此日知何處，蓬轉唯堪羨土牛。"申翊全《東江遺集》卷七

申翊全《七夕》："銀漢雙星會，金風一葉凋。又看人乞巧，爭道鵲成橋。切切蛩音促，悠悠夜漏遙。佳辰伴孤燭，羈緒轉難聊。"申翊全《東江遺集》卷四【考证：以上二诗皆以"七夕"为题，有"明年此日知何处，蓬转唯堪羡土牛""佳辰伴孤烛，羁绪转难聊"，当作于七月初七日。】

申翊全《到薊州無眠寫懷》："秋雨薊門夜，殘燈坐數更。蛩音依礎咽，螢火透窓明。投店皆殊俗，回鞭尙旅情。勞勞那暇說，王事欲沾纓。"《次上使沙嶺韻》："浦口移舟望，黃流尙半城。風滄聊息足，水宿豈停行。絕境非吾土，清秋況客情。遼河森無極，候雁又酸聲。"申翊全《東江遺集》卷四

申翊全《拜夷齊廟，出臨灤河，望孤竹祠》："清節祠前草樹荒，崇禎年後斷燒香。征人萬里來參拜，落日煙江意轉傷。"《瓮北河次上使韻》："秋意蕭蕭日色微，槲林深處怪禽飛。却憐瓮北河流急，似伴天東客子歸。"《出柵門次上使疊示韻》："踏盡遼西今到柵，恨無雙翅鳥先飛。胡兒莫怪忙如許，四月行人八月歸。"申翊全《東江遺集》卷九【考证：《孝宗实录》卷五言八月二十七日"护行使元斗杓等自北京还"，以上诸诗当作于七月初七日至八月二十七日间。】

八月

初一日（壬午）。

朝鮮國王李淏遣弟臨平大君窅【按：当为"麟坪大君"】、陪臣林譚【按：

当为“林坛”】等表謝諭祭恩，貢方物。宴賚如例【按：参见是年六月初九日条】。《清世宗實錄》卷五〇

二十七日（戊申）。

護行使元斗杓等自北京還【按：参见四月二十六日条】。《朝鮮孝宗實錄》卷五

九月

十九日（庚午）。

陳奏使右議政李時白、副使右參贊李基祚、書狀官鄭知和赴清國。〇召還陳奏使李時白等，以麟坪大君代之，仍兼冬至使。《朝鮮孝宗實錄》卷五

二十九日（庚辰）。

謝恩使麟坪大君㴭、副使林墰還自北京【按：参见是年六月初九日条】。《朝鮮孝宗實錄》卷五

十月

十六日（丙申）。

朝鮮國王李淏遣陪臣獻鷹。宴賚如例。《清世祖實錄》卷五〇【考证：正使中官高礼男，副使司译正金伟贇。《使行录》言鹰连行辞朝时间为“十一月？日”，有误，当在十月十六日前，详见附录三。】

十一月

初二日（辛亥）。

趙復陽《送鄭禮卿知和舍人赴燕》：“沙塵撲面夕風寒，弘濟橋頭簇馬鞍。天下幾時氛祲定，世間今日別離難。堯封舊俗無從覓，秦帝長城自在完。東土安危憑寸舌，鄭公遺烈待君看。”趙復陽《松谷集》卷一【按：据《使行录》，谢恩进贺陈奏兼三节年贡正使麟坪大君李㴭、副使李基祚、书状官郑知和于十一月初二日辞朝。《纪年便考》卷二十六：赵复阳（1609－1671），光海己酉生，字仲初，号松谷，金尚宪门人。仁祖癸酉进士。乙亥，以太学生上疏，请李珥、成浑从祀。丙子，与尹宣举上疏，请斩罗德宪、李廓，以明大义。丁丑，以布衣入江都，见金庆征、张绅，请以战舰横截之，庆征辈不能用其计。戊寅登庭试，历翰林、铨郎、舍人、副学、辅养官。显宗朝，典文衡。肃宗入学时为博士，官止吏判。为翰林时，有锦州之役，上疏极言不可助仇以攻父母，且言元孙不可入质。辛亥卒，年六十三，谥文简。】

十二月

初九日（戊子）。

攝政和碩睿親王多爾袞薨於喀喇城。《清史稿卷四·本紀四·世祖一》

二十八日（丁未）。

冬至使麟坪大君㴐自北京馳啓曰：“白馬山城安置兩臣李景奭、趙絅，皇帝已許放還，而領議政李敬輿永不敍用，使之退處田里云。”《朝鮮孝宗實錄》卷五【按：宋时烈《白江李公神道碑铭》：“孝考初服，骇机闯发，飞语方生。公以首相从容裁处，终以无事。公未尝私于虏人，虏人固不悦，尝勒停任使臣。公曰：‘使敌人任其禽纵而不敢难，何国之能为？’虏怒曰：‘谁敓主者？’遂并锢公。上召见公流涕。公虽去位，必随事纳约，上益倚焉。尝以虏复有烦言，避处乡里，上累旨召还。”】

顺治八年（1651 年，辛卯）

正月

初三日（辛亥）。

朝鮮國王李淏遣陪臣臨平大君李㴐【按：当为“麟坪大君”】表賀冬至、元旦、萬壽聖節，奏謝擅請修理城池罪，並謝恩賜，附貢方物及歲貢。【按：参见顺治七年十一月初二日条】。《清世祖實錄》卷五二

十九日（丁卯）。

以韓興一爲謝恩使，申濡爲副使，趙珩爲書狀官副使則後以吳竣代之。《朝鮮孝宗實錄》卷六

二十一日（己巳）。

進香使柳廷亮、副使朴蓮、書狀官李晚榮等赴北京，上召見之。《朝鮮孝宗實錄》卷六【考证：《承政院日记》言正月二十一日“下直，进香正使全昌君柳廷亮，副使朴蓮，书状官李晚荣，仍为引见”，与《孝宗实录》相符。《使行录》言辞朝时间为“二月二十一日”，疑为笔误。】

李敏求《送全昌君使燕》：“卓犖群公表，芬華故相門。詩書敦夙好，風義鬱孤騫。國賜脂膏邑，家連禁掖垣。年齡初得老，屬號舊稱尊。宴衍留金埒，

優閒寄沁園。正須便几杖，未合戒轀軒。鳳闕銜綸重，燕臺奉幣繁。事嚴當妙簡，情迫敢輕論。愛日誠爲戀，匡時實報恩。堯賞隨月變，漢節逐星奔。雨雪遼山暗，冰澌易水渾。氣衰筋力盡，身遠夢魂煩。地紀鵬溟隔，乾文象緯昏。塵沙侵驛道，鼓角警軍屯。物役疲乘傳，交期怯贈言。昏姻聯二姓，内外共諸孫。離別傷心處，存亡積淚痕。此行經絶域，何路展清樽。去矣瞻征蓋，懷哉候返轅。春暉漸舒暖，無恙北堂萱。"李敏求《西湖錄》【按：全昌君指正使柳廷亮。李敏求《全昌君柳公墓碣銘》："十四選尚貞徽翁主，賜號全昌尉。"】

二十五日（癸酉）。

赦攝政王死後清主始親政，遣使頒赦。《朝鮮孝宗實錄》卷六

三月

初九日（丙戌）。

命賜正使麟坪大君宵奴婢及鞍馬，副使李基祚加資，書狀官舍人鄭知和加資【按：參見順治七年十一月初二日條】。宵等之行請減歲幣，清國許之，故賞之。《朝鮮孝宗實錄》卷六

二十一日（戊戌）。

朝鮮國王李淏遣陪臣劉廷亮【按："刘廷亮"当为"柳廷亮"之讹】等來赴睿親王喪【按：参见是年正月二十一日条】。《清世祖實錄》卷五五

二十九日（丙午）。

謝恩使右議政韓興一，副使吳竣，書狀官趙玧出去。《承政院日記》

李敬輿《次遲川韻奉贈韓振甫燕山之行》："幽居共卜小溪邊，隔水常聞笑語傳。亂後生涯頻聚散，眼中人事幾推遷。離筵乍致商山老，醴席仍邀楚士賢。海燕塞鴻相背發，洛陽花月負新年。"李敬輿《白江集》卷四

李敏求《送吳判書再赴燕都》："征西祖道惜餘春，幾度行裝染塞塵。客路年光隨轉轂，人生物役感勞薪。長瞻地紀分殊域，枉說天涯若比隣。爲報遼陽華表鶴，歸來不獨姓丁人。"李敏求《西湖錄》【考证：吴判书指吴竣。据《使行录》，谢恩正使韩兴一、副使吴竣、书状官赵玧于三月二十九日辞朝，以上诸诗当作于二十九日或其后。】

五月

二十二日（戊戌）。

宴朝鮮國貢使韓興義等於禮部【按："韩兴义"当为"韩兴一"之讹，参

见是年三月二十九日条】。《清世祖實錄》卷五七

十一月

初四日（戊寅）。

謝恩使麟坪大君㴭、副使黃㦸、書狀官權堣赴清國。《朝鮮孝宗實錄》卷七

李㴭《燕途紀行序》："辛卯仲冬，以頒勑進謝，暨元朝節儀赴燕，壬辰暮春還朝。副貳大司諫黃㦸，行臺司諫權堣。"李㴭《松溪集》卷五

黃㦸《口占錄奉行臺》："傳馹凌寒雪，恩貂暖死灰。匪材叨副价，執法賴分臺。壯志輕千里，衰容倦五來。風流逢季子，努力共追陪。"黃㦸《漫浪集》卷三【按許穆《漫浪遺卷序》：黃㦸（？-？），字子由，号漫浪。仁祖甲子生員，同年登增广。文章名当世自西而南也。李烓诗所谓"鵾鵬南徙沧海阔"者，此也。其文章本之六经，参之庄马氏，诗祖韩、苏。为文章肆而不淫，丽而不媚。尤长于章奏，读其文其人可知。使日本诗什、燕京十絶亦其所操可知。尝以直言忤时议，累官累斥，官止谏议。后出洪州一年殁，年五十。殆所谓厚赋而薄发者也。】

黃㦸《述懷》："男子桑蓬志，奇遊抵老衰。東溟曾破浪，北塞續題詩。出薊應餘債，觀周已太遲。山河終不改，獨恨異前時。"黃㦸《漫浪集》卷三

姜瑜《送別冬至副使黃子由㦸○二首》："白雪燕山道，天寒去不休。金臺名萬世，劍客怨千秋。寂寞遺風遠，蒼茫古迹留。知君多感慨，一弔淚應流。""路潤三千里，經遼又向燕。此行惟爲國，何事不關天。積雪仍長夜，孤城正暮年。寒燈一罇酒，措別意悠然。"姜瑜《商谷集》卷一【考证：据《孝宗实录》卷七可知使团于十一月初四日辞朝，以上诸诗当作于初四日。】

黃㦸《坡州留別吳畿伯挺一》："籍甚吳方伯，名卿尙黑頭。此行陪使節，相送出王州。別語憐羸病，交情見去留。憑君報吾老，細酌幸無憂。"黃㦸《漫浪集》卷三

李㴭《辛卯冬赴燕京，歷謁長陵。夜到臨湍和副价黃子由㦸，號漫浪志感長陵舊奉坡州》："前春省掃過喬山，攀栢終朝未忍還。況是使車西去路，可堪衣袖濕潸潸。"李㴭《松溪集》卷二

黃㦸《正使行軒展謁長陵還，竊不勝悲感之懷，口占一絶》："使車催發向喬山，霜露悲情入夜還。經幄舊臣回白首，遙瞻象設涕空潸。"《紫霞洞》："故國多名勝，清幽擅一丘。山河歸聖代，歌詠想風流。仙侶幾時會，玉人今日遊。移尊石橋上，坐見紫霞浮。"《金泉途中遇歸便，忙永作家書》："行役每侵晨，

愁吟自損神。非關遠鄉國，秖爲別君親。馬上續歸夢，途中逢去人。恩恩未作字，傳語恐難眞。"《玉溜泉》："不宿金泉館，行尋玉溜源。皇華留翰墨，客子洗心魂。舊迹憑熊軾，重遊御使轓。歸途花正發，仙榻對清尊。"《玉溜泉》："清遊不計晚風寒，鼎坐危岩禮數寬。却踏層氷供一笑，貝宮驚起老龍蟠。""巖間泉凍不成流，恰似珠簾掛玉樓。魂骨凜然醒醉夢，仙家風色本清幽。"黄㦿《漫浪集》卷一

李宧《玉溜泉在蕙秀山次子由》："昔日登玆榻，依然碧玉源。十年爲遠客，幾度鎖歸魂。古迹皇華翰，行裝彩鹿轓。來時春政好，歌舞共胡樽。"李宧《松溪集》卷二

黄㦿《龍泉館》："龍泉一都會，劍水續爲名。遲暮心猶壯，經過恨未平。谿山容孼種，宇宙閟神精。獨起看牛斗，沈吟到五更。"黄㦿《漫浪集》卷三【考证：下诗题曰"至日"，以上诸诗当作于十一月初四日至初十日间。】

初十日（甲申）。

黄㦿《至日》："夜雪曉方晴，天風晚更獰。如何閉關日，仍作飲氷行。磴路紆千曲，吟髭凍數莖。誰知一陽長，添却百憂生。"《至日次杜韻》："每歲玆辰爲遠客，西來五度愧郵人。光陰漸變從催老，貴賤同行便作親。別後望雲登疊嶺，夢回鳴玉捧重宸。正思豆粥田家味，小舌平生誤相秦。"黄㦿《漫浪集》卷五【考证：以上二诗皆以"至日"为题，又有"每岁玆辰为远客"语，当作于是年冬至日即十一月初十日前后。】

黄㦿《黄州》："憶曾年少過黄州，簇錦溪頭賦壯遊。日暮踏歌南郭路，月明留宴太虛樓。卽看勝觀爲灰劫，何況浮生似水流。自笑衰翁錯料事，廢池頹堞可無修。"《黄州次正使示韻》："客中愁思畏登臺，雪後溪山錦水隈。佳節未容行色駐，嚴程仍向曉光催。向來德業推知禮，此日詩歌入把杯。愧殺相如叨授簡，白頭材盡漫徘徊。"《駒峴》："行行度駒峴，關海此分區。風壤臨長塹，雲山控故都。勝遊懷往迹，遠役劫羸軀。努力加飧飯，何須問道途。"《百祥樓》："樓上登臨何壯哉，古今愁思浩難裁。千年世事清江水，百戰坤靈曠野灰。香嶽當軒迎客至，雪風吹月送詩來。恩恩物役駈人去，歸路青春共把杯。"《次正使辱和之韻奉別藥山之行》："征車暫駐古興州，暇日何妨把玉舟。秖恨驂鸞向眞境，獨無仙分到山頭。"《正使行軒自藥山還，不勝歎羨謹呈一律》："清遊獨訪藥山廻，宇宙襟懷向此開。四望定知吞四海，東丘何似倚東臺。鸞笙縹緲雲中奏，羽蓋逍遙月下來。政坐病衰孤勝賞，多慙賤子乏仙材。"《次正使辱示藥山東臺韻正使麟坪大君》："衰病空回首，清詩許散愁。從容談勝景，忘却在邊

州。"黄㦿《漫浪集》卷一

李宧《栽松道中口占》："生來八度浿江遊，秋月春風摠作儔。十里煙波看漠漠，一城雲物望悠悠。華筵日暮歌聲散，旅舘燈殘客夢幽。從古此間多勝賞，星軺那得暫淹留。"李宧《松溪集》卷二

黄㦿《宣川留別外兄鄭方伯維城》："骨肉人皆有，知心獨我兄。相看共驚老，遠送故回旌。已絕妻兒戀，其如喜□情。慇懃別時語，不敢引深觥。"黄㦿《漫浪集》卷三

李宧《明日是渡江日悽然口占》："停盖龍灣是，胡山隔水看。坐思明日路，羈緒益無歡。"李宧《松溪集》卷二

黄㦿《次渡江韻》："未答君恩重，寧辭出塞寒。春風公子座，渾襲一身安。"黄㦿《漫浪集》卷一

李宧《九連城露宿》："朝辭鴨綠水，暮宿鎮江城。積雪眠難就，中宵意自驚。塵沙憂路遠，星斗待天明。莫道人將老，風霜幾度行。"李宧《松溪集》卷二

黄㦿《九連城》："停車宿荒野，說是九連城。故國回頭遠，殊方觸眼驚。敲冰煮茶水，吹火斫松明。道路吾今老，艱辛飽此行。"《柳田》："忽作柳田夢，方知行路難。層冰圍伏枕，積雪卸征鞍。毳幕虛稱暖，貂裘未却寒。身微主恩重，受命敢求安。"黄㦿《漫浪集》卷三

李宧《柳田》："故國一爲別，他鄉道路難。愁多傾玉斝，日暮卸金鞍。北地獰風剚，南天歸夢寒。借言還塞者灣人有還歸者，一一報平安。"李宧《松溪集》卷二

黄㦿《湯站》："故國鴨江外，他鄉燕塞邊。路荒交虎跡，世亂斷人煙。晝憩依林樾，宵餐傍雪川。華風今已矣，廢壘故依然。"黄㦿《漫浪集》卷三

李宧《湯站》："墟落兵塵後，荒城夕照邊。征車卸積雪，毳幕起寒煙。夜冷人敲火，天清月滿川。異鄉無限意，對酒更悽然。"李宧《松溪集》卷二

黄㦿《鳳凰城》："鳳凰山麓古荒城，安市猶傳舊邑名。城壓上流通鴨水，山圍曠野控燕京。版圖久變憑誰問，寨柵新開點客行。却想當年拜天子，勿云東國少豪英。"黄㦿《漫浪集》卷五

李宧《鳳凰山》："一片孤山安市城，秖今猶說舊時名。天連朔漠防胡塞，地接遼陽擁帝京。鶴野千秋唯鳥跡，龍沙萬里少人行。當年堞上辭天子，知是三韓不世英。"《松鶻山》："華夷境界限山川，日暮狂歌古道邊。愁來直欲登高去，倚劍橫看萬里天。"李宧《松溪集》卷二

黄㦿《松鶻山》："窮荒還有一山川，松鶻奇峯落照邊。擬上層巖倚長劍，

風沙萬里看胡天。"黄㦃《漫浪集》卷一

李宧《觀獵》："盡日驅車謾自勞，途中又值塞風高。時有獵人飛馬過，男兒生世亦雄豪。"李宧《松溪集》卷二

黄㦃《途中觀獵有感》："少日行邊未覺勞，平原較獵雪風高。祇今衰白燕山路，駐馬看佗意氣豪。"《正使行廚連送珍味，詩以志感》："附尾已知幸，擊鮮何太頻。蒙將冰底鯽，獵得雪中麕。夜夢蔬應蹴，朝饑味更珍。加餐荷君子，一飯感貧身。"《鎮東城》："鎮東城裏數家村，閭閻殊音入耳喧。□有山河堪寓目，須防人面戒多言。杜詩云'異俗防人面'。"黄㦃《漫浪集》卷一

李宧《鎮東堡松站》："日暮孤城三兩村，馬嘶人語共相喧。簡中慷慨無窮恨，椎髻前頭不敢言。"李宧《松溪集》卷二

黄㦃《通遠堡河名八渡》："逾山渡河水，水勢學回腸。往者農桑地，今爲虎豹場。殊音如昨日，行色又晨霜。積雪迷前路，還須甲騎將。"黄㦃《漫浪集》卷三

李宧《鎮夷堡一名通遠堡》："懷鄉徒有淚，去國暗銷腸。草屋新茶店，荒城古戰場。劍寒衝北斗，裘暖却邊霜。日暮菉葼絕，悄然待送將。"《連山途中偶吟》："絕域年將盡，故鄉天一涯。寒宵孤客夢，難得到家多。"李宧《松溪集》卷二

黄㦃《次連山途中韻》："物役何時了，吾生也有涯。商量世間事，歲月客中多。"《連山途中苦寒》："野中露宿已經旬，雪後風剛吹倒人。安得狐裘三百領，遍分行客煖如春。"黄㦃《漫浪集》卷一

李宧《次子由連山途中苦寒書懷》："雪中經過已多旬，面目憔枯不似人。此日登途寒更烈，只言歸路伴青春。"李宧《松溪集》卷二

黄㦃《踰高嶺濫騎正使坐馬》："北來有高嶺，從古戒征轅。急峽藤蘿窄，窮冬霰雪繁。相憐借宛馬，欸過捷胡猿。顧眄休疑老，橫行志尚存。"黄㦃《漫浪集》卷三

李宧《次子由謝高嶺借馬》："難於上蜀道，安得並車轅。路險層冰積，天寒虐雪繁。深林投宿鳥，疊嶺哭懸猿。莫道橫行志，還慚老馬存。"《次子由高嶺口號》："俯看霜雪滿天山，憑劍長吁百二關。何由挽得天河水，淨洗風塵宇宙間。"《甜水站》："夢猶登鳳闕，醉或撫龍泉。迢遞燕山路，蒼茫歲暮天。寒威生雪後，曉色拂窻前。百感崩城下，孤燈夜似年。"李宧《松溪集》卷二

黄㦃《靑石嶺》："天風吹我上崔嵬，獨倚層巖萬壑哀。地入全遼平野闊，山連大漠衆峯回。因依碧玉欺雲色，隱映淸溪合硯材。鐫泐政宜傳事業，濡毫要待掃氛埃。"黄㦃《漫浪集》卷五

李宧《狼子山》："故鄉今已遠，異類反爲隣。征路杳無極，浮生恨不辰。

衣冠渾慘目，風俗更傷神。幾度狼山宿，悲歌恐有人。"李宦《松溪集》卷二

黃㑇《狼子山》："狼山聞可怕，虎谷與爲隣。版籍從何代，風謠變此辰。山河頻舉目，宇宙足傷神。愁極祇孤嘯，畏途還畏人。"黃㑇《漫浪集》卷三

李宦《三流河口號》："度盡三流水，偏憐太子河。緣何留別恨，嗚咽尙鳴波。"李宦《松溪集》卷二

黃㑇《三流河》："客行幾千里，今到三流涯。河水向東去，冬暉催北斜。仙方思化鶴，物態見歸鴉。從此送山了，轉愁平野賒。"《天文志》：'冬日行北陸。'東坡詩：'蜀人從此送殘山'。"黃㑇《漫浪集》卷三

李宦《次子由三流河述懷》："客夢連宵斷，家鄉天一涯。河濱寒雪積，墟落暮煙斜。絕壑猶啼鳥，深林自亂鴉。已愁山路細，荒野更悠賒。"《冷井東人來則盈，去則渴，世稱神泉》："天開此冷井，唯待我行人。臭味恒無變，盈虛似有神。庚炎猶凜冽，積雪更氳氳。一飮胸襟爽，心邊不到塵。"李宦《松溪集》卷二

黃㑇《冷井》："舊俗傳茲水，盈虛待我人。周泉元有驗，蜀井亦如神。異味當炎冷，清光映雪新。歸途將短髮，箇箇洗行塵。"黃㑇《漫浪集》卷三

李宦《遼陽懷古》："百年形勝遼陽地，雉堞傾頹草樹圍。此日荒墟空鳥跡，當時雄府掣龍旂。開門叛將名仍醜，仗劍孤臣節獨徽。舊物祇今猶白塔，征人不覺淚霑衣。"李宦《松溪集》卷二

黃㑇《遼陽感述》："從古遼陽似奕棋，祇今經過使人悲。千年城郭空斜日，一代衣冠異往時。曠野煩冤聞漢鬼，平原馳逐見羌兒。亭亭白塔臨華表，誰識仙翁再賦詩。"黃㑇《漫浪集》卷五

李宦《次子由遼陽感懷》："遼塞興亡一奕棊，祇今行客不勝悲。雲陰破堞啼鴉樹，日沒荒郊立馬時。鶴野反爲胡地牧，薊門那見漢家兒。此中慷慨無窮意，輸入燈前七字詩。"《白塔》："遼城白塔護天神，屹立乾坤度幾春。巧匠曾勞治石甓，征人恒愬簇車輪。嵬嵬獨閱滄桑事，袞袞長臨浩劫塵。華表何年歸白鶴，故墟唯見禿頭民。"李宦《松溪集》卷二

黃㑇《白塔》："白塔孤高似有神，重修勒石近千春。千方盡入無邊眼，諸佛常扶不轉輪。宇內興亡鈴子響，世間生滅刹那塵。何來獨鶴盤天際，疑是丁仙弔舊民。"黃㑇《漫浪集》卷五

李宦《清風寺在首山之陽》："落日清風寺，山僧挽我過。胡麻盛玉椀，香茗煮金鍋。洞雪行人少，床經法侶多。俯臨遼野曠，撫劍更悲歌。"李宦《松溪集》卷二

黃㑇《清風寺》："不計沙河遠，行從寺路過。逢僧問華制，供客煮茶鍋。

物役浮生促，風光此地多。俯看遼野闊，擬和羽仙歌。"黄㦿《漫浪集》卷三

李昪《筆管鋪》："夕投筆管鋪，氷雪滿溪流。小店炊煙起，前峰月色浮。天低遼野濶，歲暮故園悠。歸計何時定，空嗟節序遒。"李昪《松溪集》卷二

黄㦿《筆管鋪自遼東以東山名千山》："千峯遙入望，小店傍溪流。野闊天疑盡，煙生地欲浮。曾聞風雪虐，始覺道途悠。忽迫嘉平節，還驚歲月遒。"黄㦿《漫浪集》卷三

李昪《牛家庄》："朝上首山岡，暮投牛氏庄。旅窓關月白，危堞塞雲蒼。故國音書斷，殊方道路長。歸期在何日，搔首獨彷徨。"《牛庄望月》："落日孤城暮色濃，漸看新月上前峰。今夜九重安丙枕，關河萬里息邊烽。"李昪《松溪集》卷二

黄㦿《次正使牛家莊韻》："破堞枕荒岡，名王占舊莊。健兒着狐白，飛騎臂鷹蒼。遠客心常苦，窮冬夜更長。殊音鬧人耳，不寐起彷徨。"《牛莊途中述懷用遼陽韻》："風餐露宿三千里，頓覺衰年減帶圍。分絶飛鴻傳遠札，強驅羸馬逐前旍。心將落葉爭飄轉，身似懸瓶任縲徽。歸去鹿門尋舊隱，白頭那復曳朝衣。"黄㦿《漫浪集》卷五

李昪《三叉河》："遼河太子渾河水，派作三叉萬里流。聞道江干元我界，何時重復屬東丘。"李昪《松溪集》卷二

黄㦿《三叉河》："我行日夜未曾休，算得三分路尚悠。河水滔滔通汛口，風煙渺渺接關頭。雪中逐兔皆胡騎，氷底权魚一釣舟。着處城池今已廢，百年世事使人愁。"《三叉河次正使示韻》："聞道河源出白頭，千回萬折向東流。試看逝水推人事，今古興亡貉一丘。"黄㦿《漫浪集》卷一

李昪《沙嶺驛》："當日王師於此敗，可憐白骨藉途中。機謀若用熊廷弼，行陣寧容孫得功。半夜鼓聲遼塞陷，片時鶴唳廣寧空。千年藩屏爲虚器，長恨巖廊失禦戎。"李昪《松溪集》卷二

黄㦿《沙嶺有述錄呈》："牛莊沙嶺無新句，病裏吟哦未易刪。都削等威同苦樂，獨嚴詞律絶追攀。遼山白雪風如矴，霄漢黄昏月又彎。一步起居違數日，思聞警欵起疏頑。"黄㦿《漫浪集》卷五

李昪《次子由沙嶺述懷》："客中愁思付詩句，醉後閑吟謾自刪。衣浣黄塵俱跋涉，詞高白雪敢追攀。來時驛路寒猶早，今日龍沙月幾彎。千里故園將遠望，胡山慘慘暮雲頑。"李昪《松溪集》卷二

黄㦿《沙嶺驛》："冷雲陰雨黄沙磧，千古煩冤向此中。厲鬼吞胡應有願，男兒死國不言功。果知興廢關天運，忍見繁華掃地空。往往餘民相泣語，弄臣

終殺兩元戎。"黄炡《漫浪集》卷五

李宧《平安堡》："孤鎮危如百尺竿，當時何事號平安。極目黄沙多白骨，亂鴉飛下夕陽殘。"李宧《松溪集》卷二

黄炡《平安堡》："着處煙臺樹羽竿，一時烽火報平安。秪今澶漫遼東野，極目黄蘆舊壘殘。"黄炡《漫浪集》卷一

李宧《長墻在遼澤中》："茫茫遼澤淤泥地，千里長堤聖代修。平瀾曾聞方軌過，缺訛今見獨驢愁。炎蒸六月蚊成陣，霪雨三秋陸運舟。畏道北來無若此，年年征役不堪憂。"李宧《松溪集》卷二

黄炡《高平夜發》："異域荒鷄呼我起，四更吹角戒征驂。長堤月落迷高下，曠野風回亂北南。少日雄圖濟時了，暮年專對誦詩愁。上恩如海雙親老，欲報公私底事堪。"黄炡《漫浪集》卷五

李宧《次子由曉發書懷》："半夜荒城吹畫角，僕夫驚起整車驂。登程自信唯行北，入野難分誤向南。一代衣冠從此異，百年文物使人慚。如今專對非吾分，機事多端恐未堪。"《高平驛曉發》："曉月蒼茫靄欲曙，一望氷路更艱難。僕夫把火相喧聒，憑几車中夢未闌。"李宧《松溪集》卷二

黄炡《高平驛夜行次正使韻》："氷雪崢嶸曉天黑，何人不道行路難。欲將詩句排愁悶，詩未成時興已闌。"《高平途中》："共說高平驛，艱危不可行。冬氷愁折軸，夏漲劫臨阮。堤路何時破，邊風鎮日獰。故知非我俗，還欲入關城。"《閭陽途中望醫巫閭山》："巫閭蒼翠入望濃，迤邐天西一萬重。傳說帝軒來問道，曾聞老賀去藏蹤。山前世事兵戈亂，洞裏仙區鐵鎖封。經過未看眞面目，登臨直欲盪心胸。"黄炡《漫浪集》卷五

李宧《十三山》："簇立尖峰似劍鋩，古今留斷幾人腸。遠客斜陽愁眼對，持鞭數盡暮雲蒼。"李宧《松溪集》卷二

黄炡《十三山次正使韻》："詞鋒凜凜耀霜鋩，愧殺窮儒擢腎腸。到處將詩酬物色，錦囊珍重付奚蒼。"《十三山》："幾疊翠屏橫復縱，眞如活畫淡還濃。天教列岫粧平野，地比高唐剩一峯。細數屛顔勞客指，遙看爽氣盪人胸。漫翁却作愚公計，移得雲嵐日散筇。"黄炡《漫浪集》卷五

李宧《大凌河懷古》："大凌河水何時盡，長使英雄淚滿衣。十萬漢兵同日死，秪今白骨照殘暉。"李宧《松溪集》卷二

黄炡《大凌河次正使韻》："曠野塵沙撲面飛，欲臨河水洗征衣。經過戰地無窮恨，旅店凄涼對夕暉。"《小凌河次正使韻》："朝發大凌夕小凌，羸驂蹄脫怯層氷。人從北去水東逝，故國音書何處憑。"黄炡《漫浪集》卷一

李宧《途中望錦州懷古》："一片孤城萬匝圍，紛紛天下羽書飛。偸生老祖還迎賊，堪愧身邊舊戰衣。""天下援兵此地敗，大明形勢已堪危。當時内豎欺邊報，月暈三年帝莫知。""一帶連城如破竹，可憐白骨遍黃沙。從此皇威遂不振，百年宮闕暮鴉多。"李宧《松溪集》卷二

黃㦿《望錦州有感次正使韻二首》："十載未聞窺左足，當時坐使海東危。對渠若數欺天罪，敢道貂璫不報知。""關外城池似犬牙，官軍十萬化蟲沙。忠魂莫作煩冤哭，負國埋名孰與多。"《過松山有感》："松山當日被重圍，天地何心發殺機。幾處積骸今尚在，三年嬰壘古猶稀。賀蘭坐視寧無罪，都尉生降竟不歸。誰識征人揮淚過，陰雲一陣掩斜暉。"黃㦿《漫浪集》卷五

李宧《次子由過松山堡感懷》："昔日松山幾匝圍，一城興廢繫關機。倒戈叛將今猶在，辮髮詞臣古亦稀。百戰荒墟枯骨積，千年毀堞暮鴉歸。途中忽憶當時事，抆淚唏噓對夕暉。"《杏山堡感懷》："落日低荒野，陰雲接故墟。極目人煙斷，傷心百戰餘。"李宧《松溪集》卷二

黃㦿《杏山堡次正使韻》："戰骨埋荒草，飢鴉噪舊墟。愁雲千古色，斜日一竿餘。"《塔山所》："世屬太平日，天方泥醉時。孤城死守久，諸將救兵遲。臣節宜如此，皇京遂不支。九重絕聞奏，何得識男兒。"黃㦿《漫浪集》卷三

李宧《次子由塔山有述》："北塞兵塵起，邊封月暈時。天寒胡騎合，日暮鼓聲遲。世事嗟何及，孤城竟不支。人人皆死節，定不愧羞兒。"《塔山所懷古》："萬古驚心此地事，滿城屠戮一無餘。男兒一死何須恨，凜凜英名竹帛書。"李宧《松溪集》卷二

黃㦿《次正使塔山所韻》："塔山獨蔽長城外，壯士捐生百戰餘。幾箇男兒能辦此，須將姓字入新書。"《寧遠衛》："十萬精兵屬摠戎，防胡鎮壁此爲雄。固知乳臭非眞將，何忍杯羹棄乃翁。茅土加名渠已足，皇天有眼罪應通。秖今試聽餘民說，自毀長城殺二公。二公卽熊、袁軍門。"黃㦿《漫浪集》卷五

李宧《次子由寧遠衛感懷明亡，吳三桂不從流賊，禍及其父，遂開關引虜》："貔貅十萬屬元戎，虎視龍沙一代雄。事去已難酬聖主，忠深猶未保家翁。初心定雪燕京耻，誤計還將虜騎通。破賊功成身便死，應知靑史許吳公。"李宧《松溪集》卷二

黃㦿《祖將舊第》："將軍第宅石爲門，四世登壇鏤上恩。報效初心宜死戰，敗亡何面忍生存。朱樓畫閣歸新主，荒壟寒松泣舊魂。知汝靑氈難自保，擁兵曾不救東藩。杜詩云'王侯第宅皆新主'。"黃㦿《漫浪集》卷五

李宧《次子由過祖將舊第》："田第朱甍起石門，豪華四世摠君恩。曾聞漢

塞傳雄略，今見燕氓唾苟存。破塸雲寒餘舊宅，荒原日暮哭新魂。天殃竟是胡庭辱，何不當年救我藩。"李宦《松溪集》卷二

黃㦿《寧遠衛途中望海》："路從寧遠臨滄海，元氣茫茫晝夜浮。徐福不歸真得計，魯連欲蹈非自謀。極天關塞他鄉客，滿地兵戈一釣舟。曾到扶桑看出日，祇今悵望回白頭。"《次正使寧遠衛》："城郭周遭問幾重，控山臨海勢橫縱。訏謨誰子錯料事，輕薄小兒寧折衝。杖節足能除漢賊，開關不復舉周烽。賣親賭得封王印，拜謝仍酣虜酒濃。"《石牌樓韻》："曾聞乃父起邊州，實荷君恩拔擢優。趙括論兵應不肖，景升生子卽凡儔。承家擁節分當死，負國辱身何所求。留與行人爭唾罵，莫敎搥碎石門樓。"《中後所六洲河》："河源遙自北庭流，散入邊州作六洲。枕水荒城明月夜，胡笳一拍使人愁。"黃㦿《漫浪集》卷一

李宦《六洲河在中後所》："河水遙從北地流，縈廻散入作汀洲。日暮荒沙秋色遠，望鄉孤客不勝愁。"李宦《松溪集》卷二

黃㦿《中後所吳家置茶酒》："異鄉杯酒強相酬，更進清茶慰客愁。月夜還從街市過，厭聞蕃漢一時咻。"《沙河城有感》："天朝本意分諸衛，擬絕窺邊曳落河。着處臺隍今盡破，高城孰與丈人多。"《前屯衛》："借問前屯衛，當時大將誰。城危有死耳，義重忍生爲。月出胡笳動，天陰鬼哭悲。何由知姓字，一一特書之。"黃㦿《漫浪集》卷三

李宦《次子由前屯衛懷古》："此地無噍類，當時仗節誰。偸生女子是，避死男兒爲。日暮孤魂泣，天寒遠客悲。可憐忠義士，猿鶴竟何之。"李宦《松溪集》卷二

黃㦿《次正使示韻》："聞雞冒臘寒，驅馬望燕關。祇爲快心目，何嘗論險艱。雄觀須暫駐，逸興未全闌。作賦才今盡，還怜髮已斑。前屯衛曉發"《次正使示韻》："不覩九江勝，虛爲千里遊。城連崖口拆，水學回腸流。鬼物定輸力，神鼇猶戴頭。殘生憑臥地，那得上層樓。正使獨往賞，以病未從。"黃㦿《漫浪集》卷三

李宦《九江口》："勝地初來賞，浮生辦壯遊。村開一片石村名，城築九江流。削壁圍關口，高墩列岫頭。雄圖今已矣，長嘯夕陽樓。"李宦《松溪集》卷二

【考证：下诗题曰"山海关逢腊日次正使韵"，故以上诸诗当作于十一月初九日至十二月初八日间。】

十二月

初八日（辛亥）。

黃㦿《山海關逢臘日次正使韻》："歲月堂堂去，吾生數數然。燕關一尊酒，

回首海東天。"黄㦿《漫浪集》卷一【考证：诗题曰"山海关逢腊日"，当作于十二月初八日。】

黄㦿《長城》："天教壤界限華夷，山抱西東又北圍。萬里實爲千世計，雄圖肯顧豎儒非。將軍絶脉坤靈動，仙子揮鞭石血飛。始信當年不虚築，古今能得聖之威。"黄㦿《漫浪集》卷五

李宧《次子由望長城感懷》："萬里周遭界夏夷，縱橫粉堞入雲圍。唯知胡虜千年患，豈料秦嬴二世非。大海遙連高雉潤，羣山迥繞列譙飛。祖龍壯略今如在，邊塞唯應詟厥威。"李宧《松溪集》卷二

黄㦿《望夫石》："依然玉立望歸期，不轉千秋在路岐。自是貞堅同物我，古人神化後人疑。"《次正使長城韻二首》："魏公營築比秦多，鞭撻夷酋奏凱歌。封鎖泥丸三百載，誰教鐵騎欻飛過。""粉堞蜿蜿飲海流，驚濤噴薄自千秋。俯看雲氣連蓬島，要共登臨散客愁。"《次正使長城韻》："板築胄從秦帝始，興圖元屬禹山川。周遭萬里依天險，椎鑿千峯破石堅。朔漢茫茫看氣象，蓬萊渺渺接雲煙。試尋當日周遊迹，不載魚車定不悛。"《望海亭》："一上危梯一懛然，眼迷滄海拍雲天。長城直壓神龍窟，片石猶餘鬼物鞭。仙島但懸千里望，塞關無賴萬重堅。登臨不耐興亡感，擬逐悲歌醉趙燕。"黄㦿《漫浪集》卷五

李宧《次子由望海樓述懷》："一上丹梯意爽然，扶桑遙看海東天。肇基朔漠禹時斧，驅石滄溟秦帝鞭。樓觀臨城形勝壯，臺隍枕海關防堅。繁華已盡荒煙起，搔首吟哦涕自漣。""百年形勝一危亭，雉堞連雲萬里平。關路蕭條通古塞，海潮寂寞打空城。山河摠帶腥膻氣，天地不聞絃誦聲。極目波瀾境界潤，羽衣珠履欲登瀛。"李宧《松溪集》卷二【考证：以上诸诗以"长城""望夫石""望海亭"等为题，约作于初八日留山海关时。】

初十日（癸丑）。

黄㦿《次正使初度日韻》："客中此日遇初度，異域杯盤堪愴情。君子百年宜百祿，太平歌管漢陽城。"黄㦿《漫浪集》卷一【考证：李景奭《麟坪大君神道碑铭》言"仁祖龙潜时，仁烈王后以天启二年壬戌十二月十日生公"，可知李宧初度日为十二月初十日。此诗题曰"次正使初度日韵"，又有"君子百年宜百禄"语，当系于此。】

黄㦿《榆關》："榆關薊北古邊庭，百載農桑近帝京。村落盡空時事變，荒墟古木暮雲橫。"黄㦿《漫浪集》卷一

李宧《雲巖寺在撫寧兔耳山西》："匹馬偶然尋古寺，閒村不正望中圍。一區清境還奇絶，獨倚蒼松對夕暉。"李宧《松溪集》卷二

黄㝏《過撫寧縣》："撫寧山水信清奇，翠岫嵐光映碧漪。此去昌黎知不遠，後來誰起古文衰。"黄㝏《漫浪集》卷一

李宧《萬柳庄》："萬柳村庄尙有墟，寒鴉飛集夕陽初。依俙坐想當時事，多少朱樓綠酒釃。"李宧《松溪集》卷二

黄㝏《次正使示韻二首》："古木寒鴉噪舊墟，行人猶說太平初。靑樓對起垂楊岸，淥酒新眠待客釃。萬柳莊""漢代通侯皆朽骨，北平飛將獨垂名。何由拔取黄間箭，一射旄頭紫塞清。射虎石"黄㝏《漫浪集》卷一

黄㝏《射虎石》："北平雄鎮漢時關，路上猶存古石頑。彷彿負嵎昂白額，分明穿縫飮黄間。精誠自是通神易，骨相方知賦命艱。千載九原如可作，煩君一箭定天山。"黄㝏《漫浪集》卷五

李宧《次子由射虎石有述》："灤水雄城古漢關，蒼然一片路邊頑。百年留號龍沙外，一箭穿痕虎石間。彌節白檀軍旅肅，違期南幕命途艱。九原倘得斯人起，佇見塵清薊北山。"李宧《松溪集》卷二

黄㝏《清節祠》："灤河水白首山靑，廟貌千秋妥聖靈。洞照昏冥雙皎皎，高撐宇宙一亭亭。采薇舊曲今同調，孤竹遺墟久帶腥。莫把膻葷登俎豆，瓣香堪薦寸丹馨。""叩馬兵前只二人，三千八百本殷臣。唐虞已遠吾何怨，薇蕨猶甘道不貧。後世論權終滅義，當時讓國亦求仁。却思箕聖朝周路，過此悲歌倍愴神。"黄㝏《漫浪集》卷五

李宧《清聖廟在灤河傍》："孤竹清風灤水邊，祇今遺迹此依然。當時只爲君臣重，後日何須竹帛賢。讓國高標頑懦起，採薇貞節弟兄全。停車拜手松杉下，祠廟無人鎖暮煙。"李宧《松溪集》卷二

黄㝏《次正使清節祠韻》："矗矗孤山傍水邊，靈風竝駕氣森然。同時仗節難兄弟，曠世知心遇聖賢。義士獨行論敢到，仁人不怨道方全。兵戈滿地蒸嘗廢，寂寞香爐一炷煙。"《沙河驛曉發》："雞墩晚餐日欲斜，沙店夜宿臘寒多。客子上車月皎皎，羸驂渡水冰峨峨。堪笑半百志空壯，忽驚三分頭已皤。傍人莫訝發孤嘯，未報君親將奈何。"黄㝏《漫浪集》卷五

李宧《沙河驛回想去年光景》："去年今日此間過，古壘風塵薄暮多。飛騎忽傳還貢女，爲停行盖喜如何。""邊人來報單于死，落日初斜古郭時。兩夜催行六百里，片心唯恐二臣危。二臣卽李相國景奭、趙判書絅。"李宧《松溪集》卷二

黄㝏《次正使沙河驛憶去年行色韻二首》："燕路年年杖節過，江山收貯錦囊多。祇今物色分留少，才盡如吾白首何。""曾聞匹馬入關馳，尚記朝廷動色時。堪愧吾儕宜束閣，獨敎公子屢乘危。"《榛子店途中二首》："凌晨客發驅馬，向

晚風吹倒人。衰鬢更添寒雪，殘年漸逼新春。""忽忽行年半百，悠悠去路三千。黃塵自愧面目，白首不歸林泉。"黃㦸《漫浪集》卷一

李宿《次子由榛子店途中偶吟》："燕山路遠多苦，客店天寒少人。向晚風沙撲面，共言何日陽春。""却恨他鄉半載，共愁官路三千。何日更清宇宙，中宵獨撫龍泉。"李宿《松溪集》卷二

黃㦸《次正使豐潤縣韻》："忽得金鎞揩病眼，誰將旗鼓犯詩城。相如猥在鄒收右，白雪還容下里賡。"黃㦸《漫浪集》卷一

李宿《玉田曉發》："曉月蒼茫欲曙，關山迢遞空愁。可憐何日歸國，自歎浮生白頭。"李宿《松溪集》卷二

黃㦸《次正使玉田曉發韻》："野哭行歌俱起，淒風落月添愁。遙看煙樹曉色，知是薊門關頭。"《次玉田途中遣懷韻效拗體》："遠客正當寒日祈，羈懷悄悄感天時。隴雁愁看雲外過，胡笛驚聽月中吹。世事興亡逐水逝，年光荏苒催吾衰。此路間關難可忘，莫教情義久相移。"《玉田縣》："皇畿漸近山河美，城郭猶存世事非。東去河流連故國，北來塵漲污征衣。千村煙火空疏樹，一道烏鴉閃落暉。臘日已過春意動，夢中梅發傍柴扉。"黃㦸《漫浪集》卷五

李宿《次子由玉田縣有述》："客中愁思何時遣，世事紛紛日就非。捲地塵沙迷去路，連宵霜雪滿征衣。薊門北望空煙樹，海口南臨只夕暉。竣事還朝春定晚，故鄉花柳減朱扉。"李宿《松溪集》卷二

黃㦸《次途中望漁陽韻》："漁陽從古多翻覆，畿輔當年屬盛時。意氣尚看燕市客，鼓鼙曾動羯胡兒。秦皇虛築長城遠，周室終悲九鼎移。國色家奴同敗轍，前人不戒後人悲。"黃㦸《漫浪集》卷五

黃㦸《次薊門煙樹韻》："薊門城郭壯憑依，沃野千村屬甸畿。此日夷歌煙樹裏，斜陽飲馬掛氈衣。"黃㦸《漫浪集》卷一

李宿《三河縣聞滿主還都，與子由效摩詰酌酒體》："聞道黃兜回帝京，吾東王事可經營。自歎風沙征萬里，還驚霜髮變千莖。客子暮投野店冷，羸驂曉發陰颸獰。異域間關同跋涉，侍郎休忘此時情。"李宿《松溪集》卷二

黃㦸《三河縣》："曾聞畿輔壯三河，縉轂幽燕擅富華。亂世衣冠非漢制，夕陽城郭動胡笳。人情汩汩求膻蟻，歲律堂堂赴壑蛇。到底風煙撩客思，不禁愁緒亂如麻。"黃㦸《漫浪集》卷五

李宿《次子由三河有述》："小店晨餐過潞河，天涯空惜送年華。旅窗無夢吟邊月，征路多愁聽塞笳。曠野唯看馳白馬，中宵獨坐撫青蛇。崇禎諸將曾兒戲，戰骨空教似亂麻。"《通州示子由》："通府雄城落日斜，此州猶有舊繁華。

朱樓橫接燕京市，錦帆遙連楊子波。齊地曾聞雙轂擊，皇畿今見兩肩磨。那堪一入朝陽後，分別征驂自各家。朝陽，皇城東門。"李宧《松溪集》卷二

黃㦿《次正使通州韻》："四達街衢連狹斜，太平謠俗競奢華。辰居最近長安日，漕轉遙通萬里波。天道人心今否塞，神京王氣已消磨。吾生自嘆觀周晚，未覩車書屬一家。"《入玉河館》："街市相望意杳然，重門一入鎖何堅。笑談隔日猶生齊，離索經宵已當年。伴夢燈光明復滅，遞風鍾漏斷還連。朝來料理春盤菜，却憶吾家酒正眠。"黃㦿《漫浪集》卷五【考证：下诗题曰"立春日"，故以上诸诗当作于十二月初十日至二十五日间。】

二十五日（戊辰）。

黃㦿《立春日》："客裏光陰劇走丸，辰年忽至卯年殘。却看市俗誇花勝，正憶貧家具菜盤。嚴命未傳還內熱，畏途雖過轉心寒。已從豪氣消磨盡，爭奈腰圍日漸寬。"黃㦿《漫浪集》卷五

李宧《客舘逢立春，感歎書懷，奉子由求和客舘卽鴻臚寺》："歲暮殊方逢立春，東風官柳嫩黃新。謾揮燕塞思歸淚，誰慰秦關抱病身。五夜驚看回斗柄，三陽空復屬寅賓。洛城今日家家樂，應念天涯去國人。"李宧《松溪集》卷二

黃㦿《次正使客舘逢立春韻三首》："彩勝金花巧鬪春，燕都舊俗重迎新。三千餘里思歸客，四十八年見在身。令節堪驚今也老，虛名却愧實之賓。他鄉貼子無他語，要返田園作散人。""臘月未窮先報春，天機物態共催新。名都令節看他俗，旅館重扃絆此身。獨把詩筒傳苦意，誰將樽酒燕嘉賓。衰翁已迫知非歲，底處行藏不屬人。""皇京萬戶競迎春，舊俗雖存景象新。花勝美姬誇寶髻，貂裘驕將鬪強身。官司鎖印須行樂，酥酪和茶爲勸賓。竣事東歸寧久滯，吾儕碌碌只因人。"黃㦿《漫浪集》卷五【考证：以上诸诗皆以"立春"为题，当作于是年立春日即十二月二十五日前后。】

黃㦿《数诗》："一心常耿耿，君亲恩罔极。二者蔑报效，老大徒怆恻。三纪窃仓粟，奔走唯视力。四方遍辙迹，兹行固吾职。五云悬梦想，庭闱阻消息。六旬路何远，青阳欻已逼。七哀缘触目，天道多反侧。八站焉足说，神京氛雾塞。九阙移玉座，园陵入荆棘。十步辄累叹，悠哉归思亟。"黃㦿《漫浪集》卷二

李宧《答子由數詩》："一生君恩大，欲報還無極。二旬始北行，所經多悽惻。三冬度間關，殊方憊筋力。四海風塵起，專對非吾職。五夜歸夢潤，故鄉無消息。六出融城濕，逆旅春光逼。七星南觀日，那知玉樓側。八百周宗滅，天地胡雲塞。九廟皆灰燼，古殿生荊棘。十載長爲客，歸思日漸亟。"李宧《松溪集》卷二

黄㦿《燕歌行》："彈我袖中劍，吟古燕歌行。燕都實壯麗，太宗□立宏。宮闕倣漢制，控扼仍秦城。萬邦輸玉帛，千宮集簪纓。繼承三百載，恬嬉忽太平。家奴倒持柄，閹臣反藉兵。苟無內癰潰，焉有大命傾。天意固難測，世道多變更。我行過其市，欲唱還吞聲。倘逢擊筑者，相看知此情。"黄㦿《漫浪集》卷二

李宧《答子由燕歌行》："萬里東韓客，暮從燕市行。天運雖已矣，制度尙且宏。連甍百萬戶，屹屹又重城。一朝風塵起，羽檄謾徵兵。輔弼皆貪虐，至尊狃昇平。唐亡由藩鎭，大明家奴傾。堂堂漢天下，胡無一請纓。羯虜紛揚揚，文物皆變更。獨步禾黍墟，欲哭强吞聲。撫劍和古歌，誰識不平情。"李宧《松溪集》卷二【考证：下诗题曰"除日"，故以上诸诗当作于十二月二十五日至二十九日间。】

二十九日（壬申）。

黄㦿《除日》："去年除日直廬臣，除日今年遠道人。玉座香煙猶在眼，金臺物色剩傷神。愁中節序堂堂過，亂後衣冠事事新。擬趁曉鍾傳使命，難將霜鬢犯街塵。從兒得壯壯成衰，世事天時苦競馳。年似蓍占留掛扐，身隨蓬轉任分離。如良夜何想同也，中聖人否聊一爲。好伴靑春歸意速，殘更斷送不須遲。鄙年明日得四十九，故用'蓍占'語。"黄㦿《漫浪集》卷五

李宧《除夜口號示子由》："殊方空惜送年華，處處春城欲放花。草色微靑天氣暖，日暉初永漏聲加。盤無兼味憐羈病，心有深愁厭衆譁。感却今宵添一齒，獨聞窗外撲風沙。""燕都守歲憶京華，半夜胡霜拂劍花。故國音書千里斷，異鄉愁恨一時加。春光已入柳枝嫩，曙色初開禽語譁。何日驅車歸鴨水，煙花共醉渡頭沙。"李宧《松溪集》卷二

黄㦿《次正使除夕韻》："皇京令節競繁華，旅館孤吟剪燭花。春色暗隨鍾漏動，鬢毛羸得雪霜加。門扉久鎖同人隔，談笑相看異俗譁。起步中庭瞻斗極，故鄉歸路過龍沙。""身世摧頹鬢已華，壯懷寥落眠昏花。通宵守歲那容住，舊恨新愁轉覺加。萬戶紛紛皆自得，重門寂寂獨無譁。還憙使事憑人舌，只弊精神似算沙。""少日狂吟賞物華，醉中揮洒筆生花。客來抱病豪全減，老去題詩點屢加。一榻燈簷甘闃寂，千家爆竹厭囂譁。明朝世事催人起，宛馬同驅舊路沙。"黄㦿《漫浪集》卷五

李宧《次子由除夕有述》："爆竹聲中一歲除，客心寥落夜窻虛。胡姬酒薄難排悶，學士詩清獨起余。燕地山川春一遍，箕封家國路千餘。身如籠翮三韓使，何日同驅薄板車。""他鄉今日滯孤臣，守歲遙思故國人。五夜鐘聲催漏箭，

一窗梅蘂動精神。漢庭事去衣冠變，燕塞春還節候新。旅舘寥寥天欲曙，愁看九陌滿腥塵。"李𡖖《松溪集》卷二【考证：以上诸诗以"除日""除夜""除夕"为题，有"感却今宵添一齿""旅馆寥寥天欲曙"语，当作于十二月二十九日除夕守岁时。】

顺治九年（**1652年，壬辰**）

正月

初一日（癸酉）。

朝鮮國王李淏遣陪臣李𡖖等表賀皇太后加上徽號、冬至、元旦、萬壽聖節，並謝恩賜附貢方物及歲貢。宴賚如例【按：参见顺治八年十一月初四日条】。

《清世祖實錄》卷六二

黃㦿《元朝試筆》："旅館無眠仍守歲，更籌已盡坐迎春。孤臣回首瞻宸極，游子銷魂憶老親。邈矣三千餘里地，居然四十九年人。朝來試筆還愁絕，擬卜行藏拂策塵。""年齊伯玉始知非，身似鍾儀未許歸。添雪千莖從鬢改，隨風萬轉厭蓬飛。差憐彩筆猶無恙，却憶青山尚可依。此日人情皆有祝，殘生唯願返荊扉。""雪花如席落金臺，夜盡春生漏箭催。曉色不分街市暗，燭光方見禁門開。三元會賀儀空設，數月周流獵未廻。悵望園陵香火絕，年年雨露長蒿萊。"

黃㦿《漫浪集》卷五

李𡖖《答子由元日試筆壬辰》："惆悵燕都事已非，更逢佳節苦思歸。金臺落照空明滅，瓊島閒雲自捲飛。一曲陽春聲咽咽，三元淑景望依依。吾生此日唯何祝，閒坐駝峰掩竹扉。""三元春色暎樓臺，還覺羈樽逸興催。太液清波煙裏潤，居庸疊翠雨中開。百年文物何時復，千里家鄉幾日廻。令節如今唯泪没，旅窗無夢對蒿萊。"李𡖖《松溪集》卷二【考证：以上诸诗以"元朝""元日"为题，又有"旅馆无眠仍守岁，更筹已尽坐迎春"语，当作于正月初一日。】

黃㦿《春興七首次老杜秋興韻》："萬歲高山卽禁林，千章古木鬱森森。春生鳳闕浮佳氣，日照龍池破積陰。宮柳苑花堪濺淚，天時世事剩傷心。城中處處聞羌笛，月下橫吹雜夜砧。""承天門外柳絲斜，玉柱前頭建翠華。金殿百年瞻斗極，銀河萬里上星槎。元春尚憶三呼祝，落日空聞九拍笳。遠客從來多古意，塵沙滿目又煙花。""九門金榜射朝暉，萬國衣冠拱紫微。丹陛卽看戎馬入，紅雲曾傍袞龍飛。鍾儀去楚孤吟苦，季札觀周夙志違。芳草喚愁春又至，御溝流恨水空肥。""世事何如賭局棋，眼看翻覆使人悲。可怜歌舞千年地，却憶車書一統時。凡楚同亡天運改，唐虞已遠我生遲。上林昨夜春風起，吹動鄉園萬里思。""五鳳樓齊萬歲山，樓光山色彩雲間。始知興廢須臾事，休道城池百二關。風景不殊頻舉目，衣冠已變若爲顏。春來故國無消息，夢裏歸朝綴賀班。""燕都春景入搔頭，寥落羈懷似遇秋。別苑垂楊回舊色，離宮芳草惹新愁。三千女散空啼鳥，第一池荒自泛鷗。從古興亡繫人事，當年誰是誤神州。""龍池曾費萬人功，控引黃河入苑中。金殿新開多暇日，彩舟留御漾微風。劫灰換却千年黑，兵火燒來一炬紅。天地無情自春色，煙花滿眼泣騷翁。"黃㦿《漫浪集》卷五

李㝢《答子由春興八首〇杜詩秋興韻》："西湖春色滿園林，翠靄霏霏古木森。月照金臺空漏影，雲橫瓊島自成陰。天時已去尙誰咎，世事頻翻秖此心。寂寞虛窻驚客夢，幾家墟落動寒砧。""五鳳樓頭落日斜，禁園春色鬪繁華。橋邊弱柳添新色，雪裏寒梅發古槎。事去未聞持漢節，愁來那忍聽胡笳。唏噓獨坐無人問，半夜清霜拂劍花。""宮殿參差帶夕暉，暮煙山色轉霏微。蘆溝曉月空明滅，太液寒雲自捲飛。醉後謾悲時事變，愁中却恨玉人違。春回宇宙氷初渙，卧柳生心水面肥。""從古神京似奕棋，人間萬事不堪悲。百年文物從新制，一代衣冠異舊時。逆旅春回花柳動，家鄉路遠夢魂遲。月明何處吹羌篴，暗送飛聲惱我思。""何日重光萬壽山，聖靈應在五雲間。烝嘗久廢苔生逕，洒掃無人晝掩關。衰草離離埋石獸，荒煙漠漠繞屭顏。盈庭玉帛當時會，恨未同隨拜舞班。""春色初回紫陌頭，煙花正耐繞長秋。旅窻獨洒三更淚，落日空齋萬斛愁。白玉柱前餘舞象，昆明池上點浮鷗。紛紛兵甲何時定，漠漠風塵滿九州。""神都定鼎仗皇功，黃屋參差五彩中。赤子秖今思漢俗，蒼天何日變胡風。半年贏得顚毛白，萬里愁看落日紅。好伴青春歸故里，駱峰明月一閒翁。""燕京街巷自逶迤，嫩柳依依繞澤陂。半夜歸心懸北極，一春詩興付南枝。彤庭寂寞瓊樓仄，天柱傾摧玉座移。昔日衣冠那再見，白頭空自淚雙垂。"李㝢《松溪集》卷二

黃㦿《燕京古意十絕》："山名萬歲鎮皇家，山色蔥蔥學翠華。山上玉樓營未了，城中鐵馬暗風沙。""苑中疏鑿引黃河，錦纜龍舟樂事多。蛙爲官家鳴曲水，魚餘鮮彩映寒波。""九重門闥絢朝霞，五鳳樓高是正衙。寂莫金爐虛御座，巋然玉柱集寒鴉。""直北圜丘儼玉庭，至尊齋宿禮玄靈。不知天意緣何事，一醉羶腥厭却馨。""市槐壇杏半無樹，廟貌淒涼世事悲。借問烝嘗今舉未，聖靈應悔欲居夷。""萬方機務屬時英，內閣深嚴捧紫淸。此日降奴弄文墨，當年誰子誤蒼生。""周廊千戶夾重宸，盡道蒙恩內裏臣。不向官家報邊警，秖企生作放

羊人。”“永巷千門鬭綺羅，椒房金屋最繁華。就中玉碎知多少，半屬胡王半入巴。”“萬戰千燒換劫灰，燕都何處訪金臺。古今有馬皆爲骨，天地無人不惜財。”“行遊燕市感傷多，薄暮還從酒肆過。擾擾風塵人似海，此間誰復和吾歌。”黄宸《漫浪集》卷一

　　李窅《答子由燕京古意》：“昔日皇都百萬家，滿城桃李鬭春華。天運已窮時事變，愁看萬歲山名起胡沙。”“西湖遠引玉泉河，屈曲汀洲水鳥多。龍舟已覆繁華盡，古殿參差暎綠波。西湖在後苑玉泉河，距燕京西北三十里。”“宮殿沉沉繞彩霞，九重唯見舊皇衙。擎天玉柱今猶在，落日東風噪暮鴉。擎天白玉柱在承天門。”“桂影婆娑太乙庭，千官端肅禮圓靈。腥穢卽今彌海內，鑪煙一炷舊香馨。”“森森松檜翠交枝，石鼓凄涼萬事悲。此日烝嘗雖未廢，聖靈應不饗蠻夷。”“訏謨內閣會羣英，朝野猶期燕塞清。豈料大明三百載，滿朝文武摠偸生。”“降氣怡聲侍紫宸，誰知此輩摠權臣。時平雖被君恩重，從古無多報國人。”“椒房桂掖摠綾羅，繡幕春深醉物華。佳麗一朝零落盡，可憐珠玉愴岷巴。”“文物繁華萬事灰，夕陽明滅照空臺。欲知家國興亡事，只在求賢不在財。”“燕市風光薄暮多，金鞍玉勒幾人過。事去時移文物變，中宵撫劍獨悲歌。”《紀行五十韻排律，用進退格》：“平生賦命最嶇崎，天道盈虛更怨誰。往歲風塵那忍說，此時家國儘堪危。弱冠爲質赴遼塞，永夜銷魂滯月氏。楚奏三年空抱膝，秦關幾度暗攢眉。二句瀋陽鴛臺忽報星槎動，鳳闕翻看彩節移。已喜名卿充副价，還驚宗戚掌關機。親朋競集盈詩橐，祖席連仍恊酒巵。萬里長程輕跋涉，八巡遠役慣分離。人情自已厭辛苦，薄俗還嗟饒是非。餐雪敢辭衝朔野，瞻雲叵耐戀宸闈。食其何事稱狂士，山簡空傳醉習池。一句高陽洛水波光橫暮渡，坡山月色照虞儀。喬陵展拜淚初灑，象設遙瞻心轉悲。坡州長陵滿月庭前金管弄，紫霞洞裏玉簫吹。松都金郊快騎爭飛翼，金川石榻香醪倒接羅。壁上蒼苔埋翰跡，橋邊丹壑暎清漪。玉溜川驛亭舊號龍泉劍，瑞興幕府新麾雉尾旗。黄州客子催程微雨捲，女郎迎渡夕陽遲。練光從古繁華盛，浮碧而今景物熙。錦繡流霞天外迥，綾羅芳草霧中萎。綺筵當暮管絃遒，鯨飲通宵氣力疲。以上箕城落日轅門鳴鼓角，涼風牙帳擁貔貅。吳姬翠黛歌聲咽，越女紅粧舞袖垂。香嶽騁望浮翠靄，清江初渡起陰颸。紗窻月白霜寒夜，羅幌燈殘客夢時。以上密城霧捲東臺捫斗柄，雲凝北極接城陴。壓臨胡地客襟激，遙望帝居行幰披。以上藥山雲暗雲興名自壯，龍灣龍骨號何祁。統軍亭畔烽光近，松鶻山腰雪影眯。御史霜威搜及橐，渡江鎮江露宿冷侵肌。九連城毀庄崩壘堆骸骨，虜落荒村長葛藟。千里行裝携寶劍，半年逆旅富清詞。早開寨柵爭驅馬，晚出林逵競獲麋。嶺岫遙連燕塞障，兩嶺河流橫接鴨江涯。八渡河盤回白

塔聳原野，遠東屈曲長堤連澤陂。築路爇下裁書憑信使，牛庄愁中籌日杳歸期。遙山路轉行如蟻，小店天寒縮似龜。浦口邏城通海運，峰頭列堠鎮邊陲。一句寧遠嶒崢粉堞今將圮，長城縹緲朱樓半已欹。望海樓薄暮煩寃聞漢鬼，趁朝馳逐見羗兒。灤河訪古清風凜，祠廟留名孤竹徽。一句墨胎廟煙樹茫茫迷薊府，漁陽牙檣簇簇蔽江湄。通州金臺落照空明滅，以下北京瓊島晴嵐自捲飛。文物傷神徒涕淚，衣冠慘目獨嗟咨。舘門晝閉心長鬱，旅榻宵移恨轉彌。寂寞圍碁唯妙悟，紛紜酬事必精思。春回絕域遊絲動，夢斷東關片月虧。骨肉離違悲歲隔，鬢毛凋落歎吾衰。却蒙撫語詞人潤，也感葵衷聖主知。十載他鄉恒作客，暮煙宮闕益凄其。"李宧《松溪集》卷二

黄㦿《次正使紀行五十韻》："平生骨相自嶔崎，半世行藏肯問誰。男子四方元有志，微臣萬死不辭危。張帆早已乘風浪，撫劍常思踏月低。白眼違時仍積謗，丹衷憂國獨顰眉。衰遲漸覺顛毛改，樸直難隨俗態移。郊墅省愆甘□跡，江湖投老誓忘機。室無趙女休鳴瑟，扉掩陶□但舉巵。再入脩門疑夢寐，屢登文石愧支離。縱令鷁退誰論是，枉沐龍光轉悟非。朽質可能酬聖造，草心惟願奉親闈。飽聞文雅凌鴻寶，剛羨風流擅雁池。每向朝班懸景慕，曾從嘉會挹清儀。家居果得仁人樂，琴奏寧爲俗子悲。愛客儘教珠履躡，學仙還捻玉笙吹。幽襟淨掃靑郊石，歡賞時遺白接䍦。薊塞正須通聘問，松溪不許弄漣漪。幾年邀月瞻宸極，八度燕霜拂使旍。前席從容應眷眷，嚴程催趲敢遲遲。獨勞公子趨函谷，舊賀王正想義熙。何意冷蹤叨副貳，屢承溫語念枯萎。癡蠅附尾心知幸，駑馬先驅力已疲。御史行臺冠戴豸，褊裨佐幕勇如貔。離筵判袂歌纏綿，壯士臨岐淚豈垂。雙轂竝馳爭落日，重裘頻攬怯寒颸。悠悠屈指三千里，黯黯回腸十二時。着處經過增感慨，向來州鎮廢城陴。關河忽報初陽動，談笑猶欣宿霧披。官渡江氷方皭皭，箕京雨雪政祁祁。棲臨西海愁仍劇，山望東臺思益采。三上只憑詩遣興，一中無賴酒熏肌。分憂列邑宜摩撫，經亂殘村沒草蘲。地盡邊城辭故國，江同易水賦悲詞。荒原露宿依棲鳥，古戍煙沈見走麑。形役自憐由物役，有涯堪笑逐無涯。重崖路曲雲埋棧，曠野天低水滿陂。鴉噪遺墟迷往躅，鶴飛華表杳還期。關西猛士皆爲鬼，帳裏元戎謾鑽龜。壁壘休論連朔漠，訏謨終誤鎮方陲。秦皇板築今猶在，徐達臺隍未盡欹。降虜如何忘乃父，開門畢竟納偸兒。亭高望海懷金闕，節過嘉平陽玉徽。射虎石頑留路左，採薇祠古傍河湄。忽觀宮殿皇都壯，却訝塵沙帝里飛。天地無情變時序，衣冠異制足齎咨。他鄉送歲歸何晚，孤館逢春意更彌。萬壽雲嵐愁廟貌，上林花柳惱人思。守闍坐使芝眉隔，旋斾行看桂魄虧。壑欲未塡憂反覆，騷情聊寫愴興衰。

那將劍映能攀和，不惜瓊辭與報知。欲寄緘封待明發，呼兒數問夜何其。"黃㦂
《漫浪集》卷五

　　李㝎《答子由傷春》："臘去寒猶在，春回雪欲濃。覬覦經數代，倉卒引羣
兇。王氣歸何處，腥塵蔽幾重。煙光宮柳繞，山色禁園供。衣服驚新制，樓臺
慘暮容。休言神物盡，太液蟄蛟龍。""竹動風前影，梅開雪裏枝。塵埃渾鳳闕，
景物尚龍池。世事浮雲變，人心累卵危。春秋懷獨置，皮幣淚長垂。故國無音
信，他鄉歎別離。春光回萬歲，佳氣憶逶迤。""吟詩寬恨結，把酒解愁圍。仁
義人安宅，繁華世禍機。狂風吹古塞，羯鼓動皇畿。半夜輪神器，中途棄袞衣。
山河春氣滿，宇宙漢人稀。千里龍灣路，何時並轡歸。""故國書難寄，他鄉夢
不眞。星槎愁滯薊，馬角憶留秦。辮髮彌雙闕，紅眉奪九嬪。徒聞從衛律，未
見効張巡。第宅皆新主，衣冠憶舊臣。憑樓望紫陌，春色拂輕塵。""絕域春光
動，故鄉歸夢多。乾坤昏日月，南北滿干戈。暮靄橫瓊島，愁雲接潞河。清宵
空太息，旅榻獨狂歌。輦路生禾黍，梨園長女蘿。傷時無限淚，頻灑望中和殿
名。"李㝎《松溪集》卷二【按：黃㦂下诗题曰"人日次老杜韵"，以上诸诗当作于
正月初一日至初七日间。】

　　初七日（己卯）。

　　黃㦂《人日次老杜韻二首》："元日已過人日至，客中衰鬢鏡中看。吾生努力
須談笑，王事薰心奈熱寒。曼倩小方聊自驗，馮驩長鋏爲誰彈。他鄉作伴違同
榻，浮世眞知有四難。""佳辰試筆排愁悶，聊記陰晴卷裏看。官柳垂絲已生色，
御溝殘雪故留寒。悠悠物役身全老，苒苒年華指一彈。街市相望玉人遠，重門
牢鎖寄詩難。"黃㦂《漫浪集》卷五

　　李㝎《答子由人日步老杜韻書懷》："孤舘寥寥回令節，强將新曆客中看。
千條嫩柳靑春早，一樹香梅白雪寒。栢酒金花空自對，高山流水向誰彈。何時
賭得東歸計，細筭燕山道路難。""佳辰栢酒强歡笑，鏡裏衰容不耐看。羈恨厭
聞宮漏永，壯心頻撫劍光寒。逢春遣興詩千詠，入夜銷憂碁一彈。他日東歸豈
相捨，關山萬里共艱難。"李㝎《松溪集》卷二【考证：以上诸诗皆以"人日"为
题，又有"元日已过人日至""佳辰试笔排愁闷"语，当作于正月初七日。】

　　十五日（丁亥）。

　　李㝎《上元偶吟》："燦爛千燈與畫同，紛紛車馬遝街中。一輪孤月明寒夜，
九陌淸歌動碧空。玉漏莫催春曉箭，金吾無禁漢時風。浮生倘得葉仙術，瞬息
乘橋到海東。""此夜燈光萬戶同，氷輪高掛碧雲中。香車寶馬彌街市，鳳管鸞
歌徹太空。宮裏銀壺催曉色，陌頭煙柳弄春風。異鄉惆悵經佳節，何日言旋鴨

水東。”李宧《松溪集》卷二

黄宋《次上元韻二首》：“別館羈懷此夜同，舊京燈火月明中。靑樓幾處胡笳動，金闕如今御座空。盡取繁華供異俗，只分牢落倚凄風。遙看斗柄心隨轉，悵望雲飛亦向東。”“彩燈華燭萬家同，寶馬香車大道中。着處游人矜得意，何來遠客坐書空。鳳樓虛照金莖月，燕市常吹玉塞風。倚壁短檠明復滅，愁聞更漏響丁東。”黄宋《漫浪集》卷五

黄宋《燕京上元詞十二首》：“巧樣新裁内勑宣，萬枝燈費萬金錢。皇家自有長春苑，帝里還爲不夜天。”“三更月色掃雲陰，五彩燈光爛禁林。天上廣寒樓白玉，人間皇極殿黃金。”“五鳳樓高御氣遙，霱雲深處奏簫韶。桂宮咫尺無多遠，不用虹橋上碧霄。”“有勑詞臣不放朝，要看百戲度元宵。赤城霞裏魚龍舞，紫電光中錦繡燒。”“繭館神姑此夜還，六宮膏粥滿金盤。不關羅綺盈箱篋，願得君王帶笑看。”“燕都萬事一朝非，寂寞宮門鎖月輝。聞道小皇留外苑，雪中行獵不知歸。”“玉水橋邊馳俠子，長安門外閙燈市。一年今夜鬪繁華，寶馬香車處處是。”“五侯相贈紫羅裏，内賜黃柑千萬顆。羯鼓聲中春興酣，何人解救大家火。”“燕姬聯袂繡鞋窄，月下雙雙步紫陌。穿市踏歌何處郎，毬燈手把暗相擲。”“陌頭楊柳絲絲碧，火裏葡萄箇箇赤。不怕金吾禁夜行，莫教玉漏催今夕。”“内裏新歌世上少，阿監偸得霓裳調。纏頭却較官家多，不惜千金賭一笑。”“自古燕京歌舞地，祇今鐵馬塵沙起。可憐絲管漫紛紛，半雜胡笳亂客耳。”黄宋《漫浪集》卷一

李宧《答子由燕京上元詞》：“此日燕京百戲宣，萬家燈費幾千錢。月明街市塡車馬，一夜笙歌動九天。”“九陌歌聲摠達朝，滿城士女戲淸宵。錦繡叢中陳寶翫，正陽門外六鰲燒。”“燕都此夜紫姑還，膏粥盛來白玉盤。柳枝求卜千年俗，遠客今來且細看。”“惆悵人間萬事悲，故宮寥落帶春輝。繁華散盡無餘事，燈市唯看醉舞歸。”“多少長安豪俠子，雙雙携妓滿燕市。佳人休唱漢時歌，古調誰知非與是。”“荊楚黃柑文錦裏，五侯相贈萬千顆。醉後相携登玉樓，喜看燈燭滿城火。”“滿城車馬路還窄，碧落冰輪暎街陌。遊妓雙雙歌落梅，人人爭把纏頭擲。”“梨園弟子摠年少，斂袵爭歌碧玉調。依俙煙霧見丰容，恰似夭桃帶雨笑。”李宧《松溪集》卷二

黄宋《詠月效一七令體用題爲韻，自一至七，唐白香山始有此體，宋人謂之一七令》：“月。團圓，皎潔。絶纖翳，轉空闊。中天玉盤，大地銀闕。幾度三五盈，最多上元節。孤臣望斗無眠，游子經年怨別。漢水萬里光景同，燕市千家笳鼓咽。”黄宋《漫浪集》卷二【考证：以上诸诗皆作于正月十五上元日。】

黄㦿《擬四愁詩》："我所思兮在漢北，衆星燦燦月輪昃。孤臣擧首望斗極，東風料峭珠露溥。玉宇瓊樓夜氣寒，別後消息隔雲端，懷我美人淚汍瀾。""我所思兮在西岳，白雲杳杳西日促。游子回頭亂心曲，十載辛勤悔讀書。四海周流忍絶裾，朝朝暮暮想倚閭，懷我二人涕漣如。""我所思兮在南山，山下誅茅屋數間。昨夜分明夢裏還，左圖右書靜無喧。自酌自酬酒盈尊，覺來孤館鎖重門，懷我故園愁緒煩。""我所思兮在東湖，綠波春漲青山紆。扁舟散髮隨釣徒，燕京上元月亭午。南隣歌舞北里鼓，他鄉信美非吾土，懷我舊游悲吟苦。"黄㦿《漫浪集》卷二

李宧《答子由擬四愁詩晉張衡體》："我所思兮在鳳闕，孤臣戀主何時歇。異鄉羈愁空白髮，忽憶瓊樓同大枕。何心獨把斗酒飲，百年恩寵過小品，平生戒意只忯忯。""我所思兮在駱峰，玉清泉流爽襟胸。畫堂側畔春酒濃，空掩紗窗月皎皎。旅情愁思一時肇，未知此行何日了，關山難越目眇眇。玉清，洞名。""我所思兮在東郊，古栢蒼蒼玄鶴巢。薄暮歸雲擁樹梢，萬丈飛瀑夢中看。覺來依俙倚闌干，歲歲空歌行路難，天末回頭月團團。""我所思兮在漢水，春波如練彩船艤。清歌妙舞匝羅綺，畫閣新構宴佳賓。詩酒歡娛花柳春，如今又作遠遊人，何日東歸解眉顰。"李宧《松溪集》卷二

黄㦿《詠懷古迹三首次老杜韻》："誰識荆卿不盡悲，我今弔子過京師。魯連蹈海徒虛語，管仲尊王幸遇時。耿耿常懷滅嬴志，區區豈爲報丹思。馬遷專昧君臣義，刺客同流後世疑。""丞相當年閉獄門，一樓之外盡羌村。孤臣有志星霜久，上帝無情日月昏。風雨洗空身後爵，塵沙休弔市中魂。誰將饒舌談才地，成敗關時未可論。""永樂龍飛自燕邸，宏圖定鼎號行宮。山河雄鎭秦城外，日月高懸漢闕中。兵後窓扉繫戎馬，春來花柳泣騷翁。紛紛朝市人情變，萬歲雲嵐往歲同。"黄㦿《漫浪集》卷五

李宧《答子由詠懷古蹟》："易水風寒壯士悲，興圖尺劍動隣師。邦謀枉恃憑河勇，機事從差倚柱時。棠社荆榛終古恨，薊門歌筑至今思。行人欲問金臺處，衰草荒雲指點疑。""燕獄深深晝鎖門，小樓遙隔犬羊村。中原無主風塵暗，崖海傾舟宇宙昏。莫道元朝多偉器，未聞柴市吊忠魂。君臣大節千秋仰，丞相精忠竹帛論。"《一朝留舘，遽出朝陽，胸懷爽然，口占一絶》："重門牢鎖久，孤客不勝愁。忽出通州路，浩然聯轡頭。"李宧《松溪集》卷二

黄㦿《次正使出館韻》："共說回車樂，方知滯客愁。好將春作伴，無奈雪盈頭。"黄㦿《漫浪集》卷一

黄㦿《通州主人秀才黄琮，爲設酒茶，邀其友秀才五六人畫字問答。酒半，

請我贈詩，即席應副。坐中韓禹甸者次韻，余又次贈韓。韓乃進士，曾爲知縣者云》："四海皆兄弟，東方本小華。相逢偶同姓，信宿卽如家。畫字通情意，連床勸酒茶。應知別後夢，長繞潞河涯。"黄㦿《漫浪集》卷三

李宧《次子由贈通州主人黄秀才琼》："春城返照斜，花柳鬪繁華。客裏逢佳士，愁中問酒家。通情相畫字，接膝更煎茶。逆旅分離後，相思天一涯。"李宧《松溪集》卷二

黄㦿《潞河詞三首》："潞河流水熨青綾，白玉因依半破冰。多少樓臺皆倒影，翠粧人在最高層。""簇簇烏檣泊兩涯，麹塵風起柳絲斜。南來賈客饒珠玉，笑擁燕姬入酒家。""蘆溝河水控黄河，九省漕通萬里波。都會從來多俠子，青樓着處咽笙歌。"黄㦿《漫浪集》卷一

李宧《答子由潞河詞》："春江日暮水如綾，正月東風僅解冰。多少商船泊煙渚，夕陽山色望層層。""朱樓貝閣挾江涯，落日春風晚浪斜。金鞍白馬多遊子，薄暮垂鞭問酒家。""通府雄城帶潞河，錦帆遙接浙江波。從來此地多名妓，日暮青樓亂唱歌。"李宧《松溪集》卷二

黄㦿《薊州》："皇畿鎮壁此爲雄，煙樹蒼茫幾萬重。從古麤豪躍戎馬，秖今遺臭唾猪龍。地連朔漠陰風緊，山繞崆峒暮靄濃。欲訪眞人求至道，嚴程那得散吟筇。"黄㦿《漫浪集》卷五

李宧《獨樂寺寺額李白手筆》："聞道唐時題梵額，謫仙遺跡自天眞。朱樓縹緲千年寺，金佛雄奇六丈身。寶殿風鈴搖有響，道塲香案淨無塵。重來此地逢僧話，落日墻頭柳拂人。"李宧《松溪集》卷二

黄㦿《獨樂寺》："眼力從來勞脚力，不辭迂路爲探眞。迥攀浩劫千尋閣，快覩觀音六丈身。檻外崆峒平似案，望中燕薊聚成塵。維摩現臥元非病，世事多翻絕倒人。"黄㦿《漫浪集》卷五

李宧《次子由玉田途中有述》："藍田風惡沙塵起，遠近濛濛晝變昏。亂後荒蘆幾處壘，望中煙柳萬家村。歸程細筭心逾促，鄉信初憑夢更煩。燕塞十年恒作客，夕陽羌篴此銷魂。"李宧《松溪集》卷二

黄㦿《豐潤途中》："往時陰沍衝星曉，歸日陽和帶霧曛。碌碌因人成底事，行行問俗異前聞。春光九十今強半，客路三千始一分。細算浮生消幾歲，擬將骸骨乞吾君。"黄㦿《漫浪集》卷五

李宧《次子由豐潤途中口號》："暮投曉發何時了，愁見平坡日欲曛。崩壘荒煙那忍過，殘民苦語不堪聞。金繒弱國羞千古，霧露長程病九分。昨夜夢魂歸北闕，欣然談笑侍吾君。"李宧《松溪集》卷二【考证：以上诸诗约作于正月十五

日至二月。】

二月

黄㦿《沙河途中》："漲塵迷路涴征袍，殘雪留山似糝糕。病入陽和添內熱，風從沙漠送餘饕。經年奉使心空苦，半世行裝首屢搔。遙想田園土膏動，幾時舒嘯向東皋。""每夜騰裝乘曉發，歸心轉覺道途悠。殘篇試檢經年篋，敗絮猶披御臘裘。灤水漾清堪洗耳，閭山浮翠且開眸。慇慇未謁夷齊廟，悵望荒城傍上流。"黄㦿《漫浪集》卷五

李宧《次子由沙河驛漫吟》："客子回車春氣暖，灤河冰泮水悠悠。半年薊塞唯看劍，二月燕山尚衣裘。日夕長程催匹馬，風光異域倦雙眸。朝天舊路空來往，江漢傷心淚共流。"李宧《松溪集》卷二【考证：据诗题与韵脚，可知李诗为黄诗之次韵。诗曰"客子回车春气暖""二月燕山尚衣裘"，故以上约作于是年二月。】

黄㦿《還到永平封狀啓仍作家書進退格》："使者回車右北平，故鄉猶隔數千程。遙裁短疏通螭陛，竝付長書送鯉庭。題了開封心更折，傳時失喜淚應傾。四方奔走傷慈念，萬事無成負寵靈。"黄㦿《漫浪集》卷五

李宧《還到永平封狀啓仍作家書，子由喜幸書懷奉和進退格》："荒城寥寂塞雲平，遙憶家鄉萬里程。燭下裁書憑信使，夜中封疏達宮庭。百篇瓊什傳人誦，一寸葵心向日傾。王事驅馳那敢說，徒將榮辱付圓靈。"《永平途中》："荒城古木鳥投棲，愁見西峰日欲低。冰泮長江沙岸沒，煙籠曠野遠村迷。半年王事留燕塞，萬里春光趁馬蹄。處處將詩酬物色，錦囊還喜富新題。"李宧《松溪集》卷二

黄㦿《永平途中》："平林漠漠鳥歸棲，遠岫依依日向低。官渡無舟冰半泮，旅亭藏樹路全迷。生來壯志窮燕界，老去流光屬馬蹄。海內知音竟誰是，且拈枯筆續前題。"黄㦿《漫浪集》卷五

李宧《榆關》："年來五度過榆關，寥落荒村屋數間。漠北愁雲連鶴野，天南歸鴈向燕山。乾坤多亂風塵暗，日月無光草樹殷。細籌前程餘幾許，春花未落定東還。"李宧《松溪集》卷二

黄㦿《榆關》："曾聞極塞卽榆關，再稅征驂到此間。畿輔勢雄三百載，華夷界隔數重山。傍溪老樹炊煙白，經亂荒林戰血殷。今古興亡籌未了，吹笛落日牧兒還。"《望角山寺往來俱未果訪》："聞說長城最上頭，角山孤起梵宮幽。流丹倒映滄波蕩，空翠高臨粉堞浮。賤子塵蹤終有障，玉人飆馭昔憑樓。東歸猶有誇張地，望裏風光橐裏收。"黄㦿《漫浪集》卷五

　　李宧《角山寺是燕路勝觀，而子由去來俱未往訪，恨歎述懷，奉和其韻》："古寺迢迢碧岫頭，天風時送磬聲幽。晴嵐下繞長城迥，晚黛橫臨大海浮。歸客貪程難駐馬，往年隨伴始登樓。途中不必吟哦久，風景何能望裏收。"《長城》："粉堞蜿蜒勢最雄，連雲橫亘限華戎。周遭萬里跨東海，完厚千尋捍北風。創築幾多黔首怨，關防終亦祖龍功。塹山堙谷勤排布，人力還參造化工。"李宧《松溪集》卷二

　　黃㦷《長城》："回眺長城氣勢雄，群山萬疊界華戎。北登望海難爲水，西至臨洮欲御風。一世覆亡誠失計，千秋尊攘豈無功。試看地盡崖窮處，天借威靈役鬼工。"黃㦷《漫浪集》卷五

　　李宧《喜出山海關》："曉出關門並轡歸，却言燕舘久相依。自欣車馬馳長路，那避塵沙污客衣。曙色蒼茫山外遠，春光淡蕩望中圍。情深異域同甘苦，托契何須計等威。"李宧《松溪集》卷二

　　黃㦷《出山海關》："東出關門却當歸，遙看旅店尙依依。馮郎有意空彈鋏，季子無成盡弊衣。遼野春生泥路滑，閭山霧卷畫屏圍。車中兀兀驚殘夢，經席都俞咫尺威。"《六洲河》："六洲河水流新綠，歸路行吟又作忙。霧暗村楊纔弄色，雪殘汀草欲回芳。風光信美非吾土，春事無多滯異鄉。衰病欠詩眞漫過，盡輸公子貯奚囊。"黃㦷《漫浪集》卷五

　　李宧《十三山》："翠靄濛濛繞幾重，斜陽立馬十三峰。不獨人悲時世變，碧山猶自帶愁容。"李宧《松溪集》卷二

　　黃㦷《十三山三首》："昏花阿堵困風埃，猶得回青向此開。面面削成雲錦障，峯峯宜着玉爲臺。""雄峙邊州一萬重，巧粧平野十三峯。誰言造化初無意，費盡神機賦物容。""巫閭何似楚巫山，螺髻多於十二鬟。若使襄王來此地，魂迷雲雨態千般。"《牛莊二首》："平陸舟桴見未嘗，乘危濱死到牛莊。從今莫說羊腸險，自昔知言比宦場。""滄溟破浪九秋風，遼野乘桴二月中。閱盡四方多少水，爭如浮世路岐窮。"黃㦷《漫浪集》卷一

　　黃㦷《連山夜吟》："遼地春寒未解嚴，塞天雲盡月如鎌。燒殘蠟燭吟猶苦，吹斷胡笳聽更厭。有劍衝星看紫氣，無錢賒酒望靑帘。他年在莒毋忘意，須付龍眠上素縑。"黃㦷《漫浪集》卷五

　　李宧《次子由連山驛夜吟》："春深北漠尙凝嚴，五夜寒風利似鎌。客裏裝儲元有限，虜中求索益無厭。半年遣興憑詩壘，千里消憂覓酒帘。抱膝閒吟仍不寐，一窻蟾影透輕縑。"李宧《松溪集》卷二

　　黃㦷《松山途中》："杏山投宿松山歇，曉月驅驂至日斜。客裏朝昏經歲了，

鬢邊霜雪入春加。東關控扼饒形勝，百戰隍池足歎嗟。共說長堤泥路惡，御風
那得度三叉。”《大凌河》：“經歲歸來到大凌，積冰驅馬記吾曾。天容遠大平蕪
闊，月色分明一帶澄。匣裏龍泉空吐氣，床頭蠹簡屢添燈。荒鷄忽叫催人起，
感老傷時兩不勝。”黄㦷《漫浪集》卷五

李宧《醫巫閭山》：“殘橋駐馬望醫巫，形勝奇雄接塞迁。一帶春光空淡蕩，
千年淑氣自縈紆。山中路險仙區秘，洞裏雲深俗轍無。恨未登臨成宿志，斜陽
獨立謾踟躕。”李宧《松溪集》卷二

黄㦷《醫巫閭山》：“壯遊餘債負醫巫，天遣星軺取路迁。雄鎮遼西千仞峻，
橫遮漠北萬重紆。峯頭雲態自今古，洞裏仙蹤知有無。未得躋攀窮遠眺，行吟
不覺更踟躕。”黄㦷《漫浪集》卷五

李宧《廣寧》：“曾聞鶴唳潰雄兵，漢壁還爲北虜營。草樹平蕪仍牧馬，髑
髏堆積僅容程。春風弱柳迷荒野，落照寒鴉噪毀城。當日邊防嗟失此，秖今形
勝控神京。”李宧《松溪集》卷二

黄㦷《廣寧》：“雄州當日宿精兵，北漠戎王款老營。駿馬成群常滿市，橐
駞輸貢遠通程。教場石塌空殘柳，村落荆生只廢城。終古閭山靑未了，暮雲愁
色接燕京。”《自盤山至高平途中》：“周流始覺此途難，竟日間關百里間。冰泮
平蕪成水國，煙沈曠野失遼山。隄防却憶明朝盛，傾側空嗔倦僕頑。浣盡黄泥
狐白變，他時重攬記辛艱。”黄㦷《漫浪集》卷五

李宧《次子由自高平過沙嶺途中苦吟》：“曾憂沙嶺道途難，今復間關草樹
間。陸地舟栰乘似海，暮天風浪起如山。隄防盡圮危人過，行李皆霑怒僕頑。
千里驅馳同喫苦，他年毋忘此辛艱。”李宧《松溪集》卷二

黄㦷《千山村舍》：“討盡燕遼勝槩來，千山幽致信佳哉。危峯月上螺鬟淨，
攢壁霞生錦障開。一道溪流鳴佩玦，數家林塢絶塵埃。揩頤料理歸田事，鄉思
悠悠陡覺催。”《甜水途中》：“車中悄悄度朝晡，意緒恩恩一句無。花鳥如驕從
笑老，江山留債定嗔吾。故鄉漸近憂家信，行橐全傾冷客廚。踏盡四方成底事，
歸依丈室學僧趺。”《高嶺》：“深坑繚過又重巒，信有人間道路難。車軸半摧西
日暮，衣裘盡弊北風寒。小臣奔走心空切，公子賢勞力已殫。否極從來回泰運，
新春擬共太平歡。”黄㦷《漫浪集》卷五

李宧《高嶺次子由》：“崎嶇嶺路接牛斗，孤客難堪歲歲來。鶴野千秋雲北
去，燕山萬里日西頹。纔離異域愁眉展，漸近吾東笑口開。正想龍灣新釀熟，
江頭絲管共銜杯。”《還到鳳城，子由聞有長沙之命，先發登程，拈韻得傷字口
號以別》：“還塞聞君謫遠方，吁嗟不覺淚盈眶。方春正喜聯歸轍，今日那知把

别觴。否運雖來應有泰，浮言自止竟無傷。可憐從此還分袂，愁看長沙道路長。"李稌《松溪集》卷二【考证：李稌《燕途纪行序》言使团于"壬辰暮春还朝"，则以上诸诗约作于二三月间。】

四月

初十日（辛亥）。

朝鮮國王李淏以其國人趙昭元等詛咒謀逆，亂黨伏誅，遣使奉表具聞【按：赵昭元当为"赵昭媛"。据《使行录》，奏讨逆赍咨官李寿昌于三月初三日辞朝】。《清世祖實錄》卷六四

十八日（己未）。

宴朝鮮國使臣李受昌【按：当为"李寿昌"】等於禮部。《清世祖實錄》卷六四

八月

十七日（丙辰）。

謝恩使李時白、副使申濡、書狀官權坅赴北京，上引見以遣之。《朝鮮孝宗實錄》卷九

申濡《燕臺錄序》："壬辰六月四日，差謝恩副使。十三日陳章乞暇，省慈氏於玉果縣。七月一日回程，往還及在京二朔之間，病喝廢吟，僅有詩六章，率皆敘別之語，因弁于燕錄。"申濡《燕臺錄》【按：此序见于申濡《燕台录》前，当为复命后整理燕行作品时作，系于此以资线索。】

申濡《八月十七日辭陛引見，特賜貂掩。中使宣醞，謹賦一律志感延陽李右相時白爲正使，權掌令坅爲書狀》："猥以愚庸介相公，還教原隰軫宸衷。登瞻黼座承溫旨，感激鴻恩失措躬。殊錫焜煌貂戴黑，内宣香洌蟻浮紅。已期肝腦塗邊地，秖益微忱戀舜瞳。"《奉呈竹所留相金光煜詞丈蒙索別語，匆卒未成，猥被松都贈言之教，敢呈蕪錄，以冀瓊報》："不把詩篇贐相行，爲緣吾亦赴燕京。逢塲便是成離別，遠道將何慰此情。留司事校東都簡，文律才兼鄴下清。叵耐古城秋色裡，晚川衰柳一蟬鳴。"申濡《燕臺錄》

姜瑜《送別赴燕副使申參判濡○二首》："高亭終日緑罇傾，極目西天感慨生。壯士醉來歌擊劍，塞風吹動鴨江聲。""迢迢客路向長城，正值秋天塞鴈驚。易水波寒風色緊，不知何處弔荊卿。"姜瑜《商谷集》卷一【考证：以上诸诗当作于八月十七日。】

申濡《金川站贈鄭白川鑰克恬》："使君來日杠留賤，多病經春未就篇。會

面豈期郵舘夕，消魂遠在鴨江邊。萱花照眼庭闈近，荆樹交輝郡邑連。看我離親已千里，首回南郡淚流漣。"《夜渡猪灘，舟中遇雨，書狀奴尙一吹笛》："秋灘欲涉倚舫船，江黑風高雨滿烟。忽有阿奴吹玉笛，一聲驚起老龍眠。"《贈瑞興權使君躋聖功》："日東去日昌山餞，又酌龍泉送我燕。堪笑此身如泛梗，使君東北亦夤緣。"申濡《燕臺錄》【考证：以上诸诗作于八月十七日至二十七日间。】

二十七日（丙寅）。

申濡《吳東牀始謙爲省西伯公同行，至箕城留別》："玉壻憐渠潤，氷翁媿匪清。趨庭箕子國，送我薊門程。十日連牀宿，今朝把臂情。去留俱錯莫，衰白更堪驚。"申濡《燕臺錄》【考证：据诗题，八月十七日吴始谦与使团同行，诗曰"十日连床宿，今朝把臂情"，作于二十七日前后。】

申濡《渡淸川江，通判李汝澤潤甫來別船上》："鳴橈拂霧過江遲，醒酒微風畫角吹。客裡漸成京國遠，舟中更與故人離。荒城葉摵寒砧報，絶塞霜霏早鴈知。就次別筵須意氣，吳鈎持贈是男兒。"《留迎春堂夜吟定州》："征驂爲稅小堂幽，硯匣書牀興蹔偸。明日卷將前路去，驛亭超遰更堪愁。"《次箕城洪少尹興祉子綏寄贈韻》："軍裝紅妓柘枝皷，高柱哀絃逐管鳴。地主未眠飛斝促，天河欲落使軺行。初筵達曙朋情欵，零雨催寒客意驚。莫把陽關重度曲，恐教賓從一作徒御淚縱橫。""關河遠上一千里，寒草颮颮磧馬鳴。可是悲凉聽塞曲，未堪蕭瑟送燕行。'蕭瑟'字出《燕歌行》西山景迫情長戚，南郡書稀骨已驚。忽有故人能道此，詩函開讀泣交橫。"《漫筆爲三絶嘲三妓，戲寄箕城少尹》："珠喉響轉遏雲行，障面燈前扇影清。若使朱唇藏皓齒，一生那得放妍聲。妓有名李合者，褰唇而善歌。""明眸曜朗星函水，柔舌呢喃燕語梁。呼得假猿還有以，一聲應亦斷人膓。妓有林生者號假猿。""琴聲貌態兩超然，豈有才名謝阿連。藻鑑世中稀已久，女娘何獨欵嬋娟。"申濡《燕臺錄》【考证：下诗题曰"九日登统军亭"，故以上诸诗约作于八月二十七日至九月初九日间。】

九月

初九日（戊寅）。

申濡《九日登統軍亭》："滿磧烟霜凄以哀，高亭獨上思悠哉。江鴻盡入關雲度，野菊多依戰壘開。客裡光陰吹帽節，天邊涕淚望鄉臺。那堪薄暮孤城側，橫笛西風奏落梅。"申濡《燕臺錄》【考证：诗题曰"九日登统军亭"，诗云"客里光阴吹帽节"，黄后幹《川上从师录》云："癸未，会别于鱼龙台，乃九月九日也。……伯厚丈曰：'今日乃重阳，台名有龙字，学士丈亦见放，此与李青莲龙山饮，偶然相合，次是韵以为别诗，可也？'咸曰：'善。'坐中方构思，先生先次曰：'十载蟾江上，天涯放逐臣。那堪吹帽节，更送意中人。'又曰：'天地重阳节，江湖一逐臣。登高无限意，落日送归人。'"可知吹帽节即重阳节之别称，此诗作于九月初九日。】

申濡《敬次正使右相統軍亭韻》："灣江天塹擁雙流，倚劍孤亭豁客憂。一曲單于風徹角，暮鴻驚起九龍洲。"申濡《燕臺錄》

李時白《元韻延阳》："地分南北限江流，亭號統軍留遠憂。安得選兵只五萬，秋風觀獵遠長洲。"申濡《燕臺錄》【考证：申诗为李诗次韵，亦述登统军亭事，故二诗亦作于初九日。】

申濡《渡鴨綠江》："來往龍灣五渡津，十年荒磧轉蓬身。星軺又赴遼陽路，塞堠應經薊北塵。平仲已穿狐腋弊，祖生空着馬鞭頻。金臺自古酬恩地，肯把勞歌道苦辛。"《感孝參議惆別相公惆即相公之子》："舟輿相背鴨江潯，拜別舟前淚不禁。我已天南辭老母，爲君今日更沾襟。"申濡《燕臺錄》【考证：以上诸诗当作于九月初九日至十二日间。】

十二日（辛巳）。

申濡《九月十二日夜夢》："游子戀慈母，慈母在南紀。南紀去遼東，已抵二千里。重以千江阻，亦以萬山峙。道里固殊絕，音問安可竢。唯有夢魂徂，感激由至理。子情誠可慰，慈顏亦果喜。存否莫由聞，無乃報以是。中夜心怳惚，起坐淚流被。"申濡《燕臺錄》【考证：诗题曰"九月十二日夜梦"，有"中夜心怳惚，起坐泪流被"语，故当作于十二日。】

申濡《鳳凰山城俗傳爲安市》："鳳是瑞世物，五章自啄菢。不知兹山險，何以得此號。群峯嶄石色，突兀中天造。巨靈大其斧，無乃助以虆。造化誠難測，鬼神安敢到。環回數十里，中曠實宛奧。澒池呀欽砑，飛雨洒滴瀑。前臨莽蒼野，隙道猶深鑿。壯哉何代人，城此防寇盜。崇墉據絕地，夷堞未全掃。來尋停四牡，豈伊秋容好。回飆振山木，崖壑殷稠聱。脫劍藉荒榛，感慨逾常操。往事旣無徵，欲問誰當告。云是安市城，自古有傳道。遠念麗卒勁，仍懷主將鷔。臨城見萬乘，拒轍誰能報。介冑豈云屈，頹齡猶勉勞。蟲沙不復返，英武徒自懊。奈何庸奴輩，肝膽破皺譟。金湯棄之去，疆場日見虎。強，侵也，武與暴同。悲來填胸臆，輪轉腸欲蔽。古詩'腸中車輪轉'，蔽，縮也。《考工記》：'轂雖弊而不蔽。'"《鳳凰城一絕爲正使賦》："馬穿堆葉入荒城，廢堞憑來感慨生。爲把一盃澆此土，不知千古幾豪英。"申濡《燕臺錄》【考证：以上诸诗作于九月十二日至十

四日间。】

十四日（癸未）。

申濡《宿甕北川》："飲馬河邊憩，停車幕底眠。嶺星明復滅，關月冷仍圓。虎嘯交寒吹，陰燐入燒烟。客愁纏繞極，吟到五更天。"《賦得胡兒騎騮馬》："胡兒騎騮馬，夜裡渡清灘。向月吹蘆葉，行人掩淚看。"申濡《燕臺錄》【考证：申濡下诗题曰"九月十五夜通远堡望月"，据洪大容《湛轩燕记·路程》，甕北川至通远堡五十里约一日程，且诗有'宿甕北川'语，故系此。】

十五日（甲申）。

申濡《九月十五夜通遠堡望月》："塞晚浮雲合，天霜夜色空。旅人千里外，明月九秋中。老兔常依桂，寒蟾亦有宮。異方頻對汝，應笑劇飄蓬。"申濡《燕臺錄》

十六日（乙酉）。

申濡《雨中發連山關》："簷溜自斷續，破窗風乍鳴。野鷄呼客起，關雨泥人行。蓐食看天色，騑驂戒塞程。會知王事急，徒旅莫傷情。"申濡《燕臺錄》【考证：据洪大容《湛轩燕记·路程》，通远堡至连山关六十里一日程，诗有"野鸡呼客起，关雨泥人行"语，为十六日通远堡早发时作。】

申濡《雨踰高嶺》："塞嶺名高嶺，行人愁奈何。峽長風吼急，崖仄雨淋多。入霧人頻失，衝泥馬半過。此途今五涉，頭白定非他。"申濡《燕臺錄》【考证：高岭至通远堡五十里，位于通远堡与连山关间，又诗题曰"雨踰高岭"，与"雨中发连山关"暗合，亦作于十六日。】

十七日（丙戌）。

申濡《宿甜水站》："豈有甘泉出，而將甜水名。在家寧飲濁，爲客不求清。""高靑險嶺兩中間，來往羸驂要歇鞍。客裡每依茲店宿，店人那箇慣相看。""舊宿城邊僑舍陋，猶疑城裡可安眠。鷄行犬踏窗櫺上，何處遼民却不然。""隔籬兒啼翁齁聲，睡魔難着到三更。罷同疲來兩眼昏昏合，又聽嗚嗚畫角鳴。"申濡《燕臺錄》【考证：连山关至甜水站四十里约一日程，诗题曰"宿甜水站"，当作于十七日。】

申濡《曉過虎狼口》："昔度靑石嶺，涉險已云久。今來嶺途阻，更由虎狼口。履尾猶愬愬，料虥能不思。諒無飛將才，焉能射沒羽。人生蹈至危，性命安可保。所貴君子人，神勞實自禱。行矣吾無虞，勿謂明星早。明星，一作東方。"《朝飯狼子山》："晨過虎狼口，晚飯狼子村。虎威既不懾，狼貪安足論。危塗此爲甚，終日猛獸隣。吾非獠者徒，焉得不傷神。撤食三歎息，我車促轔轔。"

《遼城述懷寄關西伯兼示諫議兩兄》："客路囏辛計沒除，僑窓愁坐意何如。寒星未落寒吹角，邊霰初騰夜幔車。身上可忘慈母線，手中難把故人書。關河更有飛鳴鴈，應念一作閔風霜羽翩跦。""三宿遼城五渡河，百年其奈遠遊何。文章漫擬凌雲賦，鞍馬頻爲出塞歌。季子黑貂衝雪弊，安仁斑鬢入秋多。寄聲報與關西去，可識邊庭萬死過。""三輔移幨湢上開，雄藩須寄出群才。一家喜氣潘輿奉，二妙恩光漢閣來。隻鶴遠將仙酒獻，聯鴻齊入錦筵廻。可憐窮塞回頭地，雲白天青不見隈。"《白塔寺東樓》："倚檻樓光白塔齊，沉寥秋色上丹梯。烟蕪萬里盧龍北，塞嶺千重靺鞨西。太子河深空戰壘，令威城廢盡耕犁。不知愁恨因何極，滿目黃沙落日低。"《瀋中述懷，用金溝公山二韻寄元澤》："風塵物役歲頻更，浩蕩覉愁淚易傾。記得弟兄曾別處，屬渠童卭最關情。才名秉筆仍湖縣，老病乘軺又塞城。此地相思腸已絶，更堪迢遞向西征己卯春，以春坊入瀋，經年乃還。時元澤在嶺南。"不用登臨遠一作愁送將，渾江秋色自悲涼。燕歌變曲誰相和，虜酒禁愁可獨嘗。孤月掛城更柝鬧，急風吹鴈羽毛傷。蘆笳解迸思鄉淚，已是忘情亦滿眶。"《感懷》："木落風高鴻鴈翔，孤城秋夜旅愁長。關門舊作三千客，塞舘今經十二霜。暮雲望送遼天鶴，寒草看歸隴坂羊。逝水流年如急箭，白頭蕭瑟更堪傷。"《施路宿永安橋》："長途一日抵長年，何事征軺迤北邊。分外更添雙鬢白，歸來那保一莖玄。""贏驂萬里赴燕臺，直抵遼關未遽回。造物戲人窮極底，又教蒙古界邊來。"《行臺雇得坐車，喜賦十六韻》："六幕自高寨，而無一身庇。遂令遠遊子，辛苦霜露被。何況鞍馬倦，路險數顛躓。有車名爲坐，輕趫捷良駟。篅廬施四帷，勾駕結兩轡。豈惟覆盖力，亦得驅行駛。往問遼東人，雇錢多少委。遼人索高價，乍出輒見閟。行行二三日，百畫猶未遂。暮宿永安橋，反側愁不寐。中夜聞轔轔，有徒能牽至。驚驤命燭照，制造實精緻。嚴霜縮馬毛，星曉見功利。求市向猶難，坐致今便易。皮乎固多能，點也亦解事。皮得忱，李點等辦雇車。行臺喜可知，我詩以爲識。"《渡朱里河宿城外》："客行日百里，五里一河梁。及此朱里渡，水深沒車箱。遼童解操楫，撐絶入中央。回颰籏沙岸，激湍仄舟航。仰視城堭峻，俯瞰洲渚長。鳧鷺避結纜，決起高飛翔。安能借爾翮，隨風歸故鄉。"《餙黃旗鋪》："昨涉朱里河，平野皆決汜。今過黃旗鋪，井坎亦無水。奈何一舍間，風土不相似。居人各有貯，守缶未肯市。與錢五十強，斗水半泥滓。性濁兼味醶，豈出蹄涔裡。昔賢雖有言，易飲寧謂是。我粟淅不得，我瓢乾未已。從兹抵小黑，問知一椘耳。平生荷國恩，原隔三萬里。題柱安可悔，吾其渴死矣。"《宿傳信鋪》："廢垣剗爲土，蒼莽羃如烟。回颰颯驚沙，落景垂高天。徒旅據污池，欲驅不得前。共言非止所，過此無井泉。哀哉渴者心，我行焉擇便。霜夜披草宿，凜慄終不眠。"《過白旗鋪》："曉月發傳信，晨星過白旗。平林逕通井，井上一茆茨。窻中燈掩炎，樹顛鷄喔咿。彼哉亦安眠，客行胡爾爲。霜風颯衰颜，皺瘃氷斷髭。呼火欲煖茶，路遠不可遲。"《宿小黑山》："嚴駕迫程期，盡日不得息。日暮次小黑，人馬有飢色。主人狀軉虓，長揖就坐側。云自北京來，守堡乃其職。手挈生鵝頸，願爲從者餽。命輒前致謝，舘穀已云備。寧煩主家畜，重辱羹菜置。卑辭固請還，唯退不相迫。寄語鴟鴞者，禍福誠難度。向如客饞貪，性命委鼎鑊。活去非由仁，爲德豈望報。不見於陵子，廉士重所操。"《宿廣寧》："雲飛鵬沒欲黃昏，古戍寒烟殺氣屯。地盡黑山關塞壯，天連滄海雪霜繁。蟲沙夜伏生陰燐，譙壘秋荒入燒原。若問當時征戰事，定教行客更消魂。"《過閭陽驛》："巫閭南畔是閭陽，店舍無烟驛樹黃。遼塞短童還瓣髮，隔河吹笛放牛羊。"《十三山夜聞行人吹笛主人唱歌》："十三山前秋草白，十三山下行人宿。麗人弄笛吹落梅，漢兒唱歌歌擊筑。緩促高低初不調，轉至數曲聲相繹。月出城頭河漢流，天霜霏霏下沙磧。明妃馬上望紫臺，公主琵琶怨黃鵠。停商變徵爲離聲，嗚咽幽泉瀉空谷。歌中幾回說天朝，歌罷吞聲不敢哭。客子聞此出彷徨，中夜潸然淚盈掬。"《大凌河憶張春己卯入瀋時，余造張春室。室中惟一布被，署其戶曰："吾欲全精，與造化歸于元氣云。"》："大凌河邊殺氣黑，漢虜曉戰河南北。單于九月弓力勁，落日殺盡回金勒。堂堂八尺張將軍，百數十金購生得。馬畜彌山說萬端，頭頸可斫膝不屈。辛勤幽窖斷膻葷，室中布被無餘物。身騎箕尾昇雲鄉，精與元氣歸寥廓。忠魂耿耿渡河歸，應哭全軍化猿鶴。"《小凌河》："伊州城北小凌河，流下遼陽幾折過。此夕又添行客淚，碧天無限送寒波。""松山東北盡洪河，一日誰堪兩塹過。朝脛可憐寒受刃，莫論繒幬帶衝波。"《過松山堡》："昔在瀋陽舘，有報從西至。大兵圍松山，剷壘以鐵騎。砲丸薄四面，雉堞日崩墜。疲兵皆赤肉，一夫創十被。謂應朝暮拔，俄復聞不利。豈知孤城內，驍雄有兩帥。伊後二三年，侵鄙輒先次。顧無禦再狙，奈此單守備。雲翔楚救散，骸纍趙粟匱。巨衞亦不守，何況乘障地。哀哉數千人，盡爲豺虎飼。遠聆猶堪傷，目擊能不喟。驅馬踏戰骨，拍鞍空含淚。"《宿杏山所》："際夕投孤村，村荒烟火稀。曠野風蕭蕭，沙塵撲人衣。垣墻盡頓僻，架屋無所依。云是杏山堡，死守酷見夷。壘塹爲平地，人物靡子遺。天陰髑髏哭，夜黑燐火飛。行役履戰場，憤懣忘苦飢。去矣焉寄宿，星曉戒驂騑。"《塔山堡歌并序》："塔山所守將，不知姓名爲誰。遼人言者，不記其姓名。而當錦州太守松杏連陷之際，獨勠力拒守。及事急，集軍民謂曰：'吾士卒死傷殆盡，而糧食且匱，若等知朝暮亡矣。吾義不生而辱，必先自刎，盍以吾首舉城而降，吾不忍滿千人爲魚肉而妻子俘虜也。'衆皆痛哭，誓無一全者。乃令人縋出約降，掘地埋砲火遍塢中。翌日開門納東兵，人馬闌入盈城，而砲火迅發，呼吸之頃，焱舉爐滅，一城蕩然，蔑遺纖芥云。嗟乎，自古忠臣烈士，嬰城而死者非一，而安有至死出奇，殺身鏖敵，功謀之壯如塔山者乎？且當埋火，人知必死，而無以事外泄者，彼其忠誠有所激也。余聞遼甿言，過之流涕，因思其事蹟之泯焉，爲詩若序，以竢他日爲李翰者採焉爾。塔山亦一障，城堙盡夷塡。借問主將誰，義烈天下傳。長圍逼列鎭，胡馬塞河邊。捻兵衿甲出，軍門肉縛前。松杏繼摧陷，脣齒無一全。慷慨氣吐虹，雪涕灑幽燕。資糧詎支月，鬭士不滿千。兵孤勢自振，力斃守逾堅。矢盡鼓不起，羸創但空拳。舉言謂吏士，汝曹誠可憐。俱死顧無益，圖生亦有便。刎頸爲若德，反城與彼連。性命脫鋒鏑，妻子免繫攣。富厚可立致，豈獨安爾躔。衆人前抱持，痛哭聲沸天。死生唯將軍，此言奚至焉。不敢惜身命，誓以同日捐。砲火遍沙塵，埋土不用穿。舉城知必死，機事誰敢宣。開門約招納，踴躍皆爭先。平明千騎入，金甲走駢闐。烈火發地中，焱迅不及旋。城郭卷入空，人馬隨灰烟。煞身諒爲仁，殉死士亦賢。何況併虜殲，奇功實獨顯。忠過死保聊，義勝刎從田。中原亂無象，殺氣亙西川。學士竄蠻荒，靑簡誰爲編。僕本悲憤人，言之涕泗漣。停車立榛棘，欲去復回遭。再拜謝英靈，悲風竪我顚。揮翰寫玆懷，浩歌以綴篇。"《塔山憶陳尙書壽》："塔山舊出陳尙書，恬退何人不式閭。欲問當時遺宅處，古城人物捻新居。"申濡《燕臺錄》【按：据下诗，以上诸诗当作于九月十七日至二十九日间。】

二十九日（戊戌）。

申濡《九月三十日入寧遠衛》："一月三十日，日日在遠途。遠途不可極，月旣先我徂。此月晦復朔，我行幾時旋。蕭蕭遠安門，寧遠東門秋色沒海邊。霜嚴白草折，鴈盡靑天空。陰風撼黑山，雲日慘膧朧。感時增懷憂，徘徊深夜中。"申濡《燕臺錄》【按：是年九月共二十九日，诗题曰"九月三十日入宁远卫"，疑有误。】

十月

初一日（己亥）。

申濡《留寧遠衛》："攬衣起淸曉，匡坐至夜分。借問客何爲，客行憂思紛。念初別母時，歆火燒南雲。出國門西邁，凉飇澄游氛。崇蘭委白露，佳菊散芳甸。行行涉遼水，霜氣皺人面。透迤抵寧遠，斗柄昏更轉。道塗尙綿邈，時序屢已變。我馬旣顚蹭，我僕亦罷倦。雖得一日愒，奈緩一日歸。玄冬始慘懍，霰雪紛霏霏。聖主有賜貂，慈母有縫衣。貂以餙龍鍾，衣以當重裘。明恩切私愛，寸情結綢繆。何當畢靡盬，歸去執晨羞。"申濡《燕臺錄》【考证：诗题曰"留宁远卫"，且有"揽衣起清晓"语，故约作于抵宁远卫次日即十月初一日。】

初二日（庚子）。

申濡《曉發寧遠衛，遵海望日出，抵沙河所，是中右所》："星駕發寧遠，駸駸抵沙河。寒風弸輿幔，海色相蕩磨。扶桑偃紫焰，日車跳層波。神仙排雲霧，金闕出崢嶸。飄然衣袂動，欻若凌蓬瀛。方知形役勞，朶起空外情。馳神望靈嶠，弭節傍闤闠。頹面塵一斗，愧魄安羞輩。"《過東關》："東關是古驛，而壯一障設。及夫城陷日，民物極殘滅。墟落闃無人，阡原渺回沵。荊榛塞重門，狐兔亂成穴。浮雲日夕陰，流水寒更咽。畏塗數改轍，荒林暫弭節。悲風生坐側，戰骨委丘垤。去矣吾何淹，游目令心惙。"《宿中後所》："穿龜負石勒輝煌，墳塚累累衛律鄉。少弟錦衣何足詫，大兄新拜漢中王。""河邊牧馬動成群，日暮歸時望似雲。見說城中三萬匹，秋來一半向南軍。"申濡《燕臺錄》【考证：据洪大容《湛轩燕记·路程》，宁远卫至中后所八十里一日程，诗题曰"晓发宁远卫""宿中后所"，故以上诸诗作于十月初二日。】

初三日（辛丑）。

申濡《沙河驛見菊花》："十月沙河驛，黃花晚更香。不知窮塞外，那自拒寒霜。""愁時爛醉爲佳節，客裏登高便望鄉。惆悵驛亭無酒舍，遠籬空對菊花芳。"申濡《燕臺錄》【考证：下诗题曰"发前屯卫"，中后所至前屯卫四十五里约一日程，则此诗作于初三日宁远卫发往前屯卫途中。】

初四日（壬寅）。

申濡《發前屯衛》："明星沒海氛，曉色沉不開。寒雲慘黯靄，空磧陰風來。僕夫前爇炬，照車一丈纔。城荒路衢闒，川闊涯岸廻。陂陀出復沒，人馬顛且頹。黎明下平陸，沙草漫莓莓。長城出眼前，遠見白嵬嵬。關門要早入，行旅故相催。車中坐假寐，旭日上蓬萊。"申濡《燕臺錄》【考证：诗题"发前屯卫"，有"明星没海氛，晓色沉不开"语，作于初四日晓。】

申濡《飰中前所》："遼東十九城，六所有四衛。所衛皆兵馬，兵力盡見斃。積骸如阺隤，夷壘劇畦畷。獨有中前所，巋然見舊制。粉堞繞平野，麗譙動雲際。荒塗入寒草，流水門空閉。與戰輒殘滅，所歷非此例。得非近關門，全城作降計。偸生顧何益，遷虜幷荒裔。仍念主將駭，慷慨懷奮厲。舉目觀設險，歎息皇王世。"《山海關》："天開形勝鎮東陲，帝力神功較壯奇。橫跨黑山爲險塞，迥臨滄海作湯池。潮波日淨鯨鯢伏，關鑰秋高虎豹持。若使皇家長制勝，肯教烽火照京師。"《登澄海樓二首○是望海亭》："長城一面掉虹腰，浪盪譙樓勢自搖。山爲禹功當險谿，石因秦力架津遙。二儀清濁東南盡，三島雲霞日夜飄。寰海百年窮壯觀，未教詩膽被愁銷。”“海畔風烟接塞亭，憑高一望旅魂醒。鴈邊日落長城紫，鵬背雲開碣石青。樓觀九天浮積氣，波濤萬里捲滄溟。坐間忽有新愁起，胡角咿咿不可聽。”申濡《燕臺錄》【考证：下诗题“十月四日投宿山海关曹三家”，以上诸诗以“山海关”“澄海楼”为题，故约作于十四日留山海关时。】

初五日（癸卯）。

申濡《十月四日投宿山海關曹三家朝發有作》：“關門初入當投燕，舘置征徒與息肩。從此驛亭皆坐箕，不愁平楚望人烟。”“風扉初定壁缸明，丈室匡床稱客情。一枕華胥成樂國，不知鉦鐸動關城。”“僑窓生白覺遲遲，茗竈新添活火初。郵卒問知前店近，日高門外掃征車。”“浮塵稍稍遠街鄽，郭外烟霜淨碧川。轆轆幰車成兀坐，閑拈詩卷讀青蓮。”申濡《燕臺錄》【考证：据诗题，可知此诗为十月初五日拂晓自山海关离发时作。】

申濡《飯范家店》：“孤村誰道范家隣，推輦遷民半是新。酤醬絕來生計薄，打鉦唯有賣糖人。”《宿深河驛》：“高風淅淅撼茅茨，永夜孤燈曖薄帷。關內歲饑嚴戶鑰，數呼徒旅戒偸兒。”申濡《燕臺錄》【考证：山海关至深河驿六十五里约一日程，诗题曰“宿深河驿”，故系此。】

初六日（甲辰）。

申濡《榆關》：“遼隊烽烟接大荒，薊門寒色滿漁陽。風吹塞草連天白，霜落關榆遍野黃。”《宿撫寧縣王業定家》：“撫寧一通邑，城裡萬架屋。比年遭水旱，富人乏田稬。市販絕屠酤，民食但茇菽。主人王業定，延我揖以肅。命子出拜之，諸幼並追逐。掃床安几席，點茶及僮僕。自言世儒業，詩書誦已熟。家僮滿百指，資産轉數轂。亂餘衣食匱，貧甚墳籍鬻。幸有弊廬在，屢舍高麗宿。顧無羞膳資，賓御闕酒肉。言訖繼之泣，循髮悼其服。再拜謝慇懃，悒悒何所復。”申濡《燕臺錄》【考证：深河驿至抚宁县四十里约一日程，榆关位于两驿之间，又诗题曰“宿抚宁县王业定家”，故以上诸诗作于初六日。】

申濡《雙望鋪作》：“盧龍非内地，風土絕邊塞。冬暄劇早春，陽卉經霜在。榆錢綴舊青，柳眉垂餘黛。隨風雨霖霖，翳日雲霾□。遠途綿萬里，氣候非一槩。客子向來苦，短綿寒透内。”《古右北平歌是永平府》：“隴西飛將在漢時，猿臂善射天下奇。結髮從軍西擊胡，推墮胡兒奪馬騎。歸來却對刀筆吏，布衣免死咸陽市。夜獵誰識古將軍，從騎徒言身姓李。忽聞九重天子詔，甘泉一夕烽火照。遂拜北平眞太守，因領長安惡年少。彎弓自射左賢王，奮劍誰當羽林郎。

崩騰胡騎踰十萬，驅出長城如犬羊。軍中置酒事關夾，邊頭耕田解鍪甲。交河十月冰澈地，胡人牧馬不敢涉。百戰功高竟不酬，空令玉帳頸血流。殺降從古禍莫憯，數奇誰言相不侯。自從射雕入遼東，幽燕盡爲豺虎叢。邊人日夜吞聲哭，猶憶當時飛將功。"《謁夷齊廟》："逃封諫伐弟兼兄，並世求仁聖得清。北海飯蔬應沒齒，西山採蕨豈徇名。孤高可待靑雲附，皎潔唯將白日爭。祠廟千秋還故國，灤河東畔是荒城。"《飫野雞屯》："晨窓風雨苦凄凄，晚店胡爲又野雞。也可關門東出日，天河未落盡爭啼。"《宿河沙驛》："幽燕東北盡黃沙，三涉沙河路轉賖。更有沙流明日到，爭敎旅鬢不成華。"《飫秦子店》："七家嶺上催曉鞝，秦子店中當午投。愧殺主人多好意，坐床先與酪蒼頭。"《發豐潤縣》："鳳裝軫脩塗，晨邁涉廣川。徒御苦遲回，我行輒迤邅。登岸試游眺，披襟暢幽悄。原野極莽蒼，雲霞渺際邊。遠樹帆出海，孤城島橫烟。游氛逐日起，落葉從風捐。翔隼上掣霄，蜚鴻下戲田。羈旅多局束，俛仰思纏綿。"《沙流河歌二首擬陶沙曲》："一拍流來一拍去，來無留迹去無停。無停無迹無時盡，會待桑田變北溟。""陶滲任他無定地，流歸何處是還期。人生會有相逢日，莫向關山怨別離。"申濡《燕臺錄》【考证：下诗题"十月十日玉田途次"，故以上诸诗作于十月初六日至初十日间。】

初十日（戊申）。

申濡《十月十日玉田途次，逢正使相公覽揆，謹獻長律一首》："嶽降英豪負濟川，人瞻方召翊周宣。家庭舊服三千禮，弧矢今經七十年。麟閣畫圖黃閣上，老星光曜福星前。會知天意扶宗社，更與元龜百筭編。"《發玉田縣》："荒歲人無賴，縣城晨未開。萬井寂無聲，群雞叫相催。客子何爲者，星駕獨往哉。改路遵壕塹，臨流遡沿洄。飄飄寒吹屬，梢梢林木哀。道塗脩且囏，顏狀颯以摧。非無閑居志，豈有專對才。將軀托芳荃，未暇歸荒萊。含情懷桑梓，凝睇空徘佪。"《峯山店》："磧暗雲連海，山寒雨滿空。人烟散平陸，桑柘落高風。塞俗蒸燕菖，溪童弋海鴻。狐奴千頃地，亦道廢農功。《飫別山店》："古塞千章樹，孤城百丈山。烟埋玉田縣，日仄薊門關。代鴈風前急，原羊草底閑。片雲含雨氣，送客過河灣。"《入薊州是召伯所封燕國古都》："漁陽一面際河流，上谷群山擁薊州。周代苃棠新伯國，漢朝分竹古諸侯。關楡雨冷千章落，塞壘烟沉萬井愁。聞說中原猶戰鬪，可論邊障運奇籌。"《登獨樂寺最高樓》："樓檻凌虛不厭躋，際天烟樹望逾迷。胡山欲斷亭連北，磧日初沉路向西。雕掣暮雲歸紫塞，鴈拖寒雨入靑齊。可憐龍象猶消歇，誰見殘僧閉獨棲。"《獨樂寺卧佛一名卧佛寺》："雙樹中間北首時，泹槃遺像現於斯。伊家自有慈航力，誰道津梁早見疲庚公入佛圖，見臥佛曰：‘此子疲於津梁。’”《飫邦均店》：“皇城百里強，行李十分忙。暮雨渾無賴，飄風亦太狂。濕薪厨子泣，泥坂僕夫僵。不會艱難處，何因驗石腸。”《宿三河》：“暮雨過三河，寒烟籠萬家。岸風殘柳短，陂景落鴻斜。宿處應輸直，郵亭亦面街。客愁無藉甚，隣店酒須賒。”《過夏店》：“漠漠夏郊晚，蕭蕭燕吹寒。通州却不遠，隔水已平看。霧裡連檣出，雲間一塔盤。倦遊還壯觀，衰髮颯儒冠。”申濡《燕臺錄》【考证：下诗题曰“十月十四日发通州望皇京”，故以上诸诗约作于十月初十日至十四日间。】

　　十四日（壬子）。

　　申濡《十月十四日發通州望皇京》：“萬壽寒雲凝曙曦，雲開日出見京師。山河自有全燕地，城闕猶傳大漢時。關塞雪霜通御氣，上林鴻鴈避軍麾。東門夜獵歸何晚，十里風塵擁騄騎。”《玉河舘夜吟》：“病來孤舘絶吟詩，長夜無因慰客思。茶竈火紅僮齁睡，帝城風雪打氈帷。”《病後書事》：“海内皇居壯，河邊舘舍褊。遠遊添故疾，近日廢新篇。莊舄空思越，蘇秦豈說燕。向來文物地，回首一潸然。”《病起覽鏡，走筆書懷》：“覽鏡晴窓白髮明，衰顔端爲遠遊生。舟航日域通蠻海，鞍馬燕山客帝城。此日正慚叨厚祿，當年亦悔坐虛名倭國遣使，稍選文翰。極知原隰非能事，未報君恩未計程。”《燕市行》：“魯連自稱奇偉士，漙瀆之行蹈海耳。荆卿節俠恥爲儒，負劍來遊燕國市。市中結交皆酒徒，酒酣擊筑歌嗚嗚。田光慷慨於期憤，刎頸之間肝膽輸。祖道賓客白衣冠，悲風蕭蕭易水寒。精誠感激穹蒼動，日光慘憺陰虹干。烈士由來死報恩，成敗在天那可論。舞陽色變已死灰，漸離瞳目心猶存。筑中霹靂聲應手，驚甚圖窮發匕首。爲問名都千萬家，猶有賢豪隱屠狗。亦知智次爵不平，何人把酒澆荆卿。縱死千秋俠骨香，誰數當年齷齪生。”《黃鵠歌》：“翩翩黃鵠西北飛，一別千里無還歸。吾家嫁女兮絶域，山川緲緲鄉國違。九重送我金根車，胡人與我騄馬騎。飲我銀鐺駱駞酥，着我綉裾貂韠衣。異方之樂不入耳，歌箏擁座令心悲。朔雪飄飄吹我面，邊沙淅淅入我帷。忽有家人寄書至，書中字字母念兒。兒今失身事二王，誰憐空磧沒翠眉。許從國俗自古然，終奈單居命獨奇。欲將上書陳紫闥，返身東閣守初儀。豈無金帛贖妾身，何人奉使度金微。願飛不得心煩憂，徒然流涕霑雙扉。安能借爾黃鵠翅，隨風飄飄到故圻。”《上馬宴》：“高堂設簟紅卓床，中厨爛熳烹牛羊。禮官盛餚非章甫，來押餕宴稱兀觴。不道名姓但道官，手循其髮中自傷。爲呼象胥傳漢語，停觴似欲吐心腸。眞如少卿字立政，畏彼猜疑人在傍。明朝上馬別烏蠻，脉脉那堪流涕滂。”申濡《燕臺錄》【考证：申濡下诗题曰“十月二十九日发北京”，以上诸诗当作于十月十四日至二十九

日间。】

　　十八日（丙辰）。

　　冬至正朝兼聖節使李澥、副使鄭攸、書狀官沈儒行赴清國。《朝鲜孝宗實錄》
卷九

　　姜瑜《贈冬至上使咸陵君李公澥》：“鴨綠江寒雪滿城，不堪今日送君行。
一聲燕筑樽前怨，三尺吳鉤匣裏鳴。冉冉風塵身共老，悠悠天地淚交橫。歸期
莫待春光盡，渚柳巖花亦笑迎。”姜瑜《商谷集》卷一

　　李敏求《送沈正郎儒行赴燕》：“省郎風采映朝班，相國文章見一斑。塞外
看羊持漢節，雪中驅馬度胡山。幽燕貢路何年盡，遼薊行裝隔歲還。獨有故人
離別恨，閉門衰疾臥江關。”李敏求《西湖錄》【考证：据史料，以上二诗作于十月
十八日前后。】

　　二十九日（丁卯）。

　　申濡《十月二十九日發北京，夕次通州志喜》：“客舘聞初啓，歸裝報已齊。
野雞先曉唱，邊馬向風嘶。受命纔無賈，虛心但用齋。莊子唯道集虛，虛者，心齋也。
病身餘力弊，唯憶返山栖。”“不作遠遊苦，何知歸路懽。行裝輕似羽，走轍疾
於丸。抱病猶思健，忘飢更力餐。那將一書札，親舍報平安。”“櫛櫛船檣合，
溶溶潞水昏。亦知人旅泊，唯喜首鄉園。暮店茶烟起，晴橋酒幔翻。有錢堪罄
橐，千百不須論。”申濡《燕臺錄》

十一月

初一日（己巳）。

　　申濡《十一月一日薊州途中作》：“塞堠漁陽道，關城薊北天。寒冬逢子月，
使節豈丁年。短日愁行磧，層氷畏涉川。飄蓬與飛雪，俱入鬢根鮮。”“際海平
蕪盡，連山古壘殘。孤雲汾水白，落日督亭寒。鬼哭傳狐窟，夷歌和馬鞍。亂
來多戰地，爲客倍悲酸。”申濡《燕臺錄》　【考证：据诗题，此诗作于十一月初
一日。】

　　申濡《望玉田》：“玉色藍田見，雲沙縣郭遙。馬嘶枯樹店，人渡彩亭橋。
驛道通坌埛，譙烟上沉寥。異鄉曾憇泊，行路認征軺。”《望豐潤》：“已過高麗
店，遙知豐潤城。水光搖白塔，霞氣拂朱甍。野鶴盤雲下，關鴻背日征。還應
宿孤舘，獨數縣樓更。”《自七家嶺抵楡關詩十首》：“塞障忽中斷，縱橫何處
窮。浮雲連北海郡名，流水入無終國名。背嶺頻逢雪，衝沙獨見蓬。弊裘寒漸重，
不可犯遼東。”“暮景投村急，氷河飲馬深。驛墻粘凍雪，廟樹落寒禽。醉覥工

胡舞，箏師學塞音。異方聞此曲，淒切益沾襟。”“塞路忽清絕，灤河西北灣。荒城孤竹國，落日採薇山。聚岸群鴻靜，依沙一舸閒。四郊戎馬鬧，幽處不相關。”“暮色白於水，人烟古北平。塵沙空戰壘，笳吹自邊聲。磧遠歸雕沒，林踈伏虎呈。漢家飛將在，千載想橫行。”“歸馬自駸駸，與人同一心。但知鄉路縮，未覺磧雲深。徹塞長氷冷，離城短日陰。防河舊障在，暮角動哀音。”“萬里蒙王使，頻年赴北京。高秋隨貢馬，暮雪澁歸旌。蟒錦添新賜，馳酥減舊盛。氊車與載婦，雲鬢亦羈情。”“塞近亭堠數同促，關寒楡柳踈。河流通渤海，岳勢自巫閭。雪坂羊群聚，燒原兎窟虛。古來征戍地，何得變穿廬。”“風刮黃楡助塞寒，雪雲黏鴈墮胡山。馬毛一夜皆成蝟，猶戒明朝早度關。”“軒車一一裹氊紅，文綺金珍併在中。窮塞委輸藏底所，鈴聲無數過遼東。”“胡婦粧成懶整筝，兩鬟勾決受風低。鈿鞭金鐙紅纏札，新勒生駒試碧蹄。”《道逢獵者》：“胡人臂上赤毛鷹，側目寒空剩欲騰。隨例青丘供此物，每年中使發安陵。領鷹中使例自安州調發。”“羅子裘重不畏風，雪霜深入黑山中。歸來猵鹿滿車載，馬後唯誇懸兩鴻。”《煌煌明星行》：“煌煌明星大如斗，五更每從東方出。行人曉發輒候星，明光射天束裝畢。光流冉冉沒半壁，空磧猶聞馬蹄疾。蹄穿磧斷行不窮，曉起看星日復日。不信沙塲苦行役，君看衣上霜凜慄。”《宿化城庵見禮佛僧》：“雲菴一夕借孤眠，偶值番僧禮佛前。塵世有生皆循祿，法門無處不安禪。室薰蒼菖排寒氣，燈瑩琉璃徹暑天。却憶故山方外侶，竹房清夜久相懸。”申濡《燕臺錄》【考证：下诗题曰“十一月八日出山海关”，以上诸诗当作于十一月初一日至初八日间。】

初八日（丙子）。

申濡《十一月八日出山海關》：“去日每催關內入，來時還恐出關遲。自是客情貪往路，當關寧有簿書期。”“出關寒色滿前途，應沒盤山圮絕虞。猶恐陂堤未全凍，逢人數問雪深無。盤山築路圮絕，水深不可涉，必雪盛凍深，可由澤中作路。”“長墻壞處不容輗，徒涉寒潭犯早朝。猶勝北過蒙古界，可堪重宿永安橋。”“東下溝兒路轉遙，黑山風雪擁征輮。素書寒服應兼至，驛使何時報度遼。”“遼關東望似西關，熨眼青山揔舊顏。已把巫閭疑鶴岳，旋將華島當龍灣。”申濡《燕臺錄》【考证：据诗题，此诗作于十一月初八日。】

申濡《寧遠書懷》：“狼河冰雪白漫漫，凍色高樓漏箭殘。愁徹曉笳城月墮，夢回風枾海濤寒。長卿擁傳身猶病，定遠封侯意已闌。欲把帛書傳漢苑，更無南鴈過雲端。欲發，先來見阻未果。”《雙石城早行作》：“滿磧氷霜催曉明，又携孤劍動晨征。浮雲獨傍山前驛，出日遙銜海上城。吹面雪花凝早角，拉竿風力鬪寒旌。北人應笑龍鍾甚，歲晚支離遼左程。"《大陵河上作》："海黑天陰相盪磨，胡風慘慘愁雲多。一點兩點欲飛雪，大陵小陵曾渡河。塞日沉時已高月，岸冰拆處還白波。探詩馬上不知倦，辛苦其如今夕何。"《聞盤山築路凍深，喜賦一律》："驛畔逢人未識渠，新從築路問何如。雪深蘆葦堪驅馬，冰徹陂潭可輾車。客裡還聞好消息，愁中當得故鄉書。定知幾處拋羈泊，校促來途十舍餘。"《盤山築路自閭陽直抵，被他牽掣，又由廣寧經宿一夜，迂行五十里，長律二首排悶遣憤》："馬首盤山日夕徂，胡爲又向廣寧趨。人言閭闠闠由彼，天以迍遭賦予吾。世上不曾悲失路，客中何必歎迂途。歸時便決抽身計，自在扁舟放舊湖。""閭東取捷底相妨，廣北由迂故見誑。畢竟句留他彀入，等閑看過客程忙。陰陽率雪光難定，城社憑依意叵量。宣聖向來逢匪虎，小儒何獨腐心腸。"《盤山十二韻》："茲山非特地，極望但平原。築道通遙驛，沙堤劇峻垣。兩厓深作塹，長潏絶無源。側處難容駟，平頭或並軒。居然決瓠子，有似鑿龍門。積雨奔川灌，滔天駭浪飜。使軺須計日，塗驗欲回轅。歲律丁陰沍，陂潭縮漲痕。嬰姍愁出沒，蚴蟉恐騰騫。縞岸冰連隙，蒼蒹雪入根。宿時猶在澤，過盡始逢村。捷路還如此，長程豈易言。"《曉入沙嶺》："宵駕倦已稅，參辰猶在天。驛亭沙嶺背，漁戶葦陂前。煖啜拋殘茗，寒眠寄半氈。遼關亦有限，幾日到河邊。"申濡《燕臺錄》【考证：下诗题曰"十一月十五夜高平驛望月"，以上诸诗当作于十一月初八日至十五日间。】

十五日（癸未）。

申濡《十一月十五夜高平驛望月》："天邊心事寄刀環，獨倚孤城望月彎。客舍幾回三五夜，鄉關猶隔萬重山。乾坤衮衮干戈際，身世悠悠鞍馬間。羌篴梅花零落盡，故園唯憶臘前還。"申濡《燕臺錄》【考证：据诗题，此诗作于十一月十五日。】

申濡《次三叉河》："亭候欲過盡，塞關猶渺然。臘殘遼野雪，烽起海州烟。磧色寒通曉，河源凍入天。所經非去路，隨處問山川。"《次牛家庄》："漫說牛庄到，誰將鴈信歸。擬到牛庄送先來，又見所沮。故鄉今更遠，心事每多違。桂魄圓還缺，缸花落更飛。倚閭當歲暮，應念弊貂衣。"《次耿家庄有宴牛庄，守庄官押宴後，因送至耿家》："歸駄隨番帳，寒城飲闟筵。暮程衝雪去，遙戍寄星眠。慷慨興王志，縱橫射策年。豈知張博望，垂老使窮邊。"《贈寫字劉義立》："憐君蹤跡駈駞如，到處相隨不放余。長悔客游緣識字，亦知勞役坐工書。火雲湯海同浮鷁，冰雪燕關逐傳車。簪紱未投因未了，老夫行欲返湖漁。"《客夜偶吟》："一生征役三萬里，郵卒喝來心不平。唯借旅窓岑寂夜，獨吟詩句到天明。"《廻文體》："遙塞虜筘吹北城，店村無處住人行。颮風颯戶遮編葦，宵半當床透月明。""寒天遠塞落星疎，凍雪氈墙倚檻車。餐飯勅來嗔僕倦，灣江近日幾程餘。"《遷山堡僧舍聞鍾，憶舊山法侶》："鍾磬泠然客思澄，禪窗獨夜對香燈。愁爲北海看羊使，苦憶東林愛馬僧。崖寺暝松回遠鶴，石門春水偃高藤。故山歸日堪乘興，溪畔新樓共一登余有方外之遊，戒皓長老在湖鄉玉川之剛泉寺，新樓即皓師所建。《回到鳳城，聞寨外有使將家信，見阻不入》："三度身從萬里回，每逢家信怯初開。今宵寨外聞書阻，可使消磨不必來。"申濡《燕臺錄》【考证：下诗题曰"十一月二十四日过九连城"，以上诸诗当作于十一月十五日至二十四日间。】

二十四日（壬辰）。

申濡《十一月二十四日過九連城，馬上望統軍亭口占志喜》："驛路飜鄉國，江城是愛州。孤亭露半面，倦客豁雙一作昏眸。入望眞堪喜，登臨浪自愁。把盃聽塞笛，重肯淚橫流。來路九日登此亭。"申濡《燕臺錄》

二十八日（丙申）。

謝恩使李時白等到義州馳啓曰："碧潼採參民被執於彼國者，方囚繫瀋陽，客使將以查問出來云矣。"《朝鮮孝宗實錄》卷九

申濡《龍川舘寄行臺書狀先一日程作行》："行臺隔日遠相望，風雪關山道路長。想到百祥樓下卧，名歌一曲解愁腸。"申濡《燕臺錄》【考证：《孝宗实录》卷九言十二月二十八日李时白等"到义州驰启"，诗题曰"龙川馆寄行台"，当作于二十八日前后。】

申濡《嘉平舘喜遇李參議㶅》："孤舟憶別灣江上，把臂嘉平喜匝禁。已向親闈聞吉語，正使行未到更從賓舘散愁襟。龍泉古驛雲連塞，葱秀寒天雪擁岑。此處相期仍會合，擬呼官酒盡情斟。李參議以定州延慰，因迎拜正使，擬竣事還到湍平之間相會，故五六言之。《箕城遇鄭士興以延慰先至，同舘宿達夜飲。朝日期以雪馬渡江氷，從諸妓送余于浿水之南，信筆寫懷成一律》："未達京城路，先逢舊酒徒。關山猶故國，佳麗是西都。歸騎遙相送，臨江興不孤。預調群雪馬，爛熳載名姝。"《黃岡》："王事驅馳不解愁，春風曾倚太虛樓。白頭但有詩情在，吟到黃岡未便休。"申濡《燕臺錄》【考证：《孝宗实录》卷九言申濡等于十二月初十日"还自清国"，以上诸诗当作于十一月二十八日至十二月初十日间。】

十二月

初十日（戊申）。

謝恩使李時白、副使申濡、書狀官權坅還自清國【按：参见是年八月十七

日条】。《朝鮮孝宗實錄》卷九

顺治十年（1653 年，癸巳）

正月

二十八日（乙未）。

謝恩正使麟坪大君㴭、副使兪㯙、書狀官李光載等赴清國。《朝鮮孝宗實錄》卷
一〇

李㴭《燕途紀行序》："癸巳孟春，以頒勅進謝赴燕。季夏停勅行，仍帶勅
書還朝，亦被恩渥。副价都憲兪㯙，行臺卽李光載。而及歸，李之誣捏無人不
遭，幸賴天日照臨，旋雪其寃。"李㴭《松溪集》卷五

二月

李㴭《統軍亭望鎮江書懷癸巳》："黃沙白草望悠悠，徙倚危欄客自愁。無
一繁華亂離後，夕陽空照暮江頭。"李㴭《松溪集》卷二【考证：汉城至义州一千五
十里约一月程，故此诗约作于是年二月。】

三月

初三日（己巳）。

李㴭《述懷》："三月三日好時節，底事風塵獨遠行。驛路多愁形易老，旅
窓無寐夢難成。連年胡地空含憤，萬事人間不欲生。此夜羈懷何以遣，謾吟詩
律把深觥。"李㴭《松溪集》卷二【考证：诗云"三月三日好时节"，故系于此。】

初四日（庚午）。

冬至使齎去歲幣，沈水燒火，見詰於清國。備局請治使臣不能檢飭之罪，
命拿使臣李渰、鄭攸、書狀官沈儒行等于禁府。《朝鮮孝宗實錄》卷一〇

李㴭《次方叔廣寧途中有感》："客裏無人問若何，故鄉音信隔關河。獰風
曠野黃塵暗，落日崩城白骨多。萬里行旌飄塞外，一年春色滿山阿。荒墟極目
炊煙斷，幾度傷心此地過。"《廣寧衛次副价兪方叔㯙感懷》："半世偏蒙大枕
榮，長陪湛樂是丹誠。如今塞外逢佳節，常棣將歌曲未成。""此夜隣雞唱已三，
孤燈無夢恨難堪。萱闈何日斑衣舞，陟岵思深味不甘。"《沙河站偶吟》："落日

迷荒野，春光鎖漢關。故園何處是，東指萬重山。"李㴉《松溪集》卷二【考证：下诗题曰"清明感怀"，故以上诸诗约作于三月初三日至初七日间。】

初七日（癸酉）。

李㴉《清明感懷》："逆旅逢寒食，天涯又暮春。吟詩瀉懷抱，把酒解愁顰。野店聞花發，荒墟嫩柳新。園陵未拜掃，空自淚霑巾。"李㴉《松溪集》卷二【考证：诗题曰"清明感怀"，当作于是年清明即三月初七日前后。】

李㴉《答方叔沙河驛月夜即事》："辮髮新清制，荒城故漢關。唏噓仍不寐，明月上前山。"《沙河聞簫》："塞天霜月半輪明，此夜那堪故國情。獨倚寒窗仍不寐，何人吹送斷腸聲。"《客裏初逢春雨，拈韻書懷》："昨夜乾坤雨初降，綠楊如畫草如茵。燈殘旅舘愁依枕，夢斷家鄉淚滿巾。落日薊門煙樹繞，春風野店杏花新。何時馬首東歸去，醉舞長歌鴨水濱。"《次方叔燈前感懷》："永夜孤燈愁不寐，年年何事憶京都。匣中空吼龍泉劍，櫪上閒嘶一丈烏。燕薊春寒風捲地，遼陽路險陸乘桴。即今宇宙腥塵暗，何處英雄隱市屠。"《月夜聞簫述懷》："裊裊斷還續，誰家怨簫聲。可憐今夜月，應照故鄉明。"《次方叔夜坐》："殘燈夜坐恨如何，九度間關鴨綠河。誰慰故鄉書久斷，自憐孤舘病常多。三更月色明還暗，千里羈懷嘯復謌。聞道中原猶戰伐，遺民應復憶廉頗。"《次方叔觀戲》："半年蹭蹬在殊方，舉目無歡獨臥床。今日偶然觀百戲，伶人檀板摠歌唐。""優人換面怪奇呈，道是相爭第一名。戲到別離看更感，天涯逾切故園情。"《次方叔感懷》："天涯底事淚空零，却羨飛飛聯鶺鴒。異地自憐雙鬢白，夜窗愁對一燈青。匣中龍吼如相和，檻外鶯歌不忍聽。半載淹留猶未返，簪裳何日拜螭庭。"《次方叔述懷》："盡日風沙打客窗，擁爐聊自酒開缸。舌官頻報傷心事，半夜驚聞戶外跫。"李㴉《松溪集》卷二【考证：《清世祖实录》卷七三言三月二十四日"朝鲜国王李淏遣陪臣临平大君李㴉等赍表谢罪"，则至晚使团于二十四日抵达北京，以上诸诗约作于三月初七日至二十四日间。】

二十四日（庚寅）。

先是，朝鮮國人違禁越界採參被獲，遣學士蘇納海等賫敕徃渝之。朝鮮國王李淏遣陪臣臨平大君李㴉【按：当为"麟坪大君"，参见正月二十八日条】等齎表謝罪。《清世祖實錄》卷七三

李㴉《次方叔燕京感懷》："獠舌紅頭彌宇宙，幾時天道更昭昭。黃昏古塞腥塵暗，白日中原旺氣消。半夜羈愁侵畫角，百年遺恨徹雲霄。臨風獨立長歌發，月下槐陰滿地搖。""想像文皇貽厥謨，辛勤開拓萬年都。衣冠忽已歸腥穢，景物依然似畫圖。碧落愁雲沉舊闕，黃沙落日泣窮途。山河竟是誰家物，玉帛

空輸辮髮徒。"《禁苑感懷》："畫閣參差迥接空，石橋橫亘狀如虹。金魚玉蝀堪惆悵，獨倚朱欄聽北風。太液石橋左右有金魚、玉蝀兩牌樓""綠波漾漾接天光，極目蒹葭帶夕陽。太液繁華行樂地，那知今作羯奴鄉。""朱箔銀床不到塵，一望堤柳綠陰新。臨漪水榭眞奇絶，簷外時看赤玉鱗。臨漪亭、水雲榭在湖中""粉墻傾側自荒凉，輦路依俙野草長。獨立湖邊空歎息，晚風時動嫩荷香。四首太液""從古繁華造物猜，舊宮唯有夕陽來。龍舟此日歸胡主，恨殺皇京萬事灰。龍舟""廣寒樓上日西沉，萬歲山中滿綠陰。珠翠繁華零落盡，寒鴉空自噪深林。萬歲山"《次方叔遊賞天壇在正陽門外八里》："穹窿圓屋架虹梁，檀桂陰陰一逕蒼。廡配列星祈祿命，壇安上帝薦馨香。裸將齊整留華制，簾幌森嚴作夏凉。此去昊天應不遠，潸然暗訴我心傷皇穹宇。""玉欄雲影望森森，誰料今行此偶尋。壇築瓊瑤三峻級，祀陳牲醴一誠心。方圓墻壁儀天地，玉帛焚燒自古今。日暮仙區人跡秘，隔林幽鳥謾相吟。壇上飾以琉璃，墻制象天地方圓。天壇"李㴠《松溪集》卷二【考證：以上諸詩寫作日期不詳，然皆述留北京事，《孝宗實錄》卷一〇言五月二十三日麟坪大君等"在北京馳啓"，故以上諸詩約作於三月二十四日至五月間。】

五月

二十三日（戊子）。

謝恩使麟坪大君㴠、副使兪㯙在北京馳啓曰："臣等得聞永曆皇帝方在雲南，四川有流賊遙附永曆。吳三桂在漢中，與流賊交戰，清人出兵助之，流賊閉關固守云。"《朝鮮孝宗實錄》卷一〇

李㴠《回到通州述喜》："征車此日發燕京，喜望家鄉萬里程。征馬似知歸意速，晚風起處四蹄輕。"《次方叔過祿山橋一號漁陽橋》："誰人乃作此橋名，每欲回車意不平。從古薊門征戰地，夕陽殘郭暮煙生。"《登望海樓》："眺望三韓眼力窮，浮生無計葉橋通。杳茫銀海波濤靜，極目孤帆逐晚風。""寂寞荒城暮打潮，危樓空自倚迢迢。征帆定有蹈東士，雲海茫茫不可招。"《望望夫石》："可憐姜女廟，寄在望夫山。十載音書斷，何時板築還。秪應穿淚眼，猶憶亂雲鬟。片石如將語，幽冤畫掩關。"《出關詞》："今朝出漢關，若到龍灣舘。何處是家鄉，歸心轉自亂。""關口點車馬，自然人語喧。亦知歸意速，胡不早開門。""歸夢隔東丘，衰容滯北地。何日得鄉書，唯望春鴈至。""永夜苦無燈，幾時爽我目。東林旭日昇，應知自故國。""殘堞自崩頹，轅門空碧草。誰人更繕修，長歎立周道。""天晴朝日紅，雨霽遠山碧。驅驂海岸望，漁艇泛千隻。""年來頻北征，行役何時畢。艱苦無人知，私情不敢述。"《過祖將牌樓》："擁

節臨沙漠，虛名動塞垣。欷降金虜壁，遺臭石牌門。縱被專城陷，寧忘四世恩。千秋定唾罵，忍恥至今存。"《有喜回到柵門，王人擎玉札及御醞以來》："鳳城歸路望無窮，玉札初從驛使通。萬里宮罇霑雨露，此生難報聖恩洪。"《次方叔重遊統軍亭》："巍巍畫閣倚城頭，俯瞰長江碧似油。風景滿前歌管動，夕陽征客更淹留。"李宧《松溪集》卷二【考证：《孝宗实录》卷一〇言李宧等于六月二十三日复命，故以上诸诗作于五月二十三日至六月二十三日间。】

六月

二十三日（丁巳）。

謝恩使麟坪大君㴶、副使俞㯙、書狀官李光載還自清國【按：参见是年正月二十八日条】。《朝鮮孝宗實錄》卷一〇

七月

二十七日（庚申）。

謝恩使洪柱元、副使尹絳、書狀官林葵赴清國，上召見之。《朝鮮孝宗實錄》卷一一【按：《使行录》言洪柱元等于闰七月二十七日辞朝，然 1653 年无闰七月，《朝鲜考宗实录》言洪柱元等于"闰七月庚申"辞朝赴清国，详考《孝宗实录》，1653 年朝鲜有闰七月，中国有闰六月，朝鲜闰七月二十七日（庚申）即清朝七月二十七日（庚申）。此处依清历录为七月二十七日】

李敏求《送永安尉使燕》："軺車三奉十行書，驛路西連召伯墟。王事每從千里外，親年正涉七旬初。曾聞玉帛輸天府，豈有金繒塞尾閭。屈指歸期霜露後，蹉跎莫遣節旄疏。"李敏求《西湖錄》

朴長遠《送永安尉赴燕》："暫輟秦簫奏，飜爲塞曲聲。驅馳驚主辱，離別惜人情。西日行應短，東雲望漸平。猶懷月沙老，中國誦高名。此去關河路，蕭蕭草木秋。三過華表柱，幾攬黑貂裘。只是親書篋，休須問酒樓。燕山雪花大，未落戒歸鞋。"朴長遠《東州錄》【按：据史料，以上二诗当作于七月二十七日或其后。《纪年便考》卷二十四：朴长远（1612－1671），高灵人，光海壬子生，字仲久，号久堂，又隰川。仁祖丁卯生员。丙子登别试，历翰林、铨郎、两馆提学，官止吏判。再次衡圈，七入枚卜。自点当国，再塞其子铖于铨郎玉署，直声动一时。以正言制进月课《反哺乌》诗曰："士有亲在堂，贫无甘旨具。林禽亦动人，泪落林乌哺。"上闻，知长远有偏母，曰："情见于辞，令人感动。"令该曹赐米布。因事配三水，移兴海。平生独立自守，不为苟合。显宗辛亥，

以松留在任卒，年六十。贈領相，以孝旌閭，謚文孝。】

十月

初五日（丁卯）。

宴朝鮮國貢使洪柱元、尹絳等如例【按：參見是年七月二十七日條】。《清世祖實錄》卷七八

十七日（己卯）。

宴朝鮮國王貢鷹太監史成序等於禮部。《清世祖實錄》卷七八【考证：据《清世祖实录》可知鹰连行最迟于一月十七日抵达北京。《使行录》言鹰连行辞朝时间为"十一月？日"，有误，当在十月十七日前。】

十一月

初三日（乙未）。

正朝使沈之源、副使洪命夏、書狀官金壽恒辭朝，上召見之。《朝鮮孝宗實錄》卷一一

金壽恒《以書狀赴燕，暮到碧蹄，賦得別懷》："離筵草草路岐間，日暮親朋送我還。馬上未醒沙峴酒，天邊已失漢陽山。長亭古驛遙聞角，虛館殘燈獨掩關。從此漸愁鄉國遠，客中何處可開顏。"金壽恒《文谷集》卷一【按：依例，燕行使臣于辞朝当晚宿高阳碧蹄馆。《纪年便考》卷二十五：金寿恒（1629－1689），字久之，号文谷。仁祖己巳生，丙戌进士。孝宗辛卯魁，谒圣，选湖堂，历铨郎、舍人、副学。显宗壬寅升资宪，典文衡。辛亥升崇政。壬子入相至领，久掌铨衡，屡按鞠狱，一以清严从事，所以见仇于宵人。居相府十八年，肃宗乙卯，两司启请罢职，答曰中途付处，又请远窜，窜灵岩。戊午移铁原。庚申起谪中，拜领相，秉政八年。己巳与兄寿兴被弹于一启，以十年秉国，擅弄威福、戕害善类、削断国势、元子定号之时揣摩违牌为目罢职，因三司合启安置珍岛，寻受后命，年六十一。临命作诗曰："三朝忝窃竟何裨，一死从来分所宜。惟有爱君心似血，九原应遣鬼神知。"赠都事李行道诗曰："昨夜瑶台拜至尊，觉来哀泪枕成痕。君今奉旨宣恩药，恍若前年御酒分。"行道次日："廿载黄扉相业尊，清名雅操玉无痕。忠贞负恨天何意，斯世污隆自此分。"甲戌复官，谥文忠。】

金弘郁《送冬至副使洪大而赴燕二首》："聖朝專對歎才難，親擢薇垣第一官。未信關山非坦道，從教宦海走狂瀾。首陽清節三綱立，易水悲風萬古寒。

沿路應多懷古詠，歸來須寄老夫看。""大醉狂歌猛虎詞，送君千里走京師。非關外國無全節，自是中原異昔時。燕趙山川迷赤襂，東南天地有黃旗。行行若遇屠間客，試問官軍出塞期。"金弘郁《鶴洲全集》卷六【按：《纪年便考》卷二十四：金弘郁（1602－1654），宣祖壬寅生，字文叔，号鹤洲。仁祖癸亥，生进俱中。甲子复中进士。乙亥以参奉登增广，历翰林、三司、铨郎、舍人。丙子扈驾南汉，荐武士林恒寿于体府，体府不应。虏骑薄西郊，弘郁白上，请亟遣重臣于虏，缓其锋，乘舆以间入南汉城。及和议起，又慷慨上疏极言之。金自点请交弘郁，不应。后以执义劾。自点按湖西，椥大同法。孝宗甲午，以洪牧拜海伯，因旱灾应旨疏讼，愍怀姜嫔冤死，就拿鞫，被栲掠，卒子棘寺，年五十三。素瘦弱，而于杖下颜色不变，辞气益励。己亥复官。肃宗戊戌，赠吏判，谥文贞。】

李回寶《遠別洪沂川命夏以副使赴北京癸巳》："淮陽離索再驚秋，鴈思葵忱頓白頭。威鳳鳴朝多士仰，嚴霆竟日一夒休。已無下縣飛鳧鳥，那及長安明月樓。忠烈冥愁人莫慰。魯連心折向西州。洪公亡兄命耆，丙子胡亂戰死於胡，贈諡忠烈。命夏以其弟奉使北庭，而朝無一人爲發援止之議，洪公求贈別，故云。"李回寶《石屏集》卷二【按：金养根《行状》：李回宝（1594－1669），字文祥，号石屏，真城人。宣祖甲午生，历工曹佐郎、兵曹佐郎、司仆寺正。丙子扈从入南汉，见和议将成，以背城一战之意力争于都堂。及文正公金尚宪就俘沈阳，赋诗寄怀曰："南国名花说岭梅，怯寒蜂蝶反为媒。清香正色天应宠，而去而来好去来。"世居磨崖，江山奇胜有名。上游宅前，石壁千丈，横张如屏，石屏之号盖指此也。公啸咏其间，凡所制述多至累千篇，间有选入《海东律选》者。显宗己酉卒，年七十六。】

洪柱世《送洪大而命夏赴燕京二首》："明公雅望聳朝端，早識孤松挺歲寒。直以敢言忘寵辱，肯愁長路涉艱難。金繒謾自輸燕府，文物何由覿漢官。惆悵丈夫無限意，贈行唯有勸加餐。""明時際遇似公稀，抗直居然辨是非。聖簡只緣專對重，賢勞偏覺一身微。天寒淇水冰初合，地接遼陽雪正飛。屈指歸期應隔歲，不堪離思轉依依。"洪柱世《靜虛堂集》（上）【按：《国朝人物志》卷二十六：洪柱世（1612－1661），光海壬子生，字叔镇，号静虚堂。仁祖癸酉生员。孝宗庚寅，登增广，官止兵曹正郎。为文词以辞达理畅为主，不事浮华险奇，张维、李植诸人称之以大手。与申最俱有文名，各自建帜，洪诗曰："庭草阶花照眼明，闲中心与境俱清。门前尽日无车马，独有幽禽时一鸣。"申诗曰："满地梨花白雪香，东风无赖损幽芳。春愁漠漠心如海，栖燕双飞绕画梁。"或问于李植

曰："二诗孰优？" 答曰："洪叔镇若天然梅菊，季良如彩牡丹。"】

初五日（丁酉）。

晴。早發向長湍，子范及兒輩告歸。客懷甚惡，不如初不來矣。中火長湍，<u>夕宿松都</u>。沈之源《癸巳燕行日乘》

洪命夏《松京感吟》："蕭條城郭暮煙橫，古國山河感客情。善竹橋前鳴咽水，秖今猶作不平聲。"洪命夏《癸巳燕行錄》【按：松京即松都别称。据洪大容《湛轩燕记·路程》，坡州至长湍三十里，至松都七十五里，故此诗约作于十一月初五日。《国朝人物志》卷二十六：洪命夏（1607－1667），字大而，号沂川。仁祖庚午生员，补衛卫官，不就。时满州强盛，命夏曰："天下将乱，我国先受祸。"与兄命耆讲备御之方。丁丑讲和，入安东吉安村躬耕养母。孝宗在邸位，命夏在书筵，常言复仇。及即位，请召金集、金尚宪、宋时烈、宋浚吉等。甲申以察访登别试，分馆前翰林。丙戌以校理登重试，历铨郎、舍人，登文臣庭试，历副学、守御使，论斥自点之罪。显宗癸卯，入相至领，选清白吏。丙午，与房使问答相诘，辞气直壮，房使亦服。宋时烈曰："一代之良臣，善类之宗主也。"丁未卒，年六十一，谥文简。】

初六日（戊戌）。

金壽恒《廻瀾石》："潭心孤石忽崔嵬，直遏狂瀾倒却廻。此地江山天下勝，當年漢使日邊來。乾坤萬事空流水，風雨殘碑半蝕苔。欲向荒墟尋舊跡，冷煙衰草自生哀。"金壽恒《文谷集》卷一【考证：据《大东地志》，回澜石位于金川地界，洪重圣有诗《金川回澜石歌》。松都至金川四十里约一日程，故此诗作于初六日。】

初九日（辛丑）。

晴。凌晨而發，中火劍水，到鳳山少憩，<u>夕宿黃州</u>。安岳守鄭子章已來待矣，客館相對，其喜可掬，秉燭設餞，書狀同參。酒罷，書狀歸所館，因與子章聯枕。沈之源《癸巳燕行日乘》

洪命夏《洞仙嶺》："洞仙斜日望長安，極目蒼茫隔幾巒。雲逐羈愁來黯黯，客從遼塞去漫漫。關防已失山河固，使節寧嘆道路難。惆悵黃崗重過地，白頭空記昔年歡。"洪命夏《癸巳燕行錄》【考证：据《大东地志》，洞仙岭位于黄州地界，李宜茂有《登黄州洞仙岭》，此诗当作于初九日。】

初十日（壬寅）。

晴。早發，中火中和，<u>夕宿平壤</u>。沈之源《癸巳燕行日乘》

洪命夏《箕城感舊》："逶迤粉堞浿江頭，依舊風光惹客愁。千里山河箕子

237

國，一方形勝練光樓。繁華寂寞雲無跡，歲月崢嶸水自流。今日此生偏起感，表忠惟有短碑留。"洪命夏《癸巳燕行錄》【按：箕城即平壤之别称。】

十五日（丁未）。

晴。行望闕禮。平明發程，過納清亭，抵定州止宿。沈之源《癸巳燕行日乘》

洪命夏《行望闕禮口占》："曉色蒼茫歲暮天，北辰遙望五雲邊。玉樓高處寒應最，一夜孤臣雪滿顛。"洪命夏《癸巳燕行錄》

金壽恒《曉星嶺》："早上曉星嶺，朔風吹醉顏。樹頭初旭映，溪面宿雲寒。行色雪中路，歸心天際山。幽燕猶萬里，幾日卸征鞍。"金壽恒《文谷集》卷一【考证：据《大东地志》，晓星岭位于嘉山地界，《志》曰："晓星岭一云西门岭，明《一统志》作嘉山岭，在郡西二里，危峰峻峭壁相连，为通西大路，植木聚石，当为据守之地，上有晓星台，古祭星之地云。"据《癸巳燕行录》可知使团于十五日自嘉山发往定州，诗云"早上晓星岭"，当为平明自嘉山启程时作。】

洪命夏《次書狀金久之韻》："策馬凌晨發，披荊入夜餐。誰憐身抱病，欲說齒生酸。虎嘯林風起，羌歌塞月寒。那堪此行役，辛苦道途難。"《次韻寄呈永安都尉洪公柱元》："萬里離心逐逝川，小屏隨處更依然。春風京洛相迎日，莫把歸期較後先。余借公枕屏以去。"金壽恒《文谷集》卷一【考证：以上二诗约作于十五日至二十二日间。】

二十二日（甲寅）。

金壽恒《金石山途中》："風林浙浙噪飢鴉，衰草荒原落日斜。隱隱亂山喬木裏，却疑深處有人家。"金壽恒《文谷集》卷一【考证：据下文，二十三日使团"抵凤凰城栅门外"。金石山至凤凰城栅门五十七里约一日程，又诗云"衰草荒原落日斜"，可知抵达金石山时已日暮，约作于二十二日。】

二十三日（乙卯）。

晴。蓐食而發，中火龍山。<u>抵鳳凰城柵門外</u>，設幕而宿。先以使行來到之意告於守城將，則博氏一人及文金來見，從人八名亦來，饋以酒果，各贈禮單。沈之源《癸巳燕行日乘》

洪命夏《柵門寄家書口占》："幕裏寒燈坐不眠，鳳凰城下夜如年。天涯無限思歸意，欲寄家書轉惘然。"洪命夏《癸巳燕行錄》

金壽恒《柵門寄家書次副使韻》："羈愁黯黯夜無眠，浹月離家似隔年。不向書中傳苦況，恐教親愛意悽然。"《柵門次副使洪公命夏韻》："鳳城西去近遼陽，落日停車古道傍。逢著居人言語異，忽驚行邁入殊方。"《鳳凰山》："千年丹穴此間疑，鳳作山名自幾時。虞殿樂成聲已遠，楚狂歌罷德何衰。天寒野雀

飢爭栗，日暮林鴉噪滿枝。漠漠乾坤氛祲暗，即今何處更來儀。"金壽恒《文谷集》
卷一

　　二十五日（丁巳）。

　　晴。晚發，朝飯八渡河，止宿通遠堡。烹鵝而食，絕味也。沈之源《癸巳燕行日乘》

　　洪命夏《通遠堡》："荒山漠漠塞天低，一片孤城暝色迷。徃事即今無處問，
女牆猶有亂鴉啼。"洪命夏《癸巳燕行錄》

　　二十六日（戊午）。

　　晴。日出而發，朝飯沓洞，夕抵連山關止宿。沈之源《癸巳燕行日乘》

　　金壽恒《草河口途中》："隴水無聲凍不波，隴山愁色雪嵯峨。時危未試安
邊策，歲暮空吟出塞歌。華表柱頭南雁盡，薊門關外北風多。燕雲極目塵沙暗，
幾日行人到玉河。"金壽恒《文谷集》卷一【按：沓洞即草河口之別称。】

　　洪命夏《連山關店舍次書狀金久之韻》："大老西行已十年，世間人事劇悽
然。知君此地偏多感，嗚咽寒泉遠店前。"洪命夏《癸巳燕行錄》

　　二十七日（己未）。

　　晴。蓐食而發，到會寧嶺，舍轎而騎，投宿甜水站。沈之源《癸巳燕行日乘》

　　洪命夏《會寧嶺》："卸車會寧底，策馬上高顛。亂樹千章合，危厓百尺懸。
天低古塞迥，路入凍雲穿。甜水關何處，隔林生白煙。"洪命夏《癸巳燕行錄》

　　二十八日（庚申）。

　　雪。朝飯而行，踰青石嶺。石路嵁岏，其險難狀。投宿狼子山。沈之源《癸巳
燕行日乘》

　　金壽恒《狼子山夜坐口占》："旅枕中宵苦憶家，客行明日到遼沙。遙知故
國妻兒會，空對寒燈占喜花。金壽恒《文谷集》卷一

　　洪命夏《次書狀狼子山韻》："渺渺遼河濶，羈愁較淺深。詩從枕上得，酒
為雪中斟。易下窮途淚，難通異域音。與君同此苦，期保歲寒心。"洪命夏《癸巳
燕行錄》

　　金壽恒《感懷偶吟》："遊方弊盡老萊衣，叱馭頻驚塞路危。雪裏獨登青嶺
上，天邊遙望白雲飛。千金敢忘垂堂戒，萬里長吟陟岵詩。雙淚欲憑遼水寄，
流波不肯向東歸。"金壽恒《文谷集》卷一【考证：此诗无显著时地线索，据诗集中
位置，约作于二十八日至二十九日间。】

　　二十九日（辛酉）。

　　晴。早發，朝飯冷井，到舊遼東止宿。沈之源《癸巳燕行日乘》

洪命夏《冷井次書狀狼子山韻》："煙生古塞有人家，雪滿平原不漲沙。林外日高雲欲散，病眸看似霧中花。"洪命夏《癸巳燕行錄》

金壽恒《遼東》："路入遼陽地勢寬，平蕪極目杳茫間。天低丁鶴昇仙柱，日落唐皇駐蹕山。萬里風雲來碣石，千年城郭控榆關。漢家征戍皆陳跡，惟見煙臺獵騎還。"金壽恒《文谷集》卷一

洪命夏《次書狀遼東韻》："今日方知宇宙寬，東西萬里莽蒼間。天邊極目茫茫野，雲外低鬟點點山。古塔尚傳唐帝事，孤城猶控漢時關。黃沙白草人煙少，雪裏惟看暮鳥還。"洪命夏《癸巳燕行錄》

三十日（壬戌）。

晴。歲幣、綿紬、木綿各種及小好紙皆送于瀋陽。晚發，宿沙河堡。沈之源《癸巳燕行日乘》

金壽恒《沙嶺》："平明起掃滿車霜，風急三河客路長。古戍午炊尋廢井，荒城野宿倚頹墻。塞天易雪雲常黑，沙磧先秋草盡黃。辛苦此行成底事，只將詩景付奚囊。"金壽恒《文谷集》卷一

洪命夏《南沙河途中次書狀韻》："落日寒蕪萬里賒，況疑滄海渺無涯。危途叱馭尋燕塞，舊路朝天憶漢槎。殘堞獨留千古恨，居民今有幾人家。行行欲問當時事，卻向沙河少駐車。"洪命夏《癸巳燕行錄》

謝恩使洪柱元、副使尹絳、書狀官林葵回自北京。《朝鮮孝宗實錄》卷一一

洪柱元《癸巳燕行時還到義州，贈府尹洪德載處厚》："秋日征軺雪裡廻，故人相對好開懷。譙樓夜靜宜看月，客舘天寒且把杯。片夢幾回朝北闕，寸心應切咏南陔。明晨欲向秦京去，只爲分携恨未裁。"洪柱元《無何堂遺稿》卷二【考證：詩有"秋日征軺雪里回"語，當为洪柱元癸巳燕行返程至义州时作。据上文，《清世祖实录》卷七八言十月初五日"宴朝鲜国贡使洪柱元、尹绛等如例"，《孝宗实录》卷一一言十一月三十日洪柱元等"回自北京"，故以上诸诗约作于十月初五日至十一月三十日间。】

十二月

初二日（癸亥）。

陰。早發，朝飯牛家庄，因止宿。沈之源《癸巳燕行日乘》

洪命夏《牛家莊途中次書狀韻》："暮年飄轉客殊方，長路孤懷共渺茫。遼塞山河餘壁壘，漢家天地幾滄桑。蕭蕭征馬隨西日，漠漠愁雲遠北荒。古館角聲天欲曉，起看星斗閃寒芒。"洪命夏《癸巳燕行錄》

初六日（丁卯）。

晴。東方未白而啓程，是日亦極寒也。到盤山，有一陋舍，三人同入，雖可免凍，而不堪久居，即發向前路。路上積雪此地爲最，前馬顛仆，令人驚心。距廣寧十里許牧牛滿野，所喂者雪上枯草，而亦不太瘠，可恠。日暮抵廣寧而宿。沈之源《癸巳燕行日乘》

金壽恒《曉發高平向盤山途中，次副使平安橋韻》："飛霜如雪曉星殘，暗裏驅車隴草間。過盡煙臺知幾里，日高猶未到盤山。"金壽恒《文谷集》卷一

洪命夏《廣寧》："關防形勝一方雄，雉堞逶迤迥入空。榆塞悲風羌笛裏，巫山愁色夕陽中。荒原半閉關王廟，彩石猶傳驃騎功。今日可堪千古恨，寒泉嗚咽幾時窮。"洪命夏《癸巳燕行錄》

金壽恒《廣寧次副使韻》："遼塞隄防此最雄，金湯今日摠成空。山圍絕塞蒼茫外，月照荒城寂寞中。隴上戍笳胡地譜，河邊戰壘漢時功。石牌樓下悲風起，長使行人恨不窮。"金壽恒《文谷集》卷一

初八日（己巳）。

過小凌河、松山，夕抵杏山宿。沈之源《癸巳燕行日乘》

金壽恒《十三山》："日暮羸驂強着鞭，平原行盡有人煙。山如巫峽峯加一，地過醫閭里又千。遠夢幾愁中夜斷，鄉書唯待隔年傳。黃昏起望天邊月，怕見清光漸向圓。"金壽恒《文谷集》卷一

洪命夏《松山》："古塞愁雲鬱不開，朔風吹送暮笳哀。征車忍過松山路，白骨嵯峨戰壘頹。"洪命夏《癸巳燕行錄》

初九日（庚午）。

晴，早發抵塔山朝飯，抵寧遠宿。沈之源《癸巳燕行日乘》

金壽恒《寧遠衛》："山河表裏列雄藩，坐見風塵萬里昏。豈是漢家無上策，只應天意棄中原。連雲粉堞荒城廢，夾道靑帘舊俗存。莫遣羌兒吹短笛，戍樓明月最傷魂。"金壽恒《文谷集》卷一

十一日（壬申）。

晴。早發，抵中後所朝飯。過沙河站，抵前屯衛宿。沈之源《癸巳燕行日乘》

洪命夏《次書狀曉發前屯衛韻》："積雪層冰磧裏堆，驅車遙逐朔雲來。年光荏苒青陽逼，羈思蒼茫白髮催。明月羌歌新店舍，暮煙衰草舊荒臺。征鞭又入長城路，萬里鄉關幾日回。"洪命夏《癸巳燕行錄》

金壽恒《曉發前屯衛》："層冰積路雪成堆，歷遍辛艱萬里來。旅館獨隨棲鳥入，征車又趁曉雞催。疏燈隱隱分村市，落月依依見戍臺。記得山居閒味足，

日高窓外夢初回。"金壽恒《文谷集》卷一

　　十二日（癸酉）。

　　晴。早發，抵中前所朝飯，抵<u>山海關</u>宿。沈之源《癸巳燕行日乘》

　　洪命夏《山海關佛堂口占》："野寺雖荒廢，蕭然勝店家。有僧能解事，為我數供茶。古篆香煙細，禪龕燭影斜。令人動詩興，忘卻在天涯。"《山海關》："昔聞山海壯，今日見荒涼。積雪埋長堞，愁雲冪古隍。丸泥思漢將，鞭石想秦皇。興廢無窮事，悲歌倚夕陽。"洪命夏《癸巳燕行錄》

　　金壽恒《山海關次李滄溟韻》："山如玉壘萬重深，城壓滄溟一面沈。形勝固難憑地理，興亡誰復問天心。秦時明月臨關塞，燕地浮雲變古今。獨倚譙樓搔首立，海風吹落鬢邊簪。""壯遊遐矚冠平生，天下雄關第一名。榆塞地形夷夏界，薊門風景古今情。山盤石骨千年色，海拍城根半夜聲。男子胸襟要一快，莫嘆辛苦此中行。"金壽恒《文谷集》卷一

　　十五日（丙子）。

　　早發，到雙望堡朝飯，抵<u>永平府</u>宿，閭閻市肆之盛甲於關內。永平城東距五里地有石，乃<u>李廣射虎石</u>也。昔讀《幽通賦》，有"李虎發而石開"之句，安知今忽見之耶。沈之源《癸巳燕行日乘》

　　金壽恒《永平途中》："平原遠樹望重重，郭外時時獵騎逢。西去地形連涿鹿，北來山勢抱盧龍。河分孤竹城邊路，雪滿仙人頂上峯。試向薊門遙極目，煙塵何處覓堯封。"金壽恒《文谷集》卷一

　　洪命夏《永平次書狀韻》："行穿關塞幾千重，佳節還驚客裏逢。一札無憑傳白鴈，五雲何處望蒼龍。春光欲動關中樹，霽色初浮雪後峰。天道即今回斗柄，漢家誰復舊提封。"洪命夏《癸巳燕行錄》

　　金壽恒《射虎石》："漢家飛將此分麾，射虎威聲壓月支。千載遺蹤何處是，城邊夜石摠堪疑。"金壽恒《文谷集》卷一

　　十七日（戊寅）。

　　晴。到榛子嶺朝飯，抵<u>豐潤</u>宿。沈之源《癸巳燕行日乘》

　　洪命夏《次〈象村集〉中豐潤韻》："天涯遠役催人老，燕薊風光滿目悽。雲日欲斜煙起野，塵沙不漲雪成泥。羈懷感物終難遣，苦思緣詩轉覺迷。鄉國幾時歸去後，一樽花月與君攜。"洪命夏《癸巳燕行錄》

　　十九日（庚辰）。

　　晴。到鎮山店朝飯，抵<u>薊州</u>宿。十里許有漁陽橋，《史記》所載"發閭左，戍漁陽"者，即此地也。沈之源《癸巳燕行日乘》

洪命夏《薊州途中》："山阿積雪逈連空，村巷縈紆一逕通。只是風光供勝賞，薊門煙樹夕陽中。"《漁陽橋》："華清宮裏錦襁兒，一鼓漁陽萬乘危。天下即今風雨暗，薊門何必慨當時。"洪命夏《癸巳燕行錄》

金壽恒《薊州途中》："沙磧茫茫路不分，東來消息杳難聞。孤臣向闕惟看日，遊子思親幾望雲。節近新春年冉冉，地窮幽朔雪紛紛。征途極目何時盡，薊樹寒煙又夕曛。"《漁陽途中偶吟》："白馬何人意氣驕，驍弓在臂箭橫腰。陰山獵罷歸來晚，馳過漁陽十里橋。"金壽恒《文谷集》卷一

二十一日（壬午）。

晴。早發，到夏店朝飯，抵通州宿。州東有江，形勢恰似我國平壤，舸艦迷津，車轂相擊，眞雄府也。沈之源《癸巳燕行日乘》

洪命夏《通州次書狀韻》："簇立烏檣曲岸依，樓臺隱映倚斜暉。江通楊子層氷濶，風捲蘆溝亂雪飛。萬里山河新版籍，一方城郭舊邦畿。雄州自古繁華地，語及當時欲濕衣。"洪命夏《癸巳燕行錄》

二十二日（癸未）。

晴。朝飯而發，到皇城東門外，改着黑團領，由東門而行十餘里，始到<u>玉河關</u>。閭閻之盛，市肆之富，怊悵難狀，誠壯觀也。沈之源《癸巳燕行日乘》

洪命夏《玉河館和書狀次清陰先生韻》："接地風雲晝不開，山河襟帶勢雄哉。空遺城闕千年恨，尚想衣冠萬國來。持節可堪留玉館，禮賢誰復築金臺。仙槎當日經遊地，欲和遺篇愧不才。"《次先祖朝天韻追憶皇朝》："追憶皇朝盛業全，太平歌管萬家煙。衣冠爭拱瑤墀下，日月高臨瑞靄邊。滄海桑田還一夕，帝鄉文物異當年。仙槎往跡憑誰問，淚灑煙雲歲暮天。"洪命夏《癸巳燕行錄》【考證：以上諸詩約作于二十二日抵達北京入住玉河關后至翌年正月初一日間。】

顺治十一年（1654 年，甲午）

正月

初一日（壬辰）。

朝鮮國王李淏遣陪臣沈之源等表賀冬至、元旦、萬壽聖節，附貢方物及歲貢。【按：參見顺治十年十一月初三日条】《清世祖實錄》卷八〇

晴。鷄三鳴，詣皇帝闕下。平明，皇帝乘黃屋轎而出，謁於城隍堂，日高

後始還。吾輩在西班之末，觀者森立，指點相笑，未解其語，而困亦甚矣。日將午，東班由左掖門，西班由右掖門，歷皇極門而入。東西班行禮之後，三使臣率員役行禮於西庭。禮畢，就儀仗之西靑帳幕下而坐。皇子在前行，諸王在第二行，三使臣隔四五間許而坐，與諸王同一行也。沈之源《癸巳燕行日乘》

洪命夏《元日次書狀韻》："冉冉流光又一春，羈愁偏入鬢毛新。可堪魏闕思明主，每愧清朝忝從臣。客裏詩篇聊自遣，天涯風俗竟難親。東歸擬決歸田計，便作江湖放浪人。"洪命夏《癸巳燕行錄》

金壽恒《次〈象村集〉中元日韻甲午》："終朝悄坐小窗前，暗算離家已隔年。風力乍和吹雪盡，日華初弄向人妍。他鄉容鬢頻看鏡，末路聲名不直錢。稍喜歸期從此近，浿江花柳艷陽天。"金壽恒《文谷集》卷一【考证：以上二诗以"元日"为题，当作于正月初一日。】

洪命夏《次書狀用〈清陰集〉分韻作"青春作伴好還鄉"詩韻七首》："梅腮已吐白，柳眼欲嚬青。久客經年返，幾吟長短亭。""踏盡燕山雪，行歌浿水春。煙花亦有意，隨處解迎人。""囊中何所有，有詩千首作。歸去向人誇，惟應笑病客。""間關薊北路，來去與君伴。遼河有時渴，此心應不諼。""何事最云樂，莫如歸家好。左右對妻孥，饘粥永相保。""草堂春酒熟，待我萬里還。開樽笑相對，共喜此身安。""高枕北窓下，惟以睡為鄉。閉門麾俗客，緘口斷疏章。"《長安街》："卻向長安陌上馳，層樓飛閣影參差。城中父老潛相語，惟見高麗尚漢儀。"《五鳳樓》："春旗簇立玉螭頭，彩幕高開五鳳樓。皇極殿中行酒禮，諸王皆著黑貂裘。"洪命夏《癸巳燕行錄》

金壽恒《暮景》："落日下層城，城頭暝色生。天低召伯樹，地接望諸塋。關塞經年客，山河弔古情。居然墮清淚，何處暮笳聲。"《旅味》："旅味千般若，無時不憶家。殘宵夢成魘，弊褐蝨盈爬。書抵萬金貴，愁侵雙鬢華。遙憐小兒子，日日解呼爺。"金壽恒《文谷集》卷一【考证：下诗题曰"人日"，以上诸诗当作于正月初一日至初七日间。】

初七日（戊戌）。

金壽恒《人日》："虛館蕭條晝掩扉，悄然孤坐到斜暉。一年人日春初動，萬里燕雲客未歸。蘆酒酪漿驚異俗，彩花金勝憶重闈。東風欲問梅消息，鴻雁何時向北飛。"金壽恒《文谷集》卷一【考证：诗题曰"人日"，诗云"年人日春初动，万里燕云客未归"，当作于正月初七日。】

金壽恒《月夜即事》："庭院寥寥缺月斜，巡簷散步獨吟哦。頻呼驛吏看調馬，更向廚人問煮茶。綺陌漏聲催夜箭，玉河流水咽寒波。門前咫尺猶難到，

况復鄉關天一涯。"金壽恒《文谷集》卷一【考证：下诗题曰"上元夕口占"，此诗当作于正月初七日至十五日间。】

十五日（丙午）。

雪。沈之源《癸巳燕行日乘》

洪命夏《上元夕口占二首》："行旌淹薊北，歸夢繞楓宸。恩未酬明主，名慙忝諫臣。頻驚節序換，每憶起居辰。默筭還朝日，煙花紫禁春。""旅榻相依地，情均骨肉親。披襟每度夜，推枕共興晨。深館逢人少，悲歌擊劍頻。翻思在家樂，終老分甘貧。"《月夜聞行中人隔壁長歌》："漢月依依清漏遲，孤臣獨夜不眠時。何人解唱美人曲，曲到相思淚欲垂。"洪命夏《癸巳燕行錄》

金壽恒《次〈象村集〉鐵山海上書懷韻》："鄉關一別已經年，物色驚心更黯然。蠻館旅愁聞夜笛，鴨江歸夢喚春船。書從出塞難頻寄，詩到傷時莫浪傳。少小壯遊何足詫，空令繁鬢變華顛。""百年人事幾乘除，自笑知非愧衛蘧。桂樹漫吟招隱賦，竹林還有絕交書。世間險路元難盡，身外浮名豈可居。堪恨此生猶物役，水雲何日結茅廬。何日結，一作歸計負。""長安清漏往時同，滄海桑田萬事空。一代衣冠還似夢，千年襟帶此爲雄。空聞野老吞聲哭，尚憶先皇定鼎功。忍向西風揮淚望，壽山愁色夕陽中。"金壽恒《文谷集》卷一

洪命夏《玉河館次〈象村集〉中"萬曆甲午以御史在鐵山海上書懷韻"志懷七首》："環珮分明拜玉除，旅窓殘燭夢蘧蘧。匡時每愧無長策，好學徒能讀古書。辛苦此行寧自憚，險夷何地不宜居。徒來進退惟看義，諸葛當時起草廬。""客裏艱辛已飽更，中州氛祲幾時清。騷人苦思詞鋒澀，壯士悲歌劍氣橫。漢月淒涼依舊色，玉河嗚咽不平聲。羈愁到此腸堪斷，獨上危樓望鎬京。""憶在驪江江上村，閒情時與野翁論。白鷗波濶泛煙棹，紅杏花深開酒樽。自笑行藏違宿計，可堪身世惱喧塵。東歸倘賦歸田興，更掃松壇閉竹門。""塞路迢迢出古隍，羈愁黯黯鬢蒼浪。袁安憂國空流涕，王粲登樓幾賦章。萬里風沙更歲月，百年身世任行藏。身遊燕市尋遺跡，擊劍悲歌意激昂。""流光冉冉客中忙，惆悵羈愁與日長。天地本來同逆旅，山河何必問興亡。孤忠敢擬蘇卿節，多病惟看陸氏方。卻喜春風相與伴，雪消遼塞好還鄉。""老去宦情如水淡，時危士氣日趨低。孤忠為國終難忘，羣議盈廷奈未齊。才大何人扶世道，家貧自古憶良妻。緘封欲上治安策，莫謂天門不可梯。""愚忠不讓古人同，每愧平生學術空。漆室獨揮憂國淚，廟堂誰仗濟時雄。唐虞吁咈先心法，管樂謨猷尚事功。天意即今回泰運，停看王化轉移中。"洪命夏《癸巳燕行錄》

金壽恒《通州途中》："歸興快如飛，歸程征馬知。居然出館日，便似到家

時。野岸新抽草，春江已漲漸。長安花柳節，行趁踏青期。"《玉田途中》："客路平燕外，河橋落照遲。逢人問采店，策馬向藍田。地闊山圍薊，天低樹入燕。莫愁關塞遠，歸興正悠然。"金壽恒《文谷集》卷一【考证：《癸巳燕行日乘》言二月初一日使团"朝饭沙流河，夕宿丰润察院"，当为自北京回国途中作。玉田县至沙流河四十里，且位于北京至沙流河之间，故以上诸诗约作于正月十五日至二月初一日间。】

二月

初一日（壬戌）。

晴。朝飯沙流河，夕宿豐潤察院。沈之源《癸巳燕行日乘》

洪命夏《豐潤次書狀韻》："駐馬臨沙岸，孤城枕水邊。暮煙春泛柳，殘雪野耕田。驛路遙連塞，關防尚控燕。誰憐倦遊客，鬢髮已蕭然。"洪命夏《癸巳燕行錄》

初二日（癸亥）。

晴。朝飯榛子鎮，夕宿沙河驛察院。沈之源《癸巳燕行日乘》

洪命夏《沙河》："久客經年鬢已凋，鄉關歸路正迢迢。行從薊北春猶早，地近遼陽凍未消。天際亂山臨大野，城邊流水渡長橋。沙河村舍偏瀟灑，卻喜行人穩過宵。"洪命夏《癸巳燕行錄》

初三日（甲子）。

謝恩使具仁垕、副使趙啓遠、書狀官李齊衡赴清國，上召見之。《朝鮮孝宗實錄》卷一二

晴。朝飯野鷄坨，歷謁夷齊廟，下馬於中門外，少憩于古樹下，具冠帶行再拜禮。塑像儼然，怳挹萬古清風，却忘行役之苦。廟後有樓，樓下有深潭，潭之北有一小島，島上有廟，乃孤竹君祠也。清節高名將與天地始終，吁其盛矣。北有大江逶迤而來，十里明沙，平鋪左右，極目四望，明麗可愛。沈之源《癸巳燕行日乘》

洪命夏《清節祠》："一片孤城有古祠，客來瞻拜讀殘碑。身扶萬古君臣義，名揭雙清日月垂。孤竹山河遺舊跡，首陽薇蕨想當時。即今天地滄桑易，獨守殷墟更有誰。"洪命夏《癸巳燕行錄》

金壽恒《杏山途中》："飽喫燕山苦，重尋遼塞途。歸心出關勇，病骨入春蘇。日落河流急，煙生野店孤。停車時一望，獨鳥下平蕪。"金壽恒《文谷集》卷一【考证：《癸巳燕行日乘》言洪命夏等于十三日"朝饭广宁川下流东边"，杏山

位于永平府至广宁间，故此诗约作于二月初三日至十三日间。】

十三日（甲戌）。

晴。朝飯廣寧川下流東邊，中火盤山，夕宿高平，取捷路也。沈之源《癸巳燕行日乘》

洪命夏《到高平不得勺水，患渴口占》：“高平勺水貴如金，久客難堪病渴添。北望瑤京猶渺邈，宮壺玉井倍思霑。”洪命夏《癸巳燕行錄》

十七日（戊寅）。

陰。朝飯前沙河堡，夕宿遼東新城，僻在一隅，距直路幾十里許，而大川抱村，長橋亘空，足慰旅懷也。沈之源《癸巳燕行日乘》

洪命夏《遼東途中寒食日逢雨口占》：“燕雲久客經年歸，路入遼陽策馬馳。風雨一番寒食日，山河萬里倦遊時。年華苒苒空添恨，羈思忽忽不賦詩。遙想鄉關春正好，煙花千疊浿江湄。”洪命夏《癸巳燕行錄》【考证：诗题曰“辽东途中寒食日逢雨口占”，据《癸巳燕行日乘》可知十七日使团“夕宿辽东新城”，且是年寒食日为二月十七日，故系于此。】

十八日（己卯）。

雨。朝飯阿彌庄王姓人家。差晚快晴，抵狼子山宿。沈之源《癸巳燕行日乘》

洪命夏《三流河》：“雨歇長堤春草生，夕陽歸路馬蹄輕。行人頓覺羈愁豁，始聽林間碙水聲。”洪命夏《癸巳燕行錄》【考证：三流河位于辽东至狼子山之间，故此诗作于十八日。】

金壽恒《見歸雁有感》：“萬里關山驛使疏，故園消息問何如。無情最是遼陽雁，不帶東風一字書。”金壽恒《文谷集》卷一【考证：据《癸巳燕行日乘》可知金寿恒下诗作于二十三日渡鸭绿江时，故此诗约作于二月十八日至二十三日间。】

二十三日（甲申）。

晴。朝飯金石山下。沈之源《癸巳燕行日乘》

金壽恒《渡鴨江》：“霽雪初消斜日曛，九連城下大江分。春風萬里東歸興，隔水孤亭認統軍。”金壽恒《文谷集》卷一【考证：《癸巳燕行日乘》言使团于二十二日“朝饭栅门内，……夕抵难飞岭露宿，是夜雨雪交下，人马几不免冻死。”二十三日“朝饭金石山下”（此后日记阙），据洪大容《湛轩燕记·路程》可知金石山至鸭绿江五十五里约一日程，又诗云“霁雪初消斜日曛”，约作于二十三日。】

洪命夏《大同江口占》：“箕子千年國，浿江三月春。暫停歸客路，強飲踏

247

青辰。物色渾無賴，羈愁轉覺新。朝天石空在，徃事問無因。"《路中見北差》：
"冠蓋星流瞥眼中，塵沙漠漠暗晴空。偏憐吾助橋前水，日夜滔滔萬折東。"<small>洪命夏《癸巳燕行錄》</small>

　　金壽恒《洞仙途中次副使韻》："雨過青山布穀啼，驛程芳草遠萋萋。長安
未到春先老，却怕殘花半作泥。"<small>金壽恒《文谷集》卷一</small>

　　洪命夏《次書狀迴瀾石韻》："中流特立石崔嵬，能使驚濤勢自迴。東土已
經滄海變，仙槎難得漢官來。殘碑剝落埋寒雪，遠客摩挲掃碧苔。今日試看冠
蓋過，載途簫皷轉堪哀。"<small>洪命夏《癸巳燕行錄》</small>【考证：《孝宗实录》卷一二言使
团于三月初七日复命，故以上诸诗约作于二月二十三至三月初七日间。】

三月
初七日（丁酉）。

冬至使沈之源、副使洪命夏等還自北京，上召見之【按：参见顺治十年十
一月初三日条】。《朝鮮孝宗實錄》卷一二

四月
初二日（辛酉）。

朝鮮國王李淏遣陪臣朱仁侯等具表謝恩，賜宴於禮部【按："朱仁侯"当为
"具仁垕"之讹，参见是年二月初三日条】。《清世祖實錄》卷八三

五月
二十日（己酉）。

謝恩使具仁垕、副使趙啓遠等還自清國，上召見之。《朝鮮孝宗實錄》卷一二

二十三日（壬子）。

朝鮮國王李淏奏稱："原任議政李敬輿、李景奭、原任判書趙絅等久著忠
勤，請復加任用。"上以其隱匿前罪，朦混奏請，遣尚書巴哈納等賫敕前往察
問。《清世祖實錄》卷八三

九月
二十日（丙午）。

奏請謝恩使靈豐君湜、副使李時楷、書狀官成楚客辭朝。《朝鮮孝宗實錄》卷
一三

申混《送成書狀_{楚客}赴燕》：“何事臨歧淚滿衣，去留俱說戀親闈。燕臺只是三千里，猶勝安陵久未歸。”_{申混《西關錄》}【考证：此诗当作于九月二十日或其后。申混（？－？），字符泽，号初庵，高灵人，有《初庵集》。】

十月

二十九日（乙酉）。

進賀使麟坪大君㴞、副使李一相、書狀官沈世鼎赴清國。_{《朝鮮孝宗實錄》一三}

李㴞《燕途紀行序》：“甲午仲冬，以冊封進賀赴燕，乙未暮春還朝。副貳都憲李一相，行臺卽沈世鼎也。”_{李㴞《松溪集》卷五}

李一相《碧蹄館口號》：“西郊冠盖散如煙，客到高陽倍黯然。萬里驅馳催白髮，中原消息問蒼天。燕行擬趁新春返，漢日猶留故國懸。空舘別懷仍感慨，酒醒孤燭不成眠。”_{李一相《燕行詩》}【按：《纪年便考》卷二十五：李一相（1612－1666），光海壬子生，字咸卿，号青湖。仁祖丁卯进士。戊辰登谒圣，历南床、翰林、铨郎、舍人。孝宗朝典文衡，官止礼判。文章凤成，诗有天才，亦尚气节，尝斥和议。丙子以正言上疏，请大奋发大振作，熟讲战守之策，上不纳。上幸南汉，一相暂见其母，疾诣行在，门闭不得入，由间道往江都分司。明年台谏，论朝臣未从者，一相窜渭原。已而被宥，遂入质于沈阳而归。孝宗即位，被眷遇，与赵锡胤等扶植正议，为一世所倚重。尹镌之超七阶通进善也，一相知其为不吉人，以铨郎塞之，吏判宋时烈不听。显宗丙午卒，年五十五。以斥和赠领相，谥文肃。】

李㴞《甲午冬赴燕，碧蹄舘次副价李咸卿_{一相，號青湖}韻》：“餞罷西郊起暮煙，客懷唯自倍依然。半生裘馬違鄉國，幾度風霜向塞天。旅榻燈殘孤夢斷，玉樓雲隔寸心懸。那堪此夜無窮意，抱膝閒吟獨不眠。”_{李㴞《松溪集》卷三}【考证：依例，使团于辞朝当晚宿碧蹄馆，以上二诗以“碧蹄馆”为题，又有“西郊冠盖散如烟，客到高阳倍黯然”“空馆别怀仍感慨，酒醒孤烛不成眠”“旅榻灯残孤梦断，玉楼云隔寸心悬”语，故当作于十月二十九日。】

金壽興《送青湖李公_{一相}赴燕之行》：“賤子年來落拓甚，歲暮城陰守寂寞。柴扉晝掩庭除闃，深巷自無車馬跡。忽聞公行西出塞，今朝來作燕山別。燕山別路雨雪深，遼左山河悲昔日。華表千年城郭古，金臺景物傷心色。仰惟月沙老先生，文章曾動中華國。公去爲尋漢父老，想讀當年辨誣牘。”_{金壽興《退憂堂集》卷二}【按：《纪年便考》卷二十六：金寿兴（1626－1690），仁祖丙寅生，字起之，号退忧堂。历南床、翰林、铨郎、户判。显宗朝拜总使。癸丑入相至领。

甲寅仁宣王后升遐后，以首相因议礼不顺旨配春川。肃宗乙卯放归。庚申更化，起拜领枢。戊辰复为首相。己巳祸作，与弟寿恒同被台启。自谪居以来，潜心经训，日以四子及朱子书为工课。庚午卒于谪所，年六十五，谥文翼。】

李翊《次咸卿早過臨津，宿松都，向豬灘口號》："謁罷園陵曙色明，愧看津吏慣逢迎。臨湍別淚憐兒子，松岳荒煙感舊京。背壁殘燈侵冷影，撲窗飛雪送寒聲。十年幾渡豬灘水，咽咽流波惱客情。"《次咸卿謝贈詩》："暮天官路雪漫漫，旅舘孤燈歲又殘。綸命同承皆宿契，王程遠邁政祁寒。羈懷屢把深巵倒，壯志頻將寶劍看。却喜瓊琚相和贈，客中聊得寸心寬。"李翊《松溪集》卷三

李一相《元韻》："山川歷歷路漫漫，征馬蕭蕭鬢雪殘。王事出關驚歲暮，客懷欹枕怵朝寒。懇懃幸荷詩篇贈，許與仍將意氣看。酬唱本來眞勝集，別愁何待酒杯寬。"李翊《松溪集》卷三

李翊《次咸卿早發蔥秀山，宿瑞興向鳳州口號》："驛路迢迢日欲低，客懷空自轉悽悽。碧流幾把金壺倒，丹壑今看彩筆題。却喜鄉書憑信鴈，還憐征斾趁晨雞。回頭已隔龍泉舘，一醉相期溟水西。"《黃岡》："粉堞岩嶢枕碧流，重關形勝鎮邊州。故人斗酒牽清興，幕府華筵辦壯遊。永夜角聲搖客睡，高樓月色惹羈愁。如今主帥稱人望，一帶連城定不憂。兵使柳椹。"李翊《松溪集》卷三

李一相《黃岡》："長川裹裹抱城流，名勝黃岡第一州。四海風塵何日定，百年詩酒我曹遊。樓臺大陸開戎幕，簫鼓斜陽起別愁。珍重主人須努力，聖心方自軫西憂。"《安州道中》："底事天涯此遠遊，清川重泛木蘭舟。樓臺縹緲城池壯，雲水蒼茫島嶼浮。關外逢迎非舊識，客中光景捻新愁。芳心已作粘泥絮，秪是詩情老不休。"李一相《燕行詩》

李翊《早發黃岡暮投箕京》："雪滿關山曠野平，塞天寒日使車行。荒原故壘黃雲暗，旅舘孤燈白髮生。遠樹煙籠迷客路，孤城笳動起鄉情。一年重向箕京路，浿水愁看片月橫。"《過安定宿肅寧次咸卿》："朔氣凝嚴積素澄，一望巖壑玉千層。幾年洛社同携酒，萬里關河共飲冰。歲暮長亭停去轍，夜闌虛舘伴孤燈。青春驛路東歸日，小雪堂前喚友朋小雪堂在肅寧舘北。"《曉發肅寧，抵晴川次咸卿》："他鄉爲客已經旬，夢裏猶思故國人。微月乍分愁裏影，孤燈獨伴病餘身。十年衰鬢紛紛雪，千里征衣撲撲塵。曉發肅寧留宿醉，蜜城難和錦篇新。"《曉過百祥樓抵嘉平》："安興形勝一高樓，朔氣連空日夜浮。幾度朱欄憑兀兀，殘星畫角去悠悠。吟詩自瀉千般恨，把酒聊寬萬里愁。氷渡晴川尋古驛，塞雲西畔是嘉州。"《次咸卿過曉星嶺，別嘉山倅書懷》："塞路天寒風怒號，此行贏得鬢邊毛。前臨故國家猶遠，回望窮荒嶺更高。關外笑談逢太守，客中吟

詠屬吾曹。別來最是多情處，一幅雲牋染彩毫。"李晬《松溪集》卷三【考证：下诗题曰"新安馆逢至日"，故以上诸诗约作于十月二十九日至十一月十三日间。】

十一月

十三日（己亥）。

李晬《新安舘逢至日》："誰慰他鄉萬里情，又逢佳節客心驚。南枝已報陽和動，北塞猶看朔氣橫。有淚春秋書一部，無情歲月髮千莖。平生感慨今宵激，彈劍悲歌雪月明。"李晬《松溪集》卷三【考证：题曰"新安馆逢至日"，有"又逢佳节客心惊"语，故作于是年冬至十一月十三日前后。】

李晬《宿林畔舘》："遠客情懷政可憐，夜窻聞角淚潸然。一床魂夢迷鄉國，千里行旌向塞天。短燭依微孤舘裏，小星明滅暮雲邊。幾年辛苦宣城路，謾遣覊愁入短篇。"《古津江在義州所串舘南十里》："飄飄旌節過龍城，朔雪獰風滿驛程。朝渡古津初日冷，暮投灣舘淡煙生。十年幾洒思鄉淚，萬里難堪去國情。南北地形從此隔，統軍亭下一江橫。"《龍灣舘》："積雪龍灣朔氣寒，殊方千里共艱難。屢更驛騎家逾遠，纔寫鄉書夜已殘。松鶻霜風吹烈烈，鳳城氷路轉漫漫。明宵定宿陰山畔，回首南關淚不乾。"《次咸卿龍灣口號》："塞門斜日把離杯，千里燕山幾月廻。地盡龍灣歸夢斷，天連鶴野朔風來。自憐征路添新病，更恗騷壇遇大才。欲報詞翁珍重意，沉吟竟夕句難裁。"李晬《松溪集》卷三

李一相《元韻》："多病新停客裏杯，塞門天末夢先廻。三更月隱孤城立，萬里風號大漠來。早有遊梁枚叔賦，仍聞喩蜀馬卿才。追陪最荷慇懃意，珍重詩篇取次裁。"李晬《松溪集》卷三【考证：诗云"今逢降岳回佳节"亦为十二月初十日作。】

李晬《統軍亭》："巍巍畫閣壓江灣，雉堞蒼茫落照間。萬里風煙連月窟，一邊雲樹傍陰山。宇宙幾年留勝蹟，經過今日解愁顏。可憐客子登樓賦，只說明春好往還。"《渡鴨綠江》："一渡氷江意不平，回頭遙望隔王京。窮陰漠漠連覊恨，落日亭亭惱客情。孤影又經千里役，長程曾慣廿年行。何時駱下旋車去，喜看門前稚子迎。"李晬《松溪集》卷三

李一相《渡鴨綠江》："鴨綠江氷鏡樣平，星軺直渡指燕京。鄉音已別華夷界，家信誰傳弟妹情。又向九連城下宿，仍思十載瀋中行。偏憎松鶻山猶在，帶得愁雲馬首迎。"李一相《燕行詩》

李晬《九連城露宿》："鎮江斜日起炊煙，野幕霜風思黯然。古塞層氷搔白首，荒城枯骨怨蒼天。三更夜氣重裘襲，萬里鄉心片月懸。龜縮如今空抱病，

恸寒衰質自無眠。"《柵門露宿》："毳幕覉懷强自寬，塞門今日又艱難。枕邊積雪通宵冷，帷面孤燈到曉殘。客夢初廻心悵惘，鄉書久斷淚汎瀾。憑床細筭神京遠，鶴野燕山路政漫。"《鎮東堡》："落日荒城三兩村，炊煙起處掩柴門。陰山地僻征車少，野店天寒人語喧。杳杳行旌飄絕塞，悠悠覉夢遶鄉園。今宵獨客虗窓下，砭骨霜風撼小軒。"《鎮夷堡次咸卿》："共承綸命任驅馳，萬里何須計險夷。薊北行程隨臘盡，海東歸斾趁春期。孤城毀堞傷心事，小店殘燈倚枕時。遠客窮愁唯白髮，虗窓空詠一篇詩。"《連山舘》："柴門不正帶斜陽，野色蒼茫古道傍。煙樹孤城悲鼓角，夜窓殘燭憶家鄉。何時玉節歸灣塞，此日星軺滯遠方。幾度唏噓虗舘裏，碧山無際暮天長。"李宕《松溪集》卷三

　　李一相《連山舘》："度盡重岑已夕陽，連山舘在古河傍。縈迴客夢驚殘月，始聽鷄聲似故鄉。愁疾半生仍薄相，風塵十載又殊方。何時共趂春光返，臥穩晴窓睡味長。"李一相《燕行詩》

　　李宕《連山次書狀沈重叔世鼎疊鎮東韻》："連山舘裏兩三村，薄暮溪邊半掩門。萬里寒雲飛鴈盡，五更殘燭旅人喧。支離日日尋前路，宛轉時時夢故園。詩卷孤吟仍不寐，一天霜月滿虗軒。"李宕《松溪集》卷三

　　李一相《元韻》："氷川一帶護孤村，植木爲籬板作門。客思盈襟唯自遣，胡雛滿屋任他喧。窮冬已擬輪長路，獻歲先期返故園。入夜旅窓歸夢好，情朋斗酒共幽軒。"李宕《松溪集》卷三

　　李宕《甜水站進退格》："行李暮投甜水城，塞天寒日把深觴。夢廻花萼空懸月，路入皇華獨愴情。從古禦戎誰有策，于今易俗更無方。明宵又向狼山宿，趁曉猶看動客旌。"《靑石嶺》："嶺岫橫天矗石環，更兼霜雪滿空山。陰風漠漠重裘冷，客恨悠悠兩鬢斑。回望故園征鴈斷，平臨大陸暮雲頑。險夷此日皆臣分，氷路間關叱馭攀。"《遼陽感懷》："遼塞陰風拂面吹，漢陽孤客遠征時。頑雲漠漠魂堪斷，殺氣漫漫意轉悲。一派河流千古咽，數行鄉信半年遲。平原極目荒煙斷，獨立崩城强賦詩。"《遼村夜坐》："鶴野風饕日欲昏，暮天霜雪滿江村。魂隨夜月歸仙陛，身伴覉鴻滯塞門。明燭題詩良友和，倚床呼酒僕夫喧。半生花萼偏蒙渥，結草唯期報聖恩。"李宕《松溪集》卷三

　　李一相《遼村夜坐》："遼野茫茫塞日昏，小橋西去宿前村。心懸落月歸京國，身逐驚沙向薊門。廚火欲殘欹枕靜，市胡初散隔隣喧。傍人莫歎賢勞獨，只爲艱虞答聖恩。"李一相《燕行詩》

　　李宕《遼陽次咸卿疊連山韻》："數屋荒凉帶夕陽，河流嗚咽古城傍。半年旌節淹遼塞，萬里山川憶故鄉。歸思還要丁鶴訣，斑毛期覓少翁方。幾時重踏

東關路，回首愁雲暮更長。"《駐蹕山遼東首山》："昔年唐帝度邊關，今古猶傳駐蹕山。壯志欲吞遼塞外，軍聲先挫鴨江灣。愁雲漠漠虫沙後，舊蹟依依草莽間。堪笑玄花落白羽，昭陵千載更無顏。"《耿家店途中遇大風雪，吟示同伴》："亂雪獰風日又曛，茫茫原野繞陰雲。燕山路遠將詩過，遼塞天寒借酒醺。千里殊鄉分苦楚，半年同榻荷慇懃。霏霏朔氣衣全濕，唯憶前村對火燻。"《三叉河示同伴》："去歲乘舟過此河，今年冰渡動悲歌。羣山點點天邊出，大野茫茫霧裏迱。世事奕碁雙淚下，王程鞍馬半頭皤。春來竣事歸京國，駝駱峰前共醉哦。"《過沙嶺驛露宿》："征車趁暮過沙嶺，獵獵陰風拂面來。鶴野霜寒人瘣瘃，龍城路險馬虺隤。清宵旅夢歸金闕，白雪悲歌倒玉杯。小少平居唯暖室，野幃何事苦徘徊。"《高平驛夜吟》："永夜殘燈伴客愁，獨依孤枕思悠悠。家鄉已歎音書隔，歧路重驚節序遒。迢遞明星天北極，蒼茫皓月驛南樓。十年旄節悲歌裏，未老吾生已白頭。"李宦《松溪集》卷三

李一相《高平驛次正使麟坪大君韻》："燕地窮冬去國愁，暮雲殘雪路悠悠。乾坤莽蕩身猶寄，魚鴈差池歲易遒。燈暗病懷憑旅榻，夜寒歸夢上瓊樓。思量世事偏多感，萬里孤臣白盡頭。"李一相《燕行詩》

李宦《晚過盤山驛》："秣馬盤山意未平，誰人不起故園情。髑髏堆積荒林野，旄節飄飄古驛城。千里關河歸夢斷，一望冰雪客心驚。殘墟落日猶詩思，手擘雲牋字字瓊。"《廣寧》："極目蓬蒿望裏齊，旅窗空對夕陽西。枕邊孤影愁無夢，燈下新詩醉懶題。此日丘墟曾壁壘，昔年屠戮及孩提。傷心欲問滄桑事，唯有荒林野鳥啼。"《廣寧途中望醫巫閭山》："閭嶽嶒崚鎮北隅，雄臨大漠自縈紆。峰巒淑氣浮今古，洞壑雲容乍有無。黃帝昔年迎羽蓋，寶壇今日長蒿蔞。回頭却望仙區勝，孤客它鄉病欲蘇。"《閭陽驛感懷》："日暮閭陽馬不前，異鄉孤客政堪憐。幾年旄節飄長路，千里愁懷入短篇。朔雪未消遼塞外，炊煙初起古城邊。蓬蒿極目多蕭瑟，回憶當時涕自漣。"《錦州次咸卿懷古》："漢壁當年坐見收，祇今殘堞似含羞。初從離亂遺民語，獨立山河過客愁。一片降旗忘節義，數千坑卒憶豼貅。長驅鐵騎元由此，萬事皇朝淚自流。""廢壘寒雲莽不收，元戎屈膝古今羞。勢如竹破連城陷，戰似風驅壯士愁。落日沙塲但猿鶴，當年部曲摠豼貅。君恩浪吞邊州鉞，未遣芬芳百世流。"《晚過杏山堡》："落日星軺過杏山，愁雲漠漠繞屠顏。一望原野荒煙斷，百戰城池殺氣環。歲暮殊方魂脉脉，路迷鄉國淚潸潸。半年惆悵燕關客，擬趁春光竣事還。"李宦《松溪集》卷三

【考證：下詩為麟坪大君李㴭初度日作，以上諸詩約作於十一月十三日至十二月初十日間。】

十二月

初十日（丙寅）。

李𩅂《客中逢初度日感懷示咸卿》："歲逢壬戌吾初降，仰荷生成福祿延。半世幸叨聯寶樹，百年長擬樂弧筵。却憐薊塞行厨冷，空憶梁園御醞宣。天地早崩孤小子，客中空詠蓼莪篇。"李𩅂《松溪集》卷三【考证：李景奭《麟坪大君神道碑銘》言"仁祖龙潜时，仁烈王后以天启二年壬戌十二月十日生公"，又诗云"岁逢壬戌吾初降"，可知麟坪大君李𩅂初度日为十二月初十日。】

李一相《次韻》："日日傳筒送暮年，歸期忘却共遷延。今逢降岳回佳節，倍憶開樽敞勝筵。天屬獨勞千里役，御書遙自九重宣。先朝未死孤臣痛，更和星軺感舊篇。"李𩅂《松溪集》卷三【考证：诗云"今逢岳回佳节"，亦十二十月初十日作。】

李𩅂《寧遠途中感懷》："曠野獰風捲地來，塵沙撲撲眼難開。黃昏古塞炊煙斷，白骨荒墟鬼哭哀。壯士何年收壁壘，愁雲今日繞樓臺。天涯臘後寒猶苦，頻取狐裘掩凍腮。"《中右所夜吟》："客子來投中右所，一望殘堞暮雲平。虛窗獨灑三更淚，小榻偏傷萬里情。傳信難憑上林鴈，趁春思聽故園鶯。愁多自是難成寐，臥對城頭片月橫。"《曉過中後所》："雲陰古塞朔風號，漠漠塵沙撲錦袍。天外羣山青似黛，海邊殘雪白如糕。還從旅館開詩壘，空憶中閨壓酒槽。亂後經行多吊古，一望墟落滿蓬蒿。"《前屯衛夜坐用進退韻》："清宵獨坐意如何，一枕寥寥燭影斜。月照荒墟揮客淚，霜寒旅店動悲歌。行旌幾向燕山路，魂夢初回漢水涯。從古邊封經戰伐，可憐骸骨白嵯峨。"《中前所途中復疊前韻》："殊鄉孤客恨如何，野色蒼茫落照斜。燕塞偏驚凋鬢髮，梁園仍憶咽笙歌。蕭蕭古堠依山畔，杳杳漁舠點海涯。步馬荒墟尋古跡，可憐殘堞獨嵯峨。"《曉過撫寧縣次咸卿兔耳山在縣西五里》："古縣重過翠盖停，山名兔耳記丁寧。流川遶郭長沙白，宿霧收空遠黛青。朔雪愁看燕塞積，寒梅遙憶故園馨。繁華舊跡無人問，遠客踟躕淚自零。"《榆關述懷》："獨欹孤枕對爐香，羈思寥寥憶漢陽。野店窗虛風淅瀝，榆關沙迥月蒼茫。相攜河岸吟殘雪，細酌橋邊犯曉霜。誰識今宵無限恨，來年征旆滯殊鄉。"李𩅂《松溪集》卷三

李一相《榆關河上次正使韻》："橋畔河氷望裡橫，笛聲吹起故鄉情。偏憐半夜榆關月，似為征人一倍明。"李一相《燕行詩》

李𩅂《永平府》："盧龍塞勢自逶迤，遠客停驂憶舊時。灤水鳴波如訴恨，燕山攢黛似含悲。髑髏堆積荒林野，旌節飄颻古壘基。天地無情桑海變，一城煙火盡羌兒。"《曉渡灤河永平府西門外》："曉雞啼罷啟關門，煙樹依依點小村。

氷渙急湍沙鴈浴，天陰絕塞海雲屯。百年風俗隨時變，一派河流亙古存。極目中原氛祲滿，未知何日淨乾坤。"《永平曉發歷尋射虎石 在永平府灤河邊，李廣廟亦在》："曉色蒼茫右北平，塞天孤客動行旌。丹青古廟淒風冷，鸛鶴蒼杉落月橫。虎石箭痕千古壯，龍沙威績一時英。漢家飛將今何在，唯有殘碑記姓名。"《釣魚臺 在灤河下流》："釣魚臺畔繞滄洲，千載人傳呂望遊。磯石應留雙膝處，淪漪猶憶一竿浮。岐山罷卜風期近，牧野鷹揚事業優。獨立沙邊抆古跡，謾將風景錦囊收。"《薊州次咸卿》："大野茫茫眼界明，依依煙樹繞崩城。五更羇恨孤燈在，萬里行裝一劍橫。關塞天寒霜月白，燕山路遠暮雲平。荒墟極目殘骸積，從古漁陽幾戰爭。"李宧《松溪集》卷三【考证：下诗题曰"次咸卿除夕前二日夜坐书怀"，以上诸诗当作于十二月初十日至二十七日间。】

二十一日（丁丑）。

封朝鮮國王李淏子棩為世子，錫之誥命。《清世祖實錄》卷八七

二十七日（癸未）。

李宧《次咸卿除夕前二日夜坐書懷》："旅窗寒燭暗銷魂，唯有鐘聲似駱村。卻歎羇蹤違一榻，仍憐孤館掩重門。懷君此夜吟詩句，携手何時倒酒樽。萬里風沙淹病骨，客中殘臘又將翻。"李宧《松溪集》卷三

李一相《元韻》："燈火寥寥只斷魂，昔年投轄憶東村。長途尚喜頻聯榻，孤館那堪各閉門。已荷襟懷憑尺牘，難將談笑對清樽。咸陽博塞還無賴，客裡相思歲又翻。"李宧《松溪集》卷三【考证：是年十二月共二十九日，诗题曰"次咸卿除夕前二日夜坐书怀"，故以上作于二十七日。】

二十八日（甲申）。

李宧《立春》："彩燕延春萬戶同，此身何事歎飄蓬。燈懸旅館魂唯黯，夢斷鄉園歲已窮。淑氣猶廻殘雪裹，惠風空暢曉煙中。孤吟令節仍惆悵，幾日星軺返海東。"李宧《松溪集》卷三【考证：诗题曰"立春"，故作于是年立春日即十二月二十八日前后。】

順治十二年（1655 年，乙未）

正月

初一日（丙戌）。

朝鮮國王李淏遣陪臣臨平大君李㸅等表賀冬至、元旦、萬壽聖節，附貢方物及歲貢【按：当为"麟坪大君"，参见顺治十一年十月二十九日条】。《清世祖實錄》卷八八

李㸅《春夜書懷要重叔和乙未》："大陸春回萬物新，天涯卻歎未歸人。輕寒獵獵燕山塞，鄉夢依依漢水濱。半夜羈懷空索寞，一床衰鬢更吟呻。年年金幣誠何事，不語燈前淚滿巾。"李㸅《松溪集》卷三

李一相《次韻》："殊方物色漸看新，萬里還思萬里人。使節尚淹燕館裏，春風先到鴨江濱。詩篇就後愁仍寂，酒力微時病更呻。秖喜我公寬禮數，追陪不管頂無巾。"李㸅《松溪集》卷三

李㸅《燕京八景》："桑乾河自鴈門流，倚月行人起遠愁。拱極城邊雲氣散，蘆溝橋畔水光悠。煙籠碧柳輕陰綴，鬥轉清空淡靄浮。留得萍蹤看勝景，一天蟾影滿芳洲。蘆溝曉月。蘆溝在燕京西南四十里涿州界，拱極城在傍。""湖水溶溶石蝀邊，一望春色政嬋娟。東風嫋柳依沙岸，暖日晴波泛畫船。芳草有情生玉砌，舊塘無主起寒煙。停車曾賞臨漪勝，曲檻前頭萬朵蓮。太液晴波。臨漪亭在太液池中。石蝀，牌門名。""荒城驅馬暮煙斜，攬涕騷人鬢欲華。寂寞遺墟迷夕照，荒涼古木帶殘霞。層臺尚憶燕昭築，異禮初從郭隗加。可惜當年興霸地，秖今空見噪寒鴉。金臺夕照。""一帶無心出岫飛，白衣蒼狗或更輝。溶溶水口成春雨，藹藹峰頭暎夕暉。淡影如煙仍靉靆，奇形似畫轉霏微。依俙想像繁華日，隔岸樓臺面面圍。瓊島春雲。""雪霽空山留素華，妙香無處不飛花。雲開古寺晨鐘動，冰合龍湫暮靄斜。幾度騷人吟玉屑，昔年孤客駐星槎。奇游欲踏仙區遍，縹緲瓊巒一望賒。西山霽雪。西山，妙香山古名。燕京西距三十里有碧雲寺及龍湫。""曠野茫茫極目平，斜陽遠樹翠煙橫。參差迥入邊陰合，蔥郁仍兼夕氣輕。歸鶴尋巢迷舊處，征人回首黯鄉情。十年經過漁陽地，幾度吟詩駐斾旌。薊門煙樹。""形勝居庸客倚城，重關自古鎮幽幷。羣巒縹緲千層迥，浮翠參差萬丈橫。倒影依依殘日照，連陰漠漠暮雲平。須看殺氣凝西北，也是經來百戰爭。居庸迭翠。居庸，燕京西北距三四日程。""燕山西畔玉流泉，遙看蠕蝀垂半天。五彩蛟形橫遠岫，千尋劍影跨長川。媚春弱柳平堤繞，耀日晴波太液連。寶輦不來紅閣毀，野墟啼鳥鎖寒煙。玉泉垂虹。玉泉在燕京北三十里。"《回到通州述懷》："異鄉孤客來年歸，旅榻寥寥對夕暉。氷泮長河波滉漾，煙沉古郭靄霏微。休論經歲淹燕館，卻喜今朝出帝畿。回洛只應春已暮，駱村花柳繞朱扉。"《次咸卿述懷》："玉館淹留一月餘，異鄉懷抱更何如。燕山此日同驅馬，漢水那時共釣魚。弱柳纔含春色早，旅旌橫帶夕陽初。出關定有束歸使，萬里先緘故國書。"《次重叔述懷》："經年畏道自兢兢，頭上

空教白髮增。落日征人驅倦馬，平原獵騎臂蒼鷹。橋邊弱柳新含嫩，城外春潮尚帶冰。永夜虛牕歸夢闊，故鄉消息杳難憑。"李宷《松溪集》卷三【考证：以上诸诗约作于正月至二月间。】

二月

李宷《潞河》："二月東風始解冰，澄波漾漾熨青綾。朱樓畫閣依然在，白馬金鞍底事騰。永夜灘聲高枕逈，夕陽煙色倚欄曾。從來賈舶連楊子，百萬帆檣愜素稱。"李宷《松溪集》卷三【考证：诗云"二月东风始解冰"，故作于是年二月。】

李宷《藍田始送先來健羨述懷》："征旆淹留半歲余，異方心事向誰攄。鄉書始寄東歸使，客路從旋北塞車。堤柳參差春雨裏，江鴻先後夕陽初。恨無飛翼同隨去，彤陛猶遲曳佩裾。"《豐潤知縣李爾蕙求詩甚懇，立人書贈便面》："邂逅天涯姓卽同，喜看才調更豪雄。早年折桂文名赫，此日臨民政績隆。階上寒梅春雨後，橋邊弱柳暮煙中。明朝客路應回首，征馬跚蹣潤縣東。"《望海樓次咸卿口號》："畫閣崔嵬古漢關，仲春遊子卻重攀。濤聲淅瀝層城畔，帆影依微杳靄間。極目龍沙天欲暮，半年燕塞客初還。行旌若馭仙槎去，一瞥飛過木覓山。"《曉出山海關示咸卿》："百二關門趁曉開，來年燕塞客初回。三冬旅館多辛苦，萬里行旌幾往來。渤海濤聲風外壯，遼山春色雨中催。何時共到龍灣上，一笑高樓把酒杯。"《三叉河露宿》："遼山野幕苦相依，蘆葦蒼茫宿鳥飛。挾岸長風驅雨過，來年孤客趁春歸。三更旅夢迷鄉路，萬里愁懷憶禁闈。江接海門驚浪起，夕陽官渡櫓聲稀。"《回到鳳城，護行將光祿少卿懇求別章，書贈便面》："萬里殊鄉偶識面，那知長路苦酸同。聲名早擬岩廊上，才藝先騰翰苑中。鴨水波鳴煙欲暮，鳳城春返雪初融。可堪別後遙相憶，只待星軺奉使東。"李宷《松溪集》卷三【考证：下诗题曰"回到龙湾，留一日，时值清明佳节"，故以上诸诗作于二月初至二十九日间。】

二十九日（甲申）。

李宷《回到龍灣，留一日，時值清明佳節，王人擎玉劄與珍羞以來，始聞家國平安之報，喜幸述懷》："燕山萬里抱離愁，異域經年已白頭。日下來人傳玉劄，天涯歸客駐行軺。落花芳草清明節，彩舸鳴簫鴨綠流。喜得家鄉無蟿信，不妨佳節把杯遊。"李宷《松溪集》卷三

李一相《清明日回到龍灣，病未赴會，次呈正使》："白雪吟高散別愁，天書昨夜下螭頭。分珎聖澤霑華萼，引路春風送遠輈。萬里客歸雙鬢換，孤城日

落大江流。偏憐病裡逢佳節，咫尺盃筵阻勝遊。"李一相《燕行詩》【考证：据诗题，以上作于清明回龙湾时，即二月二十九日。】

三月

初一日（丙戌）。

謝恩使麟坪大君㴭、副使李一相馳啓曰："臣等探問彼中事情，則洪承疇經略湖廣、兩浙、兩廣、江南、福建等地，主南方之戰。吳三桂駐節漢中府，摠督潼關以西，秦、隴、泗川、甘肅等地，主西方之戰。永曆兵勢只依湖廣險阻，與清人相爭，累獲戰勝。清兵誘出大野，然後以鐵騎蹂躪。故大明全師喪敗。而清國又發八旗精甲萬餘，與其妻子南下，爲鎮守兩廣之計云。"《朝鮮孝宗實錄》卷一四

初二日（丁亥）。

李㴭《答嘉山倅李子修正英情箋》："促膝寧論資級卑，寸心惟許歲寒知。春回驛舍題詩處，雨滴行旌惜別時。數月嘉州非譴謫，十年燕塞愧支離。如今莫歎它鄉苦，更待長安共酒巵。"李㴭《松溪集》卷三

李一相《元韻》："自牧忘尊也以卑，平生愛慕寸心知。天涯跋涉雖多事，關外逢迎亦一時。北去前冬曾惜別，東還今日又傷離。歸程從此猶千里，莫怪停舟舉酒巵。"李㴭《松溪集》卷三【考证：诗题曰"答嘉山倅"，又有"数月嘉州非谴谪"语，当作于使团还至嘉山时。下诗有"踏青日""百祥楼"语，当作于三月初三日还至安州时。嘉山至安州六十里约一日程，故以上作于初二日。】

初三日（戊子）。

李㴭《踏青日與監司沈澤，兵使金遏，成川倅李志安宴百祥樓，嘉山倅李正英，前修撰申混亦以謫宦來會，醉後應呼》："春風來上百祥樓，俯瞰晴川接海流。銜命行人旋旆日，題詩學士憶鄉秋。北臨灣塞塵沙暗，南望螭庭道路悠。佳節勝筵須盡醉，不妨簾外夕陽收。"李㴭《松溪集》卷三

申混《嘉山使君頃被謝使麟坪大君之招，赴百祥樓酒席，醉卽遽去，不枉鄙居，用前韻爲二律以嘲》："高駕何曾訪索居，華筵實爲曳長裾以赴藩邸酒席，故首句用曳裾。樽前未就留連飲，篋裡空尋問訊書。巴嶺此時猶跋馬，湘江幾日共叉魚。知君百罰難辭醉，莫遣佳期更闕如。""歸途不許枉貧居，悵望那能摻別裾。縱似山陰乘興客，休爲中散絶交書。花園雨過堪篘酒，江岸春深好網魚。預報風光惜流轉，欲將孤棹去翻如。"申混《西關錄》【考证：李㴭诗题云"踏青日""宴百祥楼"，且申混《寄李学士子修谪居五十韵》有"是年上巳，同赴麟坪大

258

君百祥楼上酒席"语，故以上二诗作于三月初三日。】

李一相《還到平山客館口占》："蕭然來坐小堂虛，洗盡塵沙雨滿裾。時候正當三月半，客行初返一年餘。誰知更與親朋宿，漸喜頻看少弟書。過了兩宵應到洛，故園花事問何如。"李一相《燕行詩》【考证：《孝宗实录》卷一四言三月十二日麟坪大君李㴑等"还自清国"，故以上诸诗作于三月初三日至十二日间。】

十二日（丁酉）。

謝恩使麟坪大君㴑、副使李一相、書狀官沈世鼎還自清國【按：参见顺治十一年十月二十九日条】。《朝鮮孝宗實錄》卷一四

四月

十二日（丙寅）。

謝恩使柳廷亮、副使吳挺一、書狀官姜鎬赴清國。《朝鮮孝宗實錄》卷一四

七月

十五日（丁酉）。

以錦林君愷胤爲冬至使，南老星爲副使，安後稷爲書狀官。《朝鮮孝宗實錄》卷一五

李㴑《次咸卿秋日書懷》："憶昔燕山奉使同，可憐雙鬢類飛蓬。客懷幾慰淸樽畔，世事徒憑片夢中。數葉梧桐零玉露，微雲河漢淡金風。閑簷獨立相思意，自是生平氣味通。"李㴑《松溪集》卷三【考证：诗题云"次咸卿秋日书怀"，兼有"忆昔燕山奉使同"语，当为是年秋李㴑次李一相韵，追忆燕行经历，系于此。】

十月

二十八日（戊寅）。

冬至兼謝恩使錦林君愷胤、副使李行進、書狀官李枝茂赴清國。《朝鮮孝宗實錄》卷一五

十二月

二十四日（甲戌）。

朝鮮國王李淏遣陪臣錦林君李愷允【按："李愷允"当为"李愷胤"之讹，参见是年十月二十八日条】等表貢方物。宴賚如例。《清世祖實錄》卷九六

　　李𥚖《次咸卿雪夜孤坐追憶燕行》："歲暮燕山道路悠，星軺往事雪盈頭。心懸關月空怊悵，身逐邊鴻卻去留。今夜可辭剡溪棹，二年同陟仲宣樓。會須細酌燈前酒，說盡當時玉館愁。""午夜疎燈暎壁間，滿天風雪掩重關。休言木果求瓊語，好把匏樽倒玉山。小榻圖書渾寂寂，半庭梅鶴自閑閑。異鄉同苦偏難忘，乍駐車輪一解顏。"李𥚖《松溪集》卷三

　　李一相《元韻》："燕山行役夢悠悠，經歲歸來共白頭。已荷杯筵偏繾綣，更勞車馬乍淹留。詩傳華鶴千年柱，氣壓元龍百尺樓。尚憶聯鑣酬唱地，不堪窮巷掩門愁。""依依燈影照窓間，雪裏蕭條獨掩關。身事漸看新白髮，夢魂空繞舊靑山。休嫌栢府乘驄久，自有茅簷對鶴閑。更待東鄰文酒會，共將談笑破愁顏。"李𥚖《松溪集》卷三【考证：李𥚖诗题曰"次咸卿雪夜孤坐追忆燕行"，又有"岁暮燕山道路悠，星轺往事雪盈头"语，约作于十二月。】

顺治十三年（1656 年，丙申）

正月

　　初九日（戊子）。

　　朝鮮國王李淏遣陪臣錦林君李愷允等表賀冬至、元旦、萬壽聖節，並謝降敕恩。附貢方物及歲貢【按："李愷允"当为"李愷胤"之讹，参见顺治十二年十月二十八日条】。《清世祖實錄》卷九七

八月

　　初三日（戊寅）。

　　謝恩使麟坪大君𣽷、副使金南重、書狀官鄭麟卿赴清國。《朝鮮孝宗實錄》卷一七

　　晴，遲明，謁家廟公繼叔父綾昌大君後，奉祀於家，哭喪次，仍詣闕。日上半竿，俟時至，偕副价以下奉表而出。鼓樂前導，百僚後隨，出崇禮門，到盤松池邊大設帷幕，公卿畢會，遂入參查對禮。禮畢，出憩私次，知申事申濡、天部亞卿金佐明、水部亞卿鄭致和來見叙懷。於是脫朝衣，乘驛騎，從館後小路。駐馬沙峴，已有回首之感。抵弘濟院，宗人密山君以下三十餘東西分坐，把酒以餞，良可感也。厨院提調秋部亞卿尹順之、宗簿提調三宰吳竣各設祖帳以別，

盖舊例也。宗親府緣堂上有疾，只郎僚設杯盤。餕罷，又與大諫吳挺一、應敎
吳挺緯、前正鄭善興、翰林呂聖齊輩十數親舊握手慘別。**仍屬亡兒送終諸事，**
自不覺嗚咽淚下。……**薄暮到高陽郡，舘于碧蹄舘，**郡守柳後聖支待是行也。李
宧《燕途紀行》（上）

　　金壽恒《追記燕路舊遊錄呈野塘金參判南重行軒》："箕封舊域盡龍灣，鶻
岳西邊道路難。城廢九連餘漢地，河分八渡入胡山。天寒毳幕披荊宿，日暮行
廚傍水餐。高嶺入雲青嶺險，欲從何處望鄉關。""巫閭秀色鎭邊州，名將遺蹤
但石樓。大小河邊經戰地，十三山下駐征輈。蓬蒿廢郭民居少，風雨荒原鬼哭
啾。到此行人偏掩淚，向來天意問無由。""煙樹微茫草沒壕，薊門秋色正蕭騷。
千重粉堞譙樓迥，十丈金身佛殿高。片石尙留遼代字，長河難洗羯奴臊。堯封
欲覓知何處，獨倚崆峒撫孟勞。""燕都宮闕鬱嵯峨，地覆天翻感慨多。忍使穹
廬移玉座，獨披荊棘見銅駝。金臺落日英雄淚，易水悲風壯士歌。最是三忠遺
廟在，却慙冠蓋此中過。""烏蠻古館玉河頭，一鎖重門類楚囚。言語怕傳存禁
祕，橐裝垂罄困徵求。沽來虜酒難成醉，聽得燕歌易起愁。多少客中辛苦味，
只今回首夢悠悠。"金壽恒《文谷集》卷二【考证：此诗当作于八月初三日金寿恒送
别金南重时。】

　　李宧《夜宿碧蹄館，回憶家鄉不禁潸然，述懷以陳奏行，喪兒第四日忍慟登程》：
"魂銷脉脉不能寐，半夜寒螿入戶鳴。坐思嬴博情何極，旅館孤燈鬢欲星。"李宧
《松溪集》卷三

　　初五日（庚辰）。

　　午發，過招賢撥，渡板浮川木橋，暨天壽院石橋，橋名吹笛，松都吏胥來
候。過沙川木橋，到荒城南畔，留守崔惠吉出候。從水口門古基入渡彙馳橋，
歷南門前路，渡大平石橋，舘於別舘。舘是大平舘東新構，而府城西門外也。
松京舊都城郭殘夷，壯氣消磨，第閭閻撲地，人民猶盛，率以買賣爲業。家制
與漢陽不同，短椽築壁，渾無北牖，怳如中國之制，無乃麗朝時，華人滿國，
因緣學成，永以爲俗耶？所經州府舘舍湫隘，僅僅經過，今到是地，舘宇宏敞，
爲王畿最，且節孝旌門相望巷口，亦可見舊都遺風也。李宧《燕途紀行》（上）

　　李宧《松京途中次副价金子珍南重述懷韻》："玉宇金風度，秋聲動碧山。
斷橋嬴馬怮，殘郭夕陽還。夜館空垂淚，長程且強顏。異鄉同作伴，情義自千
般。"李宧《松溪集》卷三

　　金南重《松京道中呈上使獜坪大君韻》："山郭纔三日，征驂度幾山。秋風催
北去，騰月擬東還。報國無長策，臨歧有厚顏。斜陽彙橋畔，愁緒更千般。"金

南重《野塘遺稿》卷三

初七日（壬午）。

曉霧晚晴。早發，過古山城底，踰石隅峴，歷寶山驛，涉寶山大川，以橋過石隅撥。午到蕙秀山，兎山倅及信川倅柳晉三、遂安倅李斗鎮出待。少留舘舍，下憩玉溜川石榻。石勢參差聳出于上，川流淸絕環遶于下，誠一奇觀，但緣節早，紅葉未爛，是欠。削壁危巖，華人浪留翰墨，深刻填朱。曰"玉乳靈巖"，卽翰林侍讀劉鴻訓所題；曰"玉溜泉"，曰"聽泉仙榻"，卽翰林編修朱之蕃所書；曰"懸珠"，卽太監盧維寧借筆；曰"玉乳"，曰"珍珠泉"，卽副摠兵程龍所題，摠是大明詔使也。最高處，太監冉登刻其像，今已刓矣。獨坐石榻，感古傷今，無以爲懷。行臺吟送長律一篇，立人卽和。李宿《燕途紀行》（上）

李宿《玉溜石榻，獨坐無聊，答行臺鄭聖瑞麟卿所贈》："舐犢那堪慘痛哉，古人猶有喪明哀。封箱誰慰私情切，啟旆都緣使事催。野外昏陰鴉已返，客中時序鴈初來。重臨翠壁詩還就，萬斛愁懷為一開。"李宿《松溪集》卷三

鄭麟卿《元韻》："三號羸博共悲哉，上价今含季子哀。緩卻行期恩旨切，急於王事使車催。掌中不覺珠亡失，關內惟思璧往來。蕙秀玉流稱絕勝，登臨倘或好懷開。"李宿《松溪集》卷三【按：郑麟卿，字圣瑞，号苍谷，官止承旨，孝宗丙申八月，以陈奏书状官赴燕京。】

初九日（甲申）。

乍雨乍晴。早發，踰大洞仙嶺，北望正方山城粉堞崢嶸，是廼丙丁年間賊臣金自點開幕府處也。憩舍人巖，歷古石撥，陟小洞仙嶺，過梨隅，抵漁沙木橋川邊，節度使鄭機出候。從黃岡南門入，雉堞頹毀，已作廢地，不由客舘大路，先從捷路登勝仙樓。樓是黃岡東敵樓，前節度閔震益所重搆云，遙見曠野茫茫，大河抱流，閭閻櫛比，樓臺縹緲，夕陽疏雨，隱暎秋山，倚欄移時，便有悠悠之思。李宿《燕途紀行》（上）

李宿《登勝仙樓》："長河滾滾抱城流，政值黃岡八月秋。檻外平原曾戰伐，閣中騷客幾淹留。憑高望遠天疑盡，把酒凌虛氣欲浮。簾捲夕陽吟獨立，塞風疏雨過仙樓。"李宿《松溪集》卷三

十七日（壬辰）。

午發，踰國師峴，渡東路石橋，橋邊勒石紀義僧創橋功，又有一碑頌郡守灌溉之德。登松峴，望身彌島，歷梨峴撥，踰梨峴。未到宣川府，舘於林畔舘。李宿《燕途紀行》（上）

李宧《宣城途中述懷》：“昨夜霜初下，邊城草樹萎。清秋風氣爽，落日旅旌遲。情切延陵慟，心懷宋玉悲。故鄉今已遠，搔首望天涯。”李宧《松溪集》卷三

十八日（癸巳）。

未抵良策舘，舘于舘南聽流堂，舘是龍川界，府使李廷立、博川郡守崔克雋出待，府衙在於舘西四十里云。堂前小川橫流，故以聽流爲號，堂下儲水養魚，岸上翠壁，楓葉半紅，黃花爭發，氣象蕭灑，移步泉石之間，釣魚把酒，古人所謂“浮生偷得半日閒”者是也。李宧《燕途紀行》（上）

李宧《次子珍龍川途中口號》：“北陸山川氣勢雄，一望荒野杳無窮。飄飄旌節凝朝露，索莫郵亭緊暮風。塞路高低隨地理，丈人詩律奪天工。殊方遠客堪怊悵，幾日言旋漢水東。”李宧《松溪集》卷三

十九日（甲午）。

申到義州，由南門入，舘於龍灣舘。舘是吾東地盡頭，去國情懷益自悽然。李宧《燕途紀行》（上）

金南重《次龍灣口號》：“衰年作氣更難雄，欲望山河眼力窮。未報涓挨悲白首，漫勞征役怯秋風。羞將酒力論深淺，敢把詩篇較拙工。明日鴨江三渡後，幾回怊悵向天東。”金南重《野塘遺稿》卷三

李宧《次子珍龍灣口號》：“龍灣形勝最奇雄，粉堞迢迢望欲窮。日暮殊鄉添客淚，天高驛路起秋風。頻呼戹酒緣無賴，強和筒詩愧不工。誰識邊庭行役苦，夢魂長繞玉樓東。”李宧《松溪集》卷三

金南重《次戲贈行臺》：“西關客路鴈初飛，八月邊風冷透衣。遼塞本來寒氣早，霜臺況復助霜威。”金南重《野塘遺稿》卷三

李宧《次子珍戲贈行臺》：“八月胡天落木飛，異鄉何處授寒衣。獨立中宵愁凜烈，莫教驄馬刷霜威。”李宧《松溪集》卷三【考证：据《燕途紀行》，使团于十九日抵龙湾，二十、二十一日留，故以上诸诗作于十九日至二十一日间。】

二十一日（丙申）。

洒雨。以行李未就整頓留。日晚，偕同伴登臨統軍亭，山河雄壯，氣象萬千，荒野茫茫，逈接碧空。三江交流，限隔南北，倚欄四望，浩浩蕩蕩，向者百祥、練光，眞兒戲耳。諺傳統軍亭爲八路中元戎，果是的論。然近接胡地，景象陰慘，令人愁絕。李宧《燕途紀行》（上）

李宧《次子珍統軍亭口號》：“畫棟臨無地，黃雲密不開。殊方人易老，勝景句難裁。官路通燕塞，歸心繞玉台。沉吟愁獨立，秋雨過江來。”李宧《松溪集》卷三

二十二日（丁酉）。

晚發，到九龍淵。淵是鴨水上流，與越邊馬耳山相對矣。先發人馬渡江幾半，廼登畫舸，灣尹亦造船中，敍話而別。蒼頭渭濱等津頭告歸，過涉差員分待南北，江南卽淸城僉使劉成吉，江北卽方山萬戶李胤成。催舸泊江北芝草岸上，據床少憩。驛騎畢渡，始廼啓行到中江。自此始淸國界，戊午後永作荒蕪，人煙斷絕，蓬蒿滿目，只有一線路矣。<u>從三江淺灘渡，抵九連城底，野幕已設，廚人進饌</u>。城卽古漢關，雉堞頹毀，草樹撐滿。獨坐荒野，遙望灣塞，魚沉鴈斷，唯獨統軍亭巍峩雲間，到此心懷益無可言者。李宧《燕途紀行》（中）

李宧《鎮江露宿》：“北渡鴨江水，羈懷轉益酸。征衣關月白，王事寸心丹。永夜灘聲咽，高秋朔氣寒。故鄉今更遠，空自淚汍瀾。”李宧《松溪集》卷三

二十四日（己亥）。

陰。曉發，歷大龍山，暨榛子阜，<u>過鳳凰山底</u>是古安市城，滿山皆骨，削壁劣嶄，聳入雲霄，飛鳥難越，眞天下第一關阨，城上拜天子之說，信不虛矣，城基今猶宛然。已到柵門外，幹浦攤飯。鳳城淸人來謁，依例贈物。護行灣人告歸，附狀啟，奉書螭庭，仍寄家信。灣上軍官金俊哲，馬頭莫男病重落後。午初點入柵門。欲向白鷹洞露宿，適值秋雨，形勢難便，涉三大川，入鳳城，城毀人在，自此始有人煙。李宧《燕途紀行》（中）

李宧《次子珍觀獵》：“角鷹翻翩繞重巒，獵騎賓士草樹間。落日荒原看逐兎，前驅已過鳳凰山。”李宧《松溪集》卷三

二十五日（庚子）。

<u>午發，過鎮東堡</u>，一號松站，城廢人在，舊城基亦在其傍。涉大川，踰長嶺，涉甕北河，是八渡河第八流，蓋一水盤回山谷，凡八次渡之故名焉，東流數百里，與鳳城大川合注于馬耳山前，入于三江。河之北岸古墟有石碑，刻曰“武安王廟”。登後峴，涉八渡河第七六流，獐項東川邊露宿。李宧《燕途紀行》（中）

李宧《次子珍鎮夷堡途中口占》：“陰雲凝塞壘，煞氣遍山川。路險愁人過，溪深怯馬顛。鴈聲遼野繞，秋色故鄉連。竟日詩相和，都緣客興牽。”李宧《松溪集》卷三

二十七日（壬寅）。

午發踰會寧嶺，嶺南底有石碑，又刻“武安王廟”。白起雖是西秦名將，山河阻絕，聲聞不及，遼左之人，有何愛慕，而至於三處立廟耶？無乃懾于威名而然耶？暮抵甜水站川邊露宿，城廢人在。<u>下程來納，蒼頭火手呈一大鹿，兩鷹人呈七雉，分與副价行廚及一行員役，比諸曲逆侯之平均，吾無愧焉，前後</u>

皆如是。李宧《燕途紀行》（中）

李宧《次子珍謝分鹿肉》："獵騎回來日欲晡，帳前禽血亂模糊。愧無陳子均分手，佳味休言助冷廚。"李宧《松溪集》卷三

二十九日（甲辰）。

巳抵冷井攤飯。遼左本是麗地也，冷井不但冬溫夏冷，臭味甘洌，每當東人之行，來則盈而去則渴，世稱神泉者，果不虛矣。鷹人呈一雉。午發，北出洞口，自此鶴野茫茫，迥連碧空。歷阿彌莊，過石洞寺前野。寺在江北懸崖間，曾在壬午杠槎登賞，果是清絶地。渡太子河木橋，館於河岸千摠家，下程供納。遼村剪徑名於北地，一應公私夫馬列營島中，以防其奸。冷井以東，山高水深，途路崎嶇，故長乘單騎。冷井以西，遼野坦蕩，逶迤千里，始駕雙驂而行。遼東舊壘在河南，新城在河北。李宧《燕途紀行》（中）

李宧《冷井途中》："燕山迢遞路三千，客子唏噓天一邊。聞說遼陽元我土，州閭民物想依然。"《遼野》："黃雲陰古塞，落日照長河。野曠天無際，塵腥地不華。殘民多苦語，孤客動悲歌。停驂成小寐，魂夢是鄉家。"李宧《松溪集》卷三

三十日（乙巳）。

巳抵南沙河堡川邊攤飯，城毀人在。自首山南始有漢時墩臺，或毀或存。午發，歷普覺寺，寺是野刹。暮投畢管鋪川邊露宿，副价宿於村舍。鞍山驛在南十里許，城毀人在，其後峰形似馬鞍，故曰鞍山。鞍山千摠運納下程。灣上軍官任義男因病落後。是日朝行三十五里，夕行四十里。李宧《燕途紀行》（中）

李宧《沙河小刹》："隱隱鐘聲繞梵宮，細看丹臒巧難窮。不知老衲成何事，日夜披經做佛功。"李宧《松溪集》卷三

九月

初五日（庚戌）。

午發，城北十里，堤缺成海。又從水中行二里，堤上行五里，始逢平陸。踰廣寧前峴，峴底有石碑，廼鴻臚少卿杜公神道。由廣寧宣化門入，宿于羅城內千摠家，門是羅城東門。城之周遭亞於遼陽，人民盛居，內城則荒蕪，只雙塔兀然獨立于東門之外。又有黃大石獅一雙，雕刻精巧，制度奇雄，酷似晉朝銅馳，埋沒於草莽中。醫巫閭乃廣寧鎮岳，雄峙城北，以禦大漠。從古此地雄才迭出，真所謂人傑地靈也。李宧《燕途紀行》（中）

李宧《廣寧》："五更殘燭漫書灰，小店天寒遠客哀。薊北行旌何日了，海東孤夢有時回。風吹曠野黃雲散，月照荒墟白骨堆。毀壘重臨增感慨，此心那

忍把深杯。"李宧《松溪集》卷三

初六日（辛亥）。

暮投十三山，館於千摠家，呈下程，毀城內外人家蕭條。盖城以十三山為
號者，以城南五里遠巫閭一脉落於大野中，聳作玉芙蓉十三，以防海口故也。
縹緲尖峰，秀出曠野中，其狀絶奇。李宧《燕途紀行》（中）

李宧《十三山》："若比高唐剩一峰，層巒秀色淡還濃。應是巫閭餘幹到，
碧天秋野挿芙蓉。"李宧《松溪集》卷三

初七日（壬子）。

暮投小淩河川邊露宿。川源出蒙地，流入錦州前野，為此長河，南注四十
里入海。錦州人運納下程。河西有城，號亦小淩河，城毀無人，曠野獰風無日
不吹。李宧《燕途紀行》（中）

李宧《小淩河》："鶴野燕山禹貢分，行人立馬在秋原。黃雲塞壘殘骸積，
白日乾坤毒霧昏。天運難回隨處恨，英雄已去與誰論。悲吟獨酌長河畔，寒雨
霏霏灑客樽。"李宧《松溪集》卷三

初九日（甲寅）。

暮投寧遠衛，從羅城遠安門、子城春和門入，館於千摠家。門皆城東家卽
昔日摠兵第也，呈下程。子城周遭比廣寧稍大，東南羅城幾盡頹毀，人民不多。
城是掛印摠兵吳三桂鎮守處。其時吳聞流賊犯闕，不敢拒守關外，率子女輸玉
帛退保山關。自錦州距此地纔百餘里，清人畏三桂軍威不敢近，過數日始知其
虛實，兵不血刃，賭得重鎮，惜哉！南門內有兩座石牌樓，其一乃榮祿大夫掛
征遼前鋒印左都督摠兵官少傅祖大壽所建，石樑前有題曰"玉音"，曰"廓清之
烈"，曰"四世元戎少傅"，又少下橫書曰"誥贈都督祖鎮、祖仁，副摠兵祖承
訓及大壽職號"，是耀渠四世將種也。石樑後有題曰"玉音"，曰"忠貞膽智"，
曰"四世元戎少傅"，又少下橫書，乃迭紀大壽四世職號也。又其一乃榮祿大夫
左都督摠兵祖大樂所建，石棟前有題曰"玉音"，曰"元戎初錫"，又少下橫書
曰"誥贈都督祖鎮、祖仁、祖承教及大樂職號"。石柱左右牌邊云："松檟如新
慶，善培於四世。琳琅有赫賁，永譽於千秋。"石棟後有題曰"玉音"，曰"登
壇駿烈"，少下又橫紀大樂四世職號。石柱左右牌邊云："桓赳興歌，國倚干城
之將。絲綸錫寵，朝隆銘鼎之褒。"牌樓制度，孤柱三門，棟樑柱檁，摠以粉石
精煉，花卉龍鳳，刻樣玲瓏，窮極雄侈。所題字畫塡以金靑，實天下之所未有。
若使當時裹屍馬革，可以流芳百世。而渠乃畏死以污其名，天下過客一觀此樓，
罔不唾罵。欲留芳名之物，反作唾罵之資，惜其四世元戎之號及於賊子也。這

兩座石樓高大豐侈，而其中大樂所建尤壯。甯錦俱有兩祖大廈，亦極奢侈，而大壽所居倍焉。手握貔貅，威鎮龍沙，貪虐軍民，為此侈麗，其不欲死于王事盖可想矣，兩祖敗亡不亦宜乎？大壽不死錦州，老斃燕山。大樂貪生松山，戰歿南服。有生必有死，孩提所知，一時貪生，隳厥家聲，誠可謂千古罪人矣。壯哉寧遠，遵山帶海，城高壕深，形勝無倫。城距覺華島前洋僅十里，三桂置五坐小城，中築甬道以通海運。擁十萬精甲虎鎮雄關。虜雖善於斷粮道，築長圍，以故不敢近，因内亂自潰。人雖以自潰罪三桂，此則非三桂罪也。關外列鎮，摠是對壘關防。重鎮之間，猶嫌空虛，三十里置一堡，五里置一墩，極目曠野，絶峰迢遞，墩臺森羅，縱橫於東西，未知某墩達某鎮，某台通某城。而兩墩之間，猶恐軼騎劫掠行旅，築堤如遼澤。長牆上植木柵以防豕突，其基尚存。中華物力，殆非鬥筲所可量測也。<u>節是重陽</u>，而惟見雨雪紛紛，回想故國，則空歎山川杳杳，"九月九日望鄉台"之句，秖自吟哦而已。李宲《燕途紀行》（中）

李宲《次子珍寧遠夜坐》："獨坐書灰夜五更，塞天秋月半輪明。寸心自許淩霜節，雙鬢還憐變雪莖。芳酒故園怊悵夢，黃花旅舍寂寥情。佳辰此日偏增感，煙火蕭條古漢城。"李宲《松溪集》卷三

十三日（戊午）。

晴。留。……<u>長城頭有角山寺</u>，乃關内第一遊觀處，曾前往來，累度枉槎，而今為同伴，又欲往尋。出羅城北門，聖瑞隨來，子珍因昨日平地落馬未得偕往，良可悵然。到山底，山路崎嶇，無異羊腸，僅驅只馬入山門。寺雖小，極其精灑，方丈僧居者五六。洞開前窓，俯臨平野，列關悅如置碁，渤海宛在眼底，香松花卉，森羅前後。少憩禪堂，步登寺後高峰，徘徊四顧，海天一色。雲壔峥嵘，東臨大漠，西望居庸，氣象浩蕩，令人有憑虛禦風，不知其所止之思。峰西底大川橫流，乃白石河上流，山抱水縈，削壁千層，澄潭萬頃。其渚有一石峰鬥起，峰腰有窟，窟中有僧，橡窟為庵，宛如楓嶽之普德。禪門迥絶，日氣清明，登來眺望，景致磊落，殆是玉洞之仙居。角山則多猴，成羣往來，或百或千。長城一枝自角山南迤大野中二十里，抵望海樓，中設雄關以屯精甲，猶恐賊騎潛犯故也。關北倚長城築一城，關南倚長城又築二城，摠置重兵。第二城即有望海樓，駕石滄溟，起甬道。自角山至臨洮乃秦將蒙恬所築，自角山至海曲是明朝徐達所創。前後防胡，靡不用極，而明運衰替，長城自開，嗚呼，痛哉！李宲《燕途紀行》（中）

李宲《登角山寺與聖瑞共賦》："一望銀海接天高，壯志還思釣巨鼇。萬里黃雲連月窟，千尋粉堞際臨洮。雄關鎮塞形猶勝，畫閣臨溟勢更豪。落日禪門

歸思促，聊將仙景付霜毫。"李宧《松溪集》卷三

十六日（辛酉）。

夜雨，朝晴。欲拜清聖廟，約副价行臺齋輕糧，早渡灤河以舟。灤水澄清，傍城而流，河岸築堤處間多頹廢矣。約行六七里，抵灤河第二流，船少津險，先送人馬，適值清人紛沓，與副价行臺先渡，仍從灘水涉灤河第三流。河源自大漠流入中國，清聖廟下分派爲三，合流于李廣廟前，經灤州入海，自永平至海口百餘里云。歷首陽山，此則借號也。午到孤竹城，城毀，門外一石碑欹倒，廼秀才李在公題詠，崇禎甲申建。入城門，門上有刻曰"孤竹城"，曰"賢人舊里"，下馬而入。細觀廟宇，則外牆嵌石刻字曰"清風百代"，牆内東西有石碑，東曰"忠臣孝子"，西曰"至今稱聖"，當正路有木牌樓，刻字填金曰"勅賜清節祠"，即皇明所建，而第四門也。牌門内東西牆俱有夾門，東刻"天地綱常"，西刻"古今師範"，第三虹門，刻"伯夷叔齊"，門樓上有石碑，是皇明賜祭文。第二門是三間屋，開虹門内有三石碑，俱刻孔孟贊二聖之文。其一當中面南，其二東西相向立。屋東西有閣碑，東是重修記，翰林編修袁煒撰，嘉靖庚戌建。西亦重修記，翰林檢討郭鏊撰，嘉靖庚戌建，一事各撰也。第一門是三間，朱漆板，門内外俱有懸板，外曰"西山北海"，曰"明朝封祀"，曰"呂尚微箕"，内曰"古之賢人"，曰"孤竹清風"。西間缺一帶粉牆，有左右夾門，右曰"立懦"，左曰"廉頑"。正殿中央榻上安二聖塑像，宛如生焉。殿是五間，簷楹俱有懸板，曰"聖之清"，曰"求仁得仁"，曰"山高水長"，曰"清風百世"，曰"千古清風"。殿前有低臺，臺下庭東有一石碑，是清節廟記，戶部尚書兼翰林學士商輅撰，成化十年建。庭西有一石碑，字刓未詳。庭中有正路，路東西俱有三石碑，背廟面南而立。東一是重修記，行人司行人張廷綱撰，弘治十一年建。東二亦重修記，翰林庶吉士某撰，姓名刓，萬曆庚戌建。東三是追復香火記，永平兵備道石鎮國撰，順治丙戌建。西一廼永平知府程朝京題詠，萬曆癸卯建。西二廼御史大夫韓應庚題詠，順治丙戌追建。應庚是釣魚臺主人，萬曆間年老致仕者，想是子孫所竪也。西三廬龍知縣祭文，嘉靖二十九年建。庭中樹碑，或大或小，或螭首龜戴，或籠臺平制，欹側過半。再拜二聖訖，從殿後門入，上刻"平灤上境"，門内有亭名"採薇"，有懸板曰"親炙"。庭東西有門，東曰"盥薦"，西曰"齊明"。庭後有閣碑，皇明所祭昭義清惠公伯夷，崇讓仁惠公叔齊之文。高臺迥絕，其名"清風"者，在碑閣之上。畫閣縹緲，又號"砥柱"者，即高臺之上也。從東邊甬道以登，下門曰"高蹈風塵"，上門曰"百代山斗"。西邊甬道上下門亦與東制同，上曰"萬古雲霄"，

下曰“大觀寰宇”。砥柱亭北楹傍有二石碑，東曰“北海清風”，西是監察御史
王命璿題詠。南楹東又有一石碑，廼重修記，上刻“萬古流芳”，順治建。正殿
牌邊兩亭題詠，難以殫記。守廟秀才，古有今無，久廢葺理。殿廡傍屋，後亭
碑閣，率皆頹圮。松杉寂寞，舊逕苔生，墨胎舊里，若過數年，將作荒蕪之境。
而獨砥柱亭風景絕勝，人多遊賞，以故能得新修。至若形勝，則長城北迤，勢
若連雲。灤水南流，縈廻廟後。水清沙白，鳬鴈嘒嘒。峰巒秀麗，霜葉爛熳，
是必畿東第一江山。既拜清聖，又得勝賞，塵念頓減，萬事如雲，孟子所謂懦
夫立頑夫廉之說，誠驗矣。河中有小島，島中有孤竹君祠，内安塑像，後壁已
頹。島西水中，大巖兀然，名以砥柱，砥柱亭之得號盖以此云。從百代山斗門
之傍門信步下堦，又探餘景。後岸摠是削壁，灤水澒漾，漁舠點波，使從者由
壁間細路下，乘小艇沿洄遍觀，則削壁有窟，可容多人，足爲避兵處，如是者
三十有九云。細路邊岸上有一石碁局，亦甚蕭洒。河之北岸栗棗成林，里落繁
盛。村前峭壁臨流，畫閣縹緲，意謂某人亭榭，問諸土人，卽佛廟也。華人崇
佛之酷，胡至此極。如此清絕之地，不搆亭榭，廼造佛宇，抑何心也。李宧《燕
途紀行》（中）

李宧《次子珍清聖廟有述》：“殘碑留毀閣，斜日映孤城。古砌苔空滿，秋
江浪自生。彝倫千古正，大義二人明。一拜松杉下，襟懷轉覺清。”“塑像留空
殿，灤河帶夕陽。清風余凜凜，高節挹堂堂。孤竹圍殘郭，荒碑倚短牆。妖氛
天地滿，何日薦瓊觴。”《又次聖瑞清聖廟口號》：“烈烈忠貞日競暉，弟兄千古
大名巍。豈嫌文武唐虞亞，擬正君臣分義非。牧野干戈來叩馬，殷山日月去餐
薇。虞庭獨拜無人問，夕殿荒涼宿鳥歸。”李宧《松溪集》卷三

十月

初三日（丁丑）。

和碩土謝圖親王巴達禮、額駙阿布鼐等，及朝鮮國王弟李宧陛辭謝恩。上
御太和殿賜宴。《清世祖實錄》卷一〇四

二十九日（癸卯）。

晴。早朝將發，副价行臺曁領鷹中使上來偕行。從海岱門出子城，門樓無
擁城，敵樓惟高。由南羅城北門出，轉入路右廟屋，正冠服，參饞宴。刑部尙
書押宴，云是清人。宴罷，約行二里許入路左廟屋，脫冠服，駕雙驂，衙譯金
巨軍、金德之馳來告別，以溫辭慰送。寒疾不瘳，强病作行，頭疼目眩。寒熱
往來，倘非歸程，實難啓行，而一出燕都，滿腔欣悅，忘却呻吟，心兮欲狂。李

宧《燕途紀行》（下）

李宧《早出燕京海岱門》："燕館淹留一月餘，可憐鄉信半年疎。征驂此日東回首，行色還如縱壑魚。"李宧《松溪集》卷三

十一月

初六日（庚戌）。

夕投永平府，舘于南關里。李宧《燕途紀行》（下）

李宧《次聖瑞有感飛將軍碑》："盧龍塞上大途平，螭首巍巍傍漢城。古跡空餘雲北去，征軺謾駐日西傾。英雄已遠腥塵暗，天下分崩鐵馬行。最是將軍無限恨，畫圖麟閣獨嬰情。"李宧《松溪集》卷三

初九日（癸丑）。

宴罷，歸店少憩，往尋望海亭，行臺兩中使暨若干員役隨往，獨子珍未偕，是欠。從西羅城南邊毀處出，歷二座城，並依長城而築，兩城內外屋廬稀少。第二城西是望海樓，樓閣下有二石碑當中向南立，皆刻佛像。東有一石碑，刻"知聖樓"。西有三石碑，其一廼《澂海樓記》，其二題詠，草法瀏麗。樓上懸題曰"近日"，樓下懸題曰"知聖"，曰"近日"，曰"澂海"，曰"望海"，摠是樓號。畫樓上下粉壁，題詠甚多，渾是有韻無律，明末文才可知。庭下東西俱有石碑，東曰"一勺之多"，西曰"瀚海奇觀"。樓是長城地盡處，防海敵樓，南臨渤澥，銀浪接天。北望長城，粉堞連雲，氣象雄壯，眼界浩蕩，今古幾人能得此景。既到勝界，擬登臨眺望，層樓半腐，危欄幾頹，以故未果，去年登眺已成陳迹，空歎繕修之無人也。目闊至海，非祖龍之功，廼徐達所創。樓外洪濤元非渤澥，是九河淪沒處。海濱多淺樓，西築甬道于海中，以防胡人之潛犯。自畫樓至甬道，遠約二百步。樓基高，城址低，中置三石梯以通其高，俱約四五丈。步下第一梯有砲閣，豎一石碑，刻"天開海丘"。又下第二第三梯，始達甬道，依陴俯瞰，海色青黑，想必無底。驚波上激，城陴氷塞，東邊一半，衝波所搗，已作崩頹。細審其制，驅石滄溟，因以爲城；不用磚及土，專用石與灰，犬牙相制，倘加繕治，奚至頹毀？而今既不葺，將無其址，空增歎惜。李宧《燕途紀行》（下）

李宧《望海亭》："塞天寒氣透重裘，攜酒登臨辦壯遊。洪浪接空掀碣石，長城入海跨高樓。秦童采藥何時返，漢使乘槎幾度愁。昔日繁華那忍問，暮潮唯見白鷗浮。"李宧《松溪集》卷三

270

十二月

初十日（癸未）。

箕京設酌，是乃勝事，而因餘重服，紅妝退卻，小童行杯，是亦欠事。李宲《燕途紀行》（下）

李宲《到箕京，聞仙娘入洛，戲寄斗元》："吳宮仙女瑩如玉，雲雨銷魂度幾時。東風已漏春消息，休秘章台折得枝。"李宲《松溪集》卷三

顺治十四年（1657 年，丁酉）

正月

初一日（甲辰）。

朝鮮國王李淏遣陪臣殷江等表賀冬至、元旦、萬聖節，附貢方物及歲貢。《清世祖實錄》卷一〇六【按："殷江"为"尹絳"之讹。据《使行录》，三节年贡正使尹绛、副使李哲、书状官郭齐华于顺治十三年十月二十六日辞朝。】

二月

二十七日（庚子）。

冬至使尹絳、副使李晳、書狀官郭齊華還自清國【按：见正月初一日】。《朝鮮孝宗實錄》卷一八

五月

初六日（戊申）。

吳竣《別書狀權公大運》："宮錦香兼柱後霜，都門別意轉蒼茫。絕裾戀爲辭親割，載筆身因叱馭忙。紫氣西浮遙度塞，白雲東望暫遊方。歸來忠孝全雙美，秋日萱堂舞彩長。"吳竣《竹南堂集》卷四【考证：据《使行录》，谢恩陈奏正使元斗杓、副使严鼎耇、书状官权大运于五月初六日辞朝，故此诗作于五月初六日或其后。】

十月

二十八日（丁酉）。

冬至兼謝恩使沈之源、副使尹順之、書狀官李俊耉赴清國。《朝鮮孝宗實錄》卷一九

洪柱國《奉送姊兄李行臺俊耉赴燕》："蕭條人代秖沾纓，一病支離半死生。伏枕更堪成遠別，臨歧曾慣送茲行。秦城漢塞經過地，易水金臺感慨情。此去試尋簾肆客，欲將身計問君平。"洪柱國《泛翁集》卷三【按：《国朝人物志》卷三：洪柱国（1623－1680），字国卿，号泛翁，又号竹里，丰山人。仁祖戊子进士。显宗壬寅文科。为掌令，谏幸温泉，曰："昔唐宗幸九成宫，马周谏曰：'太上皇春秋高，陛下宜朝夕视膳。九成距京师三百里，温清之礼，切有所未安也。'今兹温宫虽与九成有异，三殿并行，大妃奉养，其将属之何人？"闻者竦然。仁祖大妃国恤，以礼官议，依古礼请慈懿殿大功九月服，因被劾，久罹锢籍。肃宗己未，始起废为安岳县监。官止礼曹参议。】

十一月

二十一日（己未）。

晴。朝飯，晚發越江，宿九連城。沈之源《丁西燕行日乘》

尹順之《十一月二十一日渡江》："曉發龍灣館，朝行鴨水濱。平生浮海志，今日問津人。不作臨岐恨，渾忘許國身。老衰猶跨馬，千里視北隣。"尹順之《涬溟齋集》卷五

二十八日（丙寅）。

雪。早發，踰青石嶺朝飯，投宿狼子山。沈之源《丁西燕行日乘》

尹順之《宿狼子山》："此路何時盡，吾生苦未休。懷柔殊使越，歷聘異觀周。謾抱登樓恨，寧禁去國愁。只堪東入海，濡忍更何求。"尹順之《涬溟齋集》卷五

二十九日（丁卯）。

晴。早發，到冷井朝飯，夕宿遼東。沈之源《丁西燕行日乘》

尹順之《到遼東》："遼陽士馬最精強，布置關防計策長。可道金湯兼粟粒，詎知天地變滄桑。郊原莽蒼人煙少，草樹蕭疏堞壘荒。四望神州何處是，路岐多處恨茫茫。"尹順之《涬溟齋集》卷五

十二月

初六日（甲戌）。

晴。罷漏時發程，到閭陽朝飯。沈之源《丁西燕行日乘》

尹順之《間陽》："坂田將盡復迴谿，積雪層冰入馬蹄。疊嶂遠圍遼磧北，長途遙出薊門西。驚沙拍拍連天起，落照荒荒向客低。惆悵世紛無日了，百年行役愧棲棲。"尹順之《淬溟齋集》卷五

初七日（乙亥）。

晴。早發，到小凌河朝飯，到杏山宿。沈之源《丁酉燕行日乘》

尹順之《松山站》："榆塞曾傳檄，松州昔被圍。世間人亦少，天下事仍非。白骨啼寒月，孤城倚夕暉。殘兵依舊壘，猶未脫戎衣。"尹順之《淬溟齋集》卷五【考证：松山堡位于小凌河至杏山堡之间，故此诗作于初七日。】

十一日（己卯）。

早發，到中前所朝飯，載竹及葦竿之車幾至百餘輛。到山海關宿。沈之源《丁酉燕行日乘》

尹順之《長城》："天表連延貫白虹，起從榆塞入雲中。金墉包絡千尋險，玉壘開張萬里雄。鍵閉尚看蟠地軸，關防始擬制山戎。今來不見藩籬阻，可惜秦皇枉費功。"尹順之《淬溟齋集》卷五

十四日（壬午）。

晴。早發，到夜望堡朝飯，到永平府宿白榆家。沈之源《丁酉燕行日乘》

尹順之《永平府》："芳堤詰曲入汀沙，別有江山似永嘉。蒼嶂盡來開地軸，綠楊低處有人家。晴潭曉靄霏初日，粧閣細簾衮晚霞。從古榆關稱絕徼，不知雲物更繁華。"尹順之《淬溟齋集》卷五

十七日（乙酉）。

晴，大風。早發，到沙流河朝飯，到玉田宿。沈之源《丁酉燕行日乘》

尹順之《高麗堡》："遺礎頹垣認舊基，路人傳說是高麗。村名悠久知非妄，地誌荒茫未辨疑。版籍入周今幾世，侵疆還魯竟何時。吾王舞袖常嫌窄，今日偏思得隴期。"尹順之《淬溟齋集》卷五

十八日（丙戌）。

早發，到峯山店朝飯，到薊州宿獨樂寺。沈之源《丁酉燕行日乘》

尹順之《漁陽橋》："瞥瞥滄桑易變移，薊門煙樹使人悲。青騾西去傷前事，白馬東來恨此時。隨處繁華都已矣，莫強兵甲更何之。塵沙漠漠孤城裏，羌笛紛紛弄晚曬。"尹順之《淬溟齋集》卷五【考证：渔阳桥在蓟州东五里，又诗曰"蓟门烟树使人悲"，此诗当作于十八日。】

二十日（戊子）。

晴，大風。平明發程，到夏店朝飯，到通州宿。沈之源《丁酉燕行日乘》

尹順之《通州》："名區難畫語難窮，勝槩仍兼氣勢雄。鱗次樓居迷遠近，縷分門巷眩西東。商帆夜遡天津月，酒幔春飄碣石風。城裏引渠深幾丈，四時漕輓往來通。"尹順之《澤溟齋集》卷五

二十一日（己丑）。

行到東岳廟前廟堂，具冠帶乘馬，由朝陽門到玉河館。沈之源《丁酉燕行日乘》

尹順之《初入燕京》："鬱鬱山河擁帝畿，大明天子昔龍飛。車書萬國修侯度，劍佩千官集瑣闈。文物繁華千載是，太平基業一朝非。皇居氣色偏蕭索，屠肆歸來淚滿衣。"尹順之《澤溟齋集》卷五【考证：诗题曰"初入燕京"，当作于二十一日抵达北京时。】

尹順之《記恨》："燕城宮闕入邊愁，往事悠悠水共流。人物凋殘豪俠窟，繁華冷落帝王州。靑樓夜斷闐門飮，素月春無灞上遊。黃屋江南今在否，可憐天下未忘周。"《玉河橋》："調陽門外玉河橋，橋下江通楊子潮。江上煙霞連太液，江干簫鼓沸丹霄。佳人袨服春相問，俠客金羈夜共邀。歌舞向來形勝地，可憐文物日蕭條。"《燕京謾吟》："豪傑今安在，繁華半不存。丹靑東嶽廟，歌鼓正陽門。漠漠黃塵合，陰陰白日昏。五陵何處是，悵望樂遊原。"尹順之《澤溟齋集》卷五【考证：下诗题曰"元日"，故以上诸诗约作于十二月二十一日至翌年正月初一日间。】

順治十五年（1658 年，戊戌）

正月

初一日（戊戌）。

朝鮮國王李淏遣陪臣沈之源表賀冬至、元旦、萬壽聖節並謝恩，附貢方物及歲貢。宴賚如例【按：参见顺治十四年十月二十八日条】。《清世祖實錄》卷一一四

尹順之《元日》："短世悲人事，長身倚驛亭。殘齡隨泛梗，窮臘已凋萎。節序逢正月，衰遲久客星。歸途連白草，羈緒撫靑萍。"尹順之《澤溟齋集》卷五【考证：诗题曰"元日"，当作于正月初一日。】

初三日（庚子）。

尹順之《元月初三日感題》："攬涕金臺下，悲歌易水傍。古今如過鳥，臧

觳觫亡羊。鍾鼓連長樂，煙花遶上陽。千秋遊俠窟，佳氣日荒涼。""春意衝寒樹半含，忽聞蓂莢已抽三。離家羈緒猶難強，弔古悲懷轉不堪。未效魯連逃海上，謾同開府賦江南。清宵起望鄉關路，天外峯巒碧似藍。"《留燕館感題》："繁華如水過依依，悵望人間萬事違。燕俠鼓刀頻攬涕，秦儔聞筑竊言非。春晴游禊浮金殿，日午群陰擁鐵衣。最是上林花月夜，只看烏鵲繞枝飛。"尹順之《滓溟齋集》卷五【考证：下诗题曰"初十日"，此诗当作于正月初三日至初十日间。】

初十日（丁未）。

尹順之《初十日》："功名多力絆人豪，世故頻驅揖揖勞。秪是虛舟凌積水，敢論孤柱捍洪濤。從知天地容身窄，始悟山林得地高。莊叟偶回花下夢，慶卿空撫袖中刀。"尹順之《滓溟齋集》卷五

十五日（壬子）。

尹順之《上元日》："亂餘文物摠銷亡，今夕那堪對月光。繞市已無燈燭影，匝街寧覷綺羅香。芳辰寂寞燕姬泣，勝事荒涼楚客傷。旅館夜深驚旅夢，數聲羌笛在調陽。"尹順之《滓溟齋集》卷五

三十日（丁卯）。

晴。平明發行，到邦均店朝飯，到薊州宿。沈之源《丁酉燕行日乘》

尹順之《薊州》："風氣剛強世共傳，甲兵從古數幽燕。時平謾說潼關隘，寇至終無卽墨全。鴉噪晚林多戰骨，日沈長野少人煙。深溝城外溶溶水，還作胡兒飲馬泉。"尹順之《滓溟齋集》卷五

二月

初三日（庚午）。

晴。平明出，到榛子店朝飯，到沙河驛宿。沈之源《丁酉燕行日乘》

尹順之《七家嶺》："乍將詞賦倚江關，日日驅馳不暫閒。客路細連煙樹裏，人家遙住水雲間。平原渺渺沙爲岸，古戍茫茫雪作山。深恨流光偏似箭，桂輪經臘又廻彎。"尹順之《滓溟齋集》卷五【考证：据洪大容《湛轩燕记·路程》，榛子店至七家岭三十五里，至沙河驿七十里，七家岭位于榛子店至沙河驿间，故此诗作于二月初三日。】

初四日（辛未）。

晴。平明出，到野鷄坨朝飯，到永平宿。沈之源《丁酉燕行日乘》

尹順之《夷齊廟》："二子求忠死不虛，綱常千古日星如。悲歌激烈西山上，苦節分明北海初。辭粟恨難逃禹甸，採薇寧復混周餘。吾生心膽如相照，颯爽

清風襲兩裾。"尹順之《溽溟齋集》卷五

初五日（壬申）。

晴。平明出，到雙望堡朝飯，到榆關宿。沈之源《丁酉燕行日乘》

尹順之《沙流河》："窮荒終古說漁陽，身世何知到此方。當畫煙氛稀見日，過春沙塞尙飛霜。風生渤海鯨濤壯，地入榆關驛路長。極望鄉山何處是，暮雲天末恨茫茫。"尹順之《溽溟齋集》卷五【考证：沙流河位于双望堡与榆关之间，又诗曰"地入榆关驿路长"，当作于初五日。】

初六日（癸酉）。

晴。早發，到范家莊朝飯，到山海宿。沈之源《丁酉燕行日乘》

尹順之《望海亭二首》："版築神功接杳冥，快看關鍵截層溟。龍王辟易輸疆界，水帝奔忙入戶庭。二曜世間雙轉轂，九州波際一浮萍。平生未少凌雲氣，今日飛登望海亭。""鴻荒開闢坎離門，碣石崑崙左右蹲。垂手恰堪扶日轂，側身今已躡天根。挾山超海非難事，暴虎憑河不足論。落晚長風吹萬里，眼邊吳楚浪中翻。"尹順之《溽溟齋集》卷五

十六日（癸未）。

晴。到閭陽朝飯，到廣寧宿。沈之源《丁酉燕行日乘》

尹順之《過閭陽》："目力茫茫未見涯，長郊澶漫路逶遲。遺墟桑柘村村是，古戍城隍處處疑。榆塞朔氛風欲起，柳堤春意鳥先知。臨岐不作楊朱泣，得返田園指日期。"尹順之《溽溟齋集》卷五

二十二日（己丑）。

晴。到南沙河堡朝飯，到遼東宿。沈之源《丁酉燕行日乘》

尹順之《南沙河堡》："半生簪弁誤長身，隨處蓬萍合愴神。榆塞積陰難見日，薊門長路不逢人。牛羊散牧郊原夕，鳥雀爭啼海岱春。衰白轉深行役苦，版田纔過又滄津。"尹順之《溽溟齋集》卷五

三月

十一日（戊申）。

冬至使兼謝恩使沈之源、副使尹順之、書狀官李俊耇還自清國【按：参见顺治十四年十月二十八日条】。《朝鮮孝宗實錄》卷二〇

四月

十六日（壬午）。

李敏求《詩扇別全昌赴燕》："事急須專對，年衰強遠行。異方頻解袂，多病易傷情。別路薰風軟，歸期積雨晴。莫令雙老眼，長注夕陽明。"_{李敏求《斳輪錄》}

李景奭《贈宋春坊時喆北京書狀之行》："觸熱塵埃擁馬前，吾行已過十三年。關河處處頹墙壁，沙磧茫茫乏井泉。碣石崢嶸雲接海，金臺蕪沒草連天。停車試謁夷齊廟，六月清風尚凜然。"_{李景奭《散地錄》}

姜栢年《送別宋書狀時喆》："悲歌忼慨望燕雲，洒涕非關惜暫分。執盞贈言今日是，飲水銜命古人云。榆中獵火尋常見，月裏哀笳幾處聞。篤敬可行男子事，只須加飯效忠勤。"_{姜栢年《關營錄》}【按：《纪年便考》卷二十四：姜栢年（1603－1681），字叔久，号雪峰，又闲溪，又听月轩。宣祖癸卯生，仁祖丁卯登庭试。丙戌以校理魁重试。尝佐幕关东，与方伯李明汉游四仙亭，作诗曰："两人相对照，疑是四仙翁。"明汉称赏。还朝延誉，力至弘录，诗名大播。历副学、艺提，选廉谨吏、衡圈，官止崇禄左参赞，入耆社。所著有《闲溪谩录》。肃宗辛酉卒，年七十九，赠领相，谥文贞。】

趙復陽《送宋叔保時_喆書狀》："尊公昔歲赴京師，尚憶先人送別詩。家世交情仍我輩，大夫行李異當時。火雲蒸雨長程苦，燕市金臺往迹悲。自是男兒有壯志，相看不用恨相離。"_{趙復陽《松谷集》卷一}

鄭昌冑《送書狀宋公時喆北京之行》："霜臺風彩動朝端，專對如君古所難。萬里行從足下始，一春花似畫中看。且將豪興憑詩遣，不用離愁借酒寬。道路莫嫌多虎豹，腰間三尺劍光寒。"_{鄭昌冑《晚洲集》卷二}【考证：据《使行录》，谢恩正使柳廷亮、副使李应著、书状官宋时喆于四月十六日辞朝，以上诸诗当作于十六日或其后。】

六月

二十八日（甲午）。

朝鮮國王李淏遣陪臣全昌君柳廷亮等上表慶賀，兼謝頒詔恩，附貢方物。宴賚如例【按：参见是年四月十六日条】。《清世祖實錄》卷一一八

八月

十四日（己卯）。

謝恩使柳廷亮等還自北京【按：参见是年四月十六日条】。《朝鮮孝宗實錄》卷二〇

十一月

初四日（丁酉）。

趙復陽《送冬至副使姜公獻瑜令公如燕京》："朔庭冠蓋幾時旋，風雪關河正暮年。莫問遼東城郭是，寧論薊北道塗綿。鄭僑輕幣昌辭在，杜使埋金苦節傳。吾輩尚爲天地着，此行相贈豈徒然。"趙復陽《松谷集》卷一

姜栢年《送別金書狀益廉》："妙年聲價最超倫，哀玉清篇句句新。伴直銀臺情已厚，重逢騎省意彌親。鶴關霜雪驅馳苦，雉岳風煙夢想頻。及至君歸吾亦返，一樽相對禁城春。"姜栢年《關營錄》【考证：据《使行录》，冬至正使许积、副使姜瑜、书状官金益廉于十一月初四日辞朝，以上诸诗作于初四日或其后。】

順治十六年（1659 年，己亥）

正月

初一日（癸巳）。

朝鮮國王李淏遣陪臣許積等表賀冬至、元旦、萬壽聖節，並進歲貢方物。【按：参见顺治十五年十一月初四日条】。《清世祖實錄》卷一二三

閏三月

十七日（丁丑）。

鄭斗卿《送南明瑞老星》："王事驅馳幾日還，迢迢路入薊門關。馬頭一片巫閭出，天爲幽州作此山。"鄭斗卿《東溟集》卷二【考证：据《使行录》，谢恩正使岭阳君李儇、副使南老星、书状官睦兼善于闰三月十七日辞朝，此诗当作于十七日或其后。】

五月

初四日（甲子）。

上昇遐于大造殿。《朝鮮孝宗實錄》卷二一

六月

十五日（甲辰）。

告訃正使右議政鄭維城、副使柳淰、書狀官鄭楷赴燕京【按：参见是年五月初四日条】。《朝鮮顯宗改修實錄》卷一

七月

十五日（甲戌）。

謝恩使嶺陽君儇、副使南老星、書狀官睦兼善還自清國【按：参见是年闰三月十七日条】。《朝鮮顯宗改修實錄》卷一

十一月

初三日（庚申）。

冬至使蔡裕後、副使鄭之虎、書狀官權尙矩如清國。《朝鮮顯宗改修實錄》卷二

蔡裕後《呈副使霧隱、書狀南塘二首霧隱鄭之虎，南塘權尙矩》："層水閣處是三河，盡日塵沙出塞多。東土山川曾遍覽，白頭何意此經過。雪滿群山氷塞河，水村斜照駐車多。此行不是無詩料，遼薊風煙眼底過。"蔡裕後《湖洲集》卷一【按蔡彭胤《从祖祖父湖洲先生集后遗事》：蔡裕后（1599－1660），字伯昌，号湖洲，平康人。历司谏、执仪、礼曹参判、大题学。性清疏，机警有文才，工于骈俪。当仁祖时，姜庶人之死，词臣之当制教文者率皆避免，最后属裕後，不得已而制焉，归家即焚其所藏《四六全书》，以志其悔。然酷嗜酒，多沉醉不省，简率无威仪。自以才弱不肯当官任事，浮沉谐俗，无忤于上下。再典文衡，首尾六七年，官至吏判而卒，年六十二。】

蔡裕後《次南塘韻二首》："隨處築城將幾州，休將一鎮作咽喉。從來設險非長策，不但騷人此日愁。""塞天空闊水縈回，野路無時不起埃。若使茲行非萬里，那能到處久追陪。"《渡江之後不知何夜，臥聞霧隱公與南塘公細說南漢寒苦之事，今夜寒甚不得眠，聊作一絶以戲之》："南漢城中雪夜寒，何如今日館中寒。一寒如此不須歎，正爲當時俱怕寒。"《通遠堡聯句》："灣界通遼塞，征驂逐後塵。湖【按：蔡裕后，字湖洲】殊鄉俱作客，此路孰知津。霧【按：郑之虎，字雾隐】積雪埋林頂，流澌截水濱。南【按：权尚矩，字南塘】層陰迷北陸，和煦限南垠。湖行語同三譯，歸期只一春。霧顧慙身奉璧，漸覺鬢成銀。南迢遞思鄉夜，蒼茫去國辰。湖敢辭酬美醞，唯願侍芳茵。霧舉目山河異，傷心

世代新。_南茲遊誠遠役，我輩豈窮人。_湖湖老眞明鏡，行臺是席珍。_霧況從三絕友，幸得兩情伸。_南皓首今千里，寒蟾已半輪。_湖撚髭追險韻，延頸戀重宸。_霧對酌論懷穩，挑燈撫劍頻。_南休言忙裏苦，要識醉中眞。_湖不分風沙遠，還如骨肉親。_霧更教相促膝，何用謾沾巾。_南勝會懽雖洽，浮生跡易陳。惟將二百字，重與結前因。_湖"《行到遼陽，略有所思於牛莊，呈副使書狀》："絕塞塵沙又朔風，長河西畔卽遼東。關山迢遞鄉書斷，雨雪蒼茫歲律窮。排悶敢云詩有力，辟寒還訝酒無功。多情最是窓前燭，伴我孤眠此夜中。"《朝抵大凌河，一行諸人皆言寒甚，偶有所得，今始追錄以呈，用費兩兄不眠時一粲》："大凌河近小凌河，向曉寒威一倍多。不是天公偏虐我，今年臘日此時過。"《次南塘惠韻泣呈霧隱》："耕牛無草鼠餘糧，前輩詩篇意甚長。愧我又偸樞府祿，喜君仍帶柏臺霜。主恩天地今衰鬢，使節關山古戰場。只是客窓前夜夢，共隨銀燭入鵷行。"《望十三山有感呈霧隱、南塘》："黃沙白草此中間，處處崩城認漢關。暮歲遠遊千萬里，斜陽孤店十三山。風煙錯莫迷鄉夢，霜雪飄零損客顏。王事敢言鞍馬苦，靑春作伴好東還。"《昨日南塘責我舊逋，今早於盤山馬上，適有所得，率爾錄呈》："塵沙終日撲人衣，萑葦連天絕鳥飛。時物不隨前歲改，客行重向故鄉歸。沙泉氷解猶堪飮，野店炯生亦可依。只是腐儒多古意，有時臨睡涕交揮。"《用邊字韻示副使書狀》："長城自是古秦邊，粉堞連雲幾百年。可笑關門關客意，入時愁絕出怡然。"蔡裕後《湖洲集》卷一【考证：以上诸诗无具体时间线索，据诗意可知为赴北京朝贡途中作。依例，冬至使行最迟当于十二月底抵达北京，故约作于十一月初三日至十二月三十日间。】

顺治十七年（1660 年，庚子）

正月

二十日（丙子）。

謝恩使益平尉洪得箕、副使鄭知和、書狀官李元禎如清國。《朝鲜顯宗改修實錄》卷二【考证：《承政院日记》言是年正月二十日"谢恩上使洪得箕，副使郑知和，书状官李元桢出去"，《使行录》言辞朝时间为正月二十五日，疑有误，当从《实录》《日记》。】

金萬基《送益平洪都尉使燕_{名得箕}》："此意不堪言，此別有足傷。豈直雨雪深，非惟關塞長。歎息亦何益，沈吟自成章。之子戒行車，遙遙指西方。遼左地踔遠，鶴野何芒芒。北風揚沙礫，西日下大荒。經行逢故壘，戰骨橫秋霜。京師文物海，象魏天中央。乾坤成今古，世事閱滄桑。懸知感懷作，何語足悲涼。往哲多遺躅，臨弔幾彷徨。千秋有生氣，獨有燕昭王。"金萬基《瑞石集》卷二【按：《国朝人物志》卷三：金万基（1633－1687），字永叔，号瑞石，光州人。甲寅，以肃宗国舅拜领，敦学府事兼大提学，封光城府院君。庚申，宗室枏久尝不轨之志。领相许积设宴，大集衣冠。万基以为不往则彼必疑之，遂坦然往赴。酒初举，召命至，万基急趋阙上曰："目今危疑多端，以光城府院君为训炼。"大将即入军门，枏与许坚承款伏诛，尹镌、许积、柳赫然次第就戮。丁卯卒，赠领相，谥文忠。】

　　鄭必達《送李長城士徵元禎以從事官之燕京》："沛邑遷官未一年，長城歸路又幽燕。明時簡拔須專對，王事驅馳奈獨賢。紫塞天連遼海月，靑州地接薊門烟。桑弧萬里男兒志，收拾春風待子篇。"鄭必達《八松集》卷一【考证：《显宗改修实录》卷二言洪得箕等于正月二十日辞朝，以上诸诗作于正月二十日或其后。李种杞《墓志铭》：郑必达（1611－1693），字可行，号八松，晋州人。光海辛亥生，仁祖乙酉进士。历事四朝，在内为假注书、司宰监参奉、内赡寺广兴仓奉事、司赡寺直长、司宪府监察、礼佐、刑礼正郎、奉常寺佥副正、四学教授、成均馆典籍直讲、司艺金中枢。在外为沙斤督邮、完学教授、丹阳郡守、蔚珍县令。庚午应旨陈疏，极言时弊，继以维持圣躬，教养储宫之道，因献其命维新箴，上嘉纳之。肃宗癸酉卒，年八十三。】

　　蔡裕後《醉呈同行求教》："沙河驛畔駐征輪，關柳佼佼又一春。族館日沈鄉夢斷，數杯相屬卽心親。"《戲用壁上韻示同行》："驅車九日出關來，眼底風煙萬里開。歸路自今無滯礙，不須煩上望鄉臺。"蔡裕後《湖洲集》卷一【考证：据《显宗改修实录》卷二可知冬至正使蔡裕后等于顺治十六年十一月辞朝，以上二诗云"关柳佼佼又一春""归路自今无滞碍"，当作于是年春蔡裕后等返程时，系于此。】

十月

二十四日（丙午）。

冬至使趙珩、副使姜栢年、書狀官權格等如清國。《朝鮮顯宗改修實錄》卷四

趙絅《送姜學士叔久赴燕山》："斤斤家世詩書業，此日廷推專對行。叱馭寧知萬里遠，銜綸自覺一身輕。昭昭白日文山廟，颯颯淸風孤竹城。着處停驂

收古迹，歸來適適井蛙驚。"趙絅《龍洲遺稿》卷四【考证：姜栢年，字叔久。据《显宗改修实录》卷四可知姜栢年等于十月二十四日辞朝，诗云"此日廷推专对行"，当作于二十四日。】

二十五日（丁未）。

晴。朝，子婿輩皆辭歸。到坡州仍宿，崔姪與朴宣傳來見即還。延安崔生員景顏以推奴事來候有日，與之同宿。趙珩《翠屏公燕行日記》

姜栢年《坡州途中》："凍雪霏霏朔吹寒，羸骸已覺作行難。迎恩門外纔停旆，弘濟橋邊更歇鞍。愛子辭歸猶眷戀，親朋惜別強為歡。卻愍道左雙彌勒，應笑征人飽苦艱。"《逢坡州倅金公寅亮夜話》："風亂平沙雪滿程，此行辛苦向燕京。絕知關路親朋少，幸有坡山太守迎。摻袂仍成千里別，挑燈卻話十年情。歸期定及花開節，把酒官樓擬共傾。"《途中感懷先君曾于萬曆庚子以書狀赴京，不肖孤今於庚子亦作節使之行，感而有作》："先人曾作北京行，每說中華舊太平。遼左風謠渾耳慣，漁陽城堞若身經。兵塵今日為虛邑，孤露餘生復此程。最是重回庚子歲，登臨隨處倍傷情。"姜栢年《燕京錄》【考证：此诗约作于十月二十五日至二十六日间。】

二十六日（戊申）。

灑雨。午到長湍中火，拜府使老親。夕到開城府，鐵原府使中路委伻致書以問。留守以臺彈不得出入。經歷來見，仍為留宿。趙珩《翠屏公燕行日記》

長湍臨湍三十五里○松京太平四十五里 姜栢年《燕行路程記》

姜栢年《松京途中》："千年王業一荒丘，何處池塘何處樓。天壽門頹遺礎在，太平橋斷小碑留。花潭水色明人眼，松岳嵐光撲馬頭。遠客沈吟經此路，不堪懷古意悠悠。"姜栢年《燕京錄》【按：开城府即松京之别称。】

二十九日（辛亥）。

晴。蒽秀站中火，信川郡守李松齡以站官來待。夕到瑞興。趙珩《翠屏公燕行日記》

姜栢年《過蒽秀山》："芙蓉一朵插漣漪，清賞端宜在四時。晴雪綠陰渾勝絕，殷花錦葉摠新奇。想他造物千年意，撩得騷人幾首詩。病客怯寒頭最白，也耽佳景故躊跰。"《過寶山》："薄宦何年此地留，居然二十四回秋。往時萬事如春夢，今日重來已白頭。溪岸小橋憐再渡，山腰孤閣憶曾遊。數三老隸能知面，尚記清羸舊督郵。"姜栢年《燕京錄》

十一月

初三日（甲寅）。

灑雪。發黃州，夕到中和。主倅李克誠出待，關西驛馬替把。趙珩《翠屏公燕行日記》

姜栢年《曉發黃州》："蓐食愿愿趁早鷄，揮鞭催向海天西。橋橫斷岸清霜重，路入平蕪曉霧迷。斫地謾携三尺劍，封關奈乏一丸泥。莫言忠信行蠻貊，扶病馳驅氣已低。"《逢別中和李使君》："中和太守舊相知，十載重逢鬢已絲。世故悠悠逢別際，離懷脉脉去留時。行裝冷淡風吹袂，關路微茫雪滿岐。擬待明春旋斾日，更留官閣倒芳巵。"姜栢年《燕京錄》

初四日（乙卯）。

晴。發中和，到平壤，與副使、書狀同舟過涉大同江。判官鄭采和來候。舍館定後，監司金汝鈺來見。趙珩《翠屏公燕行日記》

姜栢年《到閱雲亭有感》："大同江畔閱雲亭，往事追思涕自零。此日承綸還出塞，當時衣綵幾趨庭。遺氓尚有慇懃意，舊吏渾驚老瘦形。觸眼無非悲感處，不堪孤詠倚虛櫺。先人曾於己巳年間任大同。其時余以咨文點焉來觀矣，到今三十二年之後，重到于此，孤露餘生，不堪悲感之懷，強疾有吟，且郵卒等携酒饌來見，故第三聯及之。"姜栢年《燕京錄》【考证：据《翠屏公燕行日记》和《燕行路程记》可知使团于十一月初四日"到平壤，与副使、书状同舟过涉大同江"，诗云"大同江畔阅云亭"，可知阅云亭位于平壤地界，当作于初四日。】

初六日（丁巳）。

晴。發平壤，夕到順安。主倅李翼老以會試上京未還，安州判官李東溟以持平赴召過見。趙珩《翠屏公燕行日記》

姜栢年《到順安別江西李使君及趙生一韓》："關山杳杳雪霏霏，漸覺前途故舊稀。洛下情人纔告別，江西太守更催歸。雲橫亂岫迷官路，風送驚沙透客衣。孤詠不堪羈思切，塞鴻何意獨南飛。"姜栢年《燕京錄》

十三日（甲子）。

晴。發定州，郭山中火，夕到宣川。趙珩《翠屏公燕行日記》

定州新安三十五里順川德川○郭山雲興三十里雲山○宣川林畔四十里寧邊 姜栢年《燕行路程記》

姜栢年《過雲興站懷亡友沈監司澤》："憶曾携手海東濱，往事依然二十春。鏡水孤舟千里夢，鍾州一札萬金珍。欲求郢質無今世，幾向黃纑愴故人。最是西征經舊館，暮雲衰草摠傷神。沈公曾以關西方伯到此站，病不起云，聞來感愴有吟。余任江陵時，沈友亦莅三陟，同遊鏡湖，未久余先遞歸。其後余任鍾城時，沈友在關西寄一札相問，故第一聯及之。"姜栢年《燕京錄》【考证：《翠屏公燕行日记》言十一月十三日"发定

州，郭山中火，夕到宣川”，据《燕行路程记》可知云兴站位于郭山地界，此诗作于十三日。】

十四日（乙丑）。

晴。發宣川，鐵山中火，主倅金東屹入謁。夕到龍川。赵珩《翠屏公燕行日记》

宣川林畔四十里寧邊○鐵山車輦四十五里价川○龍川良策三十里泰川博川　姜栢年《燕行路程記》

姜栢年《良策館》：“館名良策豈徒然，籌畫唯應得萬全。寄語西關藩鎮帥，金湯須作百重堅。”姜栢年《燕京錄》【考证：《翠屏公燕行日记》云“夕到龙川”，据《燕行路程记》可知良策馆位于龙川地界，故此诗作于十一月十四日。】

十五日（丙寅）。

晴。曉行望闕禮。發龍川，所串中火，夕到義州，府尹來見，留宿。赵珩《翠屏公燕行日記》

龍川良策三十里泰川博川○所串義順四十里義州○義州龍灣三十五里龜城朔州　姜栢年《燕行路程記》

姜栢年《龍灣途中》：“指點窮荒向北行，逢人着處問前程。幾時可渡三叉水，何地知為萬里城。野館謾傳良策號，塞亭猶帶統軍名。野館之野字，用《左傳》‘謀於野則獲’之意。男兒過此偏多感，撫劍悲吟涕自橫。”姜栢年《燕京錄》【考证：《翠屏公燕行日记》云“夕到义州”，据《燕行路程记》可知龙湾位于义州地界，此诗当作于十一月十五日。】

姜栢年《聽流堂》：“流水循除瀄瀄鳴，層巖臨檻更崢嶸。此間閑坐逢僧語，斗覺塵襟分外清。”《逢山僧處裕》：“林僧得得自何至，云自龍灣江上寺。坐來爲問觀心說，笑指寒江一輪月。”姜栢年《燕京錄》【考证：据《翠屏公燕行日记》可知使团于十一月二十日渡鸭绿江，听流堂位于义州地界，又诗有“此间闲坐逢僧语，斗觉尘襟分外清”“林僧得得自何至，云自龙湾江上寺”语，故以上二诗作于十一月十五日至十九日留驻龙湾期间。】

二十日（辛未）。

早食後，書狀與府尹先為出徃江頭搜檢一行人馬卜物，與副使追到，與府尹酌酒敍別，頗有不平底心事。鴨綠及中江以雪馬騎渡。行到鎮江，日已夕矣。灣上軍官金尚岱先到，已設氊幕來待矣。三行皆入幕中同宿。此日乃至日也。赵珩《翠屏公燕行日記》

龍川良策三十里泰川博川○鴨綠江五里○小西江一里○中江四里

姜栢年《途中偶吟》：“氷雪關山路，崎嶇作遠行。防身惟一劍，無計請長纓。洶湧三江水，蒼茫萬里城。男兒過此地，只益壯心驚。"姜栢年《燕京錄》【考证：诗云"汹涌三江水，苍茫万里城"，当作于十一月二十日使团自龙湾渡江时。】

姜栢年《關西節度金敦美徽贈以一襦一靴》："書編藥裹竝衣簧，病客行裝此亦優。喫着元來安分足，絲毫那肯向他求。嚴霜滿鐙侵衰脚，凍雪隨風透敝裘。却愧謀身何太拙，一寒還遣故人憂。"姜栢年《燕京錄》【考证：诗云"严霜满鐙侵衰脚，冻雪随风透敝裘"，约作于二十日渡江前后。】

二十一日（壬申）。

晴。乘月發行，到金石山川邊，則日初上矣。朝飯後即行，夕到湯站後川邊三行同宿。義州府尹送軍官致書問之。是日行七十里。趙珩《翠屏公燕行日記》

九連城古鎮江府, 舊露宿四里〇恒頭河子二里〇九連城站四里姜栢年《燕行路程記》

姜栢年《路中偶吟》："幾將衰朽誤天恩，尙忝銜綸出塞門。列邑導規煩餽贐，同行隨例問寒暄。嚴持禁令兼臺在，摠察文書上价存。病客孤吟無一事，只希聞健好回轅。""異域山川見未曾，今來不覺旅愁增。九連城限西南界，八渡河通大小凌。晴日亦看飛白雲，淺流猶怯踏玄氷。明朝當到遼陽境，多少煙臺復幾層。"姜栢年《燕京錄》

二十二日（癸酉）。

未明發行，到柵門外。是日行四十里。趙珩《翠屏公燕行日記》

自義至柵一百二十里自京至一千一百七十里〇安市城有城舊址五里 姜栢年《燕行路程記》

姜栢年《安市城途中偶吟》："安市孤城在路邊，英雄陳迹尙依然。早寒已覺旋師日，大節終彰拜帝年。遺礎縱橫衰草裏，頹垣寥落亂峯前。臨岐指點悲吟際，幾遣征人舉馬鞭。"姜栢年《燕京錄》

二十四日（乙亥）。

發松站，到獐項朝飯，有孤村頗饒居，有三子一婿，而婿則年可十五歲，眉目如人，且解文字，試讀《論語》則能通矣。馬貝率甲軍入其家，主翁多設酒食以待矣。路上偶占一律以示同行曰："玉樓高處近何如，辭陛西來阻起居。鶴野還愁千里遠，鳳城重到十年餘。客燈明滅寒宵永，歸夢參差廢院虛。雪意滿天氷路滑，征人脅息且躊躇。"趙珩《翠屏公燕行日記》

二十五日（丙子）。

晴，雪後寒甚。平明發通遠堡，羅將塔朝飯，夕投連山館止宿。〇前夕雪中催行，問前程遠近，則僅餘五里，而行色甚忙，馬上口占一律曰："遙指荒村冒雪投，廢城寥落尚含愁。長途吟病何須說，王事關心不暫留。旅店逢人憑譯舌，虛堂點火付蒼頭。漫漫寒夜還如海，數問鄰雞報曉籌。"是日行五十里。_{趙珩《翠屏公燕行日記》}

姜栢年《次上使韻》："簪紱纏身苦未投，暮年行役使人愁。夷音不耐窗前聒，虎迹頻驚雪上留。地號連山符卦體，天懸明月竝刃頭。寒燈孤館無眠夜，默數歸程費幾籌。"_{姜栢年《燕京錄》}【考证：《翠屏公燕行日记》云"前夕雪中催行，问前程远近，则仅余五里，而行色甚忙，马上口占一律"，姜栢年诗即其次韵，故约作于二十五日前后。】

姜栢年《途中偶吟》："幾多爭席歇征鞍，造次華夷辨得難。言語異音聞莫解，衣裳殊制笑相看。携錢沽水仍論價，借埃燃薪更煖寒。臨別也知賓主禮，出門猶勸往來安。"_{姜栢年《燕京錄》}【考证：此诗作于十一月二十五日至二十六日间。】

二十六日（丁丑）。

夕到甜水站，投宿閭家。_{趙珩《翠屏公燕行日記》}

姜栢年《到甜水站偶吟》："雲安沽水奴僕悲，老杜詩中存此辭。遠客今朝親自覩，館名甜水更何爲。"_{姜栢年《燕京錄》}

二十七日（戊寅）。

所謂青石嶺，險峻亂石嵯峨，積雪鋪石而滑，不能駕轎。騎馬越嶺而亦不能平矣。馬上謾占一律曰："薄劣新升卿月班，誤恩稠疊十年間。誓心不欲憚夷險，當事何曾較易難。浮海幾時旋日域，奉綸今日赴燕山。自知才分無餘地，若為圖酬更靦顏。"_{趙珩《翠屏公燕行日記》}

姜栢年《次上使韻》："歸夢頻尋玉筍班，此身猶滯野人間。肯嫌關路驅馳苦，只怕殊方應接難。觸冷疑經永氏室，茹酸如對木瓜山。論心賴有行臺在，時把瓊篇破旅顏。""卿月初升八座班，使星仍出五雲間。紫泥誥疊擎來重，白雪詞高和得難。已泛仙槎凌碧海，更驅飛傳踏天山。微姿附驥眞堪愧，欲策駑疲奈暮顏。"_{姜栢年《燕京錄》}【考证：据《翠屏公燕行日记》可知赵珩于二十七日"马上谩占一律"，此诗为其次韵，亦当作于二十七日。】

姜栢年《次上使韻》："飲冰衝雪任遭如，王事寧遑我啓居。店舍蕭條兵燹後，山川寥落亂離餘。荒蕪遍地田疇廢，古木參天邑里虛。觸目偏驚孤客意，不堪瞻顧獨躊躇。"_{姜栢年《燕京錄》}【考证：此诗约作于十一月二十七日至二十八日间。】

二十八日（己卯）。

晴。平明發狼子山，到冷井朝飯。譯官方存敏以齎諮官本月十八日自京離發，追到此地，傳十六日本家平書。趙珩《翠屏公燕行日記》

姜栢年《悼趙侄爾肅》："我甥忠孝出於天，才諝兼將志操堅。父服方喪垂九載，度支知縣亦多年。素茹不耐清羸極，勞悴還教疾病纏。鶴髮倚門寒日暮，明徵一理竟茫然。""我行將發日，一札遠傳來。子細論離抱，丁寧勖好廻。如何未旬月，奄忽隔泉臺。獨立關山路，悲吟膽欲摧。"姜栢年《燕京錄》【考证：赵尔肃，温阳人，参奉赵相禹第三子，姜栢年侄，姜栢年《闲溪后录》有《送姊子赵尔肃还温阳》诗。《宋子大全随札》有"赵尔肃卒于怀德任所，县人立碑而颂之"语。《显宗改修实录》言显宗六年五月，"赠故正郎赵尔肃左承旨，学生尹倪义禁府都事，以其孝行表着也。"据《翠屏公燕行日记》可知使臣于十一月二十八日收到家书，则姜栢年可能于此日得知赵尔肃故去消息，此诗当作于二十八日或其后。】

十二月

初一日（壬午）。

夕到牛家莊止宿，是日行七十里。次書狀韻曰："路出遼陽為駐軒，崩城破壁更傷魂。強胡有意窺燕塞，漢將無謀失鴈門。聽說煙塵猶未息，休論成敗我忘言。生憎騎射平原虜，雪裡驅馳任自喧。"趙珩《翠屏公燕行日記》

姜栢年《次書狀官韻》："風掣征衫雪洒軒，強求排遣亦傷魂。晨催長路忙炊飯，暮寄孤城早閉門。借屋渾非東土制，逢人摠是異方言。生憎鵝鴨關何事，更傍羈棲故作喧。"姜栢年《燕京錄》【考证：据《翠屏公燕行日记》可知赵珩于十二月初一日"次书状韵"，此诗以"次书状官韵"为题且与赵诗同韵，故亦作于初一日。】

初六日（丁亥）。

晴。未明發廣寧，朝飯閭陽，夕投十三山止宿。是日行九十里。趙珩《翠屏公燕行日記》

姜栢年《過十三山偶吟》："野色蒼茫日欲曛，驚沙急雪共紛紛。行人隔手還迷路，征雁回翔亦失群。氷岸却愁千尺水，山村更礙幾重雲。胡兒躍馬窺斑豹，笑詫桑弓重十斤。"姜栢年《燕京錄》【考证：诗云"野色苍茫日欲曛"，当作于十二月初六日"夕投十三山止宿"前后。】

初八日（己丑）。

晴。未明發杏山，朝飯連山驛，夕投寧遠衛。是日行九十里。趙珩《翠屏公燕

行日記》

　　姜栢年《過連山驛偶吟》："驛名關號共連山，再到連山寸日間。到處有山山不盡，如何又有十三山。"《途中偶吟》："燕趙從前志士多，今無一介丈夫何。諸州猛將爭投甲，四代元戎亦倒戈。楚士偏陵秦吏卒，周生空泣晉山河。淒涼古堞餘三戶，撫劍沈吟爲咄嗟。"姜栢年《燕京錄》【考证：诗云"诸州猛将争投甲，四代元戎亦倒戈"，约作于十二月初八日宿宁远卫历见祖氏牌楼时。】

　　初九日（庚寅）。

　　晴。平明發寧遠衛，朝飯煙臺浦，夕投中後所止宿。趙珩《翠屏公燕行日記》

　　趙珩《中後所偶吟》："塵沙撲面拂還來，風掣征衫眼不開。路出海山何處盡，客隨殘日望城催。蒼茫古戍饑烏噪，搖落荒村夕鳥廻。觸目令人空扼腕，中宵撫劍壯心摧。"趙珩《翠屏公燕行日記》　【按《紀年便考》卷二十四：赵珩（1606－1679），字君献，号翠屏，丰壤人，宣祖丙午生。仁祖丙寅登文科。庚午登明经科，历翰林、铨郎、舍人，以修撰论劾李圣求与贼娃相和之罪。初，许穆以学议罚朴知诚，珩为翰林时，上命四馆罚许，而珩不承命，坐此谪扶余，踰年放还。丙子为督战御史。孝宗癸巳，因事谪原州，又谪平山，以大谏聘日本国。历锦伯、岭伯、畿伯、礼判，官止崇政判义禁，入耆社。肃宗初，谪杨州。己未卒，年七十四，谥忠贞。】

　　十一日（壬辰）。

　　晴。未明發前屯衛，朝飯中前所，歷過望夫石，有小寺設像立碑以頌之。夕到山海關。

　　趙珩《山海關作》："重關復辟護燕都，雉堞逶迤百丈高。山勢北馳驕萬馬，海亭南枕壓層濤。登臨幾落騷人筆，感慨空沾志士袍。千古興亡無刺此，當年設險只徒勞。"趙珩《翠屏公燕行日記》

　　姜栢年《到山海關偶吟》："頭白形羸怯夜風，聞鷄驅傳更悤悤。三冬客路裘全敝，千里行廚橐半空。閱器元非秦相國，棄繻還愧漢終童。丸泥旣乏東封策，謾遣青萍吼匣中。"姜栢年《燕京錄》

　　十四日（乙未）。

　　晴。平明發撫寧縣，朝飯雙望堡，夕投永平府。趙珩《翠屏公燕行日記》

　　趙珩《到永平府，副使、書狀將有夷齊廟之行，書以示之》："昔年瞻拜夷齊廟，遺像超然不受塵。君去試看灤水上，首陽山色暎千春。"趙珩《翠屏公燕行日記》

　　十五日（丙申）。

晴。未明發永平府，朝飯野鷄墩，夕投沙河驛，與副使、書狀同宿姜秀才君弼家。主人設茶，以鷄首、薏苡五六種進呈，三行各給紙筆等物以謝之，與之打話，夜深乃罷。是日行七十里。趙珩《翠屏公燕行日記》

姜栢年《過伯夷廟有感次書狀韻》：“孤竹古祠遺像在，只今經過想清塵。採薇歌曲留千載，幾度人間甲子春。”姜栢年《燕京錄》

趙珩《沙河驛書贈姜主人》：“韓荊一識十年前，邂逅論交定爲緣。異地幾回勞夢想，連床還幸再團圓。喜君清俊身猶健，憐我衰進病更纏。眷意丁寧無以報，臨分投贈木瓜篇。”趙珩《翠屏公燕行日記》

十六日（丁酉）。

晴。未明發沙河驛，朝飯榛子店，夕投豐潤。趙珩《翠屏公燕行日記》

姜栢年《途中偶吟》：“曉發沙河驛，晚經榛子村。驅羊野童出，爭米市人喧。風急山疑裂，氛迷晝亦昏。此身安素位，隨處信乾坤。”姜栢年《燕京錄》【考证：《翠屏公燕行日记》云十二月十六“未明发沙河驿，朝饭榛子店，夕投丰润”，诗云“晓发沙河驿，晚经榛子村”，当作于十六日。】

二十一日（壬寅）。

晴。平明發通州，朝飯八里店，入東岳廟改服入城，玉河館投宿。明日當呈咨文，故開樻點檢。是日行四十里。趙珩《翠屏公燕行日記》

姜栢年《馬上偶吟》：“大哉中國物華盛，皆我東方看未曾。市列村村堆百貨，樓高寺寺聳千層。街頭乞米可憐子，門外擊鍾何處僧。季札觀周非我事，遲回只益旅愁凝。”姜栢年《燕京錄》【考证：此诗约作于十二月二十一日使团抵达北京时。】

姜栢年《客夜無聊強疾有吟行中有失馬事，故第三聯及之》：“三百詩篇誦亦奚，四方空館苦羈棲。行裝冷淡身添病，歸路蒼茫夢轉迷。塞叟安排猶失馬，函關已曉未聞鷄。何時竣事東還得，隨意垂綸步碧溪。”姜栢年《燕京錄》【考证：此诗约作于十二月二十一日至二十三日间。】

二十三日（甲辰）。

晴。仍留。趙珩《翠屏公燕行日記》

姜栢年《遣悶有吟》：“三日玉河館，已如經十年。繚垣疑畫地，窺牖僅觀天。蠻草傾千匣，溪藤費萬牋。悄然無意緒，排悶強詩篇。地南草日有需索，故第三聯云云。”《夜坐無聊復用前韻》：“獨坐身如塊，無眠夜似年。惟應塞北月，同照海東天。劍在空藏匣，詩成漫染牋。將何自排遣，時讀達生篇。”姜栢年《燕京錄》【考证：《遣悶有吟》云“三日玉河館，已如经十年”，《夜坐无聊复用前韵》为

其次韵，故二诗约作于二十三日前后。】

姜栢年《乾糧次知譯官等欲買金橘白魚而無價未果》："爭說街頭列珍味，白魚如玉橘如金。絕知囊裏靑銅盡，從者休生欲炙心。"姜栢年《燕京錄》【考证：赵珩下诗题曰"守岁日偶吟"，故此诗约作于十二月二十三日至二十九日间。】

二十九日（庚戌）。

趙珩《守歲日偶吟》："除夕家家爆竹聲，悄然虛館客偏驚。寒燈半夜愁千緒，危鬢明朝雪幾莖。想得新梅應更好，遙知椒酒孰先傾。岡陵獻祝鵷班阻，葵藿徒深向日誠。"趙珩《翠屏公燕行日記》【考证：诗题曰"守岁日偶吟"，诗云"除夕家家爆竹声"，故当作于除夕十二月二十九日。】

顺治十八年（1661 年，辛丑）

正月

初一日（辛亥）。

晴。曉頭一行俱進闕下午門外，列坐末班。而皇帝以喪事不受賀，外班官員罷出，一行亦隨而出來館所。趙珩《翠屏公燕行日記》

趙珩《元日》："蠟燭煌煌御路邊，千官環列賀新年。燕都鐘鼓依今古，鵷序儀章變後前。臚傳螭陛呼嵩祝，風動霓旌拂曉烟。遐躅朝元充使价，奉綸雙闕媿班聯。"趙珩《翠屏公燕行日記》【考证：诗题曰"元日"，诗云"千官环列贺新年""胪传螭陛呼嵩祝"，当作于正月初一日。】

姜栢年《次上使韻》："燕京壯麗壓三都，九闕崢嶸五鳳高。路出幽幷連朔漠，舟通吳楚接風濤。朝陽物色留金勝，皇極威儀想赭袍。原隰休嫌行役苦，試看天下尙愁勞。""胡爲遠自海東來，涇渭愁容尙未開。雲隔三江鄉信斷，日斜孤館旅愁催。衰容漸向靑銅老，春色還隨綵勝廻。跋履辛勤休說苦，丈夫心膽已全摧。"姜栢年《燕京錄》【考证：据《翠屏公燕行日记》可知姜栢年下诗《途中偶吟》作于正月二十日使团自北京离发时，故此诗约作于正月初一日至二十日间。】

初六日（丙辰）。

世祖崩，帝即位，年八歲，改元康熙。遺詔索尼、蘇克薩哈、遏必隆、鰲拜四大臣輔政。《清史稿卷六·本紀六·聖祖一》

二十日（庚午）。

晴。朝食後一行離館，出東陽門，一朔喫苦之餘，始得發還，如脫樊籠，快意不可言，而歸程杳然，是可悶也。夕投通州察院止宿。趙珩《翠屏公燕行日記》

姜栢年《途中偶吟》："辛苦三旬滯玉河，今朝歸興欲如何。鶴關長路還疑近，鳥几沈痾便覺差。雲捲塞天山聳翠，雪消沙磧水添波。廚人莫說行資乏，數貫青錢亦已多。"姜栢年《燕京錄》【考证：《翠屏公燕行日記》言正月二十日"朝食后一行离馆，出东阳门，……夕投通州察院止宿"，诗云"辛苦三旬滞玉河，今朝归兴欲如何"，当作于正月二十日自北京发往通州途中。】

二十三日（癸酉）。

晴。平明發薊州，朝飯峰山店，夕投玉田止宿。趙珩《翠屏公燕行日記》

姜栢年《玉田途中偶吟》："昨宿薊州城，今經玉田縣。衝泥瘦馬顚，歷險飢廝倦。晨征露濕衣，夕炊煙滿院。不是好吟詩，旅懷欲憑遣。"姜栢年《燕京錄》

二十四日（甲戌）。

晴。平明發玉田，朝飯沙流河，夕投豐潤止宿。趙珩《翠屏公燕行日記》

姜栢年《馬上有吟》："平明促征駕，薄暮投店舍。蒼茫大漠中，寂寞古城下。黃雲擁戍樓，白草迷荒野。胡兒馳突過，似欲誇駿馬。"姜栢年《燕京錄》【考证：此诗约作于正月二十四日前后。】

二十五日（乙亥）。

晴。平明發豐潤，朝飯榛子店，夕投沙河驛，止宿姜秀才家。行茶後獻二鷄及卵十餘箇，酒壺、大米，而米則行中所有之物，辭謝，而餘皆留之，則給兩廚。要見其子，乃命出謁。一兒年十二歲，而姜君弼之所生也。一兒則年十四歲，而姜君佐之所生也。為人俊秀可愛，方讀《易經》，而四書則曾已讀之云。明燈後設肴于床，饌品極佳，有歸時更訪之約，故此是預為經營之舉也。從容酬酢，夜深乃罷。趙珩《翠屏公燕行日記》

趙珩《過沙河驛用前韻再賦》："中間消息兩茫然，青眼今宵亦好緣。千里常嫌關路阻，幾年同見月輪團。高談揮塵羈懷瀉，秋露開尊別恨纏。此後奇逢難更得，卻將離思付詩篇。"趙珩《翠屏公燕行日記》

二月

初一日（辛巳）。

晴。平明發中後所，朝飯煙臺浦，夕到寧遠衛止宿。趙珩《翠屏公燕行日記》

姜栢年《到中右所有吟》："中後中前中右所，三城俱是舊軍營。何年壘石開天險，幾度揚旗鍊塞兵。千古雄都餘敗堞，數間荒店屬殘氓。停鞭指點孤吟際，衰草茫茫落照明。"姜栢年《燕京錄》【考证：中右所位于中后所至宁远卫途中，故此诗作于二月初一日。】

初二日（壬午）。

晴。平明發寧遠衞，朝飯塔山，止宿杏山。趙珩《翠屏公燕行日記》

姜栢年《杏山途中有吟》："聞鷄鞭馬出秦關，跋涉長途飽苦艱。松杏塔山纔過了，馬前還有十三山。"姜栢年《燕京錄》

初三日（癸未）。

晴。平明發杏山，朝飯小凌河，止宿十三山。趙珩《翠屏公燕行日記》

姜栢年《到十三山偶吟》："指點煙霞杳靄間，巫閭疑是舊巫山。蓬萊一脚添娟妙，神女休誇十二巒。"姜栢年《燕京錄》

初五日（乙酉）。

晴。未明發廣寧，朝飯盤山，止宿高平。趙珩《翠屏公燕行日記》

趙珩《自廣寧歷過高平遇大風，行色甚苦，途中偶吟》："巫閭山勢望岧嶢，極目平原野火燒。二月□河猶未泮，千山丈雪不全消。經年異域音書斷，催老長途鬢髮凋。盡日朔風吹正急，羸驂處處憫春橋。"趙珩《翠屏公燕行日記》

初六日（丙戌）。

晴。平明發高平，朝飯平安堡，止宿沙嶺。趙珩《翠屏公燕行日記》

姜栢年《過平安堡有吟》："高麗店疑海東土，平安堡似關西路。回頭故國尚茫然，何乃驚人若是屢。"姜栢年《燕京錄》

初八日（戊子）。

晴。平明發牛家店，朝飯耿家店，止宿筆管堡。趙珩《翠屏公燕行日記》

姜栢年《到筆管鋪偶吟》："絶塞孤村寂寞濱，名傳筆管豈無因。試看異地奇峯秀，才擅文章有幾人。"姜栢年《燕京錄》

初九日（己丑）。

晴。未明發筆管堡，朝飯千山，夕投新村止宿。趙珩《翠屏公燕行日記》

姜栢年《過七嶺寺有感》："古寺荒涼在路邊，征人指點爲停鞭。經營創設知何代，風雨傾頹復幾年。石榻久虛留積雪，沙門半掩鎖寒煙。禪宮圮毀君休恨，清聖遺祠亦棄捐。過伯夷廟，荒廢甚矣，不勝慨然，落句及之。《馬上偶吟》："行李間關道路長，兩旬纔得過遼陽。胡兒躍馬當冰雪，賈客持車任霰霜。朝涉深溪投石試，暗炊荒店買薪忙。催驅漸覺家鄉近，糧囊垂空也不妨。"《馬上偶吟》："曾聞遼左地偏寒，今日方知作客難。春晚三河冰未泮，行經千里雪猶殘。

霜隨凍霧侵人面，風送驚沙撲馬鞍。幾日渡灣歸我國，煙花繞處入長安。"　"大漠茫茫一望平，暮雲衰草摠關情。天低遼鶴千年柱，地盡秦皇萬里城。暴疾偏愁烏几重，催歸還覺馬蹄輕。儒衣本是中華制，山鳥看時莫浪驚。"姜栢年《燕京錄》【考证：据下文，以上诸诗约作于二月初九日至十四日间。】

十四日（甲午）。

晴。朝飯後發柵門，止宿湯站。趙珩《翠屏公燕行日記》

姜栢年《出鳳凰城日有吟》："行盡燕京萬里程，今朝始出鳳凰城。燈前幾結思鄉夢，日下遙懸戀闕情。冰泮鴨江春水長，雪消龍峽石稜生。恩恩歸意催鞭馬，何似驚鳧舉翮輕。"姜栢年《燕京錄》

十七日（丁酉）。

晴。平明發龍川，朝飯鐵山，中火宣川，止宿郭山。趙珩《翠屏公燕行日記》

姜栢年《到雲興站有感所帶裨李醫應賢，故友沈監司澤，俱奄忽於此地》："虛館淒涼古道邊，獨憑危檻涕潸然。李醫奄忽纔經月，沈友云亡問幾年。玉節清儀空入夢，青囊妙術竟無傳。寥寥永夜孤吟處，畫角聲殘素月圓。沈監司澤乃舊知也，曾到此館病不起。李醫應賢乃北行帶率之裨也，到龍灣病還，亦到此地作故。今者來宿於此，悲感有吟。"姜栢年《燕京錄》【考证：云兴站位于郭山地界，故此诗作于二月十七日。】

三月

二十四日（癸酉）。

上尊謚曰體天隆運英睿欽文大德弘功至仁純孝章皇帝，廟號世祖，葬孝陵。累上尊謚曰體天隆運定統建極英睿欽文顯武大德弘功至仁純孝章皇帝。《清史稿卷五·本紀五·世祖二》

十一月

初一日（丙子）。

李晚榮《送冬至副使柳善伯赴燕京辛丑冬》："曾上清都拜玉皇，賜衣猶帶御爐香。人間已是滄桑後，何處重瞻日月光。男子平生餘怒膽，匣中雙劍有雄鋩。臨歧千丈衝冠髮，摠爲傷時箇箇霜。"李晚榮《雪海遺稿》卷一【考证：据《使行录》，进贺谢恩兼冬至正使锦林君恺胤、副使柳庆昌、书状官吴斗寅于十一月初一日辞朝，故此诗作于初一日或其后。】

附录一 洪大容《湛轩燕记·路程》

　　自京至义州一千五十里。高阳碧蹄馆四十里。坡州坡平馆四十里。长湍临湍馆三十里。松都太平馆四十五里。金川金陵馆七十里。平山东阳馆三十里。葱秀宝山馆三十里。瑞兴龙泉馆五十里。剑水凤阳馆四十里。凤山洞仙馆三十里。黄州齐安馆四十里。中和生阳馆五十里。平壤大同馆五十里。顺安安定馆五十里。肃川肃宁馆六十里。安州安兴馆六十里。嘉山嘉平馆五十里。纳清亭二十五里。定州新安馆四十五里。郭山云兴馆三十里。宣川林畔馆四十里。铁山车辇馆四十里。龙川良策馆三十里。所串义顺馆四十里。义州龙湾馆三十五里。

　　自义州至北京二千六十一里。

　　九连城二十五里宿。鸭绿江五里。小西江一里。中江一里。方陂浦一里。三江二里。九连一十五里。

　　金石山三十五里中火。望隅五里。者斤福伊八里。碑石隅二里。马转坂五里。金石山一十五里。

　　葱秀山三十二里宿。温井八里。细浦二里。柳田一十里。汤站一十里。葱秀山二里。

　　栅门二十八里宿。鱼龙堆一里。沙平二里。孔岩一十里。上龙山五里。栅门一十里。

　　凤凰城三十五里。_{有朝鲜馆名柔远馆。}安市城一十里。榛坪二里。旧栅门八里。凤凰山五里。凤凰城一十里。

　　干者浦二十里中火。_{一名余温者介。}三叉河一十里。干浦一十里。

　　松站三十里宿。_{一名薛刘站。}伯颜洞一十里。麻姑岭一十里。松站一十里。

　　八渡河三十里中火。_{源出分水岭。}小长岭五里。瓮北河五里。大长岭五里。八渡河一十五里。

294

通远堡三十里宿。獐岭一里。通远堡二十九里。

草河口三十里中火。一名番洞。石隅一十五里。草河口一十五里。

连山关三十里宿。分水岭二十里。连山关一十里。

甜水站四十里中火。会宁岭一十五里。甜水站二十五里。

狼子山四十里宿。青石岭二十里。小石岭二里。狼子山一十八里。

冷井三十八里中火。三流河一十五里。王祥岭一十里。孝子王祥居。石门岭三里。冷井一十里。

新辽东三十里宿。有旧辽东白塔华表柱。阿弥庄一十五里。新辽东一十五里。

烂泥铺三十里中火。一名三道把。接官厅一十七里。防虚所八里。烂泥铺五里。

十里铺三十里宿。自九连城至此为东八站。烂泥浦五里。烟台河一十里。山腰浦五里。

白塔堡四十五里中火。板桥铺五里。长盛店一十里。沙河堡五里。暴咬哇五里。火烧桥八里。旗匠铺二里。白塔堡一十里。

沈阳二十四里宿。盛京奉天府有行宫。一所台五里。红匠铺五里。混河五里。沈阳九里。

永安桥三十里中火。愿堂寺五里。康熙愿堂。状元桥一里。永安桥一十四里。

边城三十里宿。双家子五里。大方身一十里。磨刀桥五里。边城一十里。

周流河四十二里宿。神农店一十二里。孤家子一十三里。巨流河八里。周流河九里。

大黄旗堡三十五里中火。西店子三里。五道河二里。四方台五里。郭家屯五里。新民店五里。小黄旗堡五里。大黄旗堡八里。

大白旗堡二十八里宿。产猎狗。芦河沟八里。石狮子五里。古城子一十里。大白旗堡五里。

一板门三十里中火。小白旗堡一十里。一板门二十里。

二道井三十里宿。

新店三十里中火。实隐寺八里。新店二十二里。

小黑山二十里宿。土子亭一里。烟台一十五里。小黑山四里。

中安浦三十里中火。羊肠河一十二里。中安浦一十八里。

新广宁四十里宿。有旧广宁、北镇庙、桃花洞。于家庄五里。旧家里一十三里。新店二里。新广宁七里。

闾阳驿三十七里中火。兴隆店五里。双河堡七里。壮镇堡五里。常兴店二

295

里。三台子三里。间阳驿一十五里。

十三山四十里宿。二台子一十里。三台子五里。四台子五里。五台子五里。六台子五里。十三山一十里。

大凌河二十六里中火。二台子七里。三台子五里。大凌河一十四里。

小凌河三十四里宿。西北二十里锦州卫。大凌河堡四里。四同碑一十二里。双沿站一十里。小凌河八里。

高桥堡五十四里宿。小凌桥二里。松山堡一十六里。官马山一十六里。杏山堡二里。十里河店二里。高桥堡八里。

连山驿三十二里中火。塔山店一十二里。朱柳河五里。罩篱山店五里。二台子三里。连山驿七里。

宁远卫三十一里宿。有温泉、呕血台、祖家牌楼及坟园。五里河五里。双石店五里。双石城三里。永宁寺一十里。宁远卫八里。

沙河所三十三里中火。青墩台六里。观日出。曹庄驿七里。七里坡五里。五里桥七里。沙河所八里。

东关驿三十里宿。干沟台三里。烟台河五里。半拉店五里。望海店二里。曲尺河五里。三里桥七里。东关驿三里。

中后所一十八里中火。二台子五里。六渡河桥一十一里。中后所二里。

两水河三十九里宿。一台子五里。二台子三里。三台子四里。沙河店八里。叶家坟七里。口鱼河屯二里。口鱼河桥一里。两水河九里。

中前所四十六里中火。前屯卫六里。王家台一十里。王济沟五里。高宁驿五里。松岭沟五里。小松岭四里。中前所一十一里。

山海关三十五里宿。有望海亭、角山寺、贞女庙、威远台，或称将台。大石桥七里。两水湖三里。老鸡屯二里。王家庄三里。八里堡一十里。山海关一十里。

凤凰店四十五里中火。沉河三里。红河店七里。范家店二十里。大理营一十里。王家岭三里。凤凰店二里。

榆关三十五里宿。望海店十里。沉河堡一十里。网河店一十里。榆关一十里。

背阴堡四十五里中火。茔家庄三里。上白石铺二里。下白石浦三里。吴宫茔三里。抚宁县九里。望昌黎县文笔峰。羊河二里。五里铺三里。芦峰口一十里。茶栅庵五里。背阴堡五里。

永平府四十三里宿。有滦台寺、射虎石、夷齐庙。双望铺五里。要站五里。部落岭一十二里。十八里铺三里。发驴槽一十三里。漏泽园三里。永平府二里。

野鸡屯四十里中火。青龙河桥一里。南坨店二里。滦河二里。范家庄一十里。望夫台五里。安河店八里。野鸡屯一十二里。

沙河堡二十里宿。沙河驿八里。沙河堡一十二里。

榛子店五十里中火。三官庙五里。马铺营五里。七家岭五里。新店铺五里。于河草五里。新坪庄五里。扛牛桥一十二里。青龙桥七里。榛子店一里。

丰润县五十里宿。铁城坎二十里。小铃河一里。板桥七里。丰润县二十二里。

玉田县八十里宿。赵家庄二里。蒋家庄一里。涣沙桥一里。卢家庄四里。高丽堡七里。草里庄一里。软鸡堡一十里。茶棚庵二里。流沙河一十二里。两水桥一十里。两家店五里。十五里屯一十里。东八堡七里。龙池庵一里。玉田县七里。

别山店四十五里中火。西八里堡八里。五里屯五里。彩亭桥三里。大枯树店九里。_{观蓟门烟树。}小枯树店二里。_{有宋家城。}蜂山店八里。螺山店二里。别山店八里。

蓟州二十七里宿。_{有大佛寺，西北三十里盘山。}现桥六里。小桥坊二里。渔阳桥一十四里。蓟州五里。

邦均店三十里中火。五里桥五里。邦均店二十五里。

三河县四十里宿。白涧店一十二里。_{有香林、尼庵、白干松。}公乐店八里。段家岭一里。石碑九里。潖沱河五里。三河县五里。

夏店三十里中火。枣林庄六里。白浮图六里。新店六里。皇亲庄六里。夏店六里。

通州四十里宿。柳夏屯六里。马已乏六里。烟郊铺八里。三家庄五里。邓家庄三里。胡家庄四里。习家庄三里。白河四里。通州一里。

朝阳门三十九里。八里桥八里。杨家闸二里。管家庄三里。三间房三里。定府庄三里。大王庄二里。太平庄三里。红门三里。十里堡二里。八里庄二里。弥勒院七里。_{有东岳庙。}朝阳门一里。

都合三千一百一十一里。

附录二　清崇德至顺治时期朝鲜燕行使臣年表①

使行时间		使行名目	使行任务	正使/咨官	副使	书状官
崇德二年（1637/丁丑）	四月十九日	谢恩行	谢旋师	左议政李圣求	怀仁君德仁	司成蔡裕后
	六月二十一日后②	赍咨行	押还逃人	刑曹佐郎李晦		
	七月二十四日③	赍咨行	押还逃人	宣传官李庆彬		
	八月初十日	赍咨行	探候敕奇	副护军玄预、司译金赵孝信		
	九月初四日后④	赍咨行	押还逃人	宣传官李海龙		

---

① 本表根据《同文汇考补编》卷七《使行录》整理（参见《燕行录丛刊》）。杨雨蕾教授在《燕行与中朝文化关系》一书中根据《使行录》整理"燕行年表（1637－1881）"，涵盖崇德二年至光绪七年的朝鲜燕行使臣派遣情况。本表在《使行录》与已有研究成果基础上对清崇德至顺治时期朝鲜燕行使臣派遣情况展开进一步整理与考察，以便与正文相互印证。

② 《承政院日记》言朝鲜仁祖十五年（1637）六月二十一日"又以备边司言启曰：'本司郎厅李晦以赍咨官将往沈阳，衣资盘缠令该曹量宜题给宜当，敢启。'传曰：'依启。'"可知李晦之行当在六月二十一日后。《使行录》言李晦于四月二十五日辞朝，疑有误，暂记六月二十一日后。

③ 《承政院日记》言朝鲜仁祖十五年（1637）七月二十四日"翊赞李庆彬沈阳出去。"《使行录》记载李庆彬辞朝时间为"八月？日"，疑有误，当从《承政院日记》。

④ 《承政院日记》言朝鲜仁祖十五年（1637）九月初四日"李弘望以备边司言启曰：'宣传官李海龙仍为入送事，初一日已为行会矣。李海龙既为状启，则所当留待回报，而至于还咨文事甚未便，业已上送，令承文院改送，何如？'传曰：'还为下送，俾无留滞之弊，可也。'"可知九月初四日李海龙尚未辞朝赴沈。《使行录》言李海龙辞朝时间为"八月？日"，疑有误，暂记九月初四日后。

使行时间		使行名目	使行任务	正使/咨官	副使	书状官
崇德二年（1637/丁丑）	九月二十日	谢恩陈奏兼圣节冬至年贡行	谢追还赂银、谢赐物、奏请寝征兵	左议政崔鸣吉	左参赞金南重	司成李时楳
	十二月？日	正朝行		右赞成韩亨吉		司艺李后阳
崇德三年（1638/戊寅）	正月十八日	谢恩行	谢赐印诰、谢量势征兵及不许世子归觐救	右议政申景禛	判尹李后远	校理李禂
	三月？日	赍咨行	报日本吉伊施端事	宣传官柳时成		
	五月二十二日后①	陈奏行	奏夏寝征兵	左赞成洪霶		司成金重镒
	八月十五日	赍咨行	报择将签丁屯候边上	刑曹正郎权大德		
	八月？日	赍咨行	请给贸牛人文凭	户曹佐郎成钱		
	八月？日②	赍咨行	押献侍女	中官白大珪		
	九月十七日	谢恩陈奏兼圣节冬至年贡行	谢刷还逃人，奏调兵候期	锦阳尉朴弥		校理柳淰

---

① 《承政院日记》言仁祖十六年（1638）五月二十二日："金霱以备边司言启曰：'今行员役比正朝使差有所减。陈奏使洪霶欲以朴仁范、申继黯加数带去，接语周旋之际，或不无所益，而朴仁范回还属耳，身病亦重。申继黯虽在丧中，上年谢恩使行次及勅使时起复往来，今亦起复定送事，分付该曹宜当，敢启。'传曰：'多带员役似为无益而有害矣。'"皆述使行前部署，可推知此时洪霶等尚未辞朝。《使行录》言辞朝时间为"五月二十日"，疑有误，暂记五月二十二日后。

② 《清太宗实录》卷四三言崇德三年（1638）九月十二日，"朝鲜国王李倧以侍女十人进内廷，遣内监白大珪等送至。赐朝鲜国内监白大珪等宴，并给银两貂皮等物。"可知九月十二日白大珪等已抵达沈阳。又《承政院日记》言是年八月十二日"许启以备边司言启曰：'伏见白大珪状启，侍女一人胸腹痛极重，一人耳痛项浮，又一人疔肿方发云。令医司相当药物拨上起送，尽心救护，宜当，敢启。'"可推知八月十二日白大珪已在赴沈途中。《使行录》言辞朝时间为"十一月？日"，疑有误，暂记作"八月？日"。

续表

使行时间	使行名目	使行任务	正使/咨官	副使	书状官
九月？日	赍咨行	押还逃人	训鍊判官张应桓		
九月？日	赍咨行	押解向化人	训鍊判官宋士益		
九月或十月①	赍咨行	押还逃口及向化人	训鍊金正朴洞		
十一月二十日	正朝行		判中枢金荣祖		礼曹正郎郑泰齐
十一月？日	赍咨行	押还逃人	训鍊金正蔡蓍汉		
十二月十五日②	问安行	起居西行	判书尹晖		
二月初三日	奏请行	请王妃王世子封典	右赞成尹晖	判尹吴竣	舍人郑致和
二月初九日③	赍咨行	请治诬证人	刑曹正郎李应征		
四月？日	赍咨行	报发送岛役兵粮	训鍊判官崔鸣俊		
五月？日	问安行	起居西行	参议宋国泽		
五月二十七日	赍咨行	押解犯越人及逃回人	训鍊金正郑兄诚		

其中左侧跨行标注：
- 崇德三年（1638/戊寅）对应前六行
- 崇德四年（1639/己卯）对应后五行

---

① 《承政院日记》言朝鲜仁祖十六年（1638）十月十八日，李命雄以备边司言启曰："以兵曹向化押去宣传官假衔启辞，答曰：'朴洞等入去时付送便当，问于备局为之事传教矣。朴洞等非久当为入往，其时顺付入送，可省一路往来之弊，事事顺便，依圣教使朴洞等押解，而到彼后回咨，即为付出，出来人处亦令寄送，似无所妨，敢启。'"可知朴洞押还逃人之行已于十月十八日前启程。又仁祖十七年（1639）十二月二十一日云："金堉以兵曹言启曰：'沈阳陪从人员以周年定限相递，而宣传官朴洞之往今已十五朔，其代以宣传官崔有汉，择定递代，何如？'传曰：'依启。'"可知此时朴洞辞朝赴沈已十五个月，则可推知辞朝时间约为仁祖十六年九月或十月。《使行录》言辞朝时间为"正月？日"，疑有误。

② 《使行录》言尹晖辞朝时间为"十二月？日"。《承政院日记》言仁祖十六年（1638）十二月初十日"备边司启曰：'问安使尹晖以十五日当为发行矣，似无别样文书，而其所赍去礼物则不可无单子，令承文院成送宜当，敢启。'传曰：'允。'"可知尹晖辞朝时间定在十二月十五日。

③ 《承政院日记》言仁祖十七年（1639）二月初九日"赍咨官李应征沈阳下直"，可知辞朝时间为二月初九日。《使行录》言辞朝时间为"二月十三日"，疑有误。

使行时间	使行名目	使行任务	正使/咨官	副使	书状官
崇德四年（1639/己卯） 五月？日	赍咨行	报熊岛贼就擒	训鍊判官辛远胄		
六月十一日	进贺行	贺讨平济南	右议政沈悦	判尹林坛	直讲成楚客
八月十七日	谢恩行	谢册封王妃王世子	左议政申景禛	左参赞许启	舍人赵锡胤
九月十三日	圣节冬至兼年贡行		吉城尉权大任	知敦宁郑之羽	司艺李元镇
十一月二十五日	谢恩兼正朝行	谢问上候、谢违误师期敕	领议政崔鸣吉	知中枢李景宪	校理申翊全
十二月二十七日	赍咨行	请世子归省	都总都事洪有量		
十二月？日	赍咨行	押解汉人	训鍊副正李季荣		
崇德五年（1640/庚辰） 三月初四日	赍咨行	报敕使留养马倒损	知枢张礼忠		
三月二十二日	谢恩兼陈奏行	谢世子回辕、奏质子混冒及敕使中毒	领中枢李圣求	左参赞郑广敬	礼曹正郎李梾
三月？日	赍奏行	奏入送戍兵衣资马匹	敦宁金正李俒		
三月？日	赍咨行	补进岁币黄金	司译金正赵孝信		
八月十八日后①	问安行	沐浴后起居	承旨尹顺之		
九月十六日	谢恩兼圣节冬至兼年贡行	谢元孙回辕	怀恩君德仁	判尹安应亨	司艺尹得悦
十一月二十二日	陈奏谢恩兼正朝行	奏违误师期、谢减少贡米	左议政申景禛	右参赞韩会一	直讲李庆相
十二月二十日	陈奏行	奏刷还三色人及申辩斥和臣	怀恩君德仁		兵曹佐郎李以存

① 《清太宗实录》卷五二言崇德五年（1640）九月二十五日 "朝鲜国王李倧闻上幸温泉，遣尚书尹顺之献豹皮、獭皮等物。赐尹顺之等鞍马、貂皮、银两，宴而遣之。" 据《使行录》，问安使尹顺之于是年二月辞朝赴沈，与时间不符。《承政院日记》言八月十八日 "尹顺之启曰：'司言启曰：「曾闻皇帝以病出浴于温井，尚今未还云」，自我当有问安之举。承旨中年少可堪疾驰者差遣，带同二三员役，数日内发送，何如？'传曰：'允。'" 故可推知尹顺之辞朝时间当在八月十八日稍后。

续表

使行时间	使行名目	使行任务	正使/咨官	副使	书状官
崇德六年（1641/辛巳） 正月二十七日	赍咨行	护送贡布	知枢张礼忠		
正月？日	赍咨行	进金片刻字	司宰正李俒		
九月二十一日	圣节冬至兼年贡行		右参赞元斗杓	判尹李景严	礼曹正郎郭圣龟
十月？日	问安行		承旨沈得悦		
十月？日	赍咨行	致慰驸马丧	礼曹正郎车达远		
十一月二十五日	正朝行		判尹崔来吉		礼曹正郎李晢
崇德七年（1642/壬午） 五月二十日①	进贺兼陈奏行	贺讨平松杏等地、奏和战不敢议	麟坪大君李㲎	判尹卞三近	礼曹正郎洪处亮
九月二十一日	圣节冬至兼年贡行		右赞成南以雄	右参赞金蓍国	礼曹正郎郑昌胄
闰十二月二十日	正朝行		右参赞尹履之		礼曹正郎南溟翼
崇德八年（1643/癸未） 五月十五日	谢恩行	谢宽宥斥和臣敕	左议政沈器远	右参赞金南重	司成丁彦璜
九月十九日	陈慰兼进香行	慰崇德崩世	麟坪大君李㲎	知敦宁韩仁	舍人沈东龟
十一月初一日	冬至使兼年贡行		密山君李澯	判尹曹文秀	礼曹正郎金泰基
十一月初七日	进贺兼谢恩行	贺顺治登基、贺六路归顺、谢赐物减贡及定敕例赏边臣	右议政金自点	右参赞吴竣	尚衣正赵重吕
十一月二十四日	正朝行		左参赞郑良弼		礼曹正郎李明传
十二月初二日	圣节行		刑曹判书徐景雨		礼曹正郎李后山

---

① 《承政院日记》言仁祖二十年（1642）五月二十日"陈贺使麟坪大君入沈"，《使行录》言辞朝时间为"五月二十二日"，此处依《日记》。

续表

使行时间		使行名目	使行任务	正使/咨官	副使	书状官
顺治元年（1644/甲申）	二月十一日	谢恩行	谢世子回辕	右议政李敬舆	右参赞洪茂绩	司艺李汝翊
	五月二十一日	谢恩进贺兼陈奏行	谢免刷逃人及慰问讨逆敕、贺入关、贺入燕京、奏讨逆	络兴君金自点	左参赞李必荣	司艺沈腈
	九月十六日	冬至兼年贡行		右赞成崔惠吉	判尹金守贤	礼曹佐郎李奎老
	十月二十四日	正朝行		礼曹参判郑泰齐		直讲吴□
	十一月十七日	圣节行		刑曹参判金素		礼曹正郎洪缵绪
顺治二年（1645/乙酉）	三月十七日	进贺兼谢恩行	贺建国号及尊谥、谢助送粮饷敕、谢减岁币三节并贡及王世子回辕、斥和臣叙用敕	麟坪大君李㴭	刑曹判书郑世规	执义成以性
	四月二十六日后①	赍咨行	告昭显世子薨	工曹正郎尹圣举		
	八月二十日②	谢恩兼奏请行	谢吊祭昭显世子敕、谢摄政王致吊、谢大君回还、谢继封王世子	络兴君金自点	知敦宁洪振道	司仆正赵寿益
	九月二十八日	三节年贡行		右赞成李基祚	判尹南铣	司成李应著
顺治三年（1646/丙戌）	二月二十六日	谢恩兼陈奏行	谢册封世子、谢大君回还、奏漂倭转付、奏讨逆	右议政李景奭	右赞成金堉	直讲柳淰
	四月十一日	赍咨行	请缉捕逆党	司译正金起勇		
	九月初三日	谢恩行	谢免运米送船、谢出送林庆业、谢出送漂民	全昌君柳廷亮	刑曹参判李厚源	奉常正朴吉应

---

① 《仁祖实录》卷四六言仁祖二十三年（1645）四月二十六日"世子卒于昌庆宫欢庆堂"，则尹圣举使行任务为"告昭显世子薨"，不可能早于四月二十六日。《使行录》言尹圣举辞朝时间为"三月？日"，有误，暂记四月二十六日后。

② 《仁祖实录》卷四六言仁祖二十三年（1645）八月二十日"遣洛兴府院君金自点、南阳君洪振道等如清国谢吊祭，仍请册封世子。"《使行录》言辞朝时间为八月二十四日，与《实录》有出入，暂依《实录》。

续表

使行时间		使行名目	使行任务	正使/咨官	副使	书状官
顺治三年（1646/丙戌）	十月十六日	三节年贡行		右赞成吕尔载	判尹崔有渊	礼曹正郎郭弘祉
顺治四年（1647/丁亥）	四月十三日	谢恩行	谢贡币疏玩敕	麟坪大君李㴻	兵曹参知朴遾	应教金振
	十一月初一日	谢恩兼冬至行	谢迎敕违礼仍减年贡敕	永安尉洪柱元	判尹闵圣徽	执义李时万
	十一月？日	鹰连行		中官徐后行	司译正卞承泽	
顺治五年（1648/戊子）	闰三月二十五日	谢恩行	谢除敕行诸弊	右议政李行远	兵曹参判林坛	军资正李惕然
	八月初九日后①	鹰连行		中官崔大立		
	十月二十五日②	三节年贡行		左赞成吴竣	礼曹参判金霱	礼曹正郎李培
顺治六年（1649/己丑）	三月二十日	进贺兼谢恩行	贺追尊皇帝四世、谢赐物	右议政郑太和	右尹金汝钰	舍人睦行善
	六月十二日	告讣兼奏请行	告仁祖大王升遐、请谥、请承袭	永安尉洪柱元	工曹参判金錬	判校洪瑱
	十一月初一日	谢恩陈奏兼三年年贡行	谢赐谥及册封、奏筑城备倭	仁兴君李瑛	刑曹判书李时昉	文学姜与载
	十一月？日	鹰连行		中官金正立	司译正李芬	

① 《清世祖实录》卷四○言十月初九日"宴朝鲜国进鹰使臣隋达礼等于礼部"，"隋达礼"即崔大立，可知鹰连行已于十月初九日抵达北京，《使行录》言辞朝时间为"十一月？日"，有误。又《仁祖实录》卷四九言八月初九日"清人以我国于龙骨大丧及所屹乃处皆无所问遗，言于谢恩副使林坛，坛以此驰启。上乃命户曹以前日所与龙胡者送于所屹乃，付诸持鹰中使之行。"可知八月初九日鹰连行即将启程，故暂记八月初九日后。

② 《承政院日记》言仁祖二十六年（1648）十月二十五日"下直，冬至正使吴竣，副使金霱，书状官李培"，《使行录》言辞朝时间为十一月二十五日，《仁祖实录》卷四九言十二月初九日"冬至使吴竣驰启曰：'行到牛家庄，得闻勑使四人出来云。'"若依《使行录》，则与里程时间不符，故疑《使行录》有误。

续表

使行时间		使行名目	使行任务	正使/咨官	副使	书状官
顺治七年（1650/庚寅）	三月二十六日	陈慰兼进香行	慰摄政王妻表	中枢金堉	密山君李溰	司成李尚逸
	四月二十四日①	护行行	护送义信公主	判书元斗杓	右尹申翊全	
	六月初九日	谢恩行	谢祭谥兼谢倭情径、奏贡布请授敕、谢摄政王婚事敕	麟坪大君李㴭	右参赞林垍	军器正李弘渊
	十一月初二日	谢恩进贺陈奏兼三节年贡行	贺摄政王母祔庙、贺摄政王、谢颁诏赐物、谢摄政王赐物、谢虚张倭情敕、奏辨明倭情及一表兼谢	麟坪大君李㴭	右参赞李基祚	舍人郑知和
	十月十六日前②	鹰连行		中官高礼男	司译正金伟贒	
顺治八年（1651/辛卯）	正月二十一日③	陈慰兼进香行	慰摄政表	全昌君柳廷亮	右尹朴遾	礼曹正郎李晚荣
	三月二十九日	进贺兼谢恩行	贺亲政、贺尊谥、谢颁尊谥诏赐缎、谢颁尊号诏赐缎及减贡、谢颁追讨摄政王诏	右议政韩兴一	左参赞吴竣	舍人赵珩
	八月十二日后④	鹰连行		孟山县令李绥邦	司译正柳廷敏	
	十一月初四日	进贺谢恩兼三节年贡行	贺册立皇后、贺尊号皇太后、谢颁诏、谢赐物	麟坪大君李㴭	右参赞黄㦿	执义权堣

① 《使行录》言元斗杓等辞朝时间为"六月？日"，有误。据副使申翊全《庚寅四月念四有赴燕之役，越三日己酉，过松都，抵平山》一诗可知当为四月二十四日（参见正文）。

② 《清世祖实录》卷五〇言顺治七年十月十六日"朝鲜国王李淏遣陪臣献鹰，宴赉如例"，可知高礼男等最迟于十月十六日抵达北京。《使行录》言鹰连行辞朝时间为"十一月？日"，有误，暂记十月十六日前。

③ 《孝宗实录》《承政院日记》言柳廷亮等辞朝时间为正月二十一日（参见正文），《使行录》言"二月二十一日"，疑为笔误。

④ 《承政院日记》言孝宗二年（1651）八月十二日，"又以备边司言启曰：'鹰连领去译官柳廷敏呈诉……而领去差使员则孟山县监李绥邦，自前往事彼中，熟谙事情，以此人定送事驰报矣。以此观之，则西北道臣亦知应连之事为紧重，颇有着实举办之状。……而柳廷敏年少伶俐，熟于彼中之事云，故前期择定一二日间将为发送矣，敢启。'答曰：'知道。'"可知李绥邦、柳廷敏鹰连行约于八月十二日稍后。《使行录》言"十一月？日"，疑有误。

续表

使行时间		使行名目	使行任务	正使/咨官	副使	书状官
顺治九年（1652/壬辰）	三月初三日	赍奏行	奏讨逆	司仆金正李寿昌		
	八月十七日	谢恩行	谢慰问讨逆敕	右议政李时白	右参赞申濡	军资正权坽
	八月？日	赍咨行	押解漂人	司译正赵东立		
	十月十八日	三节年贡行		咸陵君李澥	刑曹参议郑攸	兵曹正郎沈儒行
顺治十年（1653/癸巳）	正月二十八日	谢恩兼陈奏行	谢查审犯越敕、奏犯人拟律	麟坪大君李㴭	礼曹参判俞㯙	军资正李光载
	二月二十九日	赍咨行	补进岁币缺数	都总都事崔鸣俊		
	七月二十七日	谢恩兼陈奏行	谢改颁汉清字印、谢停查敕、奏犯人拟律	永安尉洪柱元	左参赞尹绛	司艺林葵
	十月十七日前①	鹰连行		中官高礼男	司译正韩后信	
	十一月初三日	三节年贡行		吏曹判书沈之源	户曹参判洪命夏	典籍金寿恒
顺治十一年（1654/甲午）	二月初三日	谢恩行	谢废皇后敕	右议政具仁垕	左参赞赵启远	李宾正李齐衡
	四月？日	赍咨行	报征罗禅岛鸟枪手越江	训錬正韩相		
	七月初七日后②	赍咨行	报罗禅捷音	司译正赵东立		
	九月二十日	谢恩兼陈奏行	谢按查斥和臣敕、奏误用斥和臣、请王世子册封	灵丰君李湜	礼曹参判李时楷	司成成楚客
	十月二十九日	进贺谢恩兼三节年贡行	贺册封皇后、贺皇太后尊号、谢颁诏赐物	麟坪大君李㴭	兵曹参判李一相	校理沈世鼎

① 《清世祖实录》卷七八言顺治十年（1653）"宴朝鲜国王贡鹰太监史成序等于礼部"，可知鹰连行最迟已于一月十七日抵达北京。《使行录》言鹰连行辞朝时间为"十一月？日"，有误，当在十月十七日前。

② 《使行录》言报罗禅捷音赍咨行时间为"七月？日"，《承政院日记》言孝宗五年（1654）七月初七日，"备边司又启曰：'……罗禅报捷事，臣等未及思之，圣教若此，令承文院撰出咨文，择定解事译官，从速赍咨发遣，何如？'传曰：'本国之报不宜在彼人之后，今明日内撰完咨文入送，而定送译官似未妥当，依李庆彬例，赍咨官差送可也。'"可知报罗禅捷音赍咨行时间当在七月初七日后。

续表

使行时间		使行名目	使行任务	正使/咨官	副使	书状官
顺治十二年（1655/乙未）	三月二十一日	赍咨行	报发遣信使	掌乐金正黄埏		
	四月十二日	谢恩兼陈奏行	谢册封王世子、谢叙用斥和臣赦、奏犯越	全昌君柳廷亮	右参赞吴挺一	执义姜镐
	十月二十八日	谢恩陈奏兼三节年贡行	谢查疑犯越赦、奏犯人拟律	锦林君李恺胤	右参赞李行进	弼善李枝茂
	十月？日	赍咨行			司猛朴而□	
	十月？日	鹰连行			中官曹有行	司译金卞承亨
顺治十三年（1656/丙申）	八月初三日	谢恩行	谢再按查官赦及免议、谢出送义信公主赦、奏查官拟律	麟坪大君李㴭	右参赞金南重	掌令郑麟卿
	十月二十六日	三节年贡行		吏曹判书尹绛	礼曹参判李晢	直讲郭齐华
顺治十四年（1657/丁酉）	正月？日	赍咨行		司猛方孝敏		
	三月？日	谢恩行		麟坪大君李㴭		
	五月初六日	进贺谢恩兼陈奏行	贺尊号皇太后、谢颁诏赐物、谢宥查官、谢审犯禁赦、奏犯人拟律	右议政元斗杓	右参赞严鼎耉	司成权大运
	十月二十二日前①	鹰连行		中官朱希圣	汉学训导朴尚直	
	十月二十八日	进贺谢恩兼三节年贡行	贺配祀天地、谢颁诏赐物	领中枢沈之源	判尹尹顺之	执义李俊耉
	十一月？日	赍咨行		司猛方孝敏		

---

① 《清世祖实录》卷一——言顺治十四年（1657）十月二十二日"朝鲜国王李淏遣太监赵希孟（朱希圣）等进鹰，宴赉如例。"可知鹰连行最迟已于十月二十二日抵达北京。《使行录》言辞朝时间为"十一月？日"，有误，暂记十月二十二日前。

使行时间	使行名目	使行任务	正使/咨官	副使	书状官
顺治十五年（1658/戊戌） 三月十二日	赍咨行	报发遣征罗禅兵	副司直李芬		
四月十六日	进贺兼谢恩行	贺生皇子、贺皇太后平复、谢颁生皇子诏及赐物、谢颁皇太后平复诏及赐物	全昌君柳廷亮	右参赞李应蓍	司成宋时喆
七月二十四日	赍咨行	报继饷征罗禅军	司猛李承谦		
十月十七日前①	鹰连行		中官赵希孟	汉学训导崔斗南	
十一月初四日	三节年贡行		右参赞许积	左尹姜瑜	章乐正金益廉
顺治十六年（1659/己亥） 闰三月十七日	谢恩行	谢吊祭麟坪大君丧、谢减敕行员役及停贸易、谢赏征罗禅兵丁	岭阳君李㷍	右参赞南老星	章乐正睦兼善
六月十五日	告讣兼奏请行	告孝宗大王升遐、请谥、请承袭	右议政郑维城	右参赞柳淰	右通礼郑楷
十一月初三日	三节年贡行		左参赞蔡裕后	共曹参判郑之虎	直讲权尚矩
十一月？日	鹰连行		中官金孝业	司译正洪舜乾	
顺治十七年（1660/庚子） 正月二十日②	谢恩行	谢赐祭、谢赐谥、谢册封	益平尉洪得箕	右参赞郑知和	直讲李元祯
十月二十四日	三节年贡行		刑曹判书赵珩	礼曹参判姜栢年	持平权格
十一月？日	赍咨行	探问皇后崩世	副司正方孝敏		
十二月？日	赍咨行	报犯越	同枢玄得宇		

---

① 《清世祖实录》卷一二一言顺治十五年（1658）十月十七日，"朝鲜国遣陪臣朱希圣等贡鹰。宴赍如例。"可知鹰连行最迟已于十月十七日抵达北京。《使行录》言辞朝时间为"十一月？日"，疑有误，当在十月十七日前。

② 《显宗实录》《承政院日记》皆言洪得箕等辞朝时间为显宗元年（1660）正月二十日，《使行录》言"正月二十五日"，疑有误，当从《实录》《日记》。

使行时间		使行名目	使行任务	正使/咨官	副使	书状官
顺治十八年（1661/辛丑）	二月二十日	陈慰兼进香行	慰顺治崩世、慰皇后崩世	永安尉洪柱元、右赞成沈之溟	左参赞李正英、礼曹参判李祯	直讲李东老
	三月二十七日	进贺兼谢恩行	贺康熙登基、谢颁诏赐物、谢停止鹰连	右议政元斗杓	右参赞洪琢	司成金宇亨
	七月十七日	赍咨行	探圣节日	司译正朴尔□		
	十一月初一日	进贺谢恩兼三节年贡行	贺顺治尊谥、谢宥犯、谢王旨字免议	锦林君李恺胤	右参赞柳庆昌	司成武斗寅

附录三 清崇德至顺治时期《燕行录》一览表^①

本表收录《燕行录》作品62种，其中崇德时期27种，顺治时期35种。部分文献见于作者诗文集中，原无标题。为便于识别，本表根据文献内容附加标题，以＊表示。

作者	使行时间	使行身份	燕行录	体裁	文献来源	备注
罗德宪 （1573－1640）	1636. 2		北行日记	日记	《燕行录丛刊》	
金堉 （1580－1658）	1636. 6	冬至谢恩正使	朝天录	诗歌	《燕行录全集》第16册；《燕行录丛刊》；《潜谷遗稿》卷一（《韩国文集丛刊》第86辑，简称《文集》86）	出使明朝
金堉 （1580－1658）	1636. 6	冬至谢恩正使	潜谷朝天日记（朝京日录）	日记	《燕行录全集》第16册；《燕行录丛刊》	出使明朝

---

① 本表据林基中主编《燕行录全集》《燕行录丛刊》，成均馆大学大东文化研究院编《燕行录选集》，韩国民族文化推进会编《标点影印韩国文集丛刊》等整理。关于"燕行录"的界定，漆永祥教授在《关于"燕行录"界定及收录范围之我见》一文中指出，一部书是否属"燕行录"，必须具备两个充分必要条件：就作者而言，必须是国王派遣的使臣或使团中某成员，各别是负有国王某种特殊使命的官员；就所到之地而言，必须是到过中国，或者到过两国边境的中国境内。具体而言，凡到南京、北京、沈阳等地出使者皆属"燕行录"，《燕行录全集》所收如金宗一《沈阳日乘》，未收如金尚宪《雪窖集》等，并当收入"燕行录"中，"如此才能完整保留这段朝鲜王朝历史上屈辱的使行记录，供后人研究与反思。"此外，燕行使所撰"状启""别单"与"闻见事件"等皆属"燕行录"；因国境或会谈等问题至中国之纪行录亦属"燕行录"。笔者认为此种界定原则是比较客观的，据此在表中收入崔鸣吉《北扉酬唱录》、金尚宪《雪窖集》、曹汉英《雪窖录》等朝鲜文臣质留沈阳时期作品。

续表

作者	使行时间	使行身份	燕行录	体裁	文献来源	备注
李晚荣 (1604－1672)	1636.6	冬至谢恩书状官	崇祯丙子朝天录	日记	《雪海遗稿》卷三（《文集》30)	出使明朝。前有序文，后附"礼部呈文"
未详	1636.12		沈阳日录（松溪纪稿）	日记	《燕行录丛刊》	
春坊诸臣①	1637.1－1644.4		昭显沈阳日记一——八	日记	《燕行录全集》卷第24、25、26册；《燕行录丛刊》	前附"同行录座目"，后附"上言草"
洪翼汉 (1586－1637)	1637.2	斥和罪臣②	北行录（花浦先生北行录）	日记	《燕行录全集》第17册；《花浦遗稿·遗笔》（《文集》22)	
李大树③	1637.2	武官	沈阳日记抄	日记诗歌	《燕行录全集》卷第27册；《燕行录丛刊》	前有昭显世子、凤林大君诗和《南汉日记》
金宗一 (1597－1675)	1637.9	世子陪臣（侍讲院司书）	沈阳日乘	日记	《燕行录全集》第19册；《燕行录丛刊》；《鲁庵集》卷三（《文集》27)	
金宗一 (1597－1675)	1637.9	世子陪臣（侍讲院司书）	赴沈阳诗*	诗歌	《鲁庵集》卷一（《文集》27)	
崔鸣吉 (1586－1647)	1637.9	谢恩陈奏兼圣节冬至年贡正使	燕行诗*	诗歌	《迟川集》卷一（《文集》89)	
金南重	1637.9	谢恩陈奏兼圣节冬至年贡副使	野塘燕行录（北行酬唱）	诗歌	《野塘遗稿》卷二（《文集》21)	
朴弥 (1592－1645)	1638.9	谢恩陈奏兼圣节冬至年贡正使	燕行诗*	诗歌	《汾西集》卷二（《文集》25)	

① 《燕行录全集》标注作者未详，据学者考证，《昭显沈阳日记》与《西行日记》等为春坊诸臣作，详见杨军《燕行录全集订补》，《古典文献研究》第12辑，第484页。

② "罪臣"之说是相对清朝立场而言，实为丙子战争期间反对与清议和或暗中与明通信，后遭清朝问罪质留沈阳的朝鲜文臣。

③ 《燕行录全集》标注作者未详，据考证，当为扈从昭显世子入沈为质的武官李大树作，详见杨军《燕行录全集订补》，《古典文献研究》第12辑，第485页。

作者	使行时间	使行身份	燕行录	体裁	文献来源	备注
郑致和 (1609 – 1677)	1639.2	奏请书 状官	燕蓟謏 闻录	日记	《燕行录丛刊》	
申濡 (1610 – 1665)	1639.2	世子陪臣 (侍讲院文 学)	沈馆录	诗歌	《燕行录全集》第21 册；《燕行录丛刊》； 《竹堂集》卷一 (《文集》31)	前有序文
沈悦 (1569 – 1646)	1639.6	进贺正使	燕行诗*	诗歌	《南坡相国集》卷一 (《文集》75)	
申翊全 (1605 – 1660)	1639.11	谢恩兼正 朝书状官	燕行诗*	诗歌	《东江遗集》卷八 (《文集》105)	
金尚宪 (1670 – 1652)	1640.12	斥和罪臣	雪窖集	诗歌	《清阴集》卷十一 (《文集》77)	
曹汉英 (1608 – 1670)	1640.12	斥和罪臣	雪窖录	诗歌	《晦谷集》卷四 (《文集》31)	
春坊诸臣	1641.1		沈阳日记	日记	《燕行录全集》卷二 十八；《燕行录丛刊》	
李景严① (1577 – 1640)	1641.9	圣节冬至 兼年贡 副使	赴沈日记 (辛巳赴沈 录)	日记	《燕行录全集》第15 册；《燕行录丛刊》	前有序文
李景奭 (1595 – 1671)	1641.8	世子陪臣 (贰师)	西出录 上、下	诗歌	《白轩集》卷五、六； (《文集》95)	
崔鸣吉 (1586 – 1647)	1642.10	罪臣	北扉酬 唱录	诗歌	《迟川集》卷三 (《文集》89)	
金尚宪 (1670 – 1652)	1643.1	斥和罪臣	雪窖后集	诗歌	《清阴集》卷十二 (《文集》77)	
李昭汉 (1598 – 1645)	1643.2	世子宾客	沈馆录	诗歌	《燕行录全集》第19 册；《燕行录丛刊》； 《玄洲集》卷三 (《文集》101)	

---

① 《燕行录全集》中标注作者为李景稷，有误，当为李景严，详见左江《〈燕行录全集〉
考订》，张伯伟主编《域外汉籍研究集刊》第4辑，2008年版，第39 – 40页；漆永祥
《〈燕行录全集〉考误》，《北大中文学刊》2009年版，第248页。

作者	使行时间	使行身份	燕行录	体裁	文献来源	备注
崔鸣吉 （1586－1647）	1643.3	罪臣	北扉酬唱录续稿	诗歌	《迟川集》卷四； （《文集》89）	
金南重 （1596－1663）	1643.5	谢恩副使	燕行诗*	诗歌	《野塘遗稿》卷三； （《文集》27）	
金尚宪 （1670－1652）	1644.1	斥和罪臣	雪窖别集	诗歌	《清阴集》卷十三 （《文集》77）	
春坊诸臣	1644.1		沈阳日记	日记	《燕行录全集》第27、28册；《燕行录丛刊》	
春坊诸臣	1644.4		西行日记	日记	《燕行录全集》第28册；《燕行录丛刊》	《西行日记》与以上《沈阳日记》实为《昭显沈阳日记》之节录。
李敬舆 （1585－1657）	1644.2	谢恩正使	赴沈阳诗*	诗歌	《白江集》卷二、四 （《文集》87）	
崔鸣吉 （1586－1647）	1645.1	世子陪臣	还朝诗*	诗歌	《迟川集》卷六 （《文集》89）	
成以性 （1595－1664）	1645.3	进贺兼谢恩书状官	燕行日记	日记	《燕行录全集》第18册；《燕行录丛刊》；《溪西逸稿》卷一 （《文集》26）	
麟坪大君李㴭 （1622－1658）	1645.3	进贺兼谢恩正使	燕行诗	诗歌	《燕行录全集》第21册；《燕行录丛刊》；《松溪集》卷二 （《文集》35）	
李景奭 （1595－1671）	1646.2	谢恩兼陈奏正使	燕行录	诗歌	《燕行录全集》第18册；《燕行录丛刊》；《白轩集》卷七 （《文集》95）	
金堉 （1580－1658）	1646.2	谢恩兼陈奏副使	燕行诗*	诗歌	《潜谷遗稿》卷二 （《文集》86）	

续表

作者	使行时间	使行身份	燕行录	体裁	文献来源	备注
郭弘祉 (1600 – 1656)	1646.10	三节年贡 书状官	燕行日记 上、 中、 下	日记	《燕行录丛刊》	
麟坪大君李① (1622 – 1658)	1647.4	谢恩正使	燕行诗	诗歌	《燕行录全集》第21 册；《燕行录丛刊》； 《松溪集》卷一 (《文集》35)	收入仁祖 李倧次韵
李时万 (1601 – 1672)	1647.11	谢恩兼 冬至 书状官	赴燕诗	日记 诗歌	《燕行录丛刊》	
洪柱元 (1606 – 1672)	1647.11	谢恩兼 冬至 正使	燕行录	诗歌	《燕行录丛刊》；《无 何堂遗稿》卷七 (《文集》30)	
李垶 (1594 – 1653)	1648.10	三节年贡 书状官	燕行日记	日记	《燕行录丛刊》	
郑太和 (1602 – 1673)	1649.3	进贺兼谢 恩正使	饮冰录 (己丑饮冰 录)	日记	《燕行录全集》第19 册；《燕行录丛刊》； 《阳坡遗稿》卷十三 (《文集》102)	前附"概要" "进贺兼谢恩 使一行"
仁兴君李瑛 (1604 – 1651)	1649.11	谢恩陈奏 兼三节年 贡正使	燕山录 上、下	日记	《燕行录全集》第19 册；《燕行录丛刊》	
申翊全 (1605 – 1660)	1650.4	护行副使	燕行诗*	诗歌	《东江遗集》卷二、 四、七、九(《文集》 105)	
黄㦿 (1604 – 1656)	1651.11	进贺谢恩 兼三节年 贡副使	燕行录	诗歌	《燕行录丛刊》；《漫 浪集》卷一、二、 三、五(《文集》 103)	
麟坪大君李㴭 (1622 – 1658)	1651.11	进贺谢恩 兼三节年 贡正使	燕行诗	诗歌	《燕行录全集》第21 册；《燕行录丛刊》； 《松溪集》卷二 (《文集》35)	
申濡 (1610 – 1665)	1652.8	谢恩副使	燕台录	诗歌	《燕行录全集》第21 册；《燕行录丛刊》； 《竹堂集》卷六 (《文集》31)	

① 《燕行录全集》标志作者为"李渲"，有误，当为"李㴭"。

314

作者	使行时间	使行身份	燕行录	体裁	文献来源	备注
麟坪大君李㴳 (1622－1658)	1653.1	谢恩兼陈奏正使	燕行诗	诗歌	《燕行录全集》第21册；《燕行录丛刊》；《松溪集》卷二（《文集》35）	
洪柱元 (1606－1672)	1653.闰7	谢恩兼陈奏正使	燕行诗*	诗歌	《无何堂遗稿》卷二（《文集》30）	
沈之源 (1593－1662)	1653.11	三节年贡正使	燕行日乘（癸巳燕行日乘）	日记	《燕行录全集》第18册；《燕行录丛刊》；《晚沙稿》卷五（《文集》25）	
洪命夏 (1607－1667)	1653.11	三节年贡副使	燕行录（癸巳燕行录）	诗歌	《燕行录全集》第20册；《燕行录丛刊》	
金寿恒 (1629－1689)	1653.11	三节年贡书状官	燕行诗*	诗歌	《文谷集》卷一（《文集》133）	
麟坪大君李㴳 (1622－1658)	1654.10	进贺谢恩兼三节年贡正使	燕行诗	诗歌	《燕行录全集》第21册；《燕行录丛刊》；《松溪集》卷三（《文集》35）	
李一相 (1612－1666)	1656.10	进贺谢恩兼三节年贡副使	燕行诗	诗歌	《燕行录全集》第21册	
金南重 (1596－1663)	1656.8	谢恩副使	燕行诗*	诗歌	《野塘遗稿》卷三（《文集》27）	
麟坪大君李㴳 (1622－1658)	1656.8	谢恩正使	燕途纪行上、中、下	日记	《燕行录全集》第22册；《燕行录丛刊》；《燕行录选集》；《松溪集》卷五（《文集》35）	前附序文
沈之源 (1593－1662)	1657.10	进贺谢恩三节年贡正使	丁酉燕行日乘	日记	《燕行录丛刊》	
尹顺之 (1591－1666)	1657.10	进贺谢恩兼三节年贡副使	燕行诗*	诗歌	《涬溟斋集》卷五（《文集》94）	
蔡裕后 (1599－1660)	1659.11	三节年贡正使	燕行诗*	诗歌	《湖洲集》卷一（《文集》101）	

续表

作者	使行时间	使行身份	燕行录	体裁	文献来源	备注
赵珩 （1606－1679）	1660.10	三节年贡正使	翠屏公燕行日记	日记 诗歌	《燕行录全集》第20；《燕行录丛刊》	
姜栢年 （1603－1681）	1660.10	三节年贡副使	燕京录	诗歌	《燕行录全集》第19册；《燕行录丛刊》；《雪峯遗稿》卷十四（《文集》103）	
姜栢年 （1603－1681）	1660.10	三节年贡副使	燕行路程记	杂录	《燕行录全集》第19册；《燕行录丛刊》	

附录四　征引书目

一、丛书类

［1］（韩）国史编纂委员会. 朝鲜王朝实录［M］. 首尔：国史编纂委员会，1955－1958.

［2］（韩）国史编纂委员会. 承政院日记［M］. 首尔：国史编纂委员会，1961.

［3］（韩）民族文化推进会. 国译燕行录选集［M］. 首尔：民族文化推进会，1976.

［4］（韩）民族文化推进会. 影印标点韩国文集丛刊［M］. 首尔：景仁文化社，1990－2010.

［5］（韩）林基中. 燕行录全集［M］. 首尔：东国大学出版部，2001.

［6］（韩）林基中. 燕行录丛刊［M］. 韩国学术期刊数据库，2011.

［7］（韩）首尔大学校奎章阁韩国学研究院. 通文馆志［M］. 首尔：首尔大学校奎章阁韩国学研究院，2006.

［8］（朝）郑昌顺等. 同文汇考［M］. 台北：珪庭出版社，1978.

［9］（朝）金正浩. 大东地志［M］. 首尔：汉阳大学校附设国学研究院，1974.

［10］（朝）安钟和. 国朝人物志［M］. 首尔：明文堂，1983.

［11］（朝）朴义成. 纪年便考［G］//周斌，陈朝辉. 朝鲜汉文史籍丛刊，成都：巴蜀书社，2014.

［12］（清）范文程等. 太宗文皇帝实录［M］. 北京：中华书局，1985.

［13］（清）图海等. 世祖章皇帝实录［M］. 北京：中华书局，1985.

［14］赵尔巽．清史稿［M］．北京：中华书局，1977.

［15］陈盘等．中韩关系史料辑要［M］．台北：珪庭出版社，1978.

［16］吴晗．朝鲜李朝实录中的中国史料［M］．北京：中华书局，1980.

［17］赵季等．明洪武至正德中朝诗歌交流系年［M］．北京：人民文学出版社，2014.

［18］王其榘．清实录：邻国朝鲜篇资料［M］．北京：中国社会科学院中国边疆史地研究中心，1987.

［19］张存武，叶泉宏．清入关前与朝鲜往来国书汇编1619－1643［M］，台北：国史馆，2000.

［20］赵兴元，郑昌顺．《同文汇考》中朝史料［M］．长春：吉林文史出版社，2003.

［21］朴兴镇．中国廿六史及明清实录东亚三国关系史料全辑［M］．延吉：延边大学出版社，2007.

［22］杜洪刚，邱瑞中．韩国文集中的清代史料［M］．桂林：广西师范大学出版社，2008.

二、《影印标点韩国文集丛刊》

［23］（朝）李安讷．东岳集．影印标点韩国文集丛刊．第78辑［M].1639年刊本．

［24］（朝）李明汉．白洲集．影印标点韩国文集丛刊．第97辑［M].1646年刊本．

［25］（朝）金尚宪．清阴集．影印标点韩国文集丛刊．第77辑［M].1654年刊本．

［26］（朝）金鎏．北渚集．影印标点韩国文集丛刊．第79辑［M].1658年刊本．

［27］（朝）崔鸣吉．迟川集．影印标点韩国文集丛刊．第89辑［M].1664年刊本．

［28］（朝）黄㦿．漫浪集．影印标点韩国文集丛刊．第103辑［M].1669年刊本．

［29］（朝）李植．泽堂别集．影印标点韩国文集丛刊．第88辑［M].1674年刊本．

［30］（朝）李昭汉．玄洲集．影印标点韩国文集丛刊．第101辑［M].

1674 年刊本.

[31]（朝）郑斗卿. 东溟集. 影印标点韩国文集丛刊. 第 100 辑［M］.
1674 年刊本.

[32]（朝）申翊圣. 乐全堂稿. 影印标点韩国文集丛刊. 第 93 辑［M］.
1681 年刊本.

[33]（朝）金堉. 潜谷遗稿. 影印标点韩国文集丛刊. 第 86 辑［M］.
1683 年刊本.

[34]（朝）李敬舆. 白江集. 影印标点韩国文集丛刊. 第 87 辑［M］.1684
年刊本.

[35]（朝）吴竣. 竹南堂稿. 影印标点韩国文集丛刊. 第 90 辑［M］.1689
年刊本.

[36]（朝）申翊全. 东江遗集. 影印标点韩国文集丛刊. 第 105 辑［M］.
1690 年刊本.

[37]（朝）俞棨. 市南集. 影印标点韩国文集丛刊. 第 117 辑［M］.1690
年刊本.

[38]（朝）姜栢年. 雪峰遗稿. 影印标点韩国文集丛刊. 第 103 辑［M］.
1690 年代刊本.

[39]（朝）吴达济. 忠烈公遗稿. 影印标点韩国文集丛刊. 第 119 辑
［M］. 1697 年刊本.

[40]（朝）金寿恒. 文谷集. 影印标点韩国文集丛刊. 第 133 辑［M］.
1699 年刊本.

[41]（朝）李景奭. 白轩集. 影印标点韩国文集丛刊. 第 96 辑［M］.
1700 年刊本.

[42]（朝）李敏叙. 西河集. 影印标点韩国文集丛刊. 第 144 辑［M］.
1701 年刊本.

[43]（朝）金万基. 瑞石集. 影印标点韩国文集丛刊. 第 144 辑［M］.
1701 年刊本.

[44]（朝）李殷相. 东里集. 影印标点韩国文集丛刊. 第 122 辑［M］.
1702 年刊本.

[45]（朝）赵絅. 龙洲遗稿. 影印标点韩国文集丛刊. 第 90 辑［M］.
1703 年刊本.

[46]（朝）赵复阳. 松谷集. 影印标点韩国文集丛刊. 第 119 辑［M］.

1705 年刊本.

　　[47]（朝）蔡裕后. 湖洲集. 影印标点韩国文集丛刊. 第 101 辑 [M].
1705 年刊本.

　　[48]（朝）洪瑞凤. 鹤谷集. 影印标点韩国文集丛刊. 第 79 辑 [M].
1706 年刊本.

　　[49]（朝）金益熙. 沧洲遗稿. 影印标点韩国文集丛刊. 第 119 辑 [M].
1708 年刊本.

　　[50]（朝）洪柱世. 静虚堂集. 影印标点韩国文集丛刊. 第 32 辑 [M].
1708 年刊本.

　　[51]（朝）洪翼汉. 花浦遗稿. 影印标点韩国文集丛刊. 第 22 辑 [M].
1709 年刊本.

　　[52]（朝）洪柱国. 泛翁集. 影印标点韩国文集丛刊. 第 36 辑 [M].
1709 年刊本.

　　[53]（朝）金得臣. 栢谷集. 影印标点韩国文集丛刊. 第 104 辑 [M].
1710 年刊本.

　　[54]（朝）金寿兴. 退忧堂集. 影印标点韩国文集丛刊. 第 127 辑 [M].
1710 年刊本.

　　[55]（朝）李健. 葵窗遗稿. 影印标点韩国文集丛刊. 第 122 辑 [M].
1712 年刊本.

　　[56]（朝）李敏求. 东州集. 影印标点韩国文集丛刊. 第 94 辑 [M]. 肃
宗年间刊本.

　　[57]（朝）尹顺之. 涬溟斋集. 影印标点韩国文集丛刊. 第 94 辑 [M].
1725 年刊本.

　　[58]（朝）朴长远. 久堂集. 影印标点韩国文集丛刊. 第 121 辑 [M].
1730 年刊本.

　　[59]（朝）沈悦. 南坡集. 影印标点韩国文集丛刊. 第 75 辑 [M]. 1782
年刊本.

　　[60]（朝）宋时烈. 宋子大全. 影印标点韩国文集丛刊. 第 108－116 辑
[M]. 1787 年刊本.

　　[61]（朝）曹汉英. 晦谷集. 影印标点韩国文集丛刊. 第 31 辑 [M].
1833 年刊本.

　　[62]（朝）申楫. 河阴集. 影印标点韩国文集丛刊. 第 20 辑 [M]. 1835

年刊本.

[63]（朝）金宗一. 鲁庵集. 影印标点韩国文集丛刊. 第 27 辑［M］.
1850 年刊本.

[64]（朝）郑太和. 阳坡遗稿. 影印标点韩国文集丛刊. 第 102 辑［M］.
哲宗年间写本.

[65]（朝）洪大容. 影印标点韩国文集丛刊. 第 248 辑［M］. 1974 年
刊本.

[66]（朝）张维. 溪谷集. 影印标点韩国文集丛刊. 第 92 辑［M］. 1994
年刊本.

[67]（朝）李晚荣. 雪海遗稿. 影印标点韩国文集丛刊. 第 30 辑［M］.
刊行年代不详.

[68]（朝）赵泰亿. 谦斋集. 影印标点韩国文集丛刊. 第 190 辑［M］. 刊
行年代不详.

[69]（朝）金南重. 野塘遗稿. 影印标点韩国文集丛刊. 第 21 辑［M］.
刊行年代不详.

[70]（朝）李宵. 松溪集. 影印标点韩国文集丛刊. 第 35 辑［M］. 刊行
年代不详.

[71]（朝）朴弥. 汾西集. 影印标点韩国文集丛刊. 第 25 辑［M］. 刊行
年代不详.

[72]（朝）李德寿. 西堂私载. 影印标点韩国文集丛刊. 第 186 辑［M］.
刊行年代不详.

[73]（朝）申濡. 竹堂集. 影印标点韩国文集丛刊. 第 31 辑［M］. 刊行
年代不详.

[74]（朝）金光煜. 竹所集. 影印标点韩国文集丛刊. 第 19 辑［M］. 刊
行年代不详.

[75]（朝）曹文秀. 雪汀诗集. 影印标点韩国文集丛刊. 第 24 辑［M］.
刊行年代不详.

[76]（朝）赵显命. 归鹿集. 影印标点韩国文集丛刊. 第 212 辑［M］. 刊
行年代不详.

[77]（朝）洪柱元. 无何堂遗稿. 影印标点韩国文集丛刊. 第 30 辑［M］.
刊行年代不详.

[78]（朝）申混. 初庵集. 影印标点韩国文集丛刊. 第 37 辑［M］. 刊行

年代不详.

[79]（朝）沈之源. 晚沙稿. 影印标点韩国文集丛刊. 第25 辑［M］. 刊行年代不详.

[80]（朝）郑必达. 八松集. 影印标点韩国文集丛刊. 第32 辑［M］. 刊行年代不详.